D1099143

LES QUATRE FILLES
DU RÉVÉREND LATIMER

COLLEEN McCULLOUGH

LES QUATRE FILLES DU RÉVÉREND LATIMER

*traduit de l'anglais
par Danièle Momont*

ARCHIPOCHE

Ce livre a été publié sous le titre
Bittersweet
par HarperCollins Australie en 2013.

Notre catalogue est consultable à l'adresse suivante :
www.archipoche.com

Éditions Archipoche,
34, rue des Bourdonnais
75001 Paris.

ISBN 978-2-35287-909-1

PREMIÈRE PARTIE

Quatre infirmières d'un genre nouveau

Edda et Grace, Heather et Kitty. Deux jumelles et deux autres jumelles, les filles du révérend Thomas Latimer, pasteur de l'église anglicane Saint-Marc de Corunda, ville et comté de Nouvelle-Galles du Sud, en Australie.

Les quatre adolescentes se tenaient assises sur de petits sièges aux pattes grêles, devant l'énorme gueule de la cheminée, dans laquelle ne brûlait aucun feu. Le vaste salon débordait de commères invitées par Maude, l'épouse du pasteur, pour célébrer l'événement qui se produirait dans moins d'une semaine : les quatre filles du révérend s'apprêtaient à quitter le presbytère pour apprendre le métier d'infirmière à l'hôpital de Corunda.

Moins d'une semaine, moins d'une semaine ! se répétait Edda, livrée comme ses sœurs aux regards de l'assistance plus sûrement que sur une scène de théâtre – elle-même jetait des coups d'œil de droite et de gauche afin d'éviter de regarder Maude, sa belle-mère qui, comme à l'accoutumée, dominait la conversation – cancans, caquetage et causette.

Un trou béait dans le plancher, juste à côté du siège de l'adolescente installée en bout de rang auprès de ses trois sœurs. Un mouvement à l'intérieur de la cavité attira son attention. Elle se raidit, puis sourit largement pour elle-même. Un gros rat ! Un rat se préparait à surgir au beau milieu de la réception organisée par maman ! Encore quelques centimètres, songea-t-elle, et je me mettrai à hurler d'une voix suraiguë. Quelle bonne blague !

Mais avant que la jeune fille eût entonné ses vocalises, elle avisa la tête de l'animal et se figea : un colossal triangle d'un noir luisant, duquel jaillissait une langue frémissante, emmanché sur un corps charbon aussi épais qu'un bras. Un corps charbon. Au ventre rouge. La créature, à la morsure fatale, mesurait deux bons mètres. Comment diable s'était-elle faufilée jusqu'ici ?

Le serpent poursuivait sa progression. Bientôt, sa queue paraîtrait, avec laquelle il frapperait dans une direction que nul ne pourrait prévoir. Le tisonnier se trouvait de l'autre côté de la cheminée – entre Edda et lui se tenaient ses trois sœurs qui, elles, ne s'étaient rendu compte de rien ; jamais elle ne l'atteindrait à temps.

Son siège possédait une assise rembourrée, mais pas d'accoudoirs. Quant aux pieds, ils n'étaient guère plus gros, à leur extrémité, qu'un tube de rouge à lèvres. Edda prit une profonde inspiration, puis souleva sa chaise de quelques centimètres et visa le crâne du reptile de la patte avant gauche. Sur quoi elle se rassit lourdement, les mains cramponnées au siège, déterminée à résister aux attaques de la bête, tel Jack Thurlow lorsqu'il dressait un cheval sauvage.

Le pied de la chaise transperça le crâne de la créature entre les deux yeux. Aussitôt, elle se cabra. Une femme hurla, d'autres glapirent à sa suite, tandis qu'Edda Latimer, toujours agrippée à son siège, tâchait de tenir bon. Le corps de l'animal cinglait l'air à la façon d'un fouet, il frappait le sol, s'écrasait sur Edda, lui infligeant des bourrades plus rudes que celles d'un homme avec son poing ; les coups pleuvaient si fort et si dru que l'adolescente ne distinguait plus autour d'elle qu'un tourbillon flou, le brouillard d'une terrible bastonnade.

Les femmes couraient en tous sens, elles ne cessaient plus de hurler, l'œil agrandi par l'effroi face au spectacle d'Edda aux prises avec le monstre, incapables de surmonter leur terreur pour porter secours à la jeune fille.

Sauf Kitty. Délicieuse Kitty. Courageuse Kitty, qui bondit de l'autre côté de l'âtre pour s'emparer du tomahawk avec lequel on coupait d'ordinaire les bûchettes trop volumineuses. Faisant fi des assauts du serpent, elle s'en rapprocha et le trancha en deux.

— Tu peux te lever, indiqua-t-elle à sa sœur en laissant tomber la hachette. Quel morceau ! Demain, tu seras couverte de bleus.

— Tu es complètement folle, sanglotait Grace, à qui le choc avait tiré des larmes.

— Pauvres sottes, cracha Heather à l'adresse d'Edda et de Kitty.

Quant au révérend Latimer, pâle comme un linge, il se trouvait trop occupé à calmer son épouse pour réconforter ses enfants valeureuses.

Les cris s'atténuèrent peu à peu et, bientôt, l'épouvante reflua suffisamment dans le cœur des invitées pour que les plus intrépides s'assemblent autour du reptile afin de s'assurer qu'il était bien mort. Quel colosse ! De leur côté, Mmes Enid Treadby et Henrietta Burdum aidaient le pasteur à apaiser les affres de Maude, en sorte que plus personne, à l'exception des quatre jumelles, ne se rappelait pour quelle raison au juste on donnait cette réception. Ne comptait plus désormais que ce terrifiant serpent venimeux, qu'Edda Latimer avait expédié *ad patres*. On ne tarda pas à regagner son logis, pour s'y adonner au sport favori des habitantes de Corunda : le potinage – accompagné de ses deux assesseurs : la rumeur et la spéculation.

Les adolescentes se dirigèrent vers un chariot d'amusegueule. Elles remplirent de thé quatre tasses en porcelaine fine avant de piocher sans retenue parmi les sandwichs au concombre.

— Les femmes sont complètement idiotes, décréta Heather, que tous surnommaient Tufts en agitant la théière. On aurait pu jurer que le ciel allait leur tomber sur la tête. Cela dit, il n'y a que toi pour faire des choses pareilles, Edda. Quel était ton plan de secours, si le coup du pied de chaise avait échoué?

— Je comptais sur toi pour me fournir une idée.

— Bah! Tu n'as pas eu besoin de mes services, puisque Kitty, notre brillant stratège, a volé à ton secours.

L'adolescente regarda autour d'elle.

— Ah ça! c'est la meilleure! Ils ont tous décampé. Vous pouvez attaquer, les filles, le buffet est à nous.

— Maman va mettre au moins deux jours à s'en remettre, lança joyeusement Grace en brandissant sa tasse pour que l'une de ses sœurs la resserve. Elle en oubliera qu'elle s'apprête à perdre ses quatre domestiques bénévoles.

Kitty siffla entre ses dents à la façon d'un voyou.

— Tu te fourres le doigt dans l'œil, Grace! Le choc de nous voir décamper la rend autrement plus malade que l'irruption d'un serpent dans sa maison, si gros et si dangereux soit-il.

— Par-dessus le marché, renchérit Tufts, la première chose que maman fera une fois qu'elle se sera ressaisie, ce sera de passer un savon à Edda en lui expliquant comment occire un reptile avec discrétion et dans l'absolu respect de la bienséance. Tu as provoqué un de ces chambards…

— En effet, répondit Edda d'un ton placide en couronnant le sommet d'un scone de confiture rouge vif et de crème fouettée. Miam! Tu remarqueras que si je n'avais pas semé une telle pagaille, aucune d'entre nous n'aurait réussi à grignoter quoi que ce soit. Les amies de maman auraient tout englouti en deux temps trois mouvements.

Elle se mit à rire.

— Lundi prochain! s'exclama-t-elle. Lundi prochain, nous entamerons notre vraie vie! Plus de maman sur le dos. Et je ne dis pas cela contre toi ni contre Tufts, Kitty.

— Je sais bien, rétorqua Tufts d'une voix bourrue.

Ce n'était pas que Maude Latimer se comportât sciemment en tyran. Au contraire : elle se tenait pour une véritable sainte parmi les mères et les marâtres. Les quatre enfants ayant le même père, jamais elle ne se rendait coupable de discrimination entre Tufts et Kitty, ses propres filles, et les deux autres jumelles. C'est du moins ce qu'elle répétait à quiconque s'intéressait à elle de près ou de loin. Comment ces quatre adorables gamines auraient-elles pu irriter, fût-ce un seul instant, une femme qui s'épanouissait à ce point dans ses fonctions maternelles ? Et tout, en effet, aurait été pour le mieux dans le meilleur des mondes, ainsi que se l'imaginait Maude, si le destin n'avait joué à la fratrie l'un de ces petits tours dont il a le secret : Kitty, la plus jeune des jumelles de Maude, possédait une beauté bien supérieure à celle de ses sœurs, qu'elle éclipsait comme le soleil ternit l'éclat de la lune.

Or, depuis la plus tendre enfance de la petite, jusqu'à ce jour censé célébrer son départ prochain, sa mère n'avait cessé de marteler à qui voulait l'entendre combien sa fille était parfaite. Et chacun s'accordait à reconnaître que l'épouse du pasteur avait raison… mais, mon Dieu, comme on se sentait las dès qu'on la voyait paraître, tenant fermement Kitty par la main, tandis que ses trois sœurs suivaient quelques pas en arrière. Les habitants de Corunda s'accordaient sur un point : Maude était en train de faire de Grace, Edda et Tufts les ennemies jurées de Kitty – elles devaient la haïr ! On était également d'avis que la pauvre Kitty, pour sa part, ne pourrait devenir qu'une jeune personne détestable, capricieuse et arrogante.

La réalité vint démentir tous les pronostics. Pour quelle raison ? Le mystère demeurait entier, sauf aux yeux du pasteur, qui tenait l'affection mutuelle de ses filles pour une preuve irréfutable de l'amour divin. Bien entendu, Maude volait la vedette à Dieu Lui-même : c'était à elle, à elle exclusivement, affirmait-elle, que revenait le mérite d'avoir élevé quatre sœurs si joliment unies.

Ces dernières ressentaient pour elle autant de pitié que d'antipathie, ne l'aimant qu'à la manière dont s'aiment les femmes d'une même famille, liées ou non par le sang. Quant à l'alliance que les jumelles avaient forgée contre leur mère ou belle-mère, elle était sans rapport avec le sort injuste réservé à Tufts, Edda et Grace, mais bien plutôt avec les tourments qu'endurait Kitty, objet de toutes les attentions de Maude.

Kitty aurait pu se révéler une enfant exigeante et un peu peste, au lieu de quoi elle était silencieuse, timide et réservée. De vingt mois ses aînées, Edda et Grace furent les premières à s'apercevoir des effets dévastateurs du comportement de Maude sur sa jolie fillette ; Tufts ne tarda pas à partager leurs vues. Alors naquit la conspiration des trois sœurs pour arracher Kitty aux griffes de sa mère, conspiration qui, au fil du temps, ne cessa de gagner en intensité.

C'est à Edda, la plus dominatrice des quatre, que revenait la tâche de gérer les crises les plus graves – ainsi les choses s'étaient-elles mises en place le jour où, âgée de douze ans, elle avait découvert Kitty en train de se meurtrir le visage à l'aide d'une râpe à fromage. Elle s'était aussitôt rendue avec sa jeune sœur dans le bureau de son père, l'homme le plus doux et le plus gentil au monde. Il avait réglé l'affaire au mieux, à sa façon : il avait convaincu la petite qu'en tentant de se mutiler elle insultait Dieu, qui lui avait donné sa beauté, pour une mystérieuse raison connue de Lui seul, et qu'un jour elle comprendrait.

Cet argument soutint Kitty jusqu'à sa dernière année au collège de filles de Corunda – une institution religieuse. En retardant l'entrée à l'école des deux aînées, ainsi qu'en devançant l'appel pour les cadettes, Maude était parvenue à ce que les quatre filles fussent toujours dans la même classe. La directrice du collège, une Écossaise à la mine austère, servit aux onze élèves sur le point de quitter son établissement un discours propre à décourager leurs ambitions:

« Vos parents vous ont permis de jouir plus longtemps des fruits de l'éducation dispensée dans cet établissement en vous y inscrivant pour deux années supplémentaires. Bientôt, vous nous quitterez, en possession d'un niveau d'instruction bien supérieur à celui de la plupart des femmes de ce pays – vous vous situerez à égalité avec les étudiants désireux d'entrer à l'université, en anglais, en mathématiques, en histoire ancienne et moderne, en géographie, en sciences, de même qu'en grec et en latin. »

Sur quoi l'Écossaise fit une pause pour ménager ses effets.

« Cependant, reprit-elle, le mieux qui puisse vous arriver à présent est un beau mariage. Si vous choisissez malgré tout de demeurer célibataires et d'assurer votre propre subsistance, deux carrières s'offriront à vous: celle d'institutrice, voire, pour une poignée d'entre vous, celle d'enseignante dans le secondaire, ou le secrétariat. »

Le dimanche suivant, à la table du déjeuner, Maude Latimer ajouta son post-scriptum:

— Balivernes! pouffa-t-elle. Je ne parle pas du beau mariage, cela va de soi. Bien sûr, mes enfants, que vous ferez un beau mariage. Mais aucune des filles du pasteur de l'église Saint-Marc n'aura jamais besoin de se salir les mains pour gagner sa vie. Vous continuerez d'habiter dans cette maison, que vous m'aiderez à tenir jusqu'à ce qu'un homme vous épouse.

En septembre 1925, Edda et Grace avaient dix-neuf ans, Tufts et Kitty un de moins. Cette dernière se rendit dans les écuries, où elle dénicha une corde. Ayant fait un nœud coulant à l'une de ses extrémités, avant de jeter l'autre par-dessus une poutre, l'adolescente passa la tête dans la boucle, puis grimpa sur un bidon à essence vide. Lorsque Edda la découvrit, elle avait déjà renversé le bidon d'un coup de pied et se trouvait suspendue dans le vide, affreusement paisible, résolue à en finir avec l'existence. Son aînée, qui ne sut jamais où elle avait alors puisé sa force, la libéra de la corde avant qu'elle ne l'étouffât pour de bon.

Cette fois, elle n'alla pas voir aussitôt leur père.

— Oh ma petite chérie, tu ne peux pas faire une chose pareille! s'exclama-t-elle en pleurant, la joue posée contre la chevelure soyeuse de Kitty. La situation ne peut quand même pas être aussi terrible que cela…

Mais dès que sa cadette parvint à articuler quelques explications d'une voix rauque, Edda sut que les choses se révélaient plus épouvantables encore qu'elle ne l'avait soupçonné.

— Je hais ma beauté, Edda, je la déteste! Si seulement maman consentait à se taire, si seulement elle me fichait la paix de temps en temps. Rien à faire. À l'entendre, je suis Hélène de Troie. Et si elle le pouvait – elle m'interdit de me vêtir en négligé, elle m'oblige à me maquiller –, je te jure qu'elle s'arrangerait pour que j'épouse le prince de Galles!

— Mais non: même maman a dû se rendre compte que tu n'étais pas son type, rétorqua Edda pour détendre l'atmosphère. Il ne les aime que déjà mariées, et autrement plus vieilles que toi.

Kitty gloussa un peu entre ses larmes, mais il fallut à sa sœur beaucoup de temps et une force de persuasion hors du commun pour que l'adolescente consentît enfin à s'ouvrir de ses soucis à leur père.

— Tu n'es pas seule, argumenta Edda. Regarde-moi! Je vendrais mon âme au diable – et ce ne sont pas des paroles en l'air – pour devenir médecin. J'en rêve depuis toujours. Mais je n'y parviendrai jamais. D'une part, nous n'avons pas assez d'argent. De l'autre, papa n'est pas d'accord. Oh, pas parce qu'il désapprouve le fait que des femmes exercent cette profession, mais parce que tout le monde mène la vie dure aux doctoresses. Il est persuadé que je ne m'épanouirais pas dans cette voie. Il se trompe, je le sais, mais il refuse de se laisser fléchir.

L'adolescente referma ses doigts puissants et fins sur l'avant-bras de Kitty.

— Qu'est-ce qui te permet de croire que tu es la seule ici à n'être pas heureuse ? T'imagines-tu que je n'ai jamais songé à me pendre, moi aussi ? Eh bien si, figure-toi, j'y ai pensé ! Et plus d'une fois.

Edda poursuivit son discours, tant et si bien que quand elle annonça au pasteur Latimer que sa jeune sœur avait essayé d'en finir avec l'existence, celle-ci était devenue aussi malléable qu'une boule d'argile.

— Oh ma chérie, ma chérie, murmura son père, tandis que les larmes inondaient son charmant visage un peu trop long. Pour celles et ceux qui attentent à leurs jours, Dieu dispose d'un enfer tout particulier : pas d'abîme de feu, nul compagnon ni compagne d'infortune. Les suicidés errent pour l'éternité dans la solitude la plus totale. Jamais ils ne croisent un autre visage, jamais ils n'entendent une autre voix, jamais ils ne connaissent le martyre ni l'extase ! Jure-moi, Katherine, que tu n'essaieras plus jamais de te faire du mal, de quelque façon que ce soit.

Kitty jura, et respecta son serment – même si ses sœurs continuaient de la surveiller comme le lait sur le feu.

Il s'avéra finalement que l'incident était survenu au moment opportun : le révérend Latimer appartenait au conseil d'administration de l'hôpital de Corunda. Or, durant la semaine suivant la crise de désespoir de Kitty, ce conseil se réunit. Ses membres évoquèrent, notamment, le fait qu'en 1926 le ministère de la Santé de la Nouvelle-Galles du Sud allait promouvoir un type entièrement nouveau d'infirmière : une infirmière correctement formée, une infirmière diplômée à titre officiel. Voilà, songea aussitôt le pasteur, la profession idéale pour une jeune femme ayant reçu une éducation supérieure. Le révérend Latimer se sentit tout particulièrement enthousiasmé d'apprendre que ces infirmières d'un genre inédit logeraient dans l'enceinte de l'hôpital, afin de se trouver au plus près des événements si l'on avait besoin d'elles. Leur salaire, une fois déduit le coût de la pension, de l'uniforme et des livres, se réduisait à peu de chose, mais la modeste dot de chacune de ses filles s'élevait, pour sa part, à cinq cents livres, dot à laquelle le salaire en question, si maigre fût-il, permettrait de ne pas toucher. Maude se plaignait régulièrement de ces quatre bouches à nourrir. Dans ce cas, songea encore l'homme d'Église en regagnant au plus vite son domicile à bord de sa Ford T, pourquoi ne pas brandir cette joyeuse perspective sous le nez de Grace, Tufts, Edda et Kitty? Une carrière digne de leur rang, un logement à l'hôpital, un revenu – et (bien que le pasteur se refusât à l'exprimer, même en pensée) le moyen d'échapper enfin à Maude.

Il s'efforça d'abord d'appâter Edda qui, bien entendu, se montra ravie. Même Grace, la plus rétive, se laissa amadouer. Et tant pis si, pour cette dernière comme pour Kitty, la promesse de se voir sous peu débarrassées de leur mère l'emportait largement sur la vocation médicale.

Le révérend eut infiniment plus de mal à persuader ses douze acolytes du conseil d'administration de l'hôpital que ce dernier avait tout à gagner à jouer les pionniers en matière de soins infirmiers. C'est alors qu'un lion se révéla en lui. Et ce lion se mit à rugir. De mémoire d'habitant de Corunda, on n'avait jamais vu cela. Babines retroussées sur des crocs étincelants, le lion qui, depuis toujours, sommeillait au fond de Thomas Latimer surprit si fort Frank Campbell, le directeur de l'hôpital de Corunda, qu'il ne sut comment réagir. Et c'est ainsi que le pasteur, pour son immense satisfaction, remporta la bataille.

Repues, les quatre jumelles Latimer échangèrent des regards de paisible triomphe. Le salon était désert, ce qui restait de thé au fond des théières se trouvait infusé au-delà du raisonnable, mais dans la poitrine des quatre adolescentes battait un petit cœur ravi.

— Lundi prochain, plus de Maude, déclara Kitty.

— Kitty! Tu n'as pas le droit de l'appeler par son prénom, s'indigna Grace. C'est ta mère!

— J'ai tous les droits.

— Tais-toi donc, Grace, tempéra Edda avec un large sourire. Elle célèbre son émancipation, voilà tout.

Tufts, qui des quatre jeunes filles possédait le plus grand sens pratique, contemplait le cadavre du serpent.

— La fête est terminée, fit-elle en se levant. Il est temps de faire le ménage.

Posant à son tour les yeux sur le reptile, qui baignait dans une mare de sang, Grace haussa les épaules.

— Je veux bien nettoyer les théières, mais je refuse de m'occuper de ce truc-là!

— C'est pourtant bien ce que tu vas faire, Grace, la rabroua Edda, puisque, depuis l'apparition de cette bestiole dans la pièce, tu n'as su que hurler et pleurnicher.

— Tu trouves ça dégoûtant? pouffa Tufts. Attends un peu de faire la tournée des salles communes à l'hôpital.

Grace, qui pinça ses lèvres généreuses, croisa les bras sur sa poitrine en fusillant ses sœurs du regard.

— J'entamerai les tâches ingrates quand l'heure aura sonné pour moi, pas une minute avant. Kitty, c'est toi qui as fait toutes ces cochonneries en lui tranchant la tête. Alors, à toi de récurer.

Tout à coup, son visage s'éclaira et elle se mit à rire.

— Oh les filles! Nous ne sommes plus des femmes de ménage! À nous, l'hôpital de Corunda!

— Ses horreurs et le reste, ajouta Edda.

S'il coulait dans ses veines un peu de sang Treadby, le révérend Thomas Latimer n'était pas originaire de Corunda. Il avait été nommé pasteur de Saint-Marc vingt-deux ans plus tôt. Cette lointaine ascendance Treadby lui avait valu d'être immédiatement accepté par ses ouailles, en dépit de sa jeunesse et de sa relative inexpérience – deux défauts qui n'en étaient pas aux yeux des habitants de Corunda, ces derniers n'aimant rien tant que modeler à leur main l'argile fraîche. Élevée au sein d'une excellente famille, Adélaïde, l'épouse du révérend, était appréciée de tous – au contraire de la gouvernante du presbytère, Maude Treadby Scobie, veuve sans enfant issue d'une fort honorable lignée et bêcheuse insupportable.

Adélaïde et Thomas gagnèrent peu à peu tous les cœurs – le pasteur, dont la grande beauté était celle d'un intellectuel, possédait une âme douce et candide ; son épouse se révélait plus sensible encore. Le 13 novembre 1905, elle donna naissance à des jumelles, Edda et Grace. Hélas, une hémorragie s'ensuivit, à laquelle elle succomba.

Maude Scobie connaissait si bien les usages du presbytère que les autorités anglicanes jugèrent opportun de conseiller au révérend Latimer de la garder auprès de lui, en particulier du fait de la présence des deux nourrissons. Maude, qui désormais s'acheminait doucement vers la quarantaine, comptait six ans de plus que son employeur. Raffinée, jolie comme un cœur, elle fut ravie de demeurer au service du pasteur. Il ne s'agissait certes pas d'une sinécure, mais elle gagnait bien sa vie – les instances ecclésiastiques savaient se montrer généreuses envers les femmes de ménage et les bonnes d'enfants.

La congrégation tout entière comprit fort bien le révérend Latimer lorsqu'un an après le décès d'Adélaïde il épousa, en secondes noces, Maude Scobie qui, le 1er août 1907, accoucha à son tour de jumelles, légèrement prématurées celles-ci. Elles reçurent les noms de Heather et Katherine – qui devinrent bien vite Tufts et Kitty.

Au contraire de la première Mme Latimer, Maude n'avait aucune intention de mourir jeune. Mieux : elle comptait bien survivre à son époux, voire à sa propre progéniture. À présent qu'elle était la femme du pasteur, sa renommée grandit au sein de la communauté de Corunda qui, à de rares exceptions près, la jugeait autoritaire, superficielle et dévorée d'ambition. La ville ne tarda pas à décréter que Thomas, berné, avait finalement épousé une véritable harpie. Pareille sentence aurait pu réduire Maude à néant, mais il n'en fut rien ; sa suffisance ne s'en trouva pas même égratignée. Car elle était de ces femmes si imbues d'elles-mêmes qu'il ne leur vient pas à l'idée que l'on puisse les détester. Les sarcasmes et les pointes d'ironie glissaient sur elle comme de l'eau sur les plumes d'un canard, et quant aux rebuffades, c'était elle qui les infligeait à autrui. La chance, par ailleurs, lui souriait de toutes ses dents : bien que le révérend Latimer eût tôt fait de comprendre qu'il s'était fourvoyé en l'épousant, il tenait le mariage pour une institution sacrée, un contrat que l'on ne saurait rompre et dont les termes vaudraient jusqu'au décès de l'un ou l'autre des contractants. Maude n'était pas la femme qu'il lui fallait ? Tant pis, c'est lui qui s'adapterait à elle. Aussi redoublait-il de patience, accédant à la plupart de ses désirs, manœuvrant habilement pour la détourner de ceux qu'il estimait extravagants ; il supportait ses colères et ses caprices, et pas un jour il n'envisagea, fût-ce en pensée, de rompre les liens qui l'unissaient à elle. Et si, d'aventure, le temps d'un éclair il songeait combien il aurait aimé que Maude s'entichât d'un autre homme, il se hâtait, horrifié, de repousser loin de lui cette perspective.

Les jumelles ne se ressemblaient pas trait pour trait, ce qui amena nombre d'observateurs à s'interroger sur les rapports exacts entre identité et gémellité. Certes, Edda et Grace avaient hérité de la longue silhouette de leur mère, ainsi que des gestes harmonieux de leur père. Également adorables, toutes deux possédaient le même visage, les mêmes mains, les mêmes pieds. Elles partageaient encore une chevelure d'un noir de jais, des sourcils haut perchés, de longs cils épais et un regard gris pâle. Pourtant, des divergences existaient. Dans les grands yeux de Grace se lisait une tristesse dont il lui arrivait de jouer avec adresse, tandis que ceux d'Edda, plus enfoncés dans leurs orbites et coiffés de paupières plus lourdes, lui conféraient un petit air d'étrangeté. On s'aperçut de plus, au fil de leur croissance, que si Edda était douée d'une intelligence supérieure et d'une volonté qui confinait parfois à l'intransigeance, sa sœur, elle, n'aimait pas lire ni s'instruire beaucoup, et agaçait son entourage par sa propension à se plaindre, voire à geindre ouvertement. Tant et si bien que lorsqu'elles s'apprêtèrent à quitter le presbytère pour devenir infirmières à l'hôpital de Corunda, personne n'était plus en mesure de discerner ce qu'elles conservaient en commun : leurs personnalités avaient modelé différemment leurs traits, et leurs regards ne se posaient pas sur le même horizon.

Maude ne les avait jamais appréciées, mais elle dissimulait son antipathie avec une ruse consommée. De prime abord, les quatre enfants jouissaient d'un traitement identique, l'épouse du pasteur veillait à ce qu'elles fussent toujours propres et soignées, vêtues au même prix et éduquées sur un pied d'égalité. S'il lui arrivait de choisir pour ses propres filles des coloris plus flatteurs que ceux qu'elle réservait à celles d'Adélaïde, eh bien… eh bien, cela ne dura guère puisque, dès leur prime adolescence, Edda, Grace, Tufts et Kitty allèrent voir le père pour lui demander la permission de choisir désormais seules leurs tenues. Edda et Grace s'en trouvèrent d'autant plus avantagées que, de l'avis général (quoique Maude, qui pratiquait la surdité sélective, ne se souciât pas de ces remarques), elles possédaient, en matière vestimentaire, un goût autrement plus raffiné que celui de leur belle-mère.

Tufts et Kitty (Tufts avait vu le jour la première) se révélaient à la fois plus proches et plus différentes l'une de l'autre que leurs aînées. Elles ressemblaient à leur mère, petite créature aussi menue que voluptueuse, pourvue d'une poitrine généreuse et bien faite, d'une taille de guêpe et de superbes jambes. À peine eurent-elles poussé leur premier cri que leur minois enchanta les visiteurs, qui s'émerveillaient de constater que Dieu, une fois n'était pas coutume, avait à deux reprises utilisé le même moule. Avec leurs adorables petites fossettes au creux des joues, leurs cheveux joliment bouclés, leur délicieux sourire et leurs immenses yeux ronds, elles exerçaient sur celui ou celle qui les contemplait ce charme irrésistible que l'on attribue d'ordinaire aux chatons, à quoi l'on pouvait ajouter un front bombé, un petit menton pointu, ainsi qu'une bouche dont les commissures imperceptiblement relevées n'étaient pas sans évoquer celles de la Joconde. Toutes deux arboraient le même petit nez mince et droit, les mêmes lèvres pulpeuses, les mêmes pommettes hautes et des sourcils délicatement arqués.

Ce qui, en revanche, les distinguait sans le moindre doute possible était leur teint – Kitty brillait comme un soleil quand, par comparaison, Tufts symbolisait la lune – exhibant des cheveux d'ambre, un teint de pêche assorti d'un regard d'un jaune froid. En somme, elle se révélait l'œuvre d'un peintre à la palette singulièrement limitée.

Tandis que Kitty… Ah, Kitty! Là où sa sœur se déclinait en imperceptibles nuances, Kitty n'était que contrastes. Sa peau représentait l'élément le plus remarquable du tableau, d'un brun chaud que d'aucuns qualifiaient de «café au lait» – d'autres, moins charitables, discernaient dans cette carnation, avec des murmures entendus, les origines métissées de la famille de Maude. Quant à la chevelure, aux cils et aux sourcils de l'enfant, ils étaient d'un blond si clair qu'il en devenait cristallin; contre sa peau bise, ils produisaient un effet des plus spectaculaires, au point qu'il fallut de nombreuses années pour faire taire la rumeur selon laquelle la mère de Kitty lui décolorait les cheveux à l'eau oxygénée. Enfin, cette dernière possédait des yeux d'un bleu vif striés de raies lavande qui apparaissaient et disparaissaient au gré de son humeur. Mais chaque fois qu'elle se croyait seule, Kitty contemplait le monde avec un regard autrement moins paisible que celui de sa jumelle; il brillait alors au fond de ses prunelles une lueur farouche à laquelle se mêlait un peu d'effroi. Le jour où elle comprit que les choses autour d'elle échappaient quelquefois à son contrôle autant qu'à sa raison, elle souffla cette lumière pour se retrancher dans un univers intime auquel elle ne faisait allusion devant personne, et dont seules ses trois sœurs connaissaient l'existence.

Lorsque l'on découvrait Kitty pour la première fois, on se figeait, puis on l'admirait. Pour ajouter à son désarroi de se sentir ainsi l'objet de toutes les attentions, sa mère ne cessait de louer sa splendeur auprès de ceux et celles qu'elle croisait sur sa route, y compris celles et ceux qu'elle croisait tous les jours : s'ensuivaient d'interminables minauderies, des vagues d'exclamations admiratives, nul ne se souciant de ce que Kitty entendît tout ce que l'on disait d'elle, au même titre qu'Edda, Grace et Tufts.

— A-t-on jamais vu si belle enfant?

— Quand elle sera grande, elle épousera un homme riche!

C'était de telles remarques qui, mille fois réitérées, avaient produit la râpe à fromage, la corde pour se pendre, puis la décision d'Edda d'entraîner ses sœurs dans une formation d'infirmière à l'hôpital de Corunda au début du mois d'avril 1926. Car si l'on ne soustrayait pas Kitty à l'influence de Maude, un jour viendrait où plus personne ne serait en mesure de prévenir une nouvelle tentative de suicide.

Les enfants ne connaissant d'autre monde que celui dans lequel ils vivent, jamais les filles Latimer n'eurent l'idée de s'interroger sur le comportement de Maude, de se demander un instant si toutes les mères au monde agissaient de semblable façon ; elles se contentaient d'admettre comme une vérité première le fait que, si une enfant était aussi «ravissante» (ainsi parlait sa mère) que Kitty, elle se trouvait forcément, et partout, soumise à la curiosité malsaine de son entourage. Jamais il ne leur apparut que Maude, elle aussi, se révélait unique en son genre ; jamais elles ne songèrent que, peut-être, une petite fille dotée d'un autre caractère que celui de Kitty se serait délectée de la vénération dont elle faisait l'objet. Tufts, Edda et Grace ne comprenaient qu'une chose : il était de leur devoir de protéger leur sœur contre ce qu'Edda nommait l'«idiotie parentale». À mesure qu'elles grandirent et gagnèrent en maturité, jamais cet instinct protecteur ne se dissipa, jamais il ne s'amoindrit, au contraire : à quelques jours de quitter la maison familiale, il leur semblait plus urgent que jamais de préserver Kitty.

Si les quatre jumelles étaient intelligentes, Edda récoltait tous les lauriers, car son esprit se jouait des mathématiques avec autant d'aisance que des événements historiques ou des dissertations anglaises. En cela, Tufts lui ressemblait beaucoup, bien qu'elle manquât de la formidable ardeur qui animait Edda. Tufts, elle, possédait un sens des réalités qui, étonnamment, tendait à ternir un peu sa beauté naturelle; durant son adolescence, elle ne montra que fort peu d'intérêt pour les garçons, qu'elle jugeait stupides et balourds. Quelles que fussent les stratégies déployées par ces derniers, elles demeuraient pratiquement sans effet sur l'adolescente.

L'institution de jeunes filles fréquentée par les jumelles possédait un pendant masculin : le lycée de garçons de Corunda, en sorte que les demoiselles Latimer se trouvaient régulièrement amenées à côtoyer leurs pareils, à l'occasion de bals, de réceptions, de rencontres sportives et autres événements mondains. On les admirait – on les convoitait même –, on les embrassait autant ou aussi peu qu'elles en manifestaient l'envie, mais jamais on ne se risquait plus loin : les cuisses et les seins, par exemple, demeuraient un territoire interdit.

Si ces règles convenaient parfaitement à Tufts, Edda et Kitty, Grace, jeune fille plus aventureuse et élève moins zélée, s'en agaçait parfois. Elle qui se repaissait des potins dont les magazines féminins faisaient leurs choux gras – elle savait tout des acteurs de théâtre, du monde de la mode et des membres de la famille royale qui régnait sur l'Empire britannique – ne négligeait pas pour autant la rumeur locale. Essentiellement préoccupée de sa propre personne, elle possédait cependant un esprit vif, et une capacité peu commune à échapper aux tâches qui la rebutaient. Il convient encore d'ajouter qu'elle nourrissait une passion pour le moins surprenante, par comparaison avec le reste de ses centres d'intérêt : elle adorait les locomotives à vapeur. Si un jour elle manquait à l'appel, chacun, au presbytère, savait où la dénicher : sur les voies de triage, où elle contemplait les machines. En dépit de ses nombreux défauts, Grace était une adolescente pleine de gentillesse, affectueuse et dévouée à ses sœurs, qui s'étaient peu à peu accommodées de ses jérémiades.

Kitty, pour sa part, débordait d'une imagination aux accents romantiques, mais sa beauté spirituelle qui, sans cela, aurait égalé sa splendeur physique, se trouvait gâtée par une langue acérée, prompte aux saillies caustiques, aux remarques abruptes. C'était là son moyen de défense contre les torrents de louanges qui se déversaient sur elle, car les victimes de ses pointes en demeuraient interloquées, s'avisant tout à coup qu'elle ne se résumait pas qu'à un joli visage. Les accès de dépression (qu'Edda, Grace et Tufts appelaient «les coups de cafard de Kitty») qui l'assaillaient chaque fois que Maude parvenait à franchir ses remparts représentaient pour elle de terribles épreuves, que seules adoucissaient ses sœurs, qui en connaissaient les raisons et se rassemblaient derrière elle jusqu'au terme de la crise. Aux examens scolaires, elle brillait tant que les mathématiques ne dressaient pas leurs épouvantables têtes d'hydre ; Kitty était la reine de la dissertation et de l'expression écrite.

Maude détestait Edda, qui prenait la tête de la rébellion dès qu'il s'agissait de contrecarrer les projets que l'épouse du révérend nourrissait pour ses filles, Kitty en particulier. Edda s'en moquait. À dix ans, elle était déjà plus grande que sa belle-mère et, parvenue à l'adolescence, elle la dominait de si haut que Mme Latimer jugeait la situation aussi inconfortable que dangereuse. Les yeux pâles de la jeune fille se posaient sur elle, pareils à ceux d'une louve blanche, au point que, dans ses rares cauchemars, c'était toujours Edda qui lui infligeait des tourments. Maude avait donc pris un malin plaisir à convaincre son mari de renoncer aux sacrifices financiers qui auraient permis à l'adolescente d'entreprendre des études de médecine – la marâtre tenait cette victoire pour son plus éclatant triomphe. Dès qu'elle songeait aux ambitions brisées d'Edda, elle savourait sa réussite. Si la jeune fille avait appris qui, dans le couple, entravait son destin professionnel, Maude aurait sans doute passé un bien vilain quart d'heure, mais Edda ignorait tout : pris entre les mille pressions exercées par sa femme et ses propres convictions, Thomas Latimer n'en souffla jamais mot à quiconque. Edda ne savait qu'une chose : la famille manquait d'argent.

Edda et Grace, Tufts et Kitty... Chacune prépara l'unique valise qu'elle était autorisée à emporter avec elle et, le premier jour d'avril 1926, les quatre jumelles se présentèrent à l'hôpital de Corunda.

— Comme par hasard ! se lamenta Grace. C'est le 1er avril...

Établi sur les hauts plateaux du Sud, à trois heures de train de Sydney, le comté de Corunda se révélait plus accueillant et plus fertile que la plupart des autres régions rurales du continent australien. On y produisait des agneaux bien gras, des pommes de terre, des cerises, ainsi que des rubis sang de pigeon – bien qu'il ne demeurât plus une seule gemme du côté des Treadby, qui les dénichaient jadis dans le sol des grottes environnantes, en sorte que les gisements des Burdum se trouvaient désormais sans équivalent à travers le monde.

À cette altitude, l'été s'envolait pour d'autres cieux à la fin du mois de mars ; avril marquait le début d'un automne presque anglais – on avait d'ailleurs importé de Grande-Bretagne des arbres et des arbustes à feuilles caduques, ainsi qu'une passion pour le jardinage inspirée par Anne Hathaway[1] et les prouesses de Capability Brown[2]. Le 1er avril, un froid piquant flottait dans l'air et les feuilles des arbres à feuilles persistantes originaires d'Australie s'amollissaient, s'affadissaient – elles quémandaient la pluie. Ce jour-là, le pasteur déposa ses filles devant l'entrée principale de l'hôpital de Corunda, mais il ne les aida pas à porter leurs valises à l'intérieur de l'établissement : il avait

---

1. L'épouse de Shakespeare. *(Toutes les notes sont de la traductrice.)*
2. Capability Brown (1716-1783) : paysagiste anglais qu'on tenait à son époque pour le plus brillant des jardiniers de son pays.

les yeux pleins de larmes. Combien le presbytère allait lui paraître vide !

Les quatre filles Latimer l'ignoraient, mais l'infirmière-chef Gertrude Newdigate n'avait pris ses fonctions qu'une semaine avant leur arrivée, et elle ne décolérait pas : quand elle avait accepté ce poste, personne n'avait évoqué l'école d'infirmières qu'on s'apprêtait à fonder ici – c'était justement l'une des principales raisons qui l'avaient poussée à choisir Corunda. Et maintenant !... Depuis que ces écoles avaient vu le jour, Sydney vivait une véritable révolution, à laquelle l'infirmière-chef Newdigate refusait catégoriquement de participer. Et maintenant !...

Glaciale et tout de blanc vêtue, elle se tenait assise à son bureau, l'œil rivé sur les quatre jeunes filles debout devant elle. Ces dernières, exhibant de coûteuses tenues à la mode, s'étaient peint les lèvres comme le faisait l'actrice Clara Bow, elles avaient appliqué sur leur visage de la poudre de riz et, sur leurs cils, du mascara. Elles portaient des coiffures courtes et gonflées, des bas de soie, des souliers vernis, de petits sacs à main et des gants, tandis qu'une pointe d'accent anglais dans leur voix permettait de deviner qu'elles sortaient d'une école privée...

— Je ne dispose d'aucun logement adéquat pour vous, leur lança froidement Gertrude Newdigate, dont l'uniforme se révélait si empesé qu'il craquait dès qu'elle prenait une profonde inspiration. Vous allez donc devoir vous installer dans le cottage désaffecté pour la rénovation duquel le directeur de notre établissement, le Dr Campbell, s'est trouvé contraint d'engager des dépenses considérables. Sœur Marjorie Bainbridge sera votre chaperon. Elle habitera avec vous, non sans jouir, cela va de soi, d'un relatif degré d'intimité.

La tête de l'infirmière-chef, enveloppée dans un voile d'organdi blanc amidonné aux allures de coiffe égyptienne, tourna imperceptiblement, juste assez pour que reluise un instant l'insigne d'émail et d'argent qu'elle portait épinglé sur son uniforme, au niveau du cou, stipulant qu'elle était une infirmière agréée de l'État de la Nouvelle-Galles du Sud. Si les quatre filles Latimer avaient été en mesure de les identifier, elles auraient repéré d'autres insignes indiquant qu'elles avaient en outre, face à elles, une sage-femme agréée, une bonne d'enfants agréée, issue de l'école des sciences infirmières du deuxième plus vieil hôpital au monde, le St Bartholomew's de Londres. Décidément, les autorités de santé de Corunda s'étaient offert là les services d'un éminent personnage.

— Dans cet établissement, les infirmières agréées portent le nom de «sœurs», reprit Gertrude Newdigate. Cette désignation n'entretient plus aujourd'hui le moindre rapport avec la religion, même si elle nous vient de la lointaine époque où notre activité se trouvait exercée par des nonnes. À la suite de la dissolution des ordres monastiques et conventuels prononcée sous le règne d'Henri VIII, le métier d'infirmière est devenu l'apanage d'un tout autre genre de femme – la prostituée. Mlle Florence Nightingale et ses compagnes ont eu à surmonter de formidables obstacles pour faire reconnaître notre profession à sa juste valeur ; jamais nous ne devons oublier que nous sommes leurs héritières. Pendant plus de trois siècles, notre activité s'est trouvée entachée par une réputation déplorable – on s'imaginait alors que ne s'y adonnaient que les criminelles et les femmes de mauvaise vie. D'ailleurs, aujourd'hui encore, il reste des hommes, parmi les plus hautes instances de l'État, pour ne voir dans les infirmières que de viles créatures. C'est qu'il revient toujours moins cher d'employer une courtisane qu'une honnête femme.

Les yeux bleu pâle de Gertrude Newdigate jetèrent des éclairs glacés.

— En tant qu'infirmière-chef de cet hôpital, je suis votre plus haute supérieure hiérarchique, et soyez assurées que je ne tolérerai aucun écart de conduite, de quelque nature qu'il soit. Me suis-je bien fait comprendre ?

— Oui, infirmière-chef, murmurèrent en chœur les quatre adolescentes – même Edda semblait impressionnée.

— Il est temps, à présent, d'aborder le sujet délicat des liens familiaux qui vous unissent, ainsi que celui de vos noms, enchaîna la voix de plus en plus cassante de leur interlocutrice. Vous ne révélerez à personne votre appartenance à la même fratrie. En effet, les autres élèves de cet hôpital n'ont joui ni de votre fortune, ni de vos privilèges, ni de votre éducation. Et s'il est une chose que je déteste chez vous, c'est votre air de supériorité. Je vous conseille vivement d'en rabattre. Quant à vos patronymes… notre établissement n'autorisant pas la moindre confusion entre ses collaborateurs, pour des raisons de sécurité évidentes, je les ai modifiés. Mademoiselle Edda Latimer, vous deviendrez l'infirmière Latimer. Mademoiselle Grace Latimer, vous serez dorénavant l'infirmière Faulding, puisqu'il s'agit là du nom de jeune fille de votre mère. Mademoiselle Heather Latimer, vous serez l'infirmière Scobie – ainsi s'est appelée votre génitrice lorsqu'elle s'est mariée pour la première fois. Enfin, mademoiselle Katherine Latimer, vous deviendrez l'infirmière Treadby, du nom de jeune fille de votre mère.

Gertrude Newdigate prit une profonde inspiration – l'apprêt de son habit craqua de plus belle.

— Les cours de sciences et les cours théoriques ne commenceront pas avant le mois de juillet. Vous disposerez donc de six mois pour vous accoutumer aux diverses tâches dévolues aux infirmières de cet hôpital avant d'ouvrir votre premier manuel scolaire. Sœur Bainbridge, votre supérieure immédiate, se chargera de votre formation au quotidien.

On frappa doucement à la porte, qui s'ouvrit aussitôt après sur une sémillante jeune femme, dont le visage ne se parait ni de rouge à lèvres ni de poudre de riz ; elle approchait la quarantaine. Elle coula à Gertrude un regard de chien servile à demi mort de faim.

— Ah! Vous tombez à pic! s'exclama celle-ci. Sœur Bainbridge, je vous présente vos nouvelles recrues, les infirmières Latimer, Faulding, Scobie et Treadby. Veuillez suivre votre chaperon, mesdemoiselles.

Sans avoir eu seulement le temps de reprendre leurs esprits, les adolescentes emboîtèrent le pas à l'infirmière qui, déjà, faisait volte-face pour quitter la pièce.

Sœur Marjorie Bainbridge portait un voile d'organdi blanc identique à celui de l'infirmière-chef, mais la comparaison s'arrêtait là. Son uniforme se composait d'une robe à manches longues fermée jusqu'au menton, munie d'un col et de poignets amovibles en celluloïd. Autour de sa taille plantureuse était une ceinture caoutchoutée d'un vert sombre, à laquelle se trouvaient attachés des rubans blancs dont les extrémités disparaissaient dans ses poches; les quatre filles Latimer apprendraient bientôt qu'au bout de ces rubans pendaient des ciseaux à pansement, un bâillon pour les épileptiques, ainsi qu'une minuscule trousse à instruments dissimulée dans un porte-monnaie. À cette tenue finement rayée de vert et de blanc, amidonnée à l'égal de celle de Gertrude Newdigate, il convenait d'ajouter d'épais bas beiges en fil d'Écosse, et des chaussures noires à lacets pourvues de gros talons de cinq centimètres. Cet accoutrement ne conférait pas le moindre charme à sa propriétaire, non plus qu'il ne cachait son énorme derrière, qu'elle balançait de droite et de gauche, tel un soldat lors d'un défilé militaire – de Marjorie Bainbridge n'émanait pas une once de féminité. Peu à peu, les adolescentes s'habitueraient si bien à voir les infirmières osciller ainsi en cadence, toutes au même rythme, respectueuses de la discipline qu'on leur imposait, qu'elles ne tarderaient pas à en faire autant, mais, en cette matinée d'avril au froid vif, il s'agissait pour elles d'une vraie nouveauté.

Ayant parcouru cinq cents mètres environ à la suite de leur chaperon, elles atteignirent une bicoque en bois, sinistre et délabrée, assortie d'une véranda en façade. Le mot «cottage», employé plus tôt par Gertrude Newdigate, leur avait laissé imaginer une adorable maisonnette, mais ce qu'elles avaient sous les yeux ressemblait plutôt à une grange qu'un gigantesque marteau-pilon aurait réduite à l'état de plain-pied. Et si le directeur Campbell avait engagé ces «dépenses considérables» évoquées par l'infirmière-chef pour le rénover, même l'œil de lynx d'Edda ne put discerner à quoi cet argent avait bien pu servir. Pour couronner le tout, on avait séparé le logement en diverses parties, plus exiguës les unes que les autres.

— Latimer et Faulding, vous partagerez cette chambre. Scobie et Treadby vous installerez dans l'autre. Les deux pièces communes auxquelles il vous est permis d'accéder sont cette salle de bains et cette cuisine. Quant à moi, j'habite de l'autre côté de cette porte fermée à clé et, une fois que je me trouve chez moi, j'exige qu'on ne m'y dérange pas. Sur ce, je vous laisse défaire vos bagages.

Et Marjorie se retira en refermant derrière elle la porte de son logis.

— Tu parles d'un endroit, lâcha Kitty d'une toute petite voix.

— Passablement austère, commenta Tufts avec un soupir.

Les quatre sœurs se tenaient dans la cuisine, une pièce minuscule dont l'unique élément de confort résidait dans une cuisinière à gaz.

Grace s'apprêtait à fondre en larmes, considérant d'un œil humide la petite table de bois et ses quatre chaises.

— Je n'arrive pas à y croire, gémit-elle.

— Si tu te mets à pleurer, la prévint Tufts, je me charge personnellement de te jeter aux chiens.

Passant un doigt ganté sur le rebord de la cuisinière, elle grimaça :

— Je pourrais leur pardonner de n'avoir pas daigné repeindre cette maison, mais ils ne se sont même pas donné la peine d'y faire correctement le ménage.

— Alors, c'est à cela que nous allons d'abord nous atteler, décréta Edda sur un ton allègre qui stupéfia ses sœurs. Réfléchissez un instant, les filles! Ils ne veulent pas de nous ici!

Trois paires d'yeux se tournèrent aussitôt vers Kitty, la plus fragile de la fratrie : comment allait-elle accueillir cette révélation qu'Edda avait eu l'excellente idée de lui assener d'emblée – le plus tôt était le mieux.

— Dans ce cas, répliqua l'adolescente d'une voix puissante, qu'ils aillent tous se faire voir! Que je sois damnée si une Latimer se laisse dicter sa conduite par une bande de vilaines bêtes prétentieuses.

— Une bande de rosses, rectifia Edda.

— Ce qu'elles ignorent, repartit Kitty en gloussant, c'est qu'en matière de rosseries ce sont de toutes petites joueuses : nous avons grandi à l'ombre d'une mère qui pourrait donner des leçons de rosserie à l'infirmière-chef en personne.

Grace, dont les larmes avaient séché bien vite, contemplait sa sœur, les yeux écarquillés.

— Tu n'as pas un coup de cafard? s'étonna-t-elle.

— Pas pour le moment, répondit Kitty avec un large sourire. Je suis trop contente d'avoir enfin gagné mon indépendance.

— Que penses-tu de Gertrude Newdigate? demanda Tufts à Edda.

— Un vrai navire de guerre toutes voiles dehors, intervint Grace. Elle tire des salves de tellement loin qu'elle ne voit même pas ce qu'elle vise à l'horizon.

— Disons plus prosaïquement qu'à ses yeux nous ne représentons qu'une charge de travail supplémentaire, fit Tufts. Je tiens de Mme Enid Treadby que l'infirmière-chef a accepté ce poste pour terminer sa carrière dans une ville où elle aurait ensuite les moyens financiers de couler une retraite paisible.

— Mais enfin! s'insurgea Edda. Pourquoi nous avoir caché une information aussi capitale?

— Je ne répète jamais les potins, j'en suis incapable et tu le sais parfaitement.

— Tu as raison, et je te prie de m'excuser… Grace! Arrête de brailler comme un veau qui a perdu sa mère!

— L'infirmière-chef est une femme détestable, hoquetait la malheureuse, dont les larmes ruisselaient sur ses joues. Et sœur Bainbridge ne vaut pas mieux. Pourquoi papa ne nous a-t-il pas inscrites dans une école d'infirmières à Sydney?

— Parce qu'à Corunda, répondit Tufts, papa est quelqu'un d'important. Cela lui permet de garder un œil sur nous. Tant pis. Nous n'aurons plus qu'à nous briser le coccyx sur les chaises de cuisine et nous passer de salon. Je me demande si cette masure est seulement équipée d'un chauffe-eau. Après tout, nous nous trouvons dans un hôpital.

— Il n'y a pas d'eau chaude dans la cuisine, constata Edda.

Kitty sortit de la chambre qu'elle allait partager avec Tufts en tenant à bout de bras une tenue rayée de vert et de blanc, si empesée qu'elle ressemblait à un morceau de carton. Elle referma les doigts de sa main droite puis, d'un coup de poing, sépara les deux pans du vêtement plié. Un rire s'éleva dans la pièce.

— J'ai l'impression de dépecer un agneau qu'on vient d'abattre.

Sur quoi elle posa la robe sur une chaise, afin de présenter cette fois à ses sœurs un carré de carton blanc.

— Je suppose qu'avec une bourrade supplémentaire, cette chose-là va se transformer en tablier.

Aussitôt dit, aussitôt fait.

— Regardez! On l'enfile par-dessus l'uniforme, dont on ne voit plus que les manches. Je comprends d'autant mieux pourquoi on nous a fourni d'affreux bas noirs en laine tricotée pour compléter l'attirail.

Alors qu'elle se repoudrait le nez et rectifiait son rouge à lèvres, Grace leva les yeux.

— Que veux-tu dire? demanda-t-elle.

— Ce que tu peux être bornée! Pour quelle raison crois-tu que l'infirmière-chef nous ait débité son sermon sur les bonnes sœurs et les prostituées? C'était pour elle une manière de nous signifier qu'au cours des trois années à venir nous n'aurons aucune relation sexuelle – même si, de toute façon, d'un point de vue statistique, l'immense majorité des élèves sont des filles. Hors de question de flirter avec l'un des médecins, Grace. L'infirmière-chef Newdigate te pardonnerait sans doute d'avoir tué un patient, mais pas de te comporter à ses yeux comme une traînée. Voilà pourquoi on va nous obliger à porter d'affreux uniformes et d'épais bas de laine. Et je te parie tout ce que tu veux qu'il nous sera rigoureusement interdit de nous maquiller.

— Si tu te remets à pleurer, Grace, tu es morte, cracha Edda.

— Je veux rentrer à la maison!

— Non, tu ne veux pas!

— Je déteste faire le ménage.

Soudain, le visage de la jeune fille s'éclaira.

— D'un autre côté, à vingt et un ans, j'aurai obtenu mon diplôme, je pourrai donc faire tout ce dont j'ai envie sans avoir à demander la permission à quiconque. Me marier avec qui bon me semble, par exemple, ou bien voter aux élections.

— J'ai l'impression que notre tâche la plus délicate, observa Edda d'un air songeur, consistera à nous entendre à peu près bien avec les autres infirmières. Aucune d'entre nous n'a jamais mis les pieds dans un hôpital, nos parents ne fréquentent pas le corps médical. Gertrude Newdigate s'est montrée passablement menaçante, tout à l'heure. J'en déduis que nous nous situons un cran au-dessus des autres, qu'il s'agisse de notre milieu social ou de notre niveau d'éducation. En revanche, nous ne sommes pas snobs – papa serait consterné d'apprendre que l'infirmière-chef nous soupçonne de l'être. Hélas, pour la plupart des gens, l'habit fait le moine.

Tufts, qui manifestement en savait plus que ses sœurs sur la question, reprit la parole :

— Toutes les infirmières de cet établissement viennent du West End[1]. Une vraie bande de ploucs.

— Commençons donc par bannir ce genre d'expression de notre vocabulaire, la réprimanda Edda.

— J'ai toujours estimé que les serviettes de table ne servaient à rien, lança Kitty sur un ton guilleret. Après tout, on peut s'essuyer la bouche avec sa main et, quand on a le nez qui coule, il suffit d'utiliser l'une de ses manches.

— Tu as entièrement raison, confirma gravement Edda. Nous ferions mieux de nous habituer à vivre à la dure, de la même façon que nous apprendrons bientôt à nettoyer des plaies. Je doute fort qu'on nous fournisse un jour des serviettes de table. Quant aux mouchoirs, rien ne vaut les mouchoirs d'homme. À bas la dentelle, les filles. Foin des chichis et des mouchoirs de dame.

Kitty se racla bruyamment la gorge :

— Je sais bien que j'ai de fréquents coups de cafard, mais je ne suis pas une poltronne. La méchanceté des filles du West End ne saurait avoir raison de moi. Le métier d'infirmière ne m'attire pas autant que toi, Edda. Mais je me crois capable d'apprendre à aimer cette profession.

— Bravo, Kitty ! s'écria Edda en applaudissant le bref discours.

Devant ses yeux ébahis, sa sœur était en train de se délester du fardeau de son enfance. Elle va aller mieux, songea Edda, je le devine au plus profond de mon être. Après les ravages provoqués par Maude, les natives du West End ne seront que broutilles.

— Pour ce qui est de la médecine, répondit l'adolescente, qui ne voulait pas que Kitty la crût plus affectée

---

1. Quartier très populaire de la ville (fictive) de Corunda.

qu'elle ne l'était en réalité, j'en ai fait mon deuil depuis longtemps. Dans le fond, le métier d'infirmière me conviendra mieux et, grâce au diplôme que nous allons préparer, nous ne serons pas de ces sottes qui savent certes réaliser un pansement, mais qui ignorent pourquoi elles le font. Je suis pareille à un vieux cheval qui flaire l'écurie : à la moindre odeur d'éther, je hennis et je me mets à taper du sabot. Dans un hôpital, je me sens vivante !

— En parlant de hennir et de taper du sabot, Jack Thurlow est-il au courant que tu t'apprêtes à entamer des études d'infirmière ? demanda Tufts d'un air narquois.

— Bien sûr que oui, répliqua sa sœur avec un grand sourire. Et cela ne lui brise pas plus le cœur qu'à moi. Le plus difficile va consister à poursuivre l'entraînement de Fatima. Je pressens qu'à l'avenir je monterai davantage en solo.

— Si tu avais encore Thumbelina, ce serait plus commode, observa Grace. Au moins, papa ne devrait rien à Jack Thurlow, qui ne fréquente même pas l'église.

Kitty tâcha de prévenir la colère d'Edda – elle voyait, sur le visage de sa sœur, s'amonceler de lourds nuages : elle se hâta de s'interposer :

— Tais-toi donc, Grace, l'heure n'est pas à la discussion ! Ce que je me demande, moi, c'est pourquoi tu aimes à ce point l'équitation, Edda.

— Lorsque je me juche sur le dos d'un cheval, je me trouve, au bas mot, à un mètre et demi du sol. Voilà en quoi réside pour moi tout le plaisir de l'équitation. À être plus grande qu'un homme.

— Comme j'aimerais être grande ! soupira Kitty.

La porte cliqueta soudain, puis s'ouvrit. Sœur Bainbridge parut, se planta sur le seuil et jeta sur ses ouailles un regard indigné.

— Que signifie ceci, mesdemoiselles ? Vous n'avez même pas commencé à défaire vos valises !

L'hôpital de Corunda était le plus vaste établissement de santé rural fondé en Nouvelle-Galles du Sud. Il comportait cent soixante lits de médecine générale, quatre-vingts dans l'asile psychiatrique qui en dépendait, trente lits enfin dans une maison de convalescence et de retraite située sur la route de Dunbar, où l'on estimait que l'altitude et le bon air se révélaient plus propices aux patients. Si d'autres hôpitaux séduisaient l'œil du visiteur grâce à la magnificence de leur grès, celui de Corunda ne possédait aucun charme ; il ressemblait à une caserne. Structure de bois édifiée sur des piles et des fondations calcaires, il se composait de plusieurs bâtiments rectangulaires dont seule la large véranda qui flanquait chacun d'eux sur son côté le plus long rendait la vue moins affligeante. Les constructions où séjournaient les patients adultes (deux pour les hommes et deux pour les femmes) étaient deux fois plus longues que celles où l'on accueillait les enfants, les patients en consultation externe, le service de radiologie et de pathologie, le bloc opératoire, les cuisines et les réserves. Quant au bâtiment administratif, qu'on découvrait de l'autre côté de Victoria Street, il s'agissait d'un édifice en pierre calcaire. Sur le terrain dont l'hôpital disposait, et qui se révélait immense, se trouvaient semés divers édifices supplémentaires, parmi lesquels la chaumière de l'infirmière-chef – tout droit sortie d'un livre de contes –, ainsi que des maisons bâties lors de la Grande Guerre, à l'époque où l'hôpital de Corunda faisait également office d'hôpital militaire. L'atout majeur de l'ensemble résidait dans le fait que l'aire sur laquelle il se dressait était parfaitement plane, ce qui avait autorisé ses architectes à relier entre eux les bâtiments, *via* des structures évoquant, au choix, le pont de Brooklyn ou la toile d'araignée – des allées couvertes qu'ici tout le monde appelait «rampes». La plupart d'entre elles permettaient, grâce à des murets d'un mètre vingt environ montés de part et d'autre de la voie, de se protéger de la pluie et du vent – hélas, les deux cents derniers mètres menant à la maison des filles Latimer en étaient dépourvus –, cette rampe-là ne comportait qu'un toit. Entre les deux corps de bâtiment où séjournaient les messieurs, on avait aménagé une salle d'attente; on en avait fait autant du côté des dames – ceux qui rendaient visite à un enfant patientaient dans l'une ou l'autre de ces pièces. Le service d'obstétrique, enfin, était privilégié: on l'avait installé à l'intérieur des locaux administratifs, au même titre que celui des urgences, ainsi qu'un petit bloc opératoire.

Pour les filles Latimer, le choc fut rude. Mais en dépit de leur éducation raffinée, et même si elles avaient grandi loin de toute préoccupation matérielle, elles avaient du caractère, ainsi que la volonté d'atteindre le but qu'elles s'étaient fixé.

Leur premier choc, le plus terrible aussi, fut le suivant: elles comprirent qu'un hôpital était un lieu dans lequel on entrait pour mourir. En effet, un bon tiers des malades quittaient l'établissement en passant par la morgue, tandis qu'un deuxième tiers regagnaient leur domicile pour y succomber peu après. Ces statistiques leur furent confiées par un brancardier lugubre, prénommé Harry, qui, de fait, fit office à leurs yeux d'autorité pédagogique durant les quelques semaines qui s'écoulèrent avant qu'elles fissent la connaissance de leur enseignant, le Dr Liam Finucan.

41

— Je le lis dans les yeux des patients! s'écria Tufts, horrifiée. J'ai l'impression de leur administrer les derniers sacrements au lieu de les soigner. Comment font les autres infirmières pour conserver leur joie de vivre?

— Elles sont immunisées, et elles sont résignées, répondit Grace en réprimant un sanglot.

— C'est faux, assena Kitty. Elles ont de l'expérience, c'est tout: elles savent que, pour faire accepter la mort, rien ne vaut de persuader les malades qu'ils ne vont pas mourir. Je les observe, moi, sans me soucier de leurs manières exécrables à mon égard. La façon dont elles nous traitent importe peu. Faites comme moi: contentez-vous de les observer!

— Kitty a raison, opina Edda, qui préférait s'indigner de ce qu'on coupât des feuilles de journal en petits carrés pour en faire du papier toilette, s'indigner encore de ce que les serviettes fussent tellement élimées qu'on gardait la peau humide après s'en être frictionné (les hôpitaux manquaient-ils donc à ce point de crédits?). Grace, tu as déjà épuisé ton quota de larmes pour la journée. Ne t'avise pas de te remettre à pleurer. N'y songe même pas!

— Mais l'infirmière Wilson a renversé une cuvette de vomi sur moi!

— Uniquement parce que tu l'as laissée te percer à jour. Maîtrise un peu ton dégoût, et tu verras qu'elle ne recommencera plus.

— Je veux rentrer à la maison!

— Il n'en est pas question, mademoiselle Chochotte, décréta Edda, qui entendait bien cacher à sa sœur la compassion qu'elle éprouvait pour elle. Sur ce, va donc changer de tablier avant que ces vomissures n'imprègnent ta robe. Mon Dieu! Tu empestes!

Et c'est ainsi que, bon gré mal gré, la première semaine s'écoula, au terme de laquelle les sœurs Latimer réussissaient à revêtir en un tournemain leurs uniformes «cartonnés» – il n'était pas jusqu'à la coiffe, pareille à une paire d'ailes, qu'elles ne parvinssent à arranger. Les autres infirmières portaient des tenues plus pratiques, à manches courtes, mais les quatre adolescentes, en leur qualité de nouvelles recrues, se retrouvaient mieux empaquetées que des colis.

Quant à la nourriture, elles eurent tôt fait de découvrir qu'elle était infecte, mais elles travaillaient si dur qu'elles ingurgitaient sans broncher tout ce qu'on leur servait, depuis le chou mal égoutté jusqu'au jus de viande grumeleux nageant dans la graisse – la cuisine située dans leur logis, les informa sœur Bainbridge, ne pouvait servir qu'à préparer du thé, du café ou du chocolat chaud.

— Rien d'autre, insista-t-elle. Pas même des toasts.

Le pasteur, qui avait toujours veillé à protéger ses filles des aspects les plus sordides de son ministère, avait banni de ses conversations avec elles les mots et les notions d'inceste, de syphilis ou de perversion. Par ailleurs, en raison du climat, et en l'absence du moindre système de réfrigération, celles et ceux qui rendaient l'âme à l'hôpital de Corunda se trouvaient enterrés dans les vingt-quatre heures suivant leur décès, dans un cercueil fermé. Le lendemain de leur arrivée, dans la matinée, leur chaperon montra aux sœurs Latimer comment on préparait un corps en vue de son inhumation ; c'était la première fois de leur vie qu'elles voyaient ou touchaient un cadavre.

— Un syphilitique qui a violé sa sœur, leur annonça Bainbridge en manière de plaisanterie.

Les quatre adolescentes lui coulèrent en retour un regard dénué de toute expression.

— Ne vous découragez pas, les admonesta Edda dans un murmure dès que l'infirmière eut décampé en riant de leur ignorance. Rappelez-vous que nous sommes des Latimer. Ce qui nous abat aujourd'hui ne sera plus, demain, que de l'histoire ancienne. Empêchez-les de prendre le dessus ! Pas de larmes. Et pas de coups de cafard.

Les jeunes femmes éprouvaient une fatigue permanente d'un genre nouveau, qui leur était difficilement supportable. Elles avaient mal aux pieds, mal au dos, mal aux articulations. Et il n'y avait pas de place ici, ni de temps, pour les raffinements du corps – le directeur, un grippe-sou de premier ordre, ne semblait obéir qu'à la loi de l'argent, auquel il se trouvait attaché mieux qu'une sangsue à une veine gorgée de sang.

Avril, mai et juin passèrent ainsi dans le brouillard épais de l'éreintement : même Grace ne possédait plus assez d'énergie pour songer encore à déserter ; la seule perspective du tohu-bohu que son départ produirait lui paraissait plus éprouvante que l'ascension de l'Everest. Dépassées, les adolescentes se contentèrent donc de supporter leur sort sans mot dire.

Edda se démenait, par ailleurs, pour assurer la cohésion du quatuor, convaincue, au plus profond de son âme, que les choses allaient changer – elles changent toujours à force d'habitude. Un unique agrément, peut-être bien, tel qu'elles n'en avaient jamais connu au presbytère, les tenait dans ce silence chargé de soumission : elles dormaient dans des chambres chauffées. Il faisait si bon vivre au chaud en hiver, et tant pis pour les insultes ou les rebuffades qu'il leur fallait essuyer. Edda était en outre persuadée qu'une fois qu'elles auraient prouvé leur ténacité aux méchantes femmes qui les régentaient, les récompenses pleuvraient : on leur fournirait des chaises confortables, on leur permettrait de confectionner des sandwichs toastés, on ferait preuve à leur égard d'un brin de bienveillance. Au terme de leurs trois premiers mois de présence en ces lieux, elles allaient entamer les cours, autrement dit, elles allaient enfin faire usage de leur cerveau, autant que de leurs mains et de leur voix ; avril, mai et juin ne leur avaient pas encore permis de sortir du lot.

Leur professeur était le Dr Liam Finucan, pathologiste de son état (et légiste en chef pour la ville et le comté de Corunda). Il avait accepté de dispenser ces cours pour deux raisons : d'une part, il jugeait désastreux que l'on gâchât jusqu'ici l'intelligence des infirmières en ne leur prodiguant pas de formation spécifique ; d'autre part, il avait déjà deviné les multiples qualités des sœurs Latimer en les voyant régulièrement, sous bonne escorte, visiter l'hôpital au pas de charge pour apprendre peu à peu à s'y repérer.

Protestant originaire de l'Ulster, Liam Finucan avait sa médecine à St Bartholomew's, le grand hôpital de Londres, à l'époque où Gertrude Newdigate s'y trouvait aussi, en sorte que ces deux-là étaient de vieilles connaissances. La passion de Liam pour la pathologie l'avait mené auprès de l'éminent sir Bernard Spilsbury, si bien que ses qualifications auraient pu lui permettre de diriger le service de pathologie de n'importe quel établissement de Melbourne ou de Sydney. S'il avait opté pour un poste autrement moins prestigieux, c'était parce que sa femme Eris, qu'il avait connue, puis épousée à Londres, était originaire de Corunda. En 1926, quand les filles Latimer entreprirent de préparer leur diplôme d'infirmière, il y vivait depuis quinze ans.

Comme nombre de ses confrères, le Dr Finucan était un homme silencieux et timide, qui n'entretenait à peu près aucun rapport avec les patients, jugeant, et de loin, plus passionnante la compagnie des morts que celle des vivants. Cependant, vers le milieu du mois de juillet, deux semaines après avoir pris en charge les quatre filles Latimer, Liam révéla un pan de sa personnalité jusqu'alors insoupçonné de tous ceux qui le fréquentaient, y compris de lui-même : d'une écurie mentale surgit un destrier, tandis que d'un placard mangé de toiles d'araignées jaillissait une armure… L'Irlandais revêtit l'une, enfourcha l'autre, s'empara de sa lance et partit au combat. Sa cible ? L'infirmière-chef Newdigate.

— Vous n'avez, pour le moment, fourni à ces jeunes filles aucune aide ni le moindre soutien, et j'exige que cela cesse, décréta-t-il de sa voix douce. Vous devriez avoir honte! Lorsqu'une infirmière fait ses premiers pas dans cet établissement, ses consœurs du West End la prennent sous leur aile, elles lui prodiguent leurs conseils et la choient. Ces quatre adolescentes, à l'inverse, n'ont strictement personne vers qui se tourner. Je me fiche de savoir que vous étiez en poste depuis peu quand elles sont arrivées : vous aviez des devoirs envers elles, que vous n'avez nullement remplis, car vous vous êtes laissé dicter votre conduite par les harpies du West End, qui forment la majorité de notre contingent d'infirmières. Pensez-vous que j'aie oublié vos jérémiades durant la première semaine que vous avez passée ici, à la perspective de devoir vous occuper de ces élèves? Résultat, nous voici déjà au milieu du mois de juillet et vous continuez de vous comporter comme si elles n'existaient pas. Vous les hébergez dans une bicoque délabrée, et vous les avez confiées aux bons soins de cette grosse fainéante de Marje Bainbridge que, pour couronner le tout, vous avez remerciée en lui octroyant la moitié du logis qu'elle partage avec ses prétendues protégées!

Les yeux du pathologiste, dont les iris avaient viré au gris foncé d'un océan dans la tempête, vinrent se planter, chargés de dédain, dans ceux de son interlocutrice.

— Vos élèves sont beaucoup plus fatiguées qu'elles ne devraient l'être, enchaîna-t-il. Leur logement? Du Frank Campbell tout craché : des chaises dures, des lits minuscules, une cuisine qu'on leur interdit d'utiliser. Par le plus grand des hasards, elles ont au moins la chance que cette masure soit chauffée, en revanche, il leur faut couper du bois pour obtenir de l'eau chaude et cela, c'est proprement inadmissible! Vous m'entendez? C'est criminel!

Sur quoi il se pencha en avant pour venir plaquer ses paumes sur l'impeccable bureau de l'infirmière-chef, qu'il fusilla du regard.

— Je m'apprête à rencontrer Frank Campbell, reprit-il, mais je vous préviens, Gertrude : j'attends de votre part un soutien inconditionnel. Puisque ces jeunes filles sont tenues de résider dans l'enceinte de l'hôpital, j'exige qu'elles disposent chacune d'une chambre individuelle. Vous leur aménagerez en outre un salon meublé de chaises confortables, de bureaux et d'étagères où ranger leurs livres. Il leur sera permis de préparer des repas légers à la cuisine, ainsi que des boissons chaudes, et veillez, je vous prie, à ce qu'elles disposent d'une glacière avant l'arrivée du printemps. Quant à Marje Bainbridge, qu'elle continue donc de leur servir de chaperon, mais sans plus jouir du luxe indécent dont elle profite actuellement. On m'a dit qu'il y aurait bientôt, dans les caisses, de quoi bâtir une nouvelle habitation pour les infirmières. D'ici là, je veux que mes élèves soient correctement logées.

Gertrude Newdigate ne comptait assurément pas endosser la responsabilité de la parcimonie de Frank Campbell.

— Allez-vous-en donc affronter en tête à tête ce sinistre personnage, répliqua-t-elle avec froideur. Pour ma part, j'ai les mains liées.

— Foutaises ! Je vous connais depuis vingt ans, et vous ne me faites pas peur. Frank non plus, d'ailleurs. Gertrude, je vous en prie, réfléchissez ! Ces quatre jeunes femmes sont pétries de qualités, les gâcher représenterait une véritable tragédie ! Pourquoi prenez-vous ainsi le risque de décourager quatre vocations dans le seul but de satisfaire une bande de West Enders mesquines, incapables, toutes autant qu'elles sont, de différentier le sodium du potassium ? Incapables de distinguer une racine grecque d'une racine latine quand bien même l'une d'entre elles leur mordrait le derrière ? Si vous souhaitez dépenser de l'énergie auprès d'elles, faites-le pour les convaincre que la médecine de demain réclamera des infirmières instruites. Ne vous montrez pas à ce point rétrograde !

L'infirmière-chef comprenait ce que Liam lui signifiait, bien qu'elle ne s'attendît pas à ces arguments. Elle travaillait depuis trop peu de temps à l'hôpital de Corunda pour avoir déjà saisi combien déplorable était le niveau des infirmières du West End en matière de sciences et de théorie. Cependant, il lui restait un poignard à planter – elle ne se priva pas de le faire.

— Comment se porte votre épouse? s'enquit-elle sur un ton mielleux.

Dédaignant l'appât, Liam ne mordit pas à l'hameçon:

— Elle court le guilledou, comme à l'accoutumée. Certaines choses ne changeront jamais.

— Vous devriez divorcer.

— Pour quoi faire? Je n'ai pas l'intention de me remarier.

* * *

Les filles Latimer adoraient le Dr Liam Finucan, unique lueur au fond de leur tunnel d'un noir d'encre. Le médecin, de son côté, ayant pris toute la mesure de leur intelligence et de leur degré d'instruction, s'adonna avec ardeur et enthousiasme à ses activités pédagogiques, ravi de constater que leurs connaissances en mathématiques, ainsi qu'en physique, leur permettaient d'assimiler sans peine des notions telles que les lois des gaz ou celles de l'électricité; les adolescentes auraient tenu la dragée haute à de jeunes gens inscrits en première année de médecine. Qui plus est, dès qu'un sujet nouveau se présentait à elles, elles se jetaient dans son étude avec avidité. Grace elle-même possédait des capacités intellectuelles largement suffisantes pour appréhender les questions théoriques; elle ne se trouvait freinée dans son essor que par un manque visible d'intérêt. À Gertrude Newdigate, Liam avait parlé de «quatre vocations», mais il aurait mieux fait de n'en mentionner que trois. Il ignorait à quoi aspirait au juste Grace, mais il savait en tout cas que ce n'était pas à devenir une infirmière diplômée.

Sa jumelle favorite était Tufts, qu'il appelait systématiquement Heather. Edda se révélait la plus douée, mais un pathologiste n'aime rien tant que l'ordre, la méthode, la logique et, sur ces domaines, Tufts régnait en maître. Edda possédait quelque chose de l'éclat du chirurgien, quand sa sœur, à l'inverse, tenait du pathologiste besogneux. L'affection que le Dr Finucan portait à Tufts était réciproque. Ni la beauté d'Erich Herzen, chirurgien à monocle, ni le charme pétulant de l'obstétricien Ned Mason ne retenait l'attention de Tufts, tandis que de son professeur elle goûtait les cheveux noirs aux tempes blanchies, le long visage aux traits fins, le regard gris-bleu. Non que l'adolescente, qui n'avait rien de romantique, rêvât de lui ; simplement, elle l'appréciait énormément et adorait sa compagnie. Ses sœurs, qui connaissaient son intime nature, ne commirent jamais l'erreur de la taquiner au sujet du sexe fort, encore moins de Liam. Car si rien, en elle, n'évoquait la religieuse, Tufts, à n'en pas douter, entretenait quelques ressemblances avec les moines.

Au feu que le Dr Finucan alluma sous la chaise de Gertrude Newdigate, celle-ci embrasa une torche dont elle se servit pour mettre à son tour sur le gril la cheffesse des infirmières du West End, une certaine Lena Corrigan, que la chaleur du brasier incommoda assez pour qu'elle incendiât en réaction la clique entière de ses consœurs. Les brûlures furent longues à cicatriser…

Du jour au lendemain, on entreprit de récurer, du sol au plafond, le logis des filles Latimer. Les adolescentes s'y virent attribuer chacune une chambre séparée ; quatre chaises confortables et quatre bureaux firent leur apparition dans un salon, où trônait même un poste de TSF, tandis qu'elles acquirent le droit d'utiliser la cuisine pour y préparer des repas légers. On comptait en outre deux salles de bains, que l'on équipa en hâte d'un système permettant d'obtenir de l'eau chaude. Harry, le brancardier, venait chaque jour récupérer les uniformes des jeunes filles afin qu'on les lavât et, dans les placards de la cuisine, on trouvait à présent des biscuits, des pots de confiture, des bouteilles de sauce, du thé, du café additionné de chicorée, de la poudre de cacao, de la poudre saline rafraîchissante pour les boissons froides, ainsi que du sirop de cassis. Tout cela n'était rien, cependant, par comparaison avec la glacière, assez volumineuse pour contenir tout ensemble un gros bloc de glace, des œufs, du bacon, du beurre et des saucisses.

— J'ai compris : je suis morte et on m'a envoyée au paradis, commenta Grace en poussant un soupir.

Sœur Bainbridge, pour sa part, se trouva expédiée sans préavis dans une maisonnette voisine mais, avant de partir, elle fit découvrir aux adolescentes la magie des sels d'Epsom : dissous dans l'eau chaude d'une baignoire ou d'une cuvette, ils soulageaient les corps et les pieds douloureux. Comment les filles Latimer avaient-elles pu survivre jusqu'ici sans les mille et un bienfaits des sels d'Epsom ?

— À mon tour de mourir pour aller au paradis, dit Edda. Mes pieds ont enfin repris figure humaine.

S'il fallut plusieurs mois aux West Enders pour admettre que ces quatre élèves, qu'elles tenaient au départ pour de jeunes arrogantes, se révélaient en tout point aussi douées qu'elles pour les soins à l'ancienne, les persécutions, elles, ne tardèrent pas à cesser. À quoi sert en effet d'être méchant, lorsque la victime se relève après chaque coup porté ?

— Ça remonte à la mi-juillet, observa Edda, tandis que le mois de septembre rendait son dernier souffle dans une mer de jonquilles, houleuse et jaune. Quelqu'un s'est donné la peine d'intervenir en notre faveur à ce moment-là. Mais qui donc ?

Elles supposèrent beaucoup, évoquèrent Anne Harding, l'infirmière-chef adjointe, ainsi que la moins agressive des natives du West End, sœur Nancy Wilson; mais aucune d'entre elles, pas même Tufts, ne songea que la main secourable qu'on leur avait alors tendue n'était autre que celle du Dr Finucan. Un Dr Finucan qui, désormais, regardait avec satisfaction s'épanouir ses quatre protégées dans cette atmosphère neuve, plus chaleureuse et plus gratifiante.

— La Grande Guerre a été l'occasion, pour la chirurgie, de réaliser d'énormes progrès, leur expliqua un jour Liam de sa voix douce. Hélas, la médecine générale, elle, est restée à la traîne. Les affections les plus redoutables continuent de faire des victimes par milliers – pneumonie, maladies cardiaques et vasculaires. Mais vous, mesdemoiselles, représentez le plus éminent progrès qui se puisse actuellement accomplir dans le traitement de la pneumonie.

Il haussa les sourcils, ses yeux étincelèrent.

— Comment? Vous ne comprenez pas? Voyons, mesdemoiselles : les autorités constituées ont enfin saisi que seule une infirmière correctement formée se révélerait apte à envisager avec toute l'intelligence nécessaire la prise en charge des patients atteints de pneumonie. En effet, forte de ses connaissances en anatomie et en physiologie, cette infirmière ne se contentera pas de vider le crachoir du malade, son plat bassin ou son urinal. Elle ne se contentera pas de refaire son lit. Non. Elle l'obligera tout au contraire à s'adonner à un peu d'exercice, quand bien même sa pneumonie le clouera sur sa couche, elle le persuadera que, tôt ou tard, il recouvrera la santé, elle lui expliquera, avec des mots simples, ce que les médecins n'expliquent jamais, à savoir la nature exacte de la pathologie dont il souffre, et jamais, jamais elle ne le laissera croupir dans un coin, tel un malheureux pantin que l'on aurait abandonné là, et ce, quel que soit le poids des tâches qui l'attendront ailleurs. Il n'est aujourd'hui qu'une chose capable de sauver un patient atteint de pneumonie : des soins constants et judicieusement prodigués.

Les adolescentes écoutaient leur professeur avec passion, saisissant au passage ce qu'il n'était pas autorisé à énoncer tout haut : que seuls les acquis théoriques de ces infirmières d'un genre nouveau, au rang desquelles elles compteraient bientôt, seraient en mesure de les pousser à accomplir ce surcroît de travail que réclamaient les soins tels qu'envisagés par Liam.

— Voilà ce qui cloche avec les West Enders, déclara Edda à ses sœurs, alors qu'assises autour de la table, dans leur cuisine chauffée, elles dévoraient des sandwichs à la saucisse. Elles ont une maison, une famille, autrement dit, elles portent sur leurs épaules un double fardeau, celui de leur foyer et celui de l'hôpital. Résultat, elles savent tout juste lire et écrire, elles n'ont pas le temps d'en apprendre davantage et ne connaissent de la médecine que ce qu'elles en glanent ici et là dans les couloirs de l'hôpital. Certaines sont d'excellentes infirmières, mais pour la plupart, il ne s'agit que d'un emploi comme un autre. Un patient atteint de pneumonie peut bien avoir besoin qu'on le frappe dans le dos, qu'on le secoue pour le contraindre à tousser, tout dépendra du temps dont disposeront les infirmières ce jour-là, de l'humeur de leur responsable du moment et de quelles filles du West End se trouveront en service. Elles ne possèdent aucun savoir théorique sur lequel fonder leur pratique.

— Tout le contraire de nous, se plaignit Grace en reniflant. J'ai mal à la tête à force d'ingurgiter tous ces termes scientifiques, tous ces noms de maladies.

— Voyons, Grace, tu as mal à la tête parce que, pour une fois, elle sert à autre chose qu'à te pâmer devant Rudolph Valentino.

— Moi, j'adore les cours que nous suivons, déclara Tufts, le nez dans *Gray's Anatomy*[1].

— Si tu fais tomber du gras de saucisse sur l'une de ces pages, Tufts, je t'ébouillante, la mit en garde Edda, l'œil menaçant.

— M'est-il déjà arrivé de laisser tomber où que ce soit la moindre goutte de gras?

La formation des filles Latimer se poursuivit. Jamais l'enthousiasme du Dr Finucan ne s'émoussa.

— Les remèdes pharmaceutiques actuellement à notre disposition demeurent sans le moindre effet sur les affections les plus terribles que nous connaissons. Nous savons ce que sont les microbes, les germes de toutes sortes, nous sommes capables de les détruire lorsqu'ils infectent l'air que nous respirons, mais dès lors qu'ils ont pénétré dans notre organisme, nous restons impuissants. Un bacille qui s'attaque aux tissus, tel celui de la pneumonie, se révèle indestructible. Nous sommes capables de l'observer au microscope, mais il n'est rien que nous puissions administrer au patient par voie orale, cutanée ou hypodermique, qui soit susceptible de l'éradiquer.

Il posa un instant les yeux sur Tufts – quelle professionnelle elle ferait d'ici quelque temps!

— En tant que légiste de Corunda, enchaîna-t-il, il m'arrive de pratiquer ce qu'on appelle des autopsies, autrement dit des dissections de cadavres. C'est donc à la morgue, mesdemoiselles, que vous allez apprendre l'anatomie et la physiologie. Si le défunt est un chemineau sans amis ni famille, je disséquerai son corps jusque dans ses moindres retranchements, afin de vous en révéler les différents systèmes: lymphatique, vasculaire ou digestif, entre autres. Espérons que nous disposerons pour ce faire d'un nombre suffisant d'indigents. En règle générale, je n'en manque pas.

---

1. Livre de Henry Gray (1827-1861) considéré comme un classique de la littérature anatomique.

Il posa soudain sur ses quatre élèves un regard sévère.

— Mais il est une chose, mesdemoiselles, que vous ne devrez jamais oublier. Jamais! L'homme ou la femme dont mon scalpel entreprend d'explorer la dépouille est une créature de Dieu, aussi humble soit-elle. Ce que vous verrez, entendrez, toucherez… Cet objet d'étude est, ou était, un être humain vivant. À ce titre, il appartenait au Grand Ordre des choses résultant de la volonté divine. Chacun se montre digne de respect, y compris après la mort. Sœur Latimer, rappelez-vous que les désirs du patient comptent autant que les vôtres. Sœur Treadby, rappelez-vous que tous les enfants ne sont pas des anges ; sœur Scobie, qu'il y aura, au long de votre carrière, des moments où les systèmes de pensée qui vous sont si chers se révéleront sans effet ; enfin, sœur Faulding, que les sécrétions et les fluides les plus rebutants qu'un patient puisse émettre prennent leur place au sein du plan divin.

Sur ce, l'Irlandais sourit de toutes ses dents.

— Non, non, mesdemoiselles, je ne suis pas un homme pieux comme votre père : le Dieu dont je parle n'est autre, à mes yeux, que la somme totale de tout ce qui a été, de tout ce qui est ou sera.

De l'avis d'Edda et de Tufts, Liam était bel homme. Kitty le trouvait pour sa part un brin rabat-joie tandis que, pour Grace, il se résumait à une cassandre lui claironnant à longueur de journée ce qui ferait bientôt l'essentiel de son métier d'infirmière : sanie, salissures et souillures.

En tout cas, les quatre sœurs se réjouissaient que, en dehors de l'infirmière-chef, du directeur de l'hôpital et du Dr Finucan, personne ne sût qu'elles étaient jumelles. Autant dire qu'un univers entier séparait le presbytère de Saint-Marc de l'hôpital de Corunda.

Selon l'opinion d'Edda, aucun homme ne se pouvait comparer à Jack Thurlow, qu'elle avait rencontré sur une piste cavalière au bord de la rivière Corunda lorsqu'elle avait dix-sept ans. À l'époque, il montait déjà un grand pur-sang pommelé, noir de crinière et de queue, le genre de cheval qu'Edda, à califourchon sur sa vieille et grosse Thumbelina, aurait donné beaucoup pour posséder, bien qu'elle sût qu'elle n'en aurait jamais les moyens.

Elle se rappelait parfaitement ce jour : l'hiver approchait ; de minces feuilles jaunes, pareilles à des essaims de fléchettes, se détachaient en masse des gracieuses lianes des saules pleureurs. L'eau de la rivière, qui avait la transparence du verre, dévalait la crête de la Cordillère australienne, dont les vieilles montagnes au sommet rond s'adossaient à la frontière orientale du comté. Magie des vents âpres et piquants, souffle lointain de la neige, sol odoriférant, ciel strié comme le dos d'un maquereau...

Il allait au petit galop sur l'allée cavalière, en sorte qu'elle le vit d'abord à travers les larmes givrées des saules, qui tombaient en pluie. Calé bien droit sur sa monture, ses bras bruns aux muscles secs reposant de part et d'autre de l'encolure de sa bête, dont il semblait à peine serrer les rênes... Le cheval et son cavalier se connaissaient depuis longtemps, songea-t-elle, entraînant pour sa part Thumbelina à l'écart de la piste pour voir s'il se contenterait de passer en trombe à côté d'elle, ou s'il avait l'intention de faire halte et de la saluer.

Le temps était couvert, aussi ne portait-il pas de chapeau ; il ralentit, leva une main, dont il replia les doigts comme pour effleurer le bord d'un couvre-chef imaginaire. Il n'avait rien d'une vedette de cinéma, mais il valait, aux yeux de la jeune Edda, mille fois mieux que ces jolis gandins trop sophistiqués à son goût, maquillés à outrance pour simuler un hâle, les cils enduits de mascara et la bouche badigeonnée de rouge à lèvres. Ce garçon, à l'inverse, possédait les traits typiques des hommes de la région ; Edda le jugea très beau. Manifestement bien élevé, il s'immobilisa, puis mit pied à terre avant d'aider la jeune fille à descendre de selle à son tour.

— Mieux vaudrait rendre cette vieille dame à la tranquillité de sa pâture, observa-t-il en tapotant le museau de Thumbelina après s'être présenté.

— Je sais, mais depuis que papa s'est acheté une automobile, il ne reste plus qu'elle dans les écuries du presbytère.

— Je vous propose un échange.

Du fond de leurs orbites, les yeux pâles s'écarquillèrent.

— Vous me proposez un échange ?

— C'est plutôt au pasteur que je compte le proposer, pour être exact. Mon paddock se révèle trop petit pour un jeune cheval aussi fringant que celui-ci, alors qu'il conviendrait à merveille à votre jument. Je pourrais la prendre chez moi pour vous confier à sa place une bête de quatre ans nommée Fatima. À charge pour vous de lui faire faire un peu d'exercice pour la garder en forme.

Jack roulait une cigarette.

— Si papa est d'accord, l'affaire est entendue ! s'écria Edda, qui avait l'impression de rêver.

Un cheval bon à monter et un petit enclos verdoyant pour Thumbelina ! Oh, pourvu que papa accepte !...

Jack Thurlow venait alors de fêter son trentième anniversaire. Il était grand et solidement bâti, sans paraître pour autant maladroit ni pataud. Son épaisse chevelure ondulée oscillait entre l'or et le lin, il possédait un superbe visage aux traits résolument masculins, ainsi que des yeux d'un bleu dur. Un Burdum pure race, conclut Edda, des orteils à la racine des cheveux.

— Je suis l'unique héritier de Tom Burdum, annonça-t-il à l'adolescente, la mine sombre.

D'abord, cette face de carême lui coupa le souffle, puis elle éclata de rire.

— Et vous le déplorez?

— Absolument! Que diable pourrais-je bien faire de tout cet argent et de tout ce pouvoir? demanda-t-il, comme si argent et pouvoir se révélaient également repoussants. Je dirige Corundoobar pour le compte de Tom depuis l'âge de dix-huit ans, et rien d'autre ne m'intéresse en dehors de ce domaine. Les agneaux nous assurent un revenu confortable, et quant aux pur-sang arabes dont je fais l'élevage, ils commencent à remporter des prix dans des compétitions importantes. Tout le reste serait superflu, cela m'écraserait.

Un homme aux ambitions limitées, songea Edda, dont le cœur s'était brisé quelques jours plus tôt en apprenant qu'elle ne pourrait jamais étudier la médecine. Si le vieux Tom Burdum me faisait cadeau de cinq mille livres pour que j'aille à la faculté, songea-t-elle, il ne s'en rendrait même pas compte – cinq mille livres ne représenteraient qu'une goutte d'eau dans l'océan de ses richesses. Et voilà que son héritier, à l'inverse, est prêt à renoncer à l'océan tout entier pour se contenter d'une goutte d'eau. Corundoobar comporte deux mille cinq cents hectares d'excellente terre, mais il ne s'agit en aucun cas de la plus vaste ni de la plus belle propriété de Tom!…

Cette rencontre avait marqué le début d'une étrange amitié qui se limitait à des promenades à cheval au bord de la rivière, une amitié contre laquelle, à la surprise d'Edda, son père n'émit pas la moindre objection, quand bien même le jeune homme lui avait offert Fatima et voyait l'adolescente sans la présence d'un chaperon.

Quelle mouche avait donc piqué le révérend Latimer? Maude. Celle-ci, en effet, s'était lancée dans de savants calculs dès que le pasteur, indigné, lui avait appris que Jack Thurlow avait le toupet de vouloir fréquenter sa fille, une jeune vierge, et qu'il était hors de question d'échanger Fatima contre Thumbelina, de même qu'il interdirait désormais à Edda de s'aventurer seule sur la piste cavalière…

— Tu racontes n'importe quoi! le coupa sèchement son épouse, que la sottise de son mari consternait. Ce soir même, tu vas me conduire à Corundoobar, afin que nous remerciions Jack Thurlow, avec tous les honneurs dus à son rang, pour avoir eu l'extrême gentillesse d'offrir à Edda ce magnifique cheval. Te rends-tu compte qu'il s'agit, pour le moment, de l'unique héritier de Tom Burdum? Tu devrais plutôt remercier Dieu à genoux, devant l'autel, d'avoir mené Jack Thurlow jusqu'à Edda! Avec un brin de chance, et si nous manœuvrons bien, elle sera sa femme dans moins de trois ans.

Les quatre filles Latimer, qui avaient tout entendu, reparlèrent souvent de ce discours durant les trois années qui suivirent. Edda, pourtant la première concernée, réagit très favorablement, songeant qu'elle gagnerait, dans l'affaire, une belle monture et un nouvel ami. Il en fut une, en revanche, pour tressaillir avec un haut-le-corps face à la détermination sans faille manifestée par Maude: Kitty. Car si sa mère, se dit-elle, était capable d'un tel comportement envers Edda, dont le sort pourtant ne lui importait guère, qu'en serait-il lorsque son tour viendrait de trouver un époux?…

De l'amitié. Il ne pouvait être question d'autre chose, bien entendu. La virginité possédait une valeur inestimable, et l'on avait exposé aux quatre jumelles, dès qu'elles s'étaient trouvées en âge de le comprendre, qu'un homme honnête attendait de son épouse qu'elle fût encore vierge le soir de ses noces ; une grossesse en dehors des liens du mariage représentait le pire péché qu'on pût imaginer.

Le révérend, qui se chargeait de l'éducation religieuse de ses filles, veilla à ce qu'elles comprennent bien qu'il ne s'agissait pas d'une lubie, mais d'une loi logique : «Une seule chose peut prouver à un homme qu'il est bien le père des enfants de son épouse, leur dit-il gravement alors qu'elles avaient quinze ans. Cette preuve, c'est la virginité de sa femme le jour de leur union, ainsi que, plus tard, la fidélité de cette dernière au long de leur vie commune. Pourquoi un homme devrait-il fournir le gîte et le couvert à des enfants qui ne sont pas les siens ? L'Ancien et le Nouveau Testament condamnent l'intempérance, ainsi que l'infidélité. »

Thomas Latimer resservait régulièrement ce sermon à ses filles, sans s'aviser que l'innocence de ces dernières tenait surtout au fait qu'aucune d'elles n'éprouvait la moindre envie de jeter sa cornette par-dessus les moulins.

Y compris Edda. Car, en dépit de ses multiples qualités, Jack Thurlow ne faisait pas battre le cœur de l'adolescente. Se sachant en mesure de fasciner certains hommes, elle attendait qu'en retour l'un d'eux l'électrisât, mais cela ne se produisait jamais. Edda finit par en conclure qu'elle manquait cruellement de sensibilité. Je suis froide, se dit-elle. Je suis incapable d'éprouver ce que les autres éprouvent. Pas un des garçons qui m'ont embrassée depuis le bal de l'école, en 1921, n'a suscité en moi de profonde émotion. Le seul souvenir que je conserve d'eux, ce sont de brèves séances de tripotage dans des coins sombres, auxquelles j'ai toujours mis un terme en les repoussant dès qu'ils voulaient poser leurs mains moites sur mes seins – qu'est-ce qui peut bien les exciter à ce point ?

Cependant, elle continuait, sur la piste cavalière, de retrouver régulièrement Jack Thurlow, dont elle appréciait qu'il ne cherchât jamais à la prendre dans ses bras ni à lui voler un baiser. Il existait entre les deux jeunes gens une indéniable attirance physique, mais ni l'un ni l'autre n'entendait se laisser gouverner par ses sens.

Puis, en janvier 1926, elle l'embrassa.

À peine l'avait-il repérée ce jour-là qu'il éperonna son cheval gris. Parvenu à sa hauteur, il sauta à bas de sa monture et la fit descendre en hâte de Fatima.

Il tremblait, il pleurait, ce qui ne l'empêcha pas de soulever son amie de terre pour l'entraîner dans une danse folle et désordonnée.

— Un nouvel héritier vient de sortir du bois ! lui expliqua-t-il en la reposant sur le sol. Edda, me voici enfin libéré des chaînes qui m'entravaient ! À 10 heures ce matin, je suis devenu le propriétaire officiel de Corundoobar et j'ai signé un document par lequel je renonce à toute autre prétention sur le reste des biens de Tom. Libre, Edda ! Je suis libre !

Elle ne put s'en empêcher : elle l'embrassa sur la bouche – un doux et chaleureux message de félicitations, qui s'interrompit juste à temps pour ne pas devenir équivoque. Le jeune homme finit par se dégager, les joues baignées de larmes, pour prendre dans l'une des siennes les deux mains de l'adolescente.

— Je suis tellement contente pour vous, fit-elle d'une voix rauque et le sourire aux lèvres.

— Edda, mon rêve vient de se réaliser !

Il s'essuya les yeux avec son mouchoir.

— Corundoobar est un merveilleux domaine. Sa superficie me paraît idéale et l'on n'y trouve pas trace du moindre rubis, en sorte que je me verrai à jamais épargné par le pouvoir et l'argent.

Tout sourire, il ébouriffa les cheveux d'Edda – la jeune femme avait ce geste en horreur.

— Puisque vous entamerez vos études d'infirmière dans trois mois et que, par conséquent, nos sorties à cheval vont se raréfier, je me demandais quoi faire. J'ai même songé un moment à partir dans l'ouest, où l'on élève des mérinos. Mais maintenant!…

— Nous pourrons toujours nous promener pendant mes jours de congé, lui fit remarquer Edda d'un ton grave.

— Je sais, et cela m'importe beaucoup.

Ainsi, Tom Burdum avait déniché un héritier. La région tout entière, cela va de soi, comptait le voir descendre bientôt du train de Sydney ou de celui de Melbourne. Mais l'homme ne parut jamais, et le vieux Tom refusa de fournir à quiconque la moindre explication.

Quant aux premiers renseignements que l'on glana sur le mystérieux inconnu, ils se réduisaient à des bribes – pas de quoi repaître les amateurs de cancans les plus avides de Corunda.

Parmi ces insatiables curieux, c'est Maude qui se montra, et de loin, la plus entreprenante : comme elle avait la chance de posséder un pommier dont les pommes mûrissaient précocement, elle en apporta un plein panier au vieux Tom et à la vieille Hannah Burdum, qu'elle leur offrit avec beaucoup de cérémonie. Elle entreprit ensuite d'user, avec une dextérité à nulle autre pareille, de tous les instruments de torture dont se sert ordinairement une commère, mais ses stratagèmes eurent peu d'effet. Elle récolta suffisamment d'éléments, néanmoins, pour qu'ils aiguisent son appétit et l'encouragent à poursuivre ses investigations.

De la bouche de Tom et d'Hannah, elle apprit que le nouvel héritier se nommait Charles Henry Burdum, qu'il était né trente-deux ans plus tôt en Angleterre, où il avait grandi et résidait encore. Quant à sa fortune, elle se révélait telle que l'immense domaine de Tom ne représentait rien à ses yeux ; c'est qu'il tâtait de la Bourse, souffla le vieux Burdum avec admiration, à Londres même, la capitale financière du monde !

Armée de ces précisions, Maude se trouvait le lendemain matin, à 3 heures, dans la gare fangeuse de Corunda, avec l'intention d'y grimper à bord de l'express de nuit reliant Melbourne à Sydney, qu'elle atteignit trois heures plus tard. Elle prit son petit-déjeuner au restaurant de la gare centrale et, lorsque les employés de la bibliothèque municipale ouvrirent les portes de l'établissement, elle attendait déjà, prête à entrer. Dans la salle de lecture, elle trouva tout ce qu'elle cherchait sur Charles Henry Burdum. Une femme décidément pleine de ressources que cette Maude Latimer…

Charles Burdum avait beau aimer l'argent, il possédait également un tempérament altruiste : médecin de son état, il occupait le poste de directeur adjoint de la Royal Infirmary de Manchester – quel prestige ! L'épouse du pasteur consulta des dictionnaires biographiques, les pesantes archives des journaux de référence, elle se plongea aussi dans les tabloïds, les magazines de société, les périodiques un peu moins à cheval sur l'éthique journalistique, et jusque dans les torchons les plus fameux – de ceux qui flirtaient sans vergogne avec la diffamation. Toutes ces publications apportèrent de l'eau au moulin de leur lectrice : le Dr Charles Burdum représentait une excellente nouvelle.

En 1925, il s'était fiancé à la fille unique d'un duc. Leur liaison, scandaleuse, avait fait la une des tabloïds des deux côtés de l'Atlantique, car le Dr Burdum, en dépit de sa fortune et des milliers d'hectares de terres dont il était propriétaire dans le Lancashire, ne convenait pas au duc, dont les critères de sélection se révélaient très exigeants. Lorsque sa fille, Sybil, apparut en couverture de *News of the World* en train de danser un charleston endiablé avec son bien-aimé, le duc passa à l'action en soustrayant la jeune femme aux griffes de son prétendant. Captivée, Maude découvrit encore que Sybil n'avait alors que dix-sept ans. Mais, à l'évidence, il brûlait entre ces deux-là une passion dévorante, car le couple s'enfuit. On les rattrapa. Sur quoi Sybil se volatilisa. Un photographe français qui passait par là l'immortalisa, quelque temps plus tard, dans la loggia d'une villa de la Côte d'Azur, où elle se tenait assise, la mine lugubre ; sur le cliché suivant, elle arborait une robe de mariée – elle épousait l'homme que le duc avait choisi pour elle : descendant de Guillaume le Conquérant par sa mère, le garçon mesurait un mètre quatre-vingt-dix, possédait la quasi-totalité du Northumberland, ainsi que du Cumberland, et se trouvait, du côté de la branche paternelle, lié à la vieille Maison de Hanovre.

En revanche, Maude ne parvint pas, malgré ses efforts, à obtenir une photographie convenable de ce Charles Burdum, paré à ses yeux de toutes les vertus. Elle eut beau examiner de près les clichés en noir et blanc sur lesquels il apparaissait : impossible de déterminer s'il était splendide ou hideux. Une bouche, un nez, deux yeux et des cheveux dont on pouvait raisonnablement supposer qu'ils étaient blonds. Rien de plus. Quant aux photos de groupe, elles permettaient au moins de conclure qu'il n'était pas d'une taille supérieure à la moyenne… Tant mieux, songea Maude. Un homme trop grand ne conviendrait pas à Kitty.

Bien qu'elle s'empressât de colporter ces potins, elle tint sa langue concernant les projets qu'elle nourrissait pour sa fille. Tôt ou tard, songeait-elle, Charles Burdum viendrait visiter son héritage australien et, vu l'intensité des sentiments qu'il avait portés à Sybil, intensité qui seule justifiait l'audace de sa tentative manquée pour l'épouser, il mettrait forcément du temps à soigner sa blessure d'amour-propre. C'est donc en célibataire qu'il se rendrait en Australie. Forcément. Kitty, de son côté, se trouverait occupée à plein temps par ses études d'infirmière – en sommeil, pour ainsi dire, du côté des affaires de cœur. Les choses se combinaient à merveille ! Edda épouserait Jack

Thurlow, Grace se marierait avec un vaurien qui travaille-rait de ses mains pour gagner sa croûte, tandis que Tufts endosserait le rôle essentiel de «tante à tout faire», vire-voltant de sœur en sœur en fonction des besoins de leurs progénitures respectives.

Tout se déroulerait selon ses plans, Maude en avait la conviction. D'ailleurs, Dieu Lui-même se tenait de son côté. Pourquoi? Parce qu'Il était raisonnable et sensé, sans quoi jamais Il n'aurait conçu de créatures telles que l'épouse du pasteur.

Lorsqu'on se retrouve plongé au cœur d'une situation étrange et inédite, les six premiers mois se révèlent tou-jours les plus difficiles: voilà ce que se répétèrent les sœurs Latimer jusqu'à la fin de l'année 1926, quand soudain, à leur grand étonnement, elles s'aperçurent qu'elles avaient survécu à ces six mois-là, y compris Grace la Rétive.

Ce qui me navre, songea Tufts, c'est qu'on ne nous a pas laissé les moyens d'élargir un peu notre horizon. De la salle à manger des infirmières à leurs logements, tout est hiérarchisé; il nous est interdit de nous mêler aux méde-cins ou à leurs assistants, et quant aux sœurs, elles ont tout fait pour que les West Enders se mettent dans la tête, une bonne fois pour toutes, que nous nous situions un cran au-dessus d'elles, que nous étions les hérauts d'un nou-veau genre de soins infirmiers. Je ne peux pas davantage me lier d'amitié avec Harry ou Ernie, les brancardiers. Je n'ai pas le droit de m'asseoir à la table des filles du West End, et si un médecin fait son apparition dans l'une des salles de l'hôpital, on m'envoie aussitôt trier le linge sale ou nettoyer les plats bassins. Je me situe un niveau en des-sous ou au-dessus de là où je n'ose pas me rendre. Com-ment pourrait-il exister un esprit de corps, comment de la camaraderie pourrait-elle naître entre les membres du per-sonnel d'un hôpital, s'ils ne sont pas autorisés à commu-niquer en toute amitié les uns avec les autres? Et pourtant, nos détractrices les plus acharnées, pour ne pas dire nos ennemies, sont précisément celles qui pourraient tirer le meilleur profit de notre fréquentation. Je rêve d'enseigner à Lena Corrigan, Nancy Wilson et Maureen O'Brien les bases de la physique et de la chimie, de leur expliquer que l'eau peut se présenter sous trois états et que l'iode est un élément. Mais elles ne veulent rien savoir, parce qu'en avouant leur ignorance elles admettraient du même coup leur défaite dans cette lutte insensée à laquelle elles se livrent. Comment leur fourrer dans le crâne que l'instruction représente l'unique moyen d'échapper à la misère et à l'asservissement?

— Dire que les West Enders continuent de s'imaginer qu'en nous empêchant de fréquenter qui que ce soit elles vont finir par nous faire craquer, énonça Edda. Quand donc croyez-vous qu'elles ouvriront les yeux?

Noël approchait et les adolescentes s'habillaient pour aller à l'église – ce dimanche-là, pour la première fois depuis le début de leur formation, elles se trouvaient toutes les quatre en congé. Au terme de l'office, elles se rendraient au presbytère pour un déjeuner de fête; Tufts et Kitty avaient eu dix-neuf ans en août, Edda et Grace vingt et un en novembre, mais on n'avait pas organisé de dîner d'anniversaire. Ce dimanche était un jour très particulier.

Après s'être assurée que les coutures de ses bas de soie étaient bien rectilignes, Grace releva la tête.

— Les filles du West End ignorent que nous sommes sœurs, commenta-t-elle. Elles passent énormément de temps à conjecturer sur la violence de nos disputes.

Superbe! songeait-elle en fixant Edda – si seulement je possédais autant d'allure qu'elle. Cette façon qu'elle a de se déplacer, ondoyante et distinguée, ce port de tête... Et puis son sourire, son tout petit sourire tellement énigmatique... Le rouge était sa couleur, sans le moindre doute possible. Elle portait ce jour-là une robe vermillon, une robe en crêpe qui, pour ample qu'elle fût, n'en laissait pas moins deviner la splendeur de ses formes. Sur sa tête, incliné au-dessus de l'œil gauche, elle avait posé un petit chapeau de crêpe ruché. Des souliers noirs, un sac et des gants noirs complétaient sa tenue.

— Tu es magnifique, Grace, lança Edda tout à trac (les jumeaux possèdent-ils vraiment le pouvoir de lire dans les pensées l'un de l'autre?). J'aimerais avoir autant de patience que toi pour confectionner de pareilles broderies! Ce crêpe crème, on jurerait une aile de papillon.

Grace enfilait de longs gants, soudain rayonnante.

— Et mon chapeau? Ça va?

— Il est parfait.

Plusieurs West Enders virent les quatre adolescentes emprunter la rampe menant à Victoria Street. Lena Corrigan fronça les sourcils. Comment était-il possible qu'au bout de huit mois d'ostracisme complet ces gamines s'entendissent encore à merveille? Cela dépassait l'entendement. Plus ravissantes les unes que les autres, elles riaient et plaisantaient en marchant; elles nageaient dans un bonheur aussi éclatant qu'inexplicable.

— Est-ce qu'il suffit d'avoir un accent chic et d'être bien élevée? s'interrogea Lena.

— Pour quoi faire?

— Je n'en sais rien, Nancy, soupira Lena. Mais le fait est que ces gosses-là ont vraiment quelque chose. Le hic, c'est que plus je les connais, plus je les apprécie. Latimer en particulier. Une véritable reine, mais pas bêcheuse pour deux sous.

— Aucune d'elles n'est collet monté, observa Maureen. Pas même Treadby, la peroxydée.

Lena Corrigan se détourna.

— Vous savez quoi, les filles? J'en ai assez de ces conflits. Elles ont à peine vingt ans, mais avant que nous ayons eu le temps de dire ouf, elles auront obtenu leur diplôme. Je crois qu'il est temps pour nous de forcer nos maris à lâcher un peu de l'argent de leurs bières pour permettre à nos filles d'entamer elles aussi des études d'infirmière. Je sais ce que vous allez me répondre, et vous aurez raison : l'idée ne vient pas de moi. C'est Scobie qui me l'a soufflée.

* * *

Si la vie à l'hôpital représentait un défi pour Edda, Tufts et Kitty, pour Grace, elle tenait du supplice. Quant aux sœurs que les adolescentes y côtoyaient, pas une n'avait vu le jour à Corunda, et toutes étaient fonctionnaires. Les filles du West End, pour leur part, avaient le droit de se marier car on les rangeait parmi les « travailleurs occasionnels », au rang desquels on comptait aussi, entre autres, les brancardiers, le personnel de cuisine et les dactylos. Les fonctionnaires, à l'inverse, se devaient de rester célibataires, aussi les sœurs l'étaient-elles toutes sans exception. On pouvait recruter des veuves. Des divorcées aussi. En théorie du moins car, en pratique, une divorcée ne dépassait jamais le stade de l'entretien d'embauche. En conséquence de quoi nombre d'entre elles se faisaient passer pour des veuves, prenant ensuite bien soin de n'être jamais vues de façon régulière en compagnie du même homme. Plusieurs sœurs vivaient en dehors de l'hôpital, dans des appartements qu'elles louaient et partageaient en général avec une collègue. L'hôpital de Corunda, pareil en cela à d'autres établissements du même type, proposait également des logements dans son enceinte. Frank Campbell préférait en effet gagner un peu d'argent en louant les maisonnettes édifiées lors de la Première Guerre mondiale que de les laisser vides, et les sœurs représentaient à ses yeux les locataires idéales puisqu'elles étaient vieilles filles – autrement dit : pas d'enfants dans les parages, ni d'époux un peu trop portés sur la boisson.

Ce à quoi personne ne songeait, sinon les sœurs elles-mêmes, c'était tous les renoncements qu'il fallait consentir pour faire carrière : jamais ces infirmières agréées ne donneraient la vie, toujours il resterait une place vide à côté d'elles dans leur lit, à quoi s'ajoutaient la compagnie exclusive d'autres femmes et la perspective peu réjouissante d'une vieillesse pauvre. Voilà pourquoi les sœurs se jetaient à corps perdu dans leur travail. Elles tâchaient par ailleurs de dénicher des colocataires sympathiques, de temps à autre elles s'offraient une brève liaison avec un homme, ou alors se débrouillaient entre elles. Ces circonstances n'en faisaient pas des supérieures faciles. En revanche, toutes se situaient sur un strict pied d'égalité – d'ailleurs, eût-il à l'époque existé des juges de sexe féminin qu'on les aurait pareillement contraintes au célibat, si leur salaire avait été payé par le gouvernement.

La journée se divisait en trois tranches : la première courait de 6 heures du matin à 14 heures, la deuxième de 14 heures à 22 heures, tandis que la dernière s'étendait de 22 heures à 6 heures le lendemain matin. Chaque bâtiment exigeait par ailleurs la présence permanente d'au moins une infirmière responsable ; les bâtiments doubles (le pavillon des hommes et celui des femmes) réclamaient quant à eux la présence de deux responsables, au même titre que le service pédiatrique. En vertu de quoi l'on recensait cinquante infirmières en tout, y compris celles qui occupaient un poste à l'asile d'aliénés ou dans la maison de convalescence et de retraite.

Certaines, parmi lesquelles sœur Una Robertson, affectée au pavillon des hommes, ou sœur Meg Moulton, qui œuvrait auprès des enfants, furent connues comme le loup blanc dès leur premier jour de travail. D'autres, au contraire – c'était le cas d'Anne Harding, l'infirmière-chef adjointe –, passèrent complètement inaperçues pendant plusieurs mois après leur embauche. Tout était question de personnalité. Sœur Moulton se révélait une crème de femme, tandis que l'on considérait partout sœur Robert-son comme un véritable dragon. Toutes deux pouvaient avoir une cinquantaine d'années, du poil commençait à leur pousser au menton, elles prenaient un peu de ventre et leur peau se flétrissait, mais la ressemblance s'arrêtait là. Tout l'amour dont sœur Robertson était capable, elle le dispensait à ses patients, qui avaient aussi peur d'elle que les médecins eux-mêmes. De l'avis de Grace, le Malin en personne se fût révélé un adversaire moins redoutable.

— Faulding, vous courez, la réprimandait réguliè-rement Robertson alors que l'adolescente s'affairait de droite et de gauche. Je vous prie de cesser sur-le-champ ! Il n'est que deux choses qui puissent obliger une infirmière à courir : l'incendie d'un bâtiment ou l'hémorragie d'un patient.

Mais comment, se demandait Grace, puis-je accomplir en temps et en heure les tâches qu'on me confie si je ne cours pas ? Et puis, d'ailleurs, pourquoi faut-il raser chaque matin l'ensemble des patients ? Cinquante hommes à raser tous les jours, y compris les agonisants ! Cette question, de nombreux malades se la posaient aussi.

— C'est toi qui ferais mieux d'aller te raser, gronda un jour un patient courroucé que Grace entendit fulminer contre sœur Robertson. File-moi donc ton voile et viens coller ton gosier à ma place sous ce foutu rasoir – cette bonne femme est pire que Guillaume II !

— Pauvre garçon ! commenta l'adolescente lorsqu'un peu plus tard elle rapporta l'incident à Kitty, les yeux embués de larmes à force de rire. Au bout de cinq minutes, sœur Robertson en personne lui fourrait sans ménage-ment un suppositoire dans le derrière, si bien que le mal-heureux a passé la matinée aux toilettes. Heureusement qu'il était en état de marcher.

Des moments drôles de cette teneur, il y en avait beau-coup, mais il y avait aussi des moments d'une tristesse si déchirante qu'il fallut aux filles Latimer toute l'année 1926 pour apprendre à maîtriser leur chagrin. Certains patients faisaient preuve d'un tel courage! D'autres, à l'inverse, tressaillaient et se mettaient à glapir avant même qu'on les touchât. Personne, en tout cas, ne séjournait à l'hôpital plus que nécessaire, mais cela ne tenait pas qu'aux ordres des médecins : l'avarice légendaire de Frank Campbell nuisait aux patients autant qu'au personnel – vieux matelas tout en creux et bosses, draps sans âge mille fois reprisés, serviettes que les années avaient rendues rêches, savon maison agressif pour la peau et, pour couronner le tout, le pire cuisinier de la Création.

Les Latimer ne parvenaient pas à comprendre que leur père pût appartenir au conseil d'administration de l'établissement et, à ce titre, arpenter chaque jour les salles communes, sans s'apercevoir des ravages causés par son directeur. Non, papa allait son chemin de sainteté, souriant aux patients, leur prodiguant des paroles de réconfort spirituel sans se préoccuper de la misère matérielle dans laquelle ils croupissaient ; pour lui, elle n'existait pas. Pourtant, l'hôpital n'était pas gratuit, tant s'en faut ; même au plus misérable des malades on présentait une facture. La tâche de la comptable se révélait d'une complexité sans bornes : sans cesse elle tentait de trouver un moyen d'alléger les frais imputés aux malades. La plupart du temps, elle échouait. Car si les médecins spécialistes se révélaient assez honnêtes pour réclamer des honoraires décents, Frank Campbell, lui, exigeait que l'on payât le moindre carré de papier journal.

Kitty, de son côté, s'épanouissait, en particulier depuis qu'on l'avait affectée au service pédiatrique, où la plupart des petits patients souffraient de problèmes osseux : fracture d'un bras ou d'une jambe le plus souvent, de temps à autre un déplacement congénital du bassin, des fractures infectées, des atteintes de la densité osseuse, et trop de cas, hélas, de rachitisme parmi les indigents. Mais quelle que fût l'affection dont ils souffraient, les bambins conservaient leur joie de vivre – on les aurait cru immunisés contre la douleur et l'obligation de garder le lit. Puis, dès qu'on les autorisait à poser un pied par terre, ils se changeaient en véritables petits démons. Kitty ne s'en formalisait pas : elle adorait chacun de ces enfants, chaque obstacle qu'il lui fallait surmonter, chaque instant passé à exercer sa profession.

Fillettes et garçonnets se trouvaient mélangés jusqu'à l'âge de six ans ; pour les plus grands, on avait séparé en deux une partie de la salle commune, afin d'éviter la mixité. À quatorze ans, on transférait les jeunes malades auprès des patients adultes. L'hiver, on voyait beaucoup de fractures qui, en été, cédaient le pas aux affections entériques et gastriques. De toute l'année, le service ne désemplissait pas – les cinquante lits étaient occupés, les petits malades réclamant en général une hospitalisation plus longue que leurs aînés. Le service pédiatrique se révélait le seul où le révérend Thomas Latimer eût consenti un effort concret pour alléger les souffrances de celles et ceux qui le fréquentaient : il y avait là des jouets et des livres à profusion, et les radiateurs à vapeur fonctionnaient dès que l'on en avait besoin, ce qui n'était pas toujours le cas dans les autres services. Le budget de Frank Campbell ne prévoyait qu'un unique plombier, qui rêvait en vain de se voir adjoindre un jour un collègue.

Quand donc Kitty avait-elle compris que sa dépression s'en était allée pour de bon ? Elle-même ne s'en souvenait déjà plus. Peut-être le changement s'était-il opéré trop progressivement, mais une chose était sûre : une fois qu'elle eut rejoint le service pédiatrique, c'en fut fini des coups de cafard. Les soins qu'elle dispensait aux enfants la plongèrent dans un état de bien-être dont elle se nourrissait, qui la calmait et comblait tous ses désirs. L'univers, s'avisait-elle, fourmillait de créatures dont la situation rendait, par comparaison, ses propres petites misères risibles. Après avoir été pendant dix-neuf ans le centre du monde, l'adolescente se trouvait reléguée à ses marges les plus lointaines – elle n'était plus personne, elle n'était plus rien. Et elle jouissait à ce point de cet anonymat qu'elle en oublia sa beauté ; elle alla jusqu'à oublier Maude et l'existence qu'elle avait menée au presbytère. Aucun jeune patient, fût-il le plus indiscipliné ou le plus méchant, ne possédait le pouvoir d'entamer cette assurance neuve, cette paix sans heurts que Kitty avait conclue avec elle-même. Enfin, elle était libre de prendre son envol.

Enchantée de sa métamorphose, elle ne remarqua pas que celle-ci n'avait fait qu'accroître encore sa beauté – c'était d'ailleurs pour la soustraire aux regards concupiscents de la gent masculine que l'infirmière-chef avait résolu, de guerre lasse, de l'affecter au service pédiatrique.

— Le problème, c'est que Treadby est une si bonne infirmière que je ne peux pas me permettre de la perdre, expliqua Gertrude Newdigate à Liam Finucan. Avec ça, elle n'est pas bêcheuse pour deux sous. Mais le fait est qu'à tous les hommes elle fait perdre la tête, et que les patientes la haïssent autant pour sa gentillesse que pour la splendeur de ses traits.

— Par bonheur, répondit Liam avec un grand sourire, l'hôpital de Corunda ne compte pas de Pâris susceptible d'enlever notre Hélène de Troie.

— Pourquoi demeurez-vous pareillement insensible à ses charmes, Liam ?

Le pathologiste se passa une main dans les cheveux, qui avaient tendance à lui retomber sur les yeux.

— Je n'en ai pas la moindre idée. Je n'apprécie peut-être pas les peroxydées.

— Mais voyons, elle ne se décolore pas les cheveux ! J'aimerais bien – quelques racines brunes calmeraient peut-être les ardeurs de nos plus jeunes praticiens.

— Le service pédiatrique conviendra fort bien à Treadby, observa le Dr Finucan sur un ton rassurant.

— Je vous l'accorde, mais elle ne pourra pas y demeurer indéfiniment.

— C'est vrai. Arrangez-vous pour réduire autant que faire se peut le temps qu'elle passera bientôt dans le pavillon des adultes.

— Meg Moulton l'adore, ce qui me soulage. On m'a en outre rapporté que Treadby faisait merveille auprès des enfants. Dès qu'elle paraît dans le service, l'atmosphère devient plus allègre. Un vrai bourreau de travail, par-dessus le marché.

— Personne n'est parfait, Gertrude.

Et c'est ainsi que, sautillant aux quatre coins de la salle commune, d'un pas dansant et le sourire aux lèvres pour amuser les petits patients, Kitty poursuivit son périple spirituel, ébahie par l'aveuglement dont elle avait fait preuve jusqu'ici. Avant qu'elle n'entamât ses études d'infirmière, avant qu'elle ne découvrît les joies du service pédiatrique, personne, sauf ses sœurs et son père, ne l'avait jamais tenue pour un membre productif de la société. À présent, tout était différent : elle avait un but dans la vie.

Son travail auprès des enfants lui laissait en outre peu de temps pour s'appesantir sur elle-même : si Jimmy Collins n'arrachait pas une croûte mal cicatrisée, ou si Ginny Giacometti ne tombait pas de son lit en faisant l'imbécile, alors c'était Alf Smithers qui avalait le contenu d'une boîte de craies, parce que rien ne le rassasiait – son estomac tenait du puits sans fond.

— Avec un sourire multicolore, commenta Kitty en rapportant l'incident à sœur Moulton, il aurait été charmant. Hélas, il a fini par les craies noires. Le résultat est repoussant !

Sur quoi Barry Simpson se mit à gémir :

— J'ai fait caca dans mon lit !

— Encore un vieux drap auquel nous pouvons dire adieu, observa Kitty. Car les cacas de Barry sont redoutables.

Mais, même dans le service pédiatrique, il se trouvait des hommes pour importuner l'adolescente. Le plus pénible de tous était le Dr Neil Cranshaw qui, fort de son autorité, ne renonçait jamais à ses assauts. Kitty le détestait, mais son rang exigeait qu'on le traitât avec un respect proche de la flatterie.

— Et si nous dînions au Parthénon? proposa-t-il ce jour-là à sœur Treadby, tandis qu'il examinait la manière dont elle soignait la croûte du petit Jimmy.

— Je suis navrée, monsieur, mais j'ai du travail.

— Vous n'allez tout de même pas me faire croire que toutes vos soirées sont prises, infirmière.

— Si, jusqu'en juin 1929.

— Et que se passera-t-il alors?

Il se demandait quelle expression adopter pour qu'elle tombât enfin dans ses filets. Il opta pour un regard admiratif, gâté cependant par une vilaine lueur de concupiscence; le désir lui mettait le cerveau en ébullition.

— En juin 1929, j'obtiendrai mon diplôme d'infirmière, répondit doucement l'adolescente et, dès lors, j'aurai tout loisir d'accepter les invitations à dîner. D'ici là, je suis obligée d'étudier pendant mon temps libre.

Comme Cranshaw s'apprêtait à argumenter, il vit se ruer vers eux sœur Moulton, l'œil furibond, le fusil chargé. Le docteur se volatilisa comme par magie.

La jeune femme remercia sa supérieure.

— Ah là là, raconta-t-elle plus tard à ses sœurs. Ces médecins célibataires, quelle plaie!

— Tu parles d'un scoop, la railla Edda. Comme si je n'en avais pas déjà fait l'expérience moi-même…

— Neil Cranshaw te harcèle? fit Tufts en se tordant de rire. Hier, il m'a, moi aussi, invitée à dîner au Parthénon – il avait réussi à me coincer sur les rampes alors que je m'en allais porter un message à sœur Smith. Eh bien, je suis restée plantée devant lui, je l'ai regardé droit dans les yeux, j'ai avancé les lèvres comme un mérou et je me suis mise à loucher. Il a filé sans demander son reste.

— Il faut avouer que l'hôpital de Corunda n'a pas recruté la fine fleur de la grande faculté de médecine de Sydney, remarqua Edda. Nos médecins sortent d'établissements nettement moins prestigieux. Nous n'avons certes pas récupéré les pires, mais ils sont quand même épouvantables.

— Tu as raison. Où, ailleurs que chez nous, un Stan Laurel comme Cranshaw pourrait-il être qualifié de «gueule d'amour»? ironisa Tufts.

— Tiens, c'est vrai qu'il a le même regard de chien battu que Stan Laurel, approuva Kitty.

— Il empeste le cigare bon marché, renchérit Grace. Et puis, de toute façon, j'ai horreur des rouquins. Je vais vous dire une bonne chose : il n'y a pas un seul médecin, ici, que je trouve séduisant. Et quand je pense qu'ils se croient tous sortis de la cuisse de Jupiter…

Bien sûr, le Dr Cranshaw n'eut jamais vent de ces remarques fielleuses. De même, il ignorait que l'infirmière Treadby, qui pourtant ressemblait à un ange peint par Botticelli, possédait une langue plus acérée que celle de la vipère. Il continua donc à la harceler, profitant de ce qu'il remplaçât momentanément le Dr Dennis Faraday, pédiatre officiel de l'établissement, apprécié et respecté de tous.

Le personnel de l'hôpital venait alors de livrer une terrible bataille contre une épidémie de diphtérie, qui s'était révélée d'autant plus dangereuse que les stocks de tubes en caoutchouc spéciaux utilisés d'ordinaire pour aider les petits patients à respirer s'étaient rapidement épuisés. À qui la faute? Frank Campbell, bien sûr, et ses économies de bouts de chandelle. Une telle politique engendra finalement des dépenses supplémentaires, car l'infirmière-chef adjointe Harding dut prendre un matin l'express pour Sydney, y acheter à prix d'or le matériel dont l'hôpital avait besoin, puis regagner Corunda par le train de nuit pour découvrir qu'entre-temps Liam Finucan avait bricolé les tubes dont il disposait – avec une telle efficacité qu'il était parvenu à éviter deux décès par négligence.

Comme c'était le cas chaque fois qu'une maladie infectieuse se déclarait chez les bambins de la région, seuls les plus gravement atteints étaient hospitalisés – soit plus d'une centaine de jeunes patients entre deux et douze ans, atteints de diphtérie laryngée : dans la gorge enflée de l'enfant se produisait un œdème de l'épiglotte, qui venait boucher le larynx – ce à quoi le fameux tube de caoutchouc remédiait en désobstruant les voies aériennes. Ce fut une terrible épidémie, à laquelle succombèrent dix-sept jeunes malades, tandis que quatre autres demeurèrent alités plusieurs mois, à la suite de complications cardiaques.

À l'extrémité d'une des rampes se dressaient deux vastes salles vides mais toujours prêtes à l'emploi, où l'on se hâtait d'isoler les contagieux lors des épidémies – la dernière fois qu'on s'y était pareillement affairé, c'était trois ans après la Grande Guerre : la grippe, cette année-là, avait fait davantage de victimes que le conflit militaire. Par ailleurs, les épidémies les plus meurtrières semblaient frapper plus volontiers les enfants ou les adolescents ; peut-être, conjecturait Edda, parce que si le corps était parvenu en dépit des coups du sort à atteindre un âge relativement avancé, il devenait alors plus résistant et, partant, beaucoup plus difficile à abattre.

Kitty, pour sa part, ne s'était pas tenue au chevet des diphtériques. Sœur Meg Moulton avait préféré la garder avec elle dans le service pédiatrique, tandis que Grace, Edda et Tufts avaient au contraire passé tout leur temps auprès des contagieux. Il en avait résulté pour Kitty un énorme surcroît de travail ; on manquait cruellement d'infirmières, au point que l'hôpital de Corunda n'avait réussi à garder la tête hors de l'eau que grâce à l'intervention d'une poignée de volontaires – des natives du West End à la retraite.

L'épidémie donna à Kitty l'occasion inespérée de remporter une immense victoire personnelle, un triomphe qu'elle ne partagea qu'avec ses sœurs.

— Allons, infirmière, offrons-nous enfin ce dîner au Parthénon, la relança un jour le Dr Cranshaw tandis que la jeune femme faisait les lits. Je vous laisse choisir votre jour.

Soudain, la coupe fut pleine. Si seulement cette horrible épidémie ne s'était pas déclarée, si seulement l'hôpital fournissait à ses patients des draps dignes de ce nom… Si seulement Cranshaw ne jouait pas à ce point les sangsues !…

— Oh pour l'amour de Dieu… Si vous saviez, pauvre crétin, où vous pouvez vous les fourrer, vos invitations à dîner ! Sur ce, allez vous faire pendre ailleurs et fichez-moi la paix !

Neil aurait été moins surpris si un papillon l'avait sauvagement agressé lors de l'une de ses promenades au jardin, si bien qu'il ne lui vint pas même à l'idée de contre-attaquer. Bien au contraire : l'éclat violacé qu'il discerna dans le regard ordinairement bleu de l'adolescente l'impressionna si fort qu'il détala sur-le-champ, telle une souris tentant d'échapper au balai d'une ménagère.

1927. Juin approchait. Les filles de Thomas Latimer, qui travaillaient à l'hôpital depuis maintenant quatorze mois, s'apprêtaient à passer leur deuxième hiver dans l'établissement de Frank Campbell – elles avaient entre-temps terrassé leurs ennemies et leurs intimes démons. Que Grace fût parvenue à tenir le coup demeurait un mystère pour ses trois sœurs. Maintenant qu'elle s'était à peu près accoutumée aux aspects les plus rebutants de sa tâche, elle se révélait une assez bonne infirmière – que chaque jour n'apportât pas avec lui son lot de sanie, salissures et souillures avait constitué pour elle une excellente surprise.

En quatorze mois, les jeunes filles s'étaient vues successivement affectées à l'ensemble des services. À l'aube du mois de juin, Kitty retrouva le service pédiatrique en compagnie de Tufts. Edda en conclut aussitôt que cette promiscuité conduirait une personne au moins à repérer la ressemblance entre les deux adolescentes, mais sœur Meg Moulton elle-même ne s'aperçut de rien ; les uniformes dissimulaient leurs corps, de sorte qu'en les observant on s'attachait surtout à leurs yeux, que par chance elles n'avaient pas de la même couleur. De plus, si Kitty adorait s'occuper des petits garçons, Tufts se plaisait plus volontiers auprès des fillettes.

— Rejoignez-moi dans mon bureau dès que vous aurez fini de déjeuner, leur commanda un jour sœur Moulton avec une brusquerie qui ne lui était pas coutumière.

— Que se passe-t-il, bonté divine? demanda Tufts à Kitty tandis qu'elles dévoraient un sandwich au jambon dans leur maisonnette. En tout cas, moi, j'ai la conscience tranquille.

— Ne te tracasse pas, sœur la Morale. Je connais Moulton beaucoup mieux que toi : vu le ton qu'elle a adopté, je te parie qu'elle a l'intention de nous confier une mission spéciale, rien de plus.

L'adolescente avait vu juste, ainsi qu'elle le découvrit avec sa sœur en pénétrant une demi-heure plus tard dans le bureau de leur supérieure hiérarchique, où se trouvait déjà le Dr Dennis Faraday ; tous deux affichaient une mine sombre.

— Puisque le patient concerné ne restera parmi nous que fort peu de temps, commença le médecin de sa voix chaude et grave, l'infirmière-chef nous a suggéré de le confier aux bons soins des quatre élèves de cet établissement.

Faraday, dont la carrure imposante rappelait le joueur de rugby qu'il avait été dans sa jeunesse, évoquait pour tous ceux et celles qui le rencontraient un gentil ours brun – brun de peau, de chevelure et d'yeux. Par ailleurs, il avait le chic pour s'attirer les faveurs des bambins qu'il soignait : ces derniers tombaient littéralement sous son charme.

— En règle générale, enchaîna-t-il, les jeunes agonisants demeurent dans la salle commune du service pédiatrique aussi longtemps que possible. Cependant, l'enfant dont vous allez vous occuper ne saurait être livré en pâture aux curieux de tout poil. Corunda se régale de la moindre rumeur, du plus infime cancan, et les petits patients reçoivent de nombreuses visites. Le vôtre se trouvera donc placé en isolement, loin des regards. Il s'appelle Michael Vesper, mais on le surnomme Mikey. Atteint d'un sarcome métastatique en phase terminale, il souffre le martyre. On réussit à le soulager de loin en loin grâce à de petites doses d'opium. C'est un délicieux garçonnet – il se

79

montre si joyeux, il nous est si reconnaissant du mal que nous nous donnons pour lui! Il sait qu'il est en train de mourir, et il se comporte en héros.

Les yeux du Dr Faraday s'emplirent de larmes. Immédiatement, sœur Moulton fusilla du regard Kitty et Tufts, manière de leur signifier qu'il n'était pas question pour elles de faire plus tard des gorges chaudes de cet instant d'émotion.

— Aussitôt que possible, mesdemoiselles, je vous confierai les rapports de police, les notes rédigées par les autorités, bref, tout ce que je serai en mesure de trouver concernant le garçonnet.

L'homme cligna des yeux et prit une profonde inspiration.

— Mikey a deux ans, mais à le voir, on ne lui en donnerait pas plus d'un. Jusqu'à aujourd'hui, personne n'avait diagnostiqué sa maladie, personne n'avait entrepris de le soigner. N'était le zèle sans faille de l'infirmière du district, jamais il n'aurait reçu le moindre secours. Je ne lui donne pas plus de deux à trois mois à vivre, mais je suis bien décidé à faire de ces quelques brèves semaines les plus heureuses et les plus agréables de son existence.

Sur quoi le Dr Faraday se leva pour se diriger vers la porte.

— Sœur Moulton, je vous laisse fournir à ces demoiselles toutes les informations complémentaires dont elles auront besoin.

Il s'éclipsa sur un ultime sourire.

À Tufts et Kitty, le silence qui s'ensuivit parut durer des heures. Ce ne fut en réalité l'affaire que d'une minute ou deux, au terme desquelles Edda et Grace rejoignirent leurs sœurs et furent à leur tour mises au courant de la situation. En quatorze mois, jamais elles n'avaient encore travaillé toutes les quatre dans le même service et, d'ailleurs, elles ne s'occuperaient pas ensemble de Mikey Vesper, même s'il allait s'agir de leur unique patient. Kitty et Tufts décidèrent de veiller sur lui entre 6 heures du matin et 22 heures, Grace opta pour le service de nuit; Edda joue-rait les remplaçantes au pied levé.

— L'infirmière-chef, leur exposa sœur Moulton, vous a surtout choisies parce qu'elle est persuadée que vous saurez tenir votre langue. Pourquoi une telle conviction, je l'ignore, mais je m'en remets à ses avis. Ce que je tiens pour ma part à vous dire, c'est que vous allez devoir à tout prix faire preuve d'un certain détachement. Le cas de Mikey Vesper est de ceux qui sont capables de vous briser le cœur en un tournemain, or, s'il vous brise le cœur, jamais vous n'obtiendrez votre diplôme de fin d'études.

— Nous saurons affronter la situation, lui affirma Edda.

Mais sœur Moulton n'en avait pas terminé.

— Il nous est impossible d'établir avec précision ce qui, de ses métastases ou de la négligence dont il a été victime, a provoqué l'état de malnutrition dans lequel se trouve cet enfant. Sans doute la maladie et les mauvais traitements ont-ils conjugué leurs effets. Mikey n'a jusqu'ici compté pour personne. Il n'a jamais été ni plus ni moins qu'un petit caillou dans la chaussure de ses proches. Sa mère, blanchis-seuse de son état, travaille comme une forcenée pour nour-rir sa famille. Par ailleurs, l'infirmière du district n'a pas pu déterminer si elle souffrait de déficience mentale ou si c'est uniquement la barrière de la langue qui l'empêche de com-muniquer – ce sont des Allemands, qui n'habitent Corunda que depuis dix-huit mois. Les enfants, cette pauvre créature les porte dans son ventre, elle les met au monde, puis les allaite jusqu'à ce qu'ils soient en âge de boire et de se nour-rir seuls. Rien de plus. Elle est la mère de trois garçons de treize à seize ans, après quoi sont venues, beaucoup plus tard, trois filles qui ont actuellement entre six et neuf ans. Enfin est né Mikey, il y a deux ans.

— Pourquoi un tel écart entre les aînés, les filles puis le benjamin? s'étonna Tufts. Vesper a-t-elle accompli entre-temps des peines de prison?

Les yeux bleus de sa supérieure hiérarchique s'arrondirent.

— Brillante hypothèse, Scobie. Je vais suggérer au sergent Cameron d'enquêter de ce côté-là.

— Les garçons sont-ils scolarisés? demanda Kitty.

— Absolument pas, répondit sœur Moulton avec un soupir. Je dois encore vous transmettre un fait qui, depuis le temps que vous œuvrez parmi nous, ne devrait pas vous offusquer outre mesure : la directrice de l'école de Corbi a déposé une plainte auprès du sergent Cameron car, à l'évidence, les trois petites Vesper subissent des agressions sexuelles de la part de leur père et de leurs trois frères aînés.

— La plus jeune n'a que six ans, observa Edda, la bouche sèche. Et aucune des trois n'est pubère.

— Il faut à tout prix faire savoir à Vesper que les ennuis vont se mettre à pleuvoir de tous côtés, intervint Grace qui, en quatorze mois d'exercice, avait suffisamment mûri pour ne plus fondre en larmes. Cet homme mérite la corde!

— On ne le pendra pas, rétorqua Tufts, mais il peut compter sur un très long séjour derrière les barreaux.

Une jeune infirmière passa la tête par l'entrebâillement de la porte.

— Michael Vesper est arrivé, annonça-t-elle.

* * *

La chambre numéro un était trop exiguë pour contenir un lit d'adulte, mais Mikey Vesper reposait dans un petit lit d'enfant où il se tenait à l'aise. Bien que Kitty sût à présent son âge, elle jugea en effet qu'il paraissait beaucoup plus jeune, et encore son ventre distendu par la malnutrition conférait-il au corps fluet un volume trompeur. Mikey possédait une peau très claire, des cheveux bruns et bouclés et, surtout, d'immenses yeux sombres qui, brillant dans un visage étrangement mûr, suffisaient à dire les tourments qu'il endurait : ils luisaient d'un éclat tout à la fois dur, placide et plein d'intelligence. Pour le reste, il ne s'agissait pas d'un bambin particulièrement beau. En infirmière chargée d'expérience, Meg Moulton avait deviné au premier regard que Mikey était de ces jeunes patients capables de vous hanter à longueur de nuit et de journée.

La sarcomatose qui le rongeait avait pour le moment épargné son cerveau, ainsi que Tufts et Kitty, qui partageaient une double garde à rallonge, ne tardèrent pas à le découvrir. Comme le leur avait indiqué le Dr Faraday, on lui administrait de l'opium dès qu'il en réclamait ; en fin de vie, les risques d'accoutumance ne comptent plus. Quant à la gratitude exprimée par le garçonnet après chaque injection, elle était sans bornes ! Quelles souffrances avaient dû être les siennes, alors qu'au fil des mois le cancer multipliait ses ravages sans que personne se souciât de l'apaiser un peu… La morphine lui faisait aussi du bien – par bonheur, il n'était pas de ceux chez qui elle provoquait des nausées. Néanmoins, il réclamait rarement des doses d'opium supplémentaires, les réservant pour les moments où la douleur se faisait intolérable : il avait expliqué à Grace, au beau milieu d'une nuit sans repos, que s'il avait somnolé en permanence il n'aurait pas appris à connaître aussi bien les belles infirmières qui se succédaient à son chevet. Pour le distraire, Kitty dansait le charleston, et l'enfant, ravi, riait en battant des mains ; Tufts improvisait à sa seule intention la danse des sept voiles à l'aide des draps usés de Frank Campbell, et Edda inventait des airs en tapant sur des cuvettes et des bassines métalliques, accompagnant son raffut de paroles chantées qui n'avaient pas le moindre sens. Mikey était aux anges.

Seule Maria, la cadette des sœurs Vesper, lui rendait visite, tous les cinq jours environ, semblant à tout coup surgir de nulle part tel un fantôme pour se matérialiser au pied du petit lit de son frère, qui lui racontait sans reprendre haleine toutes les choses merveilleuses que les infirmières faisaient pour lui, depuis les piqûres qui le soulageaient jusqu'aux plus folles prestations de Kitty en artiste de music-hall. À cette dernière – Maria ne pouvait avoir manqué de le remarquer –, Mikey vouait une admiration sans mesure. Certes, il aimait ses quatre infirmières, mais Kitty occupait la première place dans son cœur. Celle-ci ignorait la teneur des échanges entre le garçonnet et sa sœur car, soucieuse de respecter leur intimité familiale, à chacune des visites de Maria, elle les laissait seuls pendant un quart d'heure si l'état de l'enfant le permettait ; au terme de ces tête-à-tête, Mikey se sentait toujours mieux.

Le sergent Jim Cameron, membre des forces de l'ordre de la Nouvelle-Galles du Sud, s'intéressait chaque jour davantage à la famille Vesper. La situation était accablante : la négligence dont les parents avaient fait preuve à l'égard de leur benjamin, la plainte de l'institutrice, qui accusait Bill Vesper et ses fils de violer régulièrement les filles de la maison, la conviction du sergent lui-même que Vesper volait des agneaux… Chef de la police de Corunda, Cameron n'ignorait pas qu'il aurait dû, vu la gravité des faits, appeler à la rescousse les spécialistes de Sydney, mais le sang écossais qui coulait dans ses veines le poussait à se méfier des étrangers. L'affaire Vesper lui appartenait, et il la résoudrait sans le concours de personne.

C'était Pauline Duncan, l'infirmière du district, que le sergent Cameron connaissait bien, qui avait mis le feu aux poudres. Le jour où Mikey fut admis à l'hôpital, on avait appelé sœur Duncan avant l'aube dans un campement de bohémiens installé sous le pont de la rivière Corunda, où une bagarre s'était produite. Après avoir soulagé les hématomes et recousu quelques estafilades pratiquées au couteau, elle remonta dans sa Ford T pour regagner la ville. La vieille bicoque des Vesper se trouvait sur sa route. Régulièrement assaillie de doutes concernant Bill, le père de famille, l'idée lui vint alors de ralentir, puis de s'arrêter devant la masure. Autant en profiter pour jeter un bref coup d'œil, songea-t-elle, d'autant plus qu'à cette heure ni Bill ni ses fils ne se trouvaient dans les parages – peut-être réussirait-elle enfin à échanger quelques mots avec cette pauvre femme…

Mme Vesper faisait bouillir des draps dans un chaudron à l'arrière du taudis, secondée par ses trois filles, qui chacune arborait un cocard probablement récolté dans la cour de l'école. Un tout petit garçon claudiquait entre leurs jambes. Il pleurait en silence et, de temps à autre, sa mère ou l'une de ses sœurs le repoussait. Le sang de sœur Duncan, qui saisit en un instant l'ampleur du drame, ne fit qu'un tour. Elle se précipita vers l'enfant, le ravit d'un geste aux quatre blanchisseuses pour courir à nouveau jusqu'à sa voiture. Ayant installé le bambin à côté d'elle, sur le siège passager, elle fila chez le Dr Faraday. Une heure plus tard, Mikey était admis à l'hôpital de Corunda et, déjà, le médecin avait informé le sergent Cameron de la gravité de la situation.

Quant aux filles de Thomas Latimer, sœur Moulton avait beau les avoir mises en garde, le garçonnet occupait désormais toutes leurs pensées.

— Comment peut-on traiter un petit enfant avec une telle cruauté? demanda Kitty.

— Un type comme Bill Vesper ne sait même pas ce que le mot cruauté signifie, lui répondit Grace en s'essuyant les yeux. Si les gens n'ont pas envie d'avoir d'enfants, ils n'ont qu'à pas en faire.

— Tu parles, grommela Edda. Il n'existe aucun moyen de les en empêcher.

— Dans ce cas, décréta Kitty en haussant le menton, je veillerai à épouser un homme capable de les supporter.

— Ne parle pas trop vite, l'avertit Edda. Si quelqu'un pouvait prédire l'avenir, les diseurs de bonne aventure ne gagneraient pas aussi bien leur vie. Pense un peu aux vedettes de cinéma dont Grace ne cesse de nous rebattre les oreilles. Si tu réfléchis bien, quelle est la chose la plus susceptible de placer une actrice de renom en position délicate?

— Une grossesse non désirée? proposa Tufts avec un large sourire.

Grâce à l'amour et aux soins attentifs qu'on lui prodiguait à présent, Mikey déclina moins vite que prévu. Certes, il était rare qu'il passât une journée entière sans souffrir, mais le Dr Faraday s'arrangeait pour que la douleur reste supportable sans abrutir pour autant le garçonnet d'analgésiques, voire le plonger dans le coma. Le bambin adorait par-dessus tout qu'on le promène, sur une rampe désaffectée, à bord d'une voiture à poney en bois, peinte en jaune vif, son infirmière du moment jouant pour lui les montures piaffantes et hennissantes. Grace fut la seule des quatre Latimer à n'avoir jamais le plaisir de devenir le poney de Mikey, mais en contrepartie l'adolescente se tenait à son chevet pour bavarder avec lui chaque fois qu'il lui arrivait de passer une nuit difficile.

Les tourments qu'il endurait et les privations dont il avait été victime conféraient au petit patient une maturité précoce, mais on aurait eu tort, cependant, d'attendre qu'il énonçât des paroles de sagesse éternelle. Ses réflexions, même s'il était un peu en avance sur son âge, demeuraient à peu de chose près celles d'un très jeune enfant. L'affection que lui portaient le Dr Faraday et ses infirmières tenait surtout à la douceur de son caractère, et sa bravoure faisait leur admiration.

— S'il nous touche autant, conjectura Grace au moment de relever Edda dans sa tâche auprès de l'enfant, c'est parce qu'il ne se plaint jamais. Question jérémiades, j'en connais pourtant un rayon. Et dire que c'est un gosse de deux ans qui me donne à ce sujet la plus belle des leçons!

Prudente, sa sœur s'abstint de tout commentaire.

Alors que Mikey séjournait à l'hôpital depuis près d'un mois, ses souffrances s'intensifièrent soudain, ce qui contraignit son médecin à lui prescrire des injections d'opium plus fréquentes. Il ne pouvait pratiquement plus rien avaler, ne se nourrissant guère que de milk-shakes au chocolat, de sucre d'orge ou de caramels au beurre.

— Fatigué, Kitty, déclara-t-il un jour à son infirmière favorite. Très, très fatigué.

— Alors endors-toi, mon poussin.

— Je veux pas dormir. Bientôt, je me réveillerai plus.

— Qu'est-ce que c'est que ces sottises? On finit toujours par se réveiller, Mikey, voyons.

— Pas moi. Je suis trop fatigué.

Lorsque Maria lui rendit visite ce jour-là, sœur Moulton lui demanda d'informer ses parents que leur fils ne passerait pas les prochaines vingt-quatre heures; la fillette opina et s'en fut. Dans l'après-midi, Bill Vesper et ses fils, ivres tous les quatre, se présentèrent à l'hôpital en exigeant qu'on leur rende Mikey, afin de le remmener chez eux. Frank Campbell appela aussitôt les forces de police qui, placées sous les ordres du sergent Cameron, s'empressèrent d'enfermer les vauriens en cellule de dégrisement. Le lendemain matin, accablés par une terrible gueule de bois mais les idées parfaitement claires, ni le père ni les fils ne s'avisèrent de réclamer à nouveau qu'on leur confiât le petit patient. Au lieu de quoi les quatre Vesper grimpèrent à bord de leur antique camionnette et disparurent.

À l'aube, Mikey fut victime d'un affreux déplacement de la colonne vertébrale, là où le cancer s'était initialement développé; il se mit à hurler. Bouleversée, Kitty fit appeler auprès d'elle sœur Moulton, qui fit appeler le Dr Faraday qui, à cette heure, dormait sur ses deux oreilles.

Le garçonnet finit par cesser ses clameurs; Kitty le serrait dans ses bras, tandis que le médecin préparait une injection. Les yeux de l'enfant s'ouvrirent; il sourit à son infirmière, puis soupira comme s'il s'apprêtait à lui dire quelque chose. Lui souriant en retour, l'adolescente attendit qu'il parle, mais il n'exhala plus le moindre souffle.

— Vous pouvez reposer votre seringue, docteur, dit-elle. Mikey vient de nous quitter.

— Merci. Vous savez ce qu'il vous reste à faire, infirmière.

Sur quoi le Dr Faraday quitta le pavillon.

La jeune fille déposa le bambin dans son lit, surprise de constater la vitesse à laquelle la température du petit corps chutait – à peine eut-elle le temps de le vêtir pour son dernier voyage que la peau de Mikey était presque glacée…

Puis Kitty s'éclipsa discrètement pour rejoindre la cachette où elle avait pris l'habitude de se réfugier parfois depuis l'arrivée du jeune malade. Il ne pleuvait plus, mais le ciel d'hiver était bas, lourd d'épais nuages gris, un âpre vent soufflait, et les rampes étaient désertes. Kitty avait élu, pour y fuir un moment les affres de sa mission, une vieille souche d'arbre située au pied d'une rampe que l'on avait surélevée afin qu'elle enjambât un ruisselet. L'adolescente s'assit, les poings serrés, des larmes inondant bientôt ses joues. Mikey, Mikey ! Pourquoi t'a-t-on fait venir ici-bas ? Uniquement pour endurer deux années de souffrances que tu n'avais rien fait pour mériter ? J'espère de tout mon cœur que le paradis existe bel et bien, et qu'on y trouve des tas de voitures à poney jaunes et des milkshakes au chocolat !

Kitty ne tarda pas à se ressaisir. Dès qu'elle s'en sentit capable, elle regagna le service pédiatrique, où elle annonça à sœur Moulton que Michael Vesper venait de s'éteindre paisiblement – comme elle le pressentait, le Dr Faraday n'avait pas mis l'infirmière au courant.

Le comté de Corunda prit en charge les frais d'obsèques de Mikey, auxquelles ne se rendit aucun membre de sa famille ; Bill Vesper, disait-on, avait décrété dans l'un des pubs qu'il fréquentait que si le gouvernement possédait le pouvoir d'arracher à un père sa chair et son sang, alors ce même gouvernement n'avait qu'à se débrouiller pour payer l'enterrement du gosse. Le révérend Latimer dirigea la cérémonie, à laquelle assistèrent quelques employés de l'hôpital. L'argent réuni par l'administration avait permis de faire confectionner une pierre tombale en granit gris, gravée de lettres d'or – il était important que l'enfant reposât dans une sépulture décente.

Après son décès, la triste histoire de Mikey Vesper fit le tour de Corunda, attisant du même coup la haine que ses habitants vouaient à Bill et ses fils. Hélas, le sergent Cameron ayant échoué à convaincre les trois filles de déposer plainte pour abus sexuels contre leur père et leurs frères, la situation continua de se dégrader lentement, tout en s'effaçant de la mémoire collective.

La redoutable tempête hivernale qui menaçait de balayer la ville depuis trois semaines décida de frapper à la fin du mois de juin, après la tombée de la nuit.

Tufts était la seule des quatre Latimer à travailler ce soir-là – elle s'affairait dans le pavillon numéro un (l'un des deux bâtiments réservés aux hommes), de loin le plus négligé de l'hôpital.

L'infirmière-chef en personne avait eu vent de la colère éprouvée contre Frank Campbell par le personnel affecté au pavillon numéro un ; le pavillon numéro deux, où séjournaient aussi des patients de sexe masculin, pâtissait moins des rigueurs de l'hiver du fait de sa superficie plus modeste. Atterrée de constater que la vapeur manquait à ce point de pression qu'il était impossible de chauffer correctement les lieux, Gertrude Newdigate avait fait installer deux poêles à coke dans la vaste salle commune, pour découvrir bientôt que le directeur, qui n'avait consenti à ces dépenses que parce que le coke ne coûtait pas cher, refusait d'acheter assez de combustible pour permettre à ces appareils de remplir efficacement leur fonction. Durant les nuits de tempête, comme celle-ci, il fallait qu'aux deux poêles on associât la vapeur du système de chauffage, à condition cependant d'éteindre les radiateurs situés sur la gauche de la salle commune, afin de concentrer toute la pression sur son flanc droit.

L'infirmière-chef, qui surgit dans le pavillon numéro un à 21 heures, constata qu'il ne se trouvait plus un gramme de coke dans les seaux à charbon ni de feu dans les poêles.

— Scobie, commanda-t-elle à Tufts, l'uniforme craquant de tout son apprêt, dépêchez-vous d'aller chez le Dr Campbell, sortez-le de son lit en exigeant qu'il vienne ici sur-le-champ ! Ne restez pas ainsi les bras ballants et la bouche bée, nom d'une pipe ! Exécution !

Et Tufts s'exécuta, émerveillée de constater, tandis qu'elle invitait le directeur à la suivre au pas de course, ce qu'une infirmière était capable de faire quand on lui en donnait l'ordre.

— Gertrude Newdigate a donc perdu l'esprit, dites-vous ? s'enquit une nouvelle fois Campbell.

— Elle est complètement sortie de ses gonds, monsieur. Dépêchez-vous, je vous en prie !

Lorsque Tufts et le directeur pénétrèrent dans le pavillon numéro un, l'infirmière-chef paraissait en effet en pleine crise de démence. Son uniforme amidonné s'était avachi, son voile gisait sur le sol et, ses dix doigts dodus repliés en griffes, elle s'avança vers Frank Campbell.

— Maudit radin ! Grippe-sou ! Despote ! rugit-elle en saisissant le directeur par le col de sa robe de chambre jusqu'à le soulever de terre.

Le petit homme maigrichon qui, depuis vingt-cinq ans, régnait en tyran sur son hôpital, se trouvait à présent suspendu au bout du poing de Gertrude Newdigate comme un quartier de viande au croc d'un boucher ; la peur le tétanisait – cet épouvantail aux cheveux poivre et sel avait sombré dans la folie !

— Je vous avais prévenu, docteur Campbell, que je ne tolérerais plus de voir des patients mourir de pneumonie parce que vous refusez de chauffer correctement les salles communes ! Si vous ne nous ravitaillez pas immédiatement en coke et si vous ne veillez pas à ce que la pression du système de chauffage soit maintenue à un niveau décent, j'irai raconter au ministre de la Santé, à Sydney, ce qui se passe dans l'hôpital de Corunda. Il m'a fallu près de dix-huit mois pour obtenir un rendez-vous avec lui, et lorsque je le verrai, je lui fournirai des tonnes de documents attestant vos péchés envers l'humanité – je lui parlerai de ces hommes, de ces femmes et de ces enfants qui succombent par votre faute !

Voilà que plus personne – membres du personnel soignant aussi bien que malades – ne se rappelait les raisons de sa présence dans le pavillon numéro un : assis dans leur lit, les patients considéraient Gertrude Newdigate d'un œil étincelant, le cœur – à défaut du corps – brusquement réchauffé par sa formidable diatribe.

— C'était épatant ! expliqua Tufts à ses sœurs, qu'elle venait de réveiller tout exprès pour leur rapporter l'incident. L'infirmière-chef chahutait ce pauvre Campbell comme un terrier aurait secoué un rat – il ne posait plus les pieds par terre !

— Elle a certes gagné la bataille du pavillon numéro un, conclut Edda, mais a-t-elle gagné la guerre ? Telle est la question.

Le fait est que les conditions de chauffage s'améliorèrent considérablement et que, dans la foulée, le plombier se vit enfin adjoindre un collègue. Gertrude Newdigate annula son rendez-vous auprès du ministre de la Santé – elle possédait assez de sagesse pour savoir que la gent masculine finit toujours par se serrer les coudes. Néanmoins, elle ne s'en tint pas tout à fait là : lorsque des bohémiens s'installèrent à nouveau sous le pont du chemin de fer, elle paya l'une des vieilles romanichelles afin qu'elle jetât un mauvais sort à Frank Campbell. Oh, ce n'était certes pas une malédiction fatale, mais si la diablerie agissait, le directeur prendrait bientôt ses cliques et ses claques et quitterait Corunda. L'idéal eût été qu'il allât brûler en enfer mais, ma foi, Darwin ou Bullamakanka suffirait.

Cet hiver-là, les Vesper se volatilisèrent. Lorsque Pauline Duncan, l'infirmière du district, passa en octobre 1927 devant leur masure, elle la trouva déserte. Toute la famille était partie. Où donc? Personne n'en savait rien. De son passage à Corunda ne demeura que la pierre tombale en granit gris, ornée de lettres d'or indiquant que là se situait la dernière demeure de Michael, âgé de deux ans. Nul ne connaissait sa date de naissance – aucun des sept petits Vesper n'avait été déclaré à la mairie.

II

L'une part, les autres restent

Grace n'était pas à la fête. À mesure qu'elle avançait dans ses études, elle peinait chaque jour davantage à se rappeler ce qu'on lui apprenait, au point que les bases mêmes de son métier finirent par lui échapper.

— Expliquez-moi en quoi consiste un bilan hydrique, infirmière Faulding, lui ordonna Gertrude Newdigate, qu'on avait appelée en désespoir de cause.

— On établit le bilan hydrique afin de s'assurer que les apports de fluides sont suffisants par comparaison avec les fluides éliminés, répondit Grace sur ce ton mécanique propre à tous les élèves qui débitent leur leçon avec l'automatisme d'un perroquet.

— Et pourquoi l'établit-on, ce bilan hydrique?

L'adolescente coula à sa supérieure hiérarchique un regard dénué d'expression.

— Pour vérifier l'équilibre hydrique, infirmière-chef.

— Même la dernière des imbéciles aurait pu me lâcher cette réponse, Faulding. Moi, je vous demande de qui ce bilan hydrique sert-il les intérêts.

Grace la considérait d'un œil de plus en plus morne.

— De l'hôpital, infirmière-chef.

— À qui appartient-il? s'entêta Gertrude Newdigate.

— À l'hôpital? tenta de nouveau la jeune fille d'une voix mal assurée.

Les lèvres de sa supérieure se réduisirent à un trait.

— Chaque fois que je songe aux qualités exceptionnelles de vos trois sœurs, Faulding, je refuse de croire qu'à l'inverse vous êtes complètement bouchée. Pourtant, le moins qu'on puisse dire est que vous mettez ma foi à rude épreuve! Le bilan hydrique appartient à une entité que l'on appelle un patient, et il détermine le volume de fluides que le patient en question absorbe par rapport au volume de fluides qu'il expulse, fluides dont on peut affirmer que le principal est l'urine, mais qui comprennent également…?

— Euh… Les selles? hasarda Grace, soudain pleine d'espoir.

— Pas si elles sont moulées, Faulding. Un fluide est un liquide, il me semble? Un bilan hydrique mentionne, en plus du volume d'urine, celui des vomissures, du sang, des crachats et de la salive émis par le patient, à condition, bien sûr, qu'ils se trouvent produits en quantités mesurables.

Mais quand donc la direction de cet hôpital se déciderait-elle à embaucher une enseignante? fulminait l'infirmière-chef en silence. Le temps pressait!

— Pourquoi est-il important de dresser ce bilan hydrique? enchaîna-t-elle.

— Oh ça, c'est facile! s'exclama la jeune fille avec ingénuité. À cause de l'hydropisie!

L'uniforme amidonné de Gertrude Newdigate émit des craquements menaçants.

— L'hydropisie compte parmi les symptômes liés à un début d'insuffisance rénale, Faulding. Vous n'avez visiblement retenu qu'un aspect de la question et, finalement, vous ne m'avez toujours pas dit pour quelle raison il était nécessaire d'établir et de garder à jour le bilan hydrique. Tout ce que vous m'avez expliqué, c'est qu'un déséquilibre peut évoquer une affection des reins. Mais que faites-vous des atteintes hépatiques? Des ulcères? Et que préconisez-vous si le bilan hydrique d'un patient vous révèle que celui-ci vomit plus qu'il n'urine? Retournez donc à la bibliothèque et lisez, après quoi vous me consacrerez cinq pages au bilan hydrique, mademoiselle.

De la consternation se peignit sur les traits de Grace; elle avala sa salive.

— Oui, infirmière-chef. Je vous présente mes excuses, infirmière-chef.

— En l'occurrence, je n'ai que faire de vos excuses.

Gertrude Newdigate ramena ses mains l'une contre l'autre, les doigts à la verticale, en clocher – elle arborait dix ongles courts et nets.

— Il ne m'a pas échappé que vous accomplissiez la plupart de vos tâches quotidiennes sans y prêter la moindre attention. Où êtes-vous, infirmière Faulding? Je ne puis tolérer qu'un esprit batte la campagne, or le vôtre est pareil à la queue d'une vache qui s'agiterait en tous sens pour chasser les mouches. À tel instant vous êtes ici, puis là, puis ailleurs encore. Il faut que cela cesse, m'entendez-vous? Et d'ailleurs, aimez-vous votre métier d'infirmière? Ou ne supportez-vous cette profession que pour pouvoir demeurer auprès de vos sœurs?

Elle arrivait enfin, la question que Grace brûlait depuis longtemps qu'on lui pose, certaine que, le moment venu, elle s'épancherait auprès de qui l'aurait interrogée, qu'elle lui confierait tous ses doutes et tous ses soucis. Mais voilà que c'était l'infirmière-chef en personne qui la sondait; comment un modeste vermisseau tel que Grace aurait-il pu trouver les mots capables d'exprimer à un si éminent personnage ses chagrins à deux sous? L'adolescente avala de nouveau sa salive, pressa ses mains l'une contre l'autre, sur lesquelles ensuite elle baissa résolument les yeux.

— Bien sûr que j'aime mon métier, infirmière-chef, mentit-elle. Ainsi que vous l'avez dit vous-même, je peine uniquement à dominer mon esprit. Il… divague.

— Dans ce cas, remédiez-y, infirmière. Vous pouvez disposer.

Ça aurait pu être pire, songea Grace en se hâtant le long des rampes en direction de sa maisonnette. Trois longues journées de congé l'attendaient à présent – chic alors! Hélas, la dissertation que Gertrude Newdigate lui avait demandé de rédiger risquait de lui gâcher le plaisir… Oh et puis zut! non, elle ne perdrait pas une seconde de son précieux temps libre à s'échiner sur une punition! Elle s'acquitterait de sa tâche durant ses jours de travail – après tout, l'infirmière-chef ne lui avait imposé aucune date à laquelle lui remettre son pensum.

Depuis douze mois qu'elles vivaient là, les quatre Latimer étaient parvenues à donner à leur logis ce petit air de cottage qui lui faisait si cruellement défaut lorsqu'elles l'avaient découvert après la description fallacieuse livrée par Gertrude Newdigate. Toutes quatre possédaient d'incontestables talents de décoratrices d'intérieur. Elles peignirent donc les murs, y accrochèrent des tableaux, puis retapèrent les extérieurs, avant de créer leur petit jardin – sœur Marjorie Bainbridge, leur voisine immédiate, ne pouvait pas leur reprocher de négliger leur habitation, dans laquelle les quatre jeunes filles coulaient des jours heureux.

Mais cet après-midi-là, Grace ne comptait pas y faire de vieux os. En chantonnant à mi-voix, elle extirpa d'une armoire les vêtements tachés de rouille qu'elle portait toujours pour s'adonner à son passe-temps favori: la contemplation des locomotives à vapeur. L'aire de triage se révélait en effet trop sale pour qu'elle pût la fréquenter en tenue de ville et, par ailleurs, elle souhaitait passer aussi inaperçue que possible, se fondre au mieux dans ce décor où il paraissait si incongru de croiser une adolescente de bonne famille. Depuis que Grace avait découvert les trains à vapeur à l'âge de dix ans, ils ne cessaient de l'enchanter, au point que même les taquineries de ses sœurs à ce sujet ne l'avaient jamais dissuadée de s'adonner à son dada.

Habillée, coiffée d'un chapeau cloche et gantée, elle quitta enfin sa demeure pour s'engager dans le parc puis, de là, se diriger vers l'ouest en empruntant Victoria Street.

Par-delà l'ultime rangée d'édifices publics dressés le long de cette artère se trouvait une grille, hérissée de fers de lance et par laquelle on accédait à l'aire de triage ; l'adolescente s'approcha d'un tourniquet de fortune et s'y contorsionna pour pénétrer dans le saint des saints.

Nul ne l'avait vue entrer. Sur toutes les voies ferrées s'alignaient des wagons de marchandises : ceux-ci, venus de Wollongong, apportaient le charbon nécessaire au bon fonctionnement des usines à gaz et des centrales électriques ; ceux-là, couverts, abritaient des agneaux répartis sur plusieurs niveaux, destinés aux abattoirs de Sydney ou de Melbourne. Il y avait encore des wagons plats sur lesquels trônaient toutes sortes d'engins mécaniques, des wagons chargés de minerai... On trouvait de tout. Grace se repaissait des mille odeurs du lieu : rouille, fumée de charbon, excréments d'agneau séchés, chanvre des toiles à sac, métaux, eucalyptus, herbe foulée...

Les hangars à locomotives dominaient le décor. La jeune fille ralentit le pas, en quête du meilleur poste d'observation. Elle finit par élire l'endroit idéal : elle se jucha avec adresse sur la plate-forme supérieure d'un wagon aux parois en lattes, où elle s'installa confortablement pour jouir du spectacle à l'écart du reste du monde.

Elle se trouvait ici pour contempler les locomotives, les majestueuses machines à vapeur qui amenaient les voitures jusqu'à l'aire de triage ou les emportaient loin d'elle, qui les tiraient partout sur le réseau ferré de la Nouvelle-Galles du Sud. Grace en recensa cinq aujourd'hui. À Corunda, point culminant de la ligne du sud, on fixait un engin supplémentaire aux convois pour les aider à gravir la pente, ou bien, à l'inverse, on le détachait si le long périple se terminait là. Il existait certes un autre terminus, plus proche de Sydney d'environ quatre-vingts kilomètres, mais à Corunda se situaient les ateliers et les hangars ; l'activité s'y révélait florissante.

Pour quelle raison la vue d'une locomotive à vapeur C-36 ou C-38 la bouleversait-elle à ce point ? Grace l'ignorait. Elle ne savait qu'une chose : depuis son dixième anniversaire, à l'occasion duquel elle s'était pour la première fois tenue près de l'une de ces machines, les énormes chevaux de fer drapés de vapeur et de fumée lui donnaient le frisson. Elle pouvait les observer des heures entières, se délectant de la puissance qui entraînait les bielles afin que les roues se mettent à tourner – des roues plus hautes qu'elle, capables à chaque instant de la broyer. Les rugissements, les cliquetis, les sifflements, les halètements en cascade l'enthousiasmaient, et quand elle voyait s'avancer sur ses rails, avec un bruit sourd, l'un de ces monstres d'acier, qui allait lâchant par saccades des bouffées de fumée d'un noir d'encre, elle aurait souhaité ne faire qu'un avec lui, éprouver au plus profond d'elle-même la fabuleuse poussée des engins.

Cette journée, s'avisa-t-elle soudain, lui réservait une jolie surprise : sur l'aire de triage de Corunda se trouvait une plaque tournante, autrement dit une immense roue de fer dont le diamètre excédait la longueur d'une C-38 assortie de son tender[1]. C'est qu'une locomotive ne changeait pas aisément de direction. Tributaire des rails au long desquels elle circulait, il fallait que ces derniers se courbent sur plusieurs kilomètres pour infléchir notablement sa trajectoire, en sorte que seule la plaque tournante permettait de lui faire virer de bord pratiquement sur place : on y installait la locomotive et son tender, puis la plateforme entamait son lent mouvement de rotation.

Quelqu'un se hissa près de Grace ; un homme en costume trois pièces, constata-t-elle en se tournant brièvement

---

1. Wagon auxiliaire contenant l'eau et le combustible nécessaires au fonctionnement de la locomotive.

vers lui. Elle conclut qu'il se trouvait là pour les mêmes raisons qu'elle, et oublia instantanément sa présence pour s'abîmer dans sa contemplation : un conducteur chevronné venait caler un gigantesque engin sur les rails de la plaque tournante.

— Quand j'étais petit, je voulais exercer le même métier que lui, déclara l'inconnu assis à côté d'elle.

— Comment se fait-il que vous ayez renoncé ? demanda la jeune fille sur un ton distrait, alors que la plate-forme amorçait sa giration.

— Je ne connaissais personne au syndicat des chemins de fer.

— Ah…

Et la conversation mourut là – l'homme et l'adolescente se trouvaient trop absorbés par le ballet des locomotives. Enfin, la manœuvre s'acheva. Grace sauta à bas du wagon avant que son compagnon eût eu le temps de l'aider.

— C'était épatant ! décréta-t-il, en équilibre sur un rail ; ayant saisi son chapeau par le bord, il le fit tourner entre ses doigts. Merci de m'avoir tenu compagnie.

— Je peux vous retourner le compliment. Quand on l'admire à deux, le spectacle paraît encore plus grandiose.

— Ce n'est pas banal pour une jeune femme d'apprécier ce genre de divertissement.

— Je sais. Mes sœurs passent leur temps à me charrier.

Le jeune homme se mit à rire.

— Faites-moi donc une faveur, mademoiselle.

— Dites-moi d'abord de quoi il s'agit, rétorqua Grace sur un ton un peu pincé – ce garçon manquait d'éducation.

— Pardon, mademoiselle. Pourrais-je voir votre visage ?

À son tour, l'adolescente s'esclaffa :

— Vous pourriez.

— Non… Je veux dire : votre visage débarrassé de ce couvre-chef ridicule.

Surprise, un brin tendue, la jeune fille ôta son chapeau cloche et en profita pour observer le garçon : plutôt pas mal, n'était cette blondeur inhabituelle, comme si on venait de lui plonger la tête dans un seau de givre – il affichait en revanche un hâle surprenant, là où l'on aurait pu s'attendre plutôt à des joues roses semées de taches de rousseur.

— Vous êtes charmante, était en train de lui dire le garçon. Où allez-vous ? Puis-je vous accompagner ? Des trimardeurs rôdent toujours aux abords de l'aire de triage.

Personne ne l'avait encore jugée « charmante » ; on lui avait jusqu'ici glissé qu'elle était « bath », on lui avait soufflé qu'elle était « formid ». Rien de plus. Peut-être cet inconnu manquait-il d'éducation, mais pas de raffinement. Je suis sûre qu'aucun garçon n'a jamais dit à Kitty ou Edda qu'elle était charmante, savoura Grace en pensée. Rassurée par la présence du jeune homme, elle lui sourit et acquiesça.

— Merci, monsieur… ?

— Björn Olsen. Mais vous pouvez m'appeler Bear. Tout le monde m'appelle ainsi, parce que Björn signifie « ours » en suédois. Et vous, comment vous appelez-vous ?

— Grace Latimer. Je suis infirmière à l'hôpital de Corunda, où l'on me nomme Faulding pour éviter toute confusion. Car figurez-vous que nous sommes quatre là-bas à porter le nom de Latimer.

Elle se sentait le pied léger, comme si tous deux marchaient sur des nuages ; elle oublia toute réalité. Elle ne savait plus qu'une chose : elle se promenait aux côtés de Bear Olsen, dont elle souhaitait ardemment tout apprendre. Il lui semblait que son cœur flottait, qu'il avait gagné en chaleur et rayonnait étrangement. Quel âge avait-il, ce garçon ? Quel métier exerçait-il ? Il la trouvait charmante, et dès que son regard bleu se posait sur elle, il lui faisait l'effet d'une caresse.

Ayant franchi le tourniquet, ils atteignirent le parc, où ils dénichèrent un banc à l'écart. On était mardi, personne ne déambulait dans les parages – le monde entier leur appartenait, ils s'en révélaient les deux seuls habitants.

— Vous ne voyez pas d'inconvénient à ce que nous nous asseyions ici? s'enquit l'adolescente sur un ton d'angoisse.

— J'aimerais mieux vous emmener dans un endroit où je pourrais vous offrir une tasse de thé et des scones, répondit Bear avec un large sourire qui dévoila des dents blanches – l'une de ses incisives était légèrement ébréchée – c'était adorable. Il n'y a pas de cafétéria à l'hôpital?

Grace tourna vers le jeune homme deux yeux horrifiés.

— Non! Oh non! Il est hors de question que vous pénétriez avec moi dans l'enceinte de cet établissement, le règlement l'interdit. Je risquerais d'avoir de terribles ennuis, or les ennuis, j'ai tendance à les collectionner, voyez-vous. Je suis étudiante en sciences infirmières, et il règne ici une véritable loi d'airain. D'airain!

Soufflé, Bear Olsen la fixa, le regard agrandi par la surprise. Le pauvre chou…

— Cet endroit tient davantage de la prison que de l'hôpital, on dirait…

— Non, rectifia Bear. Pas une prison : un couvent.

Grace gloussa.

— Dans une certaine mesure, oui. Mais on n'y récite pas de prières.

— Êtes-vous catholique?

— Non, mon père est le pasteur de Saint-Marc. C'est un ardent protestant, mais plutôt ouvert.

Le jeune homme lui opposa un regard dénué d'expression.

— Vraiment?…, fit-il d'un ton vague.

— Les choses sont compliquées, commenta l'adolescente.

— Aurez-vous également des ennuis si nous nous donnons rendez-vous au Parthénon ou à l'Olympe?

— Oh non, pas du tout, répondit-elle avec soulagement. Du moment que nous n'enfreignons pas les règles, l'infirmière-chef se moque bien de ce que nous faisons une fois que nous avons remisé notre uniforme au placard et quitté l'enceinte de l'établissement.

Les ombres qui s'allongeaient autour d'eux rappelèrent Grace à la réalité du monde ; après avoir accepté de déjeuner avec Bear le lendemain au Parthénon, elle fila, sans plus lâcher son chapeau, qu'elle serrait depuis tout à l'heure dans sa main gantée. Elle exultait.

Bear Olsen ! Issu d'un milieu social bien inférieur au sien, assurément, mais elle ne s'en souciait pas. Il venait de lui avouer qu'il collectionnait les conquêtes féminines – il arrivait même que ces conquêtes fussent mariées. Eh oui, Bear était ainsi, car Bear était voyageur de commerce ! Quoi de plus facile que de courir le jupon lorsque votre profession vous entraînait d'une ville à l'autre, suivant un vaste circuit dont les étapes ne se répétaient qu'à intervalles espacés ? Les voyageurs de commerce étaient de beaux parleurs, ils séduisaient à qui mieux mieux le sexe faible et, pour la plupart, se révélaient capables de vendre des flammes au roi des enfers en personne. S'il entendait jamais parler de Bear, papa sauterait au plafond. Mais Grace n'avait nulle intention de lui parler de Bear – à belle-maman, encore moins. Dans ses sœurs en revanche, elle plaçait toute sa confiance : jamais elles ne souffleraient mot de l'affaire à quiconque, quelle que pût être leur opinion. Edda, Grace en avait la certitude, allait décréter que Bear n'était pas assez bien pour elle. Tant pis, l'adolescente passerait outre. Un seul après-midi lui avait suffi pour tomber amoureuse de ce garçon avec qui elle comptait fermement se marier. Oh, certes pas tout de suite, ni sans le consentement de ses parents. Mais elle l'épouserait, sans le moindre doute possible !

Il travaillait pour la société Perkins, et cela n'était pas rien. Il ne comptait pas parmi ces parasites au cheveu gominé, à la moustache en brosse à dents, qui tentaient de refiler une douzaine de paires de bas de soie à l'épouse d'un fermier de l'outback australien. Non, Bear Olsen n'était pas de cette engeance. La société Perkins, en effet, fabriquait des baumes, des toniques, des liniments, des pommades, des lotions, des émollients, des laxatifs, des antiseptiques, des élixirs, des vomitifs, de petites pilules bleues pour le foie et de petites pilules mauves pour les reins, des savons, ainsi qu'une boisson gazeuse que l'on avalait en cas de mauvaise digestion. Tout le monde achetait des produits Perkins aux voyageurs de commerce. Car les produits Perkins, on ne les dénichait dans aucun magasin : on ne les vendait qu'au porte à porte – il n'était donc pas un habitant de la ville ou de la région qui ne connût le vendeur de chez Perkins affecté à son secteur. Chacun, en outre, possédait chez soi des produits Perkins, ne fût-ce que la boisson gazeuse. Les enfants, eux, appréciaient beaucoup son sirop laxatif – unique solution alternative à l'huile de castor, il remportait un franc succès. Les grand-mères ne juraient que par les petites pilules mauves, tandis que les grands-pères affectionnaient les petites pilules bleues, et tous les autres vouaient un véritable culte au tonique, dans la composition duquel entraient, notamment, de l'alcool et de la créosote. En tant qu'infirmière, Grace n'ignorait pas combien il pouvait se révéler capital d'appeler un médecin à son chevet au moment opportun. Cependant, lorsqu'ils se sentaient un peu patraques, les habitants de la région préféraient se soigner eux-mêmes en ingurgitant, dans l'immense majorité des cas, un remède Perkins qui, finalement, se révélait meilleur marché que le docteur, et presque aussi efficace.

Bear avait appris à l'adolescente qu'il était originaire des faubourgs ouest de Sydney – un endroit appelé Clyde, où se situaient les ateliers de la compagnie des chemins de fer ; il avait passé son enfance à écouter les halètements, les sifflets et les hululements des locomotives à vapeur, mais son père, un alcoolique invétéré, n'avait jamais daigné courtiser un tant soit peu les syndicats de cheminots, en sorte que ses nombreux fils étaient devenus de modestes ouvriers sans qualification, qui tous œuvraient à présent loin des voies de chemin de fer. Bear, le cadet, ayant résolu de quitter Sydney, avait quant à lui répondu à une annonce dans le journal qui mentionnait que les établissements Perkins cherchaient un voyageur de commerce.

Le responsable adjoint qui le reçut pour un entretien se révéla perspicace; il sut distinguer (comme Grace elle-même tandis que le jeune homme poursuivait son récit) toutes les qualités qu'il recelait par-delà les lacunes évidentes de son éducation. Car Bear possédait des traits d'une honnêteté sans faille – rien qui pût évoquer ce côté hâbleur dont les femmes demeurées seules chez elles ont peur lorsqu'un individu de cette sorte se présente à leur porte. Il était doté d'une certaine assurance, ainsi que d'une générosité qui le poussait parfois à proposer spontanément à la maîtresse de maison de lui couper un peu de bois pour sa cuisinière. Pour couronner le tout, Bear aimait la mécanique et réparait les voitures mieux que personne. Résultat: il décrocha le poste.

À l'en croire, il n'avait, par la suite, jamais regardé en arrière. D'abord, il découvrit qu'il adorait son métier. De plus, il prit garde à ne pas vivre au-dessus de ses moyens. Armé de patience, il se vit peu à peu confier des itinéraires de plus en plus avantageux. Lorsque l'entreprise renouvela son parc automobile, c'est à lui qu'on remit la première nouvelle voiture, avant d'augmenter coup sur coup son allocation de faux frais, ainsi que son salaire. Au bout de cinq ans, il était devenu le vendeur vedette de chez Perkins pour l'ensemble de la Nouvelle-Galles du Sud et, durant les quatre années supplémentaires qui venaient de s'écouler, il avait pareillement surclassé tous ses confrères d'Australie et de Nouvelle-Zélande. À trente ans, conclut-il pour Grace en jubilant, il filait sur les rails d'une belle carrière et ses économies prospéraient à la banque.

Qu'il fût attiré par elle, cela crevait les yeux – d'autant plus que les avait unis d'emblée cette étrange et commune obsession pour les machines à vapeur. Bear ayant, lui aussi, brièvement sondé l'adolescente pour en apprendre davantage, il avait eu la joie de découvrir qu'elle était issue d'un milieu bien supérieur au sien : elle ferait une épouse parfaite, car elle élèverait leurs garçons en gentlemen et leurs fillettes en dames de la bonne société. Un seul obstacle s'opposait encore aux projets du jeune homme : comment parviendrait-il à convaincre la famille de Grace qu'il était l'époux idéal ?

* * *

Il résolut, pour l'heure, de ne pas se perdre en vains discours lorsqu'ils s'installèrent à une table isolée, dans l'arrière-salle du Parthénon. L'adolescente commanda un sandwich aux œufs au curry, tandis que Bear optait pour un steak accompagné de pommes de terre, de tomates et de rosés des prés. Épatant, songea chacun à part soi, personne dans les parages pour s'aviser de leur présence ! Decopoulos, le propriétaire des lieux, apportait lui-même le déjeuner, autrement dit : aucune serveuse ne risquerait de jouer ensuite les pipelettes.

— Je sais que nous n'appartenons pas au même milieu, finit par déclarer Bear, avec le plus grand sérieux, devant un thé et une crème glacée. Mais j'ai bien l'intention de vous épouser. Vous êtes la femme de ma vie, je l'ai compris dès l'instant où vous avez poussé ce petit cri en voyant la C-38 se mettre à tirer derrière elle le *Spirit of Progress*, le train de passagers. Et puis j'ai découvert votre visage – charmant ! Absolument charmant. Nous devons nous marier, Grace, et je vous préviens : je ne supporterai pas que vous me refusiez votre main.

Il referma ses doigts sur ceux de la jeune femme.

— Et le plus tôt sera le mieux, ma chérie. Car je vous aime.

Le regard de Grace s'assombrit sous l'assaut d'un mélange d'émotions surprenantes, dont elle n'avait encore jamais fait l'expérience. Elle scruta le visage de Bear, cerné de cette étrange chevelure de givre. Elle avait peine à croire à ce qu'il était en train de lui dire. Un mariage? Mais le garçon n'avait pas terminé. Du pouce, il caressa le dos de la main de l'adolescente.

— Je suis capable de vendre tout et n'importe quoi, ma chérie. Je ne risque donc pas de me retrouver un jour au chômage. Cela dit, j'adore les produits Perkins, parce qu'ils se révèlent d'une telle qualité que je peux me montrer toujours honnête avec les clients auxquels je m'adresse. Je ne supporterais pas d'exercer mon métier s'il m'obligeait à mentir. La sincérité m'importe autant que ma vie même. Par ailleurs, j'ai deux mille livres à la banque, assez pour acquérir une jolie demeure à Corunda. Et une fois la vente conclue, il me restera encore une somme rondelette. Oh bien sûr, cette maison ne sera pas aussi chic que celles auxquelles vous êtes habituée, et nous ne pourrons nous payer les services que d'une femme de ménage. Mais je vais continuer à grimper dans la hiérarchie, Grace, je vous en fais la promesse! Un jour, vous vivrez dans le luxe.

Elle posa à son tour une main sur celle du garçon – ses doigts tremblaient.

— Oh Bear! Chaque instant passé en votre compagnie comblera toutes mes espérances! J'ai dû sentir, moi aussi, que nous étions faits l'un pour l'autre, car, depuis notre rencontre d'hier, je ne pense plus à rien ni à personne d'autre que vous.

Voilà un visage beau et fort, songea-t-elle en succombant sans regret à l'ardeur qui brillait dans les yeux du garçon. Hier, je jugeais rebutante son extrême blondeur, je la jugeais trop peu commune, mais aujourd'hui, déjà, je l'ai faite mienne, elle m'appartient pour toujours. Ses cils étincellent comme du cristal – mais d'où lui vient ce hâle? Et jamais je n'avais encore vu d'yeux aussi bleus, aussi envoûtants… Son nez ressemble à celui d'Edda et au mien ; nous aurons de jolis enfants aux traits fins et, de surcroît, ils seront grands. Oh, je vous en prie, pas de jumeaux ni de jumelles ! Un garçon, puis une fille, et tout sera pour le mieux dans le meilleur des mondes…

— Voulez-vous m'épouser ? insista Bear.

— Oui, mon très cher Bear, bien sûr que je le veux.

Le jeune homme rayonnait.

— Sur ce, retournons à notre banc dans le parc, chère demoiselle ! Car je tiens maintenant à vous embrasser.

Il l'entraîna au pas de course. La tête de Grace lui tournait un peu, et son cœur jubilait. Pour la première fois de son existence, elle nageait dans un bonheur parfait – et elle craignait que ce bonheur prît fin. Bear était amoureux d'elle ! Bear désirait se marier avec elle ! L'adolescente éprouvait une allégresse d'une intensité presque douloureuse ; l'avenir s'étendait devant elle, tout pareil à un énorme soleil rose, un astre émergeant de l'horizon, trop beau pour qu'on pût en prendre la pleine mesure. *Je ne serai plus jamais seule – je suis amoureuse et aimée. Que demander de plus ?*

De nouveau, le parc était désert. Les deux jeunes gens s'installèrent sur « leur » banc, à demi tournés l'un vers l'autre. Bear saisit entre ses mains tremblantes les joues de Grace, plongeant le regard dans le regard timide et souriant de sa belle.

Puis son visage se rapprocha de celui de la jeune femme, au point que celle-ci ne distingua bientôt plus rien ; elle ferma les paupières en attendant que la bouche du garçon vînt se poser sur la sienne – douce, soyeuse ; un baiser aussi léger qu'une plume. Passé le premier choc, elle remua les lèvres à son tour. Elle savourait des sensations inédites. Il lui semblait n'avoir encore embrassé personne avant aujourd'hui. Aujourd'hui, rien n'était plus pareil, il flottait dans l'air une tendresse réciproque qui changeait tout. Bear ne la contraignit pas à entrouvrir les lèvres, il attendit patiemment qu'elle se sentît prête à le faire d'elle-même ; il n'utilisa pas davantage les techniques auxquelles les jeunes hommes de son âge avaient coutume de recourir, persuadés que leurs partenaires en étaient friandes. Le baiser se fit peu à peu plus profond, plus passionné, et quand le garçon effleura de ses doigts les seins de Grace, elle éprouva, en dépit des vêtements qui les couvraient, quelque chose comme une menue décharge électrique.

— Nous n'irons pas plus loin avant que je vous aie passé la bague au doigt, décréta Bear en repoussant sa bien-aimée quelques minutes plus tard. Il n'est pas question pour moi de vous déshonorer.

Par extraordinaire, les trois sœurs de Grace se trouvaient au salon lorsqu'elle regagna leur domicile commun ; aucune d'elles n'était de service cet après-midi-là. Edda leva les yeux et se raidit.

— Oh mais, dis-moi, j'ai bien l'impression qu'il y a du vent dans les voiles.

Les filles Latimer avaient volé l'expression à leur première nounou, qui l'employait pour désigner chez quelqu'un un état de grande confusion.

— Je… je… vais me marier ! bredouilla Grace.

Tufts elle-même leva la tête de ses livres ; Edda et Kitty lâchèrent comme un hoquet.

— N'importe quoi, commenta Tufts sur un ton de souverain mépris.

— Non, non, c'est vrai !

— Et qui est l'heureux élu ? s'enquit Edda en plaisantant à demi.

— Il s'appelle Bear Olsen. J'ai fait sa connaissance hier, pendant que je regardais les locomotives sur la plaque tournante de l'aire de triage, expliqua sa sœur, dont l'euphorie flétrissait peu à peu.

— Hier ? glapit Kitty.

— Oui, hier ! Un vrai coup de foudre.

Les trois adolescentes grommelèrent en chœur.

— Mais voyons, Grace, s'exclama Edda, ce n'est pas de cette façon que les choses se passent!

— Bien sûr que si, s'obstina Grace, puisque c'est l'homme de ma vie. Je compte l'épouser au plus vite.

— Tu ferais mieux de terminer d'abord tes études d'infirmière, lui conseilla Tufts, la mine soucieuse. Il faut que tu aies un métier, au cas où votre histoire tournerait mal.

— Je déteste la profession d'infirmière! Tout ce que je désire, c'est me marier avec Bear!

— Maman ne te laissera jamais épouser quelqu'un dont elle n'aura pas elle-même estimé qu'il te convient, observa Kitty. Or tout, dans ton comportement, laisse à penser que ce garçon n'est pas pour toi.

— J'ai vingt et un ans, la défia Grace. Qui donc pourrait m'empêcher de me marier avec qui bon me semble?

— Tu n'as pas les épaules assez solides, énonça Edda comme un médecin aurait posé un diagnostic.

— Cette fois, je tiendrai bon! s'emporta sa sœur d'une voix vibrante. J'ai rencontré mon âme sœur, Edda! Nous partageons les mêmes engouements, les mêmes idéaux… J'ai hissé mes couleurs au mât du bateau de sa destinée! Je te le dis tout net: j'épouserai Bear Olsen, en dépit de tout.

— Quel est son véritable prénom?

— Björn. Sa famille est suédoise. Björn signifie «ours» en suédois, c'est pour cette raison que tout le monde l'appelle Bear. Il est voyageur de commerce chez Perkins, c'est leur meilleur vendeur, et même s'il est issu d'un milieu inférieur au nôtre, il est en train de gravir l'échelle sociale à vitesse grand V.

Sur ce, Grace haussa le menton – elle affichait une soudaine intransigeance que ses trois sœurs ne lui connaissaient pas.

— Je vais l'épouser, un point c'est tout!

— Pas avant de nous l'avoir présenté, quand même, murmura Kitty avec douceur. Allons, Grace, je t'en prie,

111

laisse-nous une chance. Je devine ce qui te porte à croire que maman s'opposera à cette union. En revanche, tu as peut-être tort de te défier de papa. Il n'est pas collet monté pour deux sous, tu le sais bien. Au contraire : s'il apprécie ton prétendant, tu trouveras en lui un allié de poids. Mais commence donc par inviter Bear à prendre le thé demain après-midi. Nous serons à la maison toutes les trois.

— Nous ne pouvons pas le faire entrer ici ! s'écria Tufts, éberluée.

— Et pourquoi pas ? lança Edda en bondissant sur ses pieds. Je m'en vais voir l'infirmière-chef.

— Non, Edda ! gémit Grace.

Trop tard : la jeune femme avait filé. Quelques minutes plus tard, elle s'adressait à Gertrude Newdigate qui, à titre exceptionnel, disposait d'un peu de temps à lui consacrer.

— Que se passe-t-il, Latimer ?

— M'accorderiez-vous la permission d'inviter un jeune homme à prendre le thé demain après-midi dans notre cottage, infirmière-chef ? Mes trois sœurs et moi serons toutes présentes.

L'adolescente s'attendait à un accès de fureur, au lieu de quoi l'infirmière-chef l'invita calmement à prendre un siège :

— Asseyez-vous donc, Latimer, et expliquez-moi de quoi il retourne au juste.

— Cela concerne Faulding, infirmière-chef.

— Vous avez enfin compris qu'elle n'aimait pas son métier ?

— En effet, soupira Edda, dont les épaules s'affaissèrent.

— De quelle sottise s'est-elle encore rendue coupable, cette fois ?

— D'aucune pour le moment, mais si nous ne veillons pas au grain, elle risque bientôt d'en commettre une de taille. Lorsque je parle de veiller au grain, j'entends que ses trois sœurs se doivent de la soutenir plus que jamais dans les circonstances actuelles – Edda s'efforçait, ce qui n'était pas une mince affaire, de s'expliquer en donnant le moins de renseignements possible à son interlocutrice. Notre belle-mère entretient quelques idées fixes… Oh, de louables idées, cela va de soi! Or, il se trouve que quelque chose est arrivé, sur quoi nous devons en apprendre davantage avant d'en informer belle-maman.

Elle tendit les mains en direction de Gertrude Newdigate, comme pour l'implorer avant de poursuivre:

— Grace, voyez-vous, vient de faire la connaissance d'un jeune homme qu'elle désire épouser, mais, hélas, il n'est pas originaire de Corunda. Pour tout dire, il s'agit d'un voyageur de commerce. Il travaille pour la société Perkins, ce qui est éminemment respectable, mais il n'en reste pas moins que nous devons le rencontrer pour juger de sa personne par nous-mêmes. Si nous pouvions l'inviter à prendre le thé chez nous, ce serait une formidable aubaine.

— Permission accordée, déclara sa supérieure qui, déjà, entrevoyait une solution aux problèmes que lui posait Grace Latimer. Je vais prévenir sœur Bainbridge.

Plus tard, au cours du dîner qu'elles prenaient ensemble chez cette dernière, l'infirmière-chef s'épancha un peu:

— Latimer est une jeune femme tellement sensée que cela force le respect! En s'adressant à moi, elle ne pouvait faire preuve d'un plus grand discernement. Il nous faut à tout prix, pour assurer la discipline au sein de cet établissement, nous comporter avec la plus implacable sévérité, mais comme il est bon de constater parfois que certaines de nos subordonnées sont capables de gratter un peu ce vernis. Latimer est pleine d'intelligence. Elle n'a certes pas émis la moindre critique à l'égard de Maude Latimer, mais j'ai pu lire aisément entre les lignes. Selon les critères érigés en règle intangible par celle-ci, le jeune homme en question n'est pas issu d'un milieu assez élevé pour convenir à l'une de leurs filles. Nous devons nous mettre en quatre pour encourager cette union, Marjorie, y compris auprès du pasteur, si nécessaire. Notre cuisinière pourrait leur préparer des scones, de la confiture et de la crème, n'est-ce pas?

Deux heures en compagnie de Bear Olsen convainquirent les trois sœurs de Grace du bien-fondé de son intime révolution. À l'évidence, le jeune homme était très épris, et – cela importait beaucoup – il n'était pas de ces voyageurs de commerce apathiques qui, finalement, n'arrivent jamais à rien. Meilleur vendeur de la société Perkins pour l'ensemble des Antipodes, on le savait d'ores et déjà promis à une brillante carrière; deux mille livres dormaient sur son compte d'épargne et l'on recensait, parmi les amis du garçon, de nombreux cadres supérieurs. Il buvait fort peu. Bref, il ferait un excellent mari pour Grace – au terme de l'entretien, ses sœurs en étaient persuadées.

— J'effectuerai cette tournée pendant encore au moins cinq ans, leur exposa le jeune homme après avoir fait honneur aux scones, ainsi qu'à la confiture et à la crème confectionnés par la cuisinière des lieux (cette prodigalité ouvertement manifestée par Gertrude Newdigate avait stupéfié ses bénéficiaires – un cœur battait-il pour de bon à l'intérieur de cet iceberg?…). Ce qui signifie, enchaîna Bear, que d'ici là Grace n'aura pas besoin de quitter Corunda ni sa famille. D'ailleurs, j'ai déjà déniché une maison sur Trelawney Way, équipée de l'eau courante et du tout-à-l'égout, qui ne devrait pas me coûter plus de onze cents livres.

— Avec l'eau courante et le tout-à-l'égout? répéta Edda. Il s'agit là d'un prix très avantageux.

— Je suis bien d'accord avec vous. Qui plus est, l'actuel propriétaire a fait doubler le toit avec du papier goudronné, les murs à l'intérieur sont en plâtre et les toilettes séparées de la salle d'eau. On a garni le sol d'un plancher en bois d'eucalyptus. Les pièces sont claires et on peut équiper les fenêtres de moustiquaires si besoin est.

— Tout cela me semble parfait, admit Edda. Et les meubles? Et combien y a-t-il de chambres?

— Trois, et il me restera, après l'achat, suffisamment d'argent pour permettre à Grace de meubler notre nid selon ses désirs, répondit le garçon avec une pointe de nervosité, conscient que de cette entrevue dépendait son union avec sa chère et tendre.

Cette dernière écoutait la conversation, l'œil plein d'angoisse et sans mot dire; elle devait être morte de peur, songea Bear.

— Le glacier passe par Trelawney Way durant sa tournée, reprit-il. Un autre bon point car, de cette façon, Grace pourra disposer d'une glacière. C'est important pour les gosses.

— Les gosses?

Trois paires d'yeux écarquillés venaient de se braquer sur lui.

— J'espère que vous comptez adapter la taille de votre famille à vos moyens financiers, observa Tufts avec sévérité, afin que chacun de vos enfants puisse recevoir une éducation décente.

— Mes enfants auront de l'instruction, vous avez ma parole.

Bientôt, Bear quittait les lieux sous le regard absent de Grace, qui abandonna à ses sœurs le soin d'aborder les considérations pratiques.

— Maman n'acceptera jamais ce mariage, observa Kitty d'un ton désolé.

— Balivernes! objecta vivement Edda. Il nous suffit de prendre Maude par le bon bout. Ce qui signifie que nous devons d'abord parler à papa. C'est la différence de milieu social entre Bear et Grace que Maude n'avalera pas, voilà pourquoi il nous faut insister sur son statut de premier vendeur chez Perkins, afin qu'elle n'aille pas le confondre avec ces colporteurs véreux prêts à refiler à n'importe qui des charlataneries ou des dessous vulgaires. En d'autres termes, papa doit nous aider à mettre Bear en valeur, à faire entendre à Maude qu'il est bien plus qu'un banal voyageur de commerce. Par bonheur, il n'est ni espagnol ni italien! Qui plus est, il a fière allure, il s'exprime bien, il inspire confiance, il possède une Ford T dernier modèle et le directeur de notre banque le traitera, j'en suis certaine, avec tous les honneurs. Personnellement, j'estime que Grace a fait un excellent choix.

— Je suis d'accord, approuva Kitty, et je harcèlerai maman jusqu'à ce qu'elle consente à cette union.

— Moi aussi, renchérit Tufts. Bear est l'homme qu'il faut à Grace. La preuve : ils se sont rencontrés sur l'aire de triage. C'est épatant! gloussa-t-elle. Je parie que leurs enfants grignoteront du charbon plutôt que de boire du lait et qu'au lieu de pleurer, ils feront tchou-tchou!

— Que se passe-t-il? demanda Grace en pénétrant dans la pièce.

— Rien du tout, ma chérie, la rassura Kitty. Et maintenant, comment allons-nous convaincre maman de financer ce mariage?

— Je ne veux pas de mariage, rétorqua Grace. Oh bien sûr, j'ai envie de porter une robe blanche et de me promener avec un bouquet de fleurs, mais je ne veux pas de ces sottises dans le genre vin d'honneur ou grands discours. Bear n'a pas assez de famille ni d'amis proches pour remplir la moitié de l'église, or je ne tiens pas à le mettre mal à l'aise. Je veux que papa nous unisse sans le moindre chichi, après quoi j'accompagnerai Bear durant sa tournée; ce sera notre voyage de noces.

L'adolescente éprouvait une telle allégresse que même la perspective d'offenser Maude Latimer ne parvenait pas à écorner son bonheur.

Les quatre jeunes filles convinrent que c'était Edda qui, la première, ferait part à leur père et à son épouse des projets de Grace ; elle s'en chargerait au plus vite, dès son prochain jour de congé.

Si Maude et le pasteur s'étonnèrent de recevoir ainsi la visite de leur fille aînée, ils n'en soufflèrent mot et lui proposèrent de se joindre à eux pour le déjeuner.

— Je n'arrive décidément pas à comprendre comment on peut s'enticher du métier d'infirmière, décréta Maude.

— Le métier d'infirmière comble celles qui s'y adonnent en visant un objectif sincère et véritable, rétorqua Edda, qui se régalait de ce déjeuner au presbytère, sans comparaison avec la pitance que l'on servait à la cantine. Comment notre cuisinière réussit-elle à confectionner un hachis Parmentier aussi goûteux, belle-maman ? Celui de l'hôpital est infect.

— Je n'en ai pas la moindre idée, repartit Maude avec hauteur. Je me contente pour ma part d'établir tous les lundis le menu de la semaine.

— C'est aussi ce que se contente de faire l'infirmière chargée de l'intendance, mais elle n'obtient assurément pas les mêmes résultats.

Le mystérieux regard d'Edda chercha celui de son père avant de venir s'y planter.

— Il n'en reste pas moins que Grace, elle, n'aime pas le métier d'infirmière.

Maude laissa échapper un grognement :

— Pourquoi diable cela ne me surprend-il pas ? Ta sœur jumelle, Edda, est une ratée.

L'adolescente se mit à rire.

— Si j'étais la cible de ce trait, autant te dire que tu as fort mal visé. Mais surtout, j'en conclus que tu ne verras aucun inconvénient à ce que Grace quitte l'école pour aller épouser un raté du même tonneau qu'elle ?

— Je te demande pardon ? lâcha la femme du pasteur avec affectation.

— Tu m'as bien entendue, belle-maman. Grace s'apprête à convoler en justes noces avec un vendeur de chez

Perkins. Un charmant jeune homme, qui l'aime de tout son cœur. Tu sais, papa, ils sont vraiment faits l'un pour l'autre.

— C'est hors de question! s'écria Maude en se tournant vers le pasteur, qui jusque-là n'avait pas ouvert la bouche ni laissé paraître ses sentiments. Tom, tu ne peux tout de même pas rester assis là sur ta chaise sans mot dire! Je n'admettrai pas que Grace épouse un traîne-savates!

— Je préfère m'en tenir à ce qu'Edda vient de nous exposer, commenta son époux d'un ton placide en s'essuyant la bouche avec sa serviette. Tu te montres d'une dureté excessive avec autrui, Maude, en particulier avec tes proches. Cette attitude m'indispose. Je suis tout à fait certain qu'un vendeur de chez Perkins n'a rien d'un raté – ton propre office regorge de produits Perkins, y compris cette nouvelle crème pour le visage sur laquelle tu ne taris pas d'éloges.

Il décocha à sa fille un sourire éclatant.

— C'est toi qu'on a envoyée en éclaireur, n'est-ce pas?

— En effet, papa. Le fiancé de Grace se nomme Björn Olsen, mais tout le monde l'appelle Bear. Il a de l'argent à la banque, c'est le meilleur vendeur de sa société, et il adore Grace. Il tient à te rencontrer au plus vite car ils n'ont aucune envie de prolonger leurs fiançailles plus que de raison.

— Elle est enceinte! glapit Maude en grinçant des dents.

— Bien sûr que non! Ce que tu peux avoir l'esprit mal tourné, belle-maman!

Thomas Latimer lâcha sa fourchette et son couteau, dont le métal retentit bruyamment sur la porcelaine de son assiette; ses yeux gris lançaient des éclairs.

— Ça suffit, Maude! Si tu es incapable de prononcer un mot gentil, alors tais-toi! Pourquoi faut-il toujours que tu fasses preuve d'une pareille malveillance?

Médusée, Edda considéra son père, puis se tourna vers son épouse avant de revenir au pasteur. Jamais elle n'avait entendu celui-ci s'exprimer avec autant d'âpreté. Son existence en solitaire avec Maude devait être une terrible épreuve.

— Je ferai la connaissance de mon futur gendre demain à midi, décréta Thomas Latimer à sa fille. Grace nous rejoindra au presbytère une demi-heure plus tard. Maude, tu veilleras à ce que la cuisinière nous concocte un déjeuner de fête.

— Je puis t'assurer qu'elle n'est pas enceinte, papa, dit Edda, l'œil malicieux, mais je suis prête à parier que tu ne tarderas pas à faire sauter tes premiers petits-enfants sur tes genoux. Je me réjouis pour Grace, parce que je sais que Bear ne l'abandonnera jamais et qu'il veillera toujours sur elle.

Peinant encore à croire à la rebuffade que venait de lui infliger son époux (devant Edda, par-dessus le marché!), Maude n'ouvrit plus la bouche du reste du déjeuner. Sa résolution, elle était en train de la prendre dans le plus grand silence : Grace allait payer pour ce qui venait de se produire. Ils allaient tous payer.

Grace Faulding-Latimer, qui avait étudié les sciences infirmières quinze mois durant, quitta donc l'école pour épouser l'homme qu'elle aimait.

Ce furent des noces modestes mais chaleureuses, qui se tinrent en petit comité : les proches du marié, tous vendeurs chez Perkins, étaient au nombre de trois, Grace, de son côté, n'ayant invité que ses parents, ses sœurs et ses amis les plus chers. Après avoir uni leurs destins au début du mois de juillet 1927, au beau milieu de l'hiver, les jeunes gens quittèrent ensuite Corunda pour une lune de miel aussi originale qu'instructive : Grace accompagna Bear lors de sa tournée commerciale dans le sud-ouest de la Nouvelle-Galles du Sud. Elle conclut, au terme du périple, qu'elle n'enviait pas le sort de son époux. Brûlant à l'inverse de retrouver un port d'attache, de posséder une demeure bien à elle, elle emménagea dans celle que Bear avait achetée pour elle sur Trelawney Way. Elle partageait avec le garçon un fabuleux secret : elle était enceinte.

Edda, que rien ni personne n'avait jamais séparée de sa jumelle depuis leur naissance, vingt-deux ans plus tôt, n'imaginait pas que cette séparation, le jour où elle se produirait, la ferait souffrir. Car si l'on exceptait leur ressemblance physique, les deux sœurs différaient en tout – au point qu'on avait presque peine à croire à leur gémellité. Combien de fois Edda n'avait-elle pas maudit Grace de se contenter de suivre – de n'être pas, pour l'enfant turbulente qu'elle se révélait au contraire, plus drôle, plus joyeuse, plus conforme à ce que la fillette espérait d'une compagne de jeux. Toujours, Edda dirigeait ; toujours, Grace obéissait. À présent que celle-ci avait largué les amarres, sa jumelle se retrouvait au désespoir.

— Je m'en veux tellement d'avoir pensé parfois que Grace n'était pour moi qu'une espèce de tumeur maligne inopérable, expliqua-t-elle un jour à Tufts, à laquelle elle se confiait plus volontiers qu'à Kitty. C'est pourtant ce qu'elle représentait à mes yeux. Et voilà que la déesse de l'Amour vient de me débarrasser de cette tumeur à la façon d'un impitoyable chirurgien.

— Tu te sens perdue, observa tendrement Tufts. Il te faudra beaucoup de temps pour t'habituer à l'absence de Grace.

— Mais tu ne comprends pas ! s'exclama sa sœur. J'ai toujours été persuadée que je serais aux anges le jour où elle sortirait de ma vie !

— Comme je serai aux anges le jour où on me débarrassera de Kitty. À ceci près que moi, je sais déjà que je pleurerai toutes les larmes de mon corps. Voyons, Edda. Comment pourrait-on faire l'économie du chagrin lorsqu'on perd la moitié de soi-même?

— Tu as raison, soupira Edda.

— Au moins, Kitty et moi comprenons ce que tu ressens, ne l'oublie pas.

Edda s'efforça en effet de ne pas l'oublier, mais à observer la complicité qui, en dépit des disparités, continuait d'unir ses deux sœurs, elle éprouvait une affliction chaque jour plus vive. Pour se changer un peu les idées, elle repensa au brusque éclat de son père contre Maude, signe d'une indépendance qui surprenait beaucoup l'entourage du pasteur. Certes, il continuait de traiter sa seconde épouse avec respect, mais il ne lui manifestait plus cette déférence teintée de soumission dont les habitants de Corunda avaient pris l'habitude. Trop vaniteuse pour reconsidérer sa propre conduite, Maude attribua les changements survenus dans la personnalité de son époux à l'âge qui la flétrissait, en sorte que, bientôt, elle partit passer trois mois dans un sanatorium des montagnes Bleues, pour y suivre un régime alimentaire, y pratiquer de l'exercice physique et s'épancher auprès de médecins spécialisés dans les affections mentales, qu'à l'époque on appelait «aliénistes». Elle n'aurait pu prendre une plus mauvaise décision: elle quitta provisoirement l'existence de Thomas Latimer au moment même où le mariage de sa fille aînée lui rappelait qu'il vieillissait. Or, la vie sans Maude se révéla pour lui des plus agréables: il avalait au petit-déjeuner ce que bon lui semblait, choisissait pour la chorale les cantiques qu'il chérissait le plus, rédigeait désormais ses sermons sans que personne émît la moindre protestation… Enfin, il visitait les pauvres, ainsi que ses paroissiens les plus modestes, aussi souvent qu'il le souhaitait. Autant d'habitudes neuves auxquelles il refusa de renoncer au retour de Maude – il était devenu étrangement sourd à ses requêtes…

— Bien fait pour elle, commenta Edda avec jubilation en s'adressant à Jack Thurlow, qu'elle avait retrouvé sur la piste cavalière.

Les deux jeunes gens mirent pied à terre.

Leurs rencontres s'espaçaient : les activités professionnelles d'Edda étaient venues remplir à ras bord un emploi du temps naguère uniquement occupé par les tâches ménagères que Maude lui imposait – flexibles et peu nombreuses. Le métier d'infirmière était épuisant, au point qu'aller au cinéma ou, dans le cas d'Edda, s'offrir une promenade à cheval, tenait de l'insurmontable effort.

De cette situation, Jack Thurlow prenait ombrage.

— Je me fais l'effet d'un bidule que tu aurais flanqué au fond d'un placard pour ne l'en sortir que quand l'envie t'en prend. Je me demande bien pourquoi j'essaie encore de te faire plaisir.

Edda éclata d'un grand rire.

— Voyons, Jack, grandis un peu! Tu as onze ans de plus que moi, mais tu te comportes comme un petit garçon à qui sa grande sœur aurait chipé son jouet préféré. J'exerce un emploi, maintenant. Rien ne me réjouit plus qu'une balade à cheval en ta compagnie, mais je n'en ai pas souvent le temps ni l'énergie. Vas-tu te décider à le comprendre?

— Lorsque tu as commencé l'école d'infirmières, tu m'as assuré que nos sorties régulières t'aideraient à supporter le poids des cours et des soins. Mais le fait est que nous montons de moins en moins à cheval tous les deux. Ton père a pris l'habitude d'atteler Fatima à la petite voiture de Maude, dans le seul but de faire faire un semblant d'exercice à cette pauvre bête.

Edda ne put qu'approuver d'un triste hochement de tête.

— Papa a bien fait, mais je sais que tu détestes qu'on attelle un cheval de selle. Je suis navrée.

Sur quoi elle lui coula son regard le plus enjôleur.

— Le problème, c'est que j'adore la monter dès que j'en ai l'occasion, et que si tu la reprends, ces occasions-là ne se présenteront plus jamais. Juges-tu réellement très grave que Fatima promène un peu ma belle-mère? Je n'ignore pas la raison qui t'a poussé à me confier cette jument. Elle est complètement idiote, mais elle se montre d'une placidité exemplaire. Maude elle-même réussit à la guider jusqu'au tas de compost pour y jeter les épluchures.

D'abord crispé, le sourire de Jack finit par s'élargir.

— Quel dommage que tu sois une femme, Edda. Tu aurais fait un politicien hors pair!

— Dans ce cas, j'épouserai un politicien hors pair, répliqua-t-elle avec légèreté.

— Viens donc à la maison grignoter quelques scones autour d'une tasse de thé, lui proposa soudain Jack. Nous y serons plus à l'aise qu'au bord de la rivière.

L'adolescente bondit sur ses pieds.

— Et moins exposés aux regards, ajouta-t-elle.

Elle grimpa sur le dos de Fatima, véritable jument à tout faire – et dont, précisément, on exigeait à peu près n'importe quoi; Fatima dont la sottise l'aidait à obéir sans broncher.

— Des nouvelles de l'héritier Burdum? s'enquit la jeune fille en dévorant les scones au fromage tout juste sortis du four – Jack les confectionnait mieux que personne.

— Le Rosbif? Tom n'est pas bavard à son sujet. En tout cas, je n'ai pas l'impression que le bonhomme ait l'intention de mettre les pieds en Australie avant longtemps. Il a un paquet de fers au feu en Angleterre, surtout à Londres. Il paraît qu'il est médecin.

— C'est aussi ce que Maude nous a affirmé, mais j'avoue que nous n'avons pas fait grand cas de ses prétendues révélations.

L'adolescente grimaça.

— Elle a ajouté que c'était un magnat de la finance.

— Impossible : on ne peut être à la fois altruiste et exploiter son prochain. Ce serait comme si un démon et un saint cohabitaient dans le même corps.

— Oh, je connais plusieurs dizaines de personnes correspondant à cette description, rétorqua Edda avec un petit sourire suffisant. Pense un peu à toutes ces vieilles bigotes qui se révèlent de véritables monstres !

— Voilà ce qui me plaît en toi. Tu vas au-delà des apparences.

— Mon métier m'y aide. On apprend certes peu sur la nature humaine en élevant des agneaux, Jack, par contre on en apprend beaucoup en soignant les malades.

— Peut-être est-ce la raison pour laquelle l'héritier Burdum est devenu médecin. Car ce n'est pas non plus l'argent qui permet à un homme de savoir ce qui pousse ses semblables à se lever le matin.

Le jeune homme prit des mains de son invitée sa tasse et son assiette.

— Allons, viens, je te raccompagne.

Le cœur plus joyeux qu'il ne l'avait jamais été depuis le départ de Grace, Edda regagna l'hôpital à bord de la vieille camionnette de son hôte. Jack est l'homme qu'il me faut, songea-t-elle, mais je ne m'en aperçois qu'aujourd'hui. Il m'a toujours attirée, et la profondeur de notre amitié en dit long sur ce que j'éprouve pour lui. Pourtant, il m'aura fallu ces deux heures passées dans sa cuisine à discuter à bâtons rompus en sirotant du thé pour comprendre combien je le trouvais à mon goût : une part de moi est amoureuse de lui ! Comment cela a-t-il pu se produire ? Et pour quelle raison ? Je n'ai aucune intention de l'épouser, et je prie pour qu'il n'en ait pas envie non plus, mais le fait est qu'il existe entre nous un lien puissant. Très puissant.

Je veux voyager, je veux rompre avec Corunda une fois mon diplôme en poche, mais Jack, à son insu, me montre à chacune de nos rencontres combien il ferait bon voyager en compagnie d'un homme que j'aimerais. Je ressens pour lui un amour idéalement dosé – ni trop ni trop peu. Mais lui? Je n'en ai pas la moindre idée. Alors je temporise, et il temporise aussi. La confiance? Oh, la confiance! La confiance n'existe pas.

À peine Edda eut-elle pénétré dans leur demeure commune que Kitty discerna la joie qui la soulevait.

— Enfin, lança-t-elle, tu commences à te remettre du départ de Grace.

— En effet, répondit sa sœur en ôtant ses bottes et son pantalon d'équitation – elle avait beau brûler d'évoquer Jack, elle préféra tenir sa langue.

— As-tu retenu ce que Maude a raconté concernant l'héritier Burdum? s'enquit-elle.

— Je sais seulement qu'il est médecin. Je me demande d'ailleurs où se trouve son cabinet de consultation.

— Je n'en ai pas la moindre idée.

Sur quoi Tufts fit irruption dans la pièce.

— Edda, le planning a changé. Tu conserves tes jours de congé, mais on vient de t'affecter au bloc opératoire.

Les jolis traits de l'adolescente se déformèrent.

— Quelle veinarde! Moi qui rêvais d'y travailler la première.

— Peuh! la rabroua Kitty. Le Dr Finucan ne te lâchera pas tant que tu n'auras pas terminé ce que tu es en train de faire pour lui – et je ne veux même pas savoir de quoi il s'agit. Tu ne peux pas jouir de tous les privilèges à la fois, Tufts.

— Je le sais. De toute façon, mon tour viendra.

Pourquoi ne leur ai-je pas parlé de Jack? s'interrogeait Edda en se dirigeant vers la salle de bains pour s'y débarrasser de la puissante odeur des chevaux. Ce sont mes sœurs, nom d'une pipe! Cela dit, il ne m'a, pour le moment, témoigné que de l'amitié. Et s'il allait tomber amoureux de Kitty? Ah non, c'est hors de question! J'aime

Kitty de tout mon cœur, mais je ne resterai pas les bras ballants à la regarder détruire mon existence.

Le lendemain, une coïncidence la troubla : par le plus grand des hasards, Jack et elle croisèrent justement Kitty sur la piste cavalière. Le garçon se comporta avec elle en parfait gentleman, Kitty se montra d'une politesse exquise. Mais les chevaux avaient la bougeotte et la jeune femme, qui était à pied, n'appréciait guère de côtoyer de si près ces grandes bêtes ; elle ne tarda pas à filer.

— Beau brin de fille, commenta Jack après son départ, tandis qu'il s'asseyait auprès d'Edda sur le tronc d'un arbre abattu.

— La plus belle au monde, renchérit celle-ci avec sincérité.

— À condition d'aimer ce genre-là, si je puis me permettre, objecta son compagnon avec un large sourire. Les jolis petits pieds d'azalée tout ronds, ça ne m'émeut guère. Je préfère les longs peupliers délicats.

Ce fut au tour d'Edda de se mettre à rire.

— Sais-tu au moins ce que « délicat » signifie ?

— Tu ignores beaucoup de choses à mon sujet, répliqua le garçon sur un ton énigmatique.

Le service des urgences de l'hôpital de Corunda comportait une petite salle d'opération où stopper aisément les hémorragies ou immobiliser des os brisés jusqu'à ce que les patients se trouvent transférés dans l'un des blocs de l'hôpital proprement dit – plus vastes et pourvus de tous les équipements nécessaires. Deux chirurgiens, qui par ailleurs consultaient aussi dans un cabinet privé situé à deux pas de l'établissement, officiaient là : on tenait le Dr Ian Gordon, qui s'occupait de chirurgie générale et abdominale, ainsi que le Dr Erich Herzen, spécialisé pour sa part dans les interventions orthopédiques, pour d'excellents praticiens. Quant au Dr Tony Watson, anesthésiste de son état, il maniait mieux que personne le chloroforme, l'éther, le protoxyde d'azote et les injections locales ; il n'avait pas son pareil pour déterminer à quel moment faire respirer un peu d'oxygène à son patient pour lui éviter de sombrer dans un endormissement trop profond.

Après avoir franchi la porte à deux battants, Edda découvrit une série de pièces – parmi lesquelles se trouvait la salle d'opération elle-même : dans l'une, on se lavait soigneusement les mains, dans l'autre on anesthésiait les patients, puis venait le lieu de stockage et de stérilisation des instruments chirurgicaux. Dans des vestiaires séparés, infirmières et chirurgiens se changeaient, tandis que dans une autre pièce encore on entreposait le matériel volumineux susceptible d'être utilisé durant une intervention. Enfin, la jeune femme recensa six salles de réveil dans lesquelles on installait les récents opérés jusqu'à ce que le chirurgien estimât que l'on pouvait les ramener dans leur chambre. Les accouchements se tenaient ailleurs, sauf si la parturiente avait besoin d'une césarienne, que l'on pratiquait ici. Le Dr Ned Mason, l'obstétricien, constituait à Corunda une véritable institution : tous les habitants de moins de quarante ans étaient nés entre les mains du docteur, qui n'avait, pour l'heure, aucune intention de prendre sa retraite.

Sœur Dorothy Marshall, chef du bloc opératoire, dirigeait un groupe de dix infirmières titulaires et deux jeunes recrues. Les premières, issues sans exception du West End, se relayaient en salle d'opération, mais l'arrivée d'Edda au sein de ce petit univers bien réglé marqua le début d'une nouvelle ère. Autant dire que Dorothy Marshall considéra d'abord cette évolution d'un mauvais œil. Néanmoins, elle comprit vite qu'elle avait tout intérêt à former la jeune femme de son mieux. Elle décida donc de faire de Latimer l'une des meilleures infirmières de bloc opératoire qu'on pût trouver dans la région.

Cette dernière découvrit qu'elle allait commencer son apprentissage dans la salle d'opération, où elle tiendrait le rôle d'«infirmière sale» – ainsi désignait-on l'agent qui, dépourvu de tenue stérile, assistait celles et ceux dont les vêtements aseptiques ne devaient en aucun cas risquer d'être contaminés par des bactéries ou des microbes. La jeune femme récupérait les instruments chirurgicaux à mesure qu'on les utilisait, puis elle les lavait soigneusement, les débarrassant des plus infimes particules de chair ou de sang dont ils étaient souillés, avant de les replacer dans le stérilisateur, où ils bouillaient vingt minutes. Edda les en retirait ensuite au moyen d'une pince elle-même désinfectée et les disposait sur des plateaux recouverts d'un tissu, qu'elle introduisait dans un autoclave. Il s'agissait là d'un travail à la fois pénible et dangereux – on s'y brûlait souvent, on souffrait de la chaleur étouffante nécessaire à toutes les étapes de l'antisepsie. En conséquence de quoi l'infirmière assignée à cette fonction ne l'occupait qu'un court laps de temps : avant que la fatigue s'empare d'elle, l'une de ses collègues venait la chercher pour lui confier d'autres tâches moins éprouvantes jusqu'au terme de son service.

Pour sa part, Dorothy Marshall faisait souvent office de chirurgien assistant, en sorte qu'il n'était pas rare de la voir recoudre l'incision pratiquée plus tôt par l'homme de l'art. Lorsque l'intervention se révélait plus délicate, on appelait un médecin spécialiste à la rescousse du chirurgien – qui ne tardait pas à pester, jugeant invariablement que Dorothy Marshall en savait davantage que son confrère et possédait une dextérité bien supérieure à la sienne.

L'infirmière instrumentiste se chargeait quant à elle de remettre les instruments stérilisés au chirurgien ou à l'infirmière-chef, après quoi elle déposait le matériel usagé sur un plateau que l'«infirmière sale» récupérait, puis lavait soigneusement. Parmi le personnel présent autour de la table d'opération, on recensait encore la panseuse qui, notamment, comptait avec précision le nombre de compresses introduites durant l'intervention à l'intérieur de la plaie. Pour les opérations du ventre, on utilisait des compresses de la taille d'un mouchoir de femme, que l'on fourrait quelquefois par dizaines dans la cavité abdominale. Autant dire qu'il se révélait ensuite impératif de les ôter toutes, sans exception, avant de recoudre, au risque, sinon, de mettre en jeu la vie du patient.

Une autre infirmière se tenait aux côtés de l'anesthésiste, prête à obéir au moindre de ses ordres – pour tout dire, chaque individu pourvu d'une casaque chirurgicale et d'un masque se voyait ici confier une mission bien précise – aucune erreur n'était tolérée. L'infirmière-chef du bloc, flanquée d'une jeune recrue et de cinq titulaires, constituaient une équipe, un second groupe de soignantes se tenant paré à prendre le relais si Dorothy Marshall le commandait. Cette rotation se produisait en général durant les dernières minutes de l'intervention, mais si celle-ci était longue et difficile, le roulement pouvait intervenir au beau milieu de l'opération. Pendant qu'une équipe officiait, l'autre ne chômait pas pour autant : il y avait toujours quelque convalescent sur qui veiller ; il y avait toujours mille tâches à accomplir.

Edda s'aperçut avec une immense satisfaction qu'elle était capable d'assister à une intervention sans nausées ni dégoût. Au contraire, le spectacle la passionnait. De puissantes mains gantées tamponnaient le sang qui perlait aux lèvres de la plaie ; en cas d'hémorragie plus importante, elles approchaient de l'incision un tube métallique, afin d'aspirer le liquide ; si l'épanchement sanguin devenait sévère, ces mêmes mains puissantes et gantées refermaient, avec une redoutable précision, une pince hémostatique sur une artère... Fascinant ! L'adolescente avait tout de même sursauté la première fois que des cisailles avaient, en sa présence, coupé un os épais avec un sinistre craquement – de quoi tordre le cou aux âneries romantiques que l'on débitait à l'envi sur les mains délicates des chirurgiens... Les chirurgiens avaient au contraire besoin de doigts pareils à de véritables outils mécaniques.

Le Dr Gordon, visiblement ravi de travailler devant un public neuf, commenta un jour d'un ton allègre, pour l'édification d'Edda et d'un bout à l'autre de l'intervention, l'appendicectomie qu'il était en train de pratiquer.

— Vous noterez, infirmière, que nous ne nous contentons pas de plonger au beau milieu du contenu de l'abdomen, cela serait trop dangereux. On distingue nettement le côlon, là, qui repose contre des viscères moins volumineux. Vous le voyez, n'est-ce pas? Vous remarquerez encore l'intérieur rose vif de la cavité abdominale. Une septicémie menace mais, par bonheur, nous intervenons à temps : nous allons éviter à ce patient de succomber à une péritonite. Il s'agit là d'une intervention relativement simple, car le cæcum se situe non loin de la paroi abdominale, tandis qu'on distingue ici l'appendice vermiculaire. Hélas! Que de sources de contamination menacent notre travail! Par exemple, il se trouve dans cette zone des matières pareilles à de petits excréments très durs et incapables de trouver le moindre canal par où s'évacuer.

Edda était-elle censée proposer une explication?

— Le patient souffrait peut-être de constipation, docteur?

Le chirurgien s'esclaffa.

— Nous ne sommes pas à la bonne extrémité du côlon pour nous livrer à un tel constat, infirmière!

— Incisez-vous l'intestin lui-même, docteur?

— J'aimerais bien! Non, les intestins contiennent des matières fécales qui regorgent de germes en tout genre. Si vous ouvrez l'intestin, si vous permettez à des excréments, fût-ce en quantité infime, de s'insinuer dans l'abdomen, vous provoquerez à coup sûr une péritonite, une septicémie, bref, la mort de votre patient. Car aucun des médicaments dont nous disposons actuellement ne se révèle en mesure d'exterminer les germes. De telle sorte que si je pratique une opération de Billroth I ou de Billroth II afin d'ôter l'estomac d'un malade, ou le pylore, en cas d'ulcère gastrique ou de cancer, je dois à tout prix clamper les extrémités des voies qui menaient à ces organes pour m'assurer qu'aucun contenu ne risque de s'échapper avant que ces extrémités ne se soient trouvées réunies par anastomose. On peut tenter la même manœuvre si l'on prélève une portion d'intestin en cas de cancer, avec l'intention d'accoupler, là encore, les deux extrémités par anastomose, mais cela se révèle extrêmement dangereux. Les opérations de la vésicule biliaire sont beaucoup plus faciles. Ce qu'il faut, c'est découvrir un moyen d'éradiquer les microbes par voie orale ou par piqûre. Allons, infirmière, posez-moi des questions!

Mais la seule question qu'Edda brûlait de poser au praticien, elle n'osa pas l'énoncer: pourquoi tant de chirurgiens possédaient-ils des origines écossaises? Et si l'on ne faisait pas de ces garçons des chirurgiens, ils devenaient ingénieurs, ce qui, à n'en pas douter, appartenait à une sphère de compétences assez proche.

Le Dr Herzen, lui, avait vu le jour en Allemagne, où il avait grandi, et Corunda s'enorgueillissait de compter parmi ses habitants un spécialiste des os d'une telle qualité; on venait de Sydney pour le consulter. L'épisode le plus terrible de l'existence du médecin était survenu pendant la Première Guerre mondiale: en dépit des récriminations véhémentes de la population de Corunda, le gouvernement fédéral avait jeté le praticien en prison en tant qu'ennemi de la nation, lui interdisant du même coup d'exercer la médecine. Comme il avait obtenu son diplôme à l'université de Sydney, la décision n'avait aucun sens – non plus que les deux années durant lesquelles il avait croupi au fond des geôles australiennes. Son attachement à Corunda s'expliquait largement par l'ardeur avec laquelle ses résidents l'avaient défendu pour obtenir sa libération – ces derniers n'agissaient pas sans motif: le Dr Herzen qui, selon toute logique, aurait dû pratiquer son art à Macquarie Street, où se situait l'hôpital de Sydney, choisit au contraire de continuer à œuvrer à Corunda, dont les habitants parvinrent même à lui faire obtenir un passeport britannique.

Le Dr Herzen opérait sans relâche, alors que l'emploi du temps du Dr Gordon se révélait plus ou moins chargé selon les jours. Par ailleurs, les deux chirurgiens se remplaçaient à l'occasion au service des urgences.

C'est après avoir été promue infirmière instrumentiste qu'Edda vécut l'expérience la plus extraordinaire de sa jeune carrière. Dorothy Marshall avait résolu d'emblée de l'aimer bien, en sorte que l'adolescente s'était vue successivement affectée à tous les postes du bloc, sauf à celui de l'infirmière-chef – et encore cette dernière l'initiait-elle, fût-ce partiellement, aux tâches qui n'incombaient d'ordinaire qu'à elle seule.

Ce jour-là, Gordon et Herzen opéraient en duo, ce dernier menant la danse. Ils procédaient sans anesthésie.

— Le patient est dans le coma, expliqua sœur Marshall à sa jeune protégée tandis qu'elles se lavaient soigneusement les mains et les avant-bras. Le Dr Herzen va tenter de résorber un hématome sous-dural, autrement dit un épanchement de sang survenu dans les espaces méningés et qui fait pression sur le cerveau. De telles hémorragies ne cessent pas d'elles-mêmes. La pression se fait donc de plus en plus forte sur le cerveau, les os qui composent le crâne ne lui permettant évidemment pas de se dilater à l'infini. Arrive donc un moment où, bien que le cerveau lui-même n'ait, au départ, subi aucun dégât, il finit par se trouver endommagé à force de compression. Si l'on ne réduit pas cette pression intracrânienne, le patient mourra. C'est pourquoi nos chirurgiens tentent actuellement de résorber l'hématome.

— Comment savez-vous que ce patient souffre d'un hématome sous-dural? s'enquit Edda. Aucun examen ne permet de le détecter, n'est-ce pas?

— Le coma, les crises d'épilepsie limitées à un seul côté du corps, ainsi qu'une pupille plus dilatée que l'autre… Ce dernier symptôme est tout à fait typique d'un hématome sous-dural. Les rayons X demeurent en effet impuissants à le discerner, mais le Dr Herzen est certain d'en découvrir un au niveau du cortex fronto-temporal gauche. Le malade a en effet perdu l'usage de la parole, ce qui prouve que c'est cette zone qui se trouve atteinte. Le Dr Gordon est du même avis.

— Ne préférez-vous pas que sœur Trimble se charge des instruments?

— Franchement, non. Nous avons dû en emprunter certains à l'hôpital de Sydney, que Trimble n'a jamais vus de sa vie, tandis que vous, vous les avez au moins contemplés dans vos manuels scolaires. Avec un peu de chance, nous n'aurons pas besoin de nous en servir, mais au cas où…

Ainsi venait de parler la Déesse, aussi Edda prit-elle place sur son tabouret, aux côtés de Dorothy Marshall.

Ayant pratiqué une petite incision dans le cuir chevelu afin de mettre l'os à nu, le Dr Herzen s'empara d'un engin tout pareil à un vilebrequin, appelé craniotome. L'extrémité, circulaire, creuse et dentée, possédait une pointe en son centre. Lorsque le chirurgien se mit à faire tourner la poignée de l'instrument, l'extrémité du vilebrequin commença de pénétrer dans la boîte crânienne, tandis que le Dr Gordon essuyait au fur et à mesure les infimes particules osseuses qui s'accumulaient autour de la tarière.

— J'ai atteint la table, annonça son confrère. Attention.

Quelques minutes plus tard, le chirurgien retira l'engin, dont l'extrémité gardait à présent prisonnier un petit disque d'os pareil à une pièce de monnaie. Les deux hommes se penchèrent; Edda ne distinguait plus rien.

— On discerne une grande quantité de sang sous la dure-mère, Erich, lança le Dr Gordon, ravi. Vous aviez vu juste!

— L'appareil d'aspiration est-il prêt?

— Oui.

— Je vais inciser la dure-mère. Infirmière, votre équipe est-elle prête à prendre en charge le patient s'il revient à lui et s'affole?

— Oui, monsieur.

Le Dr Herzen s'empara d'une minuscule paire de ciseaux aux petites lames courbes et acérées, grâce à laquelle il libéra une gelée noirâtre, que son confrère s'empressa de récupérer au moyen de l'appareil d'aspiration.

Le patient ne réagissant d'aucune façon à la diminution de la pression exercée sur son cerveau, les deux chirurgiens patientèrent un moment pour voir si l'hémorragie allait se poursuivre. Le Dr Herzen finit par pousser un soupir :

— Je pense que nous pouvons refermer, Ian.

Ce dernier replaça avec d'infinies précautions le petit disque osseux, ainsi que les éclats qu'il disposa soigneusement tout autour. Quatre points de suture encore au niveau du cuir chevelu, et c'en était terminé de cette craniotomie. Le patient esquissa quelques mouvements infimes.

— Pourquoi n'avez-vous pas eu recours au trépan, Erich ? demanda le Dr Gordon.

— Je n'aime pas ça. On a vite fait d'aller trop loin une fois la table atteinte. Le trépan, c'est bon pour les gars de Sydney, qui pratiquent ce genre d'intervention tous les jours, tandis que moi, combien de fois m'arrive-t-il d'avoir à faire un trou dans un crâne ? Le craniotome me paraît plus facile à manier.

— Je comprends, et je m'en souviendrai.

Lorsque le patient regagna son domicile une semaine plus tard, Edda tint l'événement pour un petit miracle. Un jour, se promit-elle, elle verrait officier les neurochirurgiens de Queen's Square, à Londres. Peut-être, alors, le fantôme de Victor Horsley, le célèbre praticien, ne hanterait-il plus le quartier de Bloomsbury, que de son vivant il avait si souvent arpenté à bicyclette. Mais d'autres médecins d'exception auraient entre-temps pris la relève... et puis la capitale britannique regorgeait d'hôpitaux illustres.

Au bout de deux années de pratique et d'études, les trois sœurs Latimer avaient trouvé leur juste place. Tout le monde, à l'hôpital de Corunda, connaissait leur visage (désormais couronné par la grotesque coiffe ailée), depuis Gertrude Newdigate et le directeur Campbell jusqu'aux filles de salle et aux brancardiers, en passant par toutes les infirmières du West End. En outre, chacune des trois adolescentes avait découvert son domaine de prédilection – toutes trois s'accordaient à détester l'asile psychiatrique.

Aux yeux d'Edda, rien n'égalait le travail en salle d'opération ou au service des urgences. Les raisons en étaient évidentes : la jeune femme se délectait de l'atmosphère de drame, de hâte et de danger qui flottait à l'arrivée de chaque nouveau patient. Les choses allaient-elles se dérouler sans heurts, ou bien l'état du malade se dégraderait-il soudain au point de changer l'intervention chirurgicale en course contre la mort ? Rien ne permettait de le prévoir. Depuis les horreurs de la Première Guerre mondiale, la chirurgie avait accompli des bonds de géant, mais de nombreux cas demeuraient sans espoir. Une fois son diplôme en poche, décréta Edda, elle deviendrait infirmière de bloc opératoire.

Sa haute taille et sa sveltesse lui valaient, de la part de la gent masculine, une attention dont la nature ne laissait pas le moindre doute ; Edda attirait ces messieurs. Elle n'avait pourtant rien d'une croqueuse d'hommes, au contraire : elle paraissait ne pas même repérer les œillades, elle réagissait à leurs commentaires par un haussement d'épaules et opposait un refus laconique à ceux qui trouvaient le courage de lui demander ouvertement de sortir avec eux. Sauf, bien sûr, Jack Thurlow, avec lequel elle continuait d'entretenir une amitié sincère. Bien qu'elle fût amoureuse de lui, elle n'avait aucune intention de faire passer

ses émois avant son métier. Non, il faudrait que Jack Thurlow patiente encore un peu s'il souhaitait la voir effectuer
un mouvement dans sa direction… En outre, Edda s'interrogeait encore sur l'intérêt du mariage. Peut-être, se disait-
elle, parce que le couple formé par son père et Maude
l'en avait dégoûtée. Ou alors, elle n'admettait pas d'occuper une position subalterne, les femmes n'ayant alors pas
d'autre choix que de se soumettre à leur époux.

— Il est logique, expliqua-t-elle un soir à Tufts et Kitty
au terme de leur journée de labeur, que ce soit l'homme
qui travaille, puisque, pendant ce temps-là, sa femme
porte, puis élève leurs enfants – on sait bien qu'une nourrice, aussi experte soit-elle, ne remplacera jamais une
mère. Il n'empêche que cette situation est injuste.

— Dans ce cas, rétorqua Tufts avec un large sourire,
reste célibataire. C'est bien ce que je compte faire, moi.

— Vous êtes aussi sottes l'une que l'autre! s'exaspéra
Kitty. Une carrière, c'est bien gentil, mais que faites-vous
de l'amour et de l'amitié?

— Quel rapport entre l'amour et l'amitié? s'étonna
Edda.

— Mais l'un ne va pas sans l'autre, voyons! Tu me pro-
voques à plaisir! Tu te rends quand même bien compte
que l'amour sans amitié est voué à l'échec.

— Les hommes qui m'ont inspiré l'un de ces deux sentiments ne m'ont jamais inspiré l'autre, s'agaça à son tour
Edda, les yeux étincelants.

— Oh bien sûr, c'est vrai que tu possèdes une telle
expérience! Edda Latimer, tu n'es qu'une usurpatrice!
conclut Kitty sur un ton dégoûté.

Edda s'apprêtait à évoquer Jack Thurlow, mais elle
se ravisa. Jack resterait son secret. Un secret jalousement
gardé. Surtout maintenant que leurs rencontres se multipliaient. Oh, ils n'étaient que des amis, de bons amis, qui
toujours conservaient entre eux cette légère distance dont
ils se félicitaient depuis le début de leur relation. Car Edda

était bouffie d'orgueil ; elle n'entendait pas, fût-ce à Jack Thurlow, avouer la moindre de ses faiblesses. Il devait continuer de croire qu'elle se souciait peu de l'amour, et que le flirt l'intéressait encore moins. Il devait continuer de croire que son sexe ne constituait pour elle qu'un simple accident du destin, qu'il n'influait en rien sur la nature des liens qui les unissaient. Hors de question pour Edda de lui couler des regards à la dérobée ou de lui lancer des lorgnades en guise d'invitation !

— Tu as l'intention de voyager, maintenant que tu as ton diplôme ? énonça Kitty sur un ton accusateur.

— Bien sûr que oui. Allons, Kitty, ne me dis pas que tu as supporté ces trois années d'études uniquement pour te faire embaucher à l'hôpital de Corunda !

— J'adore Corunda ! protesta la jeune femme. À quoi bon voyager pour découvrir une misère plus terrible encore que celle que nous connaissons ici ? Je chéris Corunda de tout mon cœur, et je veux me marier avec un homme que j'aimerai à la fois d'amour et d'amitié et, si possible, l'épouser ici même, à Corunda.

— Tu es complètement malade, lui assena Edda en servant le thé.

— Je comprends, temporisa Tufts en souriant à sa jumelle. Moi, je serais plutôt comme Edda, j'ai envie de voir du pays, de pratiquer différents types de soins infirmiers.

— Mais nous n'avons jamais été séparées, renifla Kitty.

— Edda et Grace avaient toujours vécu ensemble, elles aussi, mais une fois adultes, chacune doit suivre son chemin. Edda est infirmière, mais Grace a préféré devenir une épouse. Pour toi et pour moi, c'est exactement la même chose. Je suis l'infirmière, et toi tu es l'épouse.

— Ça suffit ! s'emporta Kitty en assenant un grand coup de poing sur la table.

* * *

138

Lorsque Edda rencontra Jack Thurlow la fois suivante, sur la piste cavalière, elle fit une chose qu'elle ne comprit jamais, même des années plus tard, une fois que le temps et l'éloignement eurent accompli leur œuvre : elle lui demanda s'il avait envie de faire la connaissance de Grace, sa jumelle.

Ils étaient assis en vieux complices sur le tronc d'un arbre abattu. Jack roulait une cigarette, tandis qu'Edda se laissait hypnotiser par les os qui jouaient sous la peau douce et brune des mains du garçon ; non pas des mains de manuel, même s'il se vantait souvent de travailler la terre. Ses mains étaient celles du patron, sans cals ni crevasses.

Les doigts s'immobilisèrent ; il lui jeta un coup d'œil de sous ses sourcils bruns, lui lançant ce regard scrutateur et nerveux qui, à tout coup, révélait sa stupeur.

— Faire la connaissance de ta sœur Grace ? répéta-t-il.

— Oui, mais seulement si tu en as envie, se hâta de préciser la jeune femme. Je me dis parfois que je ne t'ai jamais présenté à personne et que ce n'est pas bien.

Elle haussa les épaules avec une désinvolture feinte.

— Surtout, Jack, n'hésite pas à me dire non, je t'assure.

Elle fit la moue.

— Tu sais, ça risque de ne pas être très folichon. Grace attend un bébé, qui doit arriver dans trois mois environ, et rien d'autre à part ce miracle ne la préoccupe !

Jack se mit à rire de bon cœur, mais il se glissait une pointe d'ironie dans ce rire-là.

— Pauvre Edda ! Tu me demandes de venir avec toi parce que tu as besoin de compagnie. Je me trompe ou ça fait trop longtemps déjà que tu ne lui as pas rendu visite ?

— Tu me connais tellement bien ! Alors, est-ce que tu viendras ? Dis non !

— Ça me plairait bien de rencontrer ta jumelle, même si la perspective de me retrouver face à deux Edda me trouble. Vous vous ressemblez vraiment ?

— À la naissance, oui, mais la vie a atténué les similitudes. Ma jumelle et moi possédons des traits communs, mais c'est un être très différent de moi. Et moins dominateur. Il ne s'agit en aucun cas d'une autre Edda!

— C'est un formidable soulagement pour moi.

— Qu'est-ce que tu me chantes? Tu trouves que je te domine?

— Non, tu ne m'as jamais dominé, je l'avoue. Quelquefois, j'aimerais bien, cela dit.

— Grace habite Trelawney Way, exposa la jeune femme pour changer de sujet. Au numéro 10. Retrouvons-nous là-bas. Quand?

Il alluma une cigarette.

— Quand es-tu de repos?

— Mardi.

— Je te prendrai devant l'hôpital à 15 heures.

— Non, rejoignons-nous plutôt devant l'hôtel de ville.

Et l'affaire fut entendue. Au lieu de raccompagner son amie, Jack grimpa sur sa monture, inclina son chapeau dans la direction de la jeune femme et disparut au galop.

Edda le regarda s'éloigner. Quelle imbécile! Le moindre changement au sein d'une relation risque de la faire capoter, et pourtant… Qu'avait-elle fait? Et pour quelle raison? La même, se dit-elle en regagnant à cheval l'écurie du presbytère, qui m'a poussée un jour à poser le pied de ma chaise sur la tête d'un serpent. Pour voir si j'en étais capable. Pourquoi suis-je incapable de laisser les choses suivre naturellement leur cours?…

Jack Thurlow, de son côté, ne comprenait pas pour quel motif il avait accepté de rencontrer Grace Olsen, née Latimer – bien qu'au plus profond de lui il le sût parfaitement: il avait dit oui parce qu'Edda le fascinait. Dans le cas contraire, il n'aurait pas perdu son temps à ces promenades équestres dont il n'avait nul besoin, lui qui passait ses journées sur une selle en brûlant d'en descendre enfin le soir venu. Physiquement, elle l'attirait beaucoup, mais il était homme à savoir maîtriser ses passions, et il ne comptait pas s'abandonner à la jeune femme. Cette dernière, élégante, raffinée, consciente de ses attraits charnels, dégageait une sensualité que l'on observait rarement chez des filles élevées avec une telle rigueur. Une vierge cependant, mais par choix ; elle estimait n'avoir pas encore rencontré d'homme à sa hauteur, la petite snobinarde. Jack la séduisait, mais il avait jusqu'ici repoussé loin de lui cette commune attraction, décrétant qu'elle n'était, chez Edda, que le signe d'un incommensurable ennui. Car elle rêvait d'une existence plus libre et plus passionnante que Corunda pourrait jamais lui en offrir.

Pour le moment, elle n'avait pas prévu de se marier. Jack non plus ; c'était là une excellente raison de se tenir tranquille – une grossesse était si vite arrivée. Peut être le fait d'avoir accepté l'invitation d'Edda représentait-il pour lui le meilleur moyen d'atténuer à ses yeux l'attractivité de la jeune femme : elle ne serait plus qu'une sœur non fécondée auprès d'une sœur enceinte, elle deviendrait partie prenante du Corunda qu'il haïssait le plus.

Lorsque le vieux Tom Burdum lui avait légué Corundoobar, Jack avait éprouvé un bonheur sans mélange. Fils de la fille du vieux Tom, il avait eu à supporter une enfance agitée, où les hauts et les bas se succédaient sans cesse – ces aléas, dans leur variété et leur intensité, le hantaient encore après toutes ces années. La principale conséquence de telles péripéties était la haine que Jack avait peu à peu conçue pour les deux jumeaux maléfiques : le pouvoir et l'argent. Une haine qui l'avait poussé à refuser de devenir le principal héritier du vieux Tom, en sorte que ce dernier s'était vu dans l'obligation d'en chercher un autre, qu'il avait finalement déniché en la personne du médecin anglais. Parfait. Bonne chance au vieux Tom !

Corundoobar était loin de constituer la plus vaste propriété des Burdum. Mais les terres étaient fertiles – un homme n'avait pas besoin de posséder des immensités pour se révéler bon berger ou bon agriculteur. Le sol était riche, les pluies tombaient avec plus d'abondance et de régularité que dans la plupart des autres régions d'Australie, et le plateau sur lequel était sis le comté lui conférait un climat plus clément que beaucoup d'autres, au moins pendant les six mois d'été.

Jack travaillait à Corundoobar depuis son retour du pensionnat de Sydney, à l'âge de dix-huit ans ; il avait bénéficié là-bas d'une excellente éducation, mais il avait choisi de ne pas le divulguer, préférant offrir autour de lui l'image d'un berger un peu rustre uniquement préoccupé par ses agneaux et, plus récemment, par l'élevage de chevaux de selle arabes. Ces derniers, trop petits pour les hommes, se révélaient, pour les femmes, des montures idéales, or le beau sexe, plus que la gent masculine, raffolait des chevaux. Le vieux Tom avait commencé par railler les projets de Jack mais, bientôt, force lui avait été de manger son chapeau car l'entreprise s'était révélée florissante. Désormais, les chevaux de Jack commençaient à participer à d'importants concours dans l'ensemble de l'État ; son ambition était d'en inscrire plusieurs au Royal Easter Show de Sydney, la réunion la plus importante de toute l'Australie.

La propriété de Corundoobar, à cheval sur une colline conique, dévalait doucement ses flancs jusqu'à la rivière Corunda qui, en cet endroit de son lit, ne tarissait jamais. L'énergie éolienne permettait de pomper l'eau pour en remplir les abreuvoirs, tandis que les jardins se trouvaient si bien corsetés par le cours d'eau que, pour les arroser, on utilisait une tour réservoir, ainsi qu'un réservoir à gravité. L'eau potable, elle, était entreposée dans des réservoirs souterrains où atterrissaient, entre autres, les eaux de ruissellement des toits.

Première maison des Burdum, la demeure, constituée de blocs de calcaire, avait été conçue selon un plan carré.

Une toiture à quatre pans en tôle ondulée la coiffait, tandis qu'une grande véranda en faisait le tour. Les jardins étaient luxuriants, verts, et laissaient voir, de septembre à avril, une véritable mosaïque de fleurs ; en ce moment, en plein cœur du printemps, c'était là qu'elles s'épanouissaient le plus. Chaque fois qu'il contournait la colline sur la route de Doobar et découvrait sa maison au loin, le cœur de Jack bondissait dans sa poitrine comme il ne l'avait jamais fait pour une femme. Le plus bel endroit au monde... Et cet endroit était à lui.

Bien qu'elle manquât d'une petite touche féminine, cette demeure de célibataire était propre et toujours bien rangée. Comme beaucoup d'hommes de sa trempe, Jack Thurlow se révélait un excellent cuisinier, en outre il savait recoudre un bouton, faire un ourlet, repriser des chaussettes, briquer le sol d'une maison et produire, au fil des lessives, un linge plus blanc que blanc. Lorsqu'il était enfant, il n'y avait souvent que lui pour se charger des tâches ménagères, aussi les lui avait-on attribuées d'office, et le garçon tirait fierté de ce savoir-faire. Cependant, au même titre que son niveau d'éducation, il n'en faisait pas état, car ce qu'il avait alors accompli, il l'avait fait par devoir, non par amour. Il savait mieux que quiconque quel maître cruel pouvait se révéler le devoir. Aux yeux de Jack Thurlow, rien n'était pire que se trouver piégé par le devoir sans jamais recevoir une once d'amour en échange. Voilà pourquoi il dissimulait ses secrets, avec le désir de vivre selon sa volonté jusqu'à la fin de ses jours, sans rien devoir à personne. Voilà aussi ce qui l'attirait chez Edda Latimer : jamais il ne lui devrait quoi que ce soit, il en avait la certitude. À l'inverse, et bien qu'elle fût sa jumelle, Grace représentait un fardeau pour tout le monde. Il se mit à rire. « Pour Edda, peut-être, mais pour moi : jamais de la vie ! »

Lorsque Jack arriva devant l'hôtel de ville de Corunda au volant d'une Daimler, Edda écarquilla les yeux.

— Chouette, commenta-t-elle en le laissant lui ouvrir la portière.

— Tom me la prête quand j'en ai besoin.

— Nous aurions pu y aller à pied, ce n'est pas bien loin.

Jack grimaça.

— Ça n'aurait pas été digne d'un gentleman, Edda. Au fait, pourquoi ne m'as-tu pas laissé te prendre devant l'hôpital?

— Pour que tout le monde se mette à jaser? Merci bien!

Le jeune homme portait, observa-t-elle, le costume trois pièces de rigueur. Il lui parut étrangement inaccessible. Bien sûr, elle avait regretté son invitation à l'instant même où elle l'avait lancée; à présent qu'elle le contemplait, tiré à quatre épingles, elle se sentait mal à l'aise. Elle n'ouvrit pas la bouche jusqu'à ce que la voiture s'engage sur Trelawney Way, qui gravissait la colline depuis George Street. Le West End ne se trouvait qu'à trois kilomètres de là.

— La petite maison vert et crème, dit Edda.

Le silence retomba entre les deux jeunes gens. Elle lui permit de l'aider à s'extirper de l'habitacle, tandis qu'à sa grande honte elle devinait du coin de l'œil les rideaux qui se soulevaient discrètement à toutes les fenêtres du quartier. Oh mon Dieu, quelle plaie que les voisins! Puis Jack ouvrit le portail de bois pour l'escorter dans la petite allée menant à la porte d'entrée, au fond de la véranda. Le jardin, nota Edda, ne correspondait pas aux standards en vigueur à Corunda: les roses ne s'épanouissaient pas comme elles l'auraient dû – les rosiers se trouvaient pris d'assaut par de petites araignées rouges, tandis que leurs feuilles se constellaient de points noirs dus à la marsonia... Cela dit, Grace n'avait jamais eu la main verte. Je ne suis qu'une vilaine égoïste, songea sa sœur, je ferais mieux de lui donner un coup de pouce de temps en temps. Car Bear

144

non plus n'a pas le goût du jardinage. Où sont les azalées et les rhododendrons ? Les pensées et les lobélies ?…

Enfin, Grace ouvrit la porte en les invitant à entrer – elle ne chercha pas à dissimuler sa surprise :

— Edda m'avait prévenue qu'elle viendrait avec quelqu'un, mais j'avoue que je ne m'attendais pas à vous voir, cher monsieur Thurlow…

La jeune femme se répandait en effusions à la manière de Maude.

— Asseyez-vous, je vous en prie.

Pauvre petite ! se dit Jack en prenant place sur un siège qui lui convenait mal. Semblable à Edda, et pourtant si différente ! Très attirante, d'autant plus que la grossesse lui illumine le teint, mais par rapport à sa sœur, elle n'exhale pas une once d'énergie, pas une once de vie.

— Appelez-moi Jack, fit-il en lui adressant un sourire.

La glace était rompue. Bientôt, Jack et Grace riaient ensemble de bon cœur, les grands yeux gris de la jeune femme étincelaient à mesure qu'elle se détendait – Jack faisait tout pour la mettre à l'aise, dissimulant avec soin la pitié qu'elle lui inspirait : comme elle devait se sentir seule ici…

Pendant qu'ils discutaient, Edda en profita pour observer la maison comme elle ne s'était encore jamais autorisée à le faire, trop occupée qu'elle était les fois précédentes à papoter avec sa jumelle. Mais cette maison avait changé du tout au tout ! À quand remontait sa dernière visite ? Un mois ? Non, Edda, cela fait au moins trois mois que tu n'as pas mis les pieds ici. Chaque fois, je lui paie un déjeuner au Parthénon, pour la libérer un peu de sa geôle, je déteste venir dans les Trelawneys. Mais regardez-moi ça ! Pourquoi ne me suis-je pas montrée plus vigilante ?…

La demeure est meublée comme un véritable manoir, ma parole ! Cet immense tapis persan sur le sol du salon. Ce superbe paravent en laque de Coromandel. Cette tapisserie sur les chaises de la salle à manger… Grace, Grace, mais qu'as-tu fait ?

— Jack, nous allons te laisser seul un instant, lança-t-elle avec autant de naturel que possible. Grace et moi allons préparer le thé.

À peine la porte de la cuisine se fut-elle refermée sur les deux jeunes femmes qu'Edda saisit sa jumelle par l'épaule pour la secouer.

— Quand as-tu acheté tout ça?

— C'est joli, n'est-ce pas? commenta Grace, le visage rayonnant. Il y a quatre mois environ, j'ai croisé par hasard Maude et Mme Treadby. Ce sont elles qui m'ont emmenée dans cette merveilleuse boutique, sur la route de Melbourne. Une vraie caverne d'Ali Baba! Les gens viennent de Canberra pour y faire leurs emplettes.

Edda sentit sa colère retomber. Elle fixa sa sœur avec désespoir.

— Oh, Grace… Tu… tu es complètement idiote! Il faut que tu rendes tout ça. Tu ne peux pas vivre sans un peu d'argent sur votre compte en banque, or je suis certaine que tout ça t'a coûté bien plus que tes cinq cents livres. Je me trompe? Ne me dis pas que Bear t'autorise aussi à dépenser toutes ses économies!

— Bien sûr que si, je suis sa femme, répondit Grace d'un ton offensé. Ce sont des meubles d'excellente qualité, ils ne feront que prendre de la valeur au fil des années!

— Tu imites Mme Treadby, ma pauvre Grace, qui, elle, est assez riche pour s'offrir ce genre de mobilier. Mon Dieu, que tu es sotte! C'est belle-maman qui t'a poussée à faire tout ça. Je le sais. Quelle garce! Ce n'était pas Mme Treadby, c'était Maude.

Entre-temps, Grace avait fondu en larmes.

— Je ne peux rien rendre, Edda, j'ai tout acheté, gémit-elle. J'adore ces meubles, tu sais, et Bear en est fou aussi. Il trouve que personne au monde n'a plus de goût que moi.

— Pose donc cette bouilloire sur ta cuisinière flambant neuve, Grace, ou notre invité va penser que nous l'avons oublié. À l'avenir, je t'en prie, viens me voir avant de dépenser le moindre penny pour tout ce qui ne se range pas à l'office ni dans la glacière. Tu m'entends?

Sur quoi la visite suivit son cours et se termina. Assise sur le siège passager de la Daimler, Edda ne desserrait pas les dents.

— Quelque chose ne va pas, observa Jack.

— En effet.

— Tu sais que tu peux te confier à moi.

— Bien sûr, mais ce sont des histoires de famille, Jack. Disons que j'avais oublié à quel point Grace était bête.

— Pauvre petite Grace! Bien sûr qu'elle est bête, Edda, mais c'est dans sa nature, non? Le problème, quand on possède une intelligence comme la tienne, c'est qu'on ne trouve pratiquement personne qui en possède autant. Mais c'est aussi une jeune femme absolument charmante. Elle doit valoir à son époux de sacrés maux de tête, mais il estime sans doute que l'amour qu'elle lui offre vaut bien toutes les migraines du monde. Voilà la difficulté que rencontrent les femmes telles que toi, Edda. Pour chaque once de votre intelligence, il faudrait que vous acceptiez de dispenser au moins une once d'amour.

Quelle claque! La douleur transperça la jeune femme comme une aiguille, mais Edda Latimer aurait préféré mourir plutôt que montrer à «môsieur» que ses paroles venaient de la blesser.

— N'importe quoi, répliqua-t-elle sur un ton sans appel. Tu parles comme les magazines féminins.

— C'est de la comptabilité, ni plus ni moins. Il faut bien que le débit et le crédit s'équilibrent, il s'agit d'une loi naturelle. Le crédit dont Grace dispose se mesure en quantité d'amour, tandis que le tien s'évalue en degrés d'intelligence. Oh, pas entièrement, ajouta-t-il en battant des paupières face au regard furibond qu'Edda lui jetait à la figure. Mais l'amour ne suffira jamais à tes yeux. Les récompenses qu'il offre, tu les juges trop éphémères.

— Et toi, l'amour te suffirait-il ? l'interrogea-t-elle d'une voix glacée.

— Non, hélas. Cela dit, cette journée m'a permis de résoudre une énigme qui me taraudait au sujet des jumeaux et des jumelles.

Pendant un court instant, Edda se retint de mordre à son hameçon, puis elle songea que, si elle n'embrayait pas, il ne lui révélerait rien.

— De quelle énigme parles-tu ?

— Quand il y a trop de matière pour façonner un seul individu, on la divise en deux, mais la pâte finit par être trop liquide ou trop grumeleuse.

— Tu considères donc les jumeaux et les jumelles comme des sous-individus ?

— Non. Plutôt comme des individus différents des autres.

— Selon toi, Grace a récupéré tout l'amour, et moi tout le cerveau, c'est ça ?

— Pas tout à fait. Disons qu'elle aurait bien besoin d'un gramme de ton bon sens, tandis que toi, ça ne te ferait pas de mal de gagner un peu en compassion.

— Je ne regrette pas d'être la plus intelligente des deux. Un jour, Grace souffrira forcément.

— Pas si elle a un bon mari.

L'extrême blondeur de Bear se matérialisa dans l'esprit d'Edda. Elle sourit et serra la main de Jack posée sur le volant.

— Dans ce cas, tout ira bien. Bear Olsen est un garçon épatant qui veillera toujours sur elle.

Une pointe de doute s'insinua cependant dans sa voix.

— Du moins, s'il parvient à l'empêcher de dépenser tout leur argent. C'est fou, je ne m'étais jamais aperçue que Grace était un véritable panier percé. Je n'en ai pris conscience qu'en découvrant son mobilier hors de prix. Elle a dû ratisser leur compte en banque.

— Je suppose que jusqu'ici personne ne lui avait jamais permis de dépenser autant.

— Avec notre belle-mère qui tenait les cordons de la bourse, ça ne risquait pas d'arriver. C'est pourtant Maude qui l'a poussée à faire tous ces achats…

L'hôtel de ville parut et, bientôt, la voiture s'immobilisa.

— Permets-moi de te déposer devant l'hôpital, dit Jack.

Mais, déjà, Edda était descendue de la Daimler en souriant de toutes ses dents.

— Non, merci. Nous nous retrouverons bientôt pour une promenade à cheval, n'est-ce pas?

Le rire du jeune homme l'exalta.

— Plus de balades à cheval pour le moment, Edda. Toi et moi, nous allons plutôt passer notre temps libre chez Grace, désormais, pour nous occuper de son jardin. Elle n'est plus en mesure de s'en charger, et Bear est presque toujours en déplacement. C'est le moins que nous puissions faire. Quand seras-tu en congé?

— Demain, répondit la jeune femme, hébétée.

— Alors je passerai te chercher ici à 11 heures. Je t'aurais bien proposé de nous retrouver plus tôt, mais il faut d'abord que je mendie, que j'emprunte ou que je vole quelques boutures à Hannah, à Enid… bref, à quiconque sera en mesure de me fournir de quoi décorer ces parterres. Je refuse de penser qu'il puisse exister à Corunda une maison sans rhododendrons ni azalées. Sans un prunus ou deux. Sans bulbes de jonquilles prêts à jaillir de terre.

Lorsqu'il s'éloigna au volant de la Daimler, il dissertait encore; plantée devant l'hôtel de ville, Edda regardait s'amenuiser l'auto.

Elle finit par s'en retourner d'un pas lourd vers l'hôpital, l'esprit en ébullition. Qu'avait-elle donc espéré, en suscitant cette rencontre? Au fond, songea-t-elle, si elle s'était à ce point tourmentée avant de présenter les jeunes gens l'un à l'autre, c'était parce qu'elle redoutait que le garçon s'entichât de la plus douce des deux jumelles. Au lieu de quoi, il l'avait prise en pitié… Mais alors, pourquoi Edda se sentait-elle plus chagrinée encore?

Elle se ressaisit soudain, attrapa d'une main ferme les rênes de ses émotions, puis se représenta Grace telle qu'elle lui était apparue dans l'après-midi. D'une beauté remarquable, comme seules le sont les femmes enceintes, lourde déjà de sept mois de grossesse sans être trop volumineuse, ses grands yeux gris débordant de tendresse pour… pour tout le monde! Edda jugeait extraordinaire qu'un homme aussi peu instruit que Jack Thurlow fût parvenu à deviner combien sa jumelle avait soif d'amour. La jeune femme n'avait pourtant pas tenté de le séduire, mais il avait eu du mal à résister à son charme, à sa maladresse naturelle, à ce désarroi qui se peignait parfois sur ses traits. Edda, à qui la maladresse et le désarroi demeuraient parfaitement étrangers, méprisait ces faiblesses, et elle avait cru qu'il en irait de même pour Jack. Découvrir qu'au contraire elles le faisaient fondre… quel choc!

Tufts trônait au salon, cernée de livres. Kitty devait, comme à l'accoutumée, se tenir auprès des enfants du service pédiatrique. Elle était étrange, cette attirance de la jeune femme pour ses petits patients.

— Tufts…, commença Edda sur un ton faussement désinvolte en allumant le gaz sous la bouilloire. T'est-il déjà arrivé de regretter d'être, des deux jumelles, la plus intelligente et la plus douée?

— Du thé! s'exclama Tufts, en relevant deux yeux étincelants. Quelle excellente idée! La plus forte des deux, tu veux dire?

— C'est ce que je veux dire?…, s'étonna Edda en fronçant les sourcils, le regard plongé dans celui de sa demi-sœur.

— Eh bien, j'imagine que tu n'irais pas jusqu'à penser que Grace et Kitty sont idiotes, puisque ce n'est pas le cas. Elles ne sont pas faites pour la même existence que nous, voilà tout.

— Elles, elles sont faites pour l'amour, lâcha Edda avec une pointe de déplaisir dans la voix. L'amour! Tu parles. L'amour se résume à une chose : jurer soumission à un homme.

— Je comprends ton point de vue, mais si tes études t'ont au moins appris une chose, c'est que les hommes et les femmes s'avèrent aussi dissemblables sur le plan mental que sur le plan physique. Je suis lasse des grandes généralisations égalitaristes. Tous les hommes ne sont pas égaux entre eux, les femmes pas davantage. C'est l'individualisme qu'on ferait mieux de prôner.

— Bravo! s'enthousiasma sa demi-sœur en éclatant de rire. Et pour en revenir à l'amour, je préférerais mourir plutôt que d'en devenir l'esclave.

— Ce sont les habitudes qui nous réduisent en esclavage, Edda. L'amour en fait partie une fois qu'il se change en routine.

Elle versa l'eau bouillante dans la théière.

— Il est presque impossible de rompre avec les habitudes, ajouta-t-elle.

— Tu es beaucoup plus avisée que moi, Tufts. Le Dr Finucan nous a parlé des hormones. Peut-être toi et moi n'en possédons-nous pas la même quantité que Grace et Kitty? Ou alors, notre cerveau ne s'est pas développé de la même façon? D'ailleurs, qu'est-ce qu'une habitude, dans le domaine cérébral?

Edda ayant ajouté du lait, sa demi-sœur agita la théière pour accélérer l'infusion du breuvage. Enfin, les deux jeunes femmes s'assirent avec satisfaction devant leur tasse, emplie à ras bord de ce thé fumant capable d'apaiser tous les tourments.

— Qu'est-ce qui t'a fait penser à ça? demanda Tufts entre deux gorgées.

— J'ai amené Jack Thurlow chez Grace tout à l'heure. Quelle imbécillité! Quand je lui avais proposé de lui présenter ma sœur, il n'avait d'abord paru manifester qu'une vague curiosité, si bien que j'étais persuadée qu'après avoir fait sa connaissance il s'empresserait de l'oublier.

Edda lâcha un petit rire désabusé.

— Résultat, enchaîna-t-elle, ma prochaine promenade à cheval avec Jack vient de se changer en séance de jardinage bénévole à Trelawney Way.

— Ce n'est pourtant pas ce qui te met dans une telle colère, n'est-ce pas?

— As-tu vu la maison de Grace?

— Oui. Elle l'a très joliment arrangée. Je ne m'y attendais pas.

— Et tu n'as pas songé qu'elle avait dû vider le compte en banque de Bear et dépenser jusqu'au dernier penny de sa dot pour s'offrir tout ça? Figure-toi que c'est Maude qui lui a monté le bourrichon. C'est elle qui l'a encouragée à acheter des meubles que son mari et elle n'ont pas les moyens de se payer!

— Je ne l'aurais jamais cru… Ma mère est un monstre, nous le savons aussi bien l'une que l'autre. Mais que peut-elle mijoter cette fois?

— Je suppose qu'elle essaie de semer la zizanie entre Bear et Grace. Chaque fois qu'elle a tenté de faire des folies au presbytère en matière d'ameublement, notre gentil papa s'est fâché tout rouge et l'a obligée à rendre ce qu'elle avait apporté. Elle s'imagine que Bear va mener la vie dure à Grace si elle s'avise de dépenser plus que de raison. Bah, termina la jeune femme en haussant les épaules. Elle s'est mis le doigt dans l'œil. Bear pardonnerait n'importe quoi à son épouse.

— Dieu soit loué! lança Tufts. Comme elle exerce de moins en moins d'influence sur Kitty, elle tâche d'étancher par d'autres biais sa soif de vengeance. Méfie-toi, Edda, parce qu'à mon avis Bear et Grace ne représentent guère pour elle qu'une séance d'entraînement. C'est toi qu'elle tient pour sa véritable cible, j'en suis convaincue.

— Je partage ton opinion, ma chérie, à ceci près qu'il y a belle lurette que j'ai mis au clou l'autorité de Maude. Comment pourrait-elle encore me faire souffrir?

— À travers Jack Thurlow, dès que Grace lui aura parlé de lui. Elle fera tout son possible pour salir ta réputation.

Edda se mit à rire.

— Eh bien, si elles se mettent à cancaner sur mon compte et sur celui de Jack, elles arrêteront de potiner sur le tien et sur celui des médecins que tu côtoies!

Pauvre Edda! songeait Tufts en se dirigeant vers le service de pathologie. Ce dernier se situait dans l'un des plus vastes bâtiments de l'hôpital, où il côtoyait la bibliothèque, ainsi qu'une machine à rayons X flambant neuve, si imposante et si lourde qu'il avait fallu renforcer les fondations avant de l'installer. Tufts, dont la beauté n'égalait pas celle de sa jumelle, n'avait, pour cette raison même, jamais enduré les souffrances endurées par Kitty. De son côté, Edda se révélait à la fois capable d'occire un serpent au moyen d'un pied de chaise et de s'offrir, par-dessus le marché, le luxe de faire tourner la tête à nombre d'hommes. Elle osait tout. Il n'empêche, se dit encore Tufts : l'amour, c'était Grace qui avait su le débusquer. Un amour sincère, de ceux qui duraient une existence entière, de ceux qui pardonnaient tous les péchés, de ceux qui ne portaient en eux aucune réprobation. Peu importaient les erreurs qu'accumulerait Grace au fil des ans, Bear serait toujours là pour recoller les morceaux. Et si, d'aventure, sa profession l'empêchait de répondre présent au moment adéquat, d'autres hommes se chargeraient à sa place de réparer les sottises de la jeune écervelée. Ainsi, Jack Thurlow avait beau s'être pris depuis longtemps aux rets tendus par Edda, son empressement à voler au secours de Grace prouvait à Tufts que le jeune homme aurait souhaité qu'Edda se montrât parfois un peu plus vulnérable.

Bien sûr, celle-ci n'en avait pas conscience. Du moins refusait-elle de s'en apercevoir. Edda chérissait son indépendance, son aptitude à veiller seule sur ses propres intérêts. Un tel tempérament n'aurait pas dû la priver d'amour pour autant, mais c'est hélas ce qui se produisait. Certaines femmes étaient plus difficiles à aimer que d'autres. Pauvre Edda !...

Seules les veilleuses brillaient encore lorsque Tufts pénétra dans le grand couloir flanqué de portes sur toute sa longueur. Au fond s'en trouvait une dernière, peinte en rouge et menant au bureau du Dr Finucan, sa tanière. Ici aussi, on avait éteint les lumières. Le pathologiste était rentré chez lui, Tufts allait avoir le plaisir de mener seule ses expériences. Expériences ?... Pas tout à fait : des cultures de tissus, plutôt, dans des boîtes de Petri, ce soir un fragment de tissu mammaire pris dans la paraffine afin que la jeune femme le sectionne en tranches minces. Elle avait aussi à préparer diverses colorations histologiques. Les travaux de routine (analyses d'urine, entre autres) avaient été pris en charge plus tôt par le laborantin du Dr Finucan. À ce dernier, Tufts tenait lieu de seconde petite main – sans sa présence, il lui aurait fallu embaucher un autre technicien, mais la jeune femme aimait la précision requise pour ce genre de tâche, au point d'en faire finalement bien plus que le garçon de laboratoire spécialement recruté pour ces travaux.

Sans allumer la lumière, Tufts emprunta une porte latérale pour gagner le laboratoire, où elle actionna une série d'interrupteurs afin d'éclairer la pièce *a giorno*. Les lieux étaient équipés d'un aiguisoir automatique pour le microtome, instrument précieux entre tous. La jeune femme fixa le morceau de paraffine sur le microtome, prépara ses colorations puis, une fois le tissu mammaire changé en tranches minces, elle les emprisonna une à une entre lame et lamelle en vue de l'examen au microscope. Elle était si absorbée dans son travail qu'elle ne vit ni n'entendit son visiteur.

— Merci, Heather, dit le Dr Finucan.

Tufts sursauta, avant de décocher au pathologiste un sourire éclatant.

— Ces échantillons seront prêts en temps et en heure, commenta-t-elle.

— Je parie qu'il s'agit d'un carcinome.

— La pauvre femme! Elle doit avoir à peine plus de trente ans, et ses enfants ne sont même pas encore en âge d'aller à l'école.

L'infirmière se laissa glisser de son tabouret pour regagner le bureau, où elle attendit que Liam eût refermé à clé la porte du laboratoire.

À l'instar de ses confrères chirurgiens, Liam Finucan se révélait un atout pour l'hôpital de Corunda. Comme eux, il aurait pu s'offrir une formidable carrière à Melbourne ou Sydney. Mais son épouse était née à Corunda, et à peine avait-il découvert la ville qu'il l'avait aimée : son charme désuet, le vert de ses pelouses, ses fleurs et ses arbustes à l'européenne... Pour un garçon qui avait grandi au beau milieu des guerres de religion, Corunda était un paradis.

Ce paradis constituait sans doute l'unique point positif que l'on pût porter au crédit d'Eris qui, se rappelait le pathologiste, se languissait au début de leur relation de sa région natale. C'était une bien belle jeune fille, à l'époque. C'était aujourd'hui une belle femme. Mais Eris était aussi une éternelle insatisfaite. La spécialité médicale choisie par le Dr Finucan ne le contraignait pas à de longues absences loin du domicile conjugal ; elle empiétait peu sur sa vie personnelle. En un sens, il aurait préféré passer de nombreuses heures à l'hôpital, car il aurait alors pu fermer paisiblement les yeux sur les multiples aventures sentimentales de sa femme, des écarts de conduite que personne à Corunda n'ignorait.

Le Dr Finucan s'ingéniait à ne jamais aborder le sujet, sauf lorsque son épouse le faisait elle-même, ou chaque fois qu'il lui prenait l'envie de demander le divorce. Liam refusait toujours. Il ne refusait pas pour des motifs religieux, non : il refusait par compassion. Si telle était la nature d'Eris, alors il fallait la laisser assouvir ses besoins, mais il n'entrait pas dans sa nature de devoir supporter une humiliation publique. Et tant pis si elle le suppliait régulièrement de rompre d'un commun accord les liens de leur mariage. Le scandale la tuerait. Par ailleurs, le Dr Finucan prenait en considération un autre aspect de la personnalité de son épouse : l'homme dont elle était éperdument amoureuse cette année aurait disparu de son existence l'année suivante. Si Liam l'abandonnait aussi, elle s'étiolerait au sein d'un monde dans lequel elle était incapable de vivre. Si elle avait eu des enfants, la situation aurait été différente, mais Eris était stérile ; Liam le savait, au vu du nombre de ses partenaires, conjugué à son ignorance à peu près totale en matière de contraception. Ces flirts incessants symbolisaient aux yeux de son époux sa quête désespérée de la maternité.

En ce moment, les choses allaient encore plus mal que d'habitude. À Corunda comme ailleurs, la gent masculine ne tenait pas du puits sans fond, et Eris s'était déjà offert tous les garçons qu'elle jugeait à son goût. Un mois plus tôt, elle avait préparé ses bagages dans le plus grand secret puis sauté dans un train pour Sydney, trop vite pour que son mari eût le temps d'y grimper à son tour. Cet abandon du domicile conjugal fournissait à Liam une occasion rêvée pour entamer une procédure de divorce. Le détective privé qu'il avait engagé découvrit qu'elle vivait à Liverpool en compagnie du patron d'une exploitation laitière. Le Dr Finucan renonça au combat.

— J'ai vu Don Treadby aujourd'hui, annonça-t-il à Tufts.

— Je vais nous préparer du thé.

La jeune femme reparut quelques instants plus tard avec un plateau.

— Que vous a dit Don Treadby ? l'interrogea-t-elle.

— Qu'il était temps que je prenne le taureau par les cornes et que je demande le divorce.

— Il est vrai que si vous ne vous décidez pas, la situation deviendra inextricable. Cela dit, ajouta Tufts en soufflant sur son thé chaud, je ne comprends pas pourquoi les deux parties ne sont pas autorisées à entamer la procédure.

Le Dr Finucan haussa les sourcils, étonné.

— Heather! Ainsi, vous estimeriez normal qu'une femme adultère se permette de demander le divorce?

— Ce que les hommes peuvent débiter comme âneries! s'emporta Tufts. Vous n'adopteriez pas un ton plus outré si vous étiez en train d'évoquer une meurtrière!... À mon avis, votre épouse est malade. Mais si c'était vous qui la trompiez, on jugerait le crime moins grave, on vous trouverait des circonstances atténuantes.

Elle se pencha vers Liam, l'œil plus doré que jamais dans la lumière chiche, et étincelant de rage.

— La preuve, enchaîna-t-elle : vous êtes ici, bien après l'heure du dîner, bouclé dans votre bureau avec une infirmière de vingt et un ans! Selon vous, qu'en penseraient les commères de Corunda si elles étaient au courant?

Le Dr Finucan éclata de rire – ses dents paraissaient étonnamment blanches dans son visage au teint hâlé.

— N'allez pas jeter de perles aux pourceaux, commenta-t-il.

— Des rubis, plutôt.

— On ne saurait faire d'une buse un épervier.

Cette fois, ils rirent en chœur, tous deux au diapason.

— Vous pensez que je devrais divorcer, n'est-ce pas, Heather?

— Oui, Liam, c'est en effet ce que je pense. Vous avez les moyens de lui verser ensuite une pension – peut-être pas autant qu'elle le souhaiterait, mais de toute façon, au regard de la loi, vous ne lui devez strictement rien, puisqu'elle est coupable. Nous vivons dans un monde d'hommes.

— Mais vous, vous êtes mon amie? demanda Liam avec une gravité soudaine.

— Bien sûr que oui, voyons! C'est d'ailleurs pour cette raison que nous nous appelons par nos prénoms.

La porte s'ouvrit tout à coup: l'infirmière-chef pénétra dans la pièce de son pas de grenadier. Liam et Tufts tournèrent la tête dans sa direction – sans une once de culpabilité dans le regard, constata Gertrude Newdigate.

— Vous travaillez tard, docteur Finucan, observa-t-elle.

— En fait, non. J'étais venu dans cette intention, mais j'ai découvert que l'infirmière Scobie s'était déjà chargée de tout.

— Scobie est une excellente infirmière, doublée d'une formidable technicienne en pathologie, docteur Finucan, mais elle prend son service demain matin à 6 heures. Vous devriez dormir un peu, infirmière. Bonne nuit.

Tufts se leva d'un bond.

— Vous avez raison, infirmière-chef. Bonne nuit, docteur.

Liam attendit que la jeune femme ait déserté les lieux pour prendre la parole:

— Vous venez de vous montrer fort peu amène, Gertie.

— Il faut parfois un peu de cruauté pour assurer le bien d'autrui, rétorqua-t-elle. Don Treadby m'a raconté que vous lui aviez rendu visite ce matin.

— Bonté divine! Rien n'est-il donc sacré?

— À Corunda? Absolument rien.

L'infirmière-chef sortit des cigarettes de sa poche amidonnée. Elle en choisit une à bout de liège, qu'elle alluma au moyen de son briquet.

— Vu la tournure des événements, Liam, vous ne pouvez plus vous permettre ce genre de tête-à-tête avec de jeunes infirmières. Si l'avocat d'Eris venait à l'apprendre, vous vous retrouveriez en très fâcheuse posture. Et cela vaudrait également pour Scobie.

— Je n'y avais pas songé, répondit doucement le Dr Finucan.

— La plupart des hommes ne songent plus à rien dans certaines circonstances, commenta Gertrude Newdigate avec un regard de compassion. Toujours est-il que je ne souhaite à aucun prix que votre désinvolture tue dans l'œuf la brillante carrière promise à Scobie. À l'avenir, Liam, je vous interdis de vous trouver seul à seul avec elle et de lui confier des tâches qui n'entrent pas dans ses attributions.

— Je n'y avais pas songé…, répéta le médecin.

— Sur ce, n'en parlons plus. Occupez-vous de votre divorce, c'est tout ce qui importe pour le moment. Vous auriez d'ailleurs dû vous lancer beaucoup plus tôt, lorsque vous étiez encore suffisamment jeune pour représenter un bon parti aux yeux d'une femme telle que Heather Scobie-Latimer. Mais vous avez quarante-trois ans, maintenant, vous commencez à vous décatir.

Elle écrasa sa cigarette dans un cendrier avant de se remettre debout.

— Je peux compter sur votre discernement, Liam, n'est-ce pas ?

— Bien entendu.

Après qu'elle eut refermé la porte du bureau derrière elle, les pensées du Dr Finucan s'envolèrent vers Tufts. Il ferma les yeux sous l'effet d'une douleur qu'il n'avait plus éprouvée depuis de nombreuses années.

— Allez donc griller en enfer, Gertie Newdigate ! lâcha-t-il à voix haute. Vous venez de détruire une chose à laquelle je n'avais même pas encore eu l'idée de rêver.

Quarante-trois ans. Un peu décati. Assurément pas le compagnon idéal pour une jeune femme aussi séduisante qu'Heather Scobie…

Au bout de quelques semaines passées à entretenir et ornementer le jardin de Grace, Edda avait fini par accepter les changements survenus dans sa relation avec Jack Thurlow. En revanche, leurs promenades à cheval lui manquaient. À bien des égards, les efforts exigés par les activités de jardinage ressemblaient trop à ceux qu'imposait le métier d'infirmière pour distraire ou détendre la jeune femme, dont la colonne vertébrale, déjà soumise à rude épreuve à l'hôpital, pâtissait des heures qu'Edda passait accroupie au milieu des parterres. Tandis qu'elle creusait, par centaines, des trous où loger les bulbes de jonquilles, elle songeait que la besogne ne lui allégeait pas l'âme non plus, qu'elle ne lui ravissait pas l'œil et ne lui permettait pas davantage d'oublier ses soucis. De plus, ce jardin était celui de Grace qui, désormais plus gonflée que le sac vocal d'un crapaud, supervisait les travaux avec des airs de châtelaine.

Jack, pour sa part, entreprit sa bonne action avec un enthousiasme et une énergie tels qu'il ne tint plus aucun compte des sentiments ni des envies d'Edda. Quant à Grace, deux visites lui avaient suffi à considérer que, désormais, les jeunes gens lui prêteraient main-forte chaque fois que sa sœur serait en congé. Pour Edda, c'en était fini de Fatima, fini de l'amitié avec Jack, fini de ces délicieux galops communs, fini d'une bonne part de sa vie privée. Et dire que, pour couronner le tout, Jack raffolait des potins dont Grace était si friande et qu'elle répétait à l'envi. La paix! hurlait Edda en silence. Fichez-moi la paix!

Lorsque Bear se trouvait à la maison, ce qui hélas était peu fréquent, il y régnait une atmosphère joyeuse et détendue; Jack et le voyageur de commerce se retranchaient dans ces conversations viriles que les hommes paraissent goûter si fort – le dysfonctionnement d'une machine, une mauvaise récolte, la difficulté de trouver de bons chiens de berger, le parti pris de certains jurés lors des foires aux bestiaux…

Pour tout dire, Bear se révélait aussi heureux qu'un jeune marié peut l'être, et il attendait la naissance de son premier enfant avec un mélange d'émoi, d'appréhension et d'allégresse.

— Franchement, je me fiche de savoir si c'est un garçon ou une fille, expliqua-t-il un soir à Jack et aux quatre sœurs Latimer réunies le temps d'un dîner. De toute façon, nous en aurons un de chaque. Si j'ai envie que l'aîné soit un garçon, c'est uniquement pour qu'il puisse aider sa mère.

— Il faudra qu'il grandisse un peu d'abord, fit remarquer Kitty, qui adorait son beau-frère.

— Oh ça arrivera vite, répondit Bear sur un ton guilleret. Moi, j'ai commencé à couper du petit bois pour la mienne alors que je n'avais même pas un an! Et c'est moi qui allumais le poêle.

— Tu ne vas tout de même pas tyranniser tes enfants comme ton père vous a tyrannisés, objecta Tufts.

— Dieu m'en garde! C'est bien pour ça que je ne bois pas. L'alcool est un démon. En revanche, au sein d'une famille nombreuse, ça n'a jamais fait de mal à un gamin de mettre la main à la pâte. Ça vaut mieux que de rester trop longtemps dans les jupes de sa mère.

— Tu peux compter sur moi, mon amour, le rassura son épouse en se levant avec difficulté. Je ne risque pas de me débrouiller sans les enfants: je ne sais pas tenir une maison.

Edda leva les yeux vers sa sœur, mais celle-ci avait déjà tourné la tête, échappant du même coup au regard inquisiteur de sa jumelle. Oh Grace, dans quel pétrin t'es-tu encore fourrée?... Edda bondit sur ses pieds pour la rejoindre dans la cuisine.

— Pourquoi viens-tu de nous dire que tu ne savais pas tenir une maison?

— Décidément, se récria Grace, soudain sur la défensive, rien ne t'échappe! Ce n'est pas important... Simplement, j'ai déniché un tissu magnifique pour les rideaux du salon, et ça m'a coûté les yeux de la tête. Il faut dire aussi que Bear est tellement généreux...

Edda se mit à grincer des dents, épouvantée de constater qu'elle tenait cela de sa belle-mère.

— Enfin, Grace! Tu ne peux pas faire des choses pareilles! D'autant plus que le bébé ne va plus tarder. Tu t'en rends compte, au moins? Ta maison est fin prête, tu possèdes déjà un intérieur beaucoup trop luxueux pour le quartier dans lequel vous vivez, et les anciens rideaux du salon étaient très bien. Si, à cause de tes bêtises, Bear finit par se retrouver à découvert, il n'aura plus qu'à faire paraître l'une de ces affreuses petites annonces dans le *Post*, qui stipulera que, dorénavant, M. Björn Olsen ne se tient plus pour légalement responsable des dettes contractées par son épouse. Parce que, si tu continues à dépenser de l'argent que tu ne possèdes pas, tu ne laisseras à ton mari que deux solutions : soit il devra se désolidariser de toi sur le plan financier, soit il lui faudra se déclarer en faillite personnelle. Dans ce cas, tous tes jolis meubles atterriront dans une salle des ventes où on les bradera aux enchères, ainsi que la maison elle-même. Tu ne te rappelles pas ce que Mme Geordie Menzies a fait à Geordie l'année dernière?

Des larmes roulaient à présent sur les joues de Grace.

— Mais cette fois, s'obstina-t-elle en tirant un mouchoir de sa poche pour s'en tamponner les yeux, les rideaux du salon avaient besoin d'être changés!

— Grace, la cingla sa sœur, c'est toi qui as besoin de changer. Tu vas arrêter tes sottises. Tout de suite. Et inutile de courir tout à l'heure répéter à Bear le contenu de cette conversation. On ne doit jamais vivre au-dessus de ses moyens, Grace.

Une pensée fusa brusquement dans la cervelle d'Edda.

— T'arrive-t-il de recevoir Maude ici ?

— De temps en temps, souffla sa jumelle.

— Eh bien, arrête. Tu n'as qu'à me l'envoyer si elle te fait des réflexions, je me chargerai de lui clouer le bec !

Il faut absolument que je mette un terme à la relation entre ma sœur trop crédule et notre affreuse belle-mère, résolut Edda tandis qu'elle grimpait dans la voiture de Jack en compagnie de Tufts et de Kitty. Cette vieille carne essaie de briser leur couple en poussant Grace à jeter l'argent par les fenêtres.

Bien sûr, Jack avait remarqué qu'il se passait quelque chose – sa clairvoyance était d'ailleurs étonnante, lui qui n'était pas du même sang que la fratrie… Lorsque Tufts et Kitty furent descendues de l'auto, il n'encouragea pas Edda à les suivre.

— Allez-y, les filles, lança-t-il aux jumelles. Pendant ce temps-là, je vais emmener Edda au bord de la rivière pour un petit câlin.

— Un câlin ! répéta la jeune femme avec une expression de dégoût, tandis que son compagnon garait son véhicule non loin du cours d'eau. Le fait est que Tufts et Kitty ont gobé ça tout rond. Comment aurais-je pu deviner que les choses allaient changer à ce point en te présentant Grace ?

— Non, pas maintenant, la coupa Jack. Contemple plutôt la nuit, espèce de béotienne !

Voilà ce qu'il tenait à partager avec moi, se dit Edda. Quelle idiote je fais !… Bientôt, elle se laissa submerger par le spectacle qui s'offrait à elle, par les senteurs et les sons de l'été. Assis sur un tronc couché, les deux jeunes gens observaient en silence. C'était une nuit merveilleuse, la lueur des étoiles sourdait du firmament auprès d'une immense lune ronde, qui déversait son impalpable pluie argentée sur les collines alentour et teintait l'univers entier d'un indigo rayonnant.

— Te sens-tu mieux, maintenant? demanda Jack en roulant une cigarette.

— Oui, et je te remercie de m'avoir amenée ici. Tu es un sacré numéro, Jack Thurlow. Je n'arrive jamais à savoir ce que tu as vraiment dans la tête. En revanche, je m'étais dit que ta rencontre avec Grace modifierait probablement nos rapports et, sur ce point, j'avais vu juste. Grace est une petite créature sans défense, mais il a fallu qu'elle épouse Bear pour que je me rende compte à quel point j'avais pris l'habitude, depuis notre enfance au presbytère, de la manipuler comme un pantin. Mais, au moins, je ne lui causais pas d'ennuis, à l'époque, alors qu'à présent elle tombe d'un piège dans l'autre. Tu fais partie de ceux qui contribuent à la maintenir à flot. Avant, elle adorait passer son temps libre sur les voies de triage. C'est d'ailleurs là-bas qu'elle a fait connaissance avec Bear. Ils sont tombés amoureux parmi les locomotives à vapeur. C'est idiot, n'est-ce pas? Le fait est que Grace est pareille à un train : elle roule sur des rails, et elle se révèle incapable de changer de direction si personne ne l'y aide. Or, pour des raisons que j'ignore, notre belle-mère s'arrange depuis quelque temps pour s'insinuer dans l'existence de ma sœur. Le résultat est désastreux.

— Désastreux? répéta Jack en emprisonnant la lune dans un rond de fumée diaphane.

— Arrête ça tout de suite! cracha Edda. La dernière chose dont un monde parfait ait besoin, c'est de ronds de fumée! N'es-tu vraiment pas capable d'apprécier la véritable beauté?

Jack, qui n'avait agi ainsi que dans l'intention de prendre ensuite Edda dans ses bras, puis de l'embrasser pour lui faire un instant oublier les déboires de sa jumelle, se trouva coupé net dans ses élans ; son désir se flétrit aussitôt. Méduse, la Gorgone à la chevelure entrelacée de serpents, voilà comment on surnommait Edda, et l'on avait mille fois raison. Jack écoutait les ragots : combien de patients n'avaient-ils pas succombé aux charmes de Tufts ou de Kitty, sans jamais rien éprouver pour leur demi-sœur ? Il n'était pas de meilleure infirmière qu'Edda, qui n'avait pas sa pareille pour mettre les patients à l'aise, pour leur donner une importance que beaucoup leur refusaient, et pourtant elle n'inspirait à aucun d'entre eux le moindre sentiment que l'on pût assimiler à l'amour qu'un homme peut porter à une femme. Jack, pour sa part, la désirait ardemment, il l'admirait, mais il ne parvenait pas à se convaincre qu'elle pût partager ses émois. Edda était pareille à une admirable statue juchée sur un piédestal. Et le jeune homme la soupçonnait de s'en trouver fort bien.

— Tu me parlais de résultat désastreux…, enchaîna Jack.

— Grace est incapable de gérer son argent. Elle est en train de s'endetter.

— Je vois. Et ta belle-mère dans tout ça ?

— Elle l'encourage dans ses folies. Il faut absolument que j'y mette un terme !

Ils regagnèrent la voiture.

— Je suis sûr que tu vas y arriver, Edda.

Celle-ci garda le silence jusqu'à ce que les grilles de l'hôpital se matérialisent.

— Inutile de jouer les gentlemen, Jack, je suis capable de descendre toute seule de l'auto. Comptes-tu retourner chez Grace demain ?

— J'avais prévu de le faire, oui, puisque Bear est là-bas en ce moment. Nous avons un arbre à abattre.

La jeune femme se glissa hors du véhicule.

— Alors bon courage. Moi, je ne viendrai pas, Grace me sort par les yeux, ces temps-ci, et puis Fatima devient énorme : elle manque d'exercice. Je vais reprendre les promenades à cheval, ce sera bon pour sa santé et bon pour la mienne. Bonne nuit.

Et déjà, elle avait filé.

Durant cinq longues minutes, Jack demeura au bord du trottoir, persuadé qu'elle allait changer d'avis, faire demi-tour et lui annoncer qu'elle le retrouverait chez Grace le lendemain. Mais c'est Liam Finucan qui, bientôt, se pencha à la portière.

— Accepteriez-vous de me raccompagner chez moi, Jack ?

— Bien sûr, grimpez. Maintenant que la procédure de divorce est engagée, fit-il après un silence, que comptez-vous faire de la maison ? Elle est trop grande.

— Je l'ai mise en vente. Il y a, dans l'enceinte de l'hôpital, une jolie petite bicoque qui me conviendra parfaitement. C'est un bail à long terme, elle ne me coûtera pas bien cher.

— Je l'aurais parié : vous tenez à garder trois sous de côté pour verser une pension à Eris, n'est-ce pas ?

Le Dr Finucan coula à son interlocuteur un regard désabusé.

— La pauvre chérie… C'est plus fort qu'elle, que voulez-vous et, de mon côté, je me contente de peu.

— Elle m'a fait du gringue, un jour. J'ai repoussé ses avances.

— Elle fait du gringue à toute créature équipée d'un pénis, Jack.

— Mais vous voilà débarrassé de ces vilaines histoires.

De tous ceux et celles qui eurent à souffrir du divorce de Liam Finucan, c'est Tufts qui en pâtit le plus. Elle ignorait le contenu de la conversation que Gertrude Newdigate avait eue avec le pathologiste après qu'elle l'eut congédiée sans ménagement, mais lorsqu'elle se présenta quelque temps plus tard au laboratoire pour y apprendre une nouvelle technique analytique que Liam avait promis de lui enseigner, elle le trouva assis à son bureau, face auquel elle demeura debout. S'apprêtait-il à la réprimander ?

Non. Il avait mauvaise mine, ce qui la chagrina. Ses cheveux trop longs, qui lui tombaient en partie sur les yeux, n'avaient manifestement pas vu de brosse ni de peigne depuis un bon moment, son regard gris acier semblait terni, ses joues s'affaissaient sous le coup de la fatigue. Que se passait-il ? Où se cachait la petite ride au coin de ses lèvres, témoin de sa bonne humeur naturelle ? Il lui manquait aussi cette douceur que Tufts décelait dans son sourire. Nul sourire aujourd'hui.

— Asseyez-vous, infirmière Scobie, lui commanda-t-il d'une voix blanche.

Elle s'exécuta, perplexe, les mains croisées dans son giron, l'œil braqué sur son mentor.

— L'affaire est très délicate, commença ce dernier après un bref silence, et l'infirmière-chef désapprouverait ma démarche, mais je ne vois pas comment je pourrais, sans un minimum d'explications, mettre un terme aux cours particuliers que je dispensais jusqu'ici à une infirmière aussi brillante que vous. En tout cas, soyez assurée que Gertrude Newdigate agit dans votre seul intérêt.

La voix profonde mourut, sans que Liam cessât pour autant de fixer la jeune femme. Il avala sa salive, se ressaisit, puis enchaîna :

— Vous savez que j'ai engagé une procédure de divorce contre mon épouse, du fait de ses multiples adultères. Cela signifie que je suis la partie lésée, en vertu de quoi la cour me considérera d'un œil favorable. Les avocats de ma femme vont donc tout faire pour me salir. Autrement dit, si elle parvient à prouver que je l'ai trompée moi aussi, nous nous retrouverons à égalité. Ne m'étant jamais rendu coupable d'adultère, il m'incombe de préserver… ma réputation, infirmière…

Il se tut à nouveau en adressant à Tufts un regard douloureux.

Il faut que je l'aide, songea celle-ci. Sinon, il va tourner de l'œil.

— Ce que vous essayez de me dire, docteur Finucan, déclara-t-elle sur un ton qu'elle voulait à la fois ferme et détaché, c'est que plus jamais nous ne devons nous trouver en tête à tête, vous et moi, dans des circonstances qui pourraient permettre à Mme Finucan d'insinuer que nous entretenons des rapports coupables. C'est bien cela ?

— Je me contente de suivre l'avis de Gertrude Newdigate.

— Je suis d'accord avec elle, dit Tufts en se levant de sa chaise. Dorénavant, nous ne nous fréquenterons qu'en présence de tiers, et nous renoncerons à nous appeler par notre prénom.

L'expression de son visage se durcit.

— À partir de maintenant, poursuivit-elle, je vous suggère d'associer le jeune Bill à nos cours particuliers. Vous n'avez jamais eu envie de le prendre avec moi sous votre aile car vous le jugez trop lent, mais peut-être vous êtes-vous montré trop dur avec lui.

Les pupilles du Dr Finucan se dilatèrent, il afficha soudain un air farouche.

— Je suis navré, ma chère. Affreusement navré.

— Il ne faut pas, voyons, répliqua la jeune femme avec une légèreté feinte. Combien de temps cette situation va-t-elle durer ?

— Deux ans, selon mes informations. Les tribunaux en charge des divorces sont surchargés, il va me falloir attendre mon tour.

— Quel dommage ! s'exclama Tufts avec tristesse. J'espérais que nous pourrions reprendre nos activités habituelles avant que j'obtienne mon diplôme. Ce sera impossible.

— En effet, je le crains.

— Puis-je disposer, docteur?

— Oui, bien sûr. Je vais établir un nouveau tableau de service pour Bill et vous, ainsi qu'un autre pour les infirmières.

Quelle sale bonne femme! songeait Tufts en dévalant la rampe au pas de charge, mais les traits impassibles. Chercher des noises à un homme aussi droit, et du même coup réduire en miettes l'un de ses rares plaisirs. Parce qu'il prenait plaisir à me prodiguer son enseignement. Je le sais!

Deux ans de relations guindées! J'enrage. Fini les tasses de thé au beau milieu de la nuit, fini les coups d'œil plus éloquents que les mots. Je me retrouve comme en exil. Un exil de l'esprit. Je comprends pourquoi l'infirmière-chef a mis les pieds dans le plat, et je lui en sais gré. Sans son intervention, Liam serait perdu, je le serais aussi, et nous n'aurions plus qu'à quitter l'hôpital tous les deux. Nous n'avons fait de mal à personne, mais c'est nous qu'on punit en nous tenant éloignés l'un de l'autre comme un boucher trancherait en deux une pièce de viande. Il y a malgré tout une chose que je suis bien décidée à faire, dans son bureau ou son laboratoire : je vais lui brosser les cheveux. J'ai acheté une brosse Mason Pearson, qui m'a coûté une fortune. Je l'ai achetée exprès pour domestiquer la mèche rebelle qui lui tombe régulièrement sur l'œil. Deux brossages vigoureux et quotidiens en viendront à bout. Je vais contraindre ses follicules pileux à changer de direction. Avec ou sans divorce. J'y arriverai!

Edda ne demanda pas à Maude pour quelle raison elle poussait Grace à effectuer des dépenses luxueuses. Elle opta pour une manœuvre plus judicieuse : elle rendit visite à son père.

Depuis que ses filles avaient quitté le presbytère pour étudier les sciences infirmières, Thomas Latimer s'était peu à peu affranchi du joug de son épouse. Après la cure de

Maude dans les montagnes Bleues, le révérend avait commencé de dénouer ces entraves dont il n'avait jamais eu le goût : la domination que sa femme exerçait sur ses quatre filles, l'habitude qu'elle avait prise de choisir à la place de son mari les cantiques et les sermons qu'il allait proposer à ses ouailles... Et bien qu'il ne fût pas un nanti, il avait, grâce à l'héritage de sa mère – membre de la famille Treadby –, de quoi vivre confortablement. D'autant plus qu'il avait toujours géré son argent avec prud'homie, en sorte qu'il n'accordait à son épouse qu'un accès limité à ses économies. Car il connaissait ses défauts. Quand il apprit qu'elle encourageait Grace à dépenser sans compter, il en déduisit qu'elle assouvissait par procuration les désirs que son mari réprimait. Chaque fois qu'elle rendait visite à la jeune mariée, elle faisait le tour du propriétaire en se félicitant de réussir si bien à berner celles et ceux qu'elle n'aimait pas, voire à leur faire du mal.

Mais lorsque Thomas Latimer se mit en colère, force lui fut d'obéir à son époux : à l'avenir, lui exposa-t-il sur un ton glacial, elle ferait tout pour freiner Grace dans ses achats. Sinon, le révérend diminuerait la somme qu'il lui confiait chaque mois.

Edda eut plus de mal à persuader son père de ne pas renflouer les comptes de Bear ni de sa jeune femme – qui accusaient respectivement un déficit de neuf cents et de cinq cents livres.

— Je t'en prie, papa, ne fais pas ça, implora-t-elle. Bear est tellement amoureux de Grace qu'il s'empressera de tout lui raconter, et dès qu'elle sera au courant, elle recommencera à jeter leur argent par les fenêtres.

Thomas Latimer finit par s'en remettre aux arguments de sa fille.

Cette dernière, en partie révulsée à la pensée que Grace avait détruit sa relation avec Jack Thurlow, espaça de plus en plus ses visites à la future maman. Pourtant, songeait-elle, s'il fallait blâmer quelqu'un, c'était Jack, et non pas sa jumelle, qui n'était coupable de rien. En succombant aux attraits de celle-ci, le jeune homme avait révélé à Edda un aspect de sa personnalité qu'elle ne soupçonnait pas : Jack était un faible. Pouah !

Lorsque les premières douleurs de l'enfantement se manifestèrent, au début du mois d'avril 1928, Grace était énorme et en retard sur la date prévue de l'accouchement. Bear, qui avait établi son planning pour être présent à l'arrivée du bébé, se trouvait déjà à Corunda depuis plusieurs jours.

La maternité comptant alors plusieurs lits disponibles, le Dr Ned Mason y avait fait admettre Grace avant même les premières contractions. Ce fut pour la jeune femme comme un aiguillon : à peine avait-elle défait sa petite valise avant de s'asseoir sur le lit pour éprouver la qualité du matelas qu'elle perdit les eaux. Elle en fut mortifiée, quoique l'infirmière de service eût tout fait pour la mettre à l'aise. On se hâta de nettoyer les souillures, on fit enfiler à la parturiente une jolie chemise de nuit, après quoi on la confia aux bons soins d'une adorable infirmière du West End qui l'aida à déambuler dans la chambre.

— Mais je ne veux pas marcher ! protesta Grace en voyant paraître Edda. Je veux me coucher ! Pourquoi ne veulent-ils pas que je m'allonge ?

— Le Dr Mason pense que tu en as pour longtemps avant d'être délivrée. Ton lit, tu vas y passer des heures, crois-moi. Alors pendant que tu en es encore capable, marche !

Bientôt, Tufts et Kitty se présentèrent à leur tour pour embrasser leur demi-sœur en lui exposant elles aussi les vertus de la marche, car la future maman refusait catégoriquement de croire en ses bienfaits. Edda finit par lâcher un soupir à fendre l'âme.

— Voyons, Grace, tu as été infirmière, toi aussi, fit remarquer Kitty.

— Peut-être bien, mais on ne m'a jamais affectée au service d'obstétrique ! Oh là là !… qu'est-ce que ça fait mal !

— Évidemment, la rabroua Tufts en lui plaquant les mains dans le dos pour la contraindre à marcher devant elle. Tu as suivi des cours d'anatomie et de physiologie. Ne me dis pas que tu as oublié les explications du Dr Finucan : le bassin doit s'ouvrir considérablement pour permettre au bébé de passer. Voilà pourquoi c'est si douloureux. Tu vas en baver pendant une journée, ma chérie, mais souviens-toi qu'au terme de cette journée-là t'attend un véritable miracle.

— Ce sera un garçon, haleta Grace quelques heures plus tard en s'adressant à Kitty.

— Pourquoi veux-tu à tout prix un garçon ? demanda sa demi-sœur en lui épongeant le front.

— Tous les hommes ont envie d'avoir un garçon. Quand c'est une fille, ils sont déçus.

— Si je comprends bien, le désir de l'épouse ne compte pas ? C'est pourtant à elle que revient l'essentiel de la tâche.

— Quel individu sain d'esprit rêverait d'avoir une fille ? demanda Grace sur un ton de mépris. Si Edda avait été un garçon, papa se serait saigné aux quatre veines pour qu'elle puisse entreprendre des études de médecine. Mais c'est une fille, alors…

— Le fait est que nous n'avons aucun moyen de choisir le sexe d'un bébé, ma chérie. Garçon ou fille, ce sera ton enfant. Tiens, bois un peu d'eau. Tu as besoin de t'hydrater.

Bear, qui avait conduit son épouse à l'hôpital, fut autorisé à la voir brièvement une fois qu'on l'eut préparée pour l'accouchement – elle souffrait, elle pleurait. Après quoi on l'exila dans la salle d'attente, où il se mit à faire les cent pas en fumant cigarette sur cigarette ; il s'efforçait de penser à autre chose qu'au sort de son épouse et de son enfant. S'il avait eu un peu de compagnie, l'attente se serait révélée moins pénible, mais le bébé de Grace avait choisi de voir le jour bien après les nombreuses naissances de septembre – autant de bambins conçus au moment des fêtes de fin d'année, où l'on buvait trop en prenant trop peu de précautions. Bear se trouva donc condamné à patienter en solitaire, distrait, de loin en loin, par la visite en coup de vent de Thomas Latimer ou des sœurs de sa femme.

Vingt-sept heures après le début du travail, le jeune homme apprit qu'il était désormais l'heureux papa d'un garçonnet de quatre kilos et demi en parfaite santé.

Grace était épuisée, mais pour le reste, elle se portait bien – quelques points de suture au niveau du périnée, rien de plus. Un garçon ! Un garçon aux cheveux de neige, aux cils et aux sourcils pareillement clairs. Un grand et robuste garçon.

— Eh bien, dis-moi, lança tatie Tufts à sa demi-sœur en tenant le nouveau-né dans ses bras, tu viens d'abattre un travail énorme. Qu'est-ce qu'il est mignon ! Comment allez-vous l'appeler, Bear ?

— Brian, répondit le jeune homme avec un tel empressement que Grace n'eut pas le temps de donner son avis.

— Brian ? répéta-t-elle. Je trouve ça bien, mais tu ne m'en avais jamais parlé.

— C'était le prénom de mon frère préféré. Il est mort au cours d'une rixe dans un bar.

Bien que tatie Tufts jugeât macabre cette idée d'affubler le nourrisson du nom d'un disparu, elle ne souffla mot. Elle le confia à Bear avec un large sourire :

— C'est un joli prénom, très masculin, et qui n'exposera le petit à aucun quolibet dans la cour de l'école.

— Exactement, répondit le jeune homme en posant sur sa progéniture un regard empreint de déférence et d'humilité. Grace ne proposait que des trucs farfelus mais moi, je ne tiens pas à ce que mon fils se promène avec un prénom de chochotte. Brian Olsen, c'est parfait.

— Oh Bear! glapit son épouse sur un ton de reproche. Je voulais quelque chose de chevaleresque. Sir Maximilien Olsen, par exemple!

— Maximilien, c'est efféminé, décréta Edda, qui venait de pénétrer dans la chambre. Brian? Épatant! Dieu merci, un membre au moins de la famille Olsen possède un brin de jugeote.

Le grand-père de l'héritier exulta en apprenant la bonne nouvelle – le pasteur avait entre-temps trouvé la solution pour venir en aide à Grace sans regarnir son portefeuille: il engagea une femme de ménage, qu'il chargea d'entretenir la maison de Trelawney Way une fois par semaine. Elle s'y rendait aussi tous les deux jours pour laver les couches souillées, qui ne cessaient de s'amonceler. Grace, elle, se contentait de les débarrasser de leurs excrétions solides avant de les jeter dans un chaudron de cuivre. La femme de ménage les faisait ensuite bouillir, les rinçait, puis les suspendait aux fils à linge, qui désormais s'entrecroisaient au-dessus du jardin, véritable jungle de tissu dont les feuilles battaient au vent.

Bear n'avait pas grande envie de reprendre la route. D'abord parce qu'il adorait son fils, et puis, surtout, parce qu'il s'inquiétait du sort de Grace: en dépit de l'aide qu'elle recevait, elle n'assumait pas sa maternité. Par exemple, quand elle s'avisa qu'elle produisait tellement de lait que celui-ci continuait à sourdre en dehors des tétées, elle en conçut un tel dégoût qu'une semaine après la naissance de Brian elle décida de le mettre au biberon – elle jugeait ce sevrage imposé à son fils moins pénible que les fuites inopinées dont elle avait été victime. Le Dr Mason se fâcha tout rouge, l'infirmière du district en fit autant, mais la jeune femme demeura sourde à leurs récriminations. Elle détestait également changer les couches de son bébé, en sorte qu'elle le faisait moins souvent qu'elle ne l'aurait dû. Résultat: le petit Brian souffrit d'un érythème fessier qui contraignit ses trois tantes à rudoyer Grace dans l'espoir qu'elle finirait par s'occuper mieux de son rejeton. Finalement, cette dernière obtint ce qu'elle désirait : le pasteur embaucha une nourrice à plein temps.

— Elle est tellement rouée, déclara Edda à ses sœurs, la voix vibrante de colère – Brian avait alors trois mois –, qu'elle a réussi à s'épargner le plus gros des corvées. C'est une honte ! Dire que, du matin au soir, une bonne se trouve à son service, uniquement pour s'assurer que son fils est propre et assez au sec pour que ses petites fesses ne finissent pas couvertes de plaies ! Je suis folle de rage !

— Je comprends mieux pourquoi elle détestait s'occuper des malades, commenta Kitty, les larmes aux yeux.

— Ce que prouve le comportement de Grace, déclara Tufts avec fermeté, c'est qu'elle ne supporte pas de se salir. C'était déjà le cas quand elle était infirmière. Et si elle ne négligeait pas ses patients comme elle néglige aujourd'hui Brian, c'est uniquement parce qu'elle craignait les réprimandes de ses supérieures.

— À sa décharge, n'oublions pas qu'elle est incapable de s'organiser. Or, avec maman d'un côté et ses trois sœurs de l'autre, elle n'a jamais eu à produire le moindre effort en la matière. Résultat : maintenant qu'elle est censée tenir seule sa maison tout en s'occupant de Brian, elle se sent dépassée. Papa l'a tirée d'affaire en engageant une nourrice, mais il a eu tort : qu'adviendra-t-il plus tard, une fois qu'elle n'aura plus auprès d'elle un père et trois sœurs pour voler à son secours ?

— Ce sera un désastre, railla Edda.

— Tu es trop pessimiste, objecta Tufts. Il y aura toujours quelqu'un pour prendre Grace sous son aile.

— Et pourquoi donc ? s'enquit Edda.

— Parce qu'elle représente tout ce dont un homme peut rêver chez une femme, répondit sa demi-sœur sur un ton de mépris : une créature inapte à exister sans l'appui d'un de ces messieurs. Allons, Edda, tu sais parfaitement ce que je veux dire! Grace a le don de se changer en espèce de bien immobilier que seul un être supérieur – autrement dit : un homme – se révèle en mesure d'administrer. Tout ce qu'elle fait contribue à prouver aux garçons qu'elle est trop maladroite pour s'occuper d'elle. Et ils adorent ça! Certains d'entre eux, en tout cas. Les types du genre de Bear.

— Eh bien, j'aime mieux être à ma place qu'à celle de Bear! clama Edda, la mine farouche. Elle mènerait une existence tellement plus agréable si elle s'organisait un peu. Comment est-il possible qu'elle ne s'en rende pas compte? Personne n'aime laver les couches souillées de son bébé, mais puisqu'il faut le faire… fais-le, bon Dieu! Elle a acheté des meubles hors de prix, tout ça pour que sa maison empeste aussi fort qu'une fosse d'aisances!

— Pourquoi t'emportes-tu à ce point? s'inquiéta Kitty.

— Grace est de nouveau enceinte. Les deux petits n'auront que quatorze mois d'écart.

L'œil bleu lavande croisa l'œil d'ambre : Tufts et sa sœur échangèrent un regard de muette commisération. Edda, bien sûr, souffrait plus qu'elles : elle était la jumelle de Grace. Et, comble d'infortune, elle se montrait aussi méthodique que sa sœur était brouillonne. Les défauts de cette dernière, Edda ne les admettait pas.

Et si Tufts et Kitty avaient connu le rôle exact de Jack Thurlow dans l'histoire, elles auraient d'autant mieux saisi la profondeur du désarroi de leur demi-sœur.

III

Le nouveau directeur

En avril 1929, les trois jeunes femmes achevèrent leurs études. À Edda Latimer, Heather Scobie-Latimer et Katherine Treadby-Latimer, on délivra un certificat d'infirmière débutante. Si Edda avait reçu de nombreuses distinctions au terme de son cursus, ses sœurs n'avaient pas démérité non plus, et elles obtinrent leur diplôme avec mention.

Toutes trois connaissaient alors l'hôpital de Corunda comme leur poche, et il n'était pas un service où elles n'eussent été affectées un jour ou l'autre. L'asile psychiatrique représentait à leurs yeux un cauchemar qu'elles préféraient repousser loin d'elles, avant tout parce qu'il n'y avait rien à faire pour les pauvres créatures qui y végétaient, sinon les enfermer dans une cellule capitonnée ou un dortoir – l'endroit n'était que hurlements et crises de délire, un endroit peuplé de fantômes errant ici ou là, de maniaques à tendances meurtrières.

En 1927 et 1928, l'hôpital de Corunda n'accueillit pas d'élèves infirmières mais, en cette année 1929, huit jeunes femmes, West Enders sans exception, se lancèrent dans l'aventure. C'est que les trois Latimer, emmenées par Edda, avaient déployé mille efforts pour convaincre leurs consœurs du West End qu'elles devaient à tout prix tirer avantage du nouveau système : l'organisation d'antan était morte ! Il importait désormais que les infirmières soient diplômées. Celles qui ne le seraient pas se verraient sous peu ravalées au rang de simples bonnes à tout faire ; on les priverait jusqu'à la dernière goutte des tâches les plus passionnantes, qui constituaient le sel de leur profession. Elles ne se chargeraient plus que de la lessive, elles nettoieraient les souillures, aideraient les patients à s'asseoir dans leur lit, tourneraient sur leur couche les plus atteints, elles serviraient les repas... Rien de plus. Sous l'œil vigilant d'une infirmière diplômée. Lena Corrigan, leader historique des West Enders et, trois ans plus tôt, ennemie jurée d'Edda et ses sœurs, avait été la première à saisir la justesse de leurs propos, au point d'appuyer à présent leur discours auprès de ses amies. Les huit élèves de 1929 valurent à l'établissement de se voir accorder une subvention de la part du ministère de la Santé, grâce à laquelle on construisit des appartements pour un certain nombre d'infirmières. Edda, Tufts et Kitty tenaient leur combat pour le plus important de tous : bientôt, des jeunes filles issues de milieux défavorisés auraient la chance d'embrasser une carrière digne de ce nom, moins épineuse que celle d'institutrice et exempte de la servilité qu'on imposait aux secrétaires. Car les infirmières possédaient un certain pouvoir – quiconque se trouvait, à un moment ou à un autre de son existence, précipité dans l'effroyable gueule de l'hôpital, en ressortait pétri de respect pour ces femmes, pour toutes ces femmes, rugissants dragons ou anges adorables s'en allant flotter de lit en lit. Quiconque avait un jour croisé une infirmière ne l'oubliait plus.

Mais une fois leur diplôme en poche, les trois sœurs Latimer représentèrent, pour la direction de l'hôpital, un indéniable souci : l'établissement avait-il les reins assez solides pour conserver trois employées supplémentaires ? Sept infirmières du West End, parmi les plus expérimentées, avaient certes pris leur retraite, mais le salaire d'une infirmière diplômée excédait de loin celui d'une infirmière «ordinaire». Au début du mois de juin, l'hôpital se trouva par ailleurs jeté en plein chaos : un cataclysme se produisit, auquel personne ne s'attendait.

Le Dr Frank Campbell, directeur de l'établissement, y régnait en maître depuis un quart de siècle et comptait bien passer encore une bonne dizaine d'années à son poste. Mais le jour où les trois sœurs Latimer reçurent leur diplôme par la poste, il succomba à une crise cardiaque, assis à son bureau – auquel d'aucuns pensaient qu'il était littéralement vissé puisqu'on ne le rencontrait jamais ailleurs dans l'enceinte de l'hôpital. Et il est vrai que ce dernier, aux yeux du Dr Campbell, se résumait à son cabinet de travail, en sorte que les catastrophes provoquées par sa légendaire avarice, il ne les voyait tout simplement pas. Avait-il senti la mort venir? Personne ne le sut jamais, puisqu'il se trouvait seul à l'heure de son trépas et qu'aucun système de communication interne n'existait dans l'établissement, qui lui eût peut-être permis d'appeler à l'aide dire que c'était lui qui s'était opposé à l'installation d'un tel réseau, trop onéreux à son goût. Finalement, sa pingrerie lui avait coûté très cher…

Les hôpitaux se trouvaient placés sous l'égide du ministère de la Santé de l'État dans lequel ils se situaient mais, dans les faits, ils s'organisaient, à très peu près, indépendamment de leur ministère de tutelle – cela valait en particulier pour les établissements situés en zone rurale. Le conseil d'administration prenait ses décisions sans en référer à quiconque; il nommait, entre autres et à son gré, les membres du personnel, depuis le salarié le plus modeste jusqu'au dirigeant des lieux, il édictait les règles en vigueur et gérait le budget. L'hôpital de Corunda était prospère – tout l'argent se trouvait placé dans une banque, sous le contrôle du conseil d'administration, fruit d'un siècle de dons et de restrictions impitoyables.

On jugea plus judicieux d'attendre l'arrivée d'un nouveau directeur pour sceller le sort des trois sœurs Latimer. D'ici là, on les autorisa à porter le voile d'organdi amidonné, sans qu'elles se débarrassent pour autant de leur tablier. Edda s'arrangeait pour se tenir au plus près du bloc opératoire – elle travaillait essentiellement au service des urgences ainsi qu'au chevet des patients masculins. Kitty demeura pour sa part dans le service pédiatrique. Tufts oscillait entre la maternité et le service de nuit – dans le second cas, il lui fallait arpenter inlassablement les rampes et les salles communes munie d'une lampe-tempête : jamais, par souci d'économie, Frank Campbell n'avait consenti à acheter des engins à piles ou des batteries !

Un beau jour, Gertrude Newdigate convoqua la jeune femme.

— Je crois que vous pouvez ôter votre tablier, sœur Scobie, lui déclara-t-elle.

— Je préfère le garder, infirmière-chef. Il peut toujours servir. Puisqu'on ne nous a pas encore assigné de poste précis, je peux me trouver contrainte de nettoyer quelque souillure ici ou là.

— Comme vous voudrez, commenta l'infirmière-chef dont le visage lisse et sans relief ne reflétait aucune émotion. Néanmoins, même si votre avenir, ainsi que celui de vos sœurs, demeure pour l'heure en suspens, je puis me permettre, vu la confiance que je place en vous, d'évoquer le vôtre, y compris dans cette période troublée.

— Bien, infirmière-chef.

— Dans dix semaines, huit élèves commenceront à travailler à nos côtés. Il est donc de mon devoir de préparer leur formation professionnelle. Les projets édictés par feu le Dr Campbell me semblent en tout point contestables. À présent qu'il nous a quittés, inutile de vous dire que je me suis empressée de les jeter à la corbeille. Après trois ans passés parmi nous, je suppose que vous devinez sans peine ce qui m'a conduite à agir de la sorte.

— En effet, infirmière-chef. Et je me réjouis de cette initiative.

— Parfait ! – sur quoi Gertrude Newdigate se détendit un peu sur son siège. Le poste d'infirmière tutrice de formation est-il susceptible de vous intéresser ?

182

Tufts prit son courage à deux mains :

— Cela dépend, infirmière-chef.

— De quoi ? s'enquit son interlocutrice sur un ton glacé.

— Du degré de responsabilité attaché à ce poste. Si l'on m'autorise à mettre en place un programme de formation, approuvé bien entendu par le Conseil des infirmières, mais dans lequel je pourrai introduire certaines notions qui me sont chères, alors oui, ce poste m'intéresse. Bien sûr, je me ferai un devoir de vous soumettre mon projet, ainsi qu'au nouveau directeur, avant de le présenter à Sydney. En revanche, je refuserai tout net de n'être qu'un pantin au service d'un programme mis au point par quelqu'un d'autre.

Il y avait de la résolution dans l'œil d'or de Tufts.

— Car voyez-vous, infirmière-chef, enchaîna-t-elle, des idées, j'en ai à revendre.

D'abord, Gertrude Newdigate garda le silence – l'apprêt de son uniforme craquait un peu plus qu'à l'accoutumée, signe qu'elle inspirait et soufflait avec force. Enfin, les mots franchirent la barrière de ses lèvres ; elle s'exprimait d'une voix mesurée, détachée :

— Je pense, sœur Scobie, que si vous ne possédiez pas vos propres vues en la matière, je ne vous offrirais pas ce poste. Étant donné son importance, je pourrais demander qu'on m'envoie une infirmière de Melbourne ou Sydney. Cependant, j'ai jugé préférable de privilégier un membre de notre établissement, à condition, bien sûr, d'en dénicher un qui soit à même d'accomplir au mieux la tâche à laquelle je le destine. Or, vous me paraissez répondre à tous les critères. J'accepte vos conditions.

Tufts se mit debout sans hâte.

— Je vous remercie, infirmière-chef. Euh… Il y a autre chose encore…

— Quoi donc ?

— Dans le cadre de ces attributions, il me faudra m'entretenir souvent en privé avec le Dr Liam Finucan.

À moins, bien entendu, que vous n'ayez prévu de confier les cours à un autre médecin?

— Non, non, le Dr Finucan dispensera son enseignement à nos jeunes recrues, et je ne vois pas d'objection à ce que vous le rencontriez en tête à tête. Il est désormais un célibataire éminemment respectable. Il est votre collègue.

Bien qu'elle n'en laissât rien paraître, Gertrude Newdigate adorait cette jeune femme.

— Très bien, conclut Tufts.

Sur ce, elle quitta la pièce.

* * *

Elle trouva ses deux sœurs dans leur maisonnette, où elles prenaient le thé en compagnie de Lena Corrigan. Si Marjorie Bainbridge, récemment promue responsable du bien-être des infirmières, venait, pour cette raison, de s'installer dans l'un des appartements du bâtiment flambant neuf, personne n'avait seulement songé à faire décamper les Latimer de leur premier logis. Elles en disposaient désormais entièrement, et y jouissaient d'un confort que les pensionnaires de la nouvelle résidence ne connaîtraient jamais – la récompense due aux pionnières, sans doute…

— Je viens de décrocher un emploi, annonça Tufts en acceptant la tasse de thé qu'on lui offrait.

Tous les regards se tournèrent vers elle, mais Kitty fut la plus prompte à dégainer :

— Lequel?

— Infirmière tutrice de formation. Avec le grade d'infirmière-chef adjointe.

— Nom d'une pipe en bois! lâcha Lena dans un hoquet. Mais c'est sensationnel, Tufts! Épatant!

Au milieu des embrassades et des félicitations, la jeune femme rapporta le contenu de son entretien avec Gertrude

Newdigate. Edda souriait sans mot dire. La réussite sociale d'une femme revêtait à ses yeux une importance capitale.

— Lena, intervint Tufts, je sais que les biscuits qu'on confectionne au presbytère sont bien meilleurs que les petits gâteaux de l'hôpital, mais ne me dis pas que tu ne prends le thé avec nous que pour en grignoter quelques-uns ou voir de quelle couleur est le rouge à lèvres d'Edda aujourd'hui. Tu as des nouvelles à nous annoncer toi aussi, non ?

— Dans le mille, comme d'habitude, mademoiselle Myrna Loy – c'est la star à laquelle tous nos patients ont décrété que tu ressemblais. Kitty, elle, c'est Marion Davies. Mais pour toi, Edda, ils hésitent encore…

— Alors, ces nouvelles, ça vient ? s'impatienta Tufts.

— D'accord, d'accord, je me rends : moi aussi, je me suis retrouvée dans le bureau de Gertrude Newdigate. Et, moi aussi, j'ai obtenu une promotion. Au bout de presque vingt ans passés ici en qualité d'aide-soignante…

— J'espère que Frank Campbell est en train de rôtir en enfer, gronda Kitty.

— … l'infirmière-chef m'a permis, à l'ancienneté m'a-t-elle dit, de devenir l'une d'entre vous à part entière. Je suis maintenant sœur Corrigan, et libre de choisir le service qui m'est le plus cher. Le service psychiatrique, en l'occurrence.

L'allégresse était à son comble : une victoire supplémentaire pour les femmes, et ô combien méritée, celle-là. Cependant, les clameurs eurent tôt fait de retomber.

— Lena, commença Edda, dont l'angoisse avait assombri le regard. Je sais combien tu aimes travailler dans le service psychiatrique, mais maintenant que tu es montée en grade, et avec l'expérience dont du disposes, tu pourrais opter pour d'autres types de patients. Es-tu sûre qu'en passant toutes tes journées là-bas tu ne risques pas, à la longue, de t'en rendre malade ? On ne peut pas venir en aide aux internés, et les psychiatres eux-mêmes ne servent à rien. Ils se contentent d'observer et de répertorier les diverses sortes de démence. Le métier d'infirmière psychiatrique est dangereux. Physiquement et mentalement!

Lena Corrigan, qui pouvait avoir environ trente-cinq ans, était mince et pourvue d'une tignasse frisée d'un roux sombre – la couleur de ses yeux, à peu de chose près. Veuve sans enfant, elle avait eu pour époux un homme qui lui préférait de loin la bouteille. Les Latimer n'en savaient guère plus à son sujet.

— Ne te mine pas, Edda, repartit Lena sur un ton rassurant. Je connais bien les pièges de ce boulot. Mais les dingues me fascinent, c'est tout ce qui compte pour moi, et maintenant que Frank Campbell a cassé sa pipe, il y a une petite chance pour que l'asile se voie attribuer un vrai psychiatre et des traitements décents. Mon travail ne sera pas toujours une cause perdue. Je sais bien qu'il attire aussi des hommes et des femmes encore plus siphonnés que les patients, mais pourquoi la situation ne finirait-elle pas par évoluer? Si je ne peux rien faire de plus, je suis au moins décidée à prendre des notes détaillées sur chaque malade. Un jour viendra où ces observations quotidiennes serviront à quelqu'un, où on leur accordera de l'importance. Moi, je ne suis presque rien, je suis au ras des pâquerettes, et ce que je sais de mon métier, je l'ai grappillé petit à petit, ici et là. Je vous remercie de m'avoir donné un coup de main, surtout Tufts et Edda.

— Toutes mes félicitations, lui lança Kitty. Et puis, enfin, tu vas toucher un salaire correspondant à ta valeur.

La jeune femme eut un brusque sursaut.

— Oh! J'ai failli oublier: maman m'a rapporté un potin, hier.

— À quel propos? demanda Edda d'une voix pleine d'ennui.

— À propos de notre nouveau directeur.

— Bon sang, mais c'est bien sûr! s'exclama Tufts. Papa fait partie du conseil d'administration de l'hôpital!

— Qui? Quoi? Où? Quand? Pourquoi? Et comment? mitrailla Lena.

— J'aurais parié que vous alliez être tout ouïe! gloussa Kitty. Non, Edda, il ne s'agit pas de Jack Thurlow.

— Grouille-toi un peu : qui?

— Maude m'a annoncé qu'il portait un nom célèbre à Corunda, et ce n'est pas un Treadby. Il s'appelle Charles Henry Burdum, médecin de son état. Il a trente-trois ans et, avant d'accepter ce poste, il administrait tout un pan de la Royal Infirmary de Manchester.

— Foutaises! glapit Edda en fronçant les sourcils. C'est du vent, Kitty. «Tout un pan de la Royal Infirmary de Manchester»? Tu m'en diras tant! Ainsi, il aurait compté parmi la demi-douzaine d'adjoints au directeur de l'un des plus prestigieux hôpitaux d'Europe? Laisse-moi rire. Directeur des urinaux et des plats bassins, plutôt!

— Maman m'a affirmé que c'était un homme «haut placé». Déduis-en ce qui te chante.

— Tais-toi donc, Edda, s'agaça Lena en agitant les mains. Moi, je veux savoir de quel genre de Burdum il s'agit. Un Burdum de Corunda ou un homonyme du Vieux Continent? Il me semblait que Tom Burdum n'avait pas d'héritier, à l'exception de Jack Thurlow, le bon Samaritain de Grace et le compagnon de selle d'Edda.

Elle insista lourdement sur l'expression «de selle».

Étant parvenue, selon ses vœux, à captiver l'ensemble de son auditoire, Kitty consentit enfin à livrer toute l'histoire :

— Croyez-le ou non, mais il s'agit du fils du fils du vieux Tom. Toute la ville de Corunda est au courant de la terrible querelle qui s'est produite entre Henry et Tom il y a soixante ans, à la suite de quoi Henry a quitté la Nouvelle-Galles du Sud. Puis il est parti pour l'Angleterre, sans plus jamais donner la moindre nouvelle au vieux Tom. Voilà une vingtaine d'années, on a annoncé à ce dernier que son fils avait trouvé la mort dans une collision ferroviaire survenue en Écosse – la catastrophe a fait plusieurs dizaines de victimes, je crois. La lettre officielle indiquait qu'Henry était célibataire et sans enfant.

— Et tout le monde sait ici que c'est à cause de ça que le vieux Tom en veut au monde entier, intervint Lena. Ça et la défection de Jack Thurlow.

— Eh bien, reprit Kitty, la mine triomphante, les rédacteurs de cette lettre venue d'Écosse se sont trompés! Peu après son arrivée en Angleterre, Henry a épousé une riche veuve, ce qui lui a permis de se passer de la fortune de son propre père. Il a ensuite fondé, avec beaucoup de succès, une compagnie d'assurances, tandis que la famille de sa femme engrangeait des millions grâce aux filatures textiles. Il y a trente-trois ans, l'épouse d'Henry a mis au monde un fils, Charles. Hélas, la mère est morte durant l'accouchement. Henry a failli sombrer dans la folie à force de chagrin, en sorte que c'est à la famille de sa femme qu'on a confié l'éducation du petit Charles.

— Mais enfin, rétorqua Edda, l'administration n'a tout de même pas pu annoncer à tort la mort d'Henry au vieux Tom? C'est grotesque.

— D'après ce que j'ai compris, une pagaille épouvantable régnait sur les lieux de la catastrophe ferroviaire et, si les autorités ont bel et bien trouvé ses papiers d'identité sur le cadavre d'Henry, il n'y avait sur lui nulle trace de l'existence d'une épouse ou d'un fils. Et puisque le défunt n'entretenait plus aucune relation avec la famille de sa femme, personne, parmi les membres de cette dernière, n'a jamais songé qu'il pouvait se trouver à bord du train accidenté. Avant la majorité du petit Charles, il n'a jamais été fait mention du nom de Burdum. Au bout d'un moment, l'administration a supposé que le vieux Tom de Corunda était le parent le plus proche du défunt. C'est pour ça qu'il a reçu cette lettre. Pendant ce temps-là, le fils d'Henry grandissait dans le Lancashire. Il a fréquenté Eton et le Balliol College d'Oxford, avant d'entamer des études de médecine au Guy's Hospital.

Kitty plissa les yeux avec malice.

— Il s'avère que maman connaissait déjà toute l'histoire : elle avait effectué des recherches approfondies sur le Dr Charles Burdum la première fois qu'elle avait entendu parler de lui, il y a quelques années.

— Balivernes ! s'écria Tufts. Si c'était le cas, elle se serait empressée de tout raconter à tout le monde.

— Non. Elle a décidé de garder jalousement le secret. Et devinez un peu pourquoi ?

— Facile, jeta Edda avec condescendance. Parce que Maude avait décrété pour elle-même que ce riche médecin deviendrait un jour ton mari, Kitty.

— S'il existait un prix pour récompenser l'instinct le plus sûr, confirma cette dernière avec un soupir, c'est à toi qu'on le décernerait, Edda. Tu as parfaitement raison.

Son visage s'éclaira.

— En attendant, nous avons du temps devant nous. Les câbles circulent peut-être à la vitesse de l'éclair, mais il faut toujours six semaines pour effectuer la traversée entre Southampton et la côte orientale de l'Australie. Sans compter que le conseil d'administration s'apprête à proposer le poste à un Rosbif – ça risque de faire grincer quelques dents, tout Burdum qu'il soit.

Grace réagit de la même façon lorsque sa jumelle lui rendit visite le lendemain ; Edda tenait le standard du bloc opératoire, où il ne se passait alors pas grand-chose, et le quartier des Trelawneys se trouvant sur le même circuit téléphonique fermé que l'hôpital, la jeune femme pouvait se permettre d'aller voir sa sœur. La jeune maman se sentait terriblement seule.

La part d'Edda qui adorait sa jumelle se réjouissait sans mélange de voir fleurir si joliment son union avec Bear ; ils coulaient ensemble des jours heureux, se navraient chaque fois qu'ils devaient se séparer et chérissaient d'un même cœur Brian et John, leurs deux fils. Le premier avait vu le jour le 2 avril 1928, son frère quatorze mois plus tard, le 31 mai 1929. Certes, ils n'étaient pas jumeaux, mais leur infime différence d'âge permettait de penser que s'épanouirait entre eux un lien d'affection à nul autre pareil. Brian, dont les cheveux étaient ceux de son père, avait parlé et marché tôt. Il vouait une indéniable passion à John, maintenant âgé de deux mois – le même blondinet que son aîné, et pareillement effronté semblait-il. Bien sûr, d'aucuns décrétaient qu'à s'entendre aussi bien dans leur enfance les deux garçons se détesteraient à l'âge adulte; on ne pouvait empêcher les mauvaises langues de causer…

Corunda avait remplacé Pauline Duncan, l'infirmière du district, par un véritable dragon: sœur Monica Herd, qui visitait les invalides confinés dans leur logis aussi bien que les jeunes mères. Originaire de Sydney et ravie d'avaler les kilomètres pour s'en venir réconforter les malades, sœur Herd représentait tout ce dont Grace avait besoin: elle la terrorisait, en sorte que l'épouse de Bear lavait les couches de son bébé à mesure qu'il les souillait, sans plus laisser la situation se détériorer comme cela avait été le cas avec Brian. L'infirmière insistait sur un autre point: un enfant, estimait-elle, se devait d'être propre à neuf mois. Grace se démenait donc de son mieux pour obtenir de John qu'il troquât au plus vite la couche contre le pot: elle y gagnerait en liberté, et puis, rien à faire, les visites de sœur Herd l'épouvantaient: cette femme vous cinglait de ses paroles, pareilles à la lanière d'un fouet trempé dans l'acide!

— Bear s'apprête à recevoir une augmentation, annonça Grace à Edda tandis que les deux sœurs prenaient le thé, accompagné de petits biscuits, de confiture et de crème fouettée. J'ai vraiment une chance folle! Mes garçons sont très en avance sur leur âge, je vis dans une belle maison et j'ai un bon mari qui, pour couronner le tout, ne boit pas – j'en connais tellement qui sont alcooliques! Tout l'argent du ménage passe dans la bière.

Edda approuva distraitement d'un signe de tête – combien de fois, déjà, sa jumelle lui avait-elle tenu ce discours?... En revanche, elle ne se lassait jamais de voir ses neveux. Pourvu, songeait-elle, qu'au moins l'un des deux ait hérité d'elle, afin d'introduire un peu de gravité dans toute cette insouciance et cette intolérable suavité. Car si Bear et Grace nageaient dans le bonheur, qu'adviendrait-il le jour où ils auraient un pépin? Edda se réjouissait presque à l'idée de les voir patauger quelque temps dans de petits soucis sans réelle gravité. Cette Edda-là n'aimait pas sa sœur sans réticences. Elle l'aimait, oui, mais Grace était tellement sotte... Et que dire de l'immense faiblesse de Bear à son égard? Quel imbécile il faisait aussi, celui-là...

Il lui avait confié, presque d'homme à homme, que son épouse et lui étaient probablement de ceux qui conçoivent un enfant chaque fois qu'ils... enfin, chaque fois que... chaque fois qu'ils «le» font.

— Du coup, avait-il enchaîné, nous n'allons plus le faire jusqu'à ce que nous ayons les moyens financiers d'accueillir un autre bébé, et surtout jusqu'à ce que Grace se soit suffisamment reposée. Nous ferons abstinence jusqu'à ce que John ait environ deux ans.

— As-tu évoqué le sujet avec Grace?

— Ça lui va. Oh, elle m'aime, et puis elle aime... ça. Mais quelques minutes de plaisir pour deux années de pagaille et de bouleversements en tout genre, c'est cher payé. Elle a horreur du désordre.

— Un désordre dont elle est à peu près la seule responsable, répliqua Edda avec aigreur. Mais c'est à toi de décider ce qui vous convient le mieux.

Mais même si le couple avait opté pour la continence, l'anarchie n'en régnait pas moins dans la maison: Grace ne savait toujours pas où donner de la tête.

— Que veux-tu faire quand tu seras grand, Brian? demanda Edda – le garçonnet s'était juché sur ses genoux.

— Conducteur de trains, répondit-il avec solennité tout en grignotant un biscuit trempé dans la confiture et la crème. Des grosses locomotives.

Sa tante éclata de rire.

— Je me demande bien pourquoi cela ne me surprend pas!

— Chaque fois que Bear est à la maison, nous emmenons les enfants sur les voies de triage.

Grace s'interrompit, avant de couler un regard oblique et rusé en direction de sa jumelle.

— Vous en êtes où, Jack et toi?

— Comment ça?

Edda n'avait aucune intention de lui faciliter la tâche.

— Eh bien, vous êtes en couple, il me semble. Et ça dure depuis des années. Mais vous n'avez jamais vraiment franchi le pas, je me trompe?

— Je n'ai pas envie de… de franchir le pas, comme tu dis. Je ne désire pas me marier ni avoir d'enfants.

— Tu devrais, pourtant! s'emporta sa jumelle avec irritation. Tu ne vois donc pas à quel point tu me places dans une situation difficile?

Une étrange lueur brillait toujours dans les yeux d'Edda mais, cette fois, il s'y mêla, lorsqu'elle les planta dans ceux de Grace, une nuance de menace.

— Et comment t'ai-je placée dans une situation difficile, ma chérie? lâcha-t-elle d'une voix doucereuse.

Sa sœur frissonna, mais elle connaissait suffisamment Edda pour tenir bon et tirer jusqu'au bout la salve qu'elle avait prévu de tirer.

— Des rumeurs circulent sur Jack Thurlow et moi, expliqua-t-elle, et cela me déplaît. Il ne se passe rien entre nous parce qu'il est ton ami, pas le mien. Maintenant, les gens racontent que j'ai inventé de toutes pièces cette histoire entre Jack et toi pour cacher notre liaison. Ils prétendent que je trompe mon époux avec lui!

Après avoir piqué un baiser sur la joue de Brian, Edda le fit descendre de ses genoux et se leva en hâte.

— Écoute-moi bien, Grace, cracha-t-elle. Si tu t'imagines que je vais me marier avec Jack dans le seul but de te rendre l'existence plus agréable, tu te mets le doigt dans l'œil jusqu'à l'épaule! Essaie plutôt de te prendre en charge, pour une fois, et de cette façon, tu n'auras plus besoin de Jack!

Au coin de Trelawney Way et de Wallace Street, une Edda furibonde s'engagea sur la chaussée sans se soucier du hurlement de freins à quelques mètres d'elle.

— Bon sang, j'ai failli te rouler dessus! s'exclama Jack Thurlow, pâle comme un linge. Monte.

— Tu vas chez Grace? demanda la jeune femme, étonnamment calme en dépit de l'incident.

— J'y allais, mais je préfère rester avec toi. À moins que tu n'aies du travail?

— Il faut seulement que je me tienne à côté d'un téléphone. Que dirais-tu de venir chez moi?

Edda s'interrompit et se mit à rire.

— Dire qu'il y a trois ans, quand nous avons entamé nos études, l'infirmière-chef nous avait formellement interdit toute compagnie masculine! Maintenant que nous avons obtenu notre diplôme, elle ne peut plus fourrer le nez dans notre vie privée.

Ils étaient amants depuis un an. Edda s'en trouvait satisfaite – avant de pécher pour la première fois, elle avait effectué de nombreuses recherches afin de déterminer, suivant des sources polynésiennes, indiennes et chinoises, les périodes «sans risque» durant lesquelles elle s'adonnait au sexe – jamais elle ne dérogeait à la règle établie. Par bonheur, son cycle menstruel ne souffrait jamais la moindre perturbation, en sorte que la fenêtre «sans risque» était aisée à identifier d'un mois sur l'autre. Elle avalait en outre, pour plus d'assurance, avant chaque rapport une dose de tartrate d'ergotamine censé déloger au plus vite un éventuel fœtus.

— Je suis aux anges, déclara-t-elle à son compagnon en mettant la bouilloire à chauffer.

— Pour quelle raison ? s'enquit-il en lui décochant l'un de ses délicieux sourires.

— Parce que nous avons si bien brouillé les pistes, toi et moi, que toute la ville est persuadée que tu couches avec Grace.

— C'est pas vrai…

Le jeune homme se redressa sur sa chaise, le dos soudain raidi. De la colère se peignit sur ses traits.

— J'aurais dû m'en douter ! Grace ? Mais voyons. Grace, j'ai décidé de lui rendre service. Il n'entre là-dedans aucune notion de plaisir !

Edda s'assit à côté de lui après avoir fini de préparer le thé.

— Ce que je n'ai jamais compris, observa-t-elle en remplissant les tasses, c'est pourquoi tu t'es fait un devoir de prendre soin de Grace. Vous n'êtes pas de la même famille.

— C'est une chose impossible à expliquer à quelqu'un d'aussi efficace et d'aussi discipliné que toi, Edda, répondit Jack, manifestement embarrassé. Grace fait partie de ces gens qui sont incapables de…

— Inutile de poursuivre, l'interrompit la jeune femme sur un ton amer, je sais ce que tu vas me dire. À ceci près que, quand nous vivions encore au presbytère, avant d'entamer nos études d'infirmière, Grace était une fille tout ce qu'il y a de plus organisée. Elle savait toujours avec précision ce qu'elle voulait et comment l'obtenir. Même papa s'en était aperçu, et Maude en est restée le bec dans l'eau plus d'une fois. Sous ses airs éthérés se cache une Grace méthodique et déterminée, tu peux me croire. Simplement, elle a compris qu'en jouant les pauvres créatures

194

sans défense elle arrivait à ses fins mieux que par tout autre biais. Alors elle a fait une croix sur la Grace qu'elle était au temps du presbytère. Mais cette part de sa personnalité existe toujours.

Edda haussa les épaules.

— Elle a réussi à t'embobiner jusqu'à ce que tu te sentes investi d'une véritable mission. En réalité, tu ne lui dois strictement rien. Tu t'échines pour elle, mais jamais elle ne récompense tes efforts. En d'autres termes, tu lui fais l'aumône. Je te souhaite bonne continuation.

— Tu as raison, je joue avec elle les âmes charitables. Mais je refuse de laisser les habitants de cette ville la salir de cette façon.

— J'aurais bien une solution, mais je suis de parti pris dans cette affaire.

— Vas-y.

— D'abord, nous devons nous montrer moins discrets, toi et moi. Une fois que nos concitoyens auront compris que tu couches avec moi, ils réviseront leurs théories sur ta liaison hypothétique avec Grace. Je sais bien que nous allons provoquer un scandale, mais qu'importe. Nous n'entretenons qu'une relation charnelle, il n'est pas question d'amour entre nous, que des ragots risqueraient de souiller.

— Nous nous rendrons donc coupables, aux yeux de tous, d'un comportement scandaleux mais pur, commenta Jack, l'œil rieur. Un comportement pur, qui ne se change en scandale que sous les regards ardents de l'humanité qui juge.

— Tu sais, Jack, je te soupçonne quelquefois d'avoir été un brillant élève, en dépit de tes déclarations. Au fait, il va falloir que je donne ton nom et ton numéro de téléphone au standard de l'hôpital.

Le jeune homme, cette fois, partit d'un grand éclat de rire.

— De quoi déclarer officiellement ouverte la foire aux potins !

Jack ferait un amant idéal, avait songé Edda à dix-sept ans, et pourtant elle avait attendu la fin de l'année 1928 pour vérifier son hypothèse. Et si elle ne possédait aucun point de comparaison, le fait est que le jeune homme savait la satisfaire.

Tout s'était passé très vite, sans la moindre préméditation, en plein jour, au bord de la rivière – où quiconque aurait pu les surprendre! Mais personne n'avait eu à cette heure l'idée de venir se promener sur la rive.

Ils se tenaient assis l'un contre l'autre dans l'herbe. Ils avaient attaché leurs chevaux au tronc d'un arbre. Soudain, Jack s'était penché pour effleurer les lèvres d'Edda. Sitôt qu'elle fut revenue de sa surprise, elle lui rendit son baiser avec passion. Leur étreinte s'intensifia. Un désir dont elle n'avait encore jamais fait l'expérience lui commanda d'ôter en hâte la chemise de son compagnon, tandis que ce dernier s'empressait de la débarrasser de son chemisier. Nulle protestation, nul prétexte, nul paravent. Pas l'ombre d'une hésitation. Edda jugea sans pareil le contact du corps de Jack contre le sien – rien à voir avec les adolescents empotés dont elle avait autrefois supporté les tâtonnements maladroits. Rien à voir. Elle se rappela plutôt le fouet du serpent qu'elle avait occis un jour de fête au presbytère. Bien sûr, elle n'ignorait pas que la métaphore reptilienne était alors très en vogue dans l'univers de la psychiatrie, mais cela n'amoindrit pas la puissance colossale du plaisir qui s'emparait d'elle ni la délectation forcenée qu'elle éprouvait à sentir contre sa peau les muscles de son partenaire.

La chance, de nouveau, fut de son côté: aucune grossesse ne s'ensuivit, car l'élan impromptu de Jack était survenu durant l'une de ses périodes «sans risque». Après ces premiers ébats, qui semblaient ne plus vouloir finir, le jeune homme s'allongea, si épuisé qu'il subit sans broncher le long discours de sa compagne qui, galvanisée par ce qui venait de se passer, lui exposa ses théories sur le contrôle des naissances, organisa d'avance leurs futures rencontres... Ébahi par l'énergie d'Edda, Jack l'écouta. Et Jack fut d'accord pour ne se livrer à leurs jeux sexuels que durant les périodes «sans risque» de la jeune femme : pas plus qu'elle, il ne désirait d'enfant. Il avait été fort surpris de la découvrir vierge, lui qui l'avait prise au contraire pour une créature des plus expérimentées en la matière – elle donnait le change à merveille. Et puis elle avait déjà vingt-trois ans. Petite cachottière ! En tout cas, elle s'était visiblement préparée pour le grand jour avec beaucoup de sérieux, ce qui faisait d'elle une pucelle des plus étonnantes.

À présent, Jack connaissait suffisamment Edda pour obéir sans regimber aux ordres qu'elle lui donnait : s'il fallait, pour Grace, que leur liaison fût rendue publique, alors elle le serait. C'est Edda qui en pâtirait le plus – mais elle savait quelles forces elle s'apprêtait à déchaîner. La réputation de Jack, à l'inverse, y gagnerait. Ainsi aida-t-il sa compagne à révéler à tout Corunda laquelle des deux jumelles il connaissait bibliquement.

Edda, de son côté, rapporta la nouvelle à Grace lors de sa visite suivante à Trelawney Way.

Elle s'attendait à ce que la jeune femme fût ravie – et se réjouît, par la même occasion, de voir sa sœur enfin en couple.

Mais Grace se raidit, une expression rageuse se peignit sur ses traits soudain pincés... Pincés ? Pourquoi ? Le petit être dissimulé derrière ce visage était-il en train de se rabougrir ? Et pourquoi donc cette colère brûlante au fond de ses yeux ?

— Tu... tu es un véritable serpent, cracha la mère de John et Brian.

Edda n'en croyait pas ses oreilles.

— Je te demande pardon ?

— Espèce de garce ! Traîtresse ! Égoïste !

La jeune femme hurlait, hors d'elle :

— Pourquoi fallait-il que tu me voles Jack ? N'y avait-il pas d'autres hommes susceptibles de te convenir à Corunda ?

Edda s'efforçait de conserver son calme.

— La dernière fois que je t'ai vue, tu te lamentais parce que les gens s'imaginaient que Jack Thurlow était ton amant, et tu m'as demandé de t'aider à faire taire la rumeur. Je t'ai obéi. Corunda sait à présent avec qui Jack entretient une liaison, et ce n'est pas de toi qu'il s'agit.

— Garce ! Tu me l'as volé !

— Mais qu'est-ce que tu racontes, pauvre imbécile ? finit par s'emporter Edda, hors de ses gonds. C'est à moi que Jack appartient, pas à toi ! C'est moi qui te l'ai présenté, tu t'en souviens ? Comment pourrais-je te voler ce que tu n'as jamais, jamais possédé ? Tu as un mari. Un adorable mari. Pourquoi te faudrait-il, en plus, profiter de mon amant ?

— Tu n'es qu'une voleuse ! Jack est mon ami ! Mon ami, tu entends ? Mon mari est d'accord, et s'il est d'accord, qui donc peut trouver à y redire ? Laisse Jack tranquille, espèce de vilain serpent !

Brian, debout près des deux femmes, étreignait son petit frère en regardant sa mère et sa tante adorée se disputer sans comprendre. Des larmes mouillaient ses yeux bleu clair. Ni Grace ni Edda ne s'aperçurent seulement de sa présence.

— Je vois, lâcha cette dernière en enfilant une paire de gants rouges.

Sa robe, du même rouge que les gants, qui l'allongeait et lui prenait joliment la taille, rehaussait encore son pouvoir de séduction. Ce jour-là, elle ne portait pas de chapeau – elle avait préféré exposer aux yeux de tous sa chevelure noire aux ondulations superbes –, le bout de ses mèches bouclait, selon la mode alors en vigueur. La tenue de sa sœur avait frappé Grace mieux qu'un coup de marteau. Elle s'était tout à coup sentie mal fagotée, provinciale, malheureuse mère au foyer piégée dans l'ornière de la routine quotidienne.

Edda arborait en outre un sac en cuir verni noir orné de rouge. L'ayant fourré sous son bras, elle tourna les talons de ses escarpins.

— Cette conversation est grotesque, Grace, et je préfère y mettre un terme. Ton problème, ma chère sœur, c'est que tu as deux hommes à tes pieds, dont un sur lequel tu ne possèdes légalement aucun droit. S'ils ne t'avaient pas couru après, tu ne t'en porterais que mieux.

Grace ouvrit la bouche, éclata en sanglots et se mit à hurler. Brian l'imita aussitôt. Edda se hâta en direction de la porte d'entrée.

— Autre chose, ajouta-t-elle en posant la main sur la clenche. La prochaine fois, arrange-toi pour mieux choisir ton public. Personnellement, ces torrents de larmes ne me donnent qu'une envie : te gifler. De toutes mes forces !

Cette fois, elle était dehors. Elle était partie.

Parvenue au portail, elle se mit à trembler, mais on avait, aux fenêtres des maisons voisines, soulevé trop de rideaux pour qu'elle se permît de se donner à son tour en spectacle. Au contraire. Le menton haut levé, elle s'éloigna, souveraine, comme si le quartier entier lui appartenait. C'est alors seulement qu'elle s'avisa que, du Dr Charles Burdum, censé prendre bientôt la direction de l'hôpital, elle n'avait pas dit un mot à sa jumelle.

Tufts fut la seule à supporter sans souffrir les semaines troublées qui s'écoulèrent entre le décès de Frank Campbell et le recrutement du nouveau directeur : elle flottait sur une brume opalescente, sur un nuage de bonheur auquel rien ne l'avait préparée. N'ayant eu à prendre que huit protégées sous son aile, son poste d'infirmière tutrice exigeait d'elle assez peu d'efforts, aussi songea-t-elle qu'elle pourrait, dans un même élan, délivrer son enseignement aux filles du West End, jusqu'à ce que la dernière d'entre elles eût pris sa retraite. Tufts se réjouissait chaque jour que Gertrude Newdigate lui eût laissé carte blanche, car une infirmière tutrice avait le bras long. Ayant remarqué combien le personnel de cuisine et de ménage se souciait peu du but visé par l'établissement, à savoir la guérison des patients, Tufts était, là encore, bien décidée à prendre les choses en main : elle allait apprendre aux filles de salle ce qu'était un microbe et où il fallait chercher pour le débusquer, elle allait enseigner aux cuisiniers et aux cantinières la fierté de servir de bons repas, qui leur vaudraient les compliments de celles et ceux dont ils n'avaient recueilli jusqu'alors que les reproches. Les personnels de cuisine et de ménage se trouvaient placés sous la responsabilité d'une infirmière-chef en âge de prendre sa retraite, une dénommée Anne Harding, relique d'un autre âge comme on en voyait déambuler dans les coins sombres et poussiéreux de toutes les institutions du monde. Il fallait à tout prix secouer le cocotier. Plus de nourriture au rabais. Terminé. Mais comment Tufts allait-elle parvenir à faire entrer les personnels de cuisine et de ménage dans le XXe siècle ?

Quant à son cœur en liesse, elle le devait à la normalisation de ses rapports avec Liam Finucan qui, après seize mois de procédure de divorce durant lesquels il s'était fait le plus discret possible, se voyait enfin débarrassé de son épouse infidèle. Bien que la cour ne l'eût même pas contraint à lui verser une pension alimentaire, il la gratifiait d'une modeste allocation, non par faiblesse mais par esprit de compassion.

— Je suis contente que vous lui donniez un petit quelque chose, commenta Tufts en s'affairant dans le bureau du pathologiste. Oh, Liam, quel capharnaüm ! Vous n'étiez pas aussi désordonné avant.

— C'est qu'on m'avait privé de mon assistante en chef, même s'il ne s'agissait pas de votre titre officiel. J'aurais volontiers tué Gertrude Newdigate de mes propres mains !

— Comment les choses se passent-elles dans le laboratoire? s'enquit Tufts en gloussant.

— Elles se passent très bien. Après votre départ, j'ai amélioré peu à peu les qualités professionnelles de Billy. Puis on a affecté à mon service un second laborantin, Allen, qui a reçu une formation plus poussée.

— Il ne me reste donc plus qu'à ranger votre bureau pour que tout soit parfait.

— En effet, répondit Liam, qui ajouta, l'œil pétillant de malice : je l'ai laissé dans cet état exprès pour vous.

— Trop aimable. Sur ce, en route! Classez-moi tous ces dossiers par ordre alphabétique, voulez-vous, après quoi nous en examinerons le contenu pour vérifier que les étiquettes correspondent bien à ce qui se trouve à l'intérieur. Enfin, nous les rangerons.

— Vous êtes devenue drôlement autoritaire, dites-moi, Heather.

— Tufts. Pas Heather. Bien sûr que j'ai gagné en autorité, puisque j'ai décroché mon diplôme. Nous devons, vous et moi, plancher sur le programme de formation, mais nous ne pourrons rien faire tant que nous n'aurons pas remis de l'ordre dans cette pièce.

Le médecin n'avait pas changé d'un pouce, songea la jeune femme à mesure que le bureau retrouvait figure humaine. Au menuisier de l'hôpital, d'ordinaire désœuvré, on confia soudain une énorme quantité de travail : Tufts lui commanda une série de meubles à tiroirs pour l'ensemble des documents accumulés par Liam. Ravi de cette aubaine, l'artisan, qui appréciait beaucoup le pathologiste, se mua en ébéniste, garnissant le bureau d'un superbe mobilier aux tons d'acajou clair.

— Quand j'en aurai fini avec cette pièce, décréta Tufts avec un enthousiasme débordant, elle sera plus chic que celle du directeur. Cette idée m'enchante. En revanche, vous allez devoir cracher un peu au bassinet pour vous offrir un tapis persan et quelques belles gravures à accrocher aux murs. Je vais faire porter vos livres chez un bon relieur – ils feront bien meilleur effet avec une reliure de cuir et des lettres d'or.

À chaque projet énoncé par la jeune femme, Liam hocha la tête en silence, puis il s'exécuta.

Le médecin et l'infirmière se révélaient de si bons amis, et depuis si longtemps, que le personnel de l'hôpital savait qu'il ne se passait rien d'ambigu entre eux. L'«expérience» menée par Tufts ne fit que confirmer la pureté de leurs rapports. La jeune femme ayant repéré, parmi ses collègues, deux garçons dont les cheveux, comme ceux de Liam, leur tombaient devant les yeux, elle avait acheté pour chacun une brosse Mason Pearson avec laquelle, tous les matins, elle s'était attaquée aux mèches rebelles, si impitoyablement qu'au fil des semaines, puis des mois, la tignasse des deux cobayes avait bel et bien commencé à pousser dans une direction opposée à son implantation naturelle. Au premier jour de chaque mois, l'infirmière tutrice mesurait l'épi naguère récalcitrant. Dans un cahier, elle reportait ces données, assorties de photographies. Lorsque vint l'hiver de 1929, il fut mis un terme à l'«expérience»: les cheveux de ces messieurs ne leur tombaient plus sur les yeux. Tufts les remercia de leur coopération, puis les congédia. Liam, lui, fut contraint de demeurer fidèle à son poste capillaire – et c'était durant les séances de coiffage que l'infirmière abordait avec son ami les questions les plus épineuses de la journée. Pour tout l'hôpital, cet épisode entérina la nature à la fois étrange et platonique du lien qui unissait le docteur et la jeune femme.

D'ailleurs, parmi les ragots qui circulaient dans l'enceinte de l'établissement, s'il fut bien un nom que personne ne prononça jamais, ce fut celui de Tufts Scobie. Sa beauté, conjuguée à ses allures austères de Diane chasseresse, déstabilisait celles et ceux qui la rencontraient pour la première fois, et ils ne tardaient pas à comprendre que son physique à lui seul constituait une part de son mystère.

L'homme qui cernait le mieux la personnalité de l'infirmière n'était autre que Liam Finucan, qui l'aimait de tout son être. Peut-être était-ce sa relative sagesse de quadragénaire qui lui souffla de ne jamais s'ouvrir à elle de ses sentiments, ou bien cela tenait-il à sa personnalité. Quoi qu'il en soit, il l'aimait sans en rien laisser paraître, fût-ce par un bref regard ou quelque geste ténu qui aurait pu le trahir. Liam et Heather étaient les meilleurs amis du monde. Sans la moindre équivoque.

Hiver 1929. Jamais encore on n'avait connu pareille agitation à l'hôpital de Corunda : des câbles s'échangeaient par dizaines, par centaines, entre les membres du conseil d'administration de l'établissement, la Royal Infirmary de Manchester et le Dr Charles Burdum.

En sorte que les sœurs Latimer (y compris Tufts) demeuraient dans ce qu'Edda qualifiait de «limbes», lieu aimable et béni, mais sans Dieu – car le directeur d'un hôpital en était aussi le dieu.

L'avenir demeurait incertain. Le nouveau venu ressemblerait-il à Frank Campbell trait pour trait, ou serait-il son exact opposé ? Il semblait à Edda qu'elle plongeait peu à peu dans l'inconnu – une sensation exacerbée par sa terrible dispute avec sa jumelle, qui lui avait dévoilé une Grace dont elle ignorait tout. Une Grace qui, depuis, refusait catégoriquement de la voir. Dire que ma propre sœur me repousse au prétexte que je suis une traînée ! On aura tout entendu. Elle s'est comportée avec l'outrance et la vulgarité d'une marchande de poisson. Elle m'a clouée au pilori comme elle aurait, en d'autres temps, brûlé une sorcière !

Durant toute sa carrière, Frank Campbell avait fait preuve d'un conservatisme absolu, auquel il n'avait dérogé qu'une fois, contraint et forcé, en accueillant dans son établissement les quatre filles du pasteur. Lorsqu'il avait constaté qu'à ces dernières plusieurs infirmières du

West End avaient emboîté le pas pour tâcher d'obtenir un diplôme, il en avait conçu une vive contrariété : il faudrait bientôt augmenter le budget consacré aux salaires de ces dames. Car si, durant leurs trois années d'études, on les payait une misère, on devait les loger, les nourrir, les former puis, une fois leur examen en poche, leur offrir une rémunération plus élevée que celle des infirmières d'antan. Sans doute le Dr Campbell, à l'instant de mourir, avait-il pris le temps de songer que les huit élèves sur le point d'intégrer son hôpital étaient toutes originaires du West End. C'en était fini pour lui du personnel au rabais. Comment des filles de basse extraction osaient-elles nourrir de telles ambitions ? Des vauriennes et des roulures, voilà ce qu'elles étaient.

Frank Campbell, nommé au poste de directeur bien avant la Grande Guerre, avait méprisé à peu près tous les traitements et techniques mis au point entre-temps ; les seuls qu'il eût daigné introduire dans l'enceinte de son établissement lui avaient été imposés par les deux chirurgiens de l'hôpital, par les trois médecins-chefs, par l'anesthésiste, ou par Ned Mason, l'obstétricien, indéboulonnable cafard aux yeux de son supérieur. Ce dernier s'était bien entendu refusé à embaucher un radiologue, qui aurait dirigé un service de radiologie digne de ce nom, équipé d'une machine moderne. De même, l'asile d'aliénés ne comportait pas de spécialiste en psychiatrie. Pour Frank Campbell, la fonction essentielle de son établissement consistait à maintenir ses dépenses au plus bas. Les hôpitaux, après tout, n'étaient rien d'autre que des lieux où venir rendre l'âme. Celui qui ne succombait pas avait de la chance, rien de plus. Quant aux traitements médicaux, ils ne servaient qu'à retarder l'instant fatidique.

Pour ajouter encore à la confusion dans laquelle se trouvaient les sœurs Latimer durant l'hiver 1929, Gertrude Newdigate et ses deux adjointes les négligèrent pour peaufiner, jusqu'en septembre, leurs arguments et leurs dossiers, afin d'impressionner le nouveau directeur lorsqu'il serait enfin nommé : il constaterait que le service des infirmières se composait d'employées compétentes et disciplinées susceptibles de lui faire gagner un temps précieux et beaucoup d'énergie dans de nombreux domaines. Quant à Walter Paulet, le secrétaire de l'hôpital, il ne se révélait pas plus disponible, plongé qu'il était dans la comptabilité – la rumeur prétendait qu'il s'était arraché les cheveux (il lui en restait déjà peu) en constatant que Frank Campbell avait tenu ses registres sans souci d'ordre ni de méthode. De plus, une fois réduites à une série de chiffres et de nombres inscrits noir sur blanc, les manigances de l'ancien directeur pour nourrir ses employés et ses patients à moindre coût se révélaient proprement… affligeantes.

L'hôpital de Corunda continuait cependant de fonctionner comme autrefois grâce à ses médecins, ses infirmières, son personnel de ménage et de cuisine, ses auxiliaires, en sorte que les patients y vivaient (ou y mouraient) sans rien soupçonner des drames qui se jouaient en haut lieu.

À peine l'eut-on informée qu'elle était en congé pour trois jours que Kitty fit sa valise, salua ses sœurs et sauta dans un train pour Sydney. Là-bas, elle s'installa dans une chambre du Country Women's Club avant de s'en aller faire les boutiques, d'écumer les salles obscures, d'assister à toutes les pièces de théâtre qu'on donnait en ville, de visiter toutes les expositions. Le cinéma parlant faisait alors ses premiers pas, et la jeune femme n'était pas certaine de l'apprécier beaucoup : à présent que de véritables phrases sortaient de toutes ces bouches qui, hier encore, mimaient avec emphase les mots qui s'inscrivaient ensuite sur le tableau noir de l'écran, les comédiens semblaient plus théâtraux, artificiels, presque comiques – et fallait-il vraiment que les hommes arborent ce maquillage terriblement féminin? Si le cinéma parlant voulait s'imposer, songeait Kitty, il faudrait en revoir la conception de fond en comble.

Au terme de ses trois jours de liberté, la jeune femme prit place à bord du train de Melbourne – tous les express faisaient halte à Corunda pour se délester de leur seconde locomotive. Elle aimait ces trois heures de trajet, durant lesquelles elle parvenait presque toujours à conserver pour elle seule le compartiment de première classe où elle s'était installée.

Pas cette fois, hélas. Ayant opté pour une place à côté de la fenêtre après avoir tiré les rideaux qui donnaient sur le couloir pour tenter de faire croire aux autres voyageurs que le compartiment était plein, Kitty ôta ses souliers roses (qui lui meurtrissaient les talons parce qu'ils étaient neufs), puis ouvrit un roman d'amour, qu'elle se mit à lire d'un œil distrait.

La porte coulissante du compartiment s'entrouvrit soudain, une tête parut, puis la porte s'ouvrit en grand et l'homme entra.

— Parfait! lança-t-il en s'avançant vers l'autre place côté fenêtre.

Kitty releva les yeux.

— Vous êtes dans un compartiment non fumeurs, l'informa-t-elle d'une voix glacée.

— Je sais lire, rétorqua l'inconnu en désignant l'écriteau du doigt avant de baisser le regard vers la jeune femme, qu'il se mit à scruter avec des façons de goujat. Marion Davies! s'exclama-t-il.

— Fichez-moi la paix, espèce de sale petit crétin prétentieux. Et si vous tenez à rester dans ce compartiment, je vous interdis de vous installer en face de moi! Asseyez-vous côté couloir, gardez vos remarques déplacées pour vous et laissez-moi tranquille. Sinon, j'appelle le contrôleur.

Un haussement d'épaules. L'homme hissa prestement sa valise sur le porte-bagages situé au-dessus de sa tête avant de s'asseoir côté couloir, mais sur la banquette opposée à celle de Kitty. Privé de fenêtre par laquelle contempler le paysage, il fixa les têtières qui, face à lui, garnissaient les coussins rebondis des appuis-tête.

La jeune femme retourna à son livre. Derrière sa froideur apparente, elle bouillait de rage. De quel droit s'était-il permis une telle privauté? Petit bonhomme élégant, guère plus d'un mètre soixante, costume bleu marine à fines rayures assorti d'un gilet, montre de gousset en or. Il arborait à l'un des doigts de sa main gauche un superbe cabochon de rubis, un autre ornait l'épingle de sa cravate, deux autres encore faisaient ses boutons de manchette. L'inconnu portait des bottines sur mesure, munies de talonnettes ; à l'évidence, sa petite taille lui pesait. Je parie que ce coq nain est le roi des poseurs, se dit Kitty en continuant à l'examiner discrètement du coin de l'œil – un don qu'elle avait acquis durant ses études, car une infirmière se doit de discerner tout ce qui se déroule autour d'elle, jusqu'à l'extrême bord de son champ de vision. Il souffre du «complexe de Napoléon», comme l'appellent les aliénistes. Il doit se pavaner à longueur de journée pour compenser.

L'homme possédait d'épais cheveux bouclés, dont les tons cuivrés se retrouvaient aussi dans ses cils et ses sourcils, ainsi qu'un teint hâlé. Son visage rasé de près fascinait la jeune femme, car il semblait n'être jamais parvenu à choisir entre laideur et beauté, en sorte qu'il se métamorphosait sans cesse. Lorsque la beauté l'emportait, l'inconnu se changeait presque en vedette de cinéma. S'il avait été plus grand et pourvu de cette seule physionomie, on aurait pu le tenir pour un roi, pour un président de la République ou le chef d'une secte religieuse. Hélas, son second visage lui déniait toute prétention à dominer le monde. Cette figure-là était celle d'une gargouille, ou bien d'un satyre châtré. Hideuse et distordue, elle résolvait les traits de la star du grand écran en une carte de géographie sinistre, chargée de cruauté et de violence.

J'ignore qui est cet homme, mais il me fait peur, songea Kitty, incapable de se concentrer à nouveau sur son livre ; le personnage qu'elle avait sous les yeux l'accaparait davantage que ceux qui évoluaient entre les pages de son roman. Si j'en juge par les rubis, la montre en or et le costume sur mesure, il s'agit d'un nanti, et à mon avis il va descendre à Corunda, puisque les rubis qu'il arbore sont de ces sang de pigeon qui ont fait la fierté de notre ville. Et vu son teint cuivré, il appartient à la famille Burdum.

Soudain, la vérité lui apparut toute nue : elle avait beau tenter de river son regard à son livre, elle avait beau s'efforcer de respirer calmement, elle venait de comprendre qu'elle partageait son compartiment avec le Dr Charles Burdum, qui se rendait à Corunda pour y devenir le directeur de l'hôpital. Il aurait pourtant pu prétendre à des postes plus prestigieux. Qu'est-ce qui pouvait bien le pousser à venir s'installer dans ce trou où il n'avait jamais mis les pieds? Qui plus est, ajouta Kitty pour elle-même, c'est un Anglais. Et je n'ai jamais vu un homme aussi mal taillé pour la vie en Australie. Pauvre petit coq nain…

Au terme de cette prise de bec initiale, les trois heures de trajet se déroulèrent sans qu'un mot fût échangé entre les deux voyageurs. Comme à l'accoutumée, Sid, le contrôleur, se présenta un peu avant Corunda pour emporter la valise de Kitty jusqu'à la porte du wagon, où il papota avec la jeune femme, qu'il avait appris à connaître au fil de ses escapades à Sydney. Le pimpant étranger, en revanche, se vit contraint de transporter lui-même son bagage. Il patienta derrière Kitty et le contrôleur, tandis que les deux énormes locomotives, gémissant et cliquetant, freinaient peu à peu jusqu'à stopper le long du quai, où Edda, qui attendait sa sœur, bavardait avec le vieux Tom Burdum.

— Où as-tu déniché cette robe? exigea de savoir Edda dès qu'elle vit paraître Kitty.

Elle n'eut pas un regard pour l'inconnu. Tom Burdum, de son côté, s'éloigna en clopinant.

— Chez Mark Foy. Et j'en ai trouvé une superbe pour toi.

Sur quoi la jeune femme entraîna sa sœur à l'écart.

— Retourne-toi et jette un coup d'œil au type que le vieux Tom est en train de saluer.

— Saperlipopette! C'est le Petit Lord Fauntleroy!

— En plein dans le mille, Edda. Eh bien, figure-toi que, même si je n'en mettrais pas ma tête à couper, je suis presque sûre qu'il s'agit de Charles Burdum, notre nouveau directeur.

— Personne ici n'a annoncé que le conseil d'administration l'avait officiellement engagé.

— Il vient peut-être en reconnaissance, histoire de découvrir les lieux. Toujours est-il que nous avons partagé le même compartiment et que je l'ai remis vertement à sa place.

— Oh! S'est-il mal conduit avec toi, Kitty?

— Non. Il m'a appelée Marion Davies.

— C'est pire. Tu as dû lui expédier une repartie salée.

— Aussi salée que la mer Morte. Du vinaigre! Nous avons effectué le reste du voyage dans un silence de mort.

Edda, qui avait fait volte-face, dévisageait ouvertement l'étranger.

— C'est un Burdum, à n'en pas douter. Fier comme un paon, avec ça. Et puis quelle drôle de bobine. On croirait le dieu Janus aux deux visages.

— En effet. Pauvre garçon.

— Tu le plains? s'étonna Edda.

— De tout mon cœur. Vise un peu ses souliers, ma chérie. Des talons de cinq centimètres. Tu as devant toi le complexe de Napoléon incarné. Il a tout pour réussir, sauf la taille, sans laquelle un homme n'arrive à rien.

— Tu as raison… Mais dis-moi : je suppose qu'il ignore que tu es infirmière?

— Il n'en a pas la moindre idée.

— Ça risque d'être poilant le jour où il va s'en rendre compte!

* * *

Si Charles Burdum avait constitué pour Kitty un choc de taille, que dire de celui qu'éprouva à sa vue le vieux Tom, qui attendait depuis des lustres un héritier? Il était persuadé, en se rendant à la gare, d'y découvrir un homme pareil à Jack Thurlow, au lieu de quoi il se retrouva face à ce nabot hautain dont le costume venait de Savile Row et qui, assurément, avait acheté sa chemise chez Turnbull & Asser. Le tout assorti d'une cravate du Balliol College d'Oxford, excusez du peu – la provenance de l'accessoire, Tom ne la sut qu'après s'en être enquis auprès de son propriétaire, duquel il attendait plutôt une réponse humoristique. Mais ce garçon-là ne plaisantait pas; la suffisance suintait par tous les pores de sa peau, et il marchait comme si on lui avait enfoncé un tisonnier dans le derrière (ainsi Tom le décrivit-il plus tard à Jack) et ne décolérait pas sous prétexte que le contrôleur l'avait laissé se charger seul de ses bagages.

— En Australie, les contrôleurs ne s'occupent pas des paquets, l'informa Tom. En Australie, on n'a pas de larbins.

— Il s'est pourtant précipité pour porter la valise de la jeune femme, objecta le voyageur.

— Qui donc? Kitty Latimer?

Le vieux Tom gloussa: quel homme au monde refuserait de porter la valise de Kitty?

— Elle m'a insulté. En des termes indignes d'une dame.

— Bah, c'est sans doute que tu l'avais mérité, Charlie.

— Ne m'appelez pas Charlie, s'il vous plaît, mon prénom est Charles.

— Si tu t'installes à Corunda, ce sera Charlie, un point c'est tout. Ou bien Chikker.

— Pardon?!?

— On ne fait pas de manières de ce côté-ci de la planète, mon garçon. Je te le dis tout de go, parce qu'il faut bien que quelqu'un t'instruise un peu et je préfère m'en charger avant que ton cousin Jack Thurlow le fasse. Jack est mon autre héritier, à ceci près qu'il refuse d'hériter. C'est donc toi qui, un jour, deviendras le véritable phare de Corunda – à condition que tu te comportes au mieux, ajouta le vieillard en ordonnant à un homme de ranger trois valises dans le coffre de sa Daimler. As-tu d'autres bagages dans le fourgon? Oui? Dans ce cas, donne tes tickets à Merv, il ira te les chercher et il te les rapportera.

Charles ayant un instant fouillé ses poches, il en fit surgir plusieurs coupons, qu'il remit à l'employé en y ajoutant un billet de cinq livres que le destinataire s'empressa de faire disparaître.

— Ça, c'était complètement idiot, Charlie! s'emporta Tom Burdum. N'offre jamais de pourboire à un homme qui touche déjà un salaire. Merv, je le paie assez cher pour qu'il n'ait pas besoin de prime. Ton geste va l'amener à juger que je lui donne trop peu, tout ça parce que dans ton pays on rétribue les gars tellement mal qu'il leur faut des pourboires pour joindre les deux bouts. Première leçon.

Ils prirent place dans la Daimler, dont on avait replié la capote.

— Du fait qu'Hannah, mon épouse, a dépassé elle aussi les quatre-vingt-dix ans, nous ne t'avons pas installé dans notre propriété, qui s'appelle Burdumbo. Je t'ai pris une chambre au Grand Hôtel, sur Ferguson Street, à deux pas de l'hôpital et à un jet de pierre de George Street, le quartier commerçant – un chouette quartier, où tu trouveras même un grand magasin. Mais attention! Pour ce qui est de la nourriture, si tu veux manger correctement, va donc à l'Olympe, ou bien au Parthénon. Ces deux restaurants sont tenus par des Grecs, et ils ne se moquent pas du monde. Leurs steaks sont épatants!

Le vieux Tom continua à babiller ainsi tandis que la voiture, malmenée par un vent violent, traversait un décor qui rappelait la campagne anglaise, mais une campagne que l'on aurait négligée : au lieu des basses-cours impeccables flanquées de quelques corps de bâtiment se dressaient ici des hangars délabrés, les murets de pierre cédaient la place à de vilains poteaux entre lesquels courait du fil de fer barbelé, au sommet des collines s'entassaient pêle-mêle de gros morceaux de granit – en Angleterre, on y voyait d'adorables taillis. Il ne s'agissait pas de la région semi-désertique imaginée par Charles, mais ce n'était pas non plus l'Europe – pas même la Grèce ni Majorque.

Sur son passage, on le fixait. Mais ces regards scrutateurs n'étaient pas d'admiration. Quelques badauds ne dissimulaient pas leur air narquois, la plupart se contentaient de le considérer avec intérêt, comme ils auraient contemplé une girafe ou un zèbre. Charles, qui était intelligent, eut tôt fait de saisir que cette étrange curiosité, il la devait à sa tenue vestimentaire : si une poignée d'autochtones portaient eux aussi un costume trois pièces – et encore était-il élimé –, les autres, y compris le vieux Tom, s'habillaient plus volontiers d'un pantalon en velours de coton et d'une chemise ordinaire sous une veste de tweed. Ils complétaient leur mise avec des bottes d'équitation, ainsi qu'un chapeau de feutre à large bord. Les femmes, pour leur part, exhibaient d'affreuses robes datant du début des années 1920 – sans compter celles, que le visiteur inventoriait avec une fascination mêlée d'horreur, qui déambulaient en vêtements d'homme. Et personne ne paraissait s'en offusquer ! Où étaient passées les demoiselles pareilles à la si jolie créature dont il avait partagé le compartiment depuis Sydney ? Pareilles à celle qui l'attendait sur le quai ? Ces deux-là ressemblaient à de véritables gravures de mode. Elles n'étaient pourtant pas le fruit de son imagination, sapristi, elles existaient bel et bien, quelque part dans cette ville de péquenauds.

Le vieux Tom lui offrait pendant ce temps une visite guidée de l'endroit. Voici que l'on atteignait Victoria Street, où s'élevaient les édifices municipaux. La mairie et les services attenants, l'hôpital, l'église Saint-Marc et le presbytère… Allait-on jamais en finir ?

Enfin ce fut l'hôtel, l'une de ces abominables bâtisses telles que l'on en trouvait à Bournemouth ou Bognor, destinées à séduire les membres de la classe moyenne inférieure, qui avaient économisé une année durant pour s'offrir une semaine de vacances au bord de la mer. Le hall de l'établissement s'enorgueillissait d'une série de colonnes maladroitement peintes en rouge, d'un luxueux papier peint de même ton et d'un parquet massif sur lequel résonnait le bruit des pas, qui s'élevait ensuite vers des plafonds immensément hauts. Puis Charles découvrit la salle à manger : toutes les soupes, songea-t-il, devaient y être de pommes de terre, et les viandes se résumer à de vieilles volailles. Bonté divine ! Dix-huit mille kilomètres pour ça ?...

Mais le jeune homme savait pourquoi il était là – le vieux Tom, lui, n'en avait pas la moindre idée, et Charles ne comptait pas l'éclairer sur ce point. En revanche, si Charles avait pu deviner que, grâce à Maude, toute la ville connaissait l'existence de Sybil, la fille du duc, bien avant qu'il descende du train, il aurait fui les lieux en hurlant, et personne ne l'aurait revu dans la région.

En cette fin du mois d'août 1929, Charles Burdum continuait de souffrir affreusement. Bien qu'il sourît de toutes ses dents, bien qu'il affichât une franche gaieté, cette façade dissimulait une âme blessée. Toutes ses ambitions étaient mortes ; il ne lui restait que ses biens matériels.

Il avait aimé Sybil d'un amour sincère et partagé. Ni lui ni elle n'avaient un instant imaginé que le duc pût le juger indigne d'épouser son enfant, si bien que lorsque Charles se présenta devant le père de sa fiancée pour lui demander sa main, son refus l'anéantit. Il fallait à Sybil un mari dont les ancêtres pourraient rivaliser avec la lignée ducale ; ni la fortune ni l'intelligence ne suffisaient, surtout chez un homme aussi... petit. Au terme de son entrevue avec celui dont il avait espéré qu'il deviendrait son beau-père, le jeune homme sentit que, de tous les ravages que cette conversation venait de causer, les remarques acerbes concernant sa taille étaient celles qui le meurtrissaient le plus. Bien sûr, il connaissait l'identité du futur époux – un mètre quatre-vingt-dix – et il mit tout entier son échec sur le compte de son trop modeste gabarit. Car pour le reste, à condition de mettre la main sur de bons généalogistes, n'importe qui pouvait prouver qu'il descendait à la fois de Guillaume le Conquérant et d'Harold II d'Angleterre.

De cette aventure, l'ego de Charles sortit à ce point mutilé que le jeune homme ne supportait plus de voir autour de lui tous ces sourires suffisants. Il se consacra corps et âme à ses activités de médecin pour tenter d'y trouver l'oubli. La mélancolie l'emportant malgré ses efforts, il abandonna Manchester pour Londres, où il géra sa fortune. Finalement, il quitta le pays. Il ne possédait pas assez de valeur aux yeux du duc? Dans ce cas, il tenterait sa chance ailleurs. À cet ailleurs s'attachait moins de prestige qu'à son Angleterre natale mais, pour cette raison même, il y ferait plus forte impression – et cela ne comptait pas pour rien dans l'esprit d'un homme de très petite taille. Premier ministre. C'était la position qu'il convoitait, et tant pis s'il ne devait s'agir que d'un ministère colonial. Le Canada ne l'attirait guère : il ne parlait pratiquement pas un mot de français, et puis il y faisait trop froid. En Nouvelle-Galles du Sud, au contraire, il possédait des terres, de l'argent, une famille. En moins de temps qu'il n'en faudrait pour le dire, on le nommerait Premier ministre d'Australie !

Dans sa chambre, antre ténébreux décoré de brun, de beige et d'un repoussant jaune moutarde, il se fit couler un bain et enfila un peignoir. Bien sûr, il n'y avait pas de service d'étage, mais il obtint cependant qu'on lui montât une cafetière de mauvais café et une assiette de sandwichs au jambon. La nourriture l'étonna agréablement : pain maison, jambon légèrement sucré, juteux à souhait. Il mangea avec appétit, sans cesser de réfléchir, d'organiser, puis de passer en revue ses observations, mêlées aux commentaires du vieux Tom.

C'en serait fini désormais des costumes hors de prix ; c'en serait fini des rubis. Il se contenterait de chemises sans apprêt, assorties d'un col et de poignets. Quant à son accent anglais, il saurait en un tournemain l'atténuer pour le rendre supportable aux oreilles australiennes les plus délicates. Cet après-midi, il ferait les boutiques puis, demain, arpenterait la ville incognito pour y effectuer quelques recherches. Car il lui fallait tout connaître de Corunda : l'importance de la ville à l'échelle du pays, la valeur qu'elle-même s'attribuait… Il devait déceler ce que les habitants attendaient de leurs dirigeants locaux et nationaux.

Dire qu'il s'était imaginé que cette ancienne colonie différerait peu de l'Angleterre ! Il allait en réalité de surprise en surprise, avec l'impression qu'il ne sortirait plus de cet état de stupeur. Les autochtones tenaient Corunda pour une cité « très britannique », mais pour Charles, britannique jusqu'au bout des ongles, la ville était laide, loqueteuse et de mauvais goût. Comment parviendrait-il à y survivre s'il acceptait de prendre la direction de l'hôpital ?

Lorsque Tom et Hannah vinrent le chercher pour l'emmener dîner au Parthénon (un restaurant grec !), le jeune homme avait pris quelques décisions. En premier lieu : pas de cravate noire. Existait-il seulement un endroit assez chic à Corunda pour que l'on pût s'y présenter en cravate noire ? Charles commençait à en douter. Mais si la nourriture servie au Parthénon se révélait plutôt banale, le restaurateur redora son blason aux yeux du jeune homme en servant au trio un formidable vin blanc sec, suivi d'un vin rouge plus extraordinaire encore. Les vins australiens avaient largement de quoi rivaliser avec les meilleurs cépages du monde.

— Prends donc un steak avec des frites, lui conseilla Hannah. C'est ce que tout le monde prend.

— Je n'ai pas l'habitude d'en manger, répondit Charles en décochant à sa grand-mère son plus joli sourire. En Angleterre, ça ne se fait pas. Mais puisqu'il faut savoir être romain à Rome, je vais y goûter.

— Ou alors, intervint Tom, prends les côtes d'agneau. Ce sont des agneaux de la région.

Charles opta donc pour les côtes d'agneau, qu'il aurait jugées délicieuses si elles n'avaient été beaucoup trop cuites – les steaks de ses grands-parents ne l'étaient pas moins.

Une viande exquise presque carbonisée, des frites pour tout accompagnement. Pas de sauce. On grille. On frit. Assurément pas de la grande cuisine.

— Qui est donc cette charmante jeune femme avec laquelle j'ai voyagé? demanda Charles après avoir refusé de prendre un dessert – coupe glacée ou banana split.

Le café était buvable, à condition de le commander à la grecque, préparé avec ses grains dans une petite cafetière en cuivre. Où donc buvait-on du vrai café? s'interrogea l'Anglais, avant de conclure, en observant ses grands-parents et les convives des tables voisines, qu'ici l'on n'en consommait pas. On buvait du thé, si longuement infusé qu'il en devenait noir. Me voilà prisonnier d'un océan de goudron!

— Kitty Latimer, lui révéla le vieux Tom. L'une des quatre filles de notre pasteur, Tom Latimer. À ce propos, tu ne tarderas pas à constater qu'à Corunda on ne manque pas de Tom. Du côté de Bardoo, on trouve plutôt des Dave, et des Bill quand on se rapproche de Doobar. À Corbi, en revanche, ça grouille de Bob. Je me demande bien pourquoi...

— Kitty, donc...? le relança son petit-fils.

— Ah oui, Kitty. Le pasteur a eu deux épouses. La première est morte en donnant le jour à deux jumelles, Edda et Grace. C'était Edda qui attendait Kitty sur le quai de la gare. Par la suite, Tom Latimer s'est remarié avec Maude Scobie, la gouvernante du presbytère.

Le vieux Tom pouffa brièvement avant d'enchaîner:

— La noce a eu lieu très peu de temps après la mort d'Adélaïde. Et Maude, à son tour, a accouché de deux jumelles, Heather et Kitty. Pas banal, hein? En tout cas, ce sont quatre adorables gamines qui n'ont pas même deux ans de différence.

— La famille est aisée?

— Pas spécialement. Cela dit, l'héritage de Kitty sera plus important que celui des trois autres, grâce aux manigances de Maude.

— Ça me paraît un peu injuste vis-à-vis de ses sœurs.

— Ça l'est! Maude n'a d'yeux que pour Kitty. Ce que je dis n'est pas méchant : tout le monde est du même avis, depuis le West End jusqu'à Catholic Hill.

— Ses trois sœurs doivent la détester, observa Charles.

— Oh non! s'écria Hannah dans un éclat de rire. Au contraire. Elles l'adorent. Je me demande bien pourquoi, mais le fait est qu'elles l'aiment et veillent sur elle avec un soin jaloux. Elles en sont folles.

Il était temps maintenant, songea le jeune homme, de s'insinuer un peu dans les bonnes grâces de son grand-père :

— Vous ne recevrez pas la moindre note de la part du Grand Hôtel, bien que vous leur ayez promis de régler mes dépenses. Je possède assez d'argent pour m'en charger moi-même, aussi ai-je donné des instructions en ce sens au personnel.

Il s'interrompit, considéra le vieux Tom d'un œil pénétrant, où le vert le disputait au gris, ainsi qu'à un brun doré.

— En revanche, pouvez-vous m'indiquer une banque digne de confiance? enchaîna-t-il. Je dispose d'une lettre de crédit émanant de ma banque londonienne, mais si j'accepte de prendre la direction de l'hôpital, il me faudra transférer des fonds plus importants et me forger ici une réputation solide sur le plan financier. Je suppose que les établissements de Corunda sont, comme les nôtres, en mesure de faire virer de grosses sommes par câble?

— Demain après-midi, nous rendrons visite à Les Kimball, de la Banque rurale. Je te conseille d'ouvrir un compte chez eux, comme tous les Burdum. Il s'agit de la banque du gouvernement de Nouvelle-Galles du Sud. Est-ce que ça te convient?

— Parfaitement, oui. Merci.

— Je croyais qu'après avoir quitté l'Australie mon fils Henry était resté le vaurien qu'il avait été ici, énonça tout à coup le vieux Tom en entamant sa troisième tasse de thé.

— Vous vous serez trompé, grand-père, répliqua Charles en haussant les épaules. Il a fondé une compagnie d'assurances, après quoi il est devenu l'un des souscripteurs de la Lloyd's, puis il a épousé l'une des héritières de l'oligarchie du Lancashire. Puisque je suis son fils unique, j'ai hérité de tous ses biens à son décès, mais vous savez probablement qu'à l'époque il était devenu ce que les Anglais appellent un excentrique, il avait renié sa famille et sa fortune pour vivre en trimardeur.

— Tu as également perdu ta mère, n'est-ce pas?

— À ma naissance.

Le ton du jeune homme indiquait clairement qu'il ne souhaitait pas s'étendre sur le sujet. Il adressa à son aïeul l'un de ses irrésistibles sourires et reprit:

— Qui, selon vous, serait assez honnête pour me brosser un portrait fidèle de l'hôpital de Corunda? Quelqu'un qui connaît l'établissement de l'intérieur, qui possède de l'expérience sans pour autant convoiter le poste de directeur, quelqu'un qui ne craint pas d'exprimer ouvertement ses opinions, quitte à donner de temps à autre un coup de pied dans la fourmilière.

— Liam Finucan, répondit aussitôt Hannah.

Son époux approuva d'un hochement de tête.

— Elle a raison, Charlie. Liam est l'homme qu'il te faut. Je fêterai bientôt mes quatre-vingt-seize ans, cela fait belle lurette que j'appartiens au conseil d'administration de l'hôpital, et je puis te jurer que Finucan est le seul en mesure de t'aider. Et il t'aidera. C'est un pathologiste. Mais il n'exerce qu'à l'hôpital, il ne possède pas de cabinet privé. Un protestant. Un Irlandais de l'Ulster qui a étudié la médecine à Londres. Bien trop calé pour une ville comme Corunda, mais il y a atterri parce qu'il a épousé une fille de chez nous. Une dévergondée dont il a fini par divorcer.

De toute façon, c'est un célibataire dans l'âme. Je peux me débrouiller pour que vous vous rencontriez demain.

Tom fronça les sourcils.

— As-tu de quoi te payer une auto?

— Il est prévu qu'on me livre demain matin une Packard que j'ai commandée à Sydney.

— Tu as acheté une américaine. Pourquoi pas une anglaise?

— Votre voiture est allemande, lui fit observer son petit-fils avec espièglerie. J'ai choisi la Packard pour sa couleur. Bordeaux. Toutes les autres sont noires.

— J'aurais parié qu'une automobile ne pouvait qu'être noire! glapit Hannah, manifestement choquée.

— La faute à Henry Ford, répondit Charles.

Le jeune homme vida son verre de bordeaux produit dans la vallée Hunter, avant de réprimer discrètement un bâillement. Il était temps pour lui de se retirer.

Lorsque Charles rejoignit Liam Finucan, le lendemain après-midi, Kitty Latimer aurait eu bien du mal à reconnaître l'homme qui avait partagé la veille son compartiment – à l'exception de sa taille. Il portait ce jour-là un pantalon en velours de coton (de ceux qui peuvent également tenir lieu de culottes de cheval), une chemise blanche à col souple assortie d'une cravate en soie, une veste de tweed, des bottes à côtés élastiques (munies de talonnettes – le petit malin!) et un chapeau de feutre à large bord. De l'étranger que la jeune femme avait croisé la veille ne demeurait que sa tendance à plastronner, bien qu'il tâchât de la refréner un peu : ces colons au cuir rude ne se privaient pas de moquer toute forme d'affectation, en particulier lorsqu'elle se manifestait chez un homme – ils se montraient alors avec lui aussi désobligeants qu'impitoyables. En Australie, la virilité n'était pas un vain mot.

Liam, qui vivait à Corunda depuis dix-huit ans, estima que le jeune homme possédait bien l'allure d'un Burdum, mais un Burdum édulcoré, un Burdum propret, raffiné comme le sont les Anglais appartenant aux classes supérieures de la société. Il arborait un rubis à l'auriculaire de sa main gauche, ce dont le pathologiste s'étonna : de ce côté-ci du monde, un tel ornement paraissait terriblement efféminé. Les yeux de Charles affectaient la couleur des uniformes des soldats britanniques de la Première Guerre mondiale, une manière de kaki teinté de cuivre, plus proche du rouille que du vert. Liam le trouva en outre aussi vilain que beau, mais aimable en tout cas, et puisque lui-même n'avait aucune envie de diriger l'hôpital, il n'éprouvait aucune prévention à l'égard de l'éventuel postulant.

— Si je me décide à accepter cette fonction, expliqua Charles dans le salon du Grand Hôtel où les deux hommes s'étaient installés autour d'un verre, j'ai besoin que quelqu'un m'expose sans détours la situation de l'établissement. Mes grands-parents m'ont affirmé que vous étiez le plus à même de me fournir ces informations, voilà pourquoi j'ai souhaité vous rencontrer. D'après vous, qu'est-ce qui pourrait m'encourager à me lancer dans cette aventure ?

— La situation catastrophique de l'hôpital, répondit le Dr Finucan sans l'ombre d'une hésitation. Frank Campbell était un Écossais d'une pingrerie effarante, qui rognait sur toutes les dépenses. La seule chose dont notre établissement puisse s'enorgueillir au bout de vingt-cinq années passées sous sa férule, c'est la qualité de ses médecins et de ses infirmières – je me demande d'ailleurs comment un tel miracle a pu se produire. Le nœud du problème est le suivant : à peine Campbell a-t-il pris ses fonctions que les membres du conseil d'administration ont applaudi sa parcimonie, ils jugeaient cela épatant. Ils félicitaient cet homme capable de nourrir son personnel et ses patients pour six pence par jour et par personne, ils approuvaient qu'il contraigne les infirmières à repriser les draps usés pendant leurs heures de service. Mais l'avarice de

Campbell m'a valu de me trouver régulièrement à court de réactifs, des substances chimiques nécessaires à mes travaux, de verrerie de laboratoire, de teintures, de matériel divers… et j'en passe! J'ai eu moins de mal à obtenir des appareils de prix, car notre directeur a toujours su flatter nos généreux donateurs jusqu'à ce que l'un d'eux nous offre un aiguisoir automatique pour notre microtome, ou un microscope dernier cri. Non, là où l'hôpital a pâti le plus des agissements de Campbell, c'est du côté des fournitures de base, du papier toilette aux balais-brosses en passant par les ampoules électriques. Me croirez-vous si je vous dis que, pour les changer, on allonge les bébés sur des feuilles de journal? Alors que l'antimoine est une substance nocive! Tout ça pour ne pas user trop vite le linge, et réduire du même coup les frais de blanchisserie! Et les membres du conseil d'administration sont ravis. Des fripouilles? Non : des cafards!

— Connaissent-ils ces détails sordides, ou ne leur communique-t-on que les chiffres?

— Que les chiffres, bien entendu. Le révérend Latimer aurait été outré s'il avait appris ce qui se passait au juste chez nous. Cela dit, s'il s'en était donné la peine, il aurait pu le découvrir.

— La plupart des gens sont partisans du moindre effort, Liam.

— La nourriture est infecte. Absolument infecte. Alors qu'à Bardoo se trouve une ferme hôpital, qui tenait également lieu de maison de convalescence et qui pourrait nous fournir du lait, de la crème, des œufs, du porc, et des légumes quand c'est la saison. Mais Frank a transformé la maison de convalescence en pension, et pour ce qui est des comestibles qui auraient dû prendre le chemin de nos cuisines, il les vendait aux commerçants ou aux fournisseurs de la région! C'est écœurant.

Liam n'avait pas élevé la voix, mais elle s'était peu à peu durcie.

— Je vais vous avouer le fond de ma pensée, Charlie : j'espère que cet homme pourrit à présent dans un endroit bien pire encore que tous les enfers imaginés par le Démon. Il a passé un quart de siècle à tirer profit de la maladie et de la mort.

— Sacrebleu ! s'écria Charles, sans savoir au juste quel type de juron seyait aux Australiens. L'hôpital fonctionne-t-il grâce à l'argent du gouvernement de l'État ?

— Oui, bien sûr, mais je vous parie ma tête que Campbell est toujours parvenu à en épargner plus qu'à en dépenser. Il truquait les comptes, même si je dois reconnaître qu'il n'a jamais mis le moindre penny dans sa poche. Nombreux sont les habitants de Corunda à avoir légué leurs économies à notre établissement. Mais elles n'ont jamais servi à rien, ou presque.

— C'est formidable ! s'exclama Charles. Je me voyais déjà ferrailler des années durant avec des fonctionnaires bornés pour obtenir de quoi faire de cet hôpital un endroit digne de rivaliser avec la Mayo Clinic, mais voilà que vous m'annoncez que les comptes bancaires de l'établissement sont plus que généreusement garnis. Combien ? Un nombre à six chiffres ?

— À sept chiffres, énonça le Dr Finucan avec force. Quatre millions de livres dorment dans les succursales locales de plusieurs grandes banques australiennes. C'est pour cette raison que Frank Campbell faisait, parmi nous, l'unanimité contre lui : il trônait sur une fortune qu'il n'a jamais accepté de dépenser.

— Quatre millions ? répéta Charles, bouche bée. C'est impossible !

— Pas si on prend le temps d'y réfléchir un peu. Prenez, par exemple, les Treadby, qui nous ont légué les revenus de leur mine de rubis. La concession a cessé sa production en 1923, mais le legs date de 1898 – selon ses termes, chaque année, les cent mille premières livres de bénéfices devaient atterrir dans l'escarcelle de l'hôpital, et c'est en effet ce qui s'est produit. Eh bien, je puis vous assurer que, de cette petite fortune, Campbell n'a jamais rien dépensé. Et dire que toute cette affaire fut le résultat d'une terrible dispute entre Walter Treadby et ses fils. Dans un accès de fureur, Walter a modifié son testament, mais il est mort deux jours plus tard d'une apoplexie, en sorte que les rubis sont revenus à notre cher directeur, qui assurément ne les méritait pas. Si Walter avait vécu, nul doute qu'il aurait révisé ses positions une fois sa colère retombée.

— L'apoplexie est une affection redoutable qu'on aurait tort de sous-estimer! se mit à rire Charles avant de poursuivre : Parlez-moi un peu du conseil d'administration, voulez-vous.

— Il ne vaut pas mieux que feu le Dr Campbell. C'est d'ailleurs lui qui en a choisi les membres, afin qu'ils obéissent à tous ses diktats. Et ils se sont toujours exécutés. Les infirmières, par exemple, il les recrutait systématiquement dans des familles pauvres. Ce sont des filles sans éducation, qui jamais n'obtiendront le moindre diplôme, mais elles font des soignantes remarquables, auxquelles notre cher directeur versait un salaire de misère. Pour couronner le tout, l'hôpital ne paie pas d'impôts fonciers, les tarifs de l'électricité et du gaz ont été négociés au plus bas.

— Je comprends pourquoi le conseil d'administration ne s'est jamais élevé contre Frank Campbell, commenta Charles – une pointe d'admiration se devinait dans sa voix. À sa façon, cet homme était un génie. Mais ditesmoi, ajouta-t-il avec un petit sourire en coin : vu ce que vous venez de m'apprendre, je suppose que le poste de directeur adjoint ne vous intéresse pas?

— Non, merci, en effet! Je vous apporterai volontiers mon aide, Charles, mais, pour le reste, toute mon ambition se résume à faire de mon service de pathologie le meilleur de l'État. Je désire également qu'on recrute un radiologue, qui disposera de son propre service de radiologie – de préférence un médecin qui ne possédera pas de cabinet privé par ailleurs. Jusqu'ici, c'est moi qu'on a toujours chargé de faire passer les radios, alors que je manque de temps et de compétences. Certes, je suis capable de distinguer une fracture ordinaire, mais pour ce qui est des microfractures... Erich Herzen est autrement plus doué que moi, mais il ne pratique pas assez pour disposer d'un niveau suffisant. Nous avons grand besoin d'un véritable radiologue capable de maîtriser les techniques les plus complexes de sa discipline, ainsi que d'un manipulateur radio.

— Je comprends ô combien vos préoccupations, Liam, et je vous promets que, d'ici quelque temps, vous verrez fleurir un service de radiologie indépendant de votre service de pathologie. Et maintenant, dites-m'en davantage sur ces infirmières mal payées que vous avez évoquées tout à l'heure.

Cette conversation, suivie de quelques autres, permit à Charles Burdum d'acquérir, de l'hôpital de Corunda, une connaissance approfondie qu'aucun des recruteurs du conseil d'administration ne pouvait lui soupçonner. Chacun loua donc sa formidable perspicacité. Il obtint le poste. Le lendemain de sa nomination officielle, il prit ses fonctions : le nouveau directeur n'était pas homme à tergiverser !

Trois semaines s'étaient écoulées depuis son arrivée à la gare de Corunda. Entre-temps, le vieux Tom lui avait offert Burdum House, le manoir qu'Henry Burdum, fondateur de la lignée, avait fait ériger sur les hauteurs de la ville, à Catholic Hill, l'un de ses quartiers résidentiels les plus huppés. Charles s'empressa d'embaucher des bonnes et des gardiens, d'ôter les housses qui protégeaient les meubles, puis d'établir un projet d'aménagement du jardin, un hectare de terrain qu'il souhaitait agencer en s'inspirant des travaux du grand architecte anglais Inigo Jones. En plus de sa Packard bordeaux, on lui avait livré deux petites voitures dont il comptait se servir lorsque le véhicule de luxe lui semblerait trop ostentatoire. Un camionneur de Sydney lui apporta également dix énormes malles contenant tout ce à quoi il n'avait pas voulu renoncer en quittant l'Angleterre. Quant à ses dix mille ouvrages, annonça-t-il à ses grands-parents, qui pour l'heure dormaient dans des caisses, à l'intérieur d'un entrepôt de Londres, il ne leur ferait traverser les océans qu'après avoir transformé quelques-unes des plus vastes pièces de Burdum House en bibliothèque digne de ce nom.

— J'avoue, confia un jour le vieux Tom au révérend Latimer, que Charlie me dépasse complètement. Si j'ai vécu aussi vieux, c'était dans l'espoir de voir enfin de mes yeux ce petit Rosbif qui n'était décidément pas pressé de se montrer. Je ne désirais qu'une chose : qu'il fasse un meilleur héritier que Jack Thurlow. C'est le cas, pour sûr… mais pourquoi diable faut-il qu'il soit anglais à ce point ?…

— Voyons, Tom, il est anglais, et il n'imagine pas une seconde ce que cela représente pour nous. Il faut qu'un Anglais se décide à poser le pied en Australie pour saisir enfin tout ce qui fait de lui, précisément, un Anglais. Mais je ne m'inquiète pas. Charlie n'a pas encore pris conscience de ce qui le distingue de nous, mais dès que quelqu'un lui aura fait remarquer qu'il n'est en rien supérieur aux colons que nous sommes, il se calmera.

— Vous avez sans doute raison.

Le vieux Tom se renversa dans son fauteuil, sur l'accoudoir duquel trônaient une tasse de thé fumant et des petits gâteaux sur une assiette, confectionnés par Maude.

— Au début, reprit-il, j'ai bien cru que je ne pourrais jamais l'encadrer, et puis je me suis pris d'affection pour lui en deux coups de cuiller à pot. Mon petit Charlie n'est pas un bon à rien, pour sûr ! Évidemment, Jack est plus taillé que lui pour la vie à Corunda, mais je commence à penser que, sur la distance, Charles saura, mieux que lui, tirer son épingle du jeu.

Un grand sourire fendit le visage ridé du cacochyme.

— Comme tous les Rosbifs, il a bien sûr besoin qu'on lui rabatte un peu le caquet, mais il n'est pas de cette race d'Anglais qui s'imaginent qu'ils sont forcément plus malins que nous du seul fait qu'ils sont nés en Angleterre. Pour tout dire, j'ai l'impression qu'il se comporte avec nous comme il se comportait là-bas avec ses compatriotes. Ses manières ne tiennent qu'à son éducation et à son rang.

— Je vois à peu près ce que vous voulez dire, Tom. Le fait d'avoir fréquenté Eton, Balliol College, puis le Guy's Hospital l'a placé au premier plan de la société britannique. Après tout, avec la fortune dont il dispose, il aurait pu jouer les play-boys à la façon du prince de Galles – les réceptions à Mayfair, les courses de chevaux à Ascot, les escapades sous le soleil de la Côte d'Azur, un peu de ski à Kitzbühl… Au lieu de quoi il est devenu médecin, sans s'octroyer un jour de vacances depuis qu'il a quitté Balliol College. J'ai bien l'impression que votre petit-fils possède la fibre altruiste, mon cher Tom. Comme Jack, d'ailleurs, dans un autre genre.

Le révérend fronça brusquement les sourcils.

— Je leur connais un autre trait commun, ajouta-t-il : leur répugnance à fréquenter mon église.

Le vieux Tom partit d'un grand rire.

— Jack est une cause perdue, vous le savez aussi bien que moi. En revanche, je pense qu'une fois que les habitants de cette ville auront cessé de le scruter comme une bête curieuse Charles fréquentera le banc de la famille Burdum. Comprenez bien que s'il lui prenait l'envie d'assister en ce moment à l'un de vos services, il ne serait pas loin de déclencher une émeute. Tout Corunda brûle de l'examiner de près, et dans votre église, il se retrouverait littéralement pris au piège. Demandez donc à trois de vos filles ce qu'elles en pensent.

Le pasteur ne trouva rien à répondre.

Il allait de soi que tous les membres du personnel de l'hôpital brûlaient de rencontrer le nouveau directeur qui, avant même d'avoir marqué d'un premier faux pli sa longue blouse blanche amidonnée ou éprouvé le cuir de son fauteuil, arpentait déjà les rampes, se faufilait de salle en salle en se contentant d'adresser aux employés un petit geste de la main destiné à leur faire comprendre qu'il ne faisait que passer, piétinait les sacro-saintes plates-bandes de Gertrude Newdigate, exigeait de Walter Paulet qu'il lui montrât les livres de comptes, les livrets de banque et les portefeuilles immobiliers ; il alla jusqu'à goûter l'un des affreux ratas que l'on servait aux patients.

— Au moins, on ne peut pas lui reprocher de rester les deux pieds dans le même sabot, commenta Tufts, tandis qu'elle partageait des sandwichs chauds au bacon avec Edda et Kitty à la table de leur cuisine.

— Et il adore les tête-à-tête avec ton chouchou Liam, lança joyeusement Edda en mâchant de bon cœur. Oh ! je ne connais rien de meilleur que quelques tranches de bacon croustillant sur du pain blanc bien frais !

— Je reconnais volontiers que le Dr Finucan est mon chouchou, confirma sa demi-sœur, mais depuis que le petit coq de Kitty règne sur notre poulailler, je ne le vois pour ainsi dire plus. Tu as raison, Edda : il passe tout son temps avec le nouveau patron.

— Je me demande quand ce joli mirliflore va se décider à assigner un rôle bien précis aux quatre infirmières récemment diplômées, s'interrogea Kitty, qui continuait à s'enorgueillir d'avoir remis quelques semaines plus tôt le Grand Homme à sa place.

Elle avait rapporté l'incident à nombre de ses amies infirmières, ainsi qu'à ses sœurs ; l'altercation nourrissait à présent toutes les rumeurs. Cela dit, la jeune femme n'avait pas encore eu l'occasion de faire officiellement la connaissance de Charles dans l'enceinte de l'hôpital. À ce propos, le fait d'avoir pris ses fonctions et déjà fourré son nez dans les arcanes de l'établissement sans s'être d'abord présenté à ses subordonnés en avait choqué plus d'un – bah! après tout, c'était un Rosbif, tandis qu'eux n'étaient que de pauvres colons.

— Je suppose que les quatre jeunes diplômées sont, pour le moment, le cadet de ses soucis, intervint Tufts en se léchant les doigts. Selon Liam, ce type est un organisateur-né, qui compte bien réformer l'hôpital de fond en comble. C'est pour cette raison qu'il furète jusque dans les moindres recoins. Toujours d'après Liam, c'est une véritable machine à penser, qui pratique avec froideur l'analyse et la logique.

— J'étais prête à parier qu'un sandwich au bacon saurait te rendre plus bavarde qu'une pleine seringue de sérum de vérité, observa Kitty. Ainsi, le petit coq est en train de dénombrer une à une les plumes de sa basse-cour...

— L'infirmière-chef doit en avoir la bave aux lèvres, sourit Edda.

— Tu parles, la contredit Tufts : il l'a mise dans sa poche au bout de cinq minutes d'entretien. Apparemment, ils sont d'accord sur tout : les soins infirmiers et celles qui les prodiguent, le personnel de ménage et le personnel de cuisine.

— Il paraît que ça barde du côté de la maison de convalescence, s'immisça Kitty.

— Mes sœurs chéries, reprit Tufts, ça barde de tous les côtés.

Elle se tut un instant pour ménager ses effets avant de leur assener une information essentielle :

— Nous avons rendez-vous avec le Dr Burdum demain matin à 8 heures. Lena viendra avec nous.

— Nous allons enfin quitter les limbes! s'écria Edda.

— Certes, grimaça Kitty. Mais pour aller où? Au paradis ou en enfer? Je me méfie du Dr Burdum.

— Il faut reconnaître que tu ne vas pas avoir la tâche facile. Comment comptes-tu te remettre dans ses petits papiers après l'avoir humilié dans un wagon de chemin de fer?

— Il l'avait bien cherché, décréta la jeune femme, dont les yeux se mirent soudain à luire d'un éclat mauve. Misérable vermisseau. D'ailleurs, s'il ose encore me tenir des propos inconvenants, je le remettrai de nouveau à sa place, et plus vertement que la première fois.

Les quatre infirmières récemment diplômées, voilées mais toujours parées de leur tablier, se présentèrent, toutes craquantes d'apprêt, à la secrétaire de Charles Burdum le lendemain matin, une minute avant 8 heures. Elles éprouvaient une pointe d'appréhension, mais elles n'avaient pas peur. Lena Corrigan était la plus détendue : quel directeur aurait l'idée de lui refuser le poste difficile qu'elle convoitait auprès des malades mentaux? L'ère de Frank Campbell était révolue : le Dr Burdum, pour le peu qu'on en savait, se révélait un homme raisonnable et sensible.

Cynthia Norman, qui, des années durant, avait joué les secrétaires assistantes sans parvenir à se détacher du lot des dactylos ordinaires, venait d'être personnellement choisie par Charles pour devenir sa secrétaire particulière. C'est elle qui introduisit les quatre jeunes femmes dans le bureau du directeur. Ce dernier ne se leva pas pour les saluer, il ne leur proposa pas davantage de s'asseoir. Trois d'entre elles vinrent donc se planter sagement devant sa table de travail (dont Edda remarqua aussitôt que l'on en avait légèrement scié les pieds), cependant que la quatrième, le dos tourné à l'Anglais, examinait les titres des nombreux ouvrages médicaux alignés sur les étagères – une attitude dont l'insolence ne passa à peu près inaperçue qu'eu égard à la présence des autres infirmières dans la pièce.

Assis, le Dr Burdum paraissait plutôt grand. Il en allait souvent ainsi des hommes de petite taille : c'était leurs jambes, songea Edda, qui étaient trop courtes. Pourquoi ce type m'exaspère-t-il à ce point? Pas parce qu'il est anglais, non. Non. Il me tape sur les nerfs parce qu'il est odieusement sûr de lui.

— Merci pour votre ponctualité, mesdemoiselles, commença-t-il, toujours assis à son bureau. Pardon de ne pas vous proposer de siège, mais nous n'en avons pas pour longtemps.

Un délicieux sourire changea la gargouille en vedette de cinéma.

— Trois d'entre vous ont obtenu leur diplôme au terme de trois années d'études, la quatrième s'est trouvée promue à l'ancienneté, en vertu d'une carrière jusqu'ici irréprochable.

Il sourit à nouveau de toutes ses dents.

— Ne vous donnez pas la peine de m'indiquer vos noms : j'ai une liste. Sœur Lena Corrigan?

— C'est moi, répondit cette dernière. C'est moi l'ancienne.

— Bien jeune encore, néanmoins. On m'a rapporté que vous souhaitiez œuvrer au service psychiatrique. Est-ce exact?

— En effet, monsieur.

— Épatant! la félicita Charles. Vous possédez vingt années d'expérience, ce qui représente un formidable atout pour qui entend prendre la tête du service des infirmières de l'asile et préparer l'arrivée du psychiatre que je compte recruter sous peu. Il n'y a, hélas, pas grand-chose à faire pour les épilepsies chroniques ou les démences congénitales, mais je suis persuadé que nous parviendrons, dans quelques années, à soigner par exemple la manie, ou la dépression. Pour l'administration, vous serez infirmière-chef assistante, mais dans la réalité des faits, vous tiendrez le rôle d'infirmière-chef. Nous allons commencer dès aujourd'hui à aménager votre service comme il se doit. Quant au psychiatre, il devrait prendre ses fonctions au tout début de l'année prochaine. Cela vous convient-il, infirmière-chef Corrigan?

— Je me sens sur un petit nuage, monsieur. Merci. Merci!

— Bien. Nous nous reverrons cet après-midi, à 14 heures, pour un entretien privé.

Le visage rayonnant, Lena quitta la pièce.

— Sœur Edda Latimer?

— Oui, monsieur.

Pas de vedette de cinéma pour Edda. La gargouille lorgnait dans sa direction, agitant sa langue bifide.

— J'ai lu que vous désiriez travailler au bloc opératoire mais, bien sûr, vous n'ignorez pas qu'il n'y a là-bas aucun poste disponible pour le moment, déclara le Dr Burdum, manifestement navré pour la jeune femme.

— En effet, monsieur.

— Je ne suis pas dans ces murs depuis suffisamment longtemps pour évaluer au plus juste les qualités de cet hôpital, ni ses défauts – dont, cela dit, un grand nombre sautent aux yeux. En sorte que je suis incapable de vous dire, dans l'état actuel des choses, s'il sera bientôt nécessaire d'ouvrir un second bloc. D'autant plus que Sydney ne se trouve qu'à trois heures de train. Mieux vaut, je crois, leur laisser les interventions les plus complexes, pour nous concentrer sur les urgences.

Les yeux du Dr Burdum, nota Edda, avaient viré du doré au kaki. La gargouille rentra la langue, affichant à présent une mine un brin narquoise.

— Je peux vous offrir un poste, sœur Latimer, cela va de soi, mais pas au bloc opératoire. Je vous donne le choix entre la salle deux du service des hommes, de 6 heures à 14 heures, et la maternité, au même horaire.

— Merci, monsieur. J'opte pour le service des hommes.

Sur quoi Edda fit prestement volte-face et se retira.

— Sœur Heather Scobie?

— Oui, monsieur.

232

— On vous a récemment nommée infirmière tutrice de formation, commença l'Anglais sur le ton du bavardage, et vous avez déjà fait merveille, m'a-t-on dit, auprès des personnels de ménage et de cuisine. J'ai l'intention de placer le personnel de ménage sous l'égide d'une infirmière-chef assistante, qui dirigera également les aides-soignantes et les brancardiers. Je tiens par ailleurs à ce que, désormais, ces aides-soignantes et ces brancardiers, ainsi que nos filles de salle, suivent des cours obligatoires d'hygiène hospitalière. Ils et elles recevront en outre une formation destinée à améliorer la qualité de leur travail quotidien et, une fois l'an, tout ce petit monde aura droit à une autre série de cours. Je souhaite que l'infirmière tutrice se charge de l'ensemble de ces enseignements.

— C'est une merveilleuse idée! commenta Tufts en souriant d'une oreille à l'autre.

— Du côté du personnel de cuisine, les choses seront un peu différentes. Bien entendu, il leur faudra, eux aussi, assister à des cours d'hygiène hospitalière. Mais, si j'exige à partir de maintenant qu'on nourrisse correctement les patients et les employés de cet établissement, autrement dit qu'on les nourrisse pour plus de six pence par jour, il nous faut aussi, pour assurer la qualité des repas, des cuisiniers compétents. Gertrude Newdigate et moi avons l'intention de nommer une infirmière-chef assistante qui ne s'occupera de rien d'autre. Mais par où devrais-je commencer?

— Virez tous les cuisiniers et embauchez-en de bons.

— C'est entendu. Il va sans dire, sœur Scobie, qu'en tant qu'infirmière tutrice de formation vous êtes désormais responsable de tous les types d'enseignement susceptibles de se voir délivrer dans cet établissement.

— Merci, monsieur, fit Tufts avec un sourire.

Elle quitta le bureau à son tour.

— Sœur Katherine Treadby?

Celle-ci pirouetta sans laisser le temps au double visage de choisir entre la gargouille et le jeune premier – la surprise l'avait privé de toute expression.

— Vous! s'écria Charles, bouche bée.

— Ça dépend de qui est ce «vous», monsieur. Le fait est que je suis bel et bien le «vous» appartenant à sœur Katherine Treadby.

— Mais vous vous appelez Kitty Latimer! L'une des filles du pasteur!

— Je le suis également, en effet – la jeune femme s'amusait beaucoup. Mon nom officiel est Latimer, mais puisque les quatre élèves infirmières entrées ici en avril 1926 étaient sœurs de sang et, à ce titre, portaient le même nom de famille, Latimer, on a attribué à trois d'entre nous des patronymes différents. Edda est restée une Latimer, tandis que Grace, qui, depuis, a quitté l'hôpital pour se marier, est devenue Faulding. Tufts… Non, Heather, plutôt… Heather s'est dès lors appelée Scobie. Et moi, qui suis sa cadette de quelques minutes, j'ai pris le nom de Treadby.

Charles bondit sur ses pieds et fit le tour de son bureau. Le choc éprouvé à se retrouver impromptu face à la créature qui le hantait nuit et jour depuis qu'il l'avait rencontrée à bord de ce train, quelques semaines plus tôt, était rude. Le Dr Burdum en perdit d'un coup toute espèce de bon sens. Il ne put que tendre la main vers Kitty en souriant de cet air imbécile qu'affectent les amoureux transis.

— Sœur Treadby, puisque tel est aussi votre nom… et il s'approcha d'elle. Il n'est guère qu'une position que je suis en mesure de vous offrir: celle qui consiste à devenir mon épouse. Depuis l'instant où vous m'avez blackboulé dans ce compartiment de chemin de fer, je ne pense plus à rien ni à personne d'autre! Regardez-nous! s'écria-t-il en sculptant l'air de sa main gauche. Votre taille convient merveilleusement à la mienne, ô divine créature, et plus jamais je ne m'aviserai de vous comparer à Marion Davies, j'en fais le serment sur le tombeau de Guenièvre. Je vous adore ! Je rends grâce au sol qui porte vos pas ! Je suis votre esclave, votre prisonnier d'amour !

Incrédule et pétrifiée, Kitty écouta sans mot dire sa déclaration enflammée, au terme de laquelle il se figea à son tour, quoique sous l'effet d'autres émotions que celles qui se bousculaient dans l'esprit de la jeune femme. Les lèvres de cette dernière se contractèrent, puis se mirent à trembler. Elle lutta un instant pour se maîtriser ; en vain. La fille du pasteur éclata de rire.

— Encore ! glapit-elle – elle ne se tenait plus de joie. Jamais, de toute ma vie, je n'avais entendu un pareil tissu d'insanités. Ne me dites pas que les Anglaises sont capables de gober des trucs pareils ! C'est tellement sirupeux que j'en ai des haut-le-cœur !

Mortifié, le jeune homme s'empourpra. Durant une poignée d'interminables secondes il se sentit proprement impuissant : qu'allait-il faire à présent ? Il aurait pu débiter le nom d'une bonne dizaine de femmes qui s'étaient littéralement pâmées d'aise lorsqu'il leur avait troussé de pareils discours – des discours sincères ! Il venait même de la demander en mariage ! Mais Kitty avait tourné ses efforts en dérision. Pourquoi ? C'était une femme, sapristi, et les femmes raffolaient de ces torrents d'éloges !

Charles battit donc en retraite, mais sans perdre la face : il fit affleurer un petit éclat de rire qu'il puisa au plus profond de lui-même, recula d'un pas nonchalant en désignant une chaise à la jeune infirmière.

— Asseyez-vous. Après m'avoir si joliment réduit en miettes, c'est le moins que vous puissiez faire.

— D'accord, répondit Kitty, qui s'exécuta.

— Qu'est-il donc, dans ma déclaration, qui vous ait à ce point déplu ? s'enquit-il en posant une fesse sur un coin de sa table – la jeune femme s'avisa alors que l'on en avait scié les pieds – mon pauvre garçon, songea-t-elle, les colonies ne sont décidément pas faites pour vous.

— Votre question à elle seule constitue un bon exemple, exposa-t-elle. Je la trouve trop bien tournée, grammaticalement guindée. À une oreille australienne, elle sonne faux. Même chose pour votre déclaration d'amour. Elle m'a paru d'une irrésistible drôlerie.

— Bande de barbares, maugréa le médecin.

— Je comprends votre réaction. Notre pays vous choque, n'est-ce pas ?

— Et comment donc parle-t-on d'amour à Corunda, je vous prie ?

— Peut-être qu'à l'époque où il construisait son Arche Noé évoquait ces sujets-là avec autant de feu que vous. Mais depuis, personne ici n'a plus jamais eu recours à ce genre de style. Vous devriez tenter votre chance auprès d'une fille de Toorak, elle mordrait peut-être à votre hameçon romantique. Et encore. Vous risquez de faire chou blanc dans tout le reste du pays. Et puis enfin, monsieur ! On ne se déclare pas comme ça au débotté ! Et au beau milieu d'un entretien professionnel, par-dessus le marché. En vous y prenant de cette manière, vous vous êtes rendu détestable. Car il n'est pas une femme sur cette planète pour ignorer que les hommes s'estiment supérieurs à nous, en sorte que nous savons toutes que quand l'un d'entre vous nous débite ses sucreries, il n'y croit que le temps de les formuler. Donnez-lui ensuite ce qu'il réclame, et il reprendra instantanément ses grands airs de dominateur. Essayez donc les fleurs, les chocolats. Mais la poésie à la Tennyson et toutes ces fadaises ? N'y pensez même plus ! À votre place, un garçon de Corunda m'aurait sans doute dit que j'étais une jolie poupée, après quoi il aurait laissé… il aurait laissé faire les choses. Si vous ne souhaitez pas devenir la risée de cette ville, docteur Burdum, je vous conseille vivement d'abandonner vos élans lyriques. Vous avez mis au point, pour l'avenir de cet hôpital, des projets sensationnels, que la plupart de mes concitoyens apprécient et soutiennent. Mais s'ils s'aperçoivent que vous n'êtes qu'un séducteur de bazar, ils vous mépriseront.

Dans le cœur de Charles, l'humiliation refluait peu à peu. Cependant, la rebuffade que Kitty lui avait infligée venait prendre place, dans un petit coin de sa cervelle, auprès d'autres affronts, d'autres blessures, d'autres insultes – qu'on lui avait parfois fait subir en toute innocence. Le Dr Burdum possédait un défaut dont il n'avait pas même conscience : il était rancunier, et les années passant, les rancunes s'accumulaient. Car le Dr Burdum avait la peau trop fine, en sorte que la moindre plaie se mettait à suppurer…

Pour l'heure, il s'apaisait, ayant compris que dans le rire de Kitty ne s'était glissée aucune trace de mépris. Il se détourna donc de scs tourments pour constater bien vite que la jeune femme était loin de demeurer indifférente à ses charmes : son hilarité n'avait été qu'un bouclier, qu'elle avait levé bien haut contre le magnétisme qui émanait de son interlocuteur. Pour le reste, elle avait mille fois raison. Comment avait-il eu le toupet d'aborder des questions personnelles pendant un rendez-vous de travail ? Non, ce qu'il éprouvait, elle l'éprouvait aussi. Il ne lui restait plus qu'à bâtir entre eux une relation strictement professionnelle. Il la courtiserait plus tard. Il fallait d'abord qu'elle apprenne à l'apprécier, mais sans plus se tromper de Charlie : il était Charles Burdum, pas Charlie Chaplin.

Assis à son bureau, il la considéra avec le plus de détachement possible – étant entendu qu'il était fou d'elle et le resterait jusqu'à son dernier souffle. Sybil ? Bah. Un très jeune chardonnay. Kitty, elle, était un champagne millésimé, un nectar sans équivalent. Bien qu'elle dissimulât sous son voile ses cheveux d'un blond extrême, ses cils et ses sourcils de givre suffisaient, par contraste avec son hâle naturel, à frapper quiconque la contemplait. Dans le train, Charles n'avait pas eu l'occasion d'observer assez longtemps ses yeux pour y découvrir ce bleu aigu rehaussé de lavande qu'il admirait aujourd'hui – il y avait, dans ce regard, quelque chose de celui d'un chat persan. Son prénom, d'ailleurs, que l'on donnait volontiers aux chatons, lui allait à ravir : ce front bombé, ces grands yeux, cette pointe de sourire qui ne quittait pas ses lèvres exquises... Jamais encore le Dr Burdum n'avait rencontré une créature si blonde à la peau si foncée. Jamais encore, s'avisa-t-il soudain dans un sursaut, il n'avait plongé son regard dans un regard si furibond... Mais c'était grotesque, voyons ! Qu'avait-elle donc enduré pour prendre ombrage d'un compliment ? Charles ne s'attendait pas à cette réaction. Il avait plutôt cru qu'en s'ouvrant de ses sentiments à la jeune femme, il lui faudrait ensuite satisfaire la vanité sans bornes de sa bien-aimée ; ce devait être une reine. Au lieu de quoi il avait discerné en elle de l'humour, de la fureur, il avait vu son dard de scorpion, mais sans déceler une once de suffisance. Qui es-tu, Kitty ?...

— Avez-vous une préférence quant à votre affectation, infirmière ?

— Oui, monsieur. Le service pédiatrique.

Il tapota du bout des doigts le dossier de la jeune femme.

— J'ai en effet noté que vous aviez passé une bonne partie de ces trois dernières années auprès de nos plus jeunes patients. Et sœur Moulton ne tarit pas d'éloges à votre sujet.

— Je peux lui retourner le compliment.

— Vous souhaitez donc continuer à vous occuper des enfants ?

— Oui, monsieur, j'aimerais beaucoup.

— Sœur Newdigate m'a suggéré de vous y affecter entre 14 et 22 heures. Cela vous convient-il ?

— Parfaitement, monsieur.

La vedette de cinéma reparut dans le généreux sourire de Charles ; Kitty ne manifesta aucune réaction.

— Dans ce cas, sœur Treadby, le poste est pour vous.

— Merci, répondit la jeune femme qui, dans un même mouvement, se leva et sortit.

Après avoir traversé le bureau de Cynthia Norman, elle s'adossa à un mur, contre lequel elle s'affaissa un peu, tiraillée entre la joie et le chagrin. La joie d'avoir obtenu le poste qu'elle convoitait au service pédiatrique. Le chagrin de constater que sa relation avec le nouveau directeur était bien mal engagée.

Durant leur entretien, après avoir remisé au plus profond d'elle-même le fou rire qui l'avait d'abord secouée lorsqu'il s'était mis à faire la roue tel un paon, elle n'avait cessé de le scruter. De cet examen attentif elle avait conclu qu'il se trouvait en lui un mélange de ruse et de candeur – sans qu'elle parvînt à deviner dans quelles proportions se répartissaient l'une et l'autre. Et puis il était tellement séduisant ! Et pas trop petit pour elle ; même si elle arborait de hauts talons, il la dominerait encore de trois ou quatre centimètres. En revanche, s'ils se mariaient un jour, quelle catastrophe pour leur progéniture : ils n'enfanteraient que des nabots !

Kitty nageait dans la plus grande confusion. Quel homme se cachait au juste derrière ces beaux discours ? Un homme intelligent, à n'en pas douter. Un homme d'expérience. Elle ne décolérait pas : la mine contrite de la jeune infirmière avait suffi à lui faire croire qu'elle était mordue ! Comment avait-il osé lui faire une chose pareille ? Encore un collectionneur d'art, qui brûlait, en l'épousant, de devenir l'heureux propriétaire de sa beauté. Hors de question !

Cela dit, il m'a offert toutes les tentations auxquelles les femmes ont coutume de succomber : la fortune, le rang, la promesse d'une existence entière dénuée de toute préoccupation matérielle… Mais sur la seule foi de mon visage ! Je hais mon visage ! Il m'a débité de grotesques serments d'amour, mais que connaît à l'amour un homme

239

qui ne juge une femme qu'à la joliesse de ses traits? C'est un être superficiel, rien de plus. Et s'il possède suffisamment de cœur pour compatir aux tourments d'autrui, il n'a pas assez souffert lui-même pour être autre chose qu'un analyste froid.

Enfin, Kitty se redressa; elle était à nouveau capable de mettre un pied devant l'autre. Elle garderait pour elle le contenu de cette entrevue matinale. Si Edda et Tufts savaient!...

Pendant ce temps, Charles Burdum se faisait peu à peu à l'idée qu'en dehors de leur teint Tufts et Kitty se révélaient parfaitement identiques. Mais ce qui les distinguait tenait davantage à une question d'âme qu'à une affaire de peau. Un minimum de perspicacité suffisait à deviner que les atouts de Tufts résidaient dans sa douceur, son ordre et sa méthode. Le moteur de Kitty rugissait; celui de sa sœur ronronnait. N'ayant jamais croisé de jumelles, Charles éprouvait à leur égard de la fascination. Et puis il y avait Edda et Grace, dont la rumeur affirmait qu'elles se ressemblaient davantage encore.

Quel était le caractère de Kitty? L'Anglais pressentait en elle une série de mystères, mais vers qui se tourner pour les résoudre?

L'image d'Edda s'imposa aussitôt à son esprit. Oui, Edda savait tout. Elle était, si l'on en croyait le qu'en-dira-t-on, le leader naturel du quartet. C'était à elle que le jeune médecin devait s'adresser, mais il lui fallait tenir compte de la leçon que Kitty venait de lui donner. Comment s'approcher de Méduse? Ne jamais la regarder dans les yeux, sous peine de se voir changé en pierre. Elle ne l'appréciait pas, il en avait la conviction, bien qu'il jugeât cet inconvénient secondaire dans le cadre de son plan. Car Edda n'était pas égoïste : elle saurait faire passer les désirs et les besoins de sa demi-sœur avant les siens. Oui, il s'entretiendrait avec Edda.

Je suis victime de mon époque et de ma nationalité, se lamenta-t-il un instant. Je suis un Anglais, autrement dit un membre authentique de la nation qui règne sur le plus vaste empire que le monde ait jamais connu. Par quelque extrémité que l'on examine un planisphère, partout l'on découvre ce rose presque rouge par quoi les géographes symbolisent les possessions britanniques. Il n'est que l'Antarctique pour ne pas rosir ainsi. Le continent australien, au contraire : rose ! Dans son intégralité. Hélas, les Australiens détestent le rose, ils préféreraient cent fois que l'on colore leur territoire en vert, le vert de l'indépendance, comme c'est le cas pour les États-Unis d'Amérique. Il faut que j'oublie peu à peu d'être anglais.

Il appela sa secrétaire par le tube acoustique :

— Les trois sœurs Latimer habitent-elles dans l'enceinte de l'hôpital, mademoiselle Norman ?

— Oui, monsieur.

— Comment puis-je prendre contact avec elles ?

— Plutôt par lettre, monsieur, que vous me confierez ensuite afin que je la range dans le casier adéquat, au bureau des infirmières. S'il s'agit d'un message urgent, vous pouvez aussi utiliser le téléphone, mais dans ces cas-là, l'infirmière-chef enverra plutôt un brancardier chercher celle à qui vous désirez parler.

— Je vais écrire une lettre. Merci.

Il attira à lui le bloc de papier à lettres en fronçant les sourcils. Mauvais papier bon marché. Trop mince. Il exigerait de l'économat que l'on commande à présent les fournitures de bureau chez W. C. Penfold, à Sydney. D'ici là, il lui faudrait se contenter de cette pelure. Dans une semaine, il réunirait le conseil d'administration pour une première rencontre avec ses membres depuis qu'il avait pris ses fonctions. On allait rire !

Edda découvrit la missive au retour d'une de ses promenades à cheval en compagnie de Jack Thurlow, physiquement repue, mais l'esprit plus agité que jamais. Les sentiments qu'elle portait à Jack avaient de quoi la retenir à Corunda, mais le dévouement imbécile dont il faisait preuve envers Grace et Bear l'excédait. Quant à sa dispute avec sa jumelle, elle ne l'avait racontée ni à Tufts ni à Kitty, bénissant le Ciel de ce que leurs horaires respectifs ne lui eussent pas donné l'occasion d'évoquer les délires de sa sœur dans sa retraite de Trelawney Way – qui s'imaginait que ses voisines la croyaient en pleine aventure secrète avec Jack! C'était ridicule. Risible. Grace ne vivait pas dans un désert: il se trouvait toujours un fouineur pour lui rendre visite au moment même où Edda et Jack s'affairaient au jardin. Et puis qui aurait pu se méprendre sur les préférences du jeune homme? Edda et lui arrivaient et repartaient dans la même voiture, ils se coulaient entre-temps des regards qui en disaient long sur leurs rapports… Mais il était un élément qu'Edda n'avait pas saisi: l'effet peu à peu produit par sa double maternité et les longues absences de son époux sur Grace qui, dans le même temps, contemplait sa sœur, sa sœur dont le pouvoir de séduction lui sautait chaque jour à la figure, et ses tenues impeccables, son existence dépourvue de toute contrainte, la franche camaraderie qu'elle pouvait se permettre d'entretenir avec les hommes… Autant d'avantages dont, par comparaison, Grace se sentait cruellement privée. C'est ainsi qu'une terrible jalousie avait fini par s'emparer d'elle jusqu'à lui faire haïr pour partie cette insouciante Edda, cette Edda désinvolte. Cette Edda disponible.

Dans l'opinion de cette dernière, la perspective d'une liaison entre Grace et Jack relevait du pur fantasme. Son effarement face aux élucubrations de sa jumelle avait cédé le pas à de la pitié, une pitié mêlée d'horripilation qui l'avait poussée à régler l'affaire le plus simplement du monde: en faisant savoir à toute la ville qu'elle sortait avec Jack. Celui-ci n'y avait pas vu d'inconvénient, au contraire : Grace allait pouvoir enfin souffler, l'aveu de sa sœur laverait du même coup sa réputation...

Qui aurait pu prévoir la dispute survenue entre les jumelles ? Avec une sauvagerie peu commune, Grace avait abattu son lourd marteau de haine sur la tête d'Edda. Elle l'avait frappée dans un état de rage aveugle, de fureur destructrice ; l'incendie qui embrasait son regard disait une soif de meurtre aussi irrationnelle que celle qui s'emparait parfois des foules. Au terme de cet éclat, Edda avait senti se briser en elle l'image de sa sœur en un tel nombre de morceaux que, si la chose avait été possible, elle se serait arrangée pour ne plus jamais la revoir. Ses capacités de déduction avaient beau lui souffler qu'en réalité cet ouragan se révélait sans grand rapport avec elle, son courroux était si grand qu'elle ne réussissait ni à oublier, ni à pardonner. L'injustice que Grace lui avait fait subir rongeait si âprement l'amour qui l'unissait naguère à sa jumelle que, de cet amour, il ne restait presque plus rien.

Edda vécut alors le pire hiver de toute sa vie – elle se sentait plus mal encore qu'à l'époque où Kitty avait tenté plusieurs fois de se suicider. Bien sûr, cette dernière, et Tufts avec elle, devinaient qu'une empoignade était survenue, mais elles eurent beau tenter à plusieurs reprises, ensemble ou séparément, d'interroger leurs demi-sœurs à ce sujet, elles se heurtèrent invariablement à un mur de pierre. Ni Edda ni Grace ne souhaitait discuter de leur brouille, encore moins y mettre un terme.

Kitty décida d'aller trouver leur père, qui s'adressa d'abord à Edda, de loin la plus raisonnable à ses yeux. En vain. Lorsqu'il interrogea Grace, il ne récolta que des torrents de larmes entrecoupés de discours incohérents. Maude s'en mêla à son tour, en se rangeant du côté de Grace, à la suite de quoi Edda décréta qu'elle ne remettrait plus les pieds au presbytère tant que sa belle-mère ne s'occuperait pas de ses affaires.

Ce fut finalement l'infirmière-chef en personne qui parut sur la scène, sa fidèle hache de guerre affûtée, soufflant la rumeur, sur l'aiguisoir destiné au microtome du Dr Finucan. On devait son intervention à Tufts, qui avait vu en Gertrude Newdigate l'ultime recours.

— Seul un dieu aurait le pouvoir de réconcilier mes sœurs, exposa un jour la jeune femme à Liam. Une déesse, plutôt. Je ne vois que l'infirmière-chef pour tenir ce rôle.

Grace se trouva donc convoquée dans le bureau de cette dernière comme l'élève qu'elle avait été. À l'instant où elle prenait un siège, Edda se présenta.

Aucune des deux jumelles n'avait soupçonné le stratagème. Aucune des deux ne trouva le courage de quitter brusquement la pièce dans un grand accès de colère.

— Asseyez-vous, sœur Latimer, fit Gertrude Newdigate sur un ton affable, et souhaitez donc le bonjour à votre sœur.

Un terrible poids s'abattit sur les épaules d'Edda.

— Bonjour, Grace, lâcha-t-elle en ébauchant un vague sourire de ses lèvres paralysées.

Sa jumelle n'en menait pas large non plus. Elle était la seule fautive, elle le savait et, depuis trois mois, elle dormait mal, occupée qu'elle était à chercher comment s'extraire de l'ornière sans y laisser sa fierté. Hélas, quoi qu'elle pût tenter, son orgueil n'y survivrait pas – si seulement, en cette funeste journée, Edda lui était apparue moins élégante. Moins chic. Mais elle arborait au contraire une si jolie tenue que les mots acerbes avaient jailli de sa bouche sans qu'elle eût le temps de rien retenir, en une cascade fielleuse et sordide. Grace s'en voulait atrocement. Mais, de l'autre côté, sa fierté manifestait de terribles exigences.

Edda, enfin débarrassée de son tablier réglementaire, s'était présentée voilée devant Gertrude Newdigate, effigie glacée rayée de vert et de blanc, tandis que sa sœur avait revêtu ses plus beaux atours du dimanche: robe de crêpe fuchsia, chapeau de paille assorti, sac et souliers bleu marine.

— Tu es superbe, lui fit remarquer Edda.

— Tu es très… intimidante, comme toutes les infirmières en uniforme.

— Alors? s'enquit Gertrude Newdigate avec un sourire. C'est fini, cette prise de bec?

— Ce le sera une fois que je me serai excusée, répondit Grace. Je te demande pardon, Edda. De tout mon cœur. Mes paroles ont largement dépassé ma pensée.

— Parfait! commenta l'infirmière-chef, la mine rayonnante. Au fait, Faulding, vous ne m'avez jamais remis ces cinq feuillets consacrés au bilan hydrique que je vous avais demandés…

La porte s'ouvrit: une fille de salle entra en poussant un chariot sur lequel trônaient une théière et des tasses.

— Sur ce, conclut Gertrude Newdigate, oublions donc le protocole et appelons-nous par nos prénoms.

— Je n'y arriverai jamais, infirmière-chef! glapit Grace.

— Bien sûr que si, voyons. D'ailleurs, j'ai besoin de vous. Il faut à cet hôpital, tel que notre nouveau directeur est en train de le réorganiser, une correspondante dans le quartier des Trelawneys. Et l'on m'a dit que, là-bas, on écoutait beaucoup vos avis.

Flattée, la jeune femme rougit jusqu'aux oreilles, l'œil pétillant.

— Je suis à la disposition de cet établissement, infirmière-chef.

— Gertie, rectifia Edda avec un grand sourire. Tu dois l'appeler Gertie.

L'enveloppe cachetée contenant la feuille de papier pelure se trouvait dans son casier, barrée d'un *Sœur Edda Latimer* tracé à l'encre presque noire. Une écriture intéressante, jugea la jeune femme, hardiment tracée à l'aide d'une plume épaisse. Elle ouvrit l'enveloppe.

Droit au but : il s'agissait d'une invitation à prendre un verre avec lui dans le salon du Grand Hôtel à 18 heures. Ensuite, si elle le désirait, ils pourraient dîner tous deux au Parthénon. Inutile de répondre. Si elle était d'accord, il se tiendrait au lieu dit et à l'heure dite ce soir même, le lendemain soir et tous les autres soirs qui suivraient.

Il n'en pinçait pas pour elle, Edda en avait la certitude ; le regard qu'ils avaient échangé le matin même ressemblait plutôt à celui que se seraient lancé deux guerriers appartenant à des tribus rivales. Non, c'était Kitty qui l'intéressait, elle l'avait deviné dès le jour de son arrivée, à la gare de Corunda. Et voilà qu'il venait d'apprendre que la jeune femme avec laquelle il avait voyagé n'était autre que l'infirmière Katherine Treadby. Mais l'affaire se trouvait compliquée par le camouflet que cette dernière avait infligé au médecin dans leur compartiment commun. Devenu d'emblée l'envahisseur étranger, il était trop intelligent pour n'avoir pas saisi qu'il lui fallait d'abord en apprendre beaucoup sur Kitty avant de se risquer à l'apprivoiser. Il souhaitait qu'Edda devînt son informatrice.

Ils se rencontreraient aujourd'hui. Demain, elle serait de service au bloc opératoire, après quoi elle travaillerait sept soirs d'affilée avant de se voir octroyer un peu de repos. Le Dr Burdum ne l'ignorait pas. Il avait agi en conséquence.

Ne disposant que de cinq cents livres d'économies à la banque, Edda confectionnait tous ses vêtements, et vivait si chichement que son maigre salaire d'infirmière suffisait à financer sa garde-robe. Bien sûr, elle devait acheter les tissus, les chaussures, les gants et les sacs. Elle fabriquait en revanche ses robes et ses chapeaux, avec un tel talent que l'on s'imaginait à Corunda qu'elle se procurait ses tenues dans les boutiques de mode de Sydney. Elle venait justement de mettre la dernière main à une superbe robe d'un gris tirant sur le violet, dont elle avait rehaussé l'ourlet du bas et le bord des manches de quelques milliers de minuscules perles en verre mauve. Souliers noirs, sac noir, un enroulement délicat de tulle gris foncé orné lui aussi de perles mauves en guise de couvre-chef. Ce serait parfait !

Il patientait à une table basse isolée, dans le salon de l'hôtel. Il bondit sur ses pieds à l'instant où il la vit traverser le hall.

— Un cocktail ? proposa-t-il en l'invitant à prendre place dans un gros fauteuil.

— Non, merci, répondit-elle en ôtant ses gants doigt par doigt – une tâche fastidieuse. Un verre de bière, plutôt.

— Les Australiennes sont-elles nombreuses à boire de la bière ? demanda-t-il.

Il s'assit à son tour et fit signe au serveur.

— Oui. À cause du climat. Nous aimons les bières comme savent en brasser les Allemands, légères au goût mais assez fortement alcoolisées, et nous les consommons glacées. Ici, vous ne trouverez pas de ces breuvages épais que vous avalez en Angleterre à température ambiante.

Enfin, elle avait ôté ses gants.

— Je me permets d'ajouter que, comme moi, Kitty raffole de la bière glacée.

— Vous êtes d'une perspicacité redoutable, commenta-t-il après avoir passé commande. Ne m'avez-vous pas soupçonné d'en pincer pour vous ?

— Pas une seconde. Je suis beaucoup trop grande.

— Bien vu. Vous me faites l'effet d'une créature extrêmement exotique pour Corunda.

— Il en faut. Lorsque vous connaîtrez mieux les sœurs Latimer, vous vous rendrez compte qu'au sein de chacune des deux paires de jumelles les traits communs se trouvent nettement délimités chez l'une, tandis que chez l'autre on les croirait un peu gauchis, déformés comme dans les miroirs concaves ou convexes des fêtes foraines.

— Expliquez-moi ça…

— Prenons mon exemple et celui de Grace. Je fais en effet figure d'excentrique dans cette ville, tandis que ma sœur en est l'une des représentantes les plus typiques : une mère au foyer qui passe ses journées à tenter de joindre les deux bouts en se délectant néanmoins du rôle que l'existence lui a attribué. Kitty, elle, constitue l'incarnation même de la beauté moderne, depuis sa petite bouche en bouton de rose jusqu'à ses yeux immenses, alors que Tufts a tout de la vieille fille, pragmatique et sans fard.

Edda saisit son verre, sur les flancs duquel perlait de la condensation, et l'inclina vers le Dr Burdum.

— À votre santé, Charlie.

— Faut-il vraiment que tout le monde ici m'appelle Charlie ? s'agaça-t-il.

— Oui. Les hommes, les vrais, ont tendance à tenir « Charles » pour un prénom un peu efféminé. Du moins de ce côté-ci de la planète.

— Bon sang de bonsoir, mais vous êtes une véritable peste !

— En Angleterre, vous l'auriez pensé, mais vous ne vous seriez jamais permis de me le dire.

— Quelle affreuse chipie !

— Et fière de l'être.

— Pourriez-vous m'expliquer à présent, Edda, ce qui déplaît à ce point aux Australiens chez les Anglais ?

— Nous ne vous aimons pas parce que notre pays était encore, il y a vingt-huit ans, une colonie britannique et, à l'époque, les Anglais continuaient de nous traiter avec le plus grand mépris. Et même si, aujourd'hui, on parle de Commonwealth d'Australie, beaucoup d'entre nous estiment que ce sont toujours la Banque d'Angleterre et les grandes compagnies britanniques qui font ici la pluie et le beau temps. Les emplois les plus intéressants, ce sont les Anglais qui les décrochent, et plus un Australien s'échine à singer l'accent britannique, plus ses chances de s'enrichir et de gravir l'échelle sociale augmentent. On punit ceux d'entre nous qui fréquentent les écoles publiques s'ils s'avisent de parler avec un accent trop populaire ! Car, en débarquant sur ces côtes, vous avez apporté avec vous votre système de classes, et il y a fait florès!

Edda, que son propre discours parut tout à coup lasser, haussa les épaules.

— Si vous voulez qu'on vous apprécie à Corunda, Charlie, cessez d'être anglais au plus vite.

— Cigarette? proposa-t-il en tendant son étui en direction de la jeune femme.

— Je ne fume pas. Nous avons cessé de fumer toutes les quatre au bout de quelques semaines passées dans le service de médecine générale des hommes.

— À cause des maladies?

Un sourire aigre tordit un instant les lèvres peintes en rouge vif d'Edda.

— Non!… Pensez-vous!… Les médecins ne vident et ne nettoient jamais les crachoirs. S'ils le faisaient de temps à autre, ils comprendraient de quoi je parle.

L'image du contenu d'un crachoir s'imposa à l'esprit du jeune homme, qui reposa en hâte son scotch soda.

— Que souhaitez-vous faire à l'avenir? demanda-t-il.

— Voyager. Vivre de folles aventures aux quatre coins du monde. J'espère aussi devenir infirmière responsable. Pour gagner plus d'argent. Pour le moment, je perçois un salaire misérable.

— Je vais voir s'il m'est possible d'intervenir concernant une éventuelle promotion.

— En échange des informations que je suis censée vous livrer sur Kitty?

— Exactement, répondit le jeune médecin, que la question d'Edda n'avait nullement déconcerté. Je vous serai très reconnaissant de tous les renseignements que vous voudrez bien me fournir.

Son invitée se renversa dans son fauteuil, puis croisa les jambes avant de poser sur le nouveau directeur son regard de louve. Il n'y avait plus trace de moquerie dans ces yeux-là. Au contraire, la jeune femme semblait avoir révisé son opinion initiale : elle n'éprouvait plus de mépris pour le Rosbif. Ce dernier l'écouta dès lors lui narrer, en conteuse-née, l'histoire de sa bien-aimée – elle ne s'interrompit que pour parcourir avec lui les deux pâtés de maisons qui les séparaient du Parthénon.

Kitty n'était donc pas de ces beautés fatales qui aimaient à suspendre à leur ceinture le scalp de leurs multiples amants. Kitty portait au plus profond d'elle-même d'affreuses cicatrices et Charles, qui l'aimait de tout son cœur, brûlait déjà de rencontrer cette mère abominable qu'Edda détestait si fort. Maude Scobie Latimer… Si fière de sa ravissante enfant qu'elle n'avait jamais été capable de discerner les terribles effets de cette adulation sur Kitty. Trop superficielle pour saisir que certaines femmes ont envie qu'on les apprécie pour autre chose que pour la perfection de leurs traits. Une râpe à fromage… Et la malheureuse n'avait que douze ans !… Le Dr Burdum en était malade. La tentative de suicide, que tout le monde ignorait, à l'exception d'Edda et du pasteur…

Oh ma pauvre Kitty ! Ma chère Kitty !… Quelle importance ce diplôme d'infirmière a-t-il dû revêtir pour toi, et combien ma déclaration t'aura semblé dérisoire. Sans le vouloir, je t'ai manifesté un intérêt que tu as passé ta vie entière à fuir – tu as dû me haïr. Sans me fonder sur autre chose que ta beauté, je t'ai révélé mes sentiments. Si seulement j'avais su ce que tu avais enduré depuis l'enfance ! Comment parviendrai-je à te persuader de m'aimer en retour après de si piètres débuts ?…

— Si vous l'aimez vraiment, vous allez devoir la convaincre que son joli minois est bien la dernière chose qui vous ait séduit chez elle, lui décréta Edda au moment où ils allaient se séparer. Il va donc vous falloir gagner pas à pas sa confiance. Et celle de Tufts.

Mais Tufts était déjà conquise, par le biais de Liam Finucan, car ce dernier ne tarissait pas d'éloges sur le nouveau directeur.

— Il accomplit des merveilles, Heather, lui répétait-il à l'envi. Enfin, cet hôpital va pouvoir donner tout ce qu'il a dans le ventre.

Aussi, lorsque Kitty vint la trouver en quête d'un brin de réconfort, elle en fut pour ses frais.

— Si tu n'es pas contente qu'il te fasse la cour, assène-lui l'une de ces remarques au vitriol dont tu as le secret, et n'en parlons plus. Personnellement, je le trouve épatant.

— Moi aussi, mais... Mais je ne sais pas ce que j'éprouve ni ce dont j'ai envie ! se mit à hurler sa sœur. Jamais je n'avais rencontré un type aussi odieux, aussi imbu de lui-même, mais d'un autre côté, il me paraît digne d'admiration, et je pense sincèrement qu'il tient à offrir à cet établissement la chance qu'il n'a jamais eue. Mais suis-je prête à devenir sa femme ? À épouser les causes qu'il défend et les ambitions qui sont les siennes ?...

— Tu mets la charrue avant les bœufs. Tu n'es pas obligée de t'engager avec lui pour apprécier l'énergie qu'il dépense au service de notre hôpital. Vu ta réaction, j'ai bien l'impression que tu en pinces un peu pour le Dr Burdum.

— Faut-il que je sorte avec lui, comme Edda ?

— Edda ne sort pas avec lui : Burdum se contente de l'utiliser pour glaner des informations à ton sujet. Pose-lui la question, tu verras ! Elle ne l'intéresse pas : elle est trop grande.

— À ce propos, voilà bien l'une des raisons pour lesquelles il ne m'intéresse pas non plus : il est trop petit. Les gens ricanent quand ils voient une toute petite bonne femme au bras d'un grand maigrichon, mais ils riront plus encore devant le spectacle de Tom Pouce et son épouse. Ridicule !

— C'est de la fierté mal placée, gloussa Tufts. Tiens, voilà Edda. Edda, raconte donc à Kitty ta soirée avec le directeur.

— Avec plaisir, consentit la jeune femme en s'asseyant avec un soupir. Une part de moi se méfie de lui. C'est un beau parleur, un hâbleur qui serait capable de vendre n'importe quoi à n'importe qui. Et sur ce point, il est indécrottable, c'est inscrit dans ses gènes. Il s'adore. En même temps, j'apprécie d'autres facettes de sa personnalité. En particulier l'affection qu'il te porte, Kitty. Et les idées dont il déborde pour l'hôpital. Si je possédais autant d'argent que toi à la banque, je miserais sur le fait que Charlie le Rosbif risque de se révéler bientôt pour Corunda un formidable atout.

Edda fronça les sourcils.

— Quant à savoir s'il peut être un atout pour toi, ma chère petite sœur, ça, j'en suis moins sûre. Ses intentions sont nobles, mais j'ai bien l'impression que Charlie Burdum, dans le fond, n'aimera jamais que Charlie Burdum.

— Tu ne m'aides pas.

— Il n'y a que toi qui puisses t'aider, pauvre sotte ! s'emporta Edda. Sors avec lui ! Sinon, tu ne pourras jamais t'en remettre qu'à l'opinion des autres.

— Elle a raison, approuva Tufts. Sors avec lui, sapristi !

* * *

Les commères de Corunda, qui avaient déjà fort à faire depuis que le Dr Burdum invitait Edda Latimer à prendre des verres en sa compagnie, puis à dîner, ne surent plus où donner de la tête lorsque ce fut au tour de Kitty de prendre un verre et de dîner avec lui. Était-il en train d'organiser une compétition entre les deux sœurs pour déterminer ensuite laquelle des deux il épouserait, ou nourrissait-il de plus noirs desseins ?

Charles avait remarqué qu'Edda et Kitty ne possédaient pas le même style vestimentaire (l'une et l'autre faisaient cependant se retourner ces messieurs sur leur passage chaque fois qu'elles traversaient le hall du Grand Hôtel pour le rejoindre au salon). Il y avait, dans les tenues de

Kitty, quelque chose de plus doux, de plus mousseux – au contraire de sa sœur, qui arborait volontiers de brillants satins et autres étoffes aux éclats métalliques. Ce soir, Kitty avait opté pour une robe en mousseline de soie d'un vert très froid habilement rehaussé de petits motifs émeraude, assortie d'accessoires bleu marine. Elle ne portait pas de chapeau – ses boucles très blondes formaient un halo autour de son visage enchanteur. À la fin du repas, Charles n'éprouvait plus le moindre doute : Kitty serait désormais son arbitre du bon goût – mais d'où les demoiselles Latimer tenaient-elles leur imparable sens du vêtement quand, à Corunda, les trois quarts des femmes étaient fagotées comme l'as de pique ?

— Pourquoi êtes-vous la plus sarcastique des quatre sœurs ? l'interrogea-t-il en dégustant un verre de bière.

— À cause de mon visage, répondit-elle en hâte. Je possède un visage d'ange, en sorte que mes réflexions acerbes décontenancent mes interlocuteurs. J'ai appris cela très tôt, et jamais je n'ai souhaité le désapprendre.

— J'espère que vous n'allez pas me contraindre à vous courtiser trop longtemps.

— J'espère que vous n'allez pas me courtiser du tout, Charlie.

— Mais bien sûr que si ! s'écria la gargouille qui, dans l'instant, se changea en star de cinéma. Je vous ai déjà expliqué de quelle manière il fallait que notre relation se conclue… Par un mariage.

— Qu'est-ce qui vous a mis cette idée en tête, au juste ? Et ne me répondez pas que c'est l'amour, car, à mes yeux, ce genre d'amour instantané se réduit à un simple désir charnel. Pour ma part, il n'est que quatre personnes au monde pour lesquelles j'éprouve de l'amour, au vrai sens du terme.

— Qui donc ?

— Mes trois sœurs et mon père.

— Et votre mère ?

— J'aime ma mère, fit Kitty en tordant le nez, mais si on lui tirait dessus, je ne m'interposerais pas entre la balle et elle.

— Pour quelle raison?

Les grands yeux s'écarquillèrent encore, puis la jeune femme se mit à rire, d'un rire si contagieux qu'aux tables voisines on ne put s'empêcher d'esquisser un sourire.

— Ce que vous pouvez être sot! Pour quelle raison? Mais parce que, dans la situation inverse, elle ne s'interposerait pas entre la balle et moi, voyons, Charlie.

— Ainsi, grimaça-t-il, même vous avez décidé de m'appeler Charlie?

— Absolument. Charles est une chochotte. Charlie est devenu un homme.

— Je suppose, avança-t-il après avoir avalé doulou- reusement sa salive, qu'un Charles ne s'interposerait pas entre une balle et vous?

— Il serait bien trop occupé à se mettre à l'abri.

— Tandis qu'un Charlie affronterait le tireur?

— Peut-être bien.

Il était grand temps de changer de sujet…

— J'aimerais, commença le Dr Burdum en contem- plant la jeune femme d'un œil où brillaient à présent des éclats d'or… J'aimerais qu'il existe au moins un restaurant digne de ce nom à Corunda. Et, au fait, pourquoi faut-il à tout prix préférer le Parthénon à l'Olympe? On y sert exactement la même chose, dans des décors à peu près identiques…

— L'Olympe est plus proche de la route qui relie Sydney à Melbourne, en sorte qu'on y trouve davantage de voyageurs. Et de touristes. Avez-vous remarqué que des touristes fréquentaient Corunda ces temps-ci? C'est parce que nous sommes en septembre. Le printemps bat son plein. Les fleurs s'épanouissent de tous côtés. Notre ville est célèbre pour ses jardins, qui rappellent, dit-on, ceux qu'on peut admirer en Europe. Les amateurs affluent tout particulièrement pour voir fleurir les azalées et les rhododendrons.

— Mais ils fleurissent l'un après l'autre, pas simultanément.

— À Corunda, si. Grâce à certaines spécificités du climat et du sol. Et, par-dessus le marché, ils fleurissent deux fois plus longtemps qu'ailleurs. Cette semaine, c'est le plein boum. Ici, après tout, le monde marche sur la tête.

— Et moi qui me demandais pourquoi l'hôtel était complet ! s'exclama le Dr Burdum, le visage rayonnant. Je pourrais peut-être persuader la direction d'ouvrir un restaurant trois étoiles.

— Concentrez-vous plutôt sur l'hôpital, lui conseilla Kitty. Maintenant que vous avez emménagé à Burdum House, il ne vous reste plus qu'à vous dénicher un chef à la hauteur de vos attentes. Après quoi vous pourrez régaler vos invités de tous les trucs pochés et de tous les machins braisés de l'univers.

Une expression d'horreur se peignit sur les traits du jeune homme.

— Mais je ne peux pas recevoir sans une maîtresse de maison ! glapit-il.

— Bien sûr que si ! Du moment que vous employez assez de domestiques pour que tout se passe bien, personne n'y trouvera rien à redire. Le snobisme anglais n'est pas de mise ici, je vous le répète. Ici, les femmes ne laissent pas ces messieurs se retirer seuls avec leur porto et leur cigare. Ici, on se retire ensemble. Quand on se retire. Parce qu'en général nous préférons terminer la soirée autour de la table.

Elle laissa fuser à nouveau l'un de ses délicieux éclats de rire.

— Autres lieux, autres mœurs.

— Un homme qui reçoit sans maîtresse de maison…

— Sans la moindre objection à Corunda. Il n'y aurait, très éventuellement, que le gouverneur général pour voir cela d'un mauvais œil.

Après le dîner, Charles insista pour raccompagner la jeune femme à sa porte. Peu lui importait qu'on pût les croiser tous deux sur les rampes. Il alla jusqu'à prendre la main de Kitty dans la sienne, mais il ne tenta pas de la baiser.

— Vous deviendrez Mme Burdum avant l'hiver 1930, lui affirma-t-il à voix basse, tandis que les ombres qui saturaient à présent ses orbites empêchaient Kitty d'observer son regard. Mais pour le moment, je saurai tempérer mes ardeurs, car je sais que vous ne me faites pas confiance. Quelle plaie que d'être un Rosbif! Bonne nuit.

Une fois placés entre les mains du Dr Burdum, les membres du conseil d'administration de l'hôpital s'en tirèrent autrement moins bien que les infirmières, même si, lorsque le directeur les convoqua, durant la première semaine de septembre, tous s'étaient déjà préparés à une séance marathon. Pour tout dire, ils se sentaient un peu... mal à l'aise. La réunion promettait (quoique au sens métaphorique) de durer plus longtemps que l'assaut de l'Anzac sur Gallipoli lors de la Première Guerre mondiale. Et il y coulerait plus de sang...

— Ce type nous a dépouillés de notre fierté, de notre honneur, de l'approbation de nos concitoyens et de notre amour-propre! glapit plus tard le révérend Latimer en rapportant le contenu de la rencontre à Maude. Rends-toi compte! Nous nous tenions là, honteux et nus, face à tout Corunda rassemblé – Burdum ayant insisté pour que la séance soit publique, tu imagines bien que tous les consultants médicaux évincés par Frank avaient fait le déplacement. Il y avait même le vieux Tom Burdum. Et Mgr O'Flaherty en personne!

Ce dernier, prélat catholique de soixante-dix ans, avait depuis longtemps affublé les douze membres du conseil d'administration du surnom de «caniches de Frank Campbell»; de tous les témoins de la scène, il se révélait indéniablement le plus aigri, et si les catholiques appartenaient en général aux classes les plus modestes, ils se révélaient nombreux.

Le conseil d'administration était l'œuvre exclusive de Frank Campbell, bien que la charte de l'hôpital stipulât clairement que le maire de Corunda, le secrétaire de mairie et le pasteur de l'Église anglicane devaient en être membres. Si ces derniers suggéraient ici ou là des réformes, s'ils se permettaient un instant de hausser le ton, le Dr Campbell les remettait aussitôt à leur place : ils redevenaient ses caniches, fidèles et disciplinés. Si les filles de Thomas Latimer avaient suivi, fût-ce une fois, le déroulement d'une séance, elles auraient compris que leur père n'était guère qu'un caniche comme les autres ; personne ne jetait le gant à la face de Frank Campbell.

Ce dernier était en outre l'unique représentant du corps médical au sein du conseil d'administration de l'hôpital. En plus du maire, du secrétaire de mairie et du révérend, huit hommes complétaient le tableau, tous prêts à acquiescer sans mot dire aux décisions du directeur – des garçons malléables, par nature, ou savamment conditionnés au préalable par Frank Campbell. Il s'agissait de commerçants locaux : boucher, boulanger, épicier, drapier, quincaillier, forgeron (qui tenait aussi lieu de garagiste), grossiste, ainsi que l'« homme aux œufs », qui possédait un plein hangar de poules orpington blanches élevées en batterie – il était aussi l'heureux propriétaire d'un vieux coq éreinté. De ces marchands, le Dr Campbell exigeait qu'ils ravitaillent son établissement en produits bas de gamme – depuis les draps bon marché jusqu'aux volailles les plus âgées.

Après avoir examiné les livres de comptes, Charles Burdum avait compris que l'argent de l'hôpital méritait que l'on en fît autre chose que le laisser entre les mains des banques. Mais ce n'était pas ce qui le poussait à vouloir au plus tôt priver le conseil d'administration du contrôle qu'il exerçait jusqu'ici sur les finances de l'établissement : depuis le décès du Dr Campbell, quatre millions de livres se retrouvaient à la merci d'une douzaine de caniches égarés. Pour l'heure, ils tâchaient de se remettre de la mort de leur maître, mais ils s'en relèveraient bientôt, et qui sait s'il ne viendrait pas aux caniches les plus audacieux de la meute l'idée de faire main basse sur cette fortune ? L'opération se serait révélée d'une simplicité enfantine.

Charles devait à tout prix soustraire les quatre millions aux appétits du conseil d'administration, d'un coup d'un seul, avant que les caniches eussent seulement le temps de songer à s'unir contre lui. Ces derniers, de toute façon, ne connaissaient rien aux affaires d'argent : la somme devait passer aux mains de responsables financiers, qui veilleraient sur elle. Personne jusqu'ici, y compris Frank Campbell, n'avait su quoi faire au juste de ces quatre millions, sinon les placer dans diverses caisses d'épargne, où ils ne rapportaient pratiquement rien.

Le Dr Burdum, à l'inverse, désirait investir cet argent dans des compagnies et des institutions dites «de premier ordre» – en d'autres termes : si ces sociétés faisaient un jour faillite, cela signifierait que la race humaine aurait à ce point régressé qu'il faudrait aller jusqu'à réinventer la roue. La fortune engrangée par l'hôpital de Corunda devait être mise en sécurité. Et elle devait rapporter !

D'abord, il s'agissait de réaménager entièrement l'établissement, puis d'acheter du matériel médical récent, d'embaucher, enfin, le personnel le plus qualifié. On conserverait le système de rampes, car même s'il imposait de longs trajets à pied entre les divers bâtiments, il évitait les volées de marches, les escaliers – et, partant, l'installation d'ascenseurs et de monte-charge. Charles, qui avait fréquenté de nombreux hôpitaux, n'ignorait pas que l'on y marchait toujours beaucoup.

Fort de ces multiples projets, le Dr Burdum ouvrit la séance du conseil d'administration, qu'il avait souhaitée publique – il discerna dans la salle un journaliste du *Corunda Post* (hebdomadaire local avec lequel il fallait compter), des médecins spécialistes de la ville, des chirurgiens, ainsi que Liam Finucan et Gertrude Newdigate. Lors

de l'un de ses récents voyages à Sydney – de courtes escapades qui faisaient beaucoup parler car on ignorait tout
de ce qui s'y tramait –, il avait invité le ministre de la Santé
à dîner, après s'être entretenu avec lui tout l'après-midi
dans son ministère. Ainsi avait-il obtenu la permission
de dissoudre le conseil d'administration et de modifier
la charte de l'hôpital de Corunda – le politicien s'était
laissé convaincre dès que son visiteur avait évoqué pour
lui l'opulence de l'établissement, dont il lui avait soufflé
qu'il pourrait devenir, pour les services de santé de l'État,
une véritable vitrine qui ne coûterait quasiment rien à son
ministère de tutelle. Marché conclu !

L'empressement de Charles à prendre au plus vite en
charge la fortune sur laquelle trônait l'hôpital tenait par
ailleurs à une intuition vague (partagée par quelques-uns
de ses confrères londoniens) : il pressentait, sans savoir au
juste pourquoi, un séisme boursier d'envergure planétaire.
De quelle nature se révélerait-il ? Il l'ignorait. Mais quelque
part au cœur des jungles enchevêtrées des marchés, tapi
parmi la foule des investisseurs devenus trop nombreux,
un monstre innommable guettait une proie anonyme –
une ombre, un fantôme – dont le Dr Burdum devinait qu'il
n'était nullement le fruit de son imagination. Le monstre
existait. Il fallait protéger l'argent de l'hôpital.

Les membres du conseil d'administration cédèrent au
premier coup de semonce, conscients que le nouveau
directeur n'hésiterait pas, si nécessaire, à les traîner en justice. Onze caniches de Frank Campbell (parmi lesquels le
révérend Latimer en personne) se virent démis de leurs
fonctions. Ces bouleversements profitèrent aux commerçants de Corunda : Charles les encouragea à lui proposer
des tarifs concurrentiels sur les diverses fournitures nécessaires au bon fonctionnement de l'hôpital, leur précisant
au passage qu'il n'achèterait désormais que des produits
de qualité – c'en était bel et bien fini du ravitaillement au
rabais institué par son prédécesseur.

Le Dr Burdum précisa qu'il ne tolérerait, au sein du conseil d'administration, aucun préjugé d'aucune sorte ; les questions de religion ou de race, notamment, n'auraient pas droit de cité. C'est ainsi qu'à son grand étonnement Bashir Maboud, propriétaire d'un magasin général dans le quartier des Trelawneys, devint le seul détaillant de l'organisme, et ce bien qu'il fût catholique et libanais – selon Charles (qui désigna sans concertation les membres du conseil, se montrant en cela aussi peu démocrate que le Dr Campbell avant lui), Bashir était un authentique Australien, par la naissance comme par l'éducation, et sa profession lui valait de bien connaître les us et coutumes de la ville – cela pouvait se révéler fort utile.

Erich Herzen, Ian Gordon, Dennis Faraday et Ned Mason, tous quatre médecins, rejoignirent eux aussi le conseil d'administration, ainsi que Liam Finucan et Gertrude Newdigate. Le responsable régional des Grands Magasins de l'Ouest, le président de la Société des éleveurs, de même que celui de la Société historique de Corunda formèrent la minorité non issue du milieu médical. La composition du conseil d'administration pourrait changer en cas de nécessité, avec l'aval du Dr Burdum, son président.

Au début du mois d'octobre 1929, les questions financières étaient réglées ; Charles poussa un profond soupir de soulagement. On avait investi les quatre millions de livres avec un mélange savamment dosé d'astuce et de prudence – le Dr Burdum, bien sûr, avait décidé seul de ces placements. Des raisons qui l'avaient déterminé à agir vite, de ses réserves concernant l'avenir économique de la planète, il n'avait soufflé mot à personne. Par ailleurs, nul n'avait mis en doute ses compétences en matière bancaire, même si le jeune homme avait encouragé les membres du conseil à s'exprimer après leur avoir expliqué en détail chacune de ses actions. Simplement, on lui faisait confiance. On lui donnait raison sur toute la ligne.

Quant à la nouvelle charte de l'établissement, elle fut prête à la mi-octobre.

À la même période, Charles organisa un dîner pour les médecins et chirurgiens du conseil d'administration, auquel il convia également Gertrude Newdigate, ainsi que Bashir Maboud – il n'avait pas souhaité, en revanche, la présence des conjoints ou des conjointes. Il loua l'une des salles du Grand Hôtel, mais préféra confier la préparation du repas à une entreprise de Sydney – seule la somme rondelette que le Dr Burdum ajouta au prix de la location de la salle permit au directeur du palace de digérer l'insulte. Finalement, ce dernier convint cependant que ses cuisiniers n'auraient pas été capables de rivaliser avec le menu proposé par leurs confrères de Sydney : caviar beluga, sorbet, flet poché, suivi d'un chateaubriand rosé accompagné d'une sauce du même nom dont personne, à Corunda, ne possédait la maîtrise. Enfin, les cordons-bleus de Sydney profitèrent de ce que l'on était au beau milieu du printemps pour proposer, au dessert, des fraises parfaitement mûres assorties, pour les amateurs, d'une crème fouettée légère.

Charles aborda le sujet dès l'apéritif, sachant à l'avance que la conversation allait se poursuivre tout au long du repas, puis se prolonger encore à l'heure du café et des digestifs. Comme à l'accoutumée, Gertrude Newdigate s'enorgueillissait d'être la seule femme du lot, bien qu'elle fût assez avisée pour ne pas jeter ses appas à la figure des autres convives – simplement, elle se réjouissait de pouvoir, pour une fois, porter du rouge à lèvres et une robe qui ne craquait pas sous l'apprêt. Liam était le seul de la bande à savoir ce qui se tramait. Les invités prirent place au fond de confortables fauteuils, les yeux rivés sur leur hôte.

— Nous allons reconstruire l'hôpital, annonça celui-ci. J'ai organisé ce dîner afin de vous exposer ce grand projet, bientôt réalisé sous l'égide du conseil d'administration de notre établissement. Sachez cependant que les choses se feront petit à petit, et que le chantier ne commencera pas la semaine prochaine. Ni même durant l'année qui vient, peut-être. Si je vous ai néanmoins réunis dès aujourd'hui, c'est que je tiens à ce que les nouveaux aménagements soient le fruit des réflexions, non pas d'un architecte, mais d'un médecin. Quant à vous, Bashir, vous serez là pour nous donner votre avis d'éventuel patient. Vous me suivez tous?

On échangea des regards et de joyeux murmures d'approbation; tous les yeux étincelaient.

— En apparence, rien ne changera vraiment, enchaîna l'Anglais. Nous conserverons ces longs bâtiments de plain-pied pourvus de vérandas sur lesquelles il sera possible d'installer le lit d'un malade, afin qu'il prenne le soleil, qu'il jouisse d'un peu d'air frais et contemple les jardins. Ces constructions se trouveront toujours reliées par des rampes, que nous veillerons à couvrir intégralement. Pas de volées de marches ni d'escaliers. Là où l'on observe une déclivité du terrain, la rampe s'inclinera, sur une distance d'autant plus grande, bien sûr, que la pente sera raide. Certes, une telle structure implique, pour le personnel soignant, un impressionnant nombre de pas, mais la marche est bonne pour la santé, et je compte nous équiper de petits véhicules électriques pour celles et ceux qui ont besoin d'être transportés, y compris les visiteurs.

Le Dr Burdum se tourna vers Liam, qui semblait désireux de lui poser une question:

— Quels matériaux allez-vous choisir, Charles? Du bois sur des piles en pierre?

— Non. Plutôt de la brique, partout où les fondations sont accessibles. Je ne tiens pas à gaspiller les blocs de calcaire. Les bâtiments en briques creuses se révèlent plus commodes à chauffer en hiver et conservent leur fraîcheur en été. Concernant les toits, j'ai opté pour des tuiles en terre cuite isolées par du papier goudronné. Nous veillerons par ailleurs à ce que les greniers jouissent d'une bonne ventilation. Je déplore que la maison des infirmières soit déjà en cours de réalisation, mais au moins Frank Campbell a-t-il eu la bonne idée de la placer à l'arrière de l'enceinte. Nous nous en occuperons plus tard.

Le maître d'hôtel se présenta à la porte, signe que le dîner était servi. Charles aida Gertrude Newdigate à quitter son fauteuil.

— Poursuivons notre conversation dans la salle à manger, voulez-vous, indiqua-t-il à ses invités, qu'il devança pour leur montrer le chemin.

C'était maintenant l'heure des alcools et des liqueurs, du thé, du café.

— Gardons bien à l'esprit, précisa le Dr Burdum, que l'hôpital continuera à fonctionner durant les travaux. Ce qui signifie que ces derniers se dérouleront par phases successives. Au passage, leur étalement devrait nous permettre de les financer intégralement au moyen des intérêts perçus sur nos placements, sans toucher au capital initial. N'oublions pas non plus qu'en tant qu'établissement public nous percevons certaines aides de l'État. Par ailleurs, j'ai eu l'occasion de constater, en examinant les livres de comptes, que le Dr Campbell n'avait pas son pareil pour recouvrer les sommes dues : la comptable devait se battre bec et ongles pour parvenir à délivrer un patient pauvre de ses dettes. Je trouve cela honteux. Sans les efforts déployés par les diverses institutions religieuses de Corunda, ainsi que par les organismes de charité privés, certains de nos concitoyens se seraient vu refuser un droit que j'estime élémentaire : celui d'être soigné dans un hôpital. Cela dit, n'allez pas croire que ce genre de chose ne se produit qu'en Australie. Je puis vous assurer que la Grande-Bretagne ne vaut pas mieux dans ce domaine !

Liam écoutait son hôte en souriant d'une oreille à l'autre. Bien joué, Charlie! Le jeune homme venait de les rallier tous à sa cause, Bashir Maboud en tête.

À minuit, comme le Dr Finucan regagnait sa maisonnette, il y trouva Tufts, qui brûlait d'apprendre ce qui s'était dit au cours du dîner. Par ailleurs, elle ne rentrerait pas chez elle avant d'avoir, comme tous les jours, soigneusement brossé les cheveux de son ami.

— Comment avez-vous deviné qu'il me faudrait une tasse de thé pour digérer ce repas trop riche? fit-il en soufflant sur le breuvage, qu'il buvait très fort, sans sucre ni lait.

— Que vous a-t-on servi?

— Du caviar russe, un poisson à la chair fade, une tranche de bœuf exquise, servie avec une sauce à l'estragon, puis des fraises.

— Je vais me coucher pour vous plaindre, tiens, se moqua-t-elle en prenant d'assaut sa chevelure. Pour ma part, je me suis régalée du rata de l'hôpital, accompagné de chou mal égoutté.

— Charlie accomplit des merveilles pour cet établissement. Quelle bonne idée il a eue d'évoquer la construction des nouveaux bâtiments autour d'un dîner qui, soit dit en passant, a dû lui coûter une fortune. Tout le monde était aux anges! J'ai bien cru que Gertie allait se pâmer devant son filet de bœuf!

— Sacré Charlie, observa Tufts en s'acharnant sur la tignasse de Liam.

Ce dernier lui arracha tout à coup la brosse des mains.

— Arrêtez, Heather, je vous en prie! Je dois avoir le cuir chevelu en sang.

— Sottises! Votre cuir chevelu se porte comme un charme. Qu'est-ce qui a remis Gertie d'aplomb?

— Les fraises. J'ai l'impression qu'elle serait prête à donner sa vie pour le Dr Burdum. Il possède un véritable fan-club.

— En effet, soupira la jeune femme. Si seulement mon imbécile de sœur consentait à en faire partie. Ou bien à l'éconduire une bonne fois pour toutes. Sa valse-hésitation nous rend complètement folles.

— Je préfère être à ma place qu'à la vôtre, commenta le Dr Finucan, qui se passa une main dans les cheveux. Maintenant que la douleur est passée, je reconnais qu'il est très agréable de ne plus avoir cette satanée mèche sur l'œil.

— Je m'en réjouis pour vous, vieille tête de mule irlandaise.

On frappa à la porte. On entra sans attendre de réponse : le Dr Mason se matérialisa devant Tufts et Liam.

— Je savais bien que j'avais flairé la bonne odeur du thé ! s'exclama-t-il. Tufts, ô lumière de mon cœur, vous en reste-t-il un peu pour un vieil obstétricien repu et vaguement nauséeux ?

À peine s'était-il assis que la jeune femme lui en apportait une pleine tasse.

— J'étais certain que Tufts vous en aurait préparé, dit-il à son confrère.

— Nous avons mangé comme des chancres.

Ned Mason approuva d'un hochement de tête.

— Ce dîner a perturbé vos petites habitudes, mon cher Liam.

— Pourquoi êtes-vous ici ? demanda ce dernier.

— Winnie Joe a perdu les eaux au moment où l'on nous servait les fraises et, bien sûr, Winnie Bert ne s'est rendu compte de rien. Winnie Jack, en revanche, s'en est aperçue. Aussitôt, elle a été prise de douleurs pareilles à celles qu'éprouvent les malades atteints d'angine de poitrine.

— Comment se fait-il que, dans la famille Johnston, toutes les femmes se prénomment Winnie ? l'interrogea le Dr Finucan.

Tufts grimaça.

— Papa est persuadé que chaque fois qu'une fille voit le jour, la cervelle de Silas Johnston se bloque sur Winifred. Toutes celles qui se sont mariées en ont profité pour ajouter au leur le prénom de leur époux, afin qu'on les distingue les unes des autres. Avez-vous réglé l'affaire, Ned?

— Je l'espère, étant entendu qu'il n'y a pas l'ombre d'une sage-femme dans la salle d'accouchement ce soir : celle qui était de garde a dû filer pour raisons personnelles. J'ai laissé Winnie Joe entre les mains d'une élève infirmière terrorisée, j'ai conduit Winnie Jack aux urgences et envoyé Winnie Bert faire la tournée des pubs pour y dénicher Joe.

— Je possède une formation de sage-femme, rappela Tufts à l'obstétricien en se levant d'un bond. Ce soir, j'avais prévu de m'occuper des pieds de Liam, mais ses pieds peuvent attendre. Les bébés, non. Si vous avez besoin de moi, je serai à votre service dès que vous aurez avalé votre dernière gorgée de thé.

— Dieu vous bénisse !

Ned Mason vida sa tasse d'un trait.

— Je me sens déjà mieux, enchaîna-t-il. À part les pastilles effervescentes de chez Perkins, rien ne vaut une bonne tasse de thé bien noir pour faciliter la digestion. Une tasse de goudron, dirait Charlie.

Sur quoi il quitta la demeure de son confrère pour s'enfoncer dans la douceur de la nuit en compagnie de Tufts.

Le Dr Burdum avait tant à faire avec les finances de l'hôpital qu'il avait dû, bien malgré lui, négliger d'autres aspects essentiels de son existence. Le temps lui filait entre les doigts. Quand enfin il consulta son agenda, il s'aperçut avec horreur qu'il n'était pas sorti avec Kitty depuis deux semaines. En quinze jours, il ne lui avait guère accordé qu'un sourire entre deux portes ou quelques mots à la hâte.

— Venez dîner chez moi, lui décréta-t-il. Seule.

Surgie de nulle part, l'invitation fit à la jeune femme l'effet d'un geste outrecuidant, prétentieux, d'une manœuvre de conquête.

— C'est d'accord, répondit-elle néanmoins sur le seuil du service pédiatrique, un enfant calé contre la hanche. Quand?

— Ce soir?

— Parfait.

— Dans ce cas, je passerai vous prendre devant chez vous à 18 heures.

— Merci.

Elle se détourna avec un sourire – qu'elle adressait au bambin.

Elle avait opté cette fois pour une tenue d'organdi, décliné en diverses nuances de rose, assortie de souliers, d'un sac et de gants roses. Cet accoutrement contraria le Dr Burdum.

— Vous ressemblez à une friandise de fête foraine, lui dit-il, les narines pincées et le regard sombre.

— Edda partage votre avis, à ceci près qu'elle s'est montrée moins polie pour me le signifier.

— Prenez modèle sur votre sœur, observa-t-il avec froideur.

— En portant des robes plus moulantes?

— Non. Mieux adaptées à votre morphologie. Les femmes petites ne devraient pas abuser des froufrous.

Kitty n'ouvrit pas la bouche de tout le trajet qui les mena au sommet de la colline.

— Pourquoi a-t-on baptisé cet endroit Catholic Hill? hasarda enfin Charles, songeant qu'il était peut-être temps de faire oublier à son invitée ce début de soirée désastreux… L'église Saint-Antoine se trouve dans le quartier des Trelawneys, n'est-ce pas?

— Parce que les Anglais, nos seigneurs et maîtres, détestaient à ce point les catholiques qu'ils ont systématiquement attribué les plus beaux terrains à l'Église anglicane pour ne laisser aux catholiques que les parcelles les moins intéressantes, expliqua Kitty, pas peu fière de déployer ses connaissances. Mais les villes ne cessent de se développer, si bien que les terrains distribués à l'Église anglicane n'ont pas tardé à devenir trop petits, tandis que les lots appartenant aux catholiques, situés en général au sommet des collines, ont vu leur valeur s'accroître avec le temps. Au départ, les Anglais les leur avaient octroyés pour contraindre les fidèles à gravir la pente pour se rendre à la messe, mais ce que les grands chefs avaient oublié, c'est que, du sommet d'une colline, on jouit d'une vue imprenable sur la région. Voyez ce qui s'est passé à Sydney, enchaîna-t-elle, enthousiasmée par sa propre éloquence. La cathédrale Saint-André, fief de l'Église anglicane, tient sur un timbre-poste, littéralement écrasée par l'hôtel de ville tout proche, par les immeubles de bureau, par la circulation environnante, alors que la cathédrale catholique Sainte-Marie trône au faîte d'un promontoire naturel, joliment cernée de parcs et de jardins. L'atmosphère qui l'entoure est plutôt paisible, et la vue splendide. Pourtant, quand l'endroit a été confié aux catholiques, il se résumait à un pâturage pour le bétail et quelques baraques à la périphérie de la ville.

— Une histoire édifiante, commenta Charles en riant. Les préjugés reviennent toujours à la figure de ceux qui les nourrissent. Cela dit, poursuivit-il en s'engageant dans l'allée menant à sa demeure, si j'ai bien compris, Catholic Hill n'appartient pas à l'Église catholique ?

— En effet. La vente du terrain a financé la construction de Saint-Antoine, ainsi que de deux écoles. Le vieux Tom Burdum, de son côté, avait loué le sommet de la colline pour pouvoir l'acquérir en priorité si les autorités ecclésiastiques venaient à le vendre.

— Vous en savez plus que moi sur ma propre maison !

Depuis l'imposant mais sobre portique, Kitty mesura toute la sagacité du vieux Tom le jour où il avait choisi l'emplacement de cette demeure dont il espérait, à l'époque où il l'avait bâtie, qu'elle résonnerait bientôt du rire de ses nombreux enfants. Pauvre homme, qui n'avait eu en tout et pour tout qu'un fils et une fille, dont ni l'un ni l'autre n'avait comblé ses attentes. Sa fille, une écervelée de la pire espèce, n'avait pas encore dix-neuf ans que, déjà, elle filait au bras d'un vaurien auquel elle était demeurée cramponnée telle une teigne à une fourrure. L'aîné, lui, s'était volatilisé alors que sa cadette, la mère de Jack Thurlow, n'était encore qu'un bébé – la première épouse de Tom avait mis au monde ce garçon, tandis que Mary était la fille d'Hannah.

En bref, cette maison, monstruosité de style gothique victorien tout en tours, en fenêtres immenses et toits pentus, n'avait jamais constitué un véritable foyer. Édifiée sur un terrain de cinq hectares, elle ne dominait pas, comme on aurait pu s'y attendre, l'ample vallée de Corunda, vallée fertile où coulait la rivière. Non, Burdum House regardait vers le nord, en direction des gorges aux falaises colossales, abruptes et rouges, en direction des gigantesques forêts dressées sur le plateau qui cernait la ville de Sydney. Quelle merveille ! songea Kitty. Ces lointains noyés dans une légère brume bleutée, et ces feuilles, par millions, auxquelles le vent, en les agitant un peu, tirait un vaste soupir unanime, tandis que riaient des ruisseaux et que la roche, pesante et partout présente, paraissait grogner en exsudant des tons écarlates pareils à du sang…

— J'aimerais être poète, souffla la jeune femme. Je comprends mieux, maintenant, pourquoi vous teniez à ce que je vienne ici aussi tôt dans la soirée. La lumière est idéale.

— Le panorama vaut en effet le déplacement, concéda son hôte sur un ton de paisible satisfaction, et pourtant j'ai beaucoup voyagé.

À l'intérieur de la bâtisse, l'inspiration victorienne sautait aux yeux – pas de quoi faire rêver une maîtresse de maison, pensa Kitty.

— Il va falloir vider tout cela, lui expliqua Charles en la guidant vers une pièce dont il était parvenu à faire un salon, en dépit d'un mobilier inconfortable et trop vieux. À mon arrivée, j'ai fait installer une fosse septique, puis aménager des toilettes, ainsi que plusieurs salles de bains. J'attends un fourneau à mazout qui devrait arriver par bateau de San Francisco. Un second suivra d'ici quelque temps, au cas où le premier ne suffirait pas. J'ai remarqué que les Australiens, comme les Anglais, ne sont pas équipés du chauffage central, or j'imagine que les hivers sont rudes, à Corunda.

Ayant décidé de ne pas s'asseoir trop près de Kitty, afin de la contempler mieux, il se saisit d'un verre de son breuvage favori – scotch, un peu de soda, mais pas de glace.

— Je n'ai pas l'intention de vous assommer avec les projets que j'ai en tête une fois que nous serons mariés. Je ne vous dirai qu'une chose : j'espère que vous ferez de cet endroit le foyer que la vieille Hannah n'est jamais parvenue à constituer. À ce propos, je sais qu'elle n'est pas ma grand-mère, mais si vous pouviez me parler un peu de ma famille à Corunda, je vous en serais extrêmement reconnaissant.

Un sourire parut sur le visage de Kitty, ainsi que deux fossettes. Elle se cala dans son fauteuil.

— Il vous faut de nouveaux meubles, monsieur. Quant à Hannah et au vieux Tom… Eh bien… On raconte que les Burdum n'ont jamais eu de chance côté famille, mais ce n'est qu'une légende locale. Cela fait partie du mythe. Tout tourne autour des rubis. Treadby a été le premier à en découvrir, il y a environ soixante-dix ans, et dès lors il s'est imaginé que le monde lui appartenait. Notre ville tire son nom de celui du corindon, dont le rubis et le saphir sont des variétés. Chez nous, on ne trouvait que des rubis, mais il s'agissait des plus beaux qui soient. Des rubis sang de pigeon, dénués de la moindre inclusion.

La jeune femme se rembrunit.

— Mais vous savez déjà tout cela, s'excusa-t-elle. Je ferais mieux de me taire.

— Non, je vous en prie, continuez, insista Charles en lui resservant un verre de xérès. J'aime le son de votre voix, et puis vous faites partie de ces êtres rares que sont les femmes intelligentes. Nous avons toute la soirée devant nous.

— Les femmes sont aussi intelligentes que les hommes, mais on leur apprend dès leur plus jeune âge à tenir cette qualité pour une faute, alors elles la cachent. Papa, lui, ne nous a jamais poussées à dissimuler nos capacités intellectuelles.

Elle soupira :

— Maman, elle, a bien tenté de le faire, mais en vain.

— Les rubis, Kitty…, suggéra son hôte avec douceur.

— Oh… Oh oui, les rubis… Treadby a commis une erreur d'ignorance : après avoir fait fortune grâce aux rubis, il a omis de se renseigner à leur sujet. Ses rubis, il les débusquait dans des lits de gravier, de ceux qui garnissent le sol de certaines cavernes, le fond d'un cours d'eau, d'une crevasse… Il lui fallait les traquer longtemps avant de mettre la main dessus. Le vieux Tom, lui, a commencé par potasser de nombreux ouvrages. Résultat : les plus gros gisements ont été pour lui. Et, chaque fois, il achetait le terrain sur lequel ils se situaient. Avec le temps, les gisements de Treadby se sont épuisés. Au contraire de ceux appartenant aux Burdum. On prétend qu'ils leur rapportaient alors cent mille livres par an, mais vous êtes sans doute mieux informé que moi sur la question.

— Souhaitez-vous que je vous informe à votre tour ? demanda-t-il en souriant.

— Non, se récria Kitty. L'argent ne vaut que pour ce qu'il permet d'acheter. Je suis incapable de m'imaginer en train de dépenser ne serait-ce que la moitié de cette somme.

Ils passèrent dans la salle à manger, où le majordome officiait avec la plus grande discrétion, secondé par une servante que la jeune femme n'avait jamais croisée à Corunda. Après les quenelles de homard, on servit un sorbet, puis un rôti de veau. La présence des domestiques intimidait Kitty qui, ayant chanté les louanges du homard, posa sur le veau un regard horrifié.

— Je suis navrée, lâcha-t-elle, l'œil rivé à son assiette. Je ne peux pas manger cela.

— Je vous demande pardon?

— Je ne peux pas manger cela. Il y a du sang partout.

— C'est du veau, la renseigna Charles d'un ton neutre.

— C'est plein de sang, rétorqua la jeune femme en repoussant l'assiette.

— Le veau se déguste rosé.

— Je ne suis pas d'accord, s'obstina Kitty, qui finit par décocher à son hôte un sourire enchanteur. Demandez à la servante de rapporter ces tranches de viande à la cuisine, de les jeter dans une poêle et de les faire cuire pour de bon. Je vous en prie, Charlie. Sinon, je crois que je vais vomir.

— Voyons, ma chère enfant, je ne peux pas faire une chose pareille. Mon chef me remettrait sa démission sur-le-champ!

— Dans ce cas, peut-on me servir un sandwich au bacon croustillant à la place?

Quelle histoire!… Le Dr Burdum n'en revenait pas. Comment avait-il pu demeurer aveugle et sourd à tous les signaux émis depuis son arrivée dans cette ville? Il se rappelait le chateaubriand du Parthénon, dont il s'était plaint qu'il fût rosé quand il l'aurait aimé saignant. Il comprenait à présent qu'à sa table on s'était mépris: on avait cru qu'il déplorait au contraire un manque de cuisson. Ici, à la campagne, on savait tout de la douve du foie et du ver solitaire; ici, la viande n'était jamais trop cuite au goût des mangeurs.

Il appela le majordome – qu'il avait recruté à Sydney:

— Darkes, veuillez demander au chef de préparer à sœur Treadby du bacon et des œufs.

— À condition que les jaunes soient presque durs! précisa la jeune femme.

— Quel est votre plat préféré, Kitty?

— Des tranches de bacon croustillant sur un morceau de pain blanc bien frais. Des saucisses avec des frites. Des *fish and chips*. Des côtes d'agneau bien cuites. Un rôti de porc avec des pommes de terre. Et les gâteaux à la crème de maman.

La jeune femme gloussa, tandis que des lueurs lavande passaient dans ses iris.

— Pauvre Charlie! Vous qui imaginiez déjà un mariage en grande pompe… Mais comment espérez-vous faire cohabiter une épouse et un cuisinier? Impossible.

— Si vous n'ingurgitez que ce dont vous venez de me dresser la liste, vous serez obèse avant d'avoir trente ans.

— Sottises! Je me tue au travail, Charles Burdum. Ce n'est pas ce qu'on avale qui compte, c'est la quantité de calories qu'on brûle.

— Pourquoi suis-je tombé amoureux de vous? lança-t-il en contemplant l'affreux lustre ancien.

— Parce que, monsieur Burdum, je ne vous mange pas dans la main comme les autres donzelles qui vous entourent. Vous nourrissez une trop haute opinion de vous-même.

— Et alors? Au vu des divers succès que j'ai remportés jusqu'ici, je m'estime en droit d'être fier de moi. À l'inverse, vous vous sous-estimez, d'une part parce que vous êtes encore très jeune, d'autre part parce que vous évoluez au sein d'un univers étriqué. Vous n'êtes qu'une petite provinciale.

— Et vous, un fanfaron.

L'assiette de Kitty arriva, mais le jaune de ses deux œufs coulait un peu. Elle fit renvoyer le tout en cuisine en exigeant que l'on casse les jaunes afin qu'ils cuisent mieux et que le blanc présente des bords brunis. Charles regardait avec consternation sa soirée voler peu à peu en éclats.

La jeune femme consentit à boire du café, qu'ils prirent au salon, sans la présence des domestiques.

— Vous avez commis toutes les erreurs possibles et imaginables ce soir, commenta Kitty sur un ton amical, et cela explique en partie l'antipathie que nous éprouvons pour les Anglais. Jamais vous ne m'avez posé la moindre question sur mes goûts culinaires avant de m'inviter, vous n'avez pas davantage interrogé mes sœurs. Et pourquoi? Parce que vous m'avez tenue d'emblée pour une fille ignare et mal dégourdie, qui avait grand besoin qu'on lui apprenne quoi manger. Vous vous êtes imaginé qu'une fois ici j'allais me sentir assez impressionnée par le dîner et par le décorum pour vous remercier à genoux des leçons que vous m'auriez dispensées. Par ailleurs, vos choix gastronomiques vous sont dictés par des considérations financières: s'il s'agit d'un mets rare ou cher, vous décrétez qu'il sera forcément exceptionnel. Une tranche de bacon, c'est tellement banal… Mais une quenelle de homard, là… Rien à voir. Je suis d'accord avec vous: rien à voir. Je trouve la tranche de bacon beaucoup plus goûteuse. Quant à vos viandes à peine cuites, je vois assez de sang durant mes heures de travail pour n'avoir pas envie d'en voir encore dans mon assiette. Moins une viande est cuite, plus elle contient de graisses. Si l'homme préhistorique s'est mis un jour à cuire sa viande, c'est en partie pour en éliminer le gras et en rehausser le goût.

La jeune femme haussa les épaules avant de conclure:

— C'est du moins ce que j'ai appris à l'école d'infirmières. Enseigne-t-on autre chose aux futurs médecins?

Les traits distordus de Charles étaient ceux d'une gargouille, pourtant son orgueil n'avait pas souffert. Il se demandait simplement comment il pourrait bien s'y prendre pour qu'enfin cette créature splendide et sans égale finisse par le voir pour ce qu'il était: un homme digne de devenir son époux.

— Je pourrais également vous nourrir de pain sans levain et vous abreuver d'eau puisée à la rivière, Kitty. Les mets rares et chers que je vous ai fait servir ce soir, je ne vous les ai pas proposés pour vous éblouir ni pour suggérer que vous manquez de raffinement, non. Je ne les ai choisis que pour vous montrer combien vous m'êtes rare et chère.

Il s'exprimait d'une voix calme, détendue, bien qu'il devinât que son invitée continuait à se méfier de lui.

— Pourquoi faut-il toujours que vous cherchiez à me piquer ? l'interrogea-t-il.

Elle parut soudain exténuée.

— Je suppose, Charlie, que c'est ma façon à moi d'essayer de vous faire entrer dans le crâne que je ne souhaite pas que vous me poursuiviez de vos assiduités. Vous… vous m'agacez. Je ne sais pas comment vous l'expliquer autrement. Vous ne me dégoûtez pas, vous ne me navrez pas. Vous ne suscitez en moi aucune émotion forte. Vous m'agacez, c'est tout, comme un cil coincé sous la paupière et dont on n'arrive pas à se débarrasser.

— Si ce que vous dites est vrai, pourquoi êtes-vous venue ce soir ?

— J'essayais une fois de plus de me débarrasser de ce fichu cil.

— Souhaitez-vous rentrer chez vous ?

— Allez-vous me laisser enfin tranquille ?

Il écarta les bras.

— Mais cela m'est impossible ! s'écria-t-il. Que faut-il que je fasse pour vous prouver à quel point je vous aime, pour vous convaincre que nous sommes faits l'un pour l'autre ? Je me moque bien que vous me jugiez ridicule, car je vous aime de toute mon âme, je veux que vous deveniez ma femme, la compagne de ma vie. Je veux vous débarrasser de ce «fichu cil» afin que, de vos deux yeux, vous voyiez que je suis l'homme qu'il vous faut…

La main de Kitty, posée sur la table, s'était crispée, son regard lançait de brûlants éclairs.

— Arrêtez de me débiter vos sornettes! cracha-t-elle. Veuillez me raccompagner chez moi. Merci pour ce dîner pédagogique.

Et ce fut tout. Les deux jeunes gens quittèrent la demeure en silence pour se diriger vers la Packard bordeaux, dont Charles ouvrit la portière à son invitée.

Quel gâchis. Tandis que l'auto redescendait la colline, Kitty observait ce que le pinceau des phares éclairait un instant, le tronc d'un arbre, quelques buissons, des boîtes aux lettres, puis les lampadaires de George Street, de Victoria Street… Enfin, on atteignit l'hôpital.

Charles, cette fois, ne se montra pas assez rapide: la jeune femme descendit de la voiture en hâte avant de s'éloigner de lui le long d'une rampe, au pas idéal de l'infirmière, quelque part entre la marche et la course. Pas d'incendie ni d'hémorragie, ce soir: il ne s'agissait que d'échapper à Charles Burdum.

Qui regagna Burdum House pour s'asseoir parmi les reliefs d'un dîner dont il avait espéré faire la première étape de ses manœuvres de séduction; quelle femme aurait résisté à ce temps qu'il lui accordait, à ces soins dont il l'entourait, à cet amour qu'il déposait à ses pieds? Les mets les plus exquis, les meilleurs vins, des domestiques propres à lui faire deviner que, lorsqu'elle deviendrait son épouse, les corvées ne seraient plus son lot – il n'était pas jusqu'à l'évident désordre dans lequel elle avait trouvé la maison qui n'eût dû susciter en elle l'envie d'y jouer les femmes d'intérieur.

Agaçant! Pas même insupportable ni repoussant. Un cil dans l'œil! À quoi bon ce luxe de métaphores? Ce cil qui vous rendait fou, jusqu'à ce qu'au moyen d'un peu d'eau on s'en soit débarrassé, ou bien avec le coin d'un carré de gaze. Dieu merci, cette petite saleté ne vous importunerait plus. Se voir éconduire si sottement, si banalement, avec tant de légèreté…

Meurtri, Charles saigna de l'âme ou, plutôt, de ce qu'il tenait pour telle, car il lui manquait quelqu'un pour le détromper : un ami. Son enfance, passée loin d'un père instable, privée de la présence d'une mère, avait fait de lui un solitaire avant même qu'il fût en âge de fréquenter l'école. À Eton, à Balliol, au Guy's Hospital, il formait une bande… dont il était le membre unique. Sa petite taille n'avait rien arrangé. Peu à peu, le jeune homme s'était forgé une carapace : arrogance, inébranlable confiance en soi, détermination de fer propre à lui permettre enfin de surpasser ses pairs. Au fil des ans, il discerna par ailleurs en lui une étonnante capacité à séduire, à éblouir même, en sorte que le Dr Burdum, loin d'offrir au monde le visage fermé d'un ermite bougon, se comportait en parfait gentleman, dont on vantait le charisme et dont on enviait l'intelligence pétillante. Quel dommage qu'un tel homme se révélât si petit ! Charles n'ignorait pas que tous et toutes en venaient à cette conclusion, aussi dissimulait-il de son mieux sa frustration, mêlée de colère.

Il savait, de même, qu'une part de son amour passionné pour Kitty tenait à la taille de cette dernière ; s'ils se montraient un jour en couple, personne ne rirait d'eux, car s'ils étaient moins grands que la moyenne, ils n'avaient rien de gnomes non plus. Et puis Kitty possédait une beauté au moins égale à celle d'Hélène de Troie, quiconque posait les yeux sur elle en tombait amoureux, elle pouvait épouser qui bon lui semblait, du lilliputien au géant. Par ailleurs, nul Pâris ne hantait Corunda, de cela le Dr Burdum avait la certitude. Si Kitty l'élisait, il s'en trouverait légitimé.

Ainsi Charles battait-il la campagne ; ces divagations lui faisaient du bien. Il continua donc à s'y adonner ce soir-là, en buvant du scotch soda à petites gorgées. Il n'était pas ivre. Il éprouvait seulement une amère déception au souvenir du dédain dont sa bien-aimée avait fait preuve pour l'éconduire. Il changea de sujet.

Un désastre nous menace, songea-t-il, je le renifle depuis plus d'une année, et je ne suis pas le seul. Certaines perturbations affectent la Banque d'Angleterre, et à la City, on se sent mal à l'aise. La rumeur enfle. La dette de l'État s'accroît dans des proportions alarmantes, le chômage galope – en Australie, la situation promet d'être terrible. Le gouvernement de ce pays manque d'expérience. Le Commonwealth d'Australie a moins de trente ans, ceux qui se trouvent à sa tête ne sont que des débutants.

Certains signes ne trompent pas. Cette grève patronale dans les mines de charbon du Nord… On a abattu là-bas un gamin de quinze ans! Et puis le gouvernement fédéral confie trop de responsabilités aux États qui, n'étant pas autorisés à prélever l'impôt, reçoivent d'en haut des sommes dont les montants doivent davantage aux petits arrangements politiciens qu'à un réel souci d'équité.

Tout cela témoigne-t-il de la mainmise de Melbourne sur le reste de la nation? Le gouvernement fédéral y siège depuis un quart de siècle, tandis que Canberra, situé dans le plus vaste État du pays, la Nouvelle-Galles du Sud, commence tout juste à pointer le bout de son nez. L'Australie équivaut, en superficie, aux États-Unis d'Amérique, comme eux elle se révèle divisée, mais le nombre d'habitants de part et d'autre ne saurait se comparer : les Australiens se concentrent à peu près dans une demi-douzaine de grandes villes, au point que des zones rurales aussi peuplées que Corunda, on en recense à peine. Je n'y comprends rien! Mais les Australiens eux-mêmes y comprennent-ils quelque chose? Dans leurs écoles, on insiste davantage sur l'histoire de la Grande-Bretagne que sur la leur propre. Et Corunda se trouve aussi isolé du gouvernement central que l'Écosse peut l'être de Londres!

Une rafale de vent s'engouffra en rugissant dans le conduit de la cheminée; Charles sursauta, puis frémit.

Depuis combien de temps est-ce que j'habite ici? Trois mois? Et déjà, les habitants de cette ville me considèrent comme l'un de leurs dirigeants. Je possède des liens de sang avec cet endroit, j'y possède des biens matériels. C'est pour cette raison que j'ai choisi Corunda le jour où j'ai pris la décision de m'installer en Australie. Je tenais à préserver mes spécificités anglaises, ce qui se révèle proprement impossible en Amérique du Nord. Les Américains ont rompu avec l'Empire en 1776, et les Canadiens subissent une puissante influence française. En Afrique du Sud, ce sont les Néerlandais qui font entendre leur voix. Tandis qu'ici, en Australie, je puis envisager pour de bon une carrière politique. Je peux devenir Premier ministre.

Après tout, deux petites heures séparent, par la route, Corunda de Canberra. Mais cette distance, comment au juste la franchir dans ma tête ?

D'abord : épouser Kitty.

Ma deuxième tâche se révélera autrement plus ardue, et plus douloureuse : abandonner peu à peu tout ce qui fait de moi un Anglais. Mon identité britannique risque, sinon, de retarder mon ascension.

IV

Le désastre

Le 30 octobre, les journaux de Sydney annoncèrent que, la veille, la Bourse de New York, après avoir atteint un niveau anormalement élevé, s'était brusquement effondrée : on avait vu aussitôt plusieurs hommes d'affaires se jeter par les fenêtres des gratte-ciel de Wall Street. Quelle histoire ! Néanmoins, New York se situait si loin que son système financier ne risquait pas d'influer sur la vie australienne, au contraire des structures bancaires européennes ou britanniques. D'autant plus que les États-Unis appliquaient une politique isolationniste.

Charles, pour sa part, poussa un lourd soupir résigné. La catastrophe était bel et bien survenue, mais du moins avait-il mis à temps la fortune de l'hôpital en sécurité. Et puis mieux valait la réalité crue à l'attente qui l'avait précédée, durant laquelle on ignorait quand, et où, s'abattrait la grande hache. Car, face à la réalité crue, un homme pouvait agir. D'autant plus que rien ne se produirait ici avant un certain temps. Pour l'heure, le Dr Burdum constatait seulement que les chômeurs se faisaient de plus en plus nombreux – et ceux qui conservaient leur emploi devaient accepter des réductions de salaire. Aux États-Unis, les biens immobiliers à vendre se multipliaient, mais les acheteurs potentiels se raréfiaient. Personne ne semblait avoir pris conscience que ce qui arrivait au marché financier américain menaçait, à terme, de faire voler en éclats tous les marchés financiers de la planète.

Charles compléta le puzzle Latimer en dînant un jour au presbytère en compagnie du pasteur, de son épouse et de Grace Olsen. Des quatre jumelles, Grace était la seule que le Dr Burdum n'avait pas encore rencontrée. Taille et morphologie identiques à celles d'Edda, mais la comparaison s'arrêtait là ; pour le visage comme pour la personnalité, les deux sœurs ne possédaient rien de commun. De jolis yeux gris empreints de tristesse, une bouche qui tremblait fréquemment et se déformait en moue plus souvent qu'à son tour, une robe élégante, rayée en diagonale de gris moucheté, un goût prononcé pour le caquetage, dont le contenu prouvait qu'elle ne s'intéressait à peu près à rien en dehors de son époux, de ses fils, de ses sœurs, de son père – et de Jack Thurlow. Lorsqu'elle parlait de Jack, son visage un peu chagrin s'illuminait, mais Charles ne manqua pas de remarquer que Maude et son mari ne paraissaient pas troublés par la présence de celui-ci dans la vie de leur fille.

— Bear aurait adoré se joindre à nous, expliqua Grace au Dr Burdum, mais il se trouve actuellement à Wagga. Il ne rentrera à la maison que dans un mois. Il est vendeur chez Perkins.

— Il fait du porte-à-porte pour proposer des pommades et des lotions, ajouta Maude.

La jeune femme piqua un fard.

— C'est le meilleur employé de la société, fit-elle rudement.

— Je n'en doute pas, la rassura Charles en lui décochant son plus joli sourire.

Pauvre fille !... Très amoureuse de son voyageur de commerce et brûlant à chaque instant qu'il lui revienne au plus vite. Assurément, Jack Thurlow ne vient pas réchauffer son lit, il se contente de lui couper du bois et de s'assurer qu'elle ne risque pas de se tuer ou de tuer l'un de ses enfants dans un stupide accident domestique. Grace est incapable de se débrouiller seule.

Par ailleurs, elle se révélait sans malice; on ne pouvait en dire autant de Maude, garce et fière de l'être, qui ne daignait pas consacrer une minute aux deux aînées du pasteur, et ne sacrifiait que fort peu de temps à Tufts. Un frisson d'inquiétude courut le long de l'échine du Dr Burdum lorsqu'il avisa la petite silhouette de Mme Latimer. Encore très séduisante pour son âge, elle raffolait des fanfreluches et dépensait beaucoup de temps et d'argent pour soigner son apparence. Quelle bonne idée avait eue le pasteur de restreindre le nombre des convives à ce quatuor – de quoi permettre à Charles d'examiner Maude et Grace avec le plus d'attention possible.

Dans la première, il distinguait quelque chose de Kitty, mais les affinités entre la mère et la fille se cantonnaient au physique. Leurs caractères, eux, se révélaient en tout point opposés. Par ailleurs, le Dr Burdum fut à la fois surpris et bien aise de constater que le pasteur, contre toute attente, dominait son épouse. Comment réussissait-il une telle prouesse?

Le dîner était excellent, à classer quelque part entre les succulents mets confectionnés par le chef parisien de Charles et le menu proposé au Parthénon : saumon fumé servi avec de fines tranches de pain bis beurré, dinde rôtie, tendre et goûteuse, plateau de fromages et raisin blanc sans pépins.

— Maude est tellement ingénieuse! s'extasia Grace comme on prenait le café au salon. Au lieu d'une dinde, elle achète deux dindonneaux. Et puis j'adore sa farce.

L'épouse du révérend se rengorgea un peu; c'était elle, à l'évidence, qui avait ordonné à la jeune femme de chanter ainsi ses louanges. Qui a informé la cuisinière que j'aime la viande saignante? songea le Dr Burdum. Maude avait tranché la question en servant une volaille.

On lui rebattit les oreilles avec les splendeurs de la maison de Grace, on l'accabla de détails insignifiants sur ses deux fils – l'aîné avait dix-huit mois, le cadet cinq.

— Qui s'occupe d'eux ce soir? s'enquit poliment Charles.

Leur mère n'eut pas le temps de répondre. Maude s'empressa de la devancer.

— Edda, la sœur de Grace, fit-elle avec dédain. Je ne te le répéterai pourtant jamais assez, Grace : tu ne devrais pas lui confier tes enfants. Elle exerce sur eux une mauvaise influence.

Scandalisés, la jeune femme et son père se raidirent aussitôt. Le Dr Burdum se demanda ce qui avait bien pu pousser l'épouse du pasteur à émettre devant lui une opinion qui ne le regardait en rien.

— Edda est une véritable Méduse! siffla encore Maude.

Cette fois, Thomas Latimer partit d'un grand rire, l'œil étincelant.

— Méduse, l'une des trois Gorgones! lança-t-il. Il s'agit là, mon cher Charlie, du surnom dont on affuble Edda depuis de nombreuses années. Plus précisément depuis le jour où ma femme et moi avons donné un thé pour célébrer l'installation imminente de nos quatre filles à l'hôpital de Corunda, où elles s'apprêtaient à entamer leurs études d'infirmière. Figurez-vous que, sans prévenir personne ni perdre son sang-froid, Edda a soudain transpercé le crâne d'un serpent de deux mètres de long au moyen de l'un des pieds de sa chaise. Et elle n'a pas bronché jusqu'à ce que Kitty vienne trancher la tête du reptile avec un tomahawk. La malheureuse Edda était pourtant couverte de bleus, à la suite des terribles coups que le monstre lui avait portés durant son agonie. Pour ma part, je n'ai rien pu faire, car Maude ayant sombré dans l'hystérie la plus totale, elle requérait toute mon attention.

— S'agissait-il d'un serpent mortel? demanda Charles, piqué par la curiosité.

— Très.

— Edda a fait preuve d'un courage peu commun, commenta le jeune homme. Un bel exemple pour vos fils, ajouta-t-il à l'adresse de Grace.

— Je suis bien d'accord avec vous, l'approuva celle-ci.

— Ne vous y trompez pas, intervint le pasteur. Maude partage aussi votre avis, mais il lui arrive parfois de confondre ses filles avec ses domestiques.

Thomas Latimer paraissait préoccupé.

— Kitty a donc participé au massacre? le relança Charles.

— Oui. Les accessoires de cheminée ne se trouvaient pas du côté d'Edda, c'est pour cette raison qu'elle a utilisé le pied de sa chaise. Kitty, à l'inverse, se tenait auprès d'eux. Elle a donc volé au secours de sa sœur.

— Et pendant ce temps-là, se navra Grace, je sanglotais, comme Maude.

— Il ne faut pas en avoir honte, la rassura le Dr Burdum. Les larmes comptent parmi les réactions les plus naturelles qui soient. Sauf pour Edda et Kitty, semble-t-il. Vos filles possèdent un courage exceptionnel, mon révérend.

— Je ne vous le fais pas dire, commenta celui-ci avec fierté.

— J'ai l'intention d'épouser Kitty, annonça Charles sur le ton de la conversation ordinaire, mais j'ai un peu de mal à lui faire entendre que je puis être pour elle un bon mari.

Il baissa la tête un instant. Lorsqu'il la releva, il arborait le visage rayonnant d'une vedette de cinéma.

— Mais j'arriverai à mes fins, ne craignez rien!

Comme le jeune homme s'y attendait, sa déclaration choqua d'abord ses hôtes. Puis une joie sans mélange se peignit sur les traits de Grace, tandis que Maude affichait un air de triomphe qui semblait clamer au monde qu'elle avait eu raison d'agir comme elle avait agi depuis que la beauté de son enfant s'était fait jour. Le pasteur, lui, paraissait partagé entre la satisfaction et la méfiance, d'où le Dr Burdum conclut que Thomas Latimer ne tiendrait cette nouvelle pour une bonne nouvelle qu'à condition d'avoir la certitude que c'était là ce que Kitty voulait – et ce dont elle avait besoin. Pour l'heure, l'homme d'Église demeurait sur ses gardes.

— Grace, va-t'en donc papoter un peu avec maman, ordonna-t-il à sa fille. Charlie et moi devons nous entretenir un moment en privé.

Il souleva la carafe.

— Encore un peu de porto?

— Merci, monsieur.

— Pourquoi Kitty se refuse-t-elle à vous? Vous me semblez parfaitement apte à devenir son époux.

— Si je vois juste, elle manque de confiance en moi. À moins qu'elle ne manque de confiance en elle. À ce propos, je suis au courant des difficultés qu'elle a rencontrées durant son enfance. Edda m'a tout raconté.

— Quel âge avez-vous?

— Trente-trois ans. Soit onze de plus que Kitty.

— Il est bon qu'un mari soit plus âgé que sa femme, car les femmes se révèlent naturellement plus mûres que nous. Plus on bafoue les us et coutumes, plus on peine à assurer la stabilité nécessaire à la bonne marche de son foyer. Si vous aviez le même âge que Kitty, je m'opposerais à cette union, qui exigerait trop d'un jeune homme que l'existence a choyé. Vous seriez tenté d'abandonner vos responsabilités d'époux et de père, ce qui nuirait par-dessus tout à votre progéniture. À l'inverse, ces onze années qui vous séparent de ma fille vous confèrent une autorité que votre épouse respectera d'emblée.

Thomas Latimer sirota son porto à petites gorgées sans cesser de réfléchir.

— Pour de multiples raisons, enchaîna-t-il, j'approuve la cour que vous faites à ma fille, mais je suis chagriné par la méfiance de Kitty. À quoi est-elle due?

— Si je le savais, je pourrais y remédier.

— Redoute-t-elle qu'il y ait d'autres femmes dans votre vie?

— Je ne le pense pas, car rien, dans mon comportement, ne peut lui donner à craindre que j'aime courir le jupon. Elle travaille pour moi, elle me voit donc quotidiennement à l'œuvre.

Ses épaules s'affaissèrent et il reprit, en pesant ses mots :

— Elle me juge arrogant et trop sûr de moi. Elle n'a pas tort, mais j'estime que mon assurance est justifiée. Et il aurait été pire, je crois, de jouer la fausse modestie. Qui que je sois, je me montre sans fard.

— Êtes-vous très croyant ?

— Je suis un bon anglican, mais pas un fanatique. Il me paraît important qu'un homme public fréquente régulièrement l'église, c'est pourquoi je compte honorer de ma présence le banc des Burdum tous les dimanches.

Il se tut un instant.

— L'Église anglicane est-elle prospère à Corunda, mon révérend ? reprit-il sur un autre ton.

Thomas Latimer cligna des yeux.

— Oui. Notre district est l'un des plus prospères du pays : la sécheresse y sévit rarement et nous comptons de nombreux fidèles fortunés pour soutenir nos paroisses. Mais pourquoi cette question, Charlie ?

— Parce que les temps risquent de devenir difficiles, Tom. Ce pays compte beaucoup sur ses exportations pour assurer sa richesse, le blé et la laine au premier chef. Durant la Grande Guerre, les besoins immenses en uniformes et en couvertures ont suscité chez les gouvernements australiens un optimisme excessif en matière d'exportations. La guerre est terminée depuis dix ans, plus personne n'a besoin de pareilles quantités de laine. Par ailleurs, la sécheresse a réduit la production de blé.

Le Dr Burdum était inquiet.

— Les gouvernements australiens ont emprunté des sommes folles, qu'ils comptent rembourser grâce au flux des exportations. Hélas, depuis le krach de la Bourse de

New York, n'importe quel financier est à même de comprendre ce qui va se passer : il va falloir restituer les prêts, mais où va-t-on dénicher l'argent ?

— Qu'en est-il des fonds de l'hôpital ? Et de votre propre fortune ?

— Oh, tout est en sécurité, bien que les fonds de l'hôpital risquent de souffrir un peu si l'on en vient à dévaluer la livre australienne. Mais il ne s'agirait que de pertes mineures. Quant à mon argent, il se trouve en Angleterre.

Charles éclata soudain d'un rire désabusé.

— Je vous inquiète peut-être à tort, mon cher Tom, car il est encore trop tôt pour connaître l'étendue exacte des dégâts.

Il poussa un soupir.

— Néanmoins, je pressens une catastrophe.

— Je respecte vos intuitions, Charlie, mais, pour l'heure, revenons-en à ma fille, voulez-vous ? Souhaitez-vous que je lui parle ?

— Non, merci. En revanche, j'aimerais obtenir votre bénédiction.

— Mais vous l'avez, mon cher ami, vous l'avez !

— Il ne me reste plus qu'à convaincre Kitty.

À cet instant, Maude, qui s'ennuyait avec Grace, rejoignit les deux hommes.

— Kitty n'éprouve à votre égard aucune antipathie, déclara-t-elle au Dr Burdum. Si c'était le cas, elle vous l'aurait dit sans ambages, et dans un langage des plus fleuris. Au lieu de quoi elle a accepté votre invitation à dîner. Ses défenses vont céder, croyez-moi. Et dès qu'elles auront cédé… frappez !

Pendant de nombreuses années, le gouvernement fédéral dirigé par le conservateur Stanley Bruce avait essentiellement œuvré depuis Melbourne. Car un quart de siècle après la naissance du Commonwealth d'Australie, Canberra, capitale officielle, demeurait, dans les esprits, une contrée sauvage. Mais, quelques jours avant l'effondrement de Wall Street, un nouveau gouvernement fédéral fut nommé, travailliste celui-là, et placé sous l'égide du Premier ministre James Scullin. À grand renfort de publicité, on annonça que l'ensemble du personnel politique allait s'installer définitivement à Canberra. C'est ainsi qu'un gouvernement de néophytes fut amené à gérer les conséquences du krach boursier survenu aux États-Unis.

Après les horreurs de la Première Guerre mondiale, après les deux épidémies de grippe qui avaient fait plus de victimes que le conflit armé, il était probablement logique que l'Australie, indépendante depuis peu, fût prise d'une frénésie de travaux publics. Ces derniers se virent, dans leur immense majorité, financés par les gouvernements d'État, et ce pour un motif évident : chacun de ces États avait jusqu'alors constitué une colonie britannique isolée de ses voisines : comment le gouvernement central, composé alors de politiciens inexpérimentés, aurait-il pu administrer à lui seul un territoire de quelque sept millions et demi de kilomètres carrés où le désert régnait en maître ? La Constitution ne disait rien des Australiens eux-mêmes, ni de leurs droits. Elle traitait essentiellement du pouvoir judiciaire, du Commonwealth, des impôts, des droits de douane et du commerce. Entre 1901 et la fin des années 1920, tandis que le nouveau gouvernement fédéral avançait cahin-caha à Melbourne, les gouvernements d'État, sans rien céder de leurs prérogatives, agissaient selon les désirs et les besoins de leurs populations respectives – on construisit des écoles, des routes, des hôpitaux, des voies de chemin de fer, des ponts, des barrages, des silos à grain…

Chaque État contracta ses propres emprunts, principalement auprès des marchés des capitaux de la City, à Londres. Les sommes, prêtées à des taux d'intérêt énormes, se révélaient colossales. En conséquence de quoi, lorsque le prix de la laine et du blé australiens s'effondra sur l'ensemble de la planète, on se vit contraint d'opérer des coupes claires dans l'industrie et dans l'agriculture. Le chômage augmenta et – ce qui se révélait beaucoup plus grave pour les gouvernements d'État – les revenus s'effondrèrent. Quand survint le krach de Wall Street, les dirigeants de ces États s'avisèrent avec horreur qu'ils ne possédaient plus de quoi payer les intérêts sur les prêts consentis par la City.

Économistes, fonctionnaires et politiciens de tous bords parvinrent à un consensus : afin de réparer le désastre en cours, il fallait opter pour un contrôle strict de l'argent, consistant à n'en pas dépenser. Le moindre penny sur lequel on mettrait la main devrait servir à rembourser les dettes contractées à Londres. Le Premier ministre Scullin annonça que le gouvernement fédéral allait cesser de financer les travaux publics et réduire ses effectifs. La seule voix à s'élever contre ces décisions fut celle de Jack Lang, leader travailliste de la Nouvelle-Galles du Sud, qui exigeait que l'on déboursât davantage d'argent et que l'on recrutât davantage d'ouvriers.

À l'exception du Dr Burdum, personne, à Corunda, ne se souciait du krach boursier survenu à New York. On se contentait de lire les journaux, qui rapportaient ce qui se tramait dans les grandes villes du pays, ainsi qu'à Canberra, que chacun tenait pour une minuscule tour d'ivoire ; des premières convulsions de la Grande Dépression, le district de Corunda ne ressentit pratiquement rien. Quelques semaines plus tard, néanmoins, une main anonyme planta un panneau au carrefour où la voie menant à Corunda rejoignait la grand-route Sydney-Melbourne. Le message, rédigé en grosses lettres régulières, était on ne peut plus clair : PAS D'EMPLOIS À CORUNDA.

Mais la ville s'intéressait bien davantage aux relations entre Charles et Kitty. L'affaire aurait pu être réglée depuis belle lurette, mais voilà : Kitty demeurait indécise, maudissant son indécision et la justifiant de mille manières – jamais, songeait-elle, un homme ne l'avait à ce point harcelée. Et puis le Dr Burdum la rebutait autant qu'il la charmait ; le côté sombre qu'elle pressentait chez lui, elle ne faisait justement que le pressentir, jamais elle n'avait observé de sa part le moindre comportement qui pût étayer ses craintes. Ce qui, en revanche, lui crevait les yeux, c'était un homme exceptionnel, digne d'amour, un garçon d'une constance à toute épreuve. Un roc. Mais elle s'acharnait, contre toute raison, à vouloir découvrir du chagrin en lui. Si elle le débusquait un jour, pensait-elle, ce jour-là elle saurait à quoi s'en tenir. L'enfance de la jeune femme s'était résumée à une longue souffrance causée par un facteur sur lequel elle ne possédait aucun moyen d'action : son apparence physique. Or, son instinct lui soufflait que les jeunes années de Charles avaient été pareillement douloureuses, puisqu'à l'âge où ses camarades grandissaient il ne grandissait pas. L'apparence physique ! Une secrète affliction le rongeait forcément ! Mais pour quel motif s'ingéniait-il à la lui cacher, pourquoi refusait-il de la partager avec elle ? Ce n'était pourtant qu'en se livrant qu'il permettrait à Kitty de pénétrer dans son intimité. En l'empêchant de le consoler, il la reléguait loin de lui.

Aussi, à chacune de leurs rencontres – et elles se multipliaient –, la jeune femme se montrait-elle irritable. Elle se mettait sur la défensive, parée pour la bataille ; jamais elle ne se détendait. Ils s'affrontaient comme chien et chat, se jaugeant à distance, car chaque fois que Charles prononçait une parole malheureuse, sa bien-aimée sortait les griffes.

Impuissantes et consternées, Edda et Tufts observaient les confrontations.

— Ils finiront par s'entre-tuer, déclara un jour Tufts à sa demi-sœur.

— Mais pour quelle raison, puisqu'ils sont faits l'un pour l'autre ?

— Ça vient de Kitty. J'ai d'abord cru que Maude l'avait exaspérée en poussant trop à la roue, mais papa m'a affirmé qu'elle ne s'en mêlait pas. J'ai l'impression que Charlie possède des qualités que Kitty n'arrive pas à saisir, or elle déteste ne pas comprendre.

— Bien vu, commenta Edda en haussant les épaules. En tout cas, moi, je refuse de m'en mêler. Mais je suis navrée pour Charlie.

Si, pour l'heure, Corunda ne se doutait de rien, les ravages de la Grande Dépression progressaient plus vite que le Dr Burdum dans ses efforts de séduction. Le jeune homme n'avait pas encore trouvé le courage d'embrasser sa dulcinée sur les lèvres que, déjà, plusieurs boutiques, dont le siège social se situait à Sydney, mettaient la clé sous la porte : un certain nombre d'habitants de Corunda se retrouvèrent au chômage, privés d'indemnités de licenciement et incapables de dénicher un autre emploi ; même l'hôpital n'embauchait plus personne. Le gouvernement fédéral annonça qu'il verserait aux différents États un million de livres afin que ces derniers rétribuent leurs sans-emploi dans des proportions que chacun fixerait à sa guise. En somme, on laissait aux pouvoirs locaux la bride sur le cou en matière financière, à la suite de quoi les malversations de tout poil se multiplièrent. Ce fut un tollé général qui, hélas, ne mena strictement à rien. L'Australie-Méridionale se vit octroyer des fonds colossaux, ce que le reste du pays approuva puisqu'elle subissait la crise de plein fouet. En revanche, les sommes astronomiques versées à l'Australie-Occidentale le furent pour des raisons moins avouables : cet État ayant émis le vif désir de quitter le Commonwealth, Canberra lui distribuait ses largesses pour tenter de s'assurer sa fidélité.

— Deux cent soixante-seize mille livres, cela représente beaucoup d'argent, fit remarquer Kitty à Charles, avec lequel elle prenait le thé dans le cottage des filles Latimer. Et j'imagine que c'est Sydney qui va en rafler l'essentiel. Corunda, en revanche, en verra-t-il seulement la couleur?

— Probablement pas. Le taux de chômage reste plus faible ici que dans d'autres districts ruraux, même si de nombreux commerces ont fermé. Pas de travail... Quel terrible cadeau de Noël!

— Papa passe presque tout son temps à l'orphelinat. J'ai l'impression qu'il s'attend à y accueillir de nombreux enfants de la crise. On ne va pourtant pas arracher ces petits à leur mère?

— C'est aux suicides que pense votre père, Kitty. On en déplore de plus en plus parmi la population masculine, et quelques femmes se sont aussi donné la mort. D'autres estiment qu'en les confiant à l'orphelinat, leurs rejetons seront au moins sûrs d'avoir un toit, sous lequel on leur donnera de quoi se vêtir et manger.

La jeune femme frissonna.

— Dans quel monde cruel vivons-nous!...

Dans son regard passa une lueur d'angoisse.

— Je ne supporte pas d'entendre parler de mères qui abandonnent leurs enfants mais, au moins, cela m'a donné un peu de courage... Charlie, se lança-t-elle, vous souffrez, n'est-ce pas?

— Je souffre? répéta-t-il, sincèrement stupéfait. Mais pourquoi donc?

— À cause de votre enfance. Du fait de n'avoir eu ni père ni mère.

La voix de Kitty se réduisit à un murmure:

— Et puis du fait d'être... différent des autres...

Le Dr Burdum éclata d'un grand rire.

— Voyons, Kitty, quelle incorrigible romantique vous faites! Pour quelle raison mes parents me manqueraient-ils, puisque je ne les ai pas connus? J'ai bénéficié d'une enfance merveilleuse, je puis vous l'assurer. Grâce à mon oncle et ma tante – la sœur de ma mère –, j'ai toujours vécu loin du besoin. Je n'ai jamais été privé de rien. Absolument rien, Kitty! J'ai été aimé et aussi choyé qu'un enfant peut l'être.

— Mais votre différence…? insista la jeune femme, nullement convaincue.

— Ma taille, vous voulez dire?

— Oui. Et tout ce qui a pu vous occasionner du chagrin.

Charles déplaça sa chaise pour saisir les mains de la jeune femme entre les siennes, qu'il avait chaudes et puissantes.

— Mon oncle, qui était encore plus petit que moi, m'a appris dès le plus jeune âge à tenir ma taille pour un véritable défi, non pour une croix qu'il m'aurait fallu porter. Or, je crois m'être montré à la hauteur de la confiance et de la foi qu'il avait placées en moi. Que pourrais-je ajouter? Quant à la souffrance… Ce ne sont là que fadaises sentimentales. Je suis Charles Henry Burdum. Un jour, je deviendrai sir Charles. Les femmes sont autorisées à se repaître de grands drames. Les hommes, eux, n'en ont pas le droit. Je n'ai jamais souffert au sens où vous l'entendez. J'ai seulement mûri en prévision des défis que j'aurais à relever.

— Je n'en crois pas un mot. Ne pas souffrir, ce serait inhumain.

— Sottises! rétorqua-t-il sèchement, lassé par la conversation. Ce qui serait inhumain, ce serait de n'éprouver jamais ni chagrin, ni douleur, ni crainte. J'ai trempé mon oreiller de mes larmes à la mort d'un chien que je chérissais, et je continue de pleurer le décès de mon oncle et de ma tante. Et je puis vous jurer que le jour où un voyou a pointé son revolver sur ma poitrine j'ai su ce que la terreur signifiait.

Il considéra la jeune femme d'un œil perplexe, qui avait viré au bronze.

— Vous exercez la profession d'infirmière depuis trois ans et demi, ma chère, et j'ai toutes les raisons de croire que vous faites une excellente professionnelle. Vous adorez les bambins dont vous vous occupez. Dans ce cas, pourquoi n'enfantez-vous pas à votre tour?

Kitty en eut le souffle coupé. Elle se raidit sous l'assaut. Comment s'y prenait-il pour regagner ainsi l'avantage et la fouler aux pieds? Son angoisse et sa sollicitude, il les avait raillées, dénigrées... Elle le contempla avec émerveillement.

— Vous avez raison, articula-t-elle lentement. Ce ne sont là que sottises.

— Je suis navré, répondit-il, soudain plein de douceur. Je n'avais pas l'intention de vous remettre aussi vertement à votre place. Mais vous l'avez cherché! Si vous m'en laissiez le loisir, je vous courtiserais avec tendresse, en multipliant les égards, mais vous possédez un véritable instinct de meurtre qui vous pousse à sortir de votre boudoir pour vous changer brusquement en chat sauvage, toutes griffes dehors. Chaque fois que vous vous métamorphosez, il ne me reste plus qu'à tenter de dompter le fauve en vous, mais je n'apprécie guère la chasse.

Ses traits s'enlaidirent.

— Est-ce que je vous aime assez pour supporter plus longtemps cette situation? Franchement, je l'ignore.

— Mon comportement s'explique peut-être par le fait que Corunda est trop petite pour vous. Je devine qu'un jour vous quitterez cette ville. Or, je ne souhaite vivre nulle part ailleurs qu'ici.

— Je nourris en effet de vastes ambitions, lui confia Charles, mais il ne m'est pas nécessaire de partir pour obtenir ce que je convoite. Je désire entrer en politique, au niveau fédéral si possible. Corunda représente au contraire pour moi l'endroit idéal. Nous ne nous trouvons qu'à deux heures de route de Canberra.

— Tout s'explique! s'exclama la jeune femme, la mine soudain rayonnante. Enfin, les pièces du puzzle se mettent en place.

— Si vous consentez à devenir mon épouse, ma très chère Kitty, nous n'aurons nul besoin de déménager.

Les yeux de cette dernière se posèrent sur la pendule.

— Je suis en retard! bondit-elle.

— Je vais vous accompagner jusqu'au service pédiatrique, ainsi personne ne vous fera la moindre remarque.

À l'instant de la quitter, il lui proposa de dîner avec lui. Comme d'habitude, elle accepta.

Kitty se garda de demander à son hôte s'il avait congédié son chef, mais elle soupçonna que oui car, ce soir-là, on servit à la jeune femme des boulettes d'agneau émincé, assaisonné de curry, avec un écrasé de pommes de terre et une sauce à la viande. Cette dernière avait un goût fameux, et les boulettes ne s'effritaient pas. Kitty ne renvoya que l'écrasé de pommes de terre, qu'elle jugeait trop peu consistant; et il manquait de beurre et de poivre. Charles, ravi de ce bilan globalement positif, avait eu l'excellente idée d'exiger en cuisine que l'on tînt des pommes de terre frites à la disposition de son invitée.

— Les boulettes d'agneau étaient épatantes, observa cette dernière tandis qu'ils prenaient le café au salon. Suffisamment élastiques pour ne pas s'effondrer en petits morceaux. Et très goûteuses. En revanche, quelle idée d'avoir préféré à nos bonnes vieilles patates cette vilaine purée pleine de lait…

— Si vous consentez à m'épouser, il me faudra sans doute licencier mon chef.

— Incontestablement! Il y a, parmi les femmes de cette ville, un nombre incalculable de cordons-bleus. Du moins selon les critères locaux. Parce que, voyez-vous, Charlie, si nous nous marions, nous mangerons comme on aime manger à Corunda. C'en sera fini de la viande sanguinolente et de la purée au lait. Et je vous préviens: je ne transigerai pas sur ce point.

— Vous venez de dire «si»! «Si nous nous marions»!

— En effet. Si. Pas oui.

— Il s'agit cependant pour moi d'un gigantesque bond en avant. Cela signifie-t-il que vous êtes un peu amoureuse de moi?

— L'amour ne constitue pas notre pierre d'achoppement. La question est de savoir si je vous trouve sympathique.

— Permettez-moi de vous embrasser, s'enhardit le Dr Burdum en s'agenouillant aux pieds de sa belle. La sympathie ne peut naître que d'un contact assez étroit, fondé sur une relation de confiance. Mais pour l'heure, vous vous êtes refusée à tout cela. La faute m'en revient certes entièrement, car jamais je n'aurais dû vous déclarer mes sentiments avant de connaître seulement votre nom. Cela dit, je ne suis pas certain de vous trouver sympathique, moi. Ce que je sais, en revanche, c'est que nous sommes destinés à passer notre vie ensemble. Ici même, à Corunda, où nous mangerons ce dont on se nourrit à Corunda. Baissez votre garde, je vous en prie! Ne vous changez pas de nouveau en chat sauvage. Tant que vous n'aurez pas lâché prise, nous continuerons à tourner l'un autour de l'autre sur des orbites séparées.

— Vous suivez donc les débats sur l'existence éventuelle d'une neuvième planète? sourit la jeune femme.

— Je crois aux lois de la nature, répondit Charles avec le plus grand sérieux. Et je crois que nous autres, êtres humains, faisons partie de cette nature.

Kitty se pencha en avant.

— Embrassez-moi, Charlie.

Elle perçut d'abord un parfum qui, contre toute attente, lui monta aussitôt à la tête. La senteur d'un savon de luxe, mêlée à celle, astringente, d'une peau juvénile. Nulle odeur de sueur. Charles l'enveloppait de ses bras, sans l'étreindre trop fort. Il finit par se relever en l'entraînant à sa suite. Jamais encore Kitty n'avait mesuré combien il faisait bon se blottir contre la poitrine d'un homme petit.

Comme c'était confortable – inutile, pour une fois, de se pendre à son cou. Pendant ce temps, le Dr Burdum, fin stratège ou soupirant respectueux, veillait à ne pas abaisser ses mains sous la taille de sa bien-aimée. Oh, Charlie... Pourquoi faut-il que, comme le dieu Janus, vous possédiez ce double visage? Lucifer un instant, l'instant d'après Satan. Quoi qu'il en soit : deux faces appartenant l'une et l'autre au Seigneur des Enfers.

Le Dr Burdum effleura de ses lèvres la joue de Kitty pour ravir sa bouche ; la jeune femme ferma les yeux. Il possédait des lèvres douces comme de la soie, qui se posèrent sur les siennes avec la légèreté d'une plume. Dieu que c'était agréable !... Elle se détendit, rien en lui ne la rebutait plus – il se montrait résolu sans exercer sur elle une domination exagérée qui l'aurait instantanément fait fuir. Au contraire, il la laissait réagir à son propre rythme, ce qui enchantait la jeune femme. Lorsqu'elle s'écarta un peu, il l'imita. Elle lui passa les bras autour du cou.

Ils s'embrassèrent encore, et c'était comme si Kitty flottait, sans plus d'entraves, dans un espace tout entier composé d'air et de lumière, jusqu'à ce que la main gauche de Charles vînt se poser sur son flanc, qu'il pressa avec tant de soudaineté que la jeune femme se cambra contre son gré en gémissant avant de se plaquer contre le corps de son partenaire. Au même instant, leur baiser gagna en intensité, il se mua en tourbillon d'émotions composites, à la fois ténébreuses et veloutées – les deux jeunes gens devenaient la proie l'un de l'autre.

Mais déjà, Charles se tenait à l'autre bout de la pièce. Tournant le dos à Kitty, il regardait par la fenêtre.

— Je vais vous raccompagner chez vous, dit-il au terme d'un long silence.

Elle récupéra son sac et ses gants, puis se dirigea la première vers la porte.

Grace ne manifesta aucune surprise lorsque, le lendemain matin, Kitty se confia à elle.

— Tu l'aimes. Qu'est-ce que tu attends?

La jeune mère faisait ingurgiter à Brian un bol de gelée
verte avant de fourrer la tétine d'un biberon entre les
lèvres de John.

— Pourquoi les enfants aiment-ils à ce point la
gelée? s'interrogea sa sœur. Ça coûte dix fois moins cher
que la crème renversée et c'est plein de sucre, qui leur
pourrit les dents. Pourtant ils en raffolent, alors qu'ils
font du nez devant une crème renversée. Ça n'a pas le
moindre sens!

Grace jeta à l'infirmière pédiatrique un regard chargé
de dédain.

— Franchement, Kitty, par moments, tu es complètement idiote! La gelée, c'est sensuel, c'est léger, alors que
la crème renversée peut être écœurante. Les gamins préfèrent ce qui est léger. Et puis ils adorent sucer la gelée
pour qu'elle passe entre leurs dents avant de leur fondre
sur la langue. Sans compter qu'au moindre rayon de soleil
elle prend une couleur éclatante.

La jeune femme s'interrompit un instant avant de
reprendre :

— Non mais, dis donc, n'essaie pas de changer de
sujet. La vraie question consiste à savoir si tu comptes, oui
ou non, épouser le Dr Burdum. Si tu veux mon avis, arrête
un peu de jouer les mijaurées et lance-toi.

Kitty quitta la demeure de Grace avec l'impression d'en
avoir appris davantage sur la gelée que sur le mariage –
ce qui possédait un petit côté comique, mais ne l'avançait
guère. Au moins, elle était sûre que Charlie l'aimait. Mais
elle, l'aimait-elle? Rien, pour l'heure, ne l'avait convaincue qu'elle ne pourrait passer sans lui le reste de son existence. Cette conviction, Grace la nourrissait à l'égard de
Bear, et c'était ce qui permettait à cette godiche de se tirer
de tous les mauvais pas.

Le baiser échangé avec le Dr Burdum avait introduit Kitty à des plaisirs qu'elle n'avait encore jamais éprouvés avec aucun homme – de quoi lui laisser supposer que Charles était de ces amants tels que les femmes en rêvent.

Mais le mariage ne se réduisait pas à l'exultation du corps, et la situation conjugale difficile de son père ne cessait de hanter la jeune femme. Le pasteur n'avait jamais parlé de rien, mais ses filles constataient chaque jour les ravages causés par son union avec Maude. Un quart de siècle passé auprès d'une femme qu'il n'estimait pas et dont les agissements le mettaient souvent dans l'embarras, quand ils ne le remplissaient pas de honte ; et tout cela sans que jamais il pût avouer son tourment à personne. À l'idée de se réveiller un matin auprès d'un époux dont elle se rendrait compte qu'il n'était pas le bon, Kitty frissonnait d'horreur.

Si seulement il ne possédait pas cette fortune, s'il avait accumulé des succès moins patents, s'il se montrait moins sûr de lui, moins certain de suivre la bonne voie… Qu'est-ce donc qui la rebutait chez lui ?

Pourquoi avait-elle l'impression de devoir lutter bec et ongles pour mener l'existence de son choix ? Elle l'ignorait, mais elle n'admettait pas que Charles fût peu à peu en train de la soumettre à sa loi, de dompter le chat sauvage qui sommeillait en elle, elle qui n'avait, le reste du temps, rien d'un fauve ni d'une femme autoritaire !

Un matin, Grace l'invita à prendre le thé dans sa véranda flambant neuve, en compagnie de Tufts et d'Edda.

— C'est merveilleux, non ? claironna la jeune mère en guidant fièrement ses sœurs en direction de la pièce vitrée. Bear et Jack l'ont terminée pour mon anniversaire.

La véranda s'ornait de fauteuils en rotin blancs, d'innombrables plantes en pot – fougères luxuriantes, bégonias en pleine floraison, palmiers Kentia…

— Ils l'ont orientée de manière que le soleil ne donne jamais en plein dedans, expliqua encore Grace parmi les murmures d'approbation. C'est Bear qui a déniché le verre pour le toit, sur l'aire de triage de la compagnie des chemins de fer, après quoi Jack l'a aidé à l'installer. De cette façon, les plantes reçoivent assez de lumière pour s'épanouir au mieux. J'adore cet endroit !

Puis elle s'assit, souveraine, dans un vaste fauteuil colonial.

— Tu as vraiment beaucoup de goût, la complimenta Edda… Sur ce, j'aimerais que nous reparlions du dilemme de Kitty.

— Qu'est-ce qui te retient, Kitty ? demanda Tufts en prenant un siège à son tour.

— La peur de perdre mon identité, je crois, même si tout cela reste très confus, y compris pour moi. Ce n'est qu'une intuition. Je ne sais pas comment l'expliquer…

— Doutes-tu de l'amour de Charlie ? l'interrogea Grace.

— Non, pas une minute.

La jeune femme s'assit bien droit dans son fauteuil blanc ; d'un regard, elle implorait ses sœurs de faire preuve de patience et de compréhension.

— Mes craintes viennent de ce que je ne comprends pas tous les ressorts de la personnalité de Charlie… Non… Non, ce n'est pas ça ! J'ai peur que le mot « amour » ne revête pas la même signification pour lui et pour moi. Suis-je un être humain, ou un simple bien qu'on est en droit de posséder ?

— Un être humain, répondit Tufts.

Edda et Grace approuvèrent d'un hochement de tête.

— Kitty, intervint Edda, Charlie ne choisirait jamais sa future épouse comme un amateur d'icônes russes choisirait une nouvelle pièce pour sa collection. Il lui a suffi de poser les yeux sur toi pour tomber amoureux. C'est dire à quel point son âme a parlé la première. Si je tombe un jour sur un tel homme, peut-être réviserai-je mes préjugés et accepterai-je de me marier avec lui.

Elle décocha à sa sœur un large sourire.

— Il arrive que la chimie l'emporte sur la biologie.

— Tu ne m'aides pas, répliqua Kitty.

— Puisque je suis ici la seule spécialiste en la matière, s'immisça Grace avec un air de supériorité, permets-moi de t'offrir au moins un conseil : le mariage ne ressemble jamais à ce qu'on avait imaginé. C'est un point de rencontre, mais pas de nature physique. Chacun des deux époux se réveille un matin marié à un parfait inconnu. Et les voilà qui mettent au pot commun leurs idées, leurs rêves, leur argent, leur esprit et leur cœur. Au début de mon union avec Bear, j'ai commis de terribles erreurs, surtout par ignorance, et puis parce que j'ai eu le tort de ne pas écouter les bonnes personnes. Si tu n'es pas capable de faire passer Charlie avant toi, alors ne l'épouse pas.

Edda fixait sa jumelle, les yeux écarquillés.

— Sapristi, Grace, tu as incroyablement mûri !

Elle se tourna vers Kitty.

— Ma petite sœur adorée, personne ne peut décider à ta place. C'est à toi, et à toi seule, qu'il revient de trancher. Mais sache que, quel que soit ton choix, et quelle que soit la manière dont les choses évolueront, nous serons toujours là pour toi.

Des larmes se mirent à rouler sur les joues de Kitty.

— Merci, murmura-t-elle, tu me combles.

Grace lui tendit un mouchoir en dentelle.

— De quelle couleur sera la robe de tes demoiselles d'honneur ? demanda-t-elle sur un ton joyeux.

Brian choisit cet instant pour paraître, étreignant son jeune frère qui devenait trop lourd pour qu'il parvînt encore à le soulever de terre.

Edda s'attendrit en silence sur ces bambins qui possédaient tous deux un caractère en or. Des cheveux de lin, comme leur père, une adorable petite bouille dans laquelle brillaient les grands yeux bleu pâle de leur maman.

Sans les lâcher du regard, Edda reprit la parole :

— Écoute-moi bien, Kitty : jamais le sort ne t'a destinée à rester infirmière pédiatrique jusqu'à la fin de ta carrière. Tu es faite pour avoir tes propres enfants ! Une pleine tribu d'enfants ! Tu possèdes toutes les qualités de la mère idéale : tu es sensible, tu sais te montrer ferme quand il le faut, et douce lorsque tu peux te le permettre. Tu débordes d'amour et d'affection. Auprès de toi, tous les gosses se sentent en sécurité. Ne l'oublie pas.

— Je suis d'accord, s'immisça Tufts en allégeant Brian de son fardeau pour poser le petit John sur ses genoux.

— Sur ce, décréta Grace en se dirigeant vers la cuisine, revenons-en à la couleur de la robe des demoiselles d'honneur !

En dépit des conseils prodigués par ses sœurs, Noël approchait sans que Kitty fût parvenue à une décision concernant le Dr Burdum. Les deux jeunes gens continuaient à se fréquenter régulièrement, mais quelque chose avait peu à peu changé dans leur relation : Kitty devenait moins acerbe, elle se faisait plus conciliante, désireuse, semblait-il, de renforcer le lien qui les unissait. Néanmoins, Charles désespérait, mais il n'en laissait rien paraître : en tout – y compris en amour –, le succès selon lui dépendait d'une volonté sans faille. Kitty n'aurait pas supporté, il en était convaincu, de le voir lui montrer sa faiblesse. Sa petite taille lui interdisait formellement de se révéler petit aux yeux de sa bien-aimée.

Depuis les premières difficultés financières survenues à la fin du mois d'octobre, le Dr Burdum avait remarquablement agi, en sorte que sa réputation ne cessait de croître parmi les habitants de Corunda. Il n'avait pas fait mystère de son intention d'utiliser le « trésor de guerre » de l'hôpital pour résorber partiellement le chômage local en employant des ouvriers du cru à l'édification du nouvel établissement – même si, bien sûr, il s'écoulerait un peu de temps avant le démarrage des travaux. En sa qualité de directeur des lieux, il avait pris en outre l'habitude d'assister à toutes les réunions publiques, durant lesquelles il n'hésitait pas à exprimer son opinion, dût-elle provoquer un tollé général.

À tout cela, Kitty ne pouvait qu'applaudir des deux mains. Charlie n'avait rien d'un feu de paille. Au contraire, il était en train de devenir un homme influent dans les affaires de Corunda – liées ou non à l'établissement qu'il dirigeait. Sous le vernis charmeur se dissimulait bel et bien un caractère d'exception : le Dr Burdum ne craignait rien ni personne, il était sensé, intelligent et fort.

Le pasteur et son épouse manifestèrent le désir de voir réunie leur famille pour le réveillon de Noël. Cela tombait bien : les trois infirmières ne reprenaient le travail que le 26 décembre. Le couple invita donc Grace et Bear, Edda et Jack Thurlow, Tufts et Liam Finucan, Kitty et Charles.

Ce dernier, qui se rendit au cottage des trois sœurs Latimer pour y prendre sa bien-aimée, la trouva seule dans la demeure ; Tufts et Edda avaient déjà filé.

Il embrassa tendrement la jeune femme, avant de lui prendre la main droite, dont il referma un à un les doigts sur un écrin de cuir.

— Joyeux Noël, ma chérie. Faites-moi plaisir : portez-la ce soir. Enterrons la hache de guerre. Je déclare une trêve définitive. Il ne saurait y avoir ni victoire ni défaite.

Bien qu'elle sût parfaitement ce qui se cachait à l'intérieur de la petite boîte, elle imita Pandore et l'ouvrit. Ce fut comme si elle venait de libérer le soleil en personne, car le diamant brillait de mille feux.

— Oh…, lâcha la jeune femme, pétrifiée et le souffle court.

— Il ne pèse que deux carats, s'empressa de lui expliquer le Dr Burdum, mais il ne présente pas le moindre défaut. Il s'agit d'un diamant de la plus belle eau, dont je n'ai pas trouvé d'équivalent, même à Amsterdam.

C'en fut fini des errements de Kitty, qui s'empressa de lever la main gauche.

— Passez-la à mon doigt, Charlie, déclara-t-elle.

— Consentez-vous à m'épouser?

— Oui.

— Me pardonnerez-vous l'arrogance dont j'ai fait preuve en choisissant cette bague sans vous?

— Bien sûr que oui.

Le mariage eut lieu en grande pompe à Saint-Marc, à la fin du mois de janvier 1930. Charles avait pris, en matière de décorum, une décision qui lui valut les faveurs de tous les messieurs invités à la noce : alors que Maude exigeait que ces derniers se présentent en habit, ou en queue-de-pie et cravate blanche – autant d'accessoires qu'il aurait fallu louer dans une boutique de Sydney –, le Dr Burdum décréta que le costume trois-pièces ferait parfaitement l'affaire. Quel soulagement!

Kitty arborait pour sa part une longue robe de satin blanc, assortie d'une traîne en éventail si habilement conçue que personne n'avait besoin de la porter derrière elle; parée de semence de perles, elle se révélait beaucoup plus sobre que ce dont Maude avait rêvé – Kitty avait choisi de s'en remettre plutôt aux avis d'Edda.

Vêtues de tenues roses, les trois demoiselles d'honneur serraient entre leurs mains un bouquet d'orchidées roses. Maude, de son côté, demeura fidèle à ses chers froufrous, mais elle fut bien la seule, ce qui lui gâcha un peu la journée.

Tout Corunda se trouvait là, si bien qu'après que les premiers venus se furent entassés dans l'église les autres s'installèrent en nombre à l'extérieur, sous une pluie de confettis multicolores, que l'on continua de ramasser aux abords du lieu de culte jusqu'à ce que les bourrasques hivernales finissent par les entraîner au loin. Le pasteur, qui n'avait pas les moyens de donner une grande réception, refusa néanmoins que Charles prît en charge les frais de la noce, en sorte que les habitants n'eurent droit, pour toute cérémonie, qu'à celle qui se tint à l'église. Une déception supplémentaire pour Maude, qui estimait que ses fanfreluches d'organdi auraient mérité qu'on les admirât davantage.

En ces temps difficiles, le jeune couple renonça à sa lune de miel ; Charles et Kitty quittèrent la modeste sauterie organisée à Saint-Marc pour gagner Burdum House, où ils entamèrent leur vie maritale.

Au début, les gens ordinaires, qui ne tâtaient pas de la Bourse, s'imaginèrent que le désastre financier ne durerait pas – quelques mois, tout au plus, suffiraient à relever l'économie. Cette opinion prévalait tout spécialement à Corunda, où les plus terribles effets de la crise tardaient à se faire sentir. En effet, le chômage de masse n'y sévit pas tout de suite, contrairement à ce qui se passait, selon les journaux, à Melbourne ou Sydney. Préservés des horreurs de la Grande Dépression grâce à l'usage généreux que fit alors Charles Burdum de sa fortune personnelle ainsi que des fonds de l'hôpital, les habitants de la ville conservèrent leurs emplois ou en trouvèrent un autre s'ils avaient perdu le leur.

Charles résolut de rebâtir l'hôpital en une seule fois, et le plus vite possible ; jamais il ne s'avisa qu'il pût exister une autre solution au marasme que l'embauche massive d'ouvriers.

On recensait à Corunda beaucoup de menuisiers, des plombiers, des ébénistes, des maçons, des électriciens, des plâtriers, des manœuvres qualifiés, ainsi qu'une pléiade d'excellents jardiniers – dans une bourgade renommée pour ses jardins. Lorsque Jack Thurlow apprit au Dr Burdum l'existence d'un gisement d'argile à brique situé à Corbi, celui-ci battit des mains : cette ville fournirait aux entrepreneurs l'essentiel des matériaux de construction. Inutile d'importer les briques. Et les emplois créés n'en seraient que plus nombreux !

D'aucuns – parmi le personnel de l'hôpital en particulier – déplorèrent vivement que l'on modifiât si peu les plans initiaux de l'établissement; pourquoi fallait-il continuer d'emprunter ces fichues rampes? Le Dr Burdum ayant dépensé une petite fortune contre une maquette de l'hôpital commandée à une société spécialisée de Sydney, il prouva à ses détracteurs, en trois dimensions, combien splendides se révéleraient les nouvelles rampes. Mais rien ne convainquit celles et ceux qui les haïssaient, et haïssaient aussi la structure globale du complexe. Ceux-là, en effet, exigeaient un hôpital moderne à plusieurs étages. C'est à cette occasion que les habitants de Corunda découvrirent que Charles se montrait aussi intraitable que tous les Burdum de la région avant lui – en dépit de son urbanité, le nouveau directeur était capable d'une férocité dont nul n'avait pris conscience jusqu'à maintenant.

— Vous pouvez toujours geindre et fulminer jusqu'à ce que l'enfer se change en glace, décréta-t-il aux deux cents manifestants indignés qui, réunis dans une salle de l'hôtel de ville, réclamaient que l'on détruisît les rampes, cela ne fera pas la moindre différence pour moi. Le nouvel hôpital de Corunda sera édifié selon la maquette que vous avez sous les yeux. Je ne mettrai pas la vie de mes patients en danger en les contraignant à emprunter des ascenseurs ou des monte-charge – nous ne sommes pas à Sydney! Et si vous refusez de vous plier à mes directives de votre plein gré, je vous obligerai à obéir! Grâce à moi, vos emplois se verront préservés, car nous n'aurons pratiquement pas besoin d'importer de matériaux! Il faut à tout prix défendre le tissu d'emplois de cette ville, et que vous le vouliez ou non, mesdames et messieurs, c'est moi, Charles Burdum, qui seul peux vous guider dans cette vaste entreprise! Je nourris de multiples projets pour satisfaire celles et ceux qui, parmi vous, détestent faire un pas de plus qu'il ne leur est nécessaire, mais je n'ai aucune intention de vous éclairer aujourd'hui. Ni demain! Vous ne le méritez pas. Contentez-vous de vous réjouir d'exercer encore un métier ! Et maintenant, déguerpissez !

— Voilà qui n'était pas très diplomate de ta part, commenta Kitty en glissant un bras sous celui de son époux, auquel elle décocha un large sourire avant de lui piquer un baiser sur la joue. Mais je me suis beaucoup amusée ! Certaines personnes ne sont jamais contentes.

— Ton père, lui, le sera, lorsqu'il apprendra que je consacre une partie des fonds de l'hôpital à la construction d'une clinique au sein de l'orphelinat.

— Oh, Charlie, c'est une merveilleuse nouvelle !

Le révérend Latimer, qui avait compté jadis parmi les caniches du conseil d'administration de l'hôpital, s'était mué en fauve enragé concernant l'orphelinat. Cette résidence de style victorien tardif – bien différente cependant de Burdum House – avait été imposée à la ville de Corunda en vertu d'un mouvement en vogue dans les années 1890 (et dont la mode s'était perpétuée jusqu'au tout début du XXe siècle) : on souhaitait alors que les orphelins grandissent dans des zones rurales, afin qu'ils s'adonnent à l'agriculture, produisent pour partie leur nourriture et respirent de l'air pur. Certains de ces établissements se trouvèrent placés sous l'égide de quelques fonctionnaires de Sydney. D'autres devinrent des institutions religieuses ; ce n'était pas le cas de l'orphelinat de Corunda. À présent que les subventions versées par l'État se réduisaient comme peau de chagrin, l'établissement pris en charge par Thomas Latimer menaçait ruine. Et pourtant : presque chaque jour, un nouveau bambin arrivait de Sydney par le train pour rejoindre l'orphelinat, déjà plein à craquer.

Le pasteur, qui en fit sa priorité, montra à cette occasion un indéniable talent pour ce que l'on aurait pu qualifier de politique interconfessionnelle. En mars 1930, Tom avait obtenu de la puissante Armée du Salut, qui régnait en maître sur les soupes populaires de la région, qu'elle persuadât le moindre pasteur, le moindre prêtre de se vouer corps et âme, et tous ensemble, à son établissement, aux mères abandonnées, aux indigents les plus âgés, de même qu'à tous celles et ceux qui se trouvaient dans le besoin. Le père Bogan, vicaire de Mgr O'Flaherty, était un véritable génie de l'organisation, auquel Thomas Latimer confia les rênes de plusieurs œuvres charitables; grâce à lui on gagna du temps, et de l'argent.

Maude Latimer, de son côté, vit sa rente singulièrement réduite, et ses récriminations tombaient désormais dans l'oreille d'un sourd.

— Cesse de pleurnicher, lui assena un jour son époux. Tu n'as pour ainsi dire besoin de rien, alors que ces enfants innocents ont besoin de tout. Et, oui, Billy Marsyk viendra répéter ses morceaux sur le piano du presbytère. Ce garçon possède un formidable talent.

— Un formidable talent? Balivernes! Ce petit malpropre a uriné dans mon vase en cristal taillé!

— Eh bien, chère maman, il aura au moins épargné notre tapis, répliqua Tufts, les lèvres pincées. Cela nous prouve que Billy est moins fruste que tu ne le croyais.

— Tu es donc aussi malveillante que ton père!

— Allons, maman, depuis tant d'années, tu devrais t'être rendu compte que papa valait bien mieux que toi. Il racle le fond de ses poches pour offrir des chaussures à ses orphelins pour l'hiver, parce qu'ils ne peuvent tout de même pas aller pieds nus. Alors cesse un peu de te lamenter.

Maude se redressa d'un bond.

— Je ne me lamente jamais!

Elle lâcha tout à coup un petit rire sinistre.

— As-tu vu ma petite Kitty récemment? reprit-elle. N'est-elle pas la plus belle fillette au monde?

Prise au dépourvu, Tufts demeura un instant bouche bée avant de se ressaisir pour que sa mère ne remarquât pas son étonnement. Pourquoi venait-elle de dire une chose pareille?

Comme elle quittait la maison, la jeune femme croisa le pasteur, qui rentrait du garage.

— Papa, dit-elle après qu'ils se furent salués, maman se sent-elle bien? J'avais déjà noté certaines bizarreries, mais là…

Le long et beau visage, qui évoquait si fort celui d'Edda, se ferma abruptement.

— Ta maman se porte comme un charme, la rassura-t-il.

— Tu en es sûr?

— Absolument. Je suis prêt à parier qu'elle t'a parlé de Kitty. C'est bien cela? Bah, ce mariage l'a bouleversée.

— Mais elle rêvait depuis toujours de la voir épouser un homme riche.

— Les rêves sont évanescents, ma chérie. La réalité, elle, se révèle d'une autre nature.

— Kitty a quitté le presbytère en avril 1926, objecta la jeune femme en posant une main sur l'avant-bras du révérend. Maman divague un peu, et je crois que tu le sais.

Les journalistes australiens ne disposaient que d'un seul moyen pour évaluer le chiffre du chômage, car personne, au sein du gouvernement, ne daignait établir de statistiques sur des réalités jugées insignifiantes. Il était cependant quelques groupes d'hommes pour ouvrir l'œil: les syndicalistes. Au début, ils se soucièrent peu de la question, mais ils ne tardèrent pas à saisir combien il importait que leurs diverses organisations possèdent une vue d'ensemble du problème. Les comités centraux établirent donc des pourcentages, sur lesquels on se fonda pour apprécier le nombre de sans-emploi en Australie.

Puis quelqu'un décréta que, sur la totalité des travailleurs, une moitié seulement était syndiquée – les autres n'en éprouvaient pas le besoin, ou bien ils rechignaient à régler une cotisation, ou encore ne trouvaient pas, dans leur branche, de syndicat propre à défendre leurs droits.

Privés de tout autre mode de calcul, journaux et magazines se virent réduits à une équation simpliste : le nombre total de chômeurs australiens représentait deux fois celui des chômeurs syndiqués.

À la fin de l'année 1929, on évalua ainsi à quinze pour cent de la population active le nombre de sans-emploi.

La situation ne cessait d'empirer : dans tout le pays, on chassa les chômeurs de leur maison, dont ils ne pouvaient plus acquitter le loyer. Des bidonvilles sortirent de terre aux abords des grandes villes, où s'installaient les femmes et les enfants des hommes désormais privés de leur emploi. Les chômeurs, eux, après avoir roulé dans une couverture les quelques vêtements et objets dont ils avaient besoin pour survivre, s'élançaient sur les routes, parcourant parfois plusieurs milliers de kilomètres en quête de ce que l'Australie n'était plus en mesure de leur offrir : un travail.

Hommes d'affaires et membres du gouvernement s'accordaient sur un point : pour venir à bout de la crise, il fallait procéder à une réduction des dépenses. En conséquence de quoi les organismes publics (les organismes privés ne tardant pas à leur emboîter le pas) suspendirent tous leurs financements, depuis les salaires jusqu'à la construction immobilière en passant par la création de nouveaux emplois – celles et ceux qui avaient la chance d'exercer une profession virent leur traitement réduit de façon drastique. De nouveau, quelques voix s'élevèrent pour affirmer qu'au contraire l'on ne mettrait un terme à la Grande Dépression qu'à condition de dépenser davantage, mais en 1930 personne n'était prêt à écouter cette théorie.

Jack Lang, leader travailliste de Nouvelle-Galles du Sud, clama qu'il fallait créer des emplois au lieu de multiplier les coupes budgétaires, ajoutant qu'aucun gouvernement australien ne parviendrait jamais à rembourser les emprunts contractés à l'étranger tant que l'on n'augmenterait pas le niveau de vie des Australiens eux-mêmes.

Personne ne voulait alors comprendre que les gouvernements précédents, tout à leur soif de moderniser le pays, s'étaient lancés dans l'aventure grâce à des capitaux étrangers, accumulant des dettes colossales que la situation internationale actuelle ne leur permettait plus de rembourser ; bref, ces gens avaient hypothéqué leur peuple au lieu d'hypothéquer des biens matériels.

Les mères au foyer telles que Grace Olsen ne se sentaient pas de taille à juger les bouleversements en cours, d'autant que des quatre sœurs Latimer, la jeune femme se trouvait la plus isolée de l'opinion agissante. Dans son exquise demeure de Trelawney Way, elle acquérait peu à peu, grâce à ses diverses qualités, un statut social inhabituel pour le quartier : elle possédait un certain nombre de notions en matière de santé, elle savait rédiger des lettres et remplir des formulaires, elle connaissait les arcanes des organismes d'utilité publique et, cerise sur le gâteau, elle n'était pas bêcheuse.

À la fin du mois de décembre 1929, Bear avait pris la décision de limiter les dépenses de son épouse, sans laisser à celle-ci la possibilité de biaiser. Navré, il lui avait expliqué qu'il devait mettre de l'argent de côté pour assurer leur avenir ; il n'y arriverait qu'en restreignant le train de vie de son épouse. Plus de nouveaux vêtements, plus de nouveaux rideaux, plus de mets délicats, et quant à Brian, on lui achèterait des habits trop grands, afin que son cadet pût les récupérer quelque temps plus tard. Prise au dépourvu, Grace avait réagi sans violence ni excès.

Ce que Bear n'eut pas le courage de lui confier, c'est que sa rémunération avait terriblement baissé ; ses clients n'achetaient plus de produits Perkins, sauf ce dont ils ne pouvaient se passer – liniments, pommades et coricides.

La société s'était séparée de la moitié de son personnel, en sorte que le jeune homme effectuait à présent un circuit si long qu'il lui fallait s'absenter deux bonnes semaines.

Gagnant tout juste de quoi vivre, il ne dormait plus qu'une nuit sur sept à l'hôtel, afin de s'y laver et de faire sa lessive – les six autres, il les passait dans sa voiture.

Quelque chose, dans le regard de Bear, empêcha Grace de protester. Le garçon paraissait aux aguets, il semblait éreinté et la lueur espiègle qui dansait d'ordinaire dans ses yeux s'était éteinte. Il n'avait pas l'existence facile. Ignorant à quel point son épouse eut tendance à minimiser la gravité de la situation.

Elle interrogea Jack Thurlow :

— Savez-vous ce qui arrive à Bear ?

Depuis le temps qu'il la fréquentait, Jack préféra rester sur ses gardes :

— Je ne vois pas de quoi vous parlez.

— Il a changé, lui expliqua la jeune femme en haussant les épaules. Il a perdu son sens de l'humour. Avant, il riait sans arrêt, mais il ne rit plus jamais. Il me répète que les temps sont durs. Je ne demande pas mieux que de le croire, mais il ne me confie plus rien.

— Vous devriez vous en féliciter, commenta Jack avec un sourire. Il tâche de vous préserver. Sa société rencontre des difficultés financières, c'est aussi simple que ça.

— Mais il m'a dit d'acheter des vêtements trop grands à Brian. Cela lui fait-il plaisir que notre fils ressemble à un gamin du West End, avec les boutons de son pantalon coincés à l'entrejambe et les manches de sa chemise remontées jusque sous les bras ? Et ses chaussettes reprisées de partout ?

— C'est comme ça qu'on m'attifait quand j'étais petit, et pourtant mes parents étaient aisés. L'habit ne fait pas le moine, Grace. Brian est un adorable petit bonhomme. Sa tenue ne gâchera rien. Et vous savez aussi bien que moi qu'il se moquera complètement de se promener avec des vêtements trop grands.

Grace ne posa plus la moindre question à Jack, mais elle se confia à Edda dès que celle-ci lui rendit visite :

— Toutes ces économies de bouts de chandelle, c'est ridicule. Brian a l'air d'un mendiant, ça me révolte! John ne porte plus que des vêtements usés. Qu'est-ce que les gens vont dire?

— Dans le quartier? Que tes fils ressemblent enfin aux enfants de tes voisins, c'est tout. Tu t'exprimes comme Maude, s'agaça Edda. La situation pourrait être bien pire, voyons, tu ne t'en rends donc pas compte? Bear conservera son emploi tant que la société Perkins n'aura pas mis la clé sous la porte, mais il ne gagne presque plus rien.

La jeune femme prit une profonde inspiration.

— Fais-nous donc du thé, Grace, j'ai apporté des biscuits Anzac du presbytère.

— Encore un signe des temps, soupira sa sœur. Fini les petits gâteaux à la crème et à la confiture…

Son visage s'éclaira tout à coup.

— Cela dit, enchaîna-t-elle, les biscuits Anzac sont parfaits pour qu'on les trempe dans le thé, ils ne s'effritent jamais.

— Pourquoi crois-tu que je les aie choisis? Brian et John pourront faire trempette avec nous.

Une fois le thé bu, les biscuits grignotés et les deux bambins débarbouillés, Grace recommença à se plaindre:

— Combien de temps faudra-t-il, selon toi, pour que Bear perçoive à nouveau un salaire décent? demanda-t-elle à sa sœur en essuyant la table de la cuisine.

— Je dois avouer que si on ne trouve pas pire geignarde que toi sur toute la planète, tu n'as pas ta pareille pour briquer ta maison sans l'aide de personne. Tu as réussi à battre Maude à plate couture.

— J'adorerais réembaucher ma femme de ménage, mais même ça, c'est terminé, rétorqua la jeune mère d'un ton acide. Ça va durer encore combien de temps?

— Plusieurs années, selon Charlie Burdum.

— Comme s'il était le mieux placer pour savoir quelque chose: il continue de dormir sur un matelas de billets!

— En effet, mais il en dépense beaucoup pour faire le bien autour de lui, et Kitty également. Sais-tu combien de femmes du West End se retrouvent seules, Grace ? Tout le monde les oublie, les femmes. On croirait qu'elles n'ont jamais foulé cette terre, ou que ce ne sont pas elles qui ont enfanté les maîtres de la planète. Figure-toi que dans ce fichu pays il n'existe qu'un type d'allocation pour les femmes de moins de soixante ans : l'allocation de veuvage du gouvernement de la Nouvelle-Galles du Sud, et encore, c'est une misère. C'est l'État qui doit le plus d'argent à Londres, mais si le gouvernement fédéral avait réparti plus équitablement ses subventions, jamais il n'aurait été contraint d'emprunter autant. L'Australie-Occidentale et l'État de Victoria, eux, reçoivent toujours plus qu'ils ne devraient.

Edda se pencha en avant, saisit sa sœur par les épaules et la secoua.

— Arrête de faire ces yeux de merlan frit ! Je suis en train de te dire des choses importantes ! Des choses qui pourraient te concerner directement un jour ou l'autre. Alors écoute-moi !

La colère d'Edda face à l'apathie de Grace n'avait pas tout à fait reflué lorsqu'elle retrouva Jack pour une promenade à cheval au bord de la rivière mais, une fois dans le lit de son amant, après la balade, elle s'était assez apaisée pour jouir pleinement de leur union. Depuis le temps qu'ils se fréquentaient, elle avait appris à connaître dans ses moindres détails le corps de Jack, ainsi que le sien propre, mais elle ne se lassait pas de leurs étreintes. Son partenaire semblait du même avis.

— Pourquoi me reviens-tu toujours ? l'interrogea-t-elle.

— Oh c'est très simple, répondit Jack en savourant sa cigarette. Tu es une femme délicate, follement désirable, qui accepte d'entretenir des rapports sexuels avec un homme dont elle n'exige pas qu'il l'épouse en contre-partie. Comment pourrais-je ne pas exulter d'avoir une maîtresse à la fois pleine de classe et parfaitement respectable ? La plupart des hommes doivent se contenter d'une traînée et toi, Edda, quand bien même tu t'offrirais une centaine d'amants, tu n'aurais toujours rien d'une traînée.

— Pourquoi ça ? s'enquit sa compagne en s'étirant.

— L'obscénité est un état d'esprit. Ces femmes-là n'attendent qu'une chose : qu'on paie leurs services. Pas forcément avec de l'argent, d'ailleurs. Ça peut aller de la poudre de riz à je ne sais quel petit geste. Quoi qu'il en soit, il faut toujours signer un contrat. Ce ne sont pas ses actes qui font d'une femme une traînée, c'est son attitude mentale. Certains hommes sont des traînées, mais en général ils ne se servent pas de leur sexe comme d'une arme.

— Tu es drôlement perspicace, pour un simple agriculteur. C'est d'ailleurs ce qui m'attire en toi, je l'avoue. Avec toi, je ne m'ennuie jamais. Parce que si tu cultives les pommes de terre mieux que personne, les pommes de terre n'occupent pas la majeure partie de ta cervelle.

Elle croisa les mains au-dessus de sa tête.

— Alors, comme ça, tu me trouves désirable ? fit-elle.

— Aussi désirable qu'un bon repas pour un goinfre.

— Même s'il y a trop peu de monde au balcon ? le taquina-t-elle.

— Il y en a bien assez pour me rassasier.

— Frotte-moi plutôt le dos, gredin !

Ils aimaient se doucher ensemble, après quoi la méticuleuse Edda passait des vêtements propres pour se débarrasser de l'odeur des chevaux puis, dans la vieille cuisine de la propriété, les deux jeunes gens buvaient de la bière très fraîche, dont Jack était allé chercher une bouteille dans sa glacière – il produisait sa propre glace.

— Charles Burdum est devenu le héros de la ville, dit-il.

— Mon très estimé beau-frère. Il mérite la considération dont il fait l'objet. Rome ne s'est pas faite en un jour, et le nouvel hôpital n'échappera pas à la règle, mais ça y est, il a entamé les travaux, et il les mènera à leur terme. Il possède les capitaux nécessaires.

Elle contempla son amant avec affection – pourquoi n'était-elle pas amoureuse?

— Grâce à toi, même les briques seront produites dans la région. Personne ne savait qu'il existait un gisement d'argile à Corbi jusqu'à ce que tu en parles.

— C'est le vieux Henry Burdum qui était au courant. Là-bas, le sol est stérile, c'est pour cette raison qu'il n'a jamais étendu ses terres en direction de Corbi. Personne ne voulait de ces parcelles.

— Où crois-tu que Charlie ait l'intention d'aller, Jack?

— Pardon?

— Corunda finira par ne plus lui suffire. Il cache des intentions politiques derrière toutes ses bonnes œuvres, tu n'as pas remarqué? Après avoir découvert que la plupart des ouvriers du West End ne disposaient d'aucun moyen de transport pour se rendre à la carrière d'argile, il a acheté à Sydney un vieil autobus à impériale. Les mécaniciens du coin sont ravis: ce sont eux qui entretiennent l'engin, et ça ne coûte que le prix des pièces de rechange. Or, Charlie aurait eu largement de quoi acheter un véhicule neuf et embaucher un mécanicien à ses frais. Mais, vu les circonstances, s'il se présentait demain à la députation, tous les West Enders voteraient pour lui, sans se soucier du parti qu'il aurait rallié.

— Ce ne serait donc, selon toi, qu'un vil calculateur. Tu le juges peut-être un peu trop durement, non?

— Mais enfin, Jack, regarde la situation, et puis regarde-le! Sydney est tous les jours en proie à des émeutes entre la police et les chômeurs. Les crétins du gouvernement fédéral, de leur côté, qui se sont déchargés de leurs responsabilités sur les États, ne peuvent plus rien faire, sinon annoncer aux Australiens qu'une grosse légume de la Banque d'Angleterre va leur rendre visite pour dispenser ses conseils à la nation en matière de stratégie économique. Ajoutons à cela l'Australie-Occidentale, qui rêve à nouveau de faire sécession. J'espère pour eux qu'ils arriveront à leurs fins : ils ne risquent pas de s'y prendre plus mal que Canberra. On est en train de dévaluer notre livre nationale, et voilà que Jimmy Scullin a dû limoger son ministre des Finances parce qu'il s'agirait d'un escroc patenté ! Tu appelles ça un gouvernement ? Ils sont pathétiques...

— J'adore quand tu t'indignes.

Le sourire aux lèvres, Jack saisit la main d'Edda pour l'embrasser.

— Je te donne entièrement raison pour ce qui est du contexte politique actuel. Mais qu'est-ce que Charlie Burdum vient faire là-dedans ?

— Ne joue pas les imbéciles, Jack. Je te l'ai déjà dit. Il nourrit de grandes ambitions politiques. D'après moi, il vise le Parlement fédéral de Canberra. Le très honorable Charles Burdum, Premier ministre de l'Australie. En revanche, je n'ai pas la moindre idée du parti qu'il va rejoindre. Vu son éducation et sa fortune, il devrait pencher pour les conservateurs, mais il entretient des affinités avec les ouvriers, ce qui pourrait le pousser à choisir l'aile droite du parti travailliste.

— Il ne peut pas devenir Premier ministre ! s'écria Jack, bouche bée. C'est un Anglais !

Une lueur ironique passa dans les yeux de sa compagne.

— Rien n'est inscrit dans la Constitution à ce sujet. D'ailleurs, un Américain pourrait aussi briguer le poste. Ce n'est pas sa nationalité qui refrénera ses appétits.

Lorsque Bear Olsen rentra chez lui à la fin du mois de juillet 1930, il prit d'abord le train de Sydney, où il s'installa dans un wagon de deuxième classe. Ensuite, il parcourut à pied les cinq kilomètres qui séparaient la gare de sa jolie maison crème et vert, en traînant sa valise comme si elle avait pesé une tonne. Il avait rabattu son chapeau sur son front pour dissimuler ses yeux rougis par les larmes – il avait profité des cinq heures passées à bord de l'omnibus pour pleurer tout son saoul. Peu lui importait qu'on le remarquât. D'ailleurs, qui le remarquait? Même un billet de deuxième classe était devenu inabordable pour la plupart des Australiens. Inabordable pour lui aussi, au demeurant, mais tant pis, il voulait regagner sa maison au plus vite; il serait temps, plus tard, de s'élancer à son tour sur les routes avec son baluchon.

Comme il montait les marches de l'entrée, crispé à la perspective de se retrouver face à Grace, il entendit leurs fils pépier au jardin. Son épouse chantonnait dans la véranda – comme elle aimait ce havre de paix végétale!

— Grace? appela-t-il du salon en laissant tomber sa valise.

— Bear! Oh Bear! s'exclama la jeune femme, qui se précipita aussitôt pour se pendre à son cou et embrasser son menton mal rasé. Je n'ai pas entendu la voiture. Tu t'es garé dans la rue?

— Pas de voiture, réussit-il à articuler.

Il ôta son chapeau. Grace contempla le visage de son époux et se mit à trembler.

— Oh, Bear, mais que s'est-il passé?

— Perkins a fait faillite. Plus de boulot, plus de voiture, pas d'indemnités de départ. Rien qu'une belle lettre de recommandation dans laquelle il est écrit que je suis le meilleur vendeur d'Australie. Mais je n'ai pas le cœur à vendre des articles dont les gens peuvent se passer par les temps qui courent. D'ailleurs, M. Perkins ne me l'a pas proposé.

Passant un bras autour de la taille du jeune homme, Grace l'entraîna dans la paisible véranda, où elle le fit asseoir dans le fauteuil colonial. Elle attira un autre siège à elle, s'installa près de Bear et lui prit les deux mains.

— Tu vas trouver un autre travail, le rassura-t-elle en s'efforçant de soutenir le regard déchirant de son mari – ces yeux-là avaient dû verser des torrents de larmes.

— Non, Grace, répondit-il. J'ai passé dix jours à arpenter Sydney avec ma jolie lettre de recommandation, mais nulle part on n'a besoin de vendeurs. Les clients n'achètent plus rien. Si tu voyais ça, Grace… Il y a des chômeurs dans tous les coins, ils sont plusieurs milliers à faire la queue dans la rue pour un seul poste. Dans les quartiers où les émeutes sont fréquentes, les policiers ne lâchent plus leur arme, on a condamné la devanture de la plupart des boutiques, les maisons se vident les unes après les autres… S'il n'y avait pas la soupe populaire, on ne trouverait plus que des morts à Sydney. Du moins dans les coins où je suis allé. Évidemment, il reste des quartiers mieux lotis, mais les chômeurs ne les fréquentent pas, puisqu'on n'y trouve ni usines ni ateliers.

Le garçon éclata en sanglots.

— Pardon! Je croyais avoir assez pleuré dans le train…

Grace l'attira contre sa poitrine, stupéfaite de constater que ses yeux restaient secs et qu'elle ne perdait pas son sang-froid.

— Il faut reprendre courage, Bear. Tu es à la maison, maintenant. Tu as une famille, ici, des connaissances qui pourront sans doute te venir en aide… Charlie va te dénicher quelque chose, j'en suis persuadée.

— Il n'y a pas de travail pour les vendeurs.

La jeune femme tira son mouchoir de sa poche et le tendit à son époux.

— Dans ce cas, tu feras autre chose, mon chéri. Jusqu'à ce que la situation s'arrange.

— Tu sais bien que des emplois, il n'y en a que pour les travailleurs de force. Je suis vendeur depuis mon plus jeune âge. Tout ce que je sais faire, c'est parler, marcher et conduire. Je suis incapable de coltiner des sacs de blé. Incapable de manier une pioche et une pelle pour gagner ma croûte.

Il se redressa sur son siège.

— Par ailleurs, je refuse d'utiliser mes liens avec un notable pour me procurer un emploi. Je ne demanderai rien à Charles Burdum. Ni à Jack Thurlow. Ni à ton père.

Consternée, Grace recula pour l'examiner mieux : les coins de sa bouche rieuse s'étaient affaissés, il avait les joues creuses, un cou de poulet – depuis combien de temps n'avait-il rien avalé ?

— Suis-moi dans la cuisine, je vais te préparer à manger. Puisque les garçons ont déjà pris leur repas, nous ne leur annoncerons ton retour qu'une fois que tu auras déjeuné, pris un bon bain chaud et passé des vêtements propres. Crois-moi, tu vas te sentir un autre homme.

À peine entrée dans la pièce, la jeune femme se hâta de couper du pain.

— Tu vois ? lança-t-elle gaiement, pas de jambon ni de saumon en boîte chez moi, mon chéri ! Mon jambon, je le confectionne moi-même. J'ai aussi préparé de la pâte de poisson, et j'ai installé la glacière dans le garage. Edda m'a donné la sienne, une petite. Comme ça, j'utilise de moins gros blocs de glace.

Mais pourquoi fondait-il de nouveau en larmes?... S'efforçant de faire comme si de rien n'était, Grace continua de préparer ses sandwichs à la pâte de poisson puis, tandis que Bear les dévorait, arrosés d'une pleine théière, elle s'empressa de lui faire couler un bain. Enfin, repu, lavé, rasé et vêtu de frais, le jeune homme se prépara à saluer ses enfants. Oh, je t'en prie, Bear, n'éclate pas en sanglots devant eux...

Bear ne pleura pas. Son absence avait été si longue qu'il éprouva un choc face aux bambins : Brian, maintenant âgé de deux ans et quatre mois, grandissait à vue d'œil; une silhouette élancée, comme celle de ses parents; des cheveux toujours blonds, mais plus foncés que naguère. John, qui allait fêter bientôt ses quatorze mois, trottait, babillait, s'affairait. Il se montrait curieux de tout. Un garçonnet adorable. Leur père puisa au plus profond de lui des ressources insoupçonnées afin de se comporter normalement avec eux. On se bagarra pour rire, on s'amusa, on fit mine de se donner la fessée... De sa valise, Bear tira un puzzle, qu'il offrit à Brian, cependant que John vit surgir du bagage une toupie ronflante. Certes, il était ruiné, mais comment un père digne de ce nom aurait-il pu reparaître devant ses fils sans un cadeau pour chacun?

— Où dois-je m'inscrire à Corunda pour tenter de retrouver du travail? demanda-t-il à son épouse une fois que les enfants furent absorbés dans leurs jeux.

— On ne peut s'inscrire que pour les travaux de force, lui expliqua Grace. Dans ce cas, on perçoit une petite allocation. Les professions exigeant un minimum de compétences n'existent pas aux yeux des autorités. Finalement, peu de gens sont capables d'accomplir des tâches pénibles, mais ils ramassent tout de même l'allocation. Si on vient les contrôler, ils se contentent de se courber sur leur pioche.

— Je ne veux pas de cette allocation! Ce serait de l'argent gagné à ne rien faire!

— Charlie va te dégoter un emploi.

— Je n'irai pas quémander de faveur à Charlie. Point final.

Par bonheur, ces deux dernières semaines l'avaient épuisé : à 17 heures, il dormait déjà à poings fermés dans le lit conjugal. Pendant ce temps, Grace s'occupa des garçons avant de les coucher à leur tour.

Une heure plus tard, la jeune femme alluma une lampe-tempête avant de gagner, dans la nuit d'un noir d'encre, le carrefour entre Trelawney Way et Wallace Street, où se dressait une cabine téléphonique d'un rouge éclatant – Bear avait fait couper leur ligne au mois de décembre par mesure d'économie.

Lorsque la piécette tomba au fond de l'appareil, une voix féminine se fit entendre :

— Kitty ? Dieu soit loué !

— Grace ? C'est bien toi ? Tu as une drôle de voix.

— Peux-tu venir tout de suite ? Je suis dans la cabine téléphonique au carrefour, mais je ne peux pas y rester longtemps.

— Je me dépêche de trouver un taxi et j'arrive.

Si Kitty adorait son mari, elle avait éprouvé un immense chagrin le jour où elle avait dû abandonner ses jeunes patients – mais on ne plaisantait pas avec le règlement : seules les infirmières célibataires étaient autorisées à exercer leur profession à Corunda. Mais il y avait Burdum House à rénover, ce qui impliquait pour la jeune femme de fréquents voyages à Sydney pour y choisir les carrelages, les papiers peints, les tissus, les revêtements de sol, les lustres et les chandeliers, les meubles, les accessoires de toutes sortes. Edda se révélant une décoratrice hors pair, dont Kitty suivait volontiers les conseils, celle-ci s'arrangeait pour que ses escapades se déroulent lorsque sa sœur était en congé. Une fois à Sydney, les deux jeunes femmes s'amusaient comme des folles, passaient la nuit à l'hôtel

Australia et dînaient dans des restaurants dont les chefs consentaient à faire cuire leurs viandes rouges jusqu'à les brûler presque.

Les expéditions de Kitty dans sa propre cuisine étaient moins probantes : elle regardait déborder les marmites, laissait le contenu d'une poêle chaude partir en fumée. Lorsque Charlie lui proposa une solution à ses tracas, elle fut tout ouïe : il embaucherait un chef capable de satisfaire à la fois les palais australiens et anglais.

La jeune mariée découvrit, dès le début de son union avec le Dr Burdum, une magie à laquelle elle ne s'attendait pas. Charlie se révélait un merveilleux amant, et elle ne tarda pas à s'aviser que le complexe d'infériorité dont elle l'avait affublé en raison de sa petite taille, c'était elle en réalité qui en avait souffert jusqu'alors. Sans s'en rendre compte, elle s'était longtemps navrée de n'être pas assez grande. Mais voilà qu'auprès de Charlie elle expérimentait les délices de vivre avec un être qui lui convenait. Les quelques hommes qu'elle avait connus avant son futur époux, elle comprenait à présent qu'ils l'intimidaient. Même un homme de taille moyenne se révélait si grand pour elle qu'il lui fallait se hisser sur la pointe des pieds pour lui donner un baiser – les garçons d'un mètre quatre-vingts la soulevaient tout bonnement de terre. Certains étaient allés jusqu'à exiger de la prendre dans leurs bras, puis de la porter comme ils l'auraient fait d'un petit chien malade.

Tandis que Charlie, lui, était… Charlie était parfait ! D'instinct, il devinait les gestes prompts à susciter le désir de la jeune femme, il possédait mille façons de l'embrasser, plus exquises les unes que les autres. Et posant les mains sur elle avec autant de respect que de passion, il ne manquait jamais de lui faire entendre, au moment opportun, qu'elle aussi lui donnait du plaisir.

Bref, la Kitty qui, ce soir-là, attendait un taxi, débordait de joie, une joie qui avait atteint son apogée quand, ce matin même, le Dr Ned Mason lui avait annoncé qu'elle était enceinte. Un bébé! Elle allait mettre au monde son bébé!

Lorsqu'elle rejoignit Grace, les deux sœurs se dévisagèrent avec stupéfaction.

Grace découvrait une Kitty transfigurée, splendide et triomphante, une femme enfin débarrassée de tout chagrin, de tout souci.

À l'inverse, l'épouse de Charlie découvrit une Grace accablée, l'œil exorbité, le corps tremblant; toute espèce d'allégresse et de beauté l'avait désertée.

— Grace, ma chérie, mais que t'arrive-t-il? Qu'est-ce qui se passe?

En guise de réponse, l'épouse de Bear s'éloigna un instant en se tordant les doigts puis, après s'être ressaisie, après avoir pris à deux mains un courage qui la fuyait, elle se retourna vers sa sœur.

— Bear a perdu son travail.

— Grace! C'est… c'est affreux! Viens dans la cuisine, il y fait bien chaud auprès du poêle – une chance que Jack Thurlow te coupe le bois dont tu as besoin pour l'alimenter.

Kitty posa la bouilloire sur la plaque chauffante.

— Laisse, l'arrêta sa sœur en contraignant l'épouse de Charlie à s'asseoir sur une chaise tandis qu'elle versait un peu d'eau bouillante dans la théière pour la réchauffer, je vais m'en occuper. Un bon thé bien fort, voilà ce dont nous avons besoin toutes les deux.

Elle s'apaisa peu à peu et, fixant Kitty de ses yeux gris, elle y vit soudain clair.

— C'est merveilleux! Tu attends un bébé!

— Je ne le sais que depuis ce matin. Surtout, tiens ta langue jusqu'à ce que j'aie moi-même annoncé la nouvelle à Charlie.

— Promis.

Les préparatifs du thé allaient bon train.

— Moi, je tiens le coup, reprit Grace en distribuant les tasses et les soucoupes, mais je suis effarée de constater à quel point Bear a changé. C'est moi qui ai dû le requinquer quand il est rentré cet après-midi, tu te rends compte ? Et tu sais quoi, Kitty ? J'y suis arrivée ! J'ai su me montrer forte, pour mon mari et mes enfants. Si tu l'avais vu. Il pleurait à chaudes larmes ! Lui qui se sentait si fier d'être le meilleur vendeur de chez Perkins ! Mais la société a fait faillite. Ils ont mis la clé sous la porte.

Elle versa le thé dans les tasses.

— Le problème, c'est que Bear n'est pas un costaud, jamais il ne trouvera de travail sur les chantiers. Et par dessus le marché, il est fier. Fier comme un paon. Il faut absolument que tu racontes à Charlie ce qui nous arrive.

— Ne t'inquiète pas, je vais lui en parler. Tu as raison, ton mari n'est pas un baraqué, mais c'est un garçon intelligent, ce qui importe bien davantage. Charlie va trouver une solution.

— Ce n'est pas aussi simple, objecta Grace en buvant son thé brûlant à petites gorgées. Bear s'est mis en tête qu'il se conduirait mal en demandant de l'aide à ton mari. Pour tout dire, il ne veut même pas en entendre parler. Et je te jure que je n'exagère pas.

— Je vois…

Charles Burdum fit son apparition, les lèvres pincées.

— Au moins, tu as daigné me laisser un message, grinça-t-il. Je suppose que je dois t'en remercier.

À peine assis à la table, il leva une main à l'intention de Grace.

— Non, non, pas de thé, je vous en prie ! Comment faites-vous tous pour avaler ces tasses de goudron en vous obstinant à appeler cela du thé ? Cela me dépasse…

— J'ai l'impression que vous êtes de mauvaise humeur, hasarda doucement l'épouse de Bear.

— Un taxi, Kitty ? L'affaire était-elle si urgente pour que tu te sentes obligée de rendre visite à ta sœur à une heure pareille ?

— Eh bien, oui, décréta la jeune femme, un peu agacée par l'attitude de son mari. Bear vient de rentrer. Il n'a plus de travail. Perkins a fait faillite. Le pauvre garçon en est malade.

Ce fut pour le Dr Burdum comme si son épouse venait de le gifler. Sur ses traits passèrent successivement de l'effroi, de la contrition et de l'embarras.

— Oh, Grace, je suis affreusement navré !

Il se tourna vers Kitty.

— Pardonne-moi, ma chérie. Je viens de passer une fort mauvaise journée, mais cela ne me donnait pas le droit de te traiter ainsi.

— Le pire, enchaîna la jeune femme en balayant ses excuses d'un revers de main, c'est que Bear est tellement têtu qu'il refuse obstinément de te demander de lui trouver un emploi.

— Je comprends, commenta Charlie avec sincérité. Tous les succès que Bear a remportés, il les a obtenus à la force du poignet. Il est fier de ce qu'il a accompli et, personnellement, j'ai toujours admiré sa réussite.

— En attendant, Grace a été obligée d'attraper sa lampe-tempête pour aller me téléphoner de la cabine du carrefour. J'exige qu'on lui installe à nouveau une ligne.

— Ce sera fait, je te le promets.

Kitty se pencha vers sa sœur, le regard implorant.

— Explique à Bear que cela empêchera papa de se tracasser trop. Sans téléphone, les garçons et toi vous retrouvez coupés du reste de la famille.

— Je suis d'accord. Et je suis ravie. Si papa n'était pas pasteur, Bear l'écouterait, mais c'est un anticlérical acharné. Selon lui, toutes les guerres se résument à des conflits de religion.

À mesure qu'elle parlait, Grace prenait conscience qu'une large part du désastre, elle ne la devait qu'à elle-même : si seulement elle n'était pas un incorrigible panier percé, Bear aurait encore mille livres en banque, davantage peut-être. Tu es responsable de bien des malheurs, ma pauvre fille, se gronda-t-elle. Et si ton mari se sent à ce point dévasté, c'est toi seule qui l'as plongé dans cet état.

— Bien, lança-t-elle sur un ton de gaieté feinte, maintenant que je vous ai donné toutes mes nouvelles, il n'y a plus rien que nous puissions faire avant demain matin, quand Bear se réveillera. Vous allez essayer de lui parler, Charlie?

— Bien sûr, répondit aussitôt ce dernier avec chaleur. Je serai ici à 9 heures.

Il bondit sur ses pieds.

— Je t'attends dans la voiture, Kitty.

— Il sera fou de joie quand tu vas lui annoncer ta grossesse, déclara Grace en souriant à sa sœur. Tu sais, j'ai bien compris que, sans mes folies, nous ne serions pas complètement sur la paille.

Kitty la considéra avec stupeur. C'en était fini, semblait-il, de ses jérémiades perpétuelles. Face au drame qui se jouait, sa sœur avait tout à coup cessé de s'apitoyer sur son sort. Oublié, le martyre auquel elle paraissait toujours promise.

— Dommage que tu ne sois pas restée infirmière plus longtemps, lui fit-elle remarquer. Tu aurais eu plus de chance de dénicher un emploi à temps partiel.

Grace sourit encore en secouant la tête.

— Je ne regrette rien. Dès l'instant où j'ai rencontré Bear, j'ai su quel genre d'existence je désirais mener. J'aurais marché à genoux jusqu'en Chine pour vivre à ses côtés. Toi, tu as hésité des mois avant de te décider à épouser Charlie, mais moi, je n'ai jamais douté une seconde. J'ai lu mon destin dans les yeux de ce garçon.

Un accès de jalousie chargée d'amertume transperça le cœur de Kitty. Pourquoi cette écervelée avait-elle reconnu son âme sœur avec une pareille certitude, alors qu'elle, qui se révélait bien plus intelligente, elle qui avait tellement plus de plomb dans la cervelle, avait mis si longtemps à discerner en Charlie l'homme qu'il lui fallait? Charlie, lui, l'avait élue au premier regard. Pour quelle raison Kitty avait-elle eu besoin qu'on la bouscule autant?…

La jeune femme rejoignit son époux dans la voiture peu après qu'il eut quitté la demeure des Olsen. À la lueur chiche qui régnait dans la Packard, ses traits paraissaient singulièrement tirés.

— Tu vas avoir du mal à convaincre Bear d'accepter le travail que tu lui proposeras, indiqua-t-elle à Charlie.

— Il n'est jamais facile de faire plier l'orgueil d'un homme de condition modeste.

— Trouves-tu condamnable de faire jouer ses relations pour obtenir quelque chose?

— Tu serais surprise de constater combien le monde avance à coups de passe-droits, ma chérie. En particulier parmi les hommes politiques. Ce pauvre Bear est trop fier pour entrer dans ce jeu-là, en sorte qu'il n'aura jamais assez de pouvoir pour offrir à ses enfants une profession enviable sur un plateau d'argent. Et moi, d'ici là, je serai bien trop occupé à assurer l'avenir de mes propres fils pour lui donner un coup de main. Sa chance, il doit la saisir maintenant.

Quelque chose, à l'intérieur de Kitty, se convulsa, et elle laissa échapper un feulement de détresse:

— Oh Charlie, je t'en prie, ne tente pas le sort!

— Que se passe-t-il, mon amour?

— Je te le dirai lorsque nous serons à la maison.

Mais d'abord, ce fut le dîner, au cours duquel Kitty se révéla incapable de dévoiler son secret. Elle s'efforçait de renouer avec son exultation du matin. En vain. La situation de Bear et de Grace avait eu raison de sa félicité. Un peu égarée, elle tâcha de combler le vide en s'attardant interminablement sur les changements qu'elle avait repérés chez Grace, sans remarquer l'exaspération croissante de son époux – sapristi, il ne s'agissait tout de même que de sa demi-sœur!...

— Elle songe même à cultiver ses propres légumes. Cela dit, elle a bien fait de planter un pommier et un poirier dans son jardin il y a deux ans. Enfin... Disons plutôt que c'est Jack Thurlow qui s'en est chargé... Elle a aussi l'intention d'élever des quiquis... Grace... Élever des quiquis!...

— Élever quoi? intervint Charlie.

— Des quiquis. Des poulets, voyons!

— Des quiquis... Décidément, j'en apprends tous les jours.

Le silence tomba entre les deux époux, plus épais que de la mélasse.

— Charles?

— J'ai mal entendu, ou tu m'as enfin appelé par mon prénom?

— Tu as bien entendu.

Les yeux étincelants, il se redressa sur son siège.

— Cela me convient très bien.

— Je vais avoir un enfant.

Cette phrase chassa pour ainsi dire toute pensée de l'esprit du Dr Burdum. Sa bouche s'ouvrit, sa mâchoire tomba, mille émotions se peignirent successivement sur ses traits; son regard était de feu. Soudain, il bondit, s'élança vers son épouse, qu'il étreignit à l'étouffer.

— Kitty, ma Kitty! Un enfant? Notre enfant? Quand, mon amour?

— Ned Mason pense que j'accoucherai en décembre. Je l'ai vu ce matin pour une ultime confirmation. Selon lui, j'en suis au quatrième mois.

Elle partit d'un grand rire. Pour Charles, il s'agissait d'un triomphe.

— En même temps, enchaîna la jeune femme, c'est ce que papa appellerait un délai respectable après le mariage. Nous formons un couple fécond.

Toujours tremblant, le Dr Burdum prit un siège en invitant Kitty à s'asseoir sur ses genoux. Il posa avec déférence une main sur le ventre de son épouse.

— Il est là, souffla-t-il. Il grandit… Quatre mois, déjà ! Tu te sens bien ? Et Ned, est-il satisfait de ton état ?

— Ravi. Je possède un bassin large et bien formé, tout se trouve à sa juste place, mon métabolisme de base est idéal. En bref, mon cher Charlie, j'ai l'œil brillant, le poil soyeux et la truffe humide.

— C'est un garçon, décréta son mari.

— Les statistiques Latimer plaident plutôt en faveur d'une fille.

— Grace a mis au monde des garçons.

— C'est bien ce que je voulais dire. Papa a eu quatre filles, alors peut-être Grace a-t-elle déjà épuisé toute notre réserve de garçons.

— Si c'est une fille, je l'aimerai aussi. Après tout, j'en ai épousé une.

— En effet.

Un frisson parcourut Kitty.

— Hélas, cette journée ne me paraît pas de très bon augure. Bear a perdu son emploi. Pourvu qu'il ne s'agisse pas d'un mauvais présage.

— Si présage il y a, il ne concerne que Bear et Grace, ma chérie. Pas nous.

Grace opta pour la franchise : lorsque Bear se réveilla le lendemain matin, elle lui prépara des toasts et lui avoua qu'elle avait tout raconté à Kitty.

— Autrefois, c'est à Edda que je me serais confiée, mais la situation a changé, Bear. La femme d'influence, c'est Kitty désormais, c'est pour cette raison que je lui ai téléphoné. Elle est passée à la maison hier soir. Non, non, ne t'inquiète pas, je n'ai pas quémandé un emploi, ce n'est pas moi que ça regarde. De même qu'il ne revient pas à Kitty de supplier Charlie de te trouver du travail. J'avais simplement envie de m'épancher auprès de ma sœur, et j'en ai profité pour lui demander si son mari pourrait passer te voir ce matin. Il ne va pas tarder. Peu m'importe ce dont vous allez parler tous les deux ou ce que vous allez décider ensemble. J'ai fait ce qu'il fallait pour vous réunir, point final.

Le garçon la contemplait sans comprendre par quel prodige de tels changements avaient pu survenir chez son épouse durant ces huit derniers mois – des changements qu'il avait en somme suscités le jour où il avait réduit la pension qu'il lui versait. La jeune femme geignarde de naguère s'était volatilisée ; face à Bear se tenait au contraire une créature pleine de fermeté et de résolution, qui mesurait parfaitement la situation dans laquelle elle se trouvait.

— Que t'est-il arrivé ? souffla-t-il, interloqué.

La Grace de jadis aurait joué les ravissantes idiotes ; la nouvelle Grace ne se déroba pas.

— J'ai grandi à toute vitesse, répondit-elle en lui reversant du thé. Terminé, le tchou-tchou des locomotives. Nous sommes des adultes. Nous sommes des parents, des soutiens de famille.

— Inutile de retourner le couteau dans la plaie, grimaça Bear.

Elle lui caressa le dos.

— Je ne remue pas le couteau dans la plaie. Nous ne sommes pas responsables de ce qui nous arrive, même si nous en souffrons beaucoup. Plus que les vrais coupables souffriront jamais. Ce que j'essaie de te dire, c'est que jusqu'ici nous avions les moyens de vivre dans un univers un peu illusoire, mais qu'aujourd'hui nous n'avons plus le droit de nourrir encore de telles illusions. Et la fierté, que papa qualifie d'ailleurs de péché, appartient à ces illusions. Accepte le travail que Charlie Burdum va te proposer. Accepte-le pour nos fils.

Profondément meurtri et nageant dans un océan d'incertitudes, Bear entendit à peine ce que lui assenait cette étrange Grace qu'il ne reconnaissait pas. Comment aurait-elle pu seulement imaginer ce qu'il avait enduré à Sydney, ce dont il avait été le témoin ? Il avait vu des lèche-bottes en tout genre se précipiter pour mettre la main sur un poste que d'autres garçons plus qualifiés méritaient de décrocher à leur place – mais ces garçons plus qualifiés, eux, ne mendiaient rien, ils ne rampaient pas. Bear tenait à ce que ses fils deviennent des hommes, pas des larves.

Pendant ce temps, son épouse entamait un chapitre sur Charles Burdum et sur l'extrême politesse avec laquelle il s'agirait de l'accueillir tout à l'heure…

Et voilà qu'une fraction de seconde plus tard, lui sembla-t-il, il succombait au charme de ce petit bonhomme pimpant, tout en gestes formidables, mais sans cérémonie – ne vous inquiétez pas, Bear, tout sera réglé en deux temps trois mouvements.

— La preuve, enchaîna Charlie, débordant d'enthousiasme, j'ai déjà déniché pour vous le travail idéal. Idéal, oui ! De nouveaux horizons sont en train de s'ouvrir pour les hommes de votre trempe, Bear, des garçons à la langue bien pendue. Cela s'appelle les relations publiques, et je puis vous assurer qu'il s'agit là d'un domaine fascinant. À mesure que la population s'accroît et que, partant, le personnel administratif et politique sombre dans l'anonymat, il devient impératif d'expliquer à M. et Mme Tout-le-monde ce qui se trame en haut lieu. Car si l'on ne dit rien à M. et Mme Tout-le-monde des hommes qui les gouvernent, si on ne leur dit rien de ceux qui détiennent le pouvoir dans ce pays, il en résultera des troubles graves, engendrés par l'ignorance et le malentendu.

L'œil du Dr Burdum s'attarda sur le visage de Bear.

— Vous me suivez ?

— Oui.

— Ce que je vous propose, enchaîna le visiteur, c'est un emploi de vendeur. Mais au lieu de vendre des biens matériels, vous allez vendre des idées et des services. Vous allez prendre la tête de l'Agence de relations publiques de Corunda et vendre cette ville !

Ébahie, Grace demeura bouche bée.

— Je suis navré, intervint Bear, mais je ne peux pas accepter ce genre de travail.

Charles accusa le coup :

— Pardon ?

— Ce n'est pas un travail pour moi.

— Mais vous dites n'importe quoi ! Vous êtes un vendeur de génie. Vous allez faire merveille.

— Je suis pratiquement illettré, confessa le jeune homme.

— Vous rédigez pourtant d'excellents rapports, je les ai lus, répliqua le Dr Burdum, révélant du même coup qu'il songeait depuis un moment déjà à proposer ce poste à son beau-frère.

— Je suis désolé, mais c'est non. Des relations publiques ? De l'abus de confiance, plutôt. Je refuse d'exercer une profession comme celle-ci. C'est de l'escroquerie. Je vais être tout à fait franc avec vous, Charlie : je n'accepterai aucun emploi venant de vous, parce que cela signifierait que, sous prétexte que nous appartenons à la même famille, je m'accorde le droit de marcher sur les pieds d'un pauvre type qui convoitait peut-être la place depuis longtemps. Je vais aller m'inscrire sur les listes de demandeurs d'emploi à l'hôtel de ville. Mais je ne salirai pas mes origines en percevant une allocation pour un travail que je n'effectuerai pas !

Grace se laissa tomber sur une chaise en fixant son époux, les yeux pleins de larmes.

Le Dr Burdum se tourna vers elle.

— Grace, je vous en prie, essayez de lui faire entendre raison !

La réaction de la jeune femme surprit les deux garçons – mais elle se surprit elle-même davantage encore.

— Non, Charlie, je ne l'obligerai à rien. Si Bear refuse qu'on lui donne un coup de pouce, j'accepte sa décision. Il est le chef de famille.

— Mais vous êtes en train de scier la branche sur laquelle vous êtes assis !

— Au moins, personne ne pourra nous accuser de jouer aux profiteurs ! lui répliqua vaillamment Grace.

Charles Burdum leva les bras au ciel avant de quitter la maison au pas de charge.

Et c'est ainsi que, la tête haute et le chapeau à la main, Bear Olsen se rendit à l'hôtel de ville pour qu'on l'inscrive sur les listes de demandeurs d'emploi – il refusa l'allocation qu'on lui proposait. Ce fut une véritable traînée de poudre : bientôt, tout Corunda savait que Bear Olsen était un homme de principes, qui avait repoussé l'aide que son puissant beau-frère lui offrait. D'aucuns le jugèrent parfaitement idiot, mais la plupart de ses concitoyens louèrent son intégrité.

Il n'en perdit pas moins le moral, errant dans sa demeure à l'égal d'un fantôme, évitant son épouse et ses fils chaque fois qu'il les croisait, comme s'il ne supportait plus leur compagnie. Il continuait de se cramponner à son orgueil en lambeaux comme à une bouée de sauvetage, mais au beau milieu d'une mer si impalpable qu'elle lui semblait composée de vapeur d'eau.

— Tu pourrais au moins fabriquer un poulailler pour Grace, lui fit remarquer Jack Thurlow à l'occasion d'une de ses rares visites – Grace lui avait demandé de passer moins souvent depuis qu'en le voyant Bear sombrait plus profondément encore dans la mélancolie.

Pour Jack aussi, la tragédie du couple Olsen avait représenté une série de chocs – dont le moindre n'était pas la force inédite dont Grace faisait preuve. Décontenancé, il n'était pas fâché, au fond, qu'on le tînt éloigné de Trelawney Way, même s'il continuait d'accourir dès que la jeune femme réclamait sa présence. Il comprenait les refus opposés par Bear aux propositions de Charlie, dont ce dernier ne cessait de l'inonder. À l'évidence, le Dr Burdum ignorait qu'un travailleur préférait encore mourir de faim plutôt que faire l'aumône.

— Si Bear ne veut pas des postes que lui offre Charlie, ça le regarde, exposa un jour Grace à Jack, mais il a besoin qu'on lui flanque un bon coup de pied au derrière pour qu'au moins il fasse quelque chose dans cette maison. Si je veux élever correctement mes poulets, il me faut un vrai poulailler. Et puis je voudrais cultiver des légumes de saison. Au moins des chayotes.

Des chayotes! Jack s'étrangla. Bien sûr, les chayotes poussaient comme de la mauvaise herbe. On pouvait les passer au four, les cuire à l'eau bouillante, les frire. On pouvait en faire de la confiture ou du chutney. Mais… mais les chayotes possédaient un goût abominable! On aurait cru de l'urine… Et pas la moindre valeur nutritive, par-dessus le marché.

— Mais je ne peux pas tout faire toute seule, tu comprends, enchaîna Grace. Et les garçons sont encore trop petits pour m'aider. Il faudrait à tout prix que Bear s'occupe du jardin et du poulailler.

Jack multiplia donc les encouragements, apporta un peu de matériel et quelques légumes de son propre jardin. Bientôt, il y eut un poulailler, dans lequel on installa plusieurs poulets Rhode Island fournis par Maude. Bear n'ayant pas la moindre idée de la manière dont on cultivait les pommes de terre, les carottes ou les navets, sans parler des choux, des haricots ou des laitues, Jack se vit dans l'obligation de l'introduire aux joies du jardinage, mais Brian et John se révélèrent bientôt des élèves beaucoup plus doués que leur papa. Le mieux qu'on pouvait désormais attendre de celui-ci était qu'il n'oubliât pas de refermer la porte du poulailler et ne piétinât pas distraitement un rang de légumes fraîchement plantés. Car Bear ne se concentrait plus sur rien. Il flottait, à la dérive, s'obstinant à refuser l'allocation proposée par l'hôtel de ville, sous prétexte qu'il n'avait pas retrouvé d'emploi.

Ses deux garçonnets semblaient faits d'un bois plus robuste. Après que leur mère les eut pris à part pour leur exposer combien leur père allait mal dans sa tête, Brian et John redoublèrent de tendresse à son égard. Bien que Grace, malgré les trésors d'imagination qu'elle avait déployés pour l'occasion, doutât d'être parvenue à faire comprendre à d'aussi petits enfants ce que pouvait représenter l'affliction d'un homme, les bambins entouraient leur père de mille soins, se montraient avec lui d'une patience d'anges. Le cœur serré, Jack songea que Bear était devenu le fils de ses propres garçons.

En cette affreuse année 1930, personne ne saisissait les mécanismes d'un esprit qui s'effondre, vole en éclats ou bien se fend en deux. Après tout, se disait-on, Bear Olsen avait au moins la chance, comparé à d'autres, de vivre auprès d'une épouse et de deux enfants adorables, qui jamais ne se fâchaient contre lui – tout juste lui adressait-on, de loin en loin, quelque menu reproche. Songeant qu'il était de son devoir d'agir – d'autant plus qu'il était le seul à pouvoir le faire –, Charles Burdum revint à la charge un nombre incalculable de fois. Invariablement, Bear se plantait face à lui et répétait sur un ton d'excuse qu'il ne voulait pas de passe-droit.

— Mais il ne s'agit plus de passe-droit! finit par se fâcher l'époux de Kitty. Il s'agit de venir en aide à votre famille! Vous ne leur servez plus à rien, Bear, à rien du tout!

À cet accès d'exaspération, le principal intéressé resta sourd.

Kitty, de son côté, se révéla plus pragmatique : elle fit don à sa sœur d'une machine à coudre à pédale, une Singer, que Grace reçut de bon cœur. Avec le concours d'Edda, elle se mit à confectionner des robes, ainsi que des vestes et des pantalons pour les enfants, dont elle prélevait le tissu dans les vieux vestons de Liam et de Charlie. Elle accepta encore sans regimber les vieilles nippes de ses sœurs. La jeune femme ne chômait pas, mais au moins cela lui valait-il de dormir la nuit d'un sommeil de plomb. Le couple avait cessé les rapports sexuels après la naissance de John, et les joies du corps paraissaient à présent à Grace aussi éloignées que les rêves dont elle était trop éreintée pour conserver le souvenir.

À mesure que s'écoulait l'année 1930, Charles Burdum gagnait en réputation : c'était à lui que, pour l'essentiel, Corunda devait sa relative prospérité. À l'inverse, personne ne tressait de lauriers à Nicholas Middlemore, le maire de la ville, non plus qu'à son adjoint, Winfield Treadby, deux hommes un peu falots qui se démenaient pourtant comme de beaux diables et remportaient de-ci de-là quelques succès. Ayant compris que s'ils critiquaient le Dr Burdum, on les taxerait de jaloux, ils se contentaient, chaque fois qu'en leur présence on chantait les louanges de Charlie, de sourire sans mot dire et ne manquaient pas d'approuver toutes ses décisions lors des votes.

Corunda comptait deux députés, l'un pour l'État de Nouvelle-Galles du Sud, l'autre pour le Parlement fédéral installé à Canberra. Personne n'ignorait qu'en matière de politique seules importaient les grandes agglomérations ; là-bas, capitalisme et socialisme s'affrontaient, imposant leurs vues aux électeurs qui, probablement à cause des antécédents historiques du continent, où l'autocratie avait longtemps régné en maître, sous la férule de gouverneurs despotiques, semblaient partir du principe qu'un gouvernement démocratique n'avait guère à offrir que de fausses promesses, de piètres résultats et des actes de corruption généralisée.

* * *

Après plusieurs mois de mariage, Kitty n'ignorait pas que son époux ne souhaitait rien tant que représenter Corunda au Parlement fédéral, mais il hésitait encore à se lancer pour de bon. Dans une certaine mesure, la situation exigeait qu'une nouvelle race de dirigeants vît le jour, peut-être bien dans le cadre d'un nouveau parti politique, plus désireux que les instances traditionnelles de toucher un électorat diversifié ; les leaders travaillistes et conservateurs, jusqu'au-boutistes, rigides et intransigeants, rebutaient les électeurs plus flexibles, dont les désirs ne se trouvaient plus satisfaits ni par les uns ni par les autres.

Le Dr Burdum n'avait pas mesuré non plus le handicap de taille représenté par sa nationalité anglaise. Certes, de nombreux membres du Parti travailliste étaient issus de milieux où l'on mettait un point d'honneur à élever ses rejetons comme de véritables petits Britanniques, mais ces hommes-là noyaient le poisson en embrassant les thèses internationalistes du socialisme. Pourquoi le fait d'être un gentleman anglais constituait-il ici un tel stigmate ? C'est que Charlie oubliait un peu vite que les oppresseurs qui avaient jadis régenté ce continent étaient justement des gentlemen anglais, que les Australiens continuaient de haïr et de mépriser.

À la fois consterné et déçu, le Dr Burdum était assez intelligent pour comprendre qu'il devrait patienter un peu avant d'embrasser une carrière politique : à force de vivre en Australie, on finirait bien par le tenir pour un véritable Australien. Hélas, quel dommage qu'il eût posé le pied dans ce pays à la veille d'un gigantesque séisme économique. Cela n'augurait rien de bon pour l'avenir immédiat, même s'il se démenait pour maintenir Corunda à flot, pour y préserver l'emploi et éviter à ses habitants de devoir s'installer dans des bidonvilles. Car, bien sûr, il avait des ennemis, des gens du cru que le charme et la libéralité des Burdum avaient hérissés. Parmi ces détracteurs, il se trouvait quelques nantis, une poignée d'entre eux possédaient même un certain pouvoir. Charlie ne manquait aucune des réunions politiques auxquelles on l'autorisait à assister ; il honorait de sa présence chacune des séances du conseil municipal, ainsi que celles de diverses associations d'aide sociale.

Il s'arrangeait en outre pour se déplacer le plus possible en compagnie de son épouse, dont le ventre proéminent enchantait tout le monde, de même que l'affection qu'elle nourrissait manifestement pour son mari. Kitty mettait un point d'honneur à se montrer digne de cet homme plein d'énergie, constamment occupé. Chaque fois qu'il se rendait à Sydney, à Melbourne ou à Canberra pour y écouter les débats les plus importants menés au Parlement ou y plaider la cause de Corunda, la jeune femme se tenait à ses côtés.

Quelle ne fut donc pas sa surprise lorsqu'elle découvrit un jour Charlie en train de faire sa valise au beau milieu du mois d'août – il régnait alors un froid terrible dans la région, au point que la ville entière s'était couverte d'un manteau blanc, cristallin et poudreux, dont elle refusait de se débarrasser.

— Je vais assister à une intervention du Premier ministre à Melbourne, lui expliqua-t-il en examinant sa tenue de soirée. Crois-tu qu'il me faille emporter une cravate blanche et une queue-de-pie ?

— À Melbourne ? Je suppose que oui. Ils sont d'un snobisme sans nom. Tu as raison de participer à ces petites sauteries de temps à autre, Charlie, cela évite que tes vêtements de cérémonie finissent dévorés par les mites. Si je comprends bien, tu ne souhaites pas que je t'accompagne ?

— Pas cette fois. Tu t'ennuierais à mourir parmi ces messieurs. La Grande Dépression a tendance à placer toutes les festivités sous l'éteignoir. Quoi qu'il en soit, je me demande bien pour quelle raison ces assemblées se tiennent systématiquement à Melbourne.

— Tu devrais pourtant le savoir, Charlie. Réfléchis, voyons : de grosses légumes viennent toujours d'Angleterre pour participer à ces réunions. De grosses légumes obligées de parcourir plus de seize mille kilomètres par bateau pour arriver jusqu'ici. Hors de question d'organiser ces réjouissances à Perth, et le port d'escale suivant n'est autre que Melbourne. S'ils avaient rendez-vous à Sydney, il leur faudrait accomplir mille cinq cents kilomètres de plus, alors qu'ils ne rêvent que d'une chose : retrouver enfin le plancher des vaches. En revanche, si un jour des avions parviennent à embarquer à leur bord plusieurs centaines de passagers à la fois, alors Sydney deviendra plus proche de Londres que Melbourne, et Melbourne déclinera. Tant qu'on ne peut se rendre en Australie que par bateau, Melbourne conserve l'avantage.

— Tu as raison, admit le Dr Burdum, un peu penaud. Tu es brillante, Kitty !

Elle agita une pile de mouchoirs sous son nez.

— J'ai peut-être quelques kilos en trop, mais je suis encore capable de t'aider à préparer ta valise. Cela dit, je ne toucherai pas à tes costumes, je n'ose pas. Tu ferais mieux de t'acheter une malle cabine pour les ranger convenablement.

— J'aurais l'air ridicule avec un pareil engin.

— Que tu es sot. Je suis prête à parier que sir Otto en promène plusieurs, lui.

La jeune femme prit une profonde inspiration.

— En réalité, ce qu'il te faut, c'est un valet.

— Je suis d'accord avec toi. Mais je me mettrais à dos toute la ville de Corunda et ses principes égalitaires.

— Mais tu créerais un emploi supplémentaire. Certes pas pour un habitant du cru – pas même pour ce pauvre Bear. Engage quelqu'un à Melbourne, Charlie. Et zut pour Corunda !

— Je suppose que je pourrais fourrer une malle cabine dans le wagon à bagages.

— Bien sûr que oui. À quel hôtel descends-tu?

— Au Menzies, comme d'habitude.

— Parfait. Au moins, ils ont des valets, eux, pour défaire les bagages de leurs clients. Mais au fait, Charlie, pourquoi toi? Tu n'es membre d'aucun Parlement?

— Les hommes de mon rang possèdent suffisamment d'amis dans la sphère politique pour se permettre de fréquenter les abords de ces conférences au sommet. Cela dit, cette fois, j'ai été personnellement invité par sir Otto.

Kitty s'assit sur le bord d'un fauteuil.

— Mais qui est-il au juste, ce sir Otto? Il a un nom de fabricant de saucisses allemandes.

— Sir Otto Niemeyer est l'un des gouverneurs de la Banque d'Angleterre. Nous sommes par ailleurs devenus amis à l'époque où je fréquentais la City de Londres. Je n'en sais pas davantage, mon adorée, mais je brûle de découvrir pour quelle raison il a effectué cette épouvantable traversée.

— Je comprends ta curiosité. Il s'agit d'un homme extrêmement important. Il ne s'est pas déplacé pour rien, c'est le moins qu'on puisse en déduire. Quatre ou cinq semaines passées dans une cabine surchauffée, entre un ennui sans bornes et le mal de mer… Je ne doute pas qu'il se sera précipité sur le pont supérieur à la première occasion, mais ce n'est guère qu'un pis-aller. Il aura également choisi une cabine à bâbord pour l'aller, puis une à tribord pour le retour, mais rien à faire, le soleil demeure impitoyable…

Charles la considéra d'un air amusé.

— On jurerait que tu as déjà fait toi-même le voyage! Bâbord à l'aller et tribord au retour?

— À cause du soleil, gros bêta! lança-t-elle avec un large sourire qui fit apparaître ses fossettes. Il tape à tribord lorsqu'on se rend en Australie, et à bâbord quand on retourne en Angleterre. Les voyageurs les plus malins optent pour une cabine à l'ombre.

— Tu es un véritable puits de science, ma chérie !

— Je n'en sais rien, mais sir Otto, lui, doit être un homme inquiet.

* * *

Tous les bons hôtels de Melbourne avaient été pris d'assaut par des hordes de politiciens, ainsi que par la petite troupe de parasites qu'ils semblaient toujours entraîner dans leur sillage comme la comète sa queue. Voilà ce que se disait le Dr Burdum en se rendant dans la suite qu'il avait coutume d'occuper à l'hôtel Menzies. Il en goûtait l'atmosphère, qui lui rappelait celle des clubs anglais, l'uniforme des employés, rehaussé de tissu écossais rouge et blanc, la présence attentive des valets et des bonnes, les mets de choix que l'on y servait. Sa précieuse Mlle Cynthia Norman s'était empressée de lui louer une Rolls Royce avec chauffeur – et Kitty avait eu raison : la malle cabine faisait merveille. Charlie avait par ailleurs le pourboire généreux, ce qui le classait parmi les meilleurs clients aux yeux du personnel ; les Australiens, eux, rechignaient à se fendre de ces petites récompenses.

Recommandé par sir Otto, le jeune homme se vit convié à toutes sortes de réunions, mais cela n'était rien, comparé au plaisir qu'il éprouva à dîner en tête à tête avec sir Otto en personne le soir même où celui-ci débarqua à Melbourne. Le voyageur, qui paraissait avoir quelques comptes à régler, avait choisi de se confier d'abord à Charles – c'est que sir Otto et le Dr Burdum possédaient en commun deux choses qui les rendaient uniques en leur genre à Melbourne : ils étaient anglais et connaissaient les arcanes de la vie économique londonienne comme leur poche.

— Mon cher Charles, lança sir Otto après l'apéritif, la City n'est plus la même depuis que vous avez plié bagages pour venir vous établir ici.

Les deux convives arboraient une cravate noire.

— Vous exagérez, sourit le Dr Burdum. Je passais plus de temps à Manchester qu'à Londres.

— Certes, mais la proximité de Manchester avec la capitale vous permettait de répondre au plus vite à tous nos appels, et de nous aider du même coup à démêler les situations délicates. Vous n'avez tout de même pas quitté le pays à cause de Sybil, mon ami?

— Bonté divine, non! glapit Charles. Pour tout dire, je m'ennuyais. J'ai donc pensé que le moment était venu pour moi d'aller toucher mon héritage en Australie. Comme c'est étrange. J'ai l'impression d'être parti depuis des siècles, alors que cela ne fait guère que deux ans.

Ses traits furent soudain ceux d'une gargouille.

— De l'autre côté du globe, le monde et le temps courent plus vite, mon cher Otto, j'en ai la conviction. J'ai épousé une jeune femme qui est à Sybil ce que le diamant Hope est à un morceau de verre.

— Vous ne l'avez pas amenée avec vous à Melbourne?

— Non. Elle attend notre premier enfant.

— Épatant! s'exclama sir Otto en se renversant sur son siège. Savez-vous pour quelle raison je me trouve ici, Charles?

— Probablement à cause de la Grande Dépression, mais au nom de qui, je l'ignore. Je ne pense pas que les empotés qui détiennent le pouvoir en Australie aient été assez malins pour appeler un spécialiste à leur rescousse.

— Face à la crise que nous traversons, je puis vous assurer que tous les gouvernements de la planète se composent d'empotés. Mais vous avez raison, ils n'ont pas pris contact avec moi. Je me trouve ici sur l'ordre de la Banque d'Angleterre.

— Pour quoi faire?

— Pour persuader les divers gouvernements de cette contrée qu'ils ne peuvent se soustraire à leurs dettes envers nous, en particulier au remboursement des intérêts.

La gargouille s'enlaidit encore et Charles siffla discrètement entre ses dents.

— J'ai entendu quelques toqués évoquer dans leur barbe la possibilité de refuser la dette internationale, et d'autres, plus sensés, celle de reporter le règlement des intérêts jusqu'à l'amélioration de la situation socio-économique de ce pays. Et dire que je n'avais accordé aucun crédit ni aux uns ni aux autres. Alors que si je vous entends bien, une large part de la classe politique australienne rechignerait à rembourser les prêts contractés?

— Oh, que oui!

Le premier plat arriva. Les deux hommes abandonnèrent les sujets brûlants pendant que les serveurs s'affairaient, après quoi ils s'abîmèrent dans un silence délectable, entrecoupé çà et là de menus propos, jusqu'à ce que parût le fromage (du stilton), accompagné de porto, puis que le nombreux personnel de table se fût retiré.

— Il est clair, commença sir Otto, que l'indépendance de leur pays est montée à la tête des dirigeants australiens. Une fois débarrassés de la férule des gouverneurs britanniques, aiguillonnés en outre par leurs exportations colossales de laine et la production d'or, le gouvernement fédéral comme celui des différents États se sont mis à commettre des folies. Vous rendez-vous compte de la quantité de laine australienne requise par les états-majors durant la Grande Guerre? De sorte qu'en 1925 tout le monde, ici, s'imaginait que la prospérité ne connaîtrait pas de terme. Ces imbéciles auraient pourtant dû se méfier.

— Je vois, commenta lentement le Dr Burdum. Continuez, Otto, je vous en prie.

— Ce sont les gouvernements d'État qui, durant ces dix dernières années, ont accompli la majeure partie des dépenses. Essentiellement, je crois, parce que les membres du gouvernement fédéral entendaient se couvrir de gloire tout en s'épargnant les tâches administratives. Par ailleurs, considérant les gisements d'or et d'autres minerais recensés sur son sol, Canberra a empêché l'Australie-Occidentale de faire sécession, quand pourtant elle réclamait son indépendance à cor et à cri. Résultat, cet État s'est vu doter par le gouvernement fédéral de subventions bien supérieures à celles versées à ses voisins.

Sir Otto ramena ses mains l'une contre l'autre, les doigts à la verticale, en clocher, avant de dévisager son vis-à-vis, qui l'écoutait de toutes ses oreilles ; le gouverneur de la Banque d'Angleterre s'amusait beaucoup.

— L'État qui a, de loin, dilapidé le plus d'argent, reprit-il, n'est autre que la Nouvelle-Galles du Sud, d'une part parce qu'il se révèle le plus peuplé, de l'autre parce que, sous la pression conjuguée de Perth et de Melbourne, c'est lui que les décisionnaires de Canberra ont le moins gâté en matière financière. La Nouvelle-Galles du Sud a donc contracté d'énormes emprunts auprès de la City de Londres, afin de soutenir un ambitieux programme de travaux publics. Aujourd'hui, elle n'est pas loin de la faillite. Les autres États, quoique dans une situation moins précaire, se retrouvent néanmoins sur un terrain glissant, si bien que mes confrères de la Banque d'Angleterre redoutent à présent qu'aucun d'eux ne s'acquitte de ses dettes.

— Puisque vous êtes dans le secret des dieux, Otto, dites-moi : combien a-t-on emprunté au juste ? demanda Charles, anéanti par ces nouvelles.

— Plus de trente millions de livres par an.

— Dieu tout-puissant ! Les intérêts doivent être astronomiques.

— Mais ils avaient été acceptés à la signature du prêt.

— Cela va de soi. Continuez, je vous en prie.

— C'est la raison qui m'amène ici, enchaîna sir Otto en haussant les épaules. À ce propos : quel horrible voyage ! Combien de mois gâchés… Enfin, si je parviens à terroriser la classe politique australienne, je n'aurai pas perdu mon temps.

— Que pensez-vous de ce pays, si tant est que vous puissiez vous faire une opinion alors que vous débarquez à peine? Je connais quelques gros bonnets à Fremantle, sur lesquels vous pourriez commencer à vous faire les dents.

Les coins de la bouche de son interlocuteur s'affaissèrent.

— Je crois qu'avant tout l'Australie se donne infiniment plus d'importance qu'elle n'en possède en réalité, assena-t-il. Par ailleurs, le niveau de vie moyen s'y révèle beaucoup trop élevé. Les ouvriers ont l'existence bien trop belle! Ils sont trop payés et on ne cesse de leur promettre la lune, en sorte qu'ils nourrissent des ambitions fort peu réalistes.

— Quelles mesures préconisez-vous?

— D'une, j'exigerai le remboursement total des emprunts contractés à l'étranger, en particulier des intérêts. De deux, il faut réduire les dépenses de façon drastique. Toutes les instances dirigeantes, depuis les autorités fédérales jusqu'aux conseils municipaux, doivent immédiatement cesser de financer les travaux publics, elles doivent réduire les salaires, les allocations de chômage et les pensions. On est par ailleurs en train de dévaluer la livre australienne qui, selon nos estimations, finira par se coter à environ trente pour cent de moins que la livre sterling. Et si l'on devait déplorer un défaut de paiement des intérêts, il conviendrait de puiser les sommes nécessaires sur les obligations détenues par le gouvernement qui, si j'ai bien compris, rapportent neuf pour cent aux propriétaires australiens. Les problèmes ne concernent en effet que la dette étrangère, pas la dette nationale.

Charlie demeura silencieux un long moment. Il contemplait le bout des doigts de sir Otto en fronçant les sourcils. Soudain, il frissonna, comme un chien s'ébroue au sortir d'un bain glacé :

— Otto ! Je crains que vos interlocuteurs ne retrouvent le sourire que le jour où vous reprendrez le bateau pour l'Angleterre. Vous allez représenter pour eux le signe avant-coureur d'une véritable apocalypse, car il saute déjà aux yeux que la Grande Dépression a frappé plus rudement l'Australie que toute autre nation au monde.

— Ce n'est pas tout à fait vrai, rectifia le gouverneur. Ce sont les Allemands qui souffrent le plus. Les réparations de guerre les ont menés tout droit à la faillite. Les Français exigent leur dû.

— Les Français et les Allemands se grognent dessus, chacun de son côté du Rhin, depuis deux mille ans. L'Australie, elle, ne s'est rendue coupable de rien, sinon d'avoir tenté de rendre la vie plus douce à ses masses laborieuses. Mais je constate que pour la City de Londres, il ne s'agissait pas là de louables aspirations.

Abattu et désabusé, le Dr Burdum ne s'attarda pas à Melbourne. Le lendemain, avant l'aube, il sauta dans l'omnibus pour Sydney.

— Je n'y comprends rien, confia-t-il à Kitty, surprise et ravie de le voir déjà de retour.

S'il avait à peine touché à sa malle cabine, il rapportait en revanche dans ses bagages un individu impassible et doux répondant au nom de Coates, qu'il avait recruté à Sydney en qualité de valet – il lui avait suffi, pour ce faire, de piocher en catimini dans le personnel de l'hôtel Menzies.

— Nous allons le loger dans une maisonnette de Burdum Row, exposa Charles à son épouse pour changer de sujet. Et je lui permettrai de conduire l'une de nos petites voitures. En tout cas, il semble enchanté de son sort.

— Cela ne m'étonne pas. Il va être comme un coq en pâte. Et si tu me parlais un peu de ton sir Otto fabricant de saucisses?

— Eh bien, si l'on s'en remet à ses avis, nous ne devrions pas gâter Coates comme nous nous apprêtons à le faire, déclara Charles avant de porter avec joie un verre de scotch soda à ses lèvres. Sir Otto prône une politique d'austérité radicale – par bonheur, l'hôpital de Corunda disposant de ses propres fonds, aucun gouvernement ne pourra jamais m'empêcher d'y poursuivre les travaux de reconstruction en cours. Ils ne peuvent pas davantage me priver de façon discriminatoire des fonds qui m'ont été accordés par l'État. J'obtiendrai la même chose que les autres hôpitaux, car la santé de nos concitoyens possède un coût.

— Mais l'argent du gouvernement provient des impôts, et si plus personne n'a de travail, plus personne ne va payer d'impôts, lui objecta Kitty.

— Certains continueront d'en payer, ne t'inquiète pas. Les restrictions budgétaires ne visent qu'à contraindre le pays à utiliser le moindre penny disponible pour rembourser ses dettes étrangères. À trop emprunter, on finit par faire faillite. Lorsqu'on parle d'austérité, il s'agit d'un euphémisme. Pour ne pas dire banqueroute. Les Australiens ne tireront aucun avantage de la situation, c'est le moins qu'on puisse dire. Les créanciers britanniques, en revanche, vont se payer sur la bête.

— J'ai parfois du mal à te suivre, Charlie.

— Je me fais du mal à plaisir, c'est tout. J'ai quitté Melbourne avec une image en tête : Otto et moi, installés dans la salle à manger du Menzies, en train de siroter les meilleurs vins, de déguster les mets les plus délicats, arborant chacun une belle cravate noire, chacun entouré de serveurs obséquieux. Et je n'ignore pas qu'Otto est convaincu, de tout son cœur, de tout son esprit et de toute son âme, qu'il mérite d'avoir la vie plus belle que je ne sais quel petit tailleur juif s'échinant sur ses pantalons à un penny l'unité. Peu importe que le sang d'Abraham coule dans les veines de l'un comme dans celles de l'autre : la classe sociale dont on est issu l'emporte sur tout le reste. Otto entend maintenir dans un certain dénuement la classe ouvrière, dont il estime qu'il serait criminel de lui offrir une existence décente. À ses yeux, les strates sociales constituent une réalité gravée dans le marbre. Personnellement, je ne crois pas à la dictature du prolétariat, parce que cette théorie nie toute espèce d'individualisme et encourage les fonctionnaires à se prendre pour des foudres de guerre quand, en fait, ils sont incapables de gérer quoi que ce soit… mais le monde de sir Otto Niemeyer me répugne tout autant!

— Il doit bien exister un juste milieu, hasarda Kitty. Jack Lang ne compte pas approuver les mesures prônées par sir Otto, n'est-ce pas?

— Jack Lang appartient à l'opposition, il ne dispose donc d'aucun pouvoir décisionnaire. Il est impuissant, ma chérie. Totalement impuissant. Tout ce que je vois se profiler à l'horizon, ce sont des souffrances chaque jour multipliées. Il ne nous reste guère qu'à prier pour que le gouvernement Scullin ne se laisse pas intimider par sir Otto.

— Jimmy Scullin a peur de son ombre, décréta la jeune femme avec dédain. Ce n'est qu'un opportuniste sans envergure.

Quel bonheur, songea Charles, d'avoir à ses côtés une épouse qui le soutenait avec une telle ardeur… Hélas, son dilemme ne s'en trouvait pas résolu pour autant. Déchiré entre sa position sociale, qui le portait vers les idéaux conservateurs, et son respect pour la classe ouvrière, qui l'entraînait vers les thèses socialistes, il continuait d'hésiter, ne sachant quelle attitude adopter, au point de n'en adopter aucune.

Les partis politiques traditionnels, analysait-il, pâtissaient d'avoir été façonnés pour convenir à l'Europe – à cette vieille Europe fatiguée, épuisée par la guerre, à peu près privée de toute ressource.

C'est alors qu'il se dit que la tâche lui incombait peut-être de fonder un parti neuf, capable de répondre aux besoins de l'Australie, un parti qui ne devrait plus rien aux systèmes en vigueur sur le Vieux Continent. Il lui fallait considérer désormais le Travail comme le Capital sous un jour nouveau et, par-dessus tout, réduire autant que faire se peut les barrières sociales. Pourquoi, par exemple, pourquoi, pourquoi Bear Olsen lui avait-il jeté à la figure l'emploi d'agent de relations publiques qu'il lui avait proposé? Que se passait-il dans la tête de ce garçon, pour qu'il estimât d'emblée que les relations publiques relevaient de l'escroquerie? Sur quoi se fondaient ces inexplicables contradictions? Tant que Charles n'aurait pas trouvé la réponse à ces questions, il ne pourrait briguer la députation: il n'était qu'un ignare face à Bear Olsen, qui lui tenait lieu d'énigmatique oracle. Plus de réunions ni de conférences! Son temps, le Dr Burdum devait maintenant le consacrer à chercher.

Il entreprit de développer sa pensée. Il pensa. Et il écrivit. Un cahier d'écolier recueillit dès lors le fruit de ses observations, ses déductions et ses ébauches de théorie.

— Es-tu de mon côté, Kitty? interrogea-t-il son épouse à son retour de Melbourne. Seras-tu toujours là pour moi?

Des lueurs violettes passèrent dans les yeux de la jeune femme, étincelles de fierté, éclats d'amour.

— Pour toujours et à jamais, Charlie.

Elle était sincère. Et si son mari avait continué de se consacrer exclusivement à la direction de l'hôpital, à l'orphelinat du pasteur, bref, aux affaires de Corunda et rien qu'à elles, elle lui aurait en effet apporté un indéfectible soutien. Mais l'hiver passa, le printemps s'annonça dans une profusion d'efflorescences parfumées, et les conversations de Charles finirent par ne plus tourner qu'autour d'un unique sujet: la politique. Et Kitty ne tarda pas à se découvrir une aversion de plus en plus profonde pour elle, pour ceux qui la pratiquaient et pour les ambitions de son époux.

À la fin du mois d'octobre, enceinte de sept mois, Kitty Burdum fit une fausse couche. L'enfant, un garçon à la constitution parfaite, avait succombé avant même le début des contractions.

— Je ne comprends pas, murmura-t-elle du fond de son lit d'hôpital, le visage et l'oreiller baignés de larmes. Tout allait si bien, je me sentais tellement en forme! Et puis…!

Bien qu'il éprouvât une affliction égale à celle de son épouse, Charles parvint à la dissimuler mieux, en particulier à Kitty. Ses larmes, il les versait chez lui, la nuit, dans la solitude de sa chambre. Il aurait mieux fait, pourtant, de pleurer avec sa femme, car un couple accablé s'unit dans le chagrin. Vu la figure sereine que lui opposait son époux, Kitty conclut au contraire qu'elle souffrait beaucoup plus que lui. Après tout, un père n'entretenait aucun contact charnel avec son enfant; comment aurait-il pu éprouver la même tristesse qu'elle, qui avait porté leur fils dans son ventre?

— Il n'est pas rare de perdre son premier bébé, tenta de la rassurer le Dr Mason, bien que je sois surpris que cela se soit produit aussi près du terme. Il se peut que vous souffriez d'un peu d'anémie. Je vous conseille donc de manger beaucoup d'épinards, et tant pis si vous les avez en horreur.

— Est-ce que je risque de refaire une fausse couche? J'ai tellement de mal à reprendre le dessus, tout s'est passé si vite…

— Vous aurez de nombreux enfants, je vous en donne ma parole.

Un pronostic confirmé par Tufts, qui se tracassait beaucoup pour sa sœur; il fallait à tout prix tirer Kitty de sa langueur.

— Ned Mason a raison, décréta l'amie du Dr Finucan. Les fausses couches sont fréquentes lors d'une première grossesse. Repose-toi bien, mange des épinards, et retente ta chance. Je te promets que, cette fois, tout se passera bien.

— Ned se demande si je n'ai pas un petit fibrome.

— Et alors? Toutes les femmes en ont au moins un! Tu es infirmière, Kitty, tu le sais aussi bien que moi. Ce n'est que chez les patientes plus âgées que les fibromes peuvent présenter un risque.

— En tout cas, Charlie a pris la chose avec philosophie, observa la jeune femme sur un ton un peu acerbe.

— Qu'est-ce que tu racontes, grande sotte? Charlie était effondré! Il a tenu à faire bonne figure devant toi pour ne pas t'affliger davantage. Ne minimise pas son chagrin sous prétexte qu'il ne te le montre pas. Je peux t'assurer qu'avec moi il a pleuré.

— Mais pas avec moi.

— Cela prouve qu'il sait se maîtriser, et je trouve ça admirable. Bien sûr qu'il n'a pas pleuré en ta présence! Il t'aime trop pour cela!

— Papa m'a raconté que Charlie et lui avaient donné un prénom au bébé. Ils l'ont appelé Henry, avant de l'enterrer. Dire que je n'étais même pas là…

Oh Kitty…, songea sa sœur. Edda et moi t'avons donc à ce point couvée dans notre enfance?… Non. Bien sûr que non. Mais le fait est qu'entre Charlie et toi les choses ne tournent jamais à l'avantage de ton époux, et c'est ta faute…

Sur quoi Tufts quitta la maternité pour se rendre au plus vite dans le bureau du Dr Burdum; elle continuait de penser à sa jumelle. Edda et elle ne la voyaient plus que rarement, mais les liens qui unissaient les filles Latimer ne s'étaient pas desserrés pour autant; durant les semaines et les mois à venir, Kitty compterait sur le réconfort de ses deux sœurs, et ses deux sœurs ne lui feraient pas faux bond. Mais cette pointe de reproche dans sa voix, lorsqu'elle avait évoqué Charles!... Celui-ci traversait une épreuve où le flegme britannique constituait un terrible handicap...

Outre les inquiétudes qu'elle nourrissait pour le mariage de sa sœur, Tufts se sentait taraudée par un autre souci: pourquoi le Dr Burdum souhaitait-il la rencontrer? Il ne pouvait s'agir de Kitty; il était beaucoup trop sourcilleux pour discuter de son épouse dans l'arène publique de son bureau. Que se tramait-il donc?

Il avait l'air, songea Tufts tandis qu'il lui avançait un siège, d'un homme dont le monde vient de s'écrouler. Dans une certaine mesure, ce n'était pas faux: hier, il avait vu descendre dans la tombe le minuscule cercueil de son enfant mort-né... Et si peu d'amis pour le soutenir dans l'adversité: les tantes du petit Henry Burdum, ainsi que son grand-père. Et Kitty qui lui reprochait de ne pas pleurer assez... Comme elle était injuste!...

— Je souhaite m'entretenir avec vous de votre future carrière, déclara Charles.

Tufts cligna des yeux sous l'effet de la surprise.

— Pour quelle raison? Je m'occupe déjà de huit élèves, auxquelles viendront s'ajouter cinq autres jeunes filles en avril. L'année prochaine, le nombre de nos nouvelles recrues devrait encore augmenter. D'ici 1934, notre école d'infirmières aura acquis une belle réputation. Je sais parfaitement que c'est la crise, enchaîna-t-elle, et que, depuis la Grande Guerre, nous manquons de jeunes hommes – sans compter que les jeunes hommes sans emploi ne peuvent décemment pas se marier. Bref, en qualité d'infirmière tutrice de formation, je vais être amenée à travailler de plus en plus.

— C'est exact, mais vous jouirez bientôt de l'aide d'une assistante choisie par vos soins.

— Je n'aurai besoin d'une assistante que lorsque nous compterons dans cet établissement au moins cinquante élèves.

— Voilà bien l'une des raisons principales pour lesquelles je désire réorienter un peu votre carrière.

Tufts se raidit.

— Réorienter ? répéta-t-elle.

— Votre attachement affectif à l'hôpital de Corunda fait de vous une candidate idéale au poste que j'ai en tête. Mais pas seulement. Je songe aussi à votre personnalité propre, à la jeune femme que vous êtes, et à celle que vous pourriez devenir.

— Vous m'inquiétez.

— Non, ne craignez rien. Je n'ai pas prévu de freiner votre ascension, tant s'en faut. Je désire au contraire vous offrir une position plus avantageuse.

Le chagrin qui, au début de l'entretien, se lisait encore sur ses traits et dans ses yeux s'était évanoui, cédant le pas à l'irrésistible charme de la star de cinéma, comme surgie de nulle part. Tufts sentit qu'elle se laissait séduire…

— En dépit de la Grande Dépression, reprit-il, préparant son assaut, la situation s'améliore pour l'hôpital de Corunda. Il n'y a pas si longtemps, les patients se rendaient à l'hôpital s'ils étaient souffrants, mais c'était Dieu qui choisissait de les rappeler à Lui ou de leur permettre de vivre encore. Les traitements efficaces se révélaient fort peu nombreux. Mais les choses changent à une vitesse impressionnante. À l'époque actuelle, nous sommes capables de sauver des malades qui, il y a seulement dix ans, auraient succombé à coup sûr. Nous disposons des rayons X pour examiner les fractures, nos chirurgiens savent désormais ôter de l'abdomen d'un patient un organe déficient et, bientôt, les transfusions sanguines deviendront monnaie courante ! À mes yeux, l'hôpital d'aujourd'hui est un endroit où les gens viennent certes pour guérir, mais encore pour que nous les gardions en bonne santé. Or je sais, Tufts, que vous partagez mes vues.

— Tout le monde les partage, non? Allons, Charlie, crachez le morceau. Inutile de m'aguicher avec vos discours. De toute façon, vous prêchez une convertie.

Le visage du Dr Burdum s'éclaira, ses yeux étincelèrent d'une lueur intense.

— Tufts. J'ai besoin d'un adjoint ou d'une adjointe. Et pour ce faire, je veux quelqu'un comme vous. Je vous veux, vous!

Lorsque la jeune femme bondit sur ses pieds, sa chaise tomba à la renverse et, déjà, le Dr Burdum s'était précipité vers elle, redressait le siège en obligeant sa subordonnée à se rasseoir.

— Charlie Burdum, vous avez perdu la tête! Je ne possède même pas les qualifications nécessaires pour devenir infirmière-chef. Comment pourrais-je endosser le rôle de directrice adjointe?

Tufts avait la bouche sèche, mais elle s'exprimait avec feu, songeant que c'était là l'unique moyen d'arrêter dans son élan ce véritable rouleau compresseur.

— Vous êtes complètement à côté de la plaque! conclut-elle.

— Pas du tout, lui répondit Charles, qui avait repris sa place derrière son bureau. Réfléchissez à ma proposition, je vous en prie. Vous savez, comme le reste de notre famille, que je nourris certaines ambitions politiques. J'aspire à devenir député, mais pas avant 1933 ou 1934, ce qui me laisse du temps. Le jour où j'entrerai au Parlement fédéral, il me faudra renoncer à l'hôpital. Comme n'importe quel garçon avisé, je saurai, en m'y prenant bien, garder intacts ma fortune et mes intérêts commerciaux, en revanche je ne pourrai pas occuper deux emplois.

— Des hommes de qualité capables de vous succéder, vous en trouverez sous le sabot d'un cheval. Choisissez-en un dès aujourd'hui, et formez-le.

— Je viens de choisir quelqu'un. Vous. À l'heure actuelle, et pour longtemps encore, j'en ai la certitude, personne n'exigera d'un directeur ou d'une directrice d'hôpital qu'il ou elle possède des diplômes universitaires correspondant à sa fonction. Aujourd'hui, la plupart des responsables d'établissements de santé sont des médecins, de ceux qui ont eu vite fait de comprendre, au terme de leurs études, qu'ils étaient moins doués pour soigner des patients que pour gérer un budget, assurer le fonctionnement d'une structure, en régir le personnel… Ces talents, vous les possédez, Tufts, même si vous êtes par ailleurs une excellente infirmière. Si vous consentez à devenir dès maintenant ma directrice adjointe, je vous promets de vous apprendre tout ce que je sais. Je précise par ailleurs que vous pourrez, dans le même temps, continuer d'assurer vos fonctions d'infirmière tutrice, à condition de vous attacher la collaboration d'au moins une assistante.

Tufts leva les bras au ciel.

— Charlie, je vous en conjure, écoutez-moi! D'abord, je suis une femme. Or, il est de tradition que les femmes n'occupent pas de poste de direction, qu'il s'agisse des affaires ou de la santé. Ma nomination risquerait de susciter un tollé général! On utiliserait le fait que je suis une femme pour me nuire dans les coulisses du pouvoir, tant à Sydney qu'à Canberra – les fonctionnaires, qui n'ont pas d'électeurs à séduire, se révèlent, de fait, des ennemis acharnés et obtus. Par-dessus le marché, je ne possède aucun diplôme de l'enseignement supérieur. Pas le moindre! Le gouvernement d'État me congédierait au plus vite.

Le Dr Burdum l'avait écoutée. Mais il refusait de l'entendre.

— Tufts, croyez-moi, je vais tous les prendre de vitesse. Je suis d'accord avec vous, il vous faut un titre universitaire, c'est pour cette raison que j'ai pris contact avec mon grand ami le professeur Sawley Hartford-Smythe, membre de la faculté des sciences. Vous allez les obtenir, ces diplômes, en suivant des cours intensifs consacrés à toutes sortes de sujets médico-scientifiques. Vous commencerez en février prochain. En novembre 1933, vous aurez achevé votre cursus avec succès. Vous prendrez en outre des cours accélérés de comptabilité, qui vous seront autrement plus utiles qu'une thèse de médecine. Évidemment, cela représentera pour vous une charge de travail colossale, mais vous verrez, vous en savez déjà beaucoup. Pour ce qui est des matières scientifiques, vous y serez comme un poisson dans l'eau. La comptabilité vous sera moins familière, elle vous donnera donc davantage de fil à retordre. Heather Scobie-Latimer, vous constituez mon investissement pour l'avenir.

Le souffle coupé, Tufts considérait son beau-frère avec émerveillement. Ses projets avaient-ils la moindre chance de voir le jour? Comment cet homme bardé de titres et d'expérience, ce garçon doué d'un sens pratique hors du commun, pouvait-il réellement s'imaginer que son plan allait fonctionner? Même si son cœur continuait à saigner après la perte de son enfant, il s'acharnait à bâtir le futur, à se démener pour Corunda et ses services de santé. Des diplômes universitaires! Elle, une femme, serait donc en mesure d'en décrocher au moins deux, en sciences et en comptabilité? D'assister à des conférences en qualité de cadre hospitalier? La formation des élèves infirmières lui procurait d'immenses joies, mais force lui était de l'avouer: le formidable défi que le Dr Burdum lui proposait de relever la galvanisait au plus haut point!

— Charlie, avez-vous mûrement réfléchi à votre offre?

— J'y ai réfléchi jusque dans ses moindres détails, Tufts, je puis vous l'assurer. Allons, dites oui!

Il gloussa.

— Vous deviendriez le patron de Liam!

— Conformiste comme il est, cela représenterait un coup terrible pour lui. À ce propos, le poste lui conviendrait bien mieux qu'à moi.

— Si tel était le cas, c'est à lui que je l'aurais proposé. Non, ma chère, Liam accuse vingt ans de trop. J'ai besoin de sang frais.

— Je comprends. D'ailleurs, Liam n'aime pas les patients vivants. C'est pourquoi il a opté pour la pathologie.

Elle tendit la main au Dr Burdum par-dessus le bureau.

— Très bien, Charlie. Si vous tenez tant à vous adjoindre les services d'une femme, je suis votre homme. Mais vous ne m'abandonnerez pas trop vite à mon sort, n'est-ce pas?

— Je ne vous abandonnerai jamais, Tufts.

* * *

Elle dévala la rampe jusqu'au service de pathologie, où elle pénétra en trombe dans le bureau de Liam Finucan, qu'elle trouva plongé dans les vastes plans de ses futurs locaux – un bâtiment de deux étages. Charles comptait en effet s'occuper des services médicaux auxiliaires avant de rebâtir les salles communes ou d'entreprendre la construction du nouveau bloc opératoire, et ce pour une raison fort simple : si l'on avait jusque-là négligé leur importance, ils constituaient, en matière de diagnostic et de traitements, le véritable cœur de l'établissement.

On avait commencé par le service de radiologie ; le Dr Edison Malvie, choisi avec soin par le Dr Burdum, avait rejoint l'équipe avant même qu'on eût posé la première pierre de l'édifice ou acheté l'appareil à rayons X le plus moderne de son temps. Bientôt, c'en serait fini des clichés flous comme de leur lecture approximative. Lorsque tout serait en place, le Dr Malvie comptait bien pratiquer des examens aussi performants que ceux que l'on faisait subir aux patients de Queens Square, à Londres.

Puis vint le tour du service de pathologie, dont on répartit les divers secteurs à l'intérieur d'un bâtiment entier, en sorte que si le Dr Malvie était un praticien heureux, sa satisfaction n'était rien, comparée à celle de Liam Finucan. L'apparition imminente de la transfusion de sang d'humain à humain promettait un avenir exceptionnel à l'hématologie – plus largement, tous les domaines de la pathologie gagnaient chaque jour en importance. Voilà pourquoi, absorbé qu'il était par les plans du nouveau service, Liam ne s'aperçut pas de l'agitation de Tufts, qu'en d'autres circonstances il aurait remarquée au premier coup d'œil. Au lieu de quoi la jeune fille dut d'abord l'écouter exposer ses projets, avant qu'il s'interrompît de lui-même en s'étonnant du singulier manque d'enthousiasme de son interlocutrice.

Lorsque cette dernière se fut confiée à lui, Liam se rassit dans son fauteuil et la fixa.

— Le problème de Charlie, commenta-t-il, c'est qu'il est incapable de garder les choses en l'état. Le statu quo lui reste un concept parfaitement étranger.

— Cela signifie-t-il que je dois décliner sa proposition?

— Non! Vous ne pouvez pas refuser une pareille opportunité, voyons. Vous allez accepter, n'est-ce pas?

— Oui, mais je peux changer d'avis ensuite. Je suis une femme!

— Comptez-vous toujours effectuer votre carrière entière au sein d'un hôpital, Heather? Ne songez-vous pas à vous marier?

— En aucun cas, décréta Tufts.

— Dans ce cas, deux choix s'offrent à vous : soit vous vous cantonnez au poste d'infirmière tutrice, que vous connaissez aujourd'hui sur le bout des doigts, soit vous vous jetez dans l'inconnu. Vous possédez une intelligence remarquable – vous en possédez bien plus qu'il n'en faut pour assurer le rôle d'infirmière tutrice de formation. Cela dit, je ne suis pas à votre place, et je m'en voudrais de vous imposer mes conseils.

Il venait de s'exprimer avec détachement, mais son cœur lui soufflait autre chose: que serait-il advenu, songeait-il, si Gertrude Newdigate n'avait pas mis les pieds dans le plat au moment de son divorce ? Seize mois de séparation, à l'époque même où germait la graine de leur relation... Oh, Heather, nous avons laissé passer notre chance !...

Mais Tufts ne se tenait pas le même genre de discours. N'ayant jamais connu de réelle intimité avec Liam avant leur long éloignement, elle n'imaginait pas de quelle manière leurs existences auraient pu se nouer sans la présence d'Eris Finucan. Liam était son meilleur ami. Il était aussi l'un de ses collègues. En prenant du galon, la jeune femme allait pénétrer plus avant dans l'univers de l'Irlandais. Cela suffisait à son bonheur.

Bear Olsen avait établi un emploi du temps qui lui permettait d'encombrer le moins possible son épouse et ses fils : après avoir avalé deux tranches de pain grillé en guise de petit-déjeuner, il enfonçait sa casquette sur son front, s'engonçait dans sa veste et quittait la maison familiale. Il marchait jusqu'à Wallace Road, qu'il traversait, pour pousser ensuite en direction de George Street, la grand-rue de Corunda.

Passant devant le magasin général de Maboud sans s'y attarder, il gagnait le quartier commercial de la ville où, de-ci, de-là, des bandes de papier kraft sur une vitrine indiquaient la fermeture définitive d'une boutique. Peu lui importait : il scrutait l'intérieur de chaque échoppe, que son propriétaire eût mis ou non la clé sous la porte, et lorsqu'il atteignait le dernier magasin, il rebroussait chemin, changeait de trottoir et reprenait sa lente exploration. Enfin, il retrouvait le commerce de Maboud, où se donnaient à voir des journaux, des bandes dessinées, des magazines, des paquets de thé et des boîtes de levure chimique, du sucre, du beurre et de la farine, des vêtements pour homme, pour femme ou pour enfant, des théières, des bouilloires et des saladiers. Le patron des lieux, qui appréciait Bear, tentait d'engager la conversation, mais le jeune homme s'y dérobait d'une réponse laconique, voire d'un silence obtus. Enfin, il gravissait la pente qui le ramenait à Trelawney Way et rejoignait son domicile après avoir parcouru plus d'une quinzaine de kilomètres et occupé ainsi la majeure partie de sa journée.

Bear avait perdu du poids : la nourriture ne l'intéressait plus. À son retour, il s'asseyait dans le jardin, sur un vieux banc que Jack Thurlow avait apporté naguère, au temps des jours meilleurs. Après avoir posé sa casquette à côté de lui, sur les lattes du siège, il baissait la tête, le menton sur la poitrine. Grace ne comprenait toujours pas pour quelle raison, depuis qu'il avait contracté cette étrange habitude, il avait inversé l'orientation du banc, tournant du même coup le dos à sa famille et à sa maison.

Ayant vainement tenté, à plusieurs reprises, d'occuper Bear à quelque chose – n'importe quoi ! –, Jack avait cessé de passer à Trelawney Way quand le jeune homme s'y trouvait : il ne supportait plus de voir les événements broyer peu à peu un si brave garçon. Jack ne venait qu'à condition que Grace fût seule avec ses fils.

De quoi vivait la famille ? Les dents serrées, Grace acceptait de Charles le minimum nécessaire pour assurer la subsistance des siens. Le Dr Burdum ne parvenait jamais à la convaincre d'en accepter davantage, et encore ne prenait-elle l'argent qu'en répétant qu'elle n'agissait ainsi que pour le bien de ses enfants. En échange, elle insistait pour faire un peu de cuisine – se chargeant de tout ce qu'un chef français aurait dédaigné : des biscuits Anzac, du lait caillé au citron, ainsi que des gelées rouges, vertes ou orange.

Quant à l'esprit de Bear, il n'était pas de ces bourbiers dans lesquels sombre parfois un homme qui s'apitoie sur son sort. Si tel avait été le cas, Grace, Edda, Jack et Charles auraient conjugué leurs efforts pour le tirer de sa fange. Mais il n'existait plus, dans l'esprit du garçon, ni but, ni logique, ni souffrance : sous son crâne erraient simplement des pensées éparses, des bribes de chanson, diffusées de façon si aléatoire que Bear lui-même n'en comprenait pas la signification, non plus que l'incidence éventuelle sur sa vie. L'image que naguère il possédait de sa propre personne allait s'effilochant, si bien que lorsque son épouse, à bout de terreur et d'exaspération, lui hurlait de se reprendre un peu, il ne saisissait pas le sens de ses paroles ni les raisons de son courroux. Les vitrines couvertes de papier kraft, il les regardait ; Bashir articulait des mots… Ce qu'il demeurait de Bear prenait l'allure d'une machine qu'il convenait d'user peu à peu en marchant, en scrutant, en marchant, en scrutant… Quand enfin il prenait place sur le banc du jardin, le dos tourné à la maison, il se sentait si exténué qu'il ne pensait plus du tout.

Charles Burdum et le médecin généraliste des Latimer rendirent de nombreuses visites au jeune homme. Chaque fois, Grace attendait leur verdict avec impatience.

— Je crains qu'il n'y ait rien que nous puissions faire, finit par lui avouer Charles. Cela dit, son état n'empire pas. Nous n'étions pas venus depuis trois semaines, et rien n'a changé.

— Il a renoncé à toutes ses responsabilités, observa Grace avec amertume. Ses responsabilités d'homme, d'époux et de père.

— Le renoncement, ce n'est qu'un mot. Vous n'arrangerez rien en l'accablant de reproches, vous le savez aussi bien que moi. En tout cas, vous faites preuve d'un courage exemplaire, et personne ne peut vous blâmer de quoi que ce soit, fût-ce d'en vouloir parfois à Bear.

Son beau-frère lui tapota l'avant-bras.

— Haut les cœurs, Grace !

— Nous mangeons de la pâte de poisson et de la confiture maison, mais c'est encore beaucoup plus que ne peuvent s'en offrir bien des familles autour de nous. Je vous remercie pour votre générosité, Charlie. Et si je vous laissais faire, nous aurions des steaks et du jambon dans nos assiettes. Mais jamais je n'accepterai ces largesses. Je vous sais gré de régler les notes chez Bashir Maboud, mais si Bear était comme avant, il refuserait de vous jusqu'au moindre penny. Je ne suis pas une profiteuse.

— J'admire votre esprit d'indépendance, commenta Charles avec sincérité.

«Espèce de salopard dédaigneux, souffla la jeune femme pour elle-même après le départ de son beau-frère. Le monde entier en bave, sauf Charlie Burdum, le roi de la basse-cour.»

Elle s'ouvrit de sa rancœur à Edda, qui la rabroua en lui rappelant qu'il avait contemplé le cadavre de son fils mort-né.

— Les tiens ne mangent peut-être pas de sandwichs au jambon, mais au moins ils sont en parfaite santé, alors boucle-la un peu, Grace.

Edda était superbe, songea sa sœur, rongée par le désarroi et l'insatisfaction. Elles avaient vingt-cinq ans à présent, l'âge auquel, pensait-on quelques générations plus tôt, une femme atteignait son apogée sensuel. La mode des années 1930, faite pour les longues lianes souples, lui allait à ravir. Elle était si… élégante! Le rouge demeurait sa couleur, jusqu'au rouille qu'elle arborait aujourd'hui – elle avait opté pour une robe moulante en crêpe. Elle laissait par ailleurs pousser ses longs cheveux noirs et lisses – pourquoi donc?

— Sous ses grands airs, expliqua Edda en lissant l'un de ses bas de soie pour obtenir une couture impeccablement rectiligne, Charlie est un type bien. Il est plein de bonne volonté, mais simplement, il ne parvient pas à se débarrasser de son côté british. Résultat, nous le jugeons hautain, mais nous avons tort. Regarde un peu ce qu'il vient de proposer à Tufts. C'est formidable, n'est-ce pas? Voilà bien le Dr Burdum tout craché.

— Évidemment, je suis ravie pour Tufts!

Edda abattit son filet à provisions sur la table.

— Moi, au moins, tu sais quand même bien que je ne te traite pas avec condescendance, alors prends donc ce qu'il y a là-dedans sans t'offusquer : des tranches de jambon, des saucisses, des côtes d'agneau et un morceau de tranche grasse. De la viande rouge de temps à autre, ça ne peut pas te faire de mal.

Grace piqua un fard, mais ne s'emporta pas.

— Merci, ma chérie, merci mille fois.

Elle s'empara de la viande pour la placer dans sa glacière.

— C'est fou, ça, ajouta-t-elle : une femme pour seconder le directeur de l'hôpital !

— Ça aurait pu être toi si tu étais restée infirmière, lâcha Edda avec une pointe de cruauté dans la voix. Sexe faible ou pas, notre Tufts accomplira des merveilles. Charlie va lui mettre le pied à l'étrier pour qu'elle obtienne un diplôme à la faculté des sciences et un autre en comptabilité. Les dieux de la Création ne pourront pas lui reprocher de manquer de bagage intellectuel.

Elle émit un bruit de gorge.

— Et bonne chance à celui qui s'avisera de vouloir remettre Tufts à sa place ! Elle le châtrera en deux temps trois mouvements.

— Tu as raison, gloussa Grace. Mais ce poste, n'aurais-tu pas aimé le décrocher à sa place ?

— Non, sauf s'il s'était agi de la direction adjointe du Barts ou du Guy's Hospital de Londres. J'ai envie de voyager.

— Depuis le temps que tu en parles… Mais quand ?

— Quand je serai fin prête.

Le 25 octobre 1930, les citoyens de la Nouvelle-Galles du Sud s'étaient rendus aux urnes pour élire un nouveau gouvernement. Jack Lang sortit vainqueur du scrutin : l'État venait de se doter d'un exécutif travailliste, dont le Premier ministre estimait que l'austérité prônée par sir Otto Niemeyer ne mènerait qu'à des catastrophes supplémentaires. Jack Lang souhaitait au contraire augmenter les dépenses publiques, afin de redonner un emploi décent au plus grand nombre. La construction du Harbour Bridge de Sydney reprit soudain, ainsi que celle du métro. Lang s'opposait en outre avec la plus grande énergie au remboursement des intérêts dus à la City de Londres, tant que les Australiens souffriraient mille morts en raison même du taux usuraire desdits intérêts.

Grace elle-même, du fond de sa colère et de ses soucis quotidiens, se sentit galvanisée par les nouvelles qu'elle découvrit dans le journal que, chaque jour, Bashir Maboud lui mettait de côté. Elle s'installa auprès d'un Bear toujours muet, sur le banc du jardin, pour commenter les événements :

— Jack Lang a forcément raison ! s'enflamma-t-elle. Regarde Corunda : presque tout le monde a du travail ici, ce qui signifie que la construction du nouvel hôpital a empêché la Grande Dépression de causer autant de ravages chez nous qu'ailleurs. Mon amour, tu as eu la malchance d'appartenir à un secteur qui a compté parmi les premiers à subir la crise. Après quoi ta fierté t'a poussé à refuser l'allocation chômage puisque tu ne possédais pas les moyens d'exercer en échange un métier de force. Je peux t'assurer que beaucoup n'ont pas eu autant de scrupules que toi !

Bear ne répondit rien. Il ne répondait jamais rien. Il n'écoutait pas davantage, ne semblait pas non plus s'aviser de la présence de son épouse, qui continuait sans désemparer de babiller en tournant les pages du journal.

Elle parvint à la page trois, plus amusante à son goût que les deux premières.

— Incroyable ! lança-t-elle sur un ton désinvolte et joyeux. Le nombre de suicides ne cesse d'augmenter à Corunda. Pourquoi diable les gens se pendent-ils ? Ce doit être une mort épouvantable… Se balancer au bout d'une corde en étouffant lentement… Parce que c'est ce qui se passe quand on décide de se pendre. C'est différent lorsqu'il s'agit d'une exécution : là, la trappe s'ouvre sous les pieds du condamné et le choc lui brise les vertèbres aussitôt. Jamais je ne déciderai de me pendre, et j'espère bien ne jamais faire quoi que ce soit qui me conduise à la potence…

Sa voix se réduisit bientôt à un murmure, avant de s'élever à nouveau :

— Les femmes préfèrent se flanquer la tête dans le four à gaz. Les hommes, non. Je me demande bien pour quelle raison. Ça empeste, le gaz. Et puis là aussi, on étouffe à petit feu. Il paraît qu'on pratique peu le poison, sans doute parce qu'on vomit tripes et boyaux avant de mourir. Ce n'est pas bien de laisser toutes ces cochonneries à ceux qui restent. Non, rien à faire, on en revient toujours à la pendaison pour les hommes et la tête dans le four pour les femmes.

Elle se leva en pouffant.

— Passionnant, non ? Même si j'avoue que c'est un peu macabre. Bon, je vais préparer le thé. Nous allons manger des saucisses pour la énième fois, mais je vais les faire au curry, pour changer un peu. Edda m'a apporté un sac de raisins secs.

Grace s'en alla s'affairer en cuisine : elle coupa les raisins secs en petits morceaux, afin d'ajouter une pointe de sucre à son curry – qui, de toute façon, serait très doux, car les enfants n'appréciaient pas les plats épicés. Elle plongea les saucisses dans l'eau bouillante pour qu'elles dégorgent leur sel, puis elle les débita en rondelles épaisses, qu'elle jeta dans une cocotte. Elle ajouta du lard et de la farine. Elle travailla la poudre de curry avec de l'eau, jusqu'à obtenir une sauce fluide, qu'elle versa sur les saucisses avant de saupoudrer le tout de ses petits morceaux de raisins secs. Elle fit mijoter la préparation… Et voilà ! Brian et John allaient s'en délecter, peut-être même Bear daignerait-il grignoter une ou deux bouchées, surtout si elle grillait du pain sur lequel on verserait le curry. Le riz était trop fade, mais un bon gros

morceau de pain bien grillé faisait toujours la blague. Le riz,
lui, ne valait d'être consommé qu'en pudding.

— Le thé est servi, les garçons! hurla la jeune femme à
l'adresse de ses deux fils.

Tirant son frère par la main, Brian se rua vers la cuisine.
Le visage des bambins rayonnait : ils avaient toujours faim
et se régalaient de tout ce que leur mère leur concoctait.
Même la pâte de poisson, ils l'engloutissaient sans broncher, les chers anges. Vivement le jour où, de nouveau,
Grace pourrait troquer le saindoux contre le beurre et
l'eau contre un peu de bouillon.

— Bear! Le thé est servi! appela la jeune femme par
l'une des fenêtres de la véranda.

Son époux se tenait assis très droit sur son banc, sa veste
posée en boule à ses pieds. Il n'était pourtant pas dans ses
habitudes de se débrailler ainsi, même depuis qu'il s'était
replié sur lui-même. Il avait retroussé les manches de sa
chemise, et ses mains reposaient sur ses genoux – c'est
du moins ce qu'il semblait à Grace, d'où elle se trouvait,
car elle ne distinguait que ses coudes – deux pyramides
aiguës, osseuses, couvertes de cal.

— Bear! Le thé est servi! répéta la jeune femme.

Comme il demeurait immobile, elle pinça les lèvres.
S'apprêtait-il à franchir une nouvelle étape de son lent
délabrement? Ne s'avisait-il donc pas de l'effet qu'il produisait sur ses fils? Elle sortit par l'arrière de la maison,
de sorte qu'en s'avançant vers lui elle ne le vit d'abord
que de profil : ses mains gisaient, inertes, sur ses cuisses,
où une large tache rouge s'étalait; le liquide avait imbibé
la laine de son pantalon et le coton de sa chemise, avant
de dégoutter, une fois l'étoffe gorgée, entre ses jambes.
Son canif adhérait encore à ses doigts enduits de sang
coagulé. Il affichait un visage serein, les paupières closes
aux trois quarts, et sur les lèvres un léger sourire.

Grace ne cria pas. Elle se rapprocha encore, jusqu'à
repérer sur les avant-bras de son mari de profondes

entailles. En dépit de sa méticulosité, il avait manqué les artères : ce sang veineux ne jaillissait pas, il s'écoulait doucement, et son épouse aurait eu le temps de préparer un autre curry avant qu'il se vidât entièrement.

Grace fit demi-tour et regagna la maison, où elle servit leur repas aux garçons. Puis elle attendit qu'ils se mettent à manger pour téléphoner à l'hôpital.

— Passez-moi le Dr Charles Burdum, et n'ayez surtout pas l'audace de me répondre qu'il est absent.

— Oui ? fit une voix impatiente à l'autre bout du fil.

— Bonjour, Charlie. Ici Grace. Voulez-vous avoir la gentillesse de m'envoyer une ambulance ? Bear vient de s'ouvrir les veines.

— Il est vivant ?

— Non. Mais faites venir quelqu'un pour Brian et John.

— Vous en sortirez-vous jusqu'à l'arrivée des secours ?

— Quelle question ! Si je ne m'en sortais pas, je ne serais pas en train de vous parler au téléphone. Si Liam est dans les parages, demandez-lui de se charger de l'affaire. C'est lui le légiste, après tout, et il s'agit d'un suicide.

Sur quoi elle raccrocha. Le Dr Burdum en avait le souffle coupé.

Pour une fois, nul rideau ne s'écarta subrepticement aux fenêtres de Trelawney Way : chacun se tenait sur le seuil de sa maison pour voir pénétrer l'ambulance dans la cour des Olsen. Charles suivait à bord de sa Packard, accompagné d'Edda et de Tufts ; Liam conduisait l'ambulance.

Tufts se chargea des enfants, qu'elle prépara pour le coucher. Qui, jadis, aurait pu prévoir que Grace se montrerait un jour si sensée, si flegmatique ? Elle s'était comportée avec tant de naturel que Brian et John ne s'étaient aperçus de rien. Ils prirent leur bain sans se soucier des voisins inquisiteurs ni de l'ambulance, puis sautèrent dans leur lit – un lit à deux places, qu'ils partageaient.

Liam Finucan et les deux ambulanciers s'occupèrent de Bear avec un soin respectueux – l'un des ambulanciers alla jusqu'à nettoyer au jet d'eau la pelouse et le banc où le jeune homme avait pris place, afin d'épargner plus tard à Grace la pénible corvée de laver le sang de son époux. Après quoi l'ambulance repartit aussi silencieusement qu'elle était arrivée. Seuls les téléphones du quartier crépitaient des mille hypothèses émises par les badauds sur le sort de ce pauvre brave Bear Olsen…

Edda et Charles héritèrent de Grace, dont l'exceptionnelle maîtrise commença à fléchir peu après le départ de l'ambulance. La jeune femme entendait ses fils papoter avec Tufts du fond de leur lit. Le pire était passé.

— Le pire est passé, déclara-t-elle.

— Tu t'en es tirée remarquablement, intervint Edda en lui prenant les mains. Je me sens tellement fière de toi que, pour un peu, j'en aurais la larme à l'œil.

— Je n'étais pas moi-même, répondit Grace, les traits tirés, le teint blême, le regard effaré. Comment aurais-je pu laisser mes fils voir leur père dans cet état? Ils n'ont plus de papa, mais au moins ils ne feront pas de cauchemars. Le fait d'avoir des enfants, Edda, ça vous change une femme.

Ses yeux s'emplirent de larmes.

— Pour une fois que le menu changeait un peu! Des saucisses au curry, avec les raisins secs que tu m'as donnés l'autre jour. Les garçons n'ont rien laissé, si bien que je leur ai offert ensuite la part de Bear. Ils l'ont dévorée aussi. Ce qui signifie que je ne les nourris pas assez. Je risque d'entraver leur croissance. À l'avenir, il faudra que je prévoie une portion supplémentaire à chaque repas, comme au temps de leur père.

Elle laissa échapper un étrange gloussement.

— Là où il se trouve maintenant, il n'aura plus besoin de manger!

— Vous ne vous doutiez de rien? l'interrogea Charles.

— De rien. Il est vrai que je lui ai lu tout à l'heure une partie de l'article consacré au suicide dans le *Post* du jour, mais il n'a strictement rien entendu de ce que je racontais. Comme d'habitude!

Elle s'interrompit, plaqua sur sa bouche le mouchoir qu'on lui tendait.

— Est-ce moi qui lui en ai donné l'idée, Edda? J'essayais seulement de l'intéresser à quelque chose. À n'importe quoi! Je lui lisais le journal tous les jours!

— Vous n'avez aucun reproche à vous faire, intervint Charles avec fermeté.

La jeune femme tourna vers lui de grands yeux étonnés.

— Mais je ne me reproche rien, Charlie. Pourquoi ferais-je une chose pareille? Quand je dis que c'est peut-être moi qui lui ai soufflé l'idée, je ne me jette pas la pierre. Ce serait comme de décréter que, pour éviter les piqûres d'abeille, il suffit de ne pas porter de parfum. Franchement, vous êtes un peu bizarroïdes, vous, les Anglais. Le seul responsable dans cette histoire, c'est Bear. Je l'adore! Même quand son orgueil imbécile me donnait envie de lui trancher la gorge, je l'aimais encore. Oh, les enfants! Il faut que je demande à papa de leur parler.

— Pas ce soir, Grace, lui dit le Dr Burdum. Demain.

— L'essentiel, déclara Edda, c'est que Brian et John puissent pleurer leur père normalement. Et ça, Grace, c'est à toi seule qu'ils le devront.

— Mais de quoi vais-je vivre à présent? De la charité des autres…

Elle se pencha vers l'avant et se mit à pleurer.

À peu de chose près, songea Edda, j'ignore tout de ma jumelle. Quelle étrange mixture de pragmatisme à toute épreuve et de manque absolu de prévoyance… Jusqu'ici, j'ai vécu isolée du monde qui m'entoure, alors que ma sœur a dû affronter la réalité la plus rude. À l'époque où tout allait bien pour elle, elle se montrait égoïste, écervelée… Une vraie pimbêche. Mais, du jour où la situation s'est dégradée, elle s'est muée en véritable héroïne. Les deux Grace se croisaient, se chevauchaient, s'entremêlaient, pareilles à deux adversaires que l'on aurait enfermés dans la même cellule. Mais, finalement, c'est cette nouvelle Grace, cette Grace exemplaire, qui a remporté la victoire.

Charles ouvrit sa sacoche noire pour en extraire une ampoule et une seringue, dont il planta l'aiguille dans le bras de la jeune femme sans lui laisser le loisir de s'y opposer.

— Ce dont vous avez le plus besoin, Grace, c'est une bonne nuit de sommeil. Edda, emmenez-la dans sa chambre, s'il vous plaît.

— Vous avez eu une excellente idée, le félicita la jeune femme après avoir aidé sa sœur à se coucher. Tufts est en train de lire une histoire aux garçons, elle m'a dit que nous n'avions qu'à commencer sans elle.

— Nous n'avons guère qu'un seul sujet à aborder, soupira le Dr Burdum en grimaçant un peu. C'est Grace. Pour le reste, il faut que je prévienne Kitty. Elle risque de s'en rendre malade. Il faut également que j'informe votre père.

— Je ne peux pas vous empêcher de parler à Kitty, puisqu'elle est votre épouse. En revanche, je tiens à parler moi-même à papa.

Edda devenait agressive.

— Pour ce qui est de Kitty, vous feriez mieux de ne pas vous charger seul de lui annoncer la nouvelle : c'est surtout de Tufts qu'elle va avoir besoin.

Charles s'empressa de contre-attaquer, furieux.

— Je commence à être las de ces histoires de jumelles ! Kitty est ma femme, et c'est une adulte responsable. Je ne vois pas pourquoi il faudrait que sa sœur lui tienne la main !

La porte de derrière claqua, et Jack Thurlow parut.

— Est-ce que c'est vrai ? exigea-t-il de savoir. Tout le monde ne parle que de ça.

Il était arrivé à point nommé, songea Edda, tuant dans l'œuf la dispute homérique qui se profilait entre ce sale petit dictateur égoïste et elle! Elle prépara du thé, tandis que son beau-frère narrait à Jack les récents événements – non sans exagérer le rôle qu'il avait joué dans l'affaire, bien entendu.

Mais Jack était moins patient qu'Edda, ou alors il refusait de ne jouer que les seconds couteaux. Bientôt, son poing s'abattit sur la table.

— Inutile de veiller sur Grace, Charlie. C'est moi qui vais me charger d'elle et des garçons. Dès qu'ils auront un moment pour préparer quelques bagages, je les emmènerai à Corundoobar, où ils s'installeront. Et puis je l'épouserai. Oh, pas pour satisfaire les vieilles toupies qui se prétendent les gardiennes de la morale à Corunda, mais parce qu'elle a besoin d'un mari. Sinon, elle ne parviendra jamais à élever ses enfants. Ma mère, dans sa sottise, a démoli nos vies à la mort de mon père, et pourtant c'était une Burdum. Le pasteur était un fanatique, tout le contraire de Thomas Latimer. C'est lui qui l'a contrainte à vivre selon les préceptes édictés par les bigots de tout poil. Mais depuis quand une femme restée seule avec ses enfants devrait-elle se soumettre à la loi des mauvaises langues? Grace va venir chez moi, et tout de suite, vous m'entendez? Et c'est moi qui me chargerai de l'éducation des fils de Bear, parole de Thurlow. Mon père n'avait peut-être rien de l'époux dont le vieux Tom Burdum avait rêvé pour sa fille, mais c'était un bon mari et un bon père. Je vais condamner les accès à cette maison jusqu'à ce que la situation s'améliore, de manière que Grace puisse la vendre pour disposer d'un peu d'argent…

Il lâcha un lourd sanglot et s'interrompit, stupéfait par sa propre éloquence, comme si celui qui venait de s'exprimer lui demeurait étranger. Son regard se posa sur Charles, puis sur Edda. Il redressa les épaules, soudain conscient de son autorité sur ses deux interlocuteurs.

La stupeur du Dr Burdum était telle qu'il ne souffla mot.

La mâchoire et les joues d'Edda se contractèrent : s'agit-il enfin du véritable Jack, l'homme pour lequel je retarde mon départ de Corunda depuis des années? Si je me trouvais à la place de Grace, aurait-il aussi volé à mon secours? Jack n'est pas plus amoureux de moi que d'elle, il est amoureux de son devoir et, à l'heure qu'il est, il discerne la nature de son devoir comme si Dieu en personne l'avait inscrit en lettres de feu au beau milieu du ciel. Depuis des mois, il brûle d'endosser les responsabilités de Bear comme si elles étaient les siennes. Il tente de mettre le grappin sur Grace à la manière dont un fou tente d'attraper le reflet de la lune dans l'eau.

— Mon cher ami, pontifiait Charles. Est-il vraiment nécessaire d'aborder toutes ces questions aujourd'hui? Je ne puis que répéter combien je suis heureux d'aider Grace et ses enfants sur le plan financier. Il est de mon devoir d'agir ainsi. Pas du vôtre.

— Bear et moi étions des amis, le rembarra Jack. De bons amis. Vous vous occupez déjà de toute la ville de Corunda, si je ne m'abuse. Cela ne vous suffit donc pas? J'ai du temps à consacrer à Grace. Et plus de place qu'il n'en faut pour l'accueillir, ainsi que Brian et John.

Lorsque Tufts pénétra dans la cuisine, elle découvrit un Charles déconcerté et balbutiant. Edda paraissait ailleurs : elle préparait le thé comme si la partie de la pièce dans laquelle elle se trouvait appartenait à un autre continent.

— Assieds-toi, lui dit sa demi-sœur. Je vais finir.

— Jack a l'intention d'emmener Grace et les enfants à Corundoobar.

— Très bien. Assieds-toi, Edda. Assieds-toi! Charlie, je vais vous accompagner pour annoncer la nouvelle à Kitty. Edda, je suppose que tu te chargeras de prévenir papa? Parfait! Et ne restez donc pas ainsi le bec grand ouvert, Charlie, ou vous allez finir par gober une mouche. Or, les mouches sont porteuses de germes, vous le savez aussi bien que moi.

On eut bientôt à déplorer d'autres suicides à Corunda ; la situation ne s'améliorait pas, pour tout dire elle empirait dans l'ensemble de l'Australie. À la fin de l'année 1930, le chômage continuait à augmenter, tandis que les salaires diminuaient sans cesse. Quant aux directeurs de banque et autres présidents de conseil d'administration, s'ils s'en tiraient sans dommage, cela n'était dû qu'à la marche du monde qui, toujours et partout, protégeait les nantis – jusque dans l'Union soviétique de Staline. En dépit du nouvel hôpital, c'en était fini de la prospérité de Corunda, qui pourtant s'était maintenue longtemps. Le spectre des restrictions budgétaires se profilait chaque jour avec davantage de netteté. La Grande Dépression perdurait. Personne n'en voyait le bout.

Vu les liens du défunt avec les familles Burdum et Treadby, la mort de Bear Olsen vint jeter une lumière crue sur un problème de plus en plus épineux, y compris à Corunda : l'enterrement des suicidés dans les cimetières confessionnels. Une minorité exigeait que l'on refusât à celles et ceux qui avaient attenté à leurs jours le droit de reposer en terre consacrée. Mgr O'Flaherty était de ceux-là – bien que ses vicaires fussent enclins à interpréter la loi divine avec plus de mansuétude –, et il était loin d'être le seul parmi les ecclésiastiques chrétiens. Car certains pasteurs protestants faisaient preuve de la même intransigeance. Les querelles étaient vives, fissurant davantage encore une institution chrétienne largement lézardée : deux suicides survenus chez les Corrigan, une famille du West End, provoqua une véritable hémorragie du côté de Saint-Antoine, lorsque le révérend Thomas Latimer leur offrit l'assurance que le dieu d'Henri VIII se révélait moins inflexible que le Vatican sur le sujet – quoique l'un de ses vicaires affichât des opinions semblables à celles de Mgr O'Flaherty : le suicide constituait le seul crime que le Tout-Puissant ne pardonnait pas. Le père des quatre jumelles, qui jouissait dans la ville d'une solide réputation, emporta tous les suffrages en tonnant un jour du haut de sa chaire, lors d'un sermon mémorable, qu'aucun homme, qu'aucune femme, qu'aucun enfant qui mettait fin à ses jours dans les terribles circonstances que le pays connaissait actuellement ne pouvait être tenu pour sain d'esprit. Or, la folie, au même titre que le reste, était un don de Dieu, folie qui portait en elle l'éventualité du suicide. Cette opinion savante, néanmoins dictée tout entière par l'émotion, parut à son auditoire à ce point logique, à ce point frappée au coin du bon sens, qu'à la toute fin de l'année 1930 on l'acceptait, à défaut de toujours y souscrire sans réserve.

Toute de noir vêtue, Edda marchait derrière Grace et ses fils. Elle tourna soudain la tête pour évaluer l'importance de la foule qui, se déversant de l'église Saint-Marc, s'engouffrait dans le petit cimetière contigu, où reposait la parentèle des pasteurs successifs, auprès des Burdum et des Treadby. Une houle noire... En ces temps difficiles, personne ne manquait de tenues sombres pour assister aux funérailles.

Il meurt beaucoup plus de gens qu'il n'en naît, songea Edda, parce que la flamme de la vie vacille, et si certains ignorent comment éviter d'enfanter autrement qu'en se privant de relations sexuelles, eh bien ils s'en privent. Qui souhaiterait offrir ce monde en cadeau à sa progéniture? Tout va de mal en pis.

Et que nous arrive-t-il à nous, les sœurs Latimer? Que peut-il encore nous arriver?

Et que dire de ce grand imbécile de Jack? À force de répéter à qui veut l'entendre qu'il compte accueillir Grace chez lui au plus vite, il a suscité les rumeurs: on prétend déjà que ma jumelle a choisi son nouvel époux avant même d'avoir enterré le premier. Quelle arme cruelle que la langue. Mais regardez-la, bande de crétins! Elle est éperdue de chagrin! Personne ne peut rien pour elle, pas même cette cloche de Jack Thurlow! Un homme sans but qui s'imagine qu'il vient d'en dénicher un. Mais si Tufts, Kitty et moi ne la soutenons pas de toutes nos forces, elle risque de lui céder. Grace est une femme soumise, qui ne sait pas avancer dans l'existence autrement qu'en s'appuyant sur quelqu'un. La mort indissociable de la vie, la peur indissociable de l'amour, la consolation dans la dépendance…

Nous sommes une légion de corbeaux. Kitty est là. J'aurais parié qu'elle viendrait. Moi, j'enfonce les clous. Kitty tranche les têtes. Chacune possède une fonction qui lui est propre – et Tufts fournit la terre, tandis que Grace apporte l'eau.

Il est devenu bien rare de rencontrer Kitty sans son époux. Charlie Burdum est un homme possessif. Très possessif. Bah! tous les hommes le sont – c'est dans la nature de la bête… Il l'a isolée à dessein au sommet de Catholic Hill, si difficile à atteindre sans voiture, or je n'ai pas les moyens de m'en offrir une. Le mariage change tout. Un inconnu s'immisce dans l'équation et voilà que le quatuor Latimer vole en éclats – Kitty me manque atrocement!

Pauvre petit Brian. Deux ans. S'il fallait qu'il marche encore, ses petites jambes ne le porteraient pas beaucoup plus loin que le cimetière. Grace a coupé son pantalon sous le genou: il était usé jusqu'à la corde. Et ce manteau trop grand, qu'on boutonne pour qu'il ne s'y perde pas! Il porte un brassard noir. Te rends-tu compte, Edda? Un brassard noir! Sa chaussette gauche tirebouchonne sur sa cheville, et le voilà qui tente, du bout de l'index, d'extraire la crotte qui obstrue sa narine gauche. Ce gamin est adorable! Une petite part de son sang lui vient de moi, j'existe dans l'organisme de Brian et de John, même si je n'ai pas enfanté moi-même. Oh, les parfums mêlés des œillets et des giroflées! Cette fragrance douce-amère… J'associerai désormais l'odeur des œillets et des giroflées à ces épouvantables funérailles...

Si l'on tenait les veillées mortuaires pour une pratique papiste, Thomas Latimer, mû par un instinct que lui-même ne s'expliquait pas, organisa une réception au terme des obsèques. Une centaine de personnes se réunirent donc dans la salle paroissiale de Saint-Marc pour boire un verre et grignoter quelques amuse-bouche – Charles Burdum avait tenu à payer la note.

Tandis que Tufts avait pour mission d'occuper ce dernier, Edda entraîna Kitty dans une petite pièce dont seuls les habitants du presbytère connaissaient l'existence. La mort de Bear avait très durement éprouvé la jeune femme, sans l'anéantir tout à fait en dépit du deuil récent qu'elle-même avait dû surmonter ; elle ne tomberait pas plus bas qu'elle n'était tombée après la mort de son enfant. Physiquement, elle paraissait se porter comme un charme.

— Tu as de plus en plus de goût pour t'habiller, la complimenta sa demi-sœur en s'asseyant à côté d'elle. Ce chapeau est exquis. Où l'as-tu déniché ?

— Nulle part, répondit Kitty de sa voix de miel. Charlie adore faire les boutiques de luxe pour m'y choisir les vêtements et les accessoires qu'il aime me voir porter.

Elle baissa encore d'un ton.

— Une véritable petite fée du shopping, enchaîna-t-elle, je t'assure. Et il a bien meilleur goût que moi. Moi, j'ai hérité de l'amour de Maude pour les fanfreluches.

Elle soupira, puis gloussa – Edda aussitôt retrouva la Kitty de toujours et en éprouva une joie immense.

— Il est extrêmement possessif, tu sais. À tel point qu'il a du mal à accepter l'amour que je porte à mes sœurs.

L'épouse du Dr Burdum haussa les épaules.

— Bah, comment veux-tu qu'il comprenne ? reprit-elle. Il est enfant unique, et même s'il a été élevé au sein d'une véritable famille, il n'a jamais connu ses père et mère.

Résultat, il a tendance à penser que mon amour pour vous dessert celui que j'éprouve pour lui. Et pas moyen de lui faire entrer dans le crâne que ce sont là deux sentiments différents, sans rapport l'un avec l'autre. Je déteste vivre tout là-haut sur cette colline! Avec la crise, on ne trouve plus de taxis à Corunda. Je suis obligée de soudoyer un conducteur, ce qui, par-dessus le marché, est illégal.

— Je suis navrée, commenta Edda en gardant pour elle les noms d'oiseau dont elle brûlait d'affubler Charles Burdum. Cela dit, des voitures, tu en as des tas.

— Mais je ne sais pas conduire.

— Tu peux apprendre. Et tu vas apprendre. Parce que tous les mercredis, figure-toi que tu vas venir déjeuner avec Tufts et moi à l'hôpital.

L'étrange regard d'Edda vint se planter dans celui de sa demi-sœur.

— Tu n'as tout de même pas peur de Charlie, n'est-ce pas?

— Mais non, voyons! glapit Kitty en rougissant. C'est seulement qu'il nourrit de nombreuses obsessions, parmi lesquelles la place que son épouse doit occuper dans son existence. Il me surveille! Telle chose est trop ardue pour moi, telle autre ne vaut pas la peine que je m'y consacre… Quant à mes sœurs, il adorerait que je les flanque une bonne fois au placard avec le reste de mon enfance. Comme si je m'étais à ce point élevée en l'épousant que ce qui s'est passé avant ne mérite plus que je m'en soucie encore. S'il est une chose que j'ai comprise depuis notre mariage, Edda… c'est que Charlie ne m'autorisera jamais à obéir aux ordres de mes sœurs.

Jamais Edda n'aurait soupçonné la jeune femme de nourrir un tel ressentiment envers son époux… Lorsque Tufts se faufila par la porte entrouverte, elle l'accueillit avec fébrilité.

Mais à peine Kitty l'avait-elle embrassée que, déjà, elle revenait au même sujet:

— Mon Dieu! Si tu savais combien je déteste cette maison au sommet de la colline!

— Je crois pourtant me rappeler, rétorqua sèchement Edda, que tu as pris un plaisir fou à la décorer. J'étais avec toi lors de tes excursions.

— C'est vrai, j'avais quelque chose à faire, à ce moment-là! Aujourd'hui... Vous ne pouvez pas comprendre. Vous êtes des femmes occupées, vous faites un travail admirable, qu'on remarque et qu'on loue.

— Kits! s'exclama Tufts, qui sentait les larmes lui monter aux yeux. Je t'en prie, ne me dis pas que tu n'es pas amoureuse de Charlie!

— Je dois l'être, puisque je supporte cette situation. Je ne rêve pas de le quitter, je n'ai pas peur de le quitter non plus.

Elle s'interrompit et frissonna.

— Non, je n'ai pas peur comme tant d'autres femmes ont peur, reprit-elle. Peur qu'il me tue ou me batte jusqu'à me défigurer. Ce n'est pas du tout ça, sincèrement. En revanche, Charlie compte sur moi pour apparaître dès qu'il claque des doigts, et si je me trouve avec l'une de mes sœurs, il se met à bouder. On croirait qu'il ne supporte pas que je puisse prendre plaisir à voir les gens que j'aime. Il n'a jamais levé la main sur moi, mais, chaque fois qu'il se met en colère, il me fait souffrir autrement.

Tufts embrassa tendrement sa jumelle.

— Ma chérie, lui dit-elle, Charlie est tout bonnement jaloux. Il y en a d'autres, et il n'est rien qu'on puisse faire pour les changer: c'est un trait inné de leur caractère. Il faut t'en arranger, mais tu ne dois pas pour autant entrer dans son jeu. Agis à ta guise. Rends visite à tes sœurs aussi souvent que tu le souhaites. Et si Charlie s'avise de râler, dis-lui zut. Dis-lui que tu continueras à nous fréquenter, quoi qu'il en pense. Allons, tu en es capable!

Dans le même temps, Tufts songeait à la tragédie que constituait la perte d'un enfant mort-né. Je suis prête à parier, se disait encore la jeune femme, que Charlie la tient pour responsable de ce qui s'est passé, et Kitty lui en veut pour les mêmes raisons. Charlie, Charlie, pour quel motif ne lui avez-vous jamais montré votre chagrin? Si vous vous étiez livré à elle, elle ne concevrait pas aujourd'hui toute cette rancœur à votre égard. Et lui qui s'imagine que ses sœurs la consolent suffisamment pour qu'elle poursuive sa route le cœur léger! Quelle confusion...

Soudain, l'humeur de Kitty vira du tout au tout. Une lueur passa dans le regard lilas; elle afficha une mine de conspiratrice.

— Et maintenant, les filles, expliquez-moi ce qui se trame au juste derrière le calme apparent de cette journée. Je suis sûre qu'il se passe quelque chose! Jack Thurlow est dans le coup, et Charlie se comporte comme une sainte-nitouche qui tient à tout prix à préserver un secret. Je ne suis pas assez en forme, bla-bla-bla, il ne s'agirait pas de me bouleverser, bla-bla-bla, et puis, de toute façon, qu'aurais-je à faire de tous ces potins, bla-bla-bla. J'exige de connaître la vérité!

Edda bondit sur ses pieds avec une souplesse de chat et alla serrer Kitty dans ses bras; elle lui donna des baisers.

— Jack Thurlow est le personnage clé de cette histoire, et je ne sais comment te présenter la chose autrement qu'en t'assurant qu'il a complètement perdu la boule. Il ravirait un aliéniste, crois-moi: bourrelé de complexes, assailli par des besoins primaires, bla-bla-bla...

— Bla-bla-bla! reprirent en chœur les deux autres.

— Arrête de rire, Kitty! Et puis non: c'est si bon de t'entendre rire aux éclats. C'est tellement bon!

Edda essuya ses larmes, de joie et de chagrin mêlées.

— Les hommes sont des êtres possessifs, nous en parlions tout à l'heure à propos de Charlie, et voilà bien la raison principale pour laquelle je refuse de me marier: je ne désire appartenir à personne. Notre Jack est un agneau déguisé en loup, un escargot au départ d'une course de vitesse, un éléphant qui tente de se cacher derrière un grain de sable. De lui, on finit par ne plus distinguer que les contradictions. Je devrais le savoir, depuis le temps que nous sommes amants. Jack se meut à travers un brouillard qu'il a lui-même produit.

Edda eut à peine le temps de terminer sa phrase que, déjà, le visage de Kitty s'illuminait.

— Oui! C'est ça! Un brouillard. Charlie avance lui aussi dans son propre brouillard. Mais Jack est inoffensif, lui, parce que tu ne comptes pas l'épouser. Il se débarrassera de sa fange sans être obligé de se passer un anneau dans la narine.

— Que de jolies métaphores, les filles! pouffa Tufts.

— Ce que Jack s'apprête à faire risque-t-il de me plonger à nouveau dans l'affliction? demanda Kitty.

— Demain, répondit Tufts en tendant à sa jumelle un peu de vin pétillant, il emmènera Grace et les garçons vivre à Corundoobar, après quoi il épousera Grace dès que possible. Bois.

— Pas mal, commenta Kitty en sirotant le breuvage. Cela dit, j'ai l'impression qu'aujourd'hui je serais même capable d'avaler de l'urine.

— Oh Kitty, je t'adore! lança Edda.

— Bien sûr que oui, ronronna sa demi-sœur. Écoute-moi bien, Edda: depuis l'adolescence, tu te sers de Jack Thurlow pour retarder le moment de quitter enfin Corunda. Tu crois que Tufts, Grace et moi n'en avons pas conscience? Ce qui te retient pour de bon ici, c'est notre mystère, le grand mystère des quatre filles Latimer. D'ici à ce que tu partes, parce que tu partiras, c'est moi qui te le dis, tu rends notre vie plus belle. Charlie, du fait qu'il est un homme, est incapable de s'en apercevoir. Que ça lui plaise ou non, je vais passer mon permis de conduire, et voir mes sœurs autant que j'en aurai envie.

— Tout ça est bien joli, intervint Tufts, toujours pragmatique, mais voilà qui ne résout en rien l'énigme Jack Thurlow. Qu'en penses-tu?

— Qu'en penses-tu, toi? s'écria Kitty en renvoyant la balle à sa jumelle.

— Que c'est de la pure folie! Pauvre Grace.

— Je suis d'accord, approuva Edda.

Le silence se fit dans la pièce; les trois sœurs dégustaient leur verre de vin.

— Maude a peu à peu disparu de notre existence, Kitty, lâcha tout à coup Edda. De la mienne, du moins.

— Oh, répondit Kitty, elle passe de temps à autre chez nous, puisque papa l'autorise à conduire sa voiture. Mais elle a perdu sa joie de vivre du jour où j'ai épousé Charlie, qui lui a volé la vedette auprès de moi. Ce sont deux Napoléon, à ceci près que Charlie possède un pénis pour aller avec sa vanité.

— Surveille un peu ton langage! fit mine de la gronder Edda, prête à éclater de rire. Pénis, franchement... Je sais bien qu'il ne s'agit pas d'un gros mot, mais tout le monde y réagit comme si c'en était un... Dis-moi, comment te sens-tu vis-à-vis de Maude?

— J'ai cessé de la craindre le jour où j'ai entamé mes études d'infirmière, mais ça, tu le sais déjà. Après mon mariage, elle a disparu de la circulation à mes yeux. Elle est... là... c'est tout. Dans le décor. Pour moi, elle fait partie des meubles du presbytère.

Une tête surgit par l'entrebâillement de la porte.

— Vous voilà! s'exclama Charles en entrant dans la pièce. Qu'est-ce que c'est que ces conciliabules? Me cacherait-on quelque chose? Je ne le tolérerai pas, mesdemoiselles, ajouta-t-il sur un ton espiègle.

— Ce sont des secrets de filles, lui répondit Edda en se levant de son siège. Apprenez néanmoins que, dorénavant, Kitty viendra déjeuner dans notre cottage de l'hôpital tous les mercredis. Et que vous n'êtes pas invité.

Elle se rapprocha de lui, manière de le dominer de la tête et des épaules, avant de lui planter un index sur la poitrine.

— Depuis que vous l'avez emmenée sur les hauteurs de Catholic Hill, je ne la vois pratiquement plus. Il convient de remédier à cette situation. Vous ne lui avez même pas offert de leçons de conduite, et cela aussi s'apprête à changer.

Le Dr Burdum piqua un fard et pinça les lèvres.

— Un oubli de ma part, rien de plus. Je lui donnerai sa première leçon dès demain.

— Sûrement pas. Personne ne saurait se montrer plus mauvais moniteur que le mari de la future conductrice. Bert, l'ambulancier, est le meilleur chauffeur de Corunda.

— Dans ce cas, va pour Bert, se rendit Charles. Et maintenant il est temps de rejoindre les autres, mesdames.

La réception battait son plein – les convives buvant plus vite qu'ils ne mangeaient, ils se retrouvèrent peu à peu dans cet état de douce ivresse qui permet de refermer plus aisément la porte derrière le défunt. Maude avait emmené Brian et John au presbytère, où s'était installée Grace ; débarrassée un moment de ses fils, la jeune veuve sembla prendre soudain corps au beau milieu de l'assistance.

Lorsque cela se produisit, elle se trouvait en compagnie du pasteur, de Liam Finucan, de Charles Burdum, du vieux Tom Burdum, de Jack Thurlow et du maire, Nicholas Middlemore ; ses trois sœurs bavardaient un peu plus loin avec Gertrude Newdigate, sœur Meg Moulton, sœur Marjorie Bainbridge et Lena Corrigan. La tribu des infirmières.

Grace a vraiment tout d'une veuve, songea Liam, des pieds à la tête. Depuis ce teint diaphane qu'affichent parfois les malades, jusqu'aux grands yeux éreintés, devenus presque aussi pâles que ceux d'Edda.

Elle avait refermé une main dégantée sur un verre de vin blanc. Comme elle tournait la tête pour suivre la conversation, le Dr Finucan nota encore la tranchante pureté de la ligne de sa mâchoire. Et voilà que soudain, à l'immense surprise du pathologiste, toutes les personnes présentes – une centaine – choisirent de diriger leurs regards sur la jeune femme, comme on l'aurait fait d'une comédienne qui serait apparue sur la scène. Grace, se dit l'Irlandais, s'apprêtait à endosser son premier grand rôle.

— Jack!

Le prénom claqua dans l'air comme un coup de fouet.

Il avait beau la contempler depuis un moment, son ton le cueillit à froid ; il cligna des yeux, puis lui sourit tendrement.

— Oui, Grace?

Elle s'exprima d'une voix forte et claire, une voix qui informait son public qu'elle avait longuement réfléchi à ce qu'elle s'apprêtait à énoncer :

— Les rumeurs les plus folles circulent dans tout Corunda, Jack, et je me suis creusé les méninges pour trouver le meilleur moyen d'y mettre un terme. On prétend en effet qu'alors que je viens à peine de porter mon époux en terre j'ai déjà choisi son successeur, et que je me prépare à partir avec lui. Mais je n'ai rien fait pour susciter ces ragots, alors à présent, ici, devant cette assistance rassemblée pour saluer une dernière fois la mémoire de mon bien-aimé mari, j'ai la ferme intention d'enterrer aussi ces médisances.

— Je vous en prie, Grace, intervint Jack, abasourdi. Je ne sais pas ce qui vous arrive, mais ce n'est vraiment ni le moment ni l'endroit.

— Permettez-moi de ne pas être d'accord, répondit la jeune femme en s'avançant au milieu de la pièce – elle tendit son verre de vin à Nick Middlemore comme s'il s'était agi d'un simple serveur. Je trouve au contraire que le lieu ne saurait mieux convenir à l'expression de mes sentiments. Une fois que ce sera fait, personne ne pourra plus se méprendre sur mon avenir ni celui de mes enfants.

Devinant ce qui allait se produire, ses trois sœurs se raidirent, sans esquisser cependant un pas dans sa direction. C'était à Grace d'agir. Et d'agir seule.

— Même si les projets qu'on a faits pour moi l'ont été avec les meilleures intentions, ils ont été conçus sans mon accord. Je n'étais même pas au courant de ce qui se préparait.

Du regard, elle transperça Jack, manifestement gêné, puis lui décocha un sourire.

— Vous êtes un brave garçon, Jack, et je vous en remercie, mais je ne suis pas seule dans la tourmente. J'ai une famille, de nombreux amis, des voisins serviables et fidèles. J'aimais mon époux jusqu'au plus profond de mon être, et il faudra longtemps – peut-être ma vie entière n'y suffira-t-elle pas – pour que je sois capable de seulement penser à un autre que lui. Je suis une femme honnête. Mon père est le pasteur de Saint-Marc. Comment pourrais-je faire fi des conventions, uniquement pour jouir d'un confort matériel dont je suis de toute façon privée depuis plusieurs années? On me traiterait de gourgandine, et on aurait raison!

Une longue main se tendit.

— Venez, Jack, soyons amis. De simples amis. Je vous remercie de tout cœur, mais coupons court aux rumeurs qui affirment que je vais m'installer à Corundoobar. Ma maison se trouve sur Trelawney Way.

— Bravo, souffla Edda entre ses dents.

Elle se tourna vers Tufts et Kitty – au fond, elles savaient depuis longtemps ce qui allait se passer.

Jack Thurlow n'en croyait pas ses yeux ni ses oreilles. Il avait saisi presque par réflexe la main que Grace lui avait offerte – Liam Finucan avait vu une brève lueur passer dans son regard –, celui de la bête à l'abattoir que le merlin s'apprête à frapper en plein front. Il remuait les lèvres sans émettre aucun son. Enfin, il secoua la tête.

— Je..., commença-t-il, mais il ne put en dire davantage.

Pauvre garçon! pensa Kitty qui, pour la première fois, voyait en Jack Thurlow autre chose que le tigre apprivoisé d'Edda. Ce qui te terrasse, ce n'est pas un chagrin d'amour, car tu n'es pas amoureux de Grace. C'est cette humiliation publique que tu n'avais pas méritée. Et pourtant, ce qui vient de se dérouler, tu ne le dois qu'à toi-même…

Charles s'immisça dans la brèche : il posa une main sur l'avant-bras de Jack pour l'entraîner à l'écart.

— Avions-nous tous la certitude qu'elle refuserait sa proposition? demanda Gertrude Newdigate.

— J'aurais été très étonnée qu'elle l'accepte, répondit Meg Moulton.

— Jouer les princesses à Corundoobar et envoyer ses fils dans une école huppée, cela ne lui ressemble pas, dit Tufts. Elle est très attachée au quartier des Trelawneys.

— Pourquoi en serait-il autrement? lança Lena Corrigan en riant. Grace est la reine des Trelawneys, et il me semble qu'elle n'est pas près d'abdiquer. Il lui a fallu plusieurs années de mariage pour qu'on la couronne enfin, mais c'est le veuvage, comme Victoria, qui l'ancre à jamais dans sa fonction.

— Tu ne trouves pas que tu exagères un peu, Lena? intervint Edda en haussant les sourcils.

— Tu plaisantes! Toi, tu ne vois rien parce que Grace est ta jumelle, mais je t'assure qu'elle est douée d'une empathie peu commune. Et puis, sous prétexte qu'elle a abandonné ses études, tu as tendance à la considérer comme une ignare, mais les femmes des Trelawneys la tiennent au contraire pour une personne très instruite. Elle possède des notions d'histoire, de géographie, de littérature, d'algèbre, et j'en passe. Et pourtant, jamais elle n'a traité avec le moindre dédain celles et ceux qui n'ont pas d'éducation. Elle a beaucoup de goût, c'est une maîtresse de maison épatante, sans pour autant faire la nique à ses voisins. Un vrai miracle! Les femmes des Trelawneys ne sont pas des rustres comme nous, celles du West End, mais elles ne possèdent pas non plus le raffinement de ces dames de Catholic Hill. Et Grace est leur reine.

— Je suis d'accord avec toi, fit Tufts. Des quatre sœurs Latimer, c'est moi qui lui rends visite le plus souvent, et je la trouve presque toujours occupée à des activités de quartier. Grace est une fille formidable!

— Finalement, même les seize mois qu'elle a passés à l'école d'infirmières lui auront servi à quelque chose, observa Kitty, songeuse. Si l'enfant d'une femme des Trelawneys tombe malade, elle commence par consulter Grace. Ce n'est qu'après, si nécessaire, qu'elle appelle le médecin. Les temps sont durs, et les visites du docteur coûtent cher. En général, Grace leur suffit.

— Comment sais-tu ça? s'étonna Edda.

— Les potins grimpent jusqu'au sommet de Catholic Hill, figure-toi.

— Pauvre Jack! s'écria soudain Edda, qui se leva pour se diriger vers le malheureux garçon.

Elle se planta devant lui.

— Haut les cœurs! Tu ne t'en rends sans doute pas compte pour le moment, mais Grace vient de t'épargner une vie entière de souffrances. Vous n'êtes pas faits l'un pour l'autre. Je m'en voudrais de te taquiner trop, mais je t'assure que ton gros matou aurait pris la fuite à l'instant où ma sœur aurait posé le pied dans ta maison, et tu n'aurais pas tardé à l'imiter. Grace n'a rien de la faible femme qu'elle paraît être. Elle est en acier trempé. Ne t'inquiète pas, Corunda va applaudir à tout rompre ton acte de générosité. Grace, elle, aurait dû supporter les rosseries et le mépris des habitants de cette ville. Personne n'éprouve d'admiration pour une pauvresse qui s'avise d'épouser un nanti. Grace possède un instinct de survie peu commun, qui l'a conduite à prendre la bonne décision, autrement dit à repousser publiquement ton geste.

— En me faisant passer du même coup pour le dernier des imbéciles.

— C'est tout le contraire : tu es devenu un véritable chevalier dans son armure rutilante. Personne ne pense de mal de toi, et plus personne ne songe à blâmer Grace non plus.

Il se tortilla comme s'il venait de se faire mal.

— Mais moi, Edda, j'attendais avec impatience que Grace vienne s'installer chez moi. Corundoobar m'appartient, je survivrai sans dommages à la Grande Dépression, et j'aimerais bien avoir un ou deux héritiers. Brian et John auraient adoré vivre chez moi.

— Dans ce cas, poursuis dans la même voie, mais vas-y plus doucement, lui conseilla Edda en dissimulant ses propres déceptions. Courtise-la comme il convient de courtiser une veuve. Elle ne te tiendra pas bien longtemps à distance, crois-moi, car elle s'est habituée à faire appel à toi dès qu'elle a besoin de quelque chose. Arrange-toi pour répondre toujours présent, et tout ira bien.

Les lèvres de Jack se réduisirent à une ligne mince, et une lueur s'embrasa au fond de son regard.

— Jamais de la vie! cracha-t-il avec sécheresse. La porte de son poulailler peut bien s'effriter, et elle peut bien faire ingurgiter de la purée de perce-oreilles à ses enfants si ça lui chante, je ne lèverai pas le petit doigt! Elle m'a humilié!

— Tu me déçois.

— Oh, je vois! Les sœurettes se liguent contre moi!

Les yeux de louve de la jeune femme se posèrent sur son interlocuteur, qu'elle considéra avec ironie.

— Des années durant, tu es demeuré un mystère pour moi, Jack Thurlow, mais plus maintenant. Derrière ce campagnard un peu crâneur se cache une mauviette.

Sur quoi elle fit volte-face pour se diriger d'un pas raide vers le groupe des femmes – sa poitrine se levait et s'abaissait tel un soufflet de forge, comme si elle venait de courir pendant des heures pour échapper à un assassin.

— Au revoir, Jack? l'interrogea Kitty.

— Je préférerais dormir à côté d'un épouvantail! Ce serait toujours plus consistant!

À peine entamé, l'an 1931 donna à tous une terrible leçon : un désastre économique de l'ampleur de celui-ci promettait de durer de longues années. Les querelles idéologiques au sein du gouvernement fédéral travailliste se trouvèrent encore attisées par les voyages à l'étranger effectués par James Scullin aux frais de la princesse ; lorsqu'il regagna l'Australie en janvier 1931, le peuple en avait appris suffisamment sur Joseph Lyons, qui avait assuré l'intérim, pour le préférer à Scullin.

De son côté, Kitty s'apercevait que la politique n'avait décidément rien à voir avec le cœur. Elle goûtait peu les politiciens qu'elle rencontrait, elle les jugeait fades, pareils, au fond, à la plupart des hommes. En règle générale, ils ne prenaient pas de soin particulier à leur mise et leurs manières ne comptaient pas parmi les plus raffinées qu'il lui eût été donné d'observer. Entre les pellicules, les bedaines, les dents gâtées, les longues mèches de cheveux ramenées sur des crânes chauves, les gros nez violacés par l'alcool et les taches de soupe sur les cravates, ils formaient une sinistre et peu ragoûtante compagnie.

— Si seulement les postes récepteurs étaient équipés d'un petit écran de cinéma, dit-elle un jour à son époux, il faudrait bien qu'ils se bichonnent un peu, parce que les électeurs verraient à quoi ils ressemblent. Personnellement, il me suffit de poser les yeux sur la plupart d'entre eux pour n'avoir plus la moindre envie de voter. Leurs femmes sont-elles aveugles ?

— Moi, je ne te décevrai jamais, la rassura Charles avec un peu trop de suffisance.

— Je n'en doute pas, mais combien d'électeurs connaissent-ils ton visage en dehors de Corunda ?

Impossible à dire, hélas…

Le Dr Burdum n'avait pas manqué de noter les changements survenus chez son épouse depuis la mort de leur enfant. Sa volonté d'apprendre à conduire constituait l'un des symptômes de cette métamorphose. Résultat, il en voulait à ses sœurs mais, comme en toute chose il se montrait excessif, il les aimait aussi beaucoup. Même Grace. Et pas uniquement parce qu'elles étaient ses belles-sœurs.

La réaction de Kitty à son désir de la protéger le laissait perplexe : pourquoi s'en irritait-elle à ce point ? Pourquoi s'en irritait-elle de plus en plus ? À la fin de l'année 1930, elle lui exprima le souhait de tomber à nouveau enceinte, et lorsqu'il s'y opposa, arguant qu'elle ne s'était pas encore assez reposée depuis la tragédie, elle repoussa ses arguments en bloc. Alors elle vint se glisser de plus en plus souvent dans le lit où il couchait à titre temporaire – bien sûr, le corps de Charles, qui n'en faisait qu'à sa tête et brûlait de désir pour elle, l'accueillait à bras ouverts.

— Charlie, je veux des enfants ! lui décréta la jeune femme d'un ton farouche. Je veux fonder ma propre famille ! Je veux une raison de vivre ! Et ne me rétorque pas que ma raison de vivre, c'est toi, parce que ce n'est pas vrai ! Toi, tu vis pour la politique, pour l'hôpital, puis pour moi. Dans cet ordre. Mais où est ma politique à moi ? mon hôpital à moi ? Je me retrouve enfermée dans un mausolée désert au sommet d'une colline, alors que je rêve d'une maison pleine d'enfants ! Je ne veux pas de cette vitrine, je veux un foyer ! Tu m'entends ? Un foyer !

— Cela va venir, Kitty, cela va venir, je te le promets. Mais patiente encore un peu, je t'en conjure !

À l'approche de Pâques, la jeune femme alla voir son père pour lui confier ses tourments.

— Je ne peux pas aborder ces sujets avec mes sœurs, commença-t-elle tandis qu'ils se promenaient dans le jardin du presbytère, parce que j'ai besoin de parler à quelqu'un de plus âgé, de plus sage, mais qui soit aussi de mon sang. Ça ne pouvait être que toi, papa. Tu as vu tant de choses…

Ils déambulaient entre les massifs – roses, marguerites que l'on aurait crues tout droit sorties d'un conte de fées, asters et bégonias… Le révérend tentait de sonder les profondeurs abyssales du chagrin de son enfant… Oh, si seulement la mère de cette jeune femme avait possédé un autre caractère… Tout pour elle aurait été différent. Ou si la fillette avait été moins jolie…

— Je t'écoute, Kitty. Raconte-moi ce qui se passe.

— J'ai une idée que je n'arrive pas à me sortir de la tête, papa, et pourtant je sais parfaitement que je fais fausse route, mais je ne peux m'empêcher d'y revenir sans cesse.

Elle avait les yeux bordés de larmes qui ne coulaient pas.

— Je n'aurais pas dû épouser Charlie. Je l'aime, ce n'est pas la question. Mais je suis persuadée qu'il est la cause de mon infertilité. Je suis convaincue que Charlie et moi sommes incapables d'avoir des enfants.

Thomas Latimer l'invita à s'asseoir. Il prit place à ses côtés, puis se tourna vers elle en lui prenant les deux mains.

— Maude t'a-t-elle mis cette idée en tête?

— Non! Je t'assure que non. D'ailleurs, je n'ai pas eu de véritable conversation avec elle depuis mon mariage, y compris lorsqu'elle me rend visite à Burdum House. Tu n'as pas remarqué qu'elle était un peu confuse?

— Si, ma chère enfant, je l'ai remarqué.

— Non, il s'agit de mon idée à moi. Charlie et moi ne pourrons pas avoir d'enfant.

— Il s'agit surtout d'une idée fausse, déclara le pasteur avec sévérité, dont tu dois à tout prix te débarrasser. Ton époux fera un excellent père pour tes enfants. Nous ne saurons jamais ce qui est arrivé au petit Henry Burdum. Son décès restera pour nous un mystère, un mystère qui ne saurait être levé par une conclusion aussi erronée que la tienne. Tu te montres injuste, Kitty! Voyons. Ce raisonnement ne tient absolument pas debout. Un médecin a-t-il insinué quelque chose?

— Non, répondit tristement la jeune femme.

— Il s'agit là d'une hypothèse sans le moindre fondement, ma fille. La conception d'un enfant ne se peut comparer à de la menuiserie, il n'est pas question de rater un assemblage en queue d'aronde. Ce n'est pas davantage un puzzle, dont une pièce manquerait. La conception est un don de Dieu. Et ce que Dieu donne, Dieu peut le reprendre. Le Tout-Puissant peut certes se servir des hommes pour accomplir Ses desseins, mais Ses desseins demeurent précisément les Siens, c'est à Lui seul qu'ils appartiennent. Tu cherches une victime, Kitty, mais désigner ainsi ton époux n'a aucun sens.

Kitty écoutait son père avec attention; cette fois, les larmes roulaient sur ses joues.

— Je comprends, papa, murmura-t-elle. Mais que vais-je devenir si je les perds tous les uns après les autres?

— Alors, ce sera la volonté de Dieu, mais je ne vois vraiment pas pourquoi les choses se passeraient ainsi.

Il tira de sa poche un mouchoir, avec lequel il tamponna le visage de son enfant avant de le lui donner.

— Allons, mouche-toi, petite sotte.

Kitty s'exécuta, étrangement réconfortée par les paroles de son père. Elle essuya ses dernières larmes et tendit vers le pasteur une figure débordante d'amour. Il vieillit, songea-t-elle, et quelque chose le tracasse.

— Que se passe-t-il, papa? l'interrogea-t-elle.

— C'est ta mère. Elle n'est pas seulement «un peu confuse», comme tu le dis. Elle perd complètement la tête.

— Oh, papa! sursauta la jeune femme.

Thomas Latimer récupéra son mouchoir pour l'utiliser à son tour.

— Elle souffre de pertes de mémoire de plus en plus fréquentes et de plus en plus manifestes. Elle oublie où elle a rangé ses affaires, l'argent en particulier...

Il chevrotait un peu; il se hâta de se ressaisir.

— Je n'ose pas lui confier plus d'une poignée de shillings lorsqu'il lui prend l'envie de sortir.

Que dire? Et que faire?...

— Rentrons au presbytère pour prendre le thé avec elle, proposa Kitty sur un ton résolu. Je tiens à me rendre compte moi-même de la situation.

Même si, à l'époque où elle était infirmière, elle avait surtout œuvré auprès des enfants, Kitty avait observé suffisamment de cas de démence présénile pour savoir toute la ruse dont ces patients étaient capables pour dissimuler leur état aux yeux du monde. Maude ne faisait pas exception. À l'évidence, elle s'empiffrait: elle avait le visage bouffi et, malgré son corset, on avait l'impression que les coutures de sa robe s'apprêtaient à craquer. Il ne s'était pourtant écoulé que trois mois depuis la mort de Bear. Entre-temps, elle avait sombré.

— Kitty, ma chérie! glapit-elle en se tournant comme pour faire face à une salle bondée. Ma petite fille n'est-elle pas la plus jolie qu'il vous sera jamais donné de contempler? hurla-t-elle d'une voix perçante. Ce visage! Ces yeux mauves! Hélène de Troie! Ma splendide, splendide Kitty!

— Je suis un peu trop vieille pour ce genre de description, maman, observa la jeune femme, la gorge nouée.

— Non, jamais! Pas ma petite Kitty!

Elle poursuivit jusqu'à ce qu'enfin sa fille parvînt à lui échapper, abandonnant le pasteur à son épouse, qui continuait de s'extasier sur sa splendide, splendide Kitty...

Ce fut Tufts que cette dernière dénicha en premier – installée dans un bureau aux murs couverts de livres, derrière une table de travail sur laquelle trônaient plusieurs piles de documents, elle paraissait très occupée. Elle portait un uniforme de sa conception (une robe à la coupe austère et simple, d'un brun de tabac) et arborait un chignon. Elle était parvenue à se rendre à la fois séduisante et professionnelle ; une gageure.

— Savais-tu que maman était en train de perdre la tête ? s'enquit Kitty.

— Oui.

— Depuis combien de temps ?

— Quatre mois.

— Pour quelle raison ne m'a-t-on rien dit ?

— Charlie me l'a interdit. À cause du bébé.

Kitty poussa un petit cri perçant :

— Je ne veux plus de ça, Tufts ! Tu m'entends ? Je ne suis plus une enfant. Je ne suis pas non plus une simple d'esprit. Et je ne suis pas la propriété exclusive de Charlie Burdum ! Mon corps, mon cerveau et mon âme m'appartiennent en propre ! Quand je pense que depuis trois mois je déjeune tous les mercredis avec Edda et toi, et que vous ne m'avez rien dit… Je suis folle de rage ! Comment Charlie a-t-il osé me faire une chose pareille ? Maude est ma mère !

— Calme-toi, Kitty, je suis d'accord avec toi. Tu connais Charlie mieux que moi : un vrai petit despote. Nous avons gardé le silence, mais contre notre gré, je t'assure.

— D'une manière ou d'une autre, il nous tient toutes les quatre en son pouvoir, observa sa jumelle en se laissant tomber sur une chaise. Edda et toi subissez son emprise parce qu'il est votre supérieur hiérarchique. Grace est sous son joug parce qu'il lui verse de l'argent. Et moi, hélas, je suis sa femme. Des Latimer de Corunda qui se retrouvent à la merci d'un Burdum anglais… On marche sur la tête.

— Ne fais pas de bêtises, s'il te plaît.

— Des bêtises ? Mais je n'en ai pas l'intention. Je compte simplement affronter ce soir le lion dans sa tanière, de la plus courtoise des façons.

— Ça ne me rassure pas particulièrement. Sois prudente.

— Compte sur moi. Papa m'a rappelé tout à l'heure que ce que Dieu donnait, seul Dieu pouvait le reprendre. (La jeune femme désigna les étagères d'un grand geste.) Tu apprends beaucoup de choses ?

— Je viens d'entamer les cours à l'université. Je les trouve intéressants, quoique un peu répétitifs.

— Dire qu'il y a bien longtemps je vous voyais mariés, Liam et toi.

— Liam et moi ? Jamais de la vie. Nous sommes les meilleurs amis du monde, mais nous ne sommes pas amants.

— Ne peut-on être les deux à la fois ?

— Certains en sont capables. Nous, non.

— Et puis pourquoi ajouter une saveur au mélange, alors qu'il possède déjà un goût exquis, n'est-ce pas ?... Tu as bien raison, Tufty.

Charles Burdum se sentait fatigué. Sa carrière politique ne le menait nulle part – pourtant, il continuait consciencieusement à noircir ses cahiers. Jack Lang et lui ne possédaient en commun que leurs convictions concernant le meilleur remède à la crise. Pour le reste, Charlie déplorait que le leader travailliste refusât de régler les intérêts liés aux prêts contractés par l'Australie à l'étranger. Tactique de petit voyou, jugeait-il, immature et irresponsable.

Lorsqu'il avait épousé Kitty, il était persuadé d'en faire bientôt son alliée la plus précieuse, cette collaboratrice dont il avait si cruellement besoin. La politique passait par la voix. Il fallait, pour séduire les électeurs, les conquérir par la parole. À force de coucher ses réflexions sur le papier, le Dr Burdum avait acquis la conviction que, pour commencer, un homme aspirant aux plus hautes fonctions de l'État se devait de mettre sur pied son petit sanctuaire intime. Après, seulement, il pouvait espérer coudoyer avec succès ses confrères et se lancer dans l'arène publique. Hélas, Charles Burdum ne possédait toujours pas d'intime sanctuaire. Son épouse ne s'intéressait à la politique que de loin. Elle ne désirait guère qu'une chose : des enfants. Les enfants, c'était très bien, et un homme se devait d'en avoir, pour toutes sortes de raisons, mais combien d'hommes, au fond, les tenaient pour une priorité au sein de leur existence? Fort peu. Oh!... si seulement il avait eu plutôt quelqu'un, auprès de lui, pour parler politique!...

Il se sentait éreinté. Fourbu... Il n'avait qu'une envie, songea-t-il en descendant de la Packard avant de gravir les quelques marches menant au manoir : avaler quelques scotchs soda, puis se coucher très vite. Sans épouse, sans dîner. Hiberner. Pas de Kitty ce soir, même s'il l'aimait.

Un coup d'œil en direction de son visage aux sourcils froncés lui suffit à comprendre qu'il pouvait d'ores et déjà renoncer à ses rêves de quiétude. Charles prit une profonde inspiration et se prépara en silence pour le combat. Que diable avait-il bien pu faire pour mériter le courroux de la jeune femme?...

— Aujourd'hui, commença celle-ci en le suivant jusqu'au buffet sur lequel trônaient les carafes, j'ai découvert que ma mère souffrait de troubles mentaux depuis plusieurs mois, et que tu avais interdit à quiconque de m'en parler. Qui t'en a donné le droit, Charlie?

Il versa une généreuse dose de scotch dans le fond d'un verre, avant d'ajouter un peu de soda. Il attendit d'en avoir avalé la première gorgée pour répondre. Discernant alors un vague regain d'énergie dans sa carcasse exténuée, il fronça les sourcils à son tour.

— J'ai le droit d'épargner à mon épouse les épreuves trop difficiles.

Sur quoi il engloutit une autre rasade de scotch.

— Tu n'as pas le droit de choisir ce que je peux ou ne peux pas entendre, aussi sincère soit ton désir de me préserver, grinça Kitty entre ses dents. Je trouve ton attitude insultante. Je suis une adulte. C'est à moi de prendre mes propres décisions, en particulier s'agissant de ma famille.

Charles se sentait mieux. Il se resservit un verre.

— C'est faux, ma chérie, du moins depuis que tu as choisi de m'épouser.

Il s'assit, serein.

— Dans une certaine mesure, au regard de la loi tu m'appartiens. Ton argent devient le mien, et tu as besoin de mon consentement écrit pour contracter une dette ou te lancer dans quelque opération commerciale ou financière que ce soit. Puisque tu es ma femme, je possède le pouvoir de te contraindre à vivre avec moi.

Le sang avait reflué du visage de Kitty, des lueurs violettes passaient dans son regard… Elle plaqua une main tremblante contre sa bouche.

— Je vois, souffla-t-elle. Tu te prends pour Soames Forsyte[1].

— Je ne pense pas, rétorqua-t-il en sirotant son breuvage. Un homme capable de violer sa femme est un être vil et méprisable, qui ne mérite que le peloton d'exécution.

Il se pencha vers l'avant.

— Bonté divine, Kitty, grandis donc un peu! On croirait que je te tyrannise! Je t'aime de tout mon être. Si cela me conduit parfois à faire preuve d'une autorité excessive, il me semble que tu pourrais au moins me trouver quelques excuses. Je n'ai demandé à tes sœurs de te cacher l'état de Maude que pour t'éviter des soucis supplémentaires. Qu'aurais-tu fait, de toute façon, sinon te tourmenter au sujet d'une affection aussi incurable que la démence? Une

---

1. Personnage de *La Dynastie des Forsyte*, roman de John Galsworthy.

fois que le diagnostic a été posé, il n'est plus possible d'agir, pas même de ralentir les progrès de la maladie. Je t'assure d'ailleurs qu'aucun membre de ta famille ne s'est opposé à mon souhait de te cacher la vérité.

— Cela ne te donne toujours pas le droit de prendre des décisions à ma place! s'écria Kitty. Quoi que tu en dises, je ne t'appartiens pas!

Un doux bien-être envahissait peu à peu le Dr Burdum. Il renversa la tête contre le dossier de son fauteuil et coula à son épouse un regard un peu flou, mais empreint d'adoration. Il se sentait décidément trop rompu pour se disputer avec elle.

— Je ne tirerai rien de toi ce soir, dit-elle.

— Je le crains, en effet.

— Je suis enceinte.

Il écarquilla instantanément les yeux.

— Oh Kitty! Ce n'est pas prudent…

— Grace a accouché de son deuxième enfant peu de temps après avoir mis au monde le premier.

Il ferma de nouveau les yeux, mais cette fois sur des larmes qu'il désirait cacher à son épouse.

— Ce n'est pas prudent.

— Va au diable, Charlie!

Cette nuit-là, Kitty fit une autre fausse couche.

Jamais elle n'avait éprouvé une telle déchirure, un tel accablement, augmenté par ce qui s'était déroulé avant le drame: elle avait fait fi des avis médicaux, y compris celui de son époux, qui lui avait pourtant manifesté sans détour sa réprobation.

«Ce n'est pas prudent.»

Lorsque des crampes l'éveillèrent, elle commença par remercier Dieu de ce que Charles eût suffisamment abusé de la bouteille pour s'être écroulé sur le sofa. Ce n'est qu'ensuite qu'elle s'aperçut qu'elle saignait. Elle comprit pourquoi. Elle se mit à hurler en silence.

— Oh mon Dieu, je vous en prie, pas ça, non…, répétait-elle sans plus pouvoir s'interrompre.

Puis elle se mit à verser des torrents de larmes – mon bébé, mon pauvre petit bébé…

Plus tard, quand elle eut repris ses esprits, elle ne saisit pas pour quelle raison elle s'était ensuite comportée comme elle l'avait fait : à peine avait-elle pris conscience de ce qui lui arrivait qu'elle songea, affolée, que personne ne devait être mis au courant. Elle avait désobéi, elle avait tout fait pour tomber enceinte alors qu'on le lui avait vivement déconseillé. Qu'on le lui avait interdit.

Si Charlie s'aperçoit de quelque chose, sa colère sera terrible !

Alors elle quitta son lit au prix de mille efforts, s'en alla chercher des serviettes, un seau, une serpillière, de l'eau froide et du savon, tout ce dont elle avait besoin pour faire disparaître au plus vite les traces de son péché, de son crime, de son abominable transgression.

Mais elle finit par lâcher les seaux de métal galvanisé, empilés les uns dans les autres ; ils s'effondrèrent dans un fracas à réveiller un mort. Il réveilla aussi Charlie.

Lorsqu'il la trouva, couverte de sang, elle se recroquevilla pour tenter de lui échapper comme s'il s'apprêtait à lui tordre le cou, quand en fait il ne brûlait que de l'étreindre pour la consoler. Mais jusqu'à l'arrivée d'Edda et de Ned Mason, il ne put rien faire pour elle, sinon lui injecter de quoi la plonger dans le sommeil.

— Je suppose, dit Charles à Edda après qu'on eut installé Kitty dans un autre lit, toujours amorphe mais hors de danger, que j'aurais dû appeler Tufts, puisqu'elle est sa jumelle.

Ned Mason avait regagné son domicile en secouant la tête face à l'obstination des femmes, mais guère plus inquiet que cela : il continuait d'affirmer que Kitty se portait comme un charme, et que rien ne l'empêcherait d'avoir à l'avenir d'autres enfants, en parfaite santé cette fois.

— Non, c'est moi qui maîtrise le mieux ce genre de situation, répondit Edda. J'ai toujours été là pour Kitty. Pour lui arracher des mains la râpe à fromage, pour desserrer la corde autour de son cou. Tufts, elle, est trop jeune pour se souvenir de ces épreuves. Vous avez bien fait de m'appeler.

Charles pleurait – à présent que la crise était passée, il pouvait se permettre de mollir un peu.

— Pourquoi me regardait-elle comme si j'allais me fâcher? demanda-t-il. Je vous jure, Edda, sur la tombe de ma mère, que je n'ai jamais donné à mon épouse, ni par mes paroles ni par mes regards, encore moins par mes actes, la moindre raison de me craindre.

Edda plongea les yeux dans ceux de son beau-frère. Elle le crut.

Lorsque Kitty s'éveilla, le lendemain matin, elle se sentit recrue de fatigue. Elle se rappelait parfaitement ce qui s'était passé et en comprenait la cause.

— Je me suis précipitée, confia-t-elle à Edda. J'ai refusé d'attendre que tout soit rentré dans l'ordre. Je ne recommencerai plus.

Immensément soulagé, Charles put constater à la fin de la semaine que son épouse avait retrouvé son état normal. Son courroux s'était estompé, elle avait cessé de se montrer agressive. Elle ne lui reprochait plus non plus d'être la cause de tous ses malheurs.

— Patience, ma chérie, lui conseilla-t-il. Attendons au moins six mois, puis nous retenterons notre chance.

V

On enfonce le clou

Lorsque, contre toute attente, l'occasion lui fut donnée de rencontrer sir Rawson Schiller, Charles s'em pressa de la saisir. À tout juste quarante ans, Schiller avait connu une ascension fulgurante – au point d'obtenir le titre de chevalier à seulement trente-sept ans, à la suite d'une formidable série de victoires légales à la Haute Cour d'Australie, ainsi qu'au Très Honorable Conseil privé de Sa Majesté, en matière de commerce et de finances. La vie l'avait gâté : haute naissance, fortune, éducation, une histoire familiale impressionnante – par son père, il était un noble prussien, un *junker* ; un gentleman anglais par sa mère. S'ils avaient abandonné depuis longtemps la particule, ce «von» qui n'aurait pas été du meilleur effet dans la société australienne, les Schiller possédaient néanmoins une large part du Queensland, du Territoire du Nord, ainsi que le nord de l'Australie-Occidentale. Il s'agissait, pour l'essentiel, de pâturages, dont certains se révélaient fort pauvres, mais dans d'autres l'élevage allait bon train. Ailleurs, la famille de sir Rawson profitait de terres extrêmement fertiles. Il fallait encore évoquer des gisements minéraux – il y en avait d'exceptionnels, dont seuls les Schiller connaissaient l'emplacement. Enfin, on ne recensait pas le moindre bagnard dans la généalogie familiale, ni chez les Schiller ni chez les Rawson : dès l'origine, on ne comptait que des colons libres.

Sir Rawson vivait et travaillait à Melbourne, où l'essentiel de la fortune des Schiller se trouvait placée – c'était aussi dans cette ville que la famille organisait des activités de bienfaisance, parmi lesquelles le dîner du maire, à cinquante livres par convive, qu'elle donnait pour les enfants infirmes moteurs cérébraux. À peine eut-il entendu parler du dîner des Orateurs que Charles se hâta d'y réserver deux couverts (cent livres par personne), car il savait que sir Rawson y tiendrait la vedette – un orchestre de danse se produirait aussi, pour celles et ceux qui se sentiraient assez en forme pour rester debout jusqu'à l'aube.

L'événement promettait d'être grandiose : ces messieurs porteraient tous une queue-de-pie blanche assortie d'une cravate de même couleur, ces dames paraîtraient en robe de bal... Puisque Kitty haïssait Melbourne, le Dr Burdum s'y rendit en compagnie d'Edda. Cette semaine-là, la jeune femme assistait justement à un séminaire dans cette ville, consacré au métier d'infirmière de bloc opératoire ; lorsque son beau-frère lui proposa une chambre dans un hôtel de luxe à condition qu'elle soit sa cavalière au dîner, elle s'empressa d'accepter. Elle exulta quand, de surcroît, il lui fit cadeau de cent livres pour s'acheter une robe. Edda confectionnant seule ses vêtements, elle acquit onze coupons de tissu destinés à onze tenues différentes. Même les journalistes de mode, qui rôdaient toujours aux abords de ces manifestations, furent incapables de discerner la patte de la jeune femme dans la robe de soie bordeaux qu'elle arborait au dîner. Au contraire : ils s'extasiaient, convaincus qu'elle l'avait achetée à Paris. Elle exhibait en outre une paire de boucles d'oreilles en diamant que Kitty lui avait prêtées.

Elle se rendit à la réception dans une Rolls de location, avec Charles dont, comme d'habitude, elle admira l'aisance. Il ne broncha pas face au mur de flashs – Edda, qui avait l'ouïe fine, nota que son secrétaire de presse l'appelait « sœur Edda Latimer » chaque fois qu'il la présentait à quelqu'un.

J'adore ça! songea-t-elle, feignant l'indifférence. Charlie est en train d'annoncer au monde entier que je suis une professionnelle, pas l'une de ces belles potiches ou de ces poules de luxe; je lui sais gré de m'accorder sa considération. Ah, si seulement on pouvait m'appeler «docteur»!… Hélas, Charlie a beau se montrer généreux, jamais il ne financerait mes études de médecine, pour la raison même qui a poussé papa, voilà quelques années, à me fermer les portes de la faculté: il ne s'agit pas d'un métier de femme. Et pourtant, comme j'aimerais devenir médecin!…

— C'est Kitty qui devrait se trouver ce soir à mon bras, observa le Dr Burdum en gravissant l'escalier. Je trouve extrêmement embarrassant de devoir expliquer que vous êtes ma belle-sœur, et non mon épouse.

C'est donc pour cette raison qu'il est de si méchante humeur. Depuis que nous sommes partis, il ne cesse de ronchonner. Oh, Kitty! Ça ne t'aurait tout de même pas tuée de consentir ce menu sacrifice pour ton mari. Pourquoi ne l'as-tu pas fait? Tous tes rêves, toute ton énergie, tout tourne autour de ton seul et unique but: une demeure pleine d'enfants! Mais tu n'as pas choisi le bon époux. Car des enfants, Charlie est tout prêt à en avoir, mais jamais il ne leur consacrera son existence entière. Il ne vit que pour la chose publique.

Par quelque étrangeté du destin, ni Edda ni son cavalier n'aperçurent l'orateur vedette durant les quarante minutes qu'ils passèrent à errer parmi la foule des convives en sirotant du xérès dans les antichambres; par une autre étrangeté du destin, ils furent les premiers à passer la porte menant à la salle de bal, dans laquelle allait se tenir le banquet. Plus tard, Edda se revit en train de traverser une pièce immense semée de grandes tables rondes en direction de l'une d'entre elles, située au bord de la vaste piste de danse, juste en contrebas du pupitre de l'orateur. Il n'y avait personne, à l'exception d'un homme, debout derrière sa chaise.

— Cessez de pleurnicher, Charlie! gronda la jeune femme à mi-voix, les yeux rivés sur… sur sir Rawson Schiller, le grand avocat?

Ce ne pouvait être que lui. Inoubliable. Un Charlie de plus d'un mètre quatre-vingts? Non. Ç'aurait été comparer un diamant à une émeraude, ou une toile de Léonard de Vinci à un tableau de Vélasquez. Aucune comparaison n'était possible. Non qu'Edda fût en train de tomber amoureuse. Non. Il lui semblait plutôt reconnaître le seul être dont l'absence l'avait empêchée jusqu'alors de se sentir comblée et, durant la fraction de seconde où leurs regards se croisèrent, elle acquit la conviction qu'il pensait exactement la même chose. Puis il détourna les yeux; c'en fut fini de l'instant magique et des certitudes de la jeune femme.

Un homme grand et souple comme une liane, un homme d'un bon mètre quatre-vingt-cinq, avec une tête énorme dissimulant un énorme cerveau. Pas beau, certes, mais il attirait l'œil : une chevelure gris fer, déferlant sur son crâne en vagues épaisses depuis la base de son grand front, des pommettes hautes, des lèvres minces, des cils et des sourcils noirs; des yeux d'un bleu très vif. Le nez était large, crochu comme un bec; la mâchoire et le menton robustes.

Edda et Charles se trouvaient assis à la même table, mais de l'autre côté, en sorte que l'on se contenta d'échanger quelques sourires et hochements de tête; il n'y eut pas de poignées de main. Edda s'assit en observant les invités attablés avec elle : onze en tout – sir Rawson était venu seul.

— Il vient toujours seul, observa sa plus proche voisine.

— Pourquoi? demanda Edda.

— Ce soir, il travaille, ma petite caille.

Edda, que personne n'avait jamais qualifiée de petite caille, se tut aussitôt. Pourquoi, s'interrogea-t-elle, les hommes importants de ce pays se croient-ils obligés d'épouser des dindes? À cette table, seuls ces messieurs faisaient les frais de la conversation; les femmes pépiaient entre elles. Charlie, de son côté, paraissait de plus en plus mécontent, en sorte qu'à chaque instant la gargouille prenait davantage le pas sur la vedette de cinéma. Le Dr Burdum possédait d'ordinaire un charme fou, mais lorsque la gargouille prenait le contrôle de ses traits, il devenait hideux. À cause de sir Rawson Schiller, à n'en pas douter: pour une fois dans le cours de sa carrière, Charles se trouvait éclipsé.

Le discours de l'invité d'honneur, qui dura une bonne heure, n'arrangea pas l'humeur exécrable de l'Anglais. Son sujet? La Grande Dépression – de quoi d'autre pouvait-on parler ces temps-ci? Edda l'écouta d'une oreille attentive, vivement impressionnée, car Schiller, en orateur-né, possédait cette éloquence capable de vous tirer des larmes et, l'instant d'après, de vous faire rire aux éclats. On se rappellerait longtemps la prestation de sir Rawson.

Avant le discours, on avait servi à toutes les tables de généreux hors-d'œuvre. Une fois le plat principal englouti, l'orateur répondit une demi-heure durant à diverses questions du haut de son pupitre. Il se démena comme un beau diable, jetant toutes ses forces dans la bataille pour que les convives ne regrettent pas le prix qu'ils avaient payé pour se trouver là.

Mais l'un des invités, au moins, se disait au contraire qu'il avait gâché son argent: Charles Burdum. Charles Burdum qui, après avoir murmuré quelques mots à l'oreille d'Edda, quitta la table au moment du dessert. Les autres invités crurent qu'il se rendait aux toilettes, mais sa cavalière savait déjà qu'il ne reviendrait pas: elle expliqua à ses compagnons que des affaires urgentes le réclamaient sur l'heure.

Plus des deux tiers de la tablée avaient gagné la piste de danse lorsque sir Rawson se leva pour venir s'asseoir sur la chaise de Charles, qu'il tourna vers Edda.

— Et vous êtes…? s'enquit-il avec un sourire.

— Sœur Edda Latimer. Je suis venue avec Charles Burdum.

— Sœur Latimer. Mais manifestement, vous n'êtes pas une nonne.

— J'exerce la profession d'infirmière de bloc opératoire.

— Pourrait-on se passer de vous à l'hôpital où vous travaillez, Edda?… Me permettez-vous de vous appeler Edda?

— Bien sûr, sir Rawson.

— Un prêté pour un rendu : appelez-moi Rawson. Pourrait-on se passer de vous à l'hôpital?

— Sans le moindre problème. Pour tout dire, je fais partie du personnel excédentaire, au point que je songe à chercher un emploi à Melbourne. J'ai reçu une formation solide et acquis beaucoup d'expérience. Je devrais donc pouvoir dénicher un poste, même en cette période de crise. J'ai profité d'un séminaire qui vient de se dérouler ici pour prendre quelques contacts.

— J'avais espéré échanger quelques mots avec Charles Burdum. Il est parti?

— Oui. Une affaire urgente.

— Et il vous a laissée seule?

— Oh, nous ne sommes pas mariés. C'est ma sœur qu'il a épousée.

L'œil de la jeune femme se mit à briller.

— Et vous, êtes-vous marié?

L'audace de la question laissa un instant sir Rawson sans voix.

— Je me suis marié il y a dix-sept ans, finit-il par répondre. Une erreur de jeunesse. Depuis, nous avons divorcé.

— Étiez-vous la partie lésée, ou bien le coupable?

— Vous posez sans ambages des questions personnelles comme le ferait une Américaine. J'étais blanc comme neige.

— La couleur idéale pour un homme politique.

— La seule qui vaille, renchérit-il sur un ton éloquent.

— Ne trouvez-vous pas que c'est trop demander à un homme?

— Les politiciens, ou ceux qui souhaitent le devenir, ne devraient jamais se mêler de sentiments. Ils feraient mieux de se concentrer uniquement sur les réalités. Les réalités peuvent se révéler bien sombres.

— Vous appartenez au Parti nationaliste, n'est-ce pas? Vous êtes donc un conservateur?

— Un conservateur pur et dur. Cela dit, le Parti travailliste penche de plus en plus à droite. Mais pas aussi à droite que moi.

— Quand avez-vous prévu d'entrer au Parlement? Au Parlement fédéral, je suppose?

— Fédéral, absolument. Le parti m'a déjà réservé un siège à Melbourne. Je n'aurai donc pas besoin de déménager.

Il grimaça.

— Je hais les déménagements, ajouta-t-il.

— Surtout lorsqu'ils se trouvent motivés par quelque chose d'aussi volatile que l'opinion des électeurs.

Il se pencha vers l'avant – Edda avait piqué sa curiosité.

— Vous êtes une femme singulière, sœur Latimer. Cultivée en diable et extrêmement instruite, j'en suis persuadé. Par ailleurs, je suis prêt à parier que votre métier n'est pas celui dont vous rêviez. Ce n'est pas aux côtés d'un chirurgien que votre vie a commencé selon vous. C'est plutôt là que vous déplorez qu'elle se soit terminée.

— Je représente tout ce qu'un ultraconservateur peut haïr chez une femme, maître, rétorqua Edda posément – mais la troublante perspicacité de son interlocuteur avait embrasé son regard. Je me considère comme l'égale de n'importe quel homme – eussé-je été l'un d'entre eux qu'on m'aurait permis d'étudier la médecine, puis de choisir ma spécialité –, et je ne me marierai jamais. Car cela signifierait pour moi me plier à la loi d'un homme et le tenir pour supérieur à ma propre personne.

— Bravo! s'exclama sir Rawson avec un large sourire. J'étais sûr que vous alliez me plaire beaucoup! Ainsi, vous rêviez d'exercer la médecine?

Soudain, tous les soucis d'Edda s'évanouirent; toutes sortes de pensées se bousculaient dans son esprit – ne demeuraient qu'un fouillis de sourcils mobiles, d'expressions faciales, des impressions tapies au-delà de la vision même, des doigts souples et délicats, ce léger pli désabusé au coin des lèvres minces… La jeune femme croisa le regard bleu de son vis-à-vis, qu'elle soutint sans broncher – son œil étrange le clouait. Décontenancé, apeuré contre toute raison, il attendit.

— Vous êtes homosexuel, déclara doucement Edda.

— Cette allégation absurde et sans le moindre fondement pourrait vous valoir des poursuites judiciaires, rétorqua-t-il en s'efforçant de se maîtriser – seul son souffle un peu court trahissait son trouble.

— Je n'ai pas l'intention d'en faire état. Pourquoi le ferais-je? Pour que mon beau-frère se rengorge? Il a déjà bien assez de raisons de plastronner.

— Qui vous l'a dit? s'enquit sir Rawson d'une voix paisible. Qui est au courant?

— Personne ne m'a rien dit. Vous dissimulez à merveille votre secret. Mais lorsque je vous ai vu pour la première fois, vous m'avez stupéfiée. Il m'a semblé… C'était comme si je rentrais enfin au bercail. J'ai éprouvé quelque chose de très particulier…

Elle lui sourit tendrement. À présent qu'il avait baissé sa garde, sir Rawson la fixait en retour. Il se lisait dans son regard la supplique du boxeur éreinté qui réclame un round supplémentaire sans savoir au juste comment il va s'y prendre pour tenir encore.

— Combien voulez-vous?

— Du chantage? fit Edda en éclatant de rire. Non, il n'en est pas question. Je ne puis qu'imaginer ce qu'il vous a fallu endurer depuis des années. Il s'agit d'un terrible secret, le plus terrible pour un homme qui aspire à la carrière qui est la vôtre. Je désire devenir votre amie, rien de plus. Lorsque nos regards se sont croisés, c'est ce que j'ai immédiatement saisi : j'étais, et je reste, votre meilleure amie à jamais.

La jeune femme avala sa salive.

— Je n'exige pas que vous compreniez ce que j'ai ressenti… même si j'avoue que je l'espérais un peu, car il m'avait semblé que vous partagiez mon sentiment.

L'orchestre se déchaînait, les cuivres dominaient le son plus doux des cordes et des instruments à vent ; on s'entendait à peine.

Un saxophone se mit à hurler. Sir Rawson grimaça.

— Accepteriez-vous de venir prendre un verre chez moi, afin que nous bavardions encore ? lui proposa-t-il.

Edda se leva d'un bond.

— Le plus tôt sera le mieux !

— Et Burdum ?

— C'est lui qui m'a laissée tomber le premier.

Sir Rawson Schiller occupait l'intégralité du quinzième et dernier étage de l'un des plus hauts immeubles de Melbourne, à quoi s'ajoutait un toit-terrasse isolé du bruit de la circulation et des curieux par une haute haie touffue. L'appartement comportait douze grandes pièces, meublées et décorées par une illustre agence de design – tout, ici, reflétait les goûts du propriétaire des lieux : des couleurs automnales, un savant mélange de tradition, de confort et de sobriété.

— Que désirez-vous boire ? demanda sir Rawson en installant son invitée dans la bibliothèque – la pièce qu'il fréquentait le plus.

— Puisque j'ai remarqué la présence discrète de quelques domestiques, je prendrais volontiers une tasse de très bon café, s'il vous plaît. Sinon, une tasse de ce thé que Charles Burdum qualifie de «goudron» me conviendrait aussi.

Edda prit place dans un fauteuil tendu de panne de velours aux tons ambrés.

— Vous avez eu raison de dédaigner le cuir, observat-elle. Le cuir fait transpirer les jambes nues des femmes.

— Il n'est pas plus agréable pour l'homme qui souhaite se détendre un peu en rentrant chez lui… Ce sera du café.

Leurs regards se croisèrent. Sir Rawson en conçut un vif plaisir. Quelle élégante créature! Quel raffinement! Une ossature superbe, une peau dénuée de tout défaut, des traits exquis… Et ces mains… Ces mains tellement expressives, et gracieuses en dépit de leurs ongles courts. Quant à ses yeux, ils trahissent un esprit brillant, que seul son sexe a empêché de viser les plus hautes sphères, ses yeux disent encore sa soif de connaissances, son insatiable désir d'atteindre des cimes dont on lui refusera toujours l'accès. Des yeux envoûtants! Des yeux de louve blanche, étranges et inquiétants, bordés de longs cils épais.

Ils échangèrent des propos anodins jusqu'à ce qu'on eût desservi les tasses.

— Voilà bien le meilleur café qu'il m'ait été donné de boire, observa Edda.

— Je n'ai aucun mérite, répondit-il en souriant. Je suis moi-même un grand amateur de café.

Le silence se fit entre eux, si paisible, si amical que la jeune femme finit par penser qu'elle connaissait son hôte depuis toujours. D'où lui venait cette sensation d'intimité? Elle n'en avait pas la moindre idée, mais elle devinait sans peine pourquoi Charlie avait fui la compagnie de cet homme dès que les convenances le lui avaient permis. Ce jeune chevalier ne représentait aux yeux du Dr Burdum qu'un rigoriste intolérant que les masses laborieuses n'intéressaient pas. Edda traduisait autrement cette aversion:

son beau-frère enviait la taille de sir Rawson, de même que ses origines, à la fois aristocratiques et profondément australiennes. Bien entendu, on était obligé d'associer le rigorisme et l'intolérance à l'ultraconservatisme du personnage, et pourtant Edda n'était pas si sûre que Rawson appartînt à cette espèce. Mais quelques questions simples ne suffiraient pas à percer le mystère de cet homme complexe, elle le savait déjà.

Ils reprirent leur conversation, qui roula sur toutes sortes de sujets. La politique, en revanche, ne fut pas évoquée. On parla philosophie, on aborda la question des rapports entre les hommes et les femmes… Il avait soif, à n'en pas douter, d'une amitié sans équivoque avec une personne du sexe opposé, une femme à laquelle il pourrait accorder toute sa confiance – ce plaisir, jusqu'alors, lui avait été refusé. Edda, songeait-il peu à peu, pourrait bien être cette femme-là ; jamais elle ne dissimulait ses pensées.

— Qu'est-ce qui vous a poussé à vous marier ? lui demanda-t-elle.

— L'affolement, à quoi s'ajoutaient les attentes de ma famille, répondit-il, tandis qu'une lueur d'effroi passait un instant dans ses yeux.

Il s'interrompit et sa bouche se ferma, hermétiquement aurait-on dit.

— Mais non, voyons, insista Edda avec fermeté. Racontez-moi.

Après lui avoir adressé un sourire d'excuse, il enchaîna :

— Je nageais alors en pleine confusion psychologique, et je connaissais Anne depuis notre plus tendre enfance – nous étions voisins. Où que j'aille et quoi que je fasse, Anne ne se trouvait jamais bien loin. Les établissements scolaires que nous fréquentions organisaient des réceptions communes, ensuite nous sommes allés ensemble à l'université. J'ai choisi le droit, elle a opté pour des études de lettres, puis une école de secrétariat. Après quoi nous avons été embauchés dans le même cabinet juridique.

Moi, j'étais jeune avocat, tandis qu'elle est devenue la secrétaire d'une des pointures du cabinet. C'est alors qu'elle m'a proposé de nous marier, sans doute parce qu'elle était lasse d'attendre que je me lance le premier. Nos familles étaient aux anges. En somme, le seul défaut, c'était moi ! Mais je me suis également rendu compte que si je tenais à préserver mon secret, il me fallait à tout prix me marier. Je l'ai donc épousée. Nous avions vingt-trois ans tous les deux.

— Et, bien sûr, ce fut un désastre, commenta Edda.

— Épouvantable ! J'étais incapable de faire l'amour avec elle, et pour justifier mes manquements, je m'acharnais à lui répéter que nous nous connaissions si bien que je la considérais davantage comme une sœur que comme une épouse. Cela a duré deux ans. Puis elle a rencontré quelqu'un d'autre, et j'ai accepté le divorce.

— Je suis vraiment navrée.

— Ne le soyez pas. J'ai préservé mon secret. Anne elle-même n'a jamais rien soupçonné.

— Avez-vous un amant ?

Cette fois, sir Rawson décocha à son invitée un sourire contrit.

— Je n'ose pas, Edda.

— Je refuse de croire qu'il ne vous arrive jamais de vous offrir les services d'un jeune minet.

— Un jeune minet… Autant dire un jeune prostitué. Avez-vous déjà eu l'occasion de plonger votre regard dans celui d'un de ces garçons ? Un puits sans fond… Non, très peu pour moi. Je passe en général deux mois par an à l'étranger, un en été, l'autre en hiver…

— J'aimerais que vous ayez suffisamment de place dans votre vie pour y accueillir quelqu'un qui serait votre meilleur ami…

Les yeux bleus du garçon étincelèrent.

— Accepteriez-vous de venir travailler ici, à Melbourne, pour devenir ma meilleure amie ?

— Sur-le-champ… même si je ne connais strictement rien au droit, ce qui, je suppose, ne fait pas de moi une candidate idéale au rôle de meilleure amie…

La remarque le fit rire.

— Ma chère, la dernière chose dont on puisse avoir envie de la part de sa meilleure amie, c'est qu'elle possède un esprit modelé tout entier par l'étude des lois.

Il se pencha pour lui prendre les mains, plongea dans celui de la jeune femme un regard où se lisait un sentiment étrangement proche de l'amour.

— Pendant trente ans, j'ai mené une existence très solitaire, sœur Edda Latimer, mais je crois avoir enfin trouvé ce soir une amie avec laquelle partager tous mes secrets. Ma paranoïa naturelle m'a poussé jusqu'ici à fuir ce genre de promiscuité, mais là… Comme c'est curieux ! Je n'éprouve pas une once de méfiance.

— Dès demain, fit Edda, qui avait envie de pleurer mais n'osait pas laisser couler ses larmes, je prendrai contact avec les principaux hôpitaux de la ville.

— Non, non, pas maintenant ! intervint-il vivement. Accordez-moi une quinzaine de jours à partir de lundi matin. Je vous promets que, d'ici deux semaines, un poste vous attendra.

— Vous pouvez prendre votre temps, commenta-t-elle avec gravité.

Il ouvrit grand la bouche, puis se frappa les cuisses de ses deux poings, serra ensuite les mains d'Edda dans les siennes avant de les lâcher.

— Très bien ! Je tiens à préserver le mystère, mais je vais vous en révéler assez pour que vous puissiez vous organiser : l'appartement du dessous m'appartient aussi. Il est beaucoup moins spacieux que celui-ci, mais suffisamment grand pour accueillir quelqu'un qui ne l'utilise que comme pied-à-terre. Vous allez vous y installer demain après-midi. Vous y vivrez deux semaines à partir de lundi, et vous y ferez ce que je vous demanderai d'y faire. Au bout de ces deux semaines, le dimanche soir, vous comprendrez tout.

— Sapristi! Deux semaines de travail pour le compte de sir Rawson Schiller. Je me demande de quoi il peut bien s'agir.

— Le temps vous le dira, gloussa-t-il. Je puis seulement vous révéler qu'une brusque inspiration m'est venue. Nous avons parlé de chaussures, de bateau, de cire à cacheter, de médecine, d'hôpitaux, de tribunaux, de musique, de livres et de mille autres choses encore… et de tout cela est née dans mon esprit une merveilleuse idée. Je ne pense pas que tous les hommes aient été créés selon un modèle unique, sinon, pourquoi serions-nous cernés par une pareille quantité d'idiots? Je crois en revanche que le monde contient autant de femmes intelligentes que d'hommes intelligents.

— Que dois-je dire à Charles Burdum? demanda Edda.

— Ce que vous voulez, répondit-il en haussant les épaules. Je suppose qu'il sait déjà que vous souhaitez dénicher un emploi à Melbourne?

— Non, il l'ignore. Je suis venue ici pour assister à un séminaire et c'est en écoutant papoter les uns et les autres autour d'une tasse de thé que l'idée m'est venue de quitter peut-être Corunda pour Melbourne. Je vais lui raconter de quoi lui donner de l'espoir.

— De l'espoir? Comment cela?

— L'espoir de voir la belle-sœur qu'il apprécie le moins, celle qui le met le plus mal à l'aise, filer bientôt à plus de six cents kilomètres de lui. Cela lui permettra d'empêcher plus aisément son épouse de fréquenter ses sœurs avec trop d'assiduité.

— Je vois. C'est un mari possessif.

— Très. Et moi, je suis celle qui met invariablement les pieds dans le plat.

— Parfois, commenta Schiller avec malice, il s'avère plus efficace de mettre les pieds dans le plat à distance.

La jeune femme se mit à rire.

— Je comprends mieux pourquoi vous avez déjà gagné autant de procès! Mais soyez gentil, dites-moi ce que je suis censée faire pour vous au cours des deux semaines à venir.

— Non, n'insistez pas… C'est étonnant, vous ne trouvez pas, que Burdum et moi éprouvions une telle aversion l'un pour l'autre? enchaîna sir Rawson pour changer de sujet. On croirait verser de l'eau sur du phosphore. Nos sentiments ne nous empêcheront cependant pas de collaborer au sein du Parlement fédéral. Il va se rallier au Parti nationaliste, cela me paraît évident.

— Charlie, un conservateur? s'exclama Edda. Vous plaisantez! Je doute qu'il rejoigne les travaillistes, mais il se tiendra à leurs côtés sur bon nombre de sujets. Aux yeux d'un socialiste, il passe probablement pour un homme de droite, mais pour un conservateur, il se situe résolument à gauche.

Schiller, un instant stupéfait, laissa ensuite échapper un soupir d'exaspération.

— Mon instinct ne m'avait donc pas trompé. Il est de ces pleutres qui ne rêvent que de statu quo. Sans doute s'imagine-t-il que la politique fiscale de Jack Lang est la seule qui vaille.

— Beaucoup de gens admirent Jack Lang, quel que soit leur bord.

— Ce sont des imbéciles! Lorsqu'on emprunte de l'argent, on met un point d'honneur à le rembourser, quel que soit le taux d'intérêt pratiqué.

— Je n'en sais pas suffisamment pour me disputer avec vous, Rawson, alors contentons-nous, voulez-vous, de conclure que nous ne partageons pas le même avis. En dépit des reproches que je peux avoir à lui adresser, je me dois au moins de soutenir Charlie et de me montrer loyale envers lui, pour des raisons qui n'ont rien à voir avec vous, ni avec Melbourne, ni avec la politique. Cela concerne uniquement l'amour que quatre sœurs se portent les unes aux autres. Avez-vous des sœurs?

— Non. Deux frères. L'un plus jeune et l'autre plus âgé que moi.

— Je meurs de sommeil! s'écria soudain la jeune femme en réprimant un bâillement. Puis-je regagner mon hôtel, à présent?

— À condition de me révéler ce que vous admirez chez Charles Burdum.

— Ce n'est pas compliqué: à ses yeux, les hommes et les femmes sont des êtres pensants, non de simples chiffres alignés sur des feuilles de papier. Il a transformé notre hôpital, qui se trouvait dans un état déplorable, en un établissement de qualité, sans pour autant procéder à de terribles restrictions budgétaires ni à des boulever- sements spectaculaires. Simplement, il a su remettre les choses à leur juste place. Par ailleurs, il hait toute forme de discrimination, qu'elle se fonde sur la race, le genre, l'orientation sexuelle ou la religion, en sorte que tout le monde peut postuler auprès de lui, des Chinois aux catho- liques, en passant par les femmes et les homosexuels. Certes, il se montre autoritaire et arrogant, mais ses man- quements ne se donnent à voir que dans sa vie privée – dans sa possessivité à l'égard de son épouse, par exemple. Il s'agit d'un être extrêmement contradictoire: il possède à la fois l'esprit d'un agent de change et celui d'un médecin soucieux de ses patients.

— Vous feriez une excellente avocate.

— Je vous remercie, mais c'est l'univers hospitalier qui me passionne.

Sur quoi Edda se mit debout, puis déambula sans hâte dans la pièce en examinant le titre des livres alignés le long des murs; Schiller l'observait. Elle possédait une sil- houette magnifique, ainsi qu'une grâce exceptionnelle dans le moindre de ses mouvements – une grâce natu- relle, dénuée de toute affectation. Et où avait-elle acheté sa robe? Aucun grand couturier n'aurait choisi de couper de cette façon une si belle étoffe de soie, mais le résultat se révélait impeccable et mettait les formes de la jeune femme en valeur.

— Votre bibliothèque croule sous les ouvrages de droit, commenta celle-ci en saisissant son châle avant de le tendre à son hôte. Je n'ai pas vu un seul roman. Quel dommage. La plupart des grands livres sont des romans, depuis *Crime et Châtiment* jusqu'à *La Foire aux vanités*. Je suppose que vous vous intéressez néanmoins aux nouveaux auteurs, tels que William Faulkner? Ou à Henry James, pour la génération précédente?

— Les juristes sont un peu bornés, je l'avoue sans honte, déclara sir Rawson en étudiant de plus près le châle de son invitée. Jamais un homme ne vous a donc offert de fourrure?

— Je n'accepte aucun cadeau de la part d'un homme.

— Cette étole est superbe. Où l'avez-vous dénichée?

— C'est moi qui l'ai faite. Je suis trop pauvre pour me payer les vêtements que j'aime, alors je les fabrique.

Elle lui permit de jeter la pièce d'étoffe sur ses épaules.

— Et moi, me permettriez-vous de vous offrir quelques tenues?

— Non, mais je vous remercie de me l'avoir proposé. Je ne supporte pas l'idée de me retrouver sous la coupe d'un homme, y compris dans le cadre du mariage.

Sir Rawson soupira :

— Dans ce cas, je vais vous raccompagner, sœur Latimer.

Lorsque Edda vint habiter dans le second appartement de Schiller, elle découvrit enfin ce qu'il lui réservait. Elle l'avait imaginé lui confiant toutes sortes de tâches en rapport avec la santé, les hôpitaux, la profession d'infirmière, les procès pour erreur médicale… Peut-être appartenait-il au conseil d'administration d'une œuvre charitable dont les membres prônaient une nouvelle approche de la chirurgie ; dans ce cas, il souhaitait recueillir l'avis éclairé de la jeune femme. Elle avait brassé mille et une hypothèses. En vain.

Le dimanche soir, après s'être installée dans son nouveau logis, elle dîna, un étage plus haut, en compagnie de sir Rawson. Au terme du repas, il éclaira sa lanterne :

— Nous ne nous reverrons pas avant que vous ayez accompli votre mission, commença-t-il, parce qu'à partir de demain matin, 9 heures, vous allez vous plonger dans l'étude sans plus relever le nez de vos livres d'ici quinze jours.

— Me plonger dans l'étude ?

— Parfaitement. L'étude de l'anatomie humaine, de la physiologie, et de cette nouvelle science appelée chimie organique, ou biochimie. Vous vous concentrerez sur ces trois matières, pas une de plus. À 9 heures demain matin, on sonnera à votre porte. Il s'agira de votre professeur, que vous appellerez John Smith, bien qu'il porte en réalité un autre nom. Je ne connais pas meilleur enseignant que lui dans les domaines qui nous occupent. Dimanche en quinze, vous subirez un triple examen. Après quoi, nous prendrons les décisions qui s'imposeront.

Sur ce, l'homme se renversa dans son fauteuil, un verre de cognac à la main et le sourire aux lèvres.

— Jamais je n'aurais pu deviner, articula-t-elle lentement. Et vous avez pensé à cela hier soir ?

— En effet.

— Puis en moins de vingt-quatre heures, vous avez tout mis sur pied ?

— Oui.

— Je comprends à présent pourquoi on vous a fait chevalier.

Edda posa son verre en partant d'un immense éclat de rire.

— Et vous, madame, vous vous révélez d'une intelligence exceptionnelle. J'espère de tout mon cœur que vous réussirez ces fameux examens, afin que le plan Schiller puisse entrer en action!

— Je suis le plan Schiller?

— Tout à fait.

— Il me tarde déjà de me jeter à corps perdu dans le travail.

Elle ne croyait pas si bien dire : son professeur exigea d'emblée qu'elle ingurgitât une quantité phénoménale de connaissances, mais elle ne tarda pas à constater, surprise et ravie, que ses études d'infirmière lui avaient déjà appris un grand nombre de choses, à quoi s'ajoutaient celles que son insatiable curiosité lui avait permis d'engranger. Quant à John Smith, il se révélait aussi transparent que son pseudonyme, ne demandant rien d'autre à son élève qu'un travail assidu. Il se présentait chez elle à 9 heures et repartait à 17 heures, sans qu'Edda parvînt jamais à savoir où il habitait ni s'il vivait avec quelqu'un. Les repas de la jeune femme, ainsi que le déjeuner de son précepteur, arrivaient de l'appartement de sir Rawson.

De même, Edda avait à sa disposition tout le matériel nécessaire à sa formation : livres, dossiers, tableau noir et lutrin, maquettes de molécules, de cerveau, de cœur, ainsi qu'un squelette entier. La jeune femme se régala d'un bout à l'autre de ces deux étranges semaines dont elle ignorait où elles allaient la mener ; les derniers jours, elle put même s'autoriser, ayant acquis un bagage assez solide, à se confronter à John Smith.

Le dimanche venu, trois devoirs sur table l'attendaient. Le matin, elle se consacra à la biochimie, l'après-midi à la physiologie, le soir à l'anatomie. Certaines questions lui semblèrent passablement ardues, mais à 20 heures, lorsque tout fut terminé, elle eut l'impression d'avoir effectué de l'excellent travail.

On lui servit un repas tardif, auquel se trouvait jointe une carte :

«Je vous laisse tranquille jusqu'à demain soir. J'aurai alors le plaisir de vous convier à ma table pour le dîner. R.S. »

Il fallut longtemps à Edda pour redescendre des hauteurs où la formation intensive dispensée par John Smith l'avait projetée. Deux semaines durant, la passion l'avait portée, elle avait engrangé ces savoirs inédits avec un enthousiasme proche de la frénésie… Elle opta, ce soir-là, pour une robe d'un rouge très vif. La couleur du triomphe, peut-être…

— Quel rouge éclatant, observa Rawson en la débarrassant de son sac et de ses gants.

Elle accepta le verre de xérès qu'il lui tendit ensuite et s'enfonça dans un fauteuil.

— Cette couleur vous sied à merveille, mais vous le savez déjà. Sans doute possédez-vous trop de rouge dans votre garde-robe, mais c'est le signe que vous manquez d'argent pour vous offrir des tenues que vous porteriez moins souvent.

Il s'assit face à elle.

— J'aimerais beaucoup vous voir en bleu électrique, en jade, en vert émeraude, en tons ambrés, en violet… Pourquoi pas quelques imprimés, aussi…

— Je ne suis qu'infirmière. Je ne peux me permettre ce genre de folie.

— Cela pourrait tout à fait s'arranger, murmura son hôte, mais je vais plutôt attendre la fin du dîner pour vous dire ce que j'ai à vous dire. De cette manière, si vous décidez de me quitter, vous aurez au moins le ventre plein.

— Je fais une affaire ! Et qu'y a-t-il au menu ?

— De la chair de langoustine et de crabe en entrée, servie avec une sauce orientale, puis du coquelet rôti.

Edda, qui bouillait d'impatience, fit néanmoins honneur au repas. Enfin, une fois les deux amis installés dans la bibliothèque, sir Rawson fit apparaître une liasse de feuillets qu'il agita sous le nez de la jeune femme.

— Toutes mes félicitations, ma chère. Vous avez brillamment réussi vos trois examens.

— Quoi? souffla son invitée, stupéfaite.

— Ceux qui ont corrigé vos trois copies sont ceux-là mêmes qui corrigent les devoirs des étudiants de deuxième année de médecine à Melbourne.

— Deuxième année de médecine? répéta Edda.

— Parfaitement, confirma Schiller sur un ton satisfait. Pour donner corps à mon idée, il me fallait d'abord évaluer votre niveau de connaissances médicales. C'est ainsi que j'ai pris contact avec quelques-uns de mes amis, qui travaillent à la faculté de médecine de Melbourne. Ils y accueillent de nombreuses femmes, contrairement à Sydney, où la mainmise des Écossais nuit terriblement au sexe faible. Quand on pense que leur bigoterie est allée jusqu'à franchir les océans pour envahir une université entière… Mais pardon, je digresse.

Edda cependant ne semblait plus écouter que d'une oreille distraite son interlocuteur, qu'elle fixait d'un œil que Rawson ne lui avait encore jamais vu: il y lisait une douleur insoutenable que quelque chose venait de réveiller, une douleur face à laquelle la jeune femme demeurait sans défense.

Il se hâta donc d'enchaîner – car si son invitée y consentait, il possédait les moyens de faire taire cette douleur à jamais:

— En février de l'année prochaine, lorsque la faculté rouvrira ses portes après les vacances, une place vous y attendra en troisième année de médecine. Ici, à Melbourne. Il ne vous restera dès lors que quatre années avant d'obtenir votre diplôme, en novembre 1935. Vous rendez-vous compte? Vous deviendrez médecin à l'âge de trente et un ans. Une longue et riche carrière s'offrira à vous.

Edda eut un sursaut, esquissa le geste de se lever; un incommensurable effroi se peignait sur son visage.

— Non! s'écria sir Rawson. Écoutez-moi, je vous en prie!

— Je refuse d'accepter la charité, en particulier de la part d'un ami proche.

— Il ne s'agit pas de charité. Au contraire. Il va vous falloir payer très cher cette aubaine.

Cette déclaration figea la jeune femme, dont les traits se détendirent.

— Très cher? Que voulez-vous dire?

— J'ai besoin d'une épouse, lui assena Schiller sans ciller. Voilà le prix à payer. Si vous consentez à devenir ma femme, vous pourrez être médecin, vous pourrez vous offrir des robes bleu électrique, des tenues d'un vert de jade, vous pourrez porter des fourrures… Tous vos désirs seront comblés. Je suis un homme très riche. Mais il me faut une épouse. Si j'étais marié, je siégerais déjà au Parlement. On se méfie toujours des célibataires de mon âge, même s'ils jouissent par ailleurs d'une réputation sans tache. Mais je ne parvenais pas à m'y résoudre. Jusqu'à ce que je vous rencontre. Une femme raffinée, intelligente, instruite, compréhensive, pleine d'humanité… Vous ferez une merveilleuse lady Schiller. La plupart de vos pareilles tueraient pour se retrouver à votre place, mais je suis certain que cela ne vous impressionne nullement.

Edda émit d'abord de brefs gloussements, qui peu à peu gagnèrent en fréquence et en intensité, jusqu'à se changer en un rire tonitruant – à moins qu'elle n'eût fondu en larmes? Elle-même aurait été bien en peine de le dire.

— J'ai été le premier surpris, reprit Rawson (soucieux d'exprimer tout ce qu'il avait à l'esprit tant qu'il en éprouvait encore le courage), de vous juger à ce point séduisante. Peut-être à l'avenir pourrions-nous tenter d'avoir un enfant. J'ignore si j'en serais capable, mais dans quelque temps, lorsque nous aurons appris à nous connaître mieux, et si vous en avez également l'envie, cela va de soi, j'aimerais essayer. Quoi qu'il en soit, nous aurions ensuite des nounous pour nous faciliter la tâche…

Il s'interrompit en se frappant le front du poing.

— Je mets la charrue avant les bœufs! Pour l'heure, seul le présent m'importe. Edda, je vous en prie, acceptez de devenir mon épouse!

— J'accepte, consentit la jeune femme d'une voix rauque.

Il lui prit la main, qu'il baisa respectueusement.

— Un mariage de convenance, énonça Edda en refermant ses doigts sur ceux de son hôte. Je dois vous avouer, Rawson, que si j'accepte votre proposition, c'est uniquement parce que vous allez me permettre en échange de réaliser le rêve de ma vie.

— J'en ai parfaitement conscience. Cependant, si je vous faisais horreur, vous auriez refusé. Notre amitié naissante n'entre pas pour rien dans votre décision, reconnaissez-le, ajouta-t-il, un peu guindé.

— Ça alors! Nous voilà tous les deux mal à l'aise!

— Force est d'admettre qu'il s'agit là d'une demande en mariage peu commune.

— Dans ce cas, causons plutôt organisation, voulez-vous? Comptez-vous donner une cérémonie fastueuse ou une petite réception? À moins que vous ne préfériez une union secrète?

— J'opterais plus volontiers pour la dernière solution, et ce pour plusieurs raisons. Souhaitez-vous que je vous les expose?

— Allez-y.

— D'abord parce que je doute qu'il nous soit possible d'organiser une «petite réception». Mes parents sont toujours vivants, j'ai deux frères, deux belles-sœurs, trois nièces et trois neveux, sans compter une tripotée d'oncles, de tantes et de cousins.

— Ce n'est pas mieux de mon côté: trois sœurs, un beau-frère, un père en bonne santé et une belle-mère souffrant de démence présénile, deux garçons qui, pour n'être pas mes beaux-frères, ne sauraient demeurer à l'écart d'un pareil événement, ainsi qu'une bonne douzaine de femmes qu'il nous faudrait à tout prix inviter elles aussi. Sans compter que mon père tiendrait à nous marier lui-même, dans son église…

Deux paires d'yeux écarquillés se firent face.

— Ma très chère Edda, votre père est un homme de Dieu?

— Un prêtre anglican, à la tête d'une importante paroisse rurale de la Nouvelle-Galles du Sud – avant la Grande Dépression, elle était très riche. Je connais des quantités d'évêques et d'archevêques, dont beaucoup m'ont fait sauter sur leurs genoux lorsque j'étais enfant.

— Bonté divine, Edda! Je savais déjà que vous étiez celle qu'il me fallait. Mais pas à ce point!

— Les reproches que votre famille risque de m'adresser ne pourront concerner que ma situation financière. D'ailleurs, si vous finissiez par opter pour un mariage princier, je vous avertis que mon père n'aurait pas les moyens de mettre la main à la poche.

— Il ne sera jamais question de cérémonie en grande pompe, je puis vous l'assurer. Non. Vu notre âge, je penche plutôt pour l'union secrète. Nos proches nous en voudront peut-être, mais réservons les présentations, les remarques et les prises de bec pour après. Sur ce, je vous propose de nous marier d'ici un mois dans l'une des mairies de cette ville.

— Pourquoi pas à Mordialloc?

— Mordialloc? Dans la banlieue de Melbourne? Pourquoi donc?

— J'aime bien ce nom.

— Je vous autorise à aimer tous les noms qu'il vous plaira, chère excentrique, mais c'est dans une modeste mairie de Melbourne que nous allons nous marier, insista Rawson. Après quoi nous grimperons à bord d'un petit paquebot pour nous rendre en Californie, où nous serons censés passer notre lune de miel jusqu'au tout début de 1932. Pendant ce temps, les langues ici se délieront, les commérages iront bon train. Famille, amis, collègues et ennemis… La tempête fera rage. Le choc, l'horreur et la consternation régneront en maîtres. Mais que nous importera, puisque nous coulerons des jours heureux là même où en coulent aussi les vedettes de cinéma. Nous attendrons de regagner l'Australie pour laisser la réalité nous rattraper.

Une expression d'espièglerie gamine se peignit soudain sur ses traits.

— Dès lors, nous ferons front vaillamment! Notre travail nous soutiendra dans l'épreuve, vous à l'université, et moi dans la politique.

— La politique! Elle représente décidément toute votre vie. J'espère qu'en qualité d'épouse je saurai me montrer à la hauteur.

— Ma très chère Edda… À travers votre exemple, je compte exposer à ce pays tout entier ce qu'une femme de politicien devrait être. Vous ne souffrez pas de timidité, vous avez de la conversation à revendre, vous êtes splendide, et lorsqu'on apprendra que, par-dessus le marché, vous menez votre propre carrière, mes confrères en trembleront sur leurs bases. S'il prend à un journaliste l'envie de vous demander votre avis sur tel ou tel sujet, il l'aura, je n'en doute pas une seconde, et croyez-moi : il sera impressionné.

Schiller prit une profonde inspiration.

— Mes deux frères ont épousé chacun une femme issue du même milieu que nous, et pareillement fortunée, mais elles sont ennuyeuses à périr, elles ne possèdent pas une once de culture. Pour tout dire, dans certaines circonstances, elles se révèlent pour leur mari un véritable handicap. Ce ne sera jamais votre cas! Certes, vous ne suivrez les événements que de loin, mais je puis vous assurer que vous allez adorer les luttes acharnées qui s'engagent dans l'arène politique. Et même si je ne compte nullement entraver votre carrière médicale, il m'arrivera de vous demander de l'aide.

— Je vous l'apporterai très volontiers, répondit Edda avec un sourire plein de chaleur. Oh, quand je pense que d'ici cinq ans je serai médecin! Mais je vous préviens : j'exercerai sous mon nom de naissance. Pas de lady Schiller en blouse blanche! Je réserverai ce titre pour votre monde.

La jeune femme planta son regard dans celui de son hôte.

— Combien de temps faut-il pour mettre sur pied un mariage secret?

— Un mois. Vous continuerez à habiter l'appartement du dessous jusqu'à ce que je vous aie passé la bague au doigt. Un rubis vous conviendrait-il pour nos fiançailles?

— J'aimerais autant une émeraude. À Corunda, les rubis ne sont plus à la mode.

— Alors, va pour une émeraude. Demain matin, je vous présenterai George Winyates et Karl Einmann, mes secrétaires, dont je sais déjà qu'ils se montreront d'une discrétion exemplaire. Ils seront les seuls à être au courant de nos projets. Ils vous ouvriront un compte dans tous les commerces que vous désirez fréquenter, y compris les librairies. Ils les ouvriront d'abord à votre nom puis, une fois notre union célébrée, ils le troqueront contre lady Schiller.

— Lady Edda, énonça la jeune femme d'un air songeur, puis elle se mit à rire. Tout cela me semble… complètement irréel.

— Ça l'est. Vous n'êtes pas lady Edda, vous êtes lady Schiller. Seules les filles de duc ou de marquis se voient autorisées à accoler leur prénom et leur titre. Les épouses de chevalier ne jouissent pas d'un tel privilège.

— Incroyable! Je suis déjà en train d'apprendre.

— De même, il vous faudra du renard et de la zibeline, mais jamais vous ne porterez de vison. Le vison se révèle rêche au toucher, et puis laissons cela aux stars d'Hollywood.

— Médecine! s'exclama Edda – de quoi prouver à Rawson, s'il en était besoin, que les fourrures ne l'intéressaient guère au regard du métier de ses rêves. Je ne vous remercierai jamais assez pour la chance que vous m'offrez, je vous l'affirme du plus profond de mon âme. J'opterai pour la chirurgie, abdominale et générale. La neurochirurgie m'attire aussi, mais j'ai passé l'âge : il s'agit d'un domaine extrêmement exigeant.

Une idée lui vint brusquement en tête.

— Vivrons-nous tous les deux dans cet appartement?

— Y voyez-vous une objection?

— Pas la moindre. J'avais seulement envie de savoir.

— À côté de ma suite se trouvent quatre pièces supplémentaires, qui deviendront les vôtres.

Il pinça les lèvres, puis se mit à sourire.

— Je ronfle terriblement, paraît-il, aussi ne vous imposerai-je pas de partager mon lit. Vous disposerez d'une chambre, d'un dressing, d'une salle de bains et d'un salon. Nous ferons en outre appel à mes décorateurs d'intérieur, vous leur expliquerez ce que vous souhaitez. Ils se plieront au moindre de vos désirs. J'ai également pensé que vous aimeriez conserver l'appartement du dessous pour y travailler, afin de séparer vos activités professionnelles de notre existence commune.

— Les autres locataires de l'immeuble ne risquent-ils pas de s'y opposer?

— Ce n'est pas dans leur intérêt : le bâtiment m'appartient.

La jeune femme se sentait étourdie par la fatigue et le choc.

— Et maintenant, au lit, commanda son hôte en l'aidant à s'extirper de son fauteuil. Demain matin, nous prendrons le petit-déjeuner à 8 heures, après quoi nous passerons aux choses sérieuses. Et… Edda…?

— Oui? fit-elle en lui décochant un sourire vague.

— Je vous adore. Peut-être pas à la façon dont un mari adore l'épouse que son cœur a choisie, mais ce que j'éprouve pour vous est à la fois sincère et ardent. Je vous adore. Vraiment.

Si seulement, songea la jeune femme en se glissant dans son lit, il m'aimait comme un homme aime sa femme… Bah, c'est impossible. Cela dit, je ne perds pas au change. Dans quelques années, j'exercerai la médecine, et d'ici peu je deviendrai lady Schiller. Comme c'est étrange… C'est merveilleux!

Cette histoire tenait du conte de fées et, d'ailleurs, le monde n'y verrait bientôt pas autre chose. Comme Kitty avant elle, se dirait-on, Edda allait épouser par amour un homme riche et beau, à qui tout réussissait. Et pourtant… Pauvre Kitty, perdue, au bout de deux ans de bonheur conjugal, dans sa grande maison vide, Kitty et ses deux fausses couches… Oh, Kitty!…

Que m'apportera le mariage? s'interrogea encore Edda, convaincue que les peines l'emporteraient sur les plaisirs. Sauf pour la médecine. Pour la médecine, elle était prête à payer n'importe quel prix. Et puis elle connaissait le secret de Rawson, cela lui fournirait une monnaie d'échange en cas de besoin. Kitty, à l'inverse, ne disposait d'aucun pouvoir sur Charlie. Edda, elle, possédait une mentalité trop moderne pour se retrouver pieds et poings liés face à un époux sans broncher – au diable les traditions! En revanche, elle n'avait pas l'intention d'utiliser le secret de Schiller contre lui. S'il revenait sur sa parole au sujet des études de médecine, elle serait certes un peu tentée, mais elle savait qu'il ne se dédirait pas.

Mille pensées se bousculaient à l'intérieur de son crâne sans qu'elle parvînt à s'apaiser. Schiller désirait un enfant. Soit. Mais à quel moment serait-il plus judicieux pour elle de tomber enceinte? Jamais. Ce qui signifiait aussi bien n'importe quand. S'il insistait, elle porterait son bébé en poursuivant son travail jusqu'à ce qu'elle perde les eaux, et quelques jours plus tard elle reprendrait vaillamment le collier. Pourquoi pas? D'une femme, on n'attendait pas autre chose. Oui, s'encouragea Edda, je franchirai cet obstacle quand il se présentera. Je vis au XXe siècle, il se présente à moi des opportunités dont mes aïeules n'auraient pas même osé rêver. Et tout se déroulera au mieux de mes intérêts, car je m'apprête à épouser un homme merveilleux, lui-même encombré d'un terrible fardeau.

Comme elle aurait aimé se confier à ses sœurs ! Ou, s'il n'avait fallu en choisir qu'une, à Grace. Pourquoi Grace ? Grace, accablée par les circonstances, assaillie par tous les soucis qui échoyaient à une veuve, depuis le soin de ses enfants orphelins jusqu'à l'argent trop rare… Et pourtant, c'était à cette Grace-là qu'Edda brûlait de livrer son secret. Sa jumelle. Kitty, elle, s'opposerait à cette union, car elle savait désormais les souffrances que ce genre de mariage impliquait. Quant à Tufts, elle accepterait la situation, mais sans l'approuver – elle tiendrait l'arrangement pour un marchandage. Grace ? Grace à coup sûr émettrait des critiques, par jalousie autant que par étroitesse d'esprit. Pourtant, Edda désirait de toutes ses forces annoncer la nouvelle à ses sœurs avant que l'événement eût lieu. Car il se glisserait entre elles une pointe de trahison si elle ne leur parlait qu'une fois devenue lady Schiller.

Par ailleurs, quelle que fût leur réaction, elle souhaitait que Grace, Kitty et Tufts assistent à son union avec Rawson. Hélas, ce serait impossible, et elle comprenait pourquoi : Grace s'empresserait de répandre la nouvelle, Kitty raconterait tout à Charlie, qui à son tour répandrait la nouvelle et Tufts… Tufts était imprévisible.

Sir Rawson Schiller rédigea un élégant communiqué de presse, qui paraîtrait alors que les mariés feraient déjà voile vers la Californie. Le document comportait une photographie en noir et blanc du couple – la plupart des gens y découvriraient sœur Edda Latimer pour la première fois. Les deux jeunes gens se tenaient l'un près de l'autre, lui en costume trois pièces, elle en robe d'après-midi. Tous deux fixaient l'objectif. Le meilleur photographe coloriste de Melbourne avait colorié à la main des versions sépia du cliché selon les instructions qu'on lui avait fournies, révélant qu'Edda avait choisi, pour le grand jour, d'arborer un ensemble d'un rouge profond absolument superbe. Élégante jusqu'à l'extrémité de ses gants à sept boutons. Une beauté grave, un brin hautaine, voilà ce que, bientôt, l'on dirait d'elle. Quant aux membres du Parti nationaliste, ils se hâteraient de tenir lady Schiller pour l'épouse idéale de l'homme qui allait se porter à leur tête.

Il existait déjà une lady Schiller. Le père de Rawson était en effet chevalier commandeur de l'ordre de Saint-Michel et Saint-George. Sir Martin et lady Schiller fixèrent le communiqué de presse qu'ils venaient de recevoir – auquel leur fils, pour atténuer un peu leur émoi, avait joint une lettre de sa main.

— Elle n'est pas issue des meilleurs milieux, commenta lady Schiller, mais elle me paraît convenable. Sa robe est de toute beauté, bien que j'en trouve la couleur un peu osée pour un mariage. Vingt-six ans. Nous évitons au moins la fausse blonde de dix-huit ans, ce dont, je crois, nous pouvons nous féliciter. Son père est un pasteur anglican… Sa mère une Faulding… Une excellente famille, s'il s'agit bien de celle à laquelle je pense. Jamais Rawson ne ferait une mésalliance.

— Elle a des yeux superbes, observa son époux. Peu communs.

— Rawson nous indique dans sa lettre qu'elle étudie la médecine, reprit son épouse. Quelle idée.

— Cela signifie qu'elle est intelligente, rétorqua sir Martin, dont la femme ne l'était pas.

— Ce n'est pas l'intelligence qu'un homme se doit de rechercher chez une épouse. Et puis la médecine n'est pas un métier de femme. Tous ces corps nus, ce tête-à-tête quotidien avec la maladie…

Martin Junior, le fils aîné, affable et docile, que l'on avait désigné pour reprendre les entreprises de son père, se déclara aux anges:

— Depuis le temps que Rawson s'était séparé d'Anne... Regardez les choses en face, mère: de tous les Schiller, il est celui qui brillera bientôt avec le plus d'éclat au firmament. Il lui fallait une épouse comme celle-ci. L'intelligence alliée à l'intelligence.

— Je suis d'accord avec toi, approuva Rolf, le cadet, qui devait pour sa part gérer les immenses élevages familiaux. Elle possède une beauté trop atypique pour faire tourner toutes les têtes, mais j'avoue qu'elle m'impressionne.

— C'est une harpie! assena Gillian d'un ton sec.

L'épouse de Martin Junior, qui venait de fêter ses quarante ans, savait qu'elle ne pourrait plus jamais rivaliser avec Edda: quatre grossesses et un penchant prononcé pour les sucreries avaient gâté sa silhouette, tandis que son mari s'était chargé de gâter son tempérament.

— Je partage l'avis de Gillian, intervint Constance, la femme de Rolf. Elle a tendu un piège à ce pauvre Rawson, j'en mettrais ma tête à couper.

Les trois hommes de la maison s'esclaffèrent. Lady Schiller sourit. Ses deux brus ne possédaient aucun goût en matière vestimentaire. Comme Rawson, le deuxième fils dont personne au départ n'attendait grand-chose et qui, pourtant, avait éclipsé ses frères, la nouvelle lady Schiller s'apprêtait à reléguer ses belles-sœurs dans les coulisses. Mais, pour l'heure, il fallait laisser le temps au temps...

À Corunda, où le communiqué de presse arriva accompagné de quatre lettres d'Edda, l'une pour son père et les trois autres pour ses sœurs, la nouvelle fit sensation. Pour Charles Burdum, ce fut un véritable cataclysme: quand Kitty lui brandit sa missive et le communiqué de presse sous le nez à son retour à Burdum House un soir de début décembre 1931, il manqua de s'évanouir. Il se laissa tomber dans un fauteuil, puis tendit la main vers le communiqué de presse – la lettre ne l'intéressait en rien.

— Edda ? Edda a épousé Rawson Schiller ?

Face à l'hébétude de son époux, Kitty écarquilla les yeux, puis lui servit un verre.

— Charlie, s'enquit-elle avec angoisse, on croirait qu'une catastrophe vient de se produire. Pourquoi réagis-tu ainsi, pour l'amour du Ciel ? C'est une merveilleuse nouvelle, au contraire. Lis plutôt la lettre de ma sœur, s'il te plaît. En février, elle entrera en troisième année de médecine à Melbourne. Son plus grand rêve est sur le point de se réaliser !

— Combien ce rêve-là lui a-t-il coûté ? cracha le Dr Burdum avec aigreur et colère.

— C'est son affaire, Charlie, pas la nôtre. Quoi qu'il en soit, Edda n'est pas de celles qu'on achète, et tes insinuations me révoltent.

— Si j'avais su qu'elle brûlait autant de devenir médecin, j'aurais mis un point d'honneur à financer sa formation !

— Tu parles ! explosa son épouse, à bout de patience. Tu l'as toujours su, et tu es riche, mais tu n'apprécies guère Edda, je m'en suis rendu compte depuis fort longtemps. Parce qu'elle ne se gêne pas pour te dire tes quatre vérités. C'est elle qui t'a reproché de ne pas m'avoir payé de leçons de conduite pour me permettre de quitter ce nid d'aigle. Elle encore qui a contesté la manière dont tu entends construire le nouvel hôpital. Avoue que tu t'es réjoui de constater qu'elle n'obtiendrait jamais ce qui lui tenait le plus à cœur. Et ne t'avise pas de m'affirmer le contraire ! Tes avis négatifs, tu ne les exprimes jamais ouvertement, au lieu de quoi tu continues à t'autoproclamer le garçon le plus épatant de la terre ! Charles Burdum, le roc sur lequel repose la ville entière de Corunda. À Edda, tu t'es contenté de jeter des miettes, comme cette promesse que tu lui as faite d'ouvrir un second bloc opératoire sur lequel elle aurait régné sans partage, alors que tu savais très bien qu'un seul suffisait, et que Dot Marshall resterait à sa tête. C'est d'ailleurs en cherchant du travail à Melbourne qu'elle a rencontré Rawson Schiller.

L'alcool produisait peu à peu son effet sur le Dr Burdum, qui se redressa sur son siège.

— Balivernes! C'est par mon intermédiaire qu'elle a fait sa connaissance! Puisque vous, madame, n'aviez pas daigné m'accompagner là-bas, j'ai proposé à ta sœur d'être ma cavalière le temps d'un dîner. Cela m'a coûté cent livres, et vois un peu la manière dont elle me remercie : elle épouse un ultraconservateur qui prône la réduction des salaires des ouvriers, l'expulsion des Chinois d'Australie, le retour des Mélanésiens dans les champs de cannes à sucre et, pour les femmes, l'interdiction de travailler. Si ta remarquable sœur s'est montrée capable de se marier avec un type pareil, c'est qu'elle ne vaut pas mieux que la première traînée venue!

La paire de gifles que Kitty lui donna était partie comme l'éclair. Elle se tenait assise face à lui – ils se disputaient, âprement, certes, mais non sans une certaine courtoisie – et, l'instant d'après, Charles sentait le sang lui battre dans le crâne, entre ses deux oreilles bourdonnantes. Debout devant son époux, Kitty continuait à le rouer de coups ; le regard étincelant d'une lueur magenta, elle visait les yeux, les pommettes, la mâchoire…

— Je ne te permets pas de traiter ma sœur de traînée, espèce de sale bêcheur, pauvre toubib tout juste bon à soigner la vérole! Tu n'es qu'un poltron, un pétochard, un eunuque!

Le Dr Burdum parvint à se dégager, puis à se lever pour se diriger vers la porte.

— Traînée! Putain! Catin! Et vous, madame, allez donc vous laver la bouche au savon à la soude : votre vulgarité me repousse!

— Va te faire foutre! glapit la jeune femme d'une voix suraiguë. Tu te moques bien du sort des ouvriers, tu ne te soucies que de ta petite personne. C'est toi qui as fichu le camp au beau milieu de ce dîner auquel tu avais convié Edda, tu l'as laissée seule à une table où elle ne connaissait personne… C'est elle-même qui me l'a écrit! Rawson Schiller, lui, a volé à son secours. Et tu sais quoi? Il est grand! Personne ne pourra jamais le traiter de Napoléon, lui, si tu vois ce que je veux dire!

Sur quoi Kitty s'élança, repoussa son mari pour franchir la porte d'entrée, qu'elle claqua derrière elle. Le son d'un moteur de voiture. Puis le silence.

Le Dr Burdum se dirigea d'abord vers le buffet, puis regagna son fauteuil, dans lequel il s'assit en tremblant si fort qu'il lui fallut cinq bonnes minutes pour parvenir à porter son verre à ses lèvres sans renverser l'alcool qu'il contenait. Tout s'était déroulé si vite. Il n'avait eu le temps ni de penser, ni de retenir les injures qu'il aurait dû garder pour lui. Il n'en démordait pas, Edda était bel et bien une traînée à ses yeux, mais quelle femme accepterait de voir sa sœur ainsi couverte de fange? La rage le tenaillait encore, alimentée par le courroux qu'il éprouvait contre son épouse, dont l'amour qu'elle lui portait se trouvait invariablement souillé par celui qu'elle ressentait pour ses maudites sœurs. Kitty était sa femme. Elle était à lui. Rien qu'à lui! Pourtant, une part d'elle demeurait la propriété exclusive d'Edda, de Tufts et de Grace. Ce n'était pas juste!

Edda était une traînée. Une fille facile qui accordait ses faveurs sexuelles à certains hommes en dehors des liens du mariage – à Jack Thurlow, par exemple. Et Kitty le savait parfaitement! Comment pouvait-elle approuver un comportement si contraire à la morale la plus élémentaire? Cela signifiait-il que si elle-même s'était présentée vierge à leur mariage, c'était par pur accident?…

Vingt minutes plus tard, le pasteur téléphona : Kitty se trouvait avec lui, elle rentrerait plus tard, Charles n'avait aucun souci à se faire.

— Je n'y retournerai pas ! hurla-t-elle à son père. Il a traité Edda de traînée sous prétexte qu'elle vient d'épouser Rawson Schiller ! À l'entendre, on croirait qu'elle a ourdi un véritable complot !

— Je sais, ma chérie, que ce sont là des soupçons sans fondement. Mais essaie de te mettre dans la tête qu'en dépit des apparences et de leurs divergences d'opinion Schiller et Charlie se ressemblent beaucoup. La politique est un jeu, et ceux qui s'y consacrent sans réserve s'exposent à de cruelles désillusions. Car ce jeu-là se joue avec des dés pipés. C'est un jeu injuste. Tout n'est là-dedans que tissu de mensonges, tromperies, ambitions personnelles, faux espoirs… La morale ne compte plus et tout est fait pour que les moins scrupuleux remportent la victoire. Un homme réellement désireux de servir l'humanité n'entre pas en politique : il choisit plutôt l'assistance sociale ou la médecine.

Thomas Latimer s'interrompit tout à coup, visiblement confus.

— Mais qu'est-ce que je raconte ? Je suis censé t'exposer tout ce qui rapproche Charlie de Schiller. Crois-en ma longue expérience : ces deux-là sont comme deux frères, bien que situés aux antipodes l'un de l'autre.

Kitty fixa sur le révérend de grands yeux éberlués.

— Tu es cynique, papa ! Je ne m'en étais jamais rendu compte…

— Pas cynique ! s'indigna Thomas Latimer. Réaliste, voilà tout.

— Oui, bien sûr. Pardon.

— Kitty, notre cerveau représente l'instrument le plus remarquable dont Dieu ait doté les créatures vivantes. Chez l'être humain, il s'est formidablement développé, aussi sommes-nous supposés nous en servir, et non le suffoquer sous je ne sais quel monceau de fadaises. Alors réfléchis! Ce qui oppose Charlie à mon nouveau beau-fils se révèle infiniment moindre que ce qui les unit. Mon instinct me souffle que Charlie ne se situe pas aussi à gauche, sur l'échiquier politique, que Rawson l'imagine et, à l'inverse, ce dernier n'est pas aussi à droite que le pense Charlie. Cependant, il existe entre eux une énorme différence.

— J'en connais une autre, et pas des moindres, décréta Kitty, qui entre-temps s'était apaisée. Rawson mesure près de trente centimètres de plus que Charlie.

La jeune femme soupira :

— Sa petite taille, voilà bien ce qui mènera mon époux à sa perte…

— Arrange-toi pour qu'il se fasse élire au Parlement. C'est une carrière idéale pour les garçons de son gabarit.

— En attendant, rien ne saurait excuser les propos qu'il a tenus au sujet d'Edda, maugréa Kitty.

— Voyons! Il n'a craché ce venin que pour te blesser, toi, nullement pour insulter ta sœur. Il ne pense pas ce qu'il t'a dit.

Le pasteur mit la bouilloire à chauffer.

— Prenons une tasse de thé, veux-tu?

— Je crois que je lui ai collé les deux yeux au beurre noir, avoua la jeune femme en réprimant un gloussement.

— Bonté divine! Je suis ravi de constater que mes filles se portent tant d'amour les unes aux autres, et que leur fidélité mutuelle ne tarit pas avec les années. Mais n'oublie pas que ton amour et ta fidélité, c'est d'abord à ton mari que tu les dois.

La porte de derrière s'ouvrit avec bruit, et Grace fit irruption dans la pièce, serrant entre ses doigts sa lettre et son communiqué de presse.

— Oh, Kitty, tu m'as devancée, constata la reine des Trelawneys en se laissant tomber sur une chaise. Je prendrais volontiers une tasse de thé, papa. Quel choc, n'est-ce pas? Voilà que ma jumelle est devenue lady Schiller.

— Ça te contrarie, Grace? l'interrogea Kitty.

— Me contrarier? Pourquoi? Je comprends qu'ils aient préféré faire ça en douce – tu imagines un peu le chambard que ce doit être, d'organiser une pareille cérémonie? Il aurait fallu inviter une bonne moitié du gratin de Melbourne, et papa n'aurait jamais pu faire face à la dépense. Et si le futur marié est obligé de financer les noces, elles s'en trouvent complètement gâchées. C'est du moins ce que j'ai toujours pensé. Lady Schiller! Quelle réussite pour Edda! Et puis, surtout, elle va pouvoir enfin exercer la médecine!

— Tu as raison, approuva sa sœur, ce sont là de merveilleuses nouvelles. Je suis ravie.

— Je suppose qu'en revanche ton mari ne l'est guère, insinua la jeune veuve. Sir Rawson risque de lui faire de l'ombre.

— Si tu n'as rien de plus aimable à dire, Grace, la rabroua le pasteur, tu ferais mieux de te taire.

— Voyons, papa! se défendit-elle. Charlie est mécontent, j'en mettrais ma main au feu, n'est-ce pas, Kitty?

— Mécontent, peut-être pas. Disons que le départ d'Edda lui fait un peu de peine.

Thomas et Grace Latimer se rembrunirent.

— Ça alors, souffla la seconde. Je ne l'aurais pas cru.

— Moi non plus, renchérit son père.

Tufts, elle, avait vu plus clair, ainsi qu'elle s'en ouvrit à Liam le lendemain matin, tandis qu'ils prenaient le thé dans le bureau de la jeune femme.

— Personne ne pourra remplacer Edda, c'est ce qui me navre le plus dans cette affaire. Elle est tellement équilibrée, tellement logique, tellement… C'est un roc. Cela dit, je comprends qu'elle l'ait épousé, puisque cela lui ouvre les portes de la faculté de médecine. Et puis elle doit éprouver beaucoup d'affection pour lui.

— Mais pas d'amour ? s'étonna le Dr Finucan.

— Je ne pense pas qu'Edda soit capable d'aimer. Du moins pas de la même manière que Grace ou Kitty. C'est une scientifique, pas une romantique.

— Voilà une opinion passablement radicale, Heather. Et lui, dans tout ça ?

— Bonne question, répondit la jeune femme en fronçant les sourcils. S'il l'a demandée en mariage, c'est qu'il doit être fou d'elle. Après tout, il a quarante ans, sa fortune excède largement celle de Charlie, il est plus grand qu'Edda et célèbre dans tout l'Empire britannique. Oh, je prie pour que leur couple fonctionne ! Parce que je sais qu'elle ne l'a pas épousé pour devenir lady Schiller ni pour multiplier les mondanités. Edda restera toujours Edda. Il faut absolument que je le rencontre, Liam ! Je ne vivrai pas tranquille tant que je n'aurai pas fait sa connaissance !

Même s'il n'eut pas l'occasion d'en discuter avec elle, Thomas Latimer partageait l'avis de sa fille. Durant l'enfance chaotique de Kitty, c'était Edda qui, toujours, avait su tirer à temps le signal d'alarme. C'était elle encore qui avait arraché sa sœur aux folies de Maude. Edda lui avait transmis sa force. Edda se révélait une jeune femme sensible, perspicace, aimante et protectrice. Mais comment s'entendrait-elle au juste avec Schiller ? Pourquoi avait-elle attaché son chariot à l'étoile de sir Rawson de manière aussi irrévocable ? Bien sûr, le pasteur était au courant des relations que sa fille avait entretenues avec Jack Thurlow – il n'était pas aveugle, et les potins parvenaient à ses oreilles. Certes, les liens qui avaient uni les deux jeunes gens se révélaient contraires aux principes édictés par Dieu, mais Thomas Latimer les préférait de loin au carcan d'un mariage malheureux. Et voilà qu'Edda s'appelait à présent lady Schiller, et que bientôt elle serait médecin. En dépit de ses efforts pour la chasser de son esprit, l'appréhension dévorait le révérend.

Du côté de Maude, il était déjà trop tard. Par trois fois elle avait fait chauffer la bouilloire en omettant de la remplir d'eau, en sorte qu'elle avait mis le feu à la cuisine du presbytère – plus de peur que de mal, mais le dernier sinistre avait causé des dégâts considérables. Après avoir âprement bataillé avec elle, le pasteur avait convaincu son épouse de s'installer à l'hospice, où elle semblait couler désormais des jours heureux, qu'elle passait à chanter à qui voulait l'entendre les louanges de Kitty, sa petite fille si belle, son bébé à nul autre pareil. Lorsqu'on lui annonça l'union d'Edda et de sir Rawson, elle ne réagit pas. C'était Kitty qui, une fois adulte, ferait un beau mariage. Edda? Edda n'était rien ni personne.

Quant à Charles Burdum, après être monté sur ses grands chevaux, il résolut de ne pas en descendre. Deux heures ayant passé depuis sa terrible dispute avec son époux, Thomas Latimer exigea de Kitty qu'elle regagnât le domicile conjugal. Elle obéit, sans décolérer cependant – pour faire plaisir à son père, elle allait tenter de pardonner à Charles, mais elle n'était pas certaine d'y parvenir. Elle découvrit à Burdum House un mari glacial, qui refusa de dîner, puis s'en alla passer la nuit dans son salon privé, où il avait demandé à Coates de lui installer un lit. Toujours impassible, le domestique s'exécuta, mais Kitty savait que, dès le lendemain, toute la ville de Corunda serait au courant – le valet de Charlie remplissait ses fonctions à merveille, mais il n'était pas de plus redoutable commère que lui. Les pubs étaient fermés, la plupart des gens dormaient, qu'importe : Coates trouverait le moyen de propager la nouvelle. Car s'il était arrivé aux deux époux de faire chambre à part, c'était Kitty qui, jusqu'alors, en avait pris l'initiative, prétextant une «légère indisposition». Cette fois, la décision venait du maître de maison en personne!

Du comportement de son mari, la jeune femme déduisit que, s'il tenait Edda pour une traînée, il estimait que sa

447

jeune sœur ne valait pas mieux. Il ne devait pas épargner Tufts ni Grace non plus, songea Kitty, folle de rage. Comment Charlie osait-il nourrir de telles présomptions ? Sur ce, elle ne tarda pas à s'endormir.

Le lendemain matin, elle s'avisa qu'elle n'avait pas passé une nuit aussi paisible depuis des lustres ; elle bondit hors du lit, débordante d'énergie. Elle se rua vers la salle à manger pour y prendre son petit-déjeuner. Nulle trace de Charlie. Mme Simmons, sa fidèle employée de maison, apprit à la jeune femme qu'il se trouvait déjà à l'hôpital.

— Épatant ! s'exclama Kitty sur un ton allègre. Nous avons eu hier soir une querelle épouvantable, madame Simmons, et j'ai l'intention de déserter la chambre conjugale. J'aimerais qu'avec l'aide de Beatrix et de Coates vous installiez toutes mes affaires dans la suite lilas. Charlie déteste la suite lilas.

La domestique se tut un instant, mais le désir de s'exprimer l'emporta sur la bienséance.

— Dieu du Ciel, Kitty, vous ne trouvez pas que vous en faites un peu trop ?

À Corunda, les bonnes et les valets ne vous donnaient pas du « madame » long comme le bras. Pas de chichis avec Mme Simmons !

— Savez-vous seulement ce que cette petite fripouille a osé me dire ? Que ma sœur Edda était une traînée, sous prétexte qu'elle vient d'épouser un homme de haute naissance !

— Sacrebleu ! La suite mauve, c'est bien ça ?

— En effet, la suite mauve.

Laissant les domestiques à leur ouvrage, Kitty s'en fut à l'orphelinat, où elle proposa ses services d'infirmière bénévole.

— Vous êtes une manne tombée du ciel ! s'extasia Ida Dervish, infirmière-chef et responsable de l'institution, dont le nombre de pensionnaires n'avait cessé de croître depuis deux ans. Une infirmière pédiatrique ! Si vous le souhaitez, nous avons de quoi vous fournir du travail jusqu'à ce que mort s'ensuive. Mais sans aller jusque-là, de combien de temps pensez-vous disposer? Votre foyer doit déjà vous occuper considérablement…

— Du temps, j'en ai à revendre, et je ne puis prétendre à un poste d'infirmière salariée, puisque je suis mariée. Enfin, peut-être plus pour longtemps. J'ai eu hier une très violente altercation avec le Dr Burdum qui, de toute évidence, se passe fort bien de moi. Ici, au moins, je me sentirai utile, Ida. Et Charlie peut bien aller rôtir en enfer!

— Kitty! s'indigna l'infirmière-chef. Vous savez bien que les murs ont des oreilles. On risque de colporter vos paroles à travers toute la ville en moins de temps qu'il n'en faut pour le dire.

— C'est déjà fait. Coates, Ida : n'oubliez pas Coates… Il m'a profondément meurtrie, et je puis vous assurer que de ses boyaux je me ferais volontiers des jarretières.

— Coates?

— Mais non, grande sotte! répliqua la jeune femme avec un large sourire. Charlie. Pouvez-vous me prêter une tenue jusqu'à ce que je reçoive les uniformes que je vais commander à Sydney? Ici, hélas, toutes les boutiques ferment les unes après les autres.

Kitty soupira, réprima un sanglot… Elle commençait à flancher.

— Si vous saviez comme j'ai du chagrin… Mais je préférerais mourir plutôt que permettre à mon époux de s'en apercevoir. Quand je pense qu'il a osé traiter Edda de traînée!

— C'est vraiment ce qu'il vous a dit?

— Oui.

— Il a complètement perdu la tête. Il est tellement jaloux…

La plupart des habitants de Corunda partagèrent l'avis d'Ida Dervish lorsque les déchirements du couple Burdum parvinrent à leurs oreilles. Cependant, Charlie comptait un certain nombre de partisans, qui lui donnèrent entièrement raison : Edda avait beau jouer les filles coincées, elle était loin d'être très à cheval sur les principes. Néanmoins, la ville entière s'accordait sur un point : peu importait, dans le fond, l'objet de l'algarade. Seul comptait le fait qu'elle eût éclaté entre Charles et Kitty, que l'on croyait jusqu'alors unis comme les deux doigts de la main, comme... comme des jumeaux.

Une semaine durant, Charles ignora Kitty, il ignora les potins, il ignora le fait que son épouse avait pris ses quartiers dans cette suite affreuse établie tout au fond de sa propre demeure. Le gant que le Dr Burdum avait inconsidérément jeté à sa femme, celle-ci s'était empressée de le récupérer pour le souffleter à longueur de journée. À ces tourments s'ajoutaient deux yeux au beurre noir, dont personne n'acceptait de croire qu'ils étaient le fruit d'une rencontre malheureuse entre l'Anglais et l'une des portes de son manoir.

À la fin de la semaine, l'humeur un peu moins sombre, il se sentit prêt à en rabattre un peu. Lorsqu'il entendit claquer la porte vers 18 heures, il se dit qu'il tenait là une excellente occasion : Kitty venait de rentrer de l'orphelinat.

— Puis-je te parler un peu ? hasarda-t-il poliment en se présentant à la porte du petit salon attenant à son bureau.

Elle aurait dû avoir les traits tirés, car son travail n'était pas une sinécure : la tâche se révélait lourde, pénible, impitoyable pour qui s'en acquittait avec zèle. Le Dr Burdum avait appris par ses informateurs que la jeune femme ne négligeait aucun détail, qu'elle examinait chaque tête pour y repérer des poux ou des lentes, qu'elle procédait à une toilette scrupuleuse de tous les bambins – autant de gestes que le personnel en sous-effectif n'avait pas le temps d'accomplir sans hâte.

Et pourtant, Kitty rayonnait. Elle n'avait pas affiché une telle beauté depuis des mois. Son regard pétillait de vie, ses lèvres exquises exprimaient une satisfaction gourmande et sa peau respirait la santé. Et cette jeune personne avait fait récemment deux fausses couches? Non! Impossible.

— Certainement, répondit-elle.

— Veux-tu prendre un verre?

— Une bière fraîche, s'il te plaît.

Il la servit, la regarda prendre place dans un fauteuil, puis s'assit à son tour.

— Tout cela doit cesser, déclara-t-il.

— Tout quoi? s'enquit la jeune femme en sirotant sa bière.

— Toutes ces sottises. Tu répètes à l'envi que nous ne nous entendons plus, que tu es lasse de l'existence que tu mènes auprès de moi, que tu ne supportes plus mon attitude envers ta famille.

— Bonté divine! Quelle enfilade de peccadilles!

— Ces peccadilles, ainsi que tu les appelles, il faut leur tordre le cou.

— Parce que tu me l'ordonnes?

— Bien sûr que oui. Je suis ton mari.

— Que se passera-t-il si je refuse?

— Je me verrai dans l'obligation de prendre certaines mesures.

— Des mesures… Peux-tu être plus précis, s'il te plaît?

— Eh bien… Je puis te couper les vivres, refuser d'acquitter tes dettes, user de mon influence pour t'empêcher d'exercer quelque emploi bénévole que ce soit. Tu es ma femme, Kitty.

S'il avait espéré la voir sortir de ses gonds, il en fut pour ses frais: elle le fixa comme elle aurait fixé un insecte inconnu et répugnant.

— Franchement, Charlie! finit-elle par s'écrier, exaspérée mais nullement en colère. Ne te montre pas encore plus bête que Dieu t'a fait! Corunda est ma ville natale, pas la tienne. Si tu essaies d'y salir ma réputation, c'est toi qui récolteras la tempête. Moi, en revanche, je possède les moyens de te réduire en miettes en un tournemain. Kitty

Latimer, la sœur d'Edda la traînée… L'une et l'autre adorées de leurs concitoyens… Tu ne peux rien faire. Et tu le sais. Tu viens simplement d'abattre ta dernière carte dans l'espoir de retrouver l'épouse obéissante et soumise avec laquelle tu t'imaginais t'être marié. Eh bien… Va te faire foutre!

— Tu t'exprimes décidément à la manière d'une moins que rien.

Il avait parlé sans réfléchir mais, en réalité… mon Dieu, comme il l'aimait! Pourquoi fallait-il que son couple s'effondre de la sorte? À cause de ses maudites sœurs. Ses sœurs. Toujours ses sœurs… Il peinait à admettre qu'il était possessif et jaloux, car ces sentiments, avant de rencontrer Kitty, il ne les avait jamais éprouvés… Il ne s'avisait que d'une chose à présent: il lui était impossible de se débarrasser des sœurs Latimer.

— Tu as raison, confirma son épouse avec un sourire ravi. J'ai toujours eu la langue bien pendue. Je n'en ai pas honte, et je n'ai aucune intention de te présenter mes excuses. Car c'est toi qui m'as insultée. Ma sœur Edda est une femme d'une intégrité sans faille, une femme robuste, intelligente. Je n'en connais pas de plus loyale. Elle te déplaît parce qu'elle refuse d'appartenir à qui que ce soit. Cette qualité, hélas, je ne la possède pas. Mais je sais qu'Edda ne se vendrait jamais à personne, même pour devenir médecin. Ce qui signifie que Rawson Schiller désirait d'elle quelque chose qui ne s'achète pas. Ces deux-là se trouvent sur un pied d'égalité. Contrairement à nous.

Le Dr Burdum garda le silence un long moment, l'œil posé sur son épouse, qu'il adorait mais ne comprenait plus. Enfin, il poussa un lourd soupir.

— Comptes-tu dormir à nouveau dans notre lit? l'interrogea-t-il.

— Non, je ne crois pas.

Il éprouva un vide immense au creux de l'estomac.

— Tout est donc terminé entre nous?

— Je n'ai pas dit cela. Je suis comme la tsarine Alexandra : je raffole de mon boudoir mauve. Je dispose maintenant de mon propre petit royaume au cœur de ton palais, et je me rends compte que cela me plaît beaucoup. Si tu le souhaites et si tu me le demandes, je t'accueillerai volontiers dans mon lit pour que nous y fassions l'amour, mais je ne désire pas dormir avec toi. Je ne veux pas non plus que tu t'immisces durablement dans mon royaume. Ce royaume est à moi. J'ai vingt-quatre ans. Il est grand temps pour moi de jouir d'un brin d'intimité. Je rêve d'avoir des enfants. Mais je tiens à mener une existence indépendante de la tienne. Cela implique, pour le moment du moins, que je poursuive mon travail à l'orphelinat.

— Tu es dure, murmura-t-il. Tu es très dure.

— Toutes les femmes le sont lorsque la situation l'exige, rétorqua-t-elle sans perdre son sang-froid. Ce sont les hommes qui nous contraignent à la dureté. Es-tu d'accord avec le pacte que je viens de te proposer ?

Sans plus savoir s'il l'aimait ou s'il la détestait, il hocha positivement la tête.

— Lorsque je souhaiterai avoir des relations sexuelles avec toi, je te le ferai savoir. Le reste du temps, nous ne dormirons pas ensemble. Pouvons-nous encore parler de vie commune ?

— Je continuerai à m'occuper de ta maison, à jouer les hôtesses chaque fois que les circonstances l'exigeront, nous prendrons nos repas ensemble, nous parlerons de nos journées respectives, ou de nos affaires de famille. Je serai une bonne mère lorsque Dieu permettra que tes enfants vivent. Ai-je omis quelque chose, Charlie ? Si oui, n'hésite pas à me le signaler.

— Y a-t-il une chance pour qu'un jour la magie de nos premiers émois renaisse ?

Kitty éclata d'un rire aussi coupant, aussi fragile que le cristal.

— Je crois que, pour ma part, il n'y a jamais eu de magie. Mais toi, tu l'appelais tellement de tes vœux – et peut-être souhaitais-je la voir naître entre nous, moi aussi – que tu as forcé le destin jusqu'à ce que je cède. Mais je n'ai jamais jeté mes jupons par-dessus les moulins… Je n'étais pas une traînée!

Elle lui décocha soudain un large sourire.

— Prie donc, mon cher époux, pour que je n'en devienne pas une. Car, à t'entendre, nous souffrons, dans notre famille, d'une tendance prononcée à la débauche…

Une fois couché dans son lit solitaire, Charles se mit à brasser mille pensées. Avant de pénétrer le clan Latimer, jamais il n'avait eu l'occasion d'observer les émotions à l'œuvre au sein d'une fratrie. Comment aurait-il pu deviner la puissance des liens qui unissaient des sœurs, des jumelles plus encore?

Elle venait en outre de lui signifier qu'il était allé trop loin : «Tu as forcé le destin jusqu'à ce que je cède…» En somme, elle lui reprochait d'avoir sapé ses défenses, abattu ses remparts… C'était grotesque! En tenant de tels raisonnements, elle s'abaissait elle-même, elle se dévalorisait. Puis, soudain, il lui revint en mémoire la conversation qu'il avait eue avec Edda peu après son arrivée à Corunda. Elle lui avait confié que sa sœur ne s'aimait pas, que sa mère l'avait détruite. Pourquoi de telles révélations paraissaient de si peu d'importance à l'instant où elles se trouvaient énoncées? Il ne s'y était pas arrêté assez longuement à l'époque, submergé, sans doute, par la quantité d'informations qu'Edda lui avait fournies lors d'une unique rencontre.

Non, sois honnête, Charles, se gronda-t-il : tu n'as entendu que ce que tu voulais bien entendre, tu n'as retenu de cet entretien que ce qui apportait de l'eau à ton moulin, et ce moulin tournait dans l'unique but de conquérir Kitty. Kitty, la compagne idéale, dont Edda s'efforçait ce soir-là de te dévoiler – avec raison – les imperfections.

Car personne n'est parfait! Toi moins que quiconque, Charles Henry Burdum. Ta femme souffre, et tu n'es pas en mesure de la délivrer de ses tourments. Elle a claqué la porte au nez de son mariage sans pour autant se dérober à ses devoirs d'épouse, mais, justement, ces devoirs ne représenteront jamais autre chose à ses yeux que des devoirs. Est-ce la raison pour laquelle elle ne parvient pas à enfanter?

Tufts et Liam Finucan furent les premiers habitants de Corunda à rencontrer sir Rawson et lady Schiller lorsque, de retour de San Francisco, le couple débarqua à Sydney au début de l'année 1932. Liam devait assister là-bas à une conférence, et son amie avait pris quelques jours de congé pour l'accompagner. Ils avaient loué deux chambres attenantes à l'hôtel Metropole, non loin du Circular Quay, passaient leurs journées chacun de son côté, leurs soirées ensemble, et leurs nuits chastement séparés par un mur. Cette organisation leur convenait à merveille. Le dernier jour, Tufts reçut un appel téléphonique d'Edda.

— Rawson et moi sommes descendus à l'hôtel Australia, lui annonça-t-elle. Nous serions ravis de dîner avec vous ce soir.

— Nous viendrons, tu as ma parole!

Liam ayant depuis longtemps abandonné ses tenues négligées, il revêtit pour l'occasion un élégant costume, assorti d'une cravate du Guy's Hospital, tandis que sa compagne arborait une exquise robe de soirée en mousseline de soie aux nuances ambrées. Mais le couple qui les attendait au bar de l'hôtel attirait tous les regards. Le Dr Finucan et son amie ne réagirent pas autrement: oubliant leurs bonnes manières, ils le fixèrent à leur tour sans plus le lâcher des yeux. L'homme n'était pas beau, mais il se révélait impressionnant. Quant à Edda, elle resplendissait dans une robe de soie émeraude – une émeraude, elle en portait une de même ton à l'annulaire gauche, une grosse émeraude carrée sertie de petits diamants. Elle exhibait, de plus, un sobre ras du cou ainsi que des boucles d'oreilles en diamant de première eau.

— Nom d'une pipe! s'exclama Tufts en se hissant sur la pointe des pieds pour embrasser sa sœur. Tu es renversante!

— Rawson y a mis le prix! répondit Edda en riant.

Puis Tufts croisa le regard bleu de son beau-frère et se prit aussitôt d'affection pour lui – elle en éprouva un tel soulagement que ses jambes faillirent se dérober sous elle.

Qui aurait cru, songea plus tard Edda en écoutant bavarder Liam et Rawson, qu'un avocat et un pathologiste puissent avoir tant de choses en commun? Peut-être n'était-ce d'ailleurs pas le cas, mais la conversation allait bon train, les deux garçons se parlaient presque en vieux camarades – à l'évidence, l'Irlandais appréciait l'époux de son ancienne élève.

— Tu es heureuse, constata Tufts lorsque les jeunes femmes s'éclipsèrent un instant pour se repoudrer le nez.

— Très. Sauf au sujet des cadeaux, grimaça Edda. Je n'ai pas pu me soustraire à la bague de fiançailles, mais je me suis battue bec et ongles pour qu'il ne m'offre pas de diamants. Peine perdue. J'aurais mieux fait d'économiser ma salive.

— Ils sont superbes. Et discrets, avec ça.

— Tu as raison. J'ai de la chance : Rawson et moi avons pratiquement les mêmes goûts.

— Et tu as toujours prévu d'entamer ta troisième année de médecine en février?

— Oui, oui, oui! Je ferai aussitôt porter mes bijoux au coffre. Hors de question de les garder chez nous.

Elle s'interrompit, puis décocha à sa sœur un large sourire.

— Chez nous! Tout le dernier étage d'un grand immeuble de Melbourne, tu te rends compte? Et juste en dessous, un immense appartement pour moi toute seule, où je pourrai étudier sans être dérangée.

— Seigneur! Tu vis un véritable rêve, ma parole!

— Exactement. Et je suis terrifiée à l'idée de devoir peut-être me réveiller un jour.

— Mais il t'aime.

— Tu crois?

Tufts cligna plusieurs fois des yeux.

— Mais voyons, Edda, ça se voit comme le nez au milieu de la figure.

— Il a déplacé des montagnes pour moi.

— J'ai comme qui dirait l'impression, commenta Tufts en passant un bras sous celui de sa sœur, qu'il est en effet du genre à se mettre en quatre si le jeu en vaut la chandelle!

Mais comme elle regagnait le Metropole en compagnie du Dr Finucan, la jeune femme laissa parler ses doutes.

— Oh, Liam, nous devons prier pour elle! s'exclama-t-elle.

— Pensez-vous réellement qu'elle ait besoin de nos prières? s'étonna son compagnon.

— Il me semble que oui. Rawson Schiller est un garçon éminemment sympathique, et je l'apprécie beaucoup… Mais il possède de multiples facettes, et je ne suis pas certaine qu'Edda les connaisse toutes.

— Demain, ils prendront le train avec nous. Gardons l'œil et ouvrons grand les oreilles. Je suis du même avis que vous.

— En tout cas, il n'est pas radin. Vous avez vu un peu les bijoux?

— On ne me la fait pas aussi facilement! se mit à rire le Dr Finucan. Je sais parfaitement que les bijoux sont loin de compter parmi vos priorités dans l'existence.

— Et c'est la même chose pour Edda. Voilà bien où le bât blesse.

— Sauf si elle lui importe assez pour qu'il tienne à la couvrir de cadeaux. J'ai pourtant l'impression que ce n'est pas le cas. Cela dit, une femme de son rang se doit d'arborer de tels joyaux lorsque les circonstances l'exigent.

En sa qualité de reine des Trelawneys, Grace décida qu'elle valait bien un pair du royaume, aussi reçut-elle sir Rawson avec un mélange de dignité et de courtoisie lorsqu'ils firent connaissance dans la maison de la jeune femme. Elle l'avait convié à un thé matinal – cet en-cas lui coûterait moins cher que tout un déjeuner.

L'été battait son plein, Brian et John se promenaient torse et pieds nus, vêtus d'un simple short en coton.

— Brian commencera l'école l'année prochaine, exposa Grace, nullement impressionnée par la tenue ni l'émeraude de sa jumelle. Je l'ai inscrit à East Corunda. Pour John, ce sera d'ici deux ans. Il n'y a pas une grande différence d'âge entre eux.

— Vous ne devez pas avoir la tâche facile, commenta Rawson avec bienveillance, mais on voit immédiatement que vous êtes une merveilleuse maîtresse de maison.

— Je fais de mon mieux. De toute façon, il ne sert à rien de geindre, n'est-ce pas ? Il faut prendre le mauvais comme le bon, c'est ma philosophie.

— Préféreriez-vous que vos fils fréquentent un établissement d'enseignement privé ?

Grace ne réagit pas – et quant à la surprise qu'elle avait éprouvée en apprenant le mariage d'Edda, le temps l'avait attiédie.

— Brian et John ne connaissent qu'un seul univers, répondit poliment la jeune femme : les Trelawneys. Je suis certaine que l'école d'East Corunda les préparera au mieux pour l'avenir. Car je tiens à ce qu'ils puissent fréquenter au moins un peu l'université.

— Quelles ambitions précises nourrissez-vous pour eux ? insista l'époux d'Edda.

— En ma qualité de victime de la Grande Dépression, Rawson, ce que j'espère surtout, c'est que, quelle que soit la voie qu'ils emprunteront, elle leur permettra de décrocher un emploi plus sûr que celui de vendeur. Leur père était un brillant voyageur de commerce, mais lorsque la crise économique a éclaté, les gens ont cessé d'acheter. Mes enfants ne peuvent pas se tourner vers l'agriculture, puisque nous ne possédons pas de terres, mais je les verrais volontiers enseignants ou militaires. Là, ils ne risqueraient pas de se retrouver au chômage.

Rawson posa sur la jeune femme un regard navré. Dans le même temps, il se sentait un peu perdu. S'agissait-il pour de bon de la jumelle d'Edda? Physiquement, elles se ressemblaient beaucoup, mais pour le reste, elles ne possédaient rien en commun!

— Si je peux vous être utile, hasarda-t-il, promettez-moi de m'en parler. Je ne vous ferai pas l'insulte d'insister plus lourdement, mais rappelez-vous ce que je viens de vous dire.

— Je comprends, mais nous nous débrouillons. Voilà peut-être bien la plus grande leçon que puisse nous donner l'existence : ne pas viser trop haut. Cela évite les déceptions.

— Qu'est-ce que tu racontes? lui assena Edda, qui semblait avoir enfin retrouvé l'usage de la parole. Si on ne vise pas haut, on reste tout en bas! Tu as de superbes garçons. Il ne suffit pas qu'ils fréquentent un peu l'université, selon ton expression, il faut au contraire qu'ils en ressortent bardés de diplômes.

Grace se tourna vers le mari de sa sœur, auquel elle adressa un sourire débonnaire.

— Edda ma chérie! s'exclama-t-elle. Cette réaction, c'est Edda tout crachée, vous savez. Non, bien sûr, vous ne pouvez pas le savoir. Mais moi, je la connais comme ma poche. Une ambitieuse! S'il existait un concours international de l'ambition, elle aurait toutes les chances de le remporter. Cela dit, je suis ravie qu'elle entame enfin des études de médecine. Même si un pareil métier ne lui apportera jamais la moindre satisfaction ; toutes les femmes médecins en bavent, c'est de notoriété publique.

— Edda s'en tirera admirablement bien, commenta Schiller avec douceur.

— Reprenez donc un toast, Rawson, je vous en prie. La gelée de pomme, c'est moi qui l'ai faite, avec les Granny Smith de mon pommier. Elle a bien meilleur goût que celle qu'on trouve dans le commerce. Les victimes de la Grande Dépression mangent à peu près toujours la même chose, mais au moins, il s'agit d'une nourriture saine. Tout est fait maison !

— En effet, votre gelée est un délice, la complimenta l'époux d'Edda avec sincérité.

— Grace…, grinça cette dernière entre ses dents lorsqu'ils quittèrent Trelawney Way dans la voiture du pasteur. Grace est absolument insupportable ! Moi qui pensais que personne ne pouvait être pire que la Grace geignarde d'autrefois… Mais la nouvelle Grace, Grace la conquérante, Grace la reine des Trelawneys… Cette Grace-là défie l'imagination ! Insupportable !

— Et pourtant, tu l'adores, rétorqua Rawson avec un sourire.

La jeune femme émit un son qui tenait à la fois du rire et du sanglot.

— Tu as raison. Je l'adore.

— Toi, tu es une cascade, tu es sans cesse en mouvement, tu débordes d'énergie et te contempler est un régal pour l'œil. Ta sœur, elle, représente le bassin au pied de cette cascade. Un bassin aux profondeurs cachées.

Edda, qui ne s'attendait pas à un tel compliment, piqua un fard.

— Non, rectifia-t-elle. La cascade, c'est Kitty. Elle étincelle, elle danse, elle est à elle seule une véritable symphonie, un arc-en-ciel de sons et de couleurs.

— Et Tufts ?

— Tufts ? C'est l'océan Pacifique. Rien de moins.

— Physiquement, Kitty et elle se ressemblent beaucoup, de la même façon que tu ressembles à Grace. Et pourtant, vous vous révélez toutes les quatre extrêmement différentes les unes des autres.

— L'existence s'est chargée de nous modeler en fonction des événements. J'ai eu tort de pousser Kitty à épouser Charlie, soupira la jeune femme. Mais elle hésitait tellement ! Tufts et moi avons cru que la seule chose qui la retenait était la crainte de passer pour une croqueuse de diamants. Et puis j'étais réellement persuadée qu'il lui fallait un homme prêt à l'idolâtrer. Or, Charlie la vénérait. Il avait eu pour elle un véritable coup de foudre, au point d'en perdre un peu la tête. Ce que nous ne pouvions pas deviner, c'était son tempérament possessif et jaloux, qui les a tous deux menés à leur perte.

— En effet. Il est de ceux qui mettraient volontiers leur épouse sous clé.

Edda affronta la famille de Rawson le soir suivant le retour du couple à Melbourne. Le seul à s'amuser fut son époux, qui observa l'effet produit par sa nouvelle femme sur trois générations de colons fortunés. Les Schiller, songeait-il, avaient à peu près tout oublié de leurs origines, sinon la façon de préserver leur statut social et d'accroître sans cesse leur fortune. Mes frères ont fait des mésalliances, ils ont épousé des femmes pratiquement incapables de rédiger quelques lignes sans effort – ma mère est une snob à l'arbre généalogique sans tache – mon père est un homme dur, à l'esprit étriqué, qui a toujours estimé que la place d'une femme était à la maison – un seul Schiller possède un titre universitaire : moi – mes trois nièces quitteront l'école avant d'avoir eu l'occasion de mettre les pieds à la faculté, mes trois neveux auront le droit d'y entrer mais, bien sûr, ils ne poursuivront pas leurs études. Il n'en reste pas moins que les Schiller sont d'éminents personnages.

Et voici que je viens de leur jeter Edda à la figure, de leur lancer cet éclat de lumière pure propre à réduire en miettes leur morgue et leur ignorance. Regardez-la! Le raffinement incarné, car sa beauté se trouve rehaussée par toutes les qualités dont l'expérience et l'esprit peuvent parer une femme. Les tourments qu'elle a endurés ont dilaté son être même, son sens inné des responsabilités l'a gratifiée d'une force peu commune, et quant à sa soif de connaissances, elle l'entraînera toujours bien au-delà de son foyer, de sa cuisine ou de la chambre de ses enfants. Quel style!

Pauvre Constance, pauvre sotte qui s'efforce malgré tout de l'humilier en lui faisant remarquer que ses ongles non manucurés ne rendent pas justice à l'émeraude que je lui ai offerte… Et cette chère Edda qui lui explique patiemment qu'au bloc opératoire il est impossible de garder les ongles longs, à cause des gants en caoutchouc.

Mon père, pour sa part, se sent déconcerté, il s'embourbe dans une conversation oiseuse parce qu'il est assez malin pour comprendre qu'Edda le domine – si l'envie lui en prenait, elle serait même capable de gagner plus d'argent que lui. Dieu merci, ce n'est pas la fortune qui l'attire! Le petit Rolf, lui, se prend peu à peu d'affection pour elle. Rolf le paysan, le garçon proche de la terre, en phase avec les grands cycles de la nature. À ses yeux, Edda représente cette déesse tutélaire des éléments, qui possédait tous les pouvoirs avant que la gent masculine les lui confisque.

— La petite souris a-t-elle apprécié ma prestation? demanda la jeune femme à son époux après qu'ils eurent regagné leur appartement.

— La petite souris a constaté que tu les avais tout bonnement terrifiés.

— Eh bien, si la petite souris n'y voit pas d'inconvénient, je ferai tout mon possible pour continuer à les terroriser.

— Si je n'y vois pas d'inconvénient? Tu plaisantes, j'espère: j'adore ça!

La taille de son logement signifiait que sir Rawson Schiller possédait plus de place qu'il ne lui en fallait. Il avait donc abandonné sans regret l'étage inférieur à Edda, d'autant plus que le niveau situé juste au-dessous de celui de son épouse lui appartenait aussi : composé de plusieurs appartements séparés, il y logeait les membres de sa famille quand ils lui rendaient visite à Melbourne, ainsi que ceux de ses domestiques qui habitaient trop loin pour qu'un aller-retour quotidien fût possible.

Ivan et Sonia Petrov, tous deux proches de la cinquantaine, s'occupaient de sir Rawson depuis douze ans. Au couple s'ajoutaient Daphnée, la cuisinière, Betty, qui la secondait, et une femme de ménage prénommée Wanda. Daphnée et les Petrov habitaient dans l'immeuble de Schiller, tandis que Betty et Wanda effectuaient chaque jour le trajet en tramway depuis leur domicile. Les domestiques ne chômaient pas, mais leur employeur les rétribuait en conséquence. D'ailleurs, tous ceux qui se trouvaient sous ses ordres l'adoraient, y compris ses secrétaires particuliers, qui vivaient eux aussi dans l'immeuble. Une véritable petite colonie, songea un jour Edda, à la fois amusée et émue. Quant au secret de Rawson, elle demeurait la seule à le connaître.

Si Daphnée régnait sur la cuisine, les Petrov commandaient le reste des lieux. Edda, à laquelle Kitty avait rapporté ses nombreuses prises de bec avec Charlie concernant leur cuisinier, mesura aussitôt l'abîme qui séparait ce dernier de Schiller : car là où le Dr Burdum ne jurait que par les cordons-bleus, Rawson, lui, s'était contenté d'embaucher une femme sans formation officielle, qui néanmoins faisait merveille.

Ivan et Sonia avaient fui la révolution russe de 1917, sans être pour autant des aristocrates fortunés. Simplement, ils haïssaient Lénine et tout ce qu'il représentait – il y avait dans les motifs de leur exécration quelque chose de si spécifiquement russe qu'Edda échouait à les comprendre. Elle avait saisi en revanche qu'en les embauchant son époux leur avait ouvert les portes du paradis des salariés tel qu'ils se l'étaient imaginé avant leur exil. Une semaine après que la jeune mariée se fut installée dans l'appartement, Nina devint sa femme de chambre. Nina, âgée de dix-neuf ans, était la fille des Petrov ; elle vivait avec eux et occupait depuis quatre ans la fonction de bonne, pour laquelle on l'avait formée.

— J'adore m'occuper de vous ! lança-t-elle un jour à Edda.

— Vous n'aimeriez pas devenir plutôt institutrice, infirmière ou secrétaire ? Là, vous êtes obligée de m'obéir au doigt et à l'œil.

— Vous avez raison, mais… les meilleures femmes de chambre perçoivent des gages élevés. C'est maman qui m'a tout appris. Pour entrer à votre service, j'ai quitté lady Maskell-Turvey, qui était prête à doubler mes appointements pour me garder auprès d'elle. Mais je suis ravie de prendre soin de vous, même si vous tenez à ce que je vous appelle par votre prénom.

Edda, se rappelant le salaire de misère versé aux élèves infirmières, se garda de tout commentaire. Si cette enfant de réfugiés, cette gamine pétulante aux yeux bleus et aux cheveux blonds, se moquait de laver les dessous de sa maîtresse et de repasser ses robes sous prétexte que la tâche était bien payée, pourquoi Edda aurait-elle dû tenter de l'en dissuader ?

Elle se sentit soulagée de constater que toute la domesticité lui manifestait de l'affection. Ils se réjouissaient à l'évidence que leur employeur eût enfin épousé la femme idéale.

La suite d'Edda, située au bout de l'appartement, lui convenait à merveille. Néanmoins, jamais elle ne réussit à en utiliser toutes les pièces – elle y dormait, s'y lavait et s'y vêtait, rien de plus. Son temps libre, elle ne tarda pas à le passer à l'étage inférieur, afin d'y aménager son espace de travail ; elle y fit même installer un lit et déposa des serviettes dans la salle de bains.

Des livres commencèrent à garnir les étagères ; chaque jour, il en arrivait de nouveaux. La jeune femme acquit un microscope, un stéthoscope, des lamelles de verre, des tubes à essai, des instruments chirurgicaux en acier inoxydable, des robes de coton faciles à laver puis à repasser, de courtes vestes blanches, ainsi que des souliers d'infirmière. Lorsque l'année universitaire commencerait, elle tenait à disposer de tout ce dont elle pourrait avoir besoin – inutile de perdre du temps à acheter des fournitures manquantes. L'esprit méthodique d'Edda donnait sa pleine puissance.

Elle goûtait aussi les moments passés auprès de Rawson qui, fidèle aux conditions qu'il avait initialement posées, faisait d'elle sa cavalière chaque fois que cela lui était nécessaire. Au vrai, il adorait l'écouter parler avec enthousiasme de son « appartement de médecine », comme elle aimait à qualifier le logement du dessous ; au terme d'une soirée en compagnie de la jeune femme, Schiller se sentait revigoré. Sa jeunesse, sa beauté et son ardeur le fascinaient, au point qu'il en venait à regretter que son orientation sexuelle condamnât son amie à demeurer pour jamais à la périphérie de son existence. Car elle n'était pas son épouse au vrai sens du terme, et il n'éprouvait pas la moindre envie d'y changer quelque chose. De quelle nature était au juste le sentiment qu'il portait à Edda ? L'aimait-il comme un père chérit son enfant ?

Quant à ses confrères, politiciens et hommes de loi, d'abord dubitatifs face à cette soudaine union, ils succombèrent peu à peu au charme de la jeune femme – il fallut plus de temps à leurs épouses pour l'apprécier, et encore certaines d'entre elles s'obstinèrent-elles à ne pas l'aimer. La vieille lady Schiller la détestait, sous prétexte, soufflait-on, qu'elle était sans fortune mais n'hésitait pas à dilapider celle de Rawson. Que celui-ci eût de quoi entretenir une épouse dépensière, chacun le comprenait. À l'inverse, personne ne saisissait la raison pour laquelle, quand en réalité Edda ne demandait rien, c'était Schiller qui lui imposait les robes, les joyaux et les fourrures, ainsi qu'un train de vie de plus en plus somptueux. La fille du pasteur Latimer, elle, ne s'intéressait qu'à ses études de médecine.

Sir Rawson, de son côté, jouissait enfin de tous les avantages dont l'avait jusqu'alors privé son statut de célibataire. Par ailleurs, il avait si bien choisi son épouse que personne ne se posa jamais la moindre question sur ce qui avait pu le pousser brusquement à prendre femme. Edda se révélait d'une élégance exceptionnelle, d'une beauté rare, elle avait reçu une impeccable éducation. Elle se montrait capable de soutenir une conversation sur à peu près tous les sujets, elle flattait ceux dont Rawson avait besoin qu'elle les flattât ; à d'autres, elle infligeait des rebuffades avec un aplomb consommé, sans jamais se départir de sa distinction naturelle. Oui, décidément, Edda était l'épouse idéale. Un futur médecin, par-dessus le marché !

En revanche, elle ne se liait d'amitié avec aucune des femmes qui évoluaient dans l'univers de Rawson, mais la raison en était fort simple : ses études ne lui en laissaient pas le temps. Il lui arrivait bien, de loin en loin, d'en croiser une dont elle se serait volontiers rapprochée, mais comment aurait-elle pu se permettre de perdre deux heures pour un petit-déjeuner, trois pour un déjeuner ? Impossible. Les livres l'attiraient aussi sûrement que le chant des sirènes séduisait les marins ; Edda se laissait captiver…

VI

Une tête tombe

À mesure que la crise économique empirait, les gouvernements australiens s'enfonçaient dans le marasme – le gouvernement fédéral à Canberra plus encore que les autres. Devenu Premier ministre de la Nouvelle-Galles du Sud, Jack Lang refusa de régler les intérêts du prêt consenti à l'État, contraignant du même coup Canberra à les payer à sa place. Lorsque le gouvernement fédéral exigea ensuite de récupérer sa mise, Jack Lang répondit encore non. À l'échelle nationale, le Parti travailliste se scinda en deux factions irréconciliables. Scullin, le Premier ministre du pays, avait reconduit dans ses fonctions son ministre des Finances, pourtant convaincu de corruption, en conséquence de quoi Joseph Lyons démissionna aussitôt de son poste au gouvernement, pour quitter ensuite le Parti travailliste en mars 1931. Quant au Parti nationaliste, il ne se portait guère mieux, au point qu'il se trouva finalement dissous, au profit d'une nouvelle formation baptisée United Australia Party (ou UAP), dirigée par Joseph Lyons en personne, favorable à la poursuite d'une politique d'austérité. L'UAP sortit victorieux des élections suivantes, et son leader devint Premier ministre d'Australie.

À l'évidence, l'heure était mal choisie pour se lancer dans l'arène! Charles Burdum continua à ronger son frein, à noircir ses cahiers et préparer les statuts de son futur parti. Le mariage de sa belle-sœur avec sir Rawson Schiller avait constitué pour lui un coup terrible – était-ce parce que son propre couple battait alors de l'aile, ou parce que Rawson le dominait en tout?... Qui aurait pu prévoir qu'un jour Edda prendrait un Schiller dans ses rets?

Les deux cocards dont son épouse l'avait gratifié le contraignirent à demeurer loin de l'hôpital pendant tout le mois de décembre; il en profita pour écrire avec plus d'acharnement encore, enfermé dans le secret de sa bibliothèque – Tufts, qui avait déjà accompli la moitié de sa formation, se révélait parfaitement à même de gérer l'établissement en l'absence de son directeur.

Face à son mariage en miettes – un drame dont il rendait les sœurs de Kitty responsables –, son esprit se mit à tourner presque exclusivement autour de cette dispute insensée qui avait mis le feu aux poudres – entre ses sœurs et lui, son épouse avait choisi... Les cancans qui couraient dans tout le district l'amenèrent peu à peu à se claquemurer à Burdum House; à quoi bon sortir, si c'était pour affronter les mauvaises langues?... Bien entendu, il était persuadé que ces rumeurs émanaient de Grace, ainsi que du personnel féminin de l'orphelinat où continuait à s'échiner Kitty. Jamais il ne songea que la taupe n'était autre que Coates, ce fidèle domestique qu'il avait lui-même choisi. Mais pour qui se prenait-elle, cette gamine qu'il aurait dû supplier pour qu'elle daignât l'accueillir dans son lit, alors que les liens du mariage la contraignaient légalement à passer toutes ses nuits auprès de son époux? Charles bouillonnait intérieurement, il accumulait les rancœurs en silence... Kitty était à lui.

Le pasteur lui rendit visite.

— Charles, mon ami, vous êtes le meilleur des maris, mais je crains que votre connaissance des femmes en général, et des épouses en particulier, se révèle insuffisante dans le cas qui nous occupe. L'époque a changé, nous ne vivons plus au temps de la reine Victoria. Les hommes se doivent d'évoluer dans leurs relations avec l'autre sexe. On abroge certaines lois, on en modifie d'autres pour offrir aux femmes, au sein même du mariage, un statut égal à celui de leur époux. Il en résulte certes un nombre accru de divorces exigés par l'épouse, de même que l'octroi plus fréquent qu'autrefois d'une pension alimentaire – même si, en général, les juges s'y opposent. Il n'empêche que vous ne pouvez pas vous permettre de crier votre opinion par-dessus les toits. Je sais bien que c'est sous l'effet de l'énervement et de la colère que vous avez insulté Edda. Vous vous êtes servi d'elle pour blesser Kitty. Mais le lien qui unit mes quatre filles remonte à leur plus tendre enfance. Vous avez énoncé un mensonge, et Kitty a réagi au mensonge.

Lorsqu'ils se posèrent sur Thomas Latimer, les yeux du Dr Burdum exprimaient un mélange de tendresse et d'exaspération.

— Tom, commença-t-il, vous venez de peser vos mots avec le plus grand soin, et je vous ai entendu. Hélas, cela ne résout rien. C'est à moi que Kitty se doit d'être fidèle ! Depuis notre mariage, ses sœurs auraient dû passer au second plan.

Le pasteur renonça à argumenter :

— Si vous persistez dans un pareil aveuglement, Charles, alors vous perdrez la bataille à coup sûr. Permettez plutôt à Kitty de voir ses sœurs comme bon lui semble et, surtout, renoncez à croire qu'un jour mes filles se laisseront dicter leur comportement par votre bon plaisir.

Il enfonça son chapeau sur son crâne et saisit sa canne :

— N'oubliez jamais que l'étranger, c'est vous. Attention, je ne dis pas cela pour me montrer désobligeant. Simplement, vous êtes incapable de comprendre certaines choses parce que vous n'en avez pas été le témoin, voilà tout.

— Le fameux serpent durant la réception ? lâcha le Dr Burdum avec un petit rire narquois. Peut-être la morale de cette histoire est-elle qu'Edda éprouve une attirance toute particulière pour les serpents…

Le révérend se dirigea vers la porte.

— La politique, commenta-t-il en l'ouvrant, peut diviser les êtres aussi sûrement que la religion. Votre intransigeance, mon cher beau-fils, se révèle aussi factice que repoussante. Je vous souhaite le bonjour.

Conscient d'avoir perdu cette manche, mais convaincu qu'il méritait de la remporter, Charles retourna travailler, le cœur chargé d'amertume.

Pendant ce temps, Kitty prenait le thé avec Tufts et Grace dans sa suite lilas, sans savoir que leur père venait de rendre visite à son époux à l'autre bout de la maison.

Lorsque Tufts se présenta, son hôtesse en eut le souffle coupé. Dans ses vêtements de tous les jours, la jeune femme ne manquait pas de charme, mais elle passait inaperçue. Cette fois, impossible de ne pas la remarquer, silhouette à la fois renversante et menue dans sa robe de tweed, les cheveux rassemblés en chignon mou, les gestes subtilement calculés. Ses lèvres s'épanouissaient en fleur. Et ce regard d'ambre qui ne cillait pas, ce regard austère qui se plantait à tout coup dans celui de son vis-à-vis. Kitty faillit fondre en larmes – pour quelle raison ? Elle l'ignorait, sinon qu'elle mesurait soudain tout le chemin parcouru par sa jumelle.

Puis la veuve Olsen parut, reine des Trelawneys depuis son chapeau noir à large bord, qu'elle avait elle-même confectionné, jusqu'à ses bas de soie. Elle s'épanouissait dans son veuvage : ce qui chez elle, jadis, prêtait à sourire, s'était changé en noblesse et elle avait gagné en beauté. Dans sa chevelure noire, qui lui tombait joliment sur les épaules, étaient apparues de discrètes mèches blanches du meilleur effet et, pour mettre en valeur le gris de ses yeux, elle appliquait désormais du mascara sur ses cils épais. Quant à sa bouche exquise, elle la peignait d'un rouge éclatant qui attirait tous les regards. Edda lui avait fourni ce maquillage. Si elle restait mince, quelques rondeurs apparaissaient peu à peu aux endroits les plus opportuns et elle était devenue assez bonne couturière pour fabriquer des tenues qui la mettaient en valeur. À l'observer un instant, on devinait sans peine les raisons qui poussaient Jack Thurlow à continuer de lui rendre visite, sous prétexte de réparer pour la énième fois la porte du poulailler ou récolter les pommes de terre.

— Cette suite mauve correspond parfaitement à la couleur de tes yeux, observa Tufts en prenant un siège.

— Je me demande bien pourquoi les snobs continuent de dire «lilas» pour parler de la couleur mauve, intervint Grace. Le mauve, c'est bon pour les ouvriers, tandis que les rupins préfèrent le lilas…

— Arrête de dire des âneries! la rembarra Tufts, qui se tourna ensuite vers sa jumelle: Charlie s'est-il un peu calmé?

— Je n'en sais rien. Et je m'en fiche complètement.

— Il est jaloux comme une teigne, décréta Grace en engloutissant une petite crêpe couverte de confiture de fraise et de crème fouettée. Oh, c'est délicieux!

— Régale-toi, ma chérie… Tu as raison, Charlie est jaloux.

— Est-ce que tu l'aimes? demanda Tufts.

— Oui… et non.

— Je sais ce qui cloche, intervint Grace en reprenant une crêpe.

— Quoi donc? l'interrogèrent d'une même voix ses deux sœurs.

— Tu t'es mis dans la tête qu'il était incapable de te faire des enfants en bonne santé.

Ni Kitty ni Tufts n'émirent de commentaires. Cette dernière se resservit une tasse de thé, admirant au passage la théière en porcelaine.

— C'est en effet ce que je pense, finit par soupirer l'épouse du Dr Burdum.

— Quel est l'avis de Ned Mason?

— Il me répète toujours la même chose : d'un point de vue physique, rien ne m'empêche de mettre au monde un bébé en pleine forme.

— En tout cas, fit Grace, Charlie a l'air lamentable.

— J'imagine qu'il a compris que je lui préférais désormais la compagnie des petits pensionnaires de l'orphelinat.

— La situation ne semble pas t'attrister beaucoup.

— J'ignore au juste comment nous en sommes arrivés là, mais je sais maintenant combien il est difficile de vivre avec un homme possessif. Comment peut-il éprouver de la jalousie à l'égard de mes sœurs ? Mais le fait est qu'il vous jalouse, et que pour cette seule raison il commence vraiment à me taper sur les nerfs.

Kitty ne pleurait pas, mais elle paraissait troublée.

— Parmi mes quelques amies, celles qui sont mariées ne cessent de me répéter qu'il ne s'agit que d'un passage à vide, qu'une union est faite de hauts et de bas… Je les crois volontiers, à ceci près que moi, j'ai déjà perdu deux bébés. Je ne sais plus très bien où j'en suis.

— Elle est incapable d'expliquer ce qu'elle ressent, dit Grace à Tufts, tandis qu'elles quittaient en voiture les hauteurs de Catholic Hill. Mais moi, je le peux.

Tufts, qui conduisait la Ford T de l'hôpital, lança un coup d'œil rapide en direction de sa sœur.

— Explique-toi, répondit-elle. Je ne suis qu'une pauvre célibataire qui a besoin qu'on éclaire sa lanterne.

— C'est simple comme bonjour. Kitty a Charlie dans le nez.

— Dans le nez ?

— Eh oui. Ce sont des choses qui arrivent. Pas souvent, mais ça arrive. L'intimité, enchaîna la jeune femme sur le ton de l'expérience, est une chose curieuse. Pas un homme, pas une femme n'est en mesure de prévoir ce qui se passera une fois qu'il ou elle vivra chaque jour auprès de son conjoint ou de sa conjointe. Tu comprends, tout le monde a ses petites habitudes, son petit jardin secret… Est-ce qu'il m'autorisera à le regarder en train d'uriner? Est-ce que je lui permettrai de me sucer le bout des seins?… S'il a des hémorroïdes, sera-t-il d'accord pour que je les examine? Ça n'arrête pas! Et encore, je ne te parle que des considérations corporelles. Mais il y a aussi la politique. La religion. Il existe également des hommes qui ont horreur que leur épouse les rembarre devant leurs amis. La vie de couple, c'est un fameux pétrin, si tu veux mon avis. Et c'est comme ça qu'il peut arriver qu'un beau jour l'un des deux se détache de l'autre. Et personne ne sait pour quelle raison. Je n'ai pas la moindre idée de ce qui a poussé Kitty à s'éloigner de Charlie. Tout ce que je sais, c'est que c'est fait.

Elle baissa la voix, comme si elle s'apprêtait à livrer un secret:

— Et je crois bien que Kitty elle-même l'ignore. Le coup des bébés, c'est de la blague. La véritable raison de son désamour se situe ailleurs.

— Tu m'en bouches un coin, Grace! Y a-t-il quelque chose que nous puissions faire pour tenter de sauver la situation?

— Rester là pour ramasser les morceaux, c'est tout.

L'élection fédérale organisée le 19 décembre 1931 n'ébranla pas le Dr Burdum qui, de toute façon, ne comptait pas y prendre part – s'il s'était présenté aux suffrages, il l'aurait fait en qualité de candidat indépendant, libre dès lors de voter selon son cœur sur les divers sujets abordés au Parlement.

Si seulement Kitty l'avait soutenu! Si seulement il avait eu pour épouse une femme engagée!

C'est donc seul qu'il se rendit au bureau de vote établi dans l'école d'East Corunda pour accomplir son devoir.

— Docteur Burdum?

Charles, qui se figea au pied de l'escalier, découvrit, en levant la tête, une longue figure chevaline. Les yeux pâles semblaient tout près de mordre et quant aux traits, ils se révélaient réguliers, n'était cette mâchoire proéminente qui projetait du même coup les dents vers l'avant – d'où la ressemblance avec un représentant de la race équine. Elle était maigre, vêtue sans goût ; elle tenait à la main un bloc-notes et un crayon.

— En effet, je suis Charles Burdum, répondit le directeur de l'hôpital en décochant à l'inconnue un sourire ravageur.

— Je m'appelle Dorcas Chandler, journaliste au *Corunda Post*. Puis-je vous poser quelques questions ?

Elle possédait une voix chantante, qui contrastait singulièrement avec sa personnalité – au même titre que son nom et ses yeux étonnants.

— Vous venez d'arriver au *Post*, mademoiselle Chandler ?

— En effet, c'est mon premier reportage. Avant, je travaillais au *Telegraph*.

— Puis-je aller d'abord voter ? lui demanda Charles sans cesser de sourire. Ensuite, je me consacrerai entièrement à vous.

— Bien sûr. Retrouvons-nous sous l'eucalyptus, voulez-vous ?

— C'est entendu !

L'eucalyptus en question, qui se dressait dans la cour, protégeait les écoliers du soleil depuis un demi-siècle, dispensant une ombre mouchetée comme la plupart des arbres d'Australie, dont le feuillage n'est jamais dense. Les vêtements vert sombre de la jeune femme tranchaient contre l'écorce crémeuse et satinée du tronc, on aurait cru une cicatrice, la trace d'un éclair dans la chair du végétal – un présage ? s'interrogea le Dr Burdum en se dirigeant vers elle. Vient-elle m'annoncer mon avenir ? Et si elle se mettait à compter dans mon existence ? Et si elle en détruisait une part ? Si elle réduisait en cendres certains de mes idéaux, de mes espoirs, de mes craintes, de mes projets ?…

— Tout le monde pensait que vous alliez vous présenter à la députation…, commença-t-elle.

— Je nourrissais certaines ambitions, en effet, mademoiselle Chandler, mais cette année a été le témoin d'une telle confusion au sein des principales formations politiques que j'ai fini par en conclure que l'heure n'était pas encore venue pour moi de m'engager.

— Oh, je ne crois pas que cela soit aussi simple que vous le prétendez, lui assena-t-elle en adossant son corps maigrichon au tronc majestueux de l'eucalyptus.

— Je vous demande pardon? s'étonna le Dr Burdum en clignant des yeux.

— Vous êtes en quête d'une nouvelle philosophie politique susceptible de convenir à l'Australie, mais avouez que votre quête se révèle plus difficile que prévu…

Elle grimaça.

— Ah, ces maudits insectes! s'écria-t-elle.

— Allons nous asseoir quelque part, Dorcas, ailleurs qu'au beau milieu des fourmis volantes. Puis-je me permettre de vous appeler Dorcas? Vous allez devenir mon amie, n'est-ce pas? ajouta-t-il en lui prenant le bras – il s'avisa du même coup que Mlle Chandler devait bien mesurer un mètre quatre-vingts pieds nus… Et si nous allions prendre un café au Parthénon?

— J'en serais ravie, docteur Burdum, gloussa la journaliste.

— Charles! Appelez-moi Charles. Attention: pas Charlie. Charles.

— Docteur Burdum, répliqua la jeune femme en étouffant un rire, vous n'êtes pas… vous ne serez jamais un Charlie!

Le café ne tarda pas à se muer en déjeuner. Charles s'était laissé absorber par la conversation de cette créature extraordinaire. Enfin! Il la tenait, sa conseillère politique! Il tenait son assistante!

Lorsqu'il exprima ses craintes concernant sir Rawson Schiller, elle eut un petit rire dédaigneux.

— Ce garçon pourrait faire un excellent fonctionnaire, ou un diplomate, mais nullement un politicien. Mais il est trop riche et trop bien né pour diriger une administration, quelle qu'elle soit, pas même aux Affaires étrangères. Il lui faut donc contourner la difficulté, en quelque sorte. Autrement dit : devenir ministre. Seulement, là encore il se heurtera à des obstacles, car il lui faudra composer avec les périodes durant lesquelles son parti se retrouvera dans l'opposition, où il aura donc les pieds et les poings liés.

— C'est bien ce que j'insinuais, rétorqua Charles. Il a l'intention de devenir Premier ministre.

— Bien sûr que non ! s'insurgea Mlle Chandler. Schiller est un homme supérieurement intelligent. Il discerne tous les pièges. Une qualité assez peu commune chez un avocat, au demeurant. Vous feriez mieux de vous méfier d'un jeune type établi lui aussi à Melbourne et qui se nomme Robert Gordon Menzies. Un avocat, lui aussi, mais de ceux qui possèdent toutes les qualités pour prendre la tête d'une formation politique. C'est un conservateur, mais pas un ultra, et il s'intéresse à la législation sociale. À vingt-cinq ans, il a remporté devant la Haute Cour d'Australie un procès lors duquel il défendait les intérêts d'un syndicat de la métallurgie. Une victoire de taille ! Depuis, tout lui réussit – et le procès s'est déroulé en 1920. Avec ça, il est extrêmement séduisant, à ceci près qu'il aime un peu trop les plaisirs de la table : il s'empâte.

— Menzies, répéta Charles, qui réfléchissait. J'ai entendu parler de lui, cela va de soi, mais il n'empêche que tout le monde parie sur Schiller.

— Schiller possède un talon d'Achille. J'ignore lequel, mais je suis certaine qu'il en a un.

Un plan se mettait peu à peu en place dans l'esprit du Dr Burdum mais, d'abord, il avait besoin d'en apprendre davantage sur Mlle Dorcas Chandler. Le restaurant s'était vidé peu à peu, si bien que Decopoulos avait à présent tout loisir de s'interroger sur cet étrange duo – Charlie Burdum en compagnie d'une femme d'une trentaine d'années qui aurait pu poser sur les affiches d'une œuvre de charité au profit des enfants mal nourris... De quoi pouvaient-ils bien parler depuis si longtemps et avec une telle fièvre? Elle avait posé un bloc-notes à côté d'elle, mais n'y avait rien inscrit, et ses yeux bleu pâle étaient rivés sur Charlie comme s'il s'agissait du prince charmant en personne. Il fallait s'y attendre! Nombre d'habitantes de Corunda, parmi les moins séduisantes, lui coulaient le même regard. À cette différence près que, d'ordinaire, le Dr Burdum prenait ses jambes à son cou au lieu de s'attarder plusieurs heures devant un déjeuner.

De son côté, Charles n'eut pas à attendre bien longtemps avant d'obtenir ce qu'il voulait, car Dorcas Chandler était en mal de confidences. Issue de ce que le Dr Burdum appelait «la classe laborieuse désireuse de s'élever», elle avait trente-cinq ans et avait effectué d'excellentes études à l'université. Au moment de la Première Guerre mondiale, les hommes se faisant rares puisqu'ils partaient au combat, elle fut initiée au journalisme au sein de l'empire alors naissant d'Ezra Norton. Hélas, à la fin des années 1920, la chance de Mlle Chandler tourna. Ces messieurs, enfin démobilisés, lui soufflaient les uns après les autres les postes les plus intéressants, en sorte qu'elle se vit confier ce qui finissait toujours par échoir aux journalistes du beau sexe: les sujets de société, les vedettes du théâtre et du cinéma, la mode; de temps à autre, elle rédigeait une histoire à l'eau de rose. Peu après qu'elle fut entrée au *Daily Telegraph* de Sydney, la crise économique s'abattit sur le pays et, comme tant d'autres, la famille Chandler perdit tout. Seule Dorcas était parvenue à conserver son emploi. Le *Telegraph* lui réclamait des papiers sur les expositions de fleurs, les bals, les défilés de mode, les concours canins, les concours félins, les fêtes de charité... Elle avait beau s'en tirer fort bien, ses collègues la raillaient.

Les femmes percevant des salaires moins élevés que ceux des hommes, c'est une femme que le *Corunda Post* souhaita recruter à la mort de Tom Jenner. Peu leur importait que Mlle Chandler ne fût pas un prix de beauté : elle troussait d'excellents reportages et possédait une solide expérience, cela seul comptait. Ayant en outre découvert la passion de la jeune femme pour la politique, l'économie et le monde des affaires, le rédacteur en chef du journal estima qu'elle ferait merveille à Corunda. Il la recruta – son salaire correspondrait, lui annonça-t-il, à un peu plus de la moitié de celui du défunt Tom Jenner. En fait, Dorcas se révéla une journaliste polyvalente, capable de couvrir n'importe quel domaine – elle connaissait même le nom des joueurs de cricket de la Nouvelle-Galles du Sud et comprenait sans peine la différence entre la Rugby Union et la Rugby League.

Lorsque la jeune femme fit enfin silence, après avoir exposé à son interlocuteur ses idées politiques et lui avoir fourni une manière de curriculum, ce dernier reprit la parole :

— Comptez-vous effectuer toute votre carrière dans le journalisme ?

— Seigneur, non ! s'exclama Mlle Chandler dans un grand rire qu'elle conclut en renâclant – à l'évidence, elle ne riait jamais autrement. Ce qui me passionne, c'est la politique, mais puisque je suis une femme, je n'ai pas la moindre chance.

— Accepteriez-vous de travailler pour moi ? De devenir à temps complet ma conseillère ?

Elle ne s'y attendait pas. Elle se redressa sur son siège, soudain méfiante.

— Je vous demande pardon ?

— Vous m'avez parfaitement entendu. La ville de Corunda et moi-même avons besoin d'une lobbyiste de talent.

Une lueur sauvage s'embrasa dans le regard de la jeune femme.

— Si j'acceptais, signerions-nous un contrat? M'engageriez-vous pour une durée précise? Pourrais-je espérer quelques encouragements en plus de mon salaire, car je crois comprendre que vous ne cherchez pas un simple grouillot payé une misère? Je suis célibataire, docteur Burdum, à ce titre je subviens seule à mes besoins. Ce sont donc là des considérations qu'il me faut prendre en compte avant d'accepter ou de refuser votre offre. Puisque vous n'êtes propriétaire d'aucune grande entreprise commerciale ou industrielle, comment comptez-vous m'appâter, sinon avec la promesse d'une rémunération coquette? J'ai besoin de connaître tous les détails de votre proposition avant de vous dire peut-être oui.

Quelle logique, quelle vivacité d'esprit! songea Charles.

— Votre salaire sera de cinq cent vingt livres par an, répondit ce dernier. Une somme fabuleuse, je le sais. Je ferai aménager votre bureau chez moi, à Burdum House, et vous logerez dans un cottage situé sur ma propriété – mais vous y jouirez de toute l'intimité nécessaire, cela va de soi. Je mettrai une voiture à votre entière disposition et je réglerai l'ensemble de vos frais de déplacements professionnels. Vous pourrez également utiliser l'automobile à titre personnel; je saurai, sur ce point, me montrer indulgent. Si dans cinq ans vous travaillez toujours pour moi, j'ouvrirai un placement propre à financer votre retraite à hauteur du temps que vous aurez passé à mon service.

La jeune femme l'écoutait, l'oreille gauche discrètement orientée vers son interlocuteur – souffrait-elle d'une légère surdité? De ses deux mains, elle enserrait sa tasse. Que pensait-elle? Il faisait preuve d'une générosité proprement ahurissante, il en avait conscience, mais, à la contempler, il aurait été bien en peine de dire si elle éprouvait à son endroit une reconnaissance sans bornes ou si elle estimait mériter la somme colossale qu'il lui proposait. Gratitude? Sentiment de trouver enfin sa juste place? Charles devinait déjà qu'elle ferait tout pour lui dissimuler ses sentiments.

Il choisit donc de contre-attaquer :

— En revanche, vous devrez vous habiller mieux que cela.

— Si j'accepte l'emploi que vous me proposez, j'en aurai les moyens.

— Et l'acceptez-vous ?

— À condition que votre avocat rédige un contrat de travail en bonne et due forme.

— Formidable ! s'écria-t-il. Sur ce, il faut que j'y aille, mademoiselle Chandler. Je vous attendrai dans mon bureau, à l'hôpital, le 2 janvier à 10 heures. Nous signerons les documents nécessaires, après quoi je vous emmènerai à Burdum House, où je vous montrerai la pièce qui deviendra votre bureau, ainsi que votre maisonnette. Celle-ci sera déjà entièrement meublée, mais vous verrez, l'intérieur ne possède aucun cachet particulier, vous pourrez donc aisément y apposer votre patte. Le bureau, en revanche, sera vide. À vous de l'aménager à votre gré.

Elle ouvrit son sac à main fatigué, dans lequel elle fourra son bloc-notes et son crayon avant d'enfiler une paire de vieux gants.

— Je vais profiter de mon temps libre pour préparer la liste des livres dont je souhaite garnir mon bureau, mais je ne les commanderai qu'une fois que je connaîtrai le contenu de votre propre bibliothèque.

— Non, non, commandez-les dès aujourd'hui. Commandez-les tous.

Il lui serra la main avec chaleur.

— Je vous remercie, Dorcas.

Charles se sentait si ragaillardi que sa bonne humeur ne le quitta pas du reste de la journée, y compris quand il songea à la soirée qui l'attendait, seul avec une épouse sur laquelle il n'exerçait plus le moindre charme. Où s'était-il donc trompé ? Pourquoi semblait-elle lui reprocher ses deux fausses couches ? Dorcas Chandler insufflait de la nouveauté dans son existence, et puis elle était différente. Avec elle, enfin, il pourrait entretenir de véritables discussions. Il pourrait parler politique !

Sifflotant un air à la mode, il pénétra dans le salon, où il découvrit Kitty en compagnie de Tufts. Évidemment !

— Ma chère, murmura-t-il en piquant un baiser sur la joue de sa belle-sœur. Je suis ravi de vous voir.

— Moi de même, Charlie, répondit Tufts avec détachement.

— Liam n'était pas libre ? Quel dommage.

— Si vous passiez un peu plus de temps dans votre bureau de directeur, Charlie, vous sauriez que Liam se trouve actuellement à Brisbane.

Kitty lui servit un scotch soda.

— Ce sera un dîner à trois pattes, dit-elle à son époux en souriant. Tufts à ta droite, et moi à ta gauche. Mais, dis-moi, tu m'as l'air aussi satisfait qu'un chat qui vient d'attraper une souris. Je me trompe ?

— Non. Je suis très satisfait. Je viens de me dénicher une conseillère politique.

Il se délectait de la boisson que son épouse venait de lui préparer.

— Personne ne sait mieux que toi me faire plaisir avec un scotch soda. Il est parfait.

— Parle-moi plutôt de ta conseillère, lui suggéra Kitty, qui se réjouissait de la présence de sa sœur – Charlie ne semblait pas décidé à retirer le mot terrible dont il avait qualifié Edda, en sorte que la guerre conjugale se poursuivait.

— Je nourris des ambitions politiques, ce n'est un secret pour personne. J'avais pensé un moment me lancer à l'occasion de l'élection qui s'est tenue aujourd'hui. Mais j'ai fini par abandonner cette idée, songeant qu'il aurait fallu, auprès de moi, une personne d'expérience pour me prodiguer ses conseils ou, du moins, quelqu'un d'enthousiaste.

Kitty se raidit.

— De l'enthousiasme, j'en avais. Et j'ai fait de mon mieux pour te soutenir.

— Sans aucun doute, se hâta de répondre son mari, qui souhaitait poursuivre son récit. J'estime néanmoins avoir manqué d'encouragements. Par ailleurs, je n'avais pas saisi à quel point la politique australienne diffère de la politique britannique. Il me fallait donc à tout prix un conseiller, mais je désespérais d'en trouver un – ils ne courent pas les rues, je puis te l'assurer. Ceux qui connaissent bien le milieu préfèrent en général tenter leur propre chance dans l'arène.

Il aurait souhaité s'exprimer avec désinvolture, mais sa joie était telle qu'il ne pouvait la cacher. Il se mit à sourire de toutes ses dents.

— Et voilà qu'aujourd'hui j'ai rencontré la candidate idéale – parce qu'il s'agit d'une femme et, si la politique la passionne, son sexe la contraint d'office à renoncer à toute carrière dans ce domaine. Elle s'appelle Dorcas Chandler, elle a trente-cinq ans. Célibataire et journaliste. Elle vient d'arriver à Corunda. Si tu croises un jour un squelette d'un mètre quatre-vingts affublé d'une tête de cheval, ce sera elle. Physique ingrat, incontestablement, mais un cerveau exceptionnel, taillé pour la politique. Je viens de l'embaucher, pour que personne d'autre ne s'avise de me la souffler.

— Vous êtes en train de vous constituer un véritable harem, lui fit remarquer Tufts.

— Un harem ? répéta-t-il, les yeux écarquillés. Moi ?

— Des femmes susceptibles de répondre à tous vos besoins. À moi, Tufts, vous avez confié les tâches ingrates dont vous désiriez vous débarrasser en me nommant directrice adjointe de l'hôpital. Kitty, elle, représente l'épouse exquise que tous les hommes vous envient. Quant à Edda, jusqu'à ce qu'elle commette l'irréparable en se mariant au-dessus de sa condition, elle vous servait de cavalière lors de vos voyages lointains. J'ajoute encore Cynthia Norman, votre secrétaire, autant dire votre esclave, qui n'est même plus capable de séparer sa vie privée de sa vie professionnelle. Et voici maintenant Dorcas Chandler, prête à vous prodiguer ses conseils. Pour un peu, mon cher Charlie, je vous rebaptiserais Pacha Burdum.

Les deux jeunes femmes scrutaient à présent Charles avec animosité – et le garçon songeait, de son côté, qu'il lui fallait à tout prix obtenir leur approbation pour que son projet aboutît. Car il comptait installer Mlle Chandler sous son propre toit, qui était aussi celui de Kitty... Allons, Charles Burdum, dis quelque chose ! Exprime-toi, sapristi !

— Voyons, Tufts. En quoi suis-je différent des autres hommes qui ont trop de choses à faire et pas assez de temps pour s'en occuper ? Peut-être un observateur cynique pourrait-il en effet parler de harem, mais vous semblez oublier qu'un harem vise à la réplétion sexuelle de celui qui le possède. J'ai choisi de m'entourer de femmes, de leur permettre de gravir l'échelle sociale, pour la simple et bonne raison que je les juge plus loyales que les hommes, plus opiniâtres qu'eux dans le travail. Et puis les femmes revêtent pour moi une grande importance, et je les respecte. Rappelez-vous que les postes que je leur ai confiés – y compris le vôtre – demeurent, encore aujourd'hui, l'apanage de ces messieurs.

Il prit une profonde inspiration, manière de s'assurer que ses deux interlocutrices l'écoutaient toujours – cette Tufts, décidément, était insupportable !

— Quant à Mlle Dorcas Chandler, enchaîna-t-il, j'avoue que le fait qu'elle soit une femme tient du plus pur des hasards. La plupart des conseillers politiques sont des hommes. Le fait que personne n'ait décelé avant moi ses talents en la matière prouve à quel point je me révèle progressiste, et très en avance sur mon époque concernant le statut des femmes au sein de notre société. Un harem ! Vous divaguez ! Il se trouve que le cœur de mon équipe se compose de femmes, voilà tout. Vous feriez mieux de me remercier, au lieu de me dénigrer ainsi.

— Je vous remercie, Charlie, concéda Tufts avec un hochement de tête.

Un sourire espiègle gâtait le compliment, mais au moins l'avait-elle énoncé.

— Le «cœur de votre équipe», reprit-elle. Et non pas un harem. Vous êtes décidément fait pour la politique. Vous seriez capable de faire avaler à n'importe qui qu'un tas de fumier est en réalité un bouquet de roses. J'ai hâte de rencontrer Mlle Dorcas Chandler.

— Un squelette d'un mètre quatre-vingts affublé d'une tête de cheval? dit Kitty. Ça ne durera pas.

— Que veux-tu dire? s'enquit son époux en s'emparant du verre qu'elle lui tendait.

— Je te connais, voilà ce que je veux dire. Le salaire que tu vas lui verser va lui permettre, dans un premier temps, de se remplumer et de s'habiller mieux. Tu ne peux pas te permettre d'exhiber un épouvantail à Canberra, Sydney ou Melbourne.

Elle renversa la tête en arrière, contempla un instant le plafond.

— Regarde-moi : j'aimais les froufrous un peu ridicules, et pourtant tu as réussi à faire de moi une femme élégante. Tu en feras autant avec elle – tu lui choisiras un chapeau, une robe, une ceinture... Et non, Mlle Chandler ne se fera pas d'idées pour autant : les grandes juments dégingandées connaissent leurs limites. Tu possèdes un don pour habiller les femmes, Charlie, et ta conseillère ne tardera pas à s'en apercevoir. Dans le cas contraire, elle est fichue, aussi douée soit-elle en matière de politique.

— Très bien, très bien! fit le Dr Burdum, qui leva les deux mains en signe de reddition. Pour ce qui est de Mlle Chandler, je crains qu'il faille un peu de temps avant que ma baguette magique opère la métamorphose souhaitée. Jamais je n'avais vu de femme plus mal fagotée.

On croirait qu'elle s'habille dans les boutiques de l'Armée du Salut.

— C'est peut-être le cas, observa Kitty. De combien de membres de sa famille a-t-elle la charge?

— Je l'ignore.

— Vous devez bien avoir une petite idée, intervint Tufts.

— Elle m'a raconté qu'ils avaient tout perdu en 1929, mais je n'ai pas l'impression qu'à part elle il y ait d'autres enfants. Elle subvient aux besoins de ses deux parents. Ils vivent à Lawson, je crois.

— Un coin très pauvre de la région des montagnes Bleues, fit remarquer sa belle-sœur. Soit son père et sa mère sont des profiteurs, soit quelqu'un d'autre joue les coucous dans cette histoire. Vous nous avez dit qu'elle ne s'était jamais retrouvée au chômage et, même si les femmes perçoivent des salaires moins élevés que ceux des hommes, elle exerce une vraie profession, pour laquelle on la rétribue en conséquence. Deux parents ne suffiraient pas à vider ainsi son escarcelle. Les loyers sont bas, à Lawson, et les jardins assez grands pour qu'on y élève des poules et qu'on y fasse pousser de nombreux légumes.

— Enfer et damnation! rugit soudain Charles. Je savais bien que tout cela était trop beau pour être vrai!

— Mes hypothèses ne sont que pures spéculations, tempéra Tufts. Si vous avez besoin d'elle, Charlie, alors lancez-vous. Un homme averti en vaut deux, c'est tout. Si elle assure la subsistance de je ne sais quels bons à rien de sa famille, voire d'un éventuel petit ami – car ce n'est pas parce qu'elle ne vous attire pas, mon cher beau-frère, qu'il en va de même pour tout le monde –, eh bien, au moins, vous ne tomberez pas des nues le jour où vous l'apprendrez.

— Elle a exigé un contrat.

— Dans ce cas, dit Kitty, qui s'amusait beaucoup, assure-toi qu'il est parfaitement rédigé. Si elle possède autant d'intelligence que tu nous l'as annoncé, elle aura tôt fait de repérer les clauses essentielles, mais elle n'aura pas grand-chose à objecter, n'est-ce pas? Ton ignorance et ses connaissances l'autorisent à profiter de tes faiblesses. Dire qu'il t'aura fallu toutes ces années pour t'aviser des inconvénients que peut comporter le fait de s'entourer de femmes! Mais maintenant que ces dames sont dans la place, tu vas devoir composer avec leurs ruses et leurs astuces.

L'épouse du Dr Burdum partit d'un grand rire.

— Apprends, Charlie! Vas-y, apprends. Et je te dis cela du fond du cœur.

Comme c'est étrange, se dit-il. Ce précieux conseil, Kitty me le prodigue alors qu'elle est déjà perdue pour moi. Qu'ai-je fait?… Les erreurs que j'ai commises ne se résument pas aux mots malheureux que j'ai prononcés contre Edda…

Il se tourna vers Tufts.

— Cynthia Norman va quitter l'hôpital, lui annonça-t-il. Dorénavant, elle deviendra la secrétaire particulière de M. Charles Burdum, et non plus du Dr Charles Burdum. Vous aviez raison, tout à l'heure, en me jetant à la figure que je vous réservais les tâches ingrates. Sans votre concours, il me serait impossible de diriger l'hôpital de Corunda. C'est donc vous qui choisirez la secrétaire qui prendra bientôt le relais de Cynthia. Car elle sera la vôtre beaucoup plus que la mienne. En 1934, j'abandonnerai définitivement l'hôpital. De votre côté, vous obtiendrez votre diplôme universitaire à la fin de cette année, après quoi vous ne tarderez pas non plus à boucler votre formation en comptabilité.

— Je vous remercie, lâcha Tufts, à qui ces nouvelles en cascade avaient un peu coupé le souffle – était-il rentré avec l'intention de lui révéler tout cela, ou avait-il improvisé ses décisions au fil de la soirée? Liam va le regretter mais, personnellement, je n'éprouve aucun scrupule à l'idée de le remplacer.

— Le dîner est prêt, lança Kitty en se levant de son siège. C'est extraordinaire! Burdum House ne représentait guère à mes yeux qu'un mausolée désert, et voilà que tu viens de trouver un formidable moyen de le peupler enfin! Toutes mes félicitations, Charlie.

Burdum House prenait des allures de village ; devant le manoir avait surgi de terre une rangée de maisonnettes, chacune comportant un étage, trois chambres, une salle de bains au niveau supérieur et des toilettes au rez-de-chaussée, ainsi qu'un garage attenant. Kitty en déduisait qu'il s'agissait là d'un projet à long terme, puisque quatre cottages existaient déjà avant l'arrivée de Coates, que l'on installa bientôt dans l'un d'eux. Cynthia Norman suivit de près. Encore deux, songea l'épouse du Dr Burdum.

Ce fut ensuite au tour de Dorcas Chandler d'emménager. Mme Mary Simmons, la gouvernante de Kitty, aurait été ravie de prendre elle aussi ses quartiers dans l'un des logis, mais lorsque sa maîtresse en fit la demande à Charles, bien avant que Coates élût domicile sur la propriété, il lui opposa un refus catégorique. Ces maisonnettes étaient réservées à ses employés à lui. Mme Simmons avait déjà la chance qu'un chauffeur allât chaque matin la prendre devant chez elle pour la ramener le soir. Elle n'avait pas à se plaindre. S'il avait pris le temps de réfléchir un peu, le Dr Burdum aurait saisi à quel point ses décrets l'éloignaient chaque jour un peu plus de son épouse, qui les tenait pour autant de vexations destinées à lui rappeler son statut d'infériorité.

— Arrête, Kitty, décréta un jour Thomas Latimer lors d'une de ses visites à Burdum House, tandis que sa fille lui exposait ses griefs. Je suis ravi que tu travailles à l'orphelinat, parce que cela te change les idées, mais je ne suis pas d'accord pour que tu voies le mal partout. Mme Simmons s'est-elle plainte à toi?

— Non, répondit la jeune femme, mais ça n'excuse en rien la discrimination que Charlie lui fait subir.

— Tu dis des bêtises! Cette discrimination, c'est toi qui la ressens, et non pas Mme Simmons. Que cela te plaise ou non, mon enfant, Charles est libre de dépenser son argent comme bon lui semble. Par ailleurs, son comportement me paraît des plus sensés : il installe auprès de lui celles et ceux dont il peut avoir besoin à tout moment. Réfléchis un peu, Kitty! Lorsque tu étais infirmière, tu habitais dans l'enceinte de l'hôpital, afin qu'en cas d'urgence on ne soit pas obligé de te chercher dans tout le district. À mon avis, Mme Simmons se satisfait très bien de la situation : elle ne vit pas sous la surveillance constante de son employeur, mais le chauffeur qu'on a mis à sa disposition lui évite de prendre les transports en commun.

La jeune femme, qui n'était pas injuste, finit par s'en remettre aux avis de son père et se calma. Par ailleurs, elle brûlait de rencontrer enfin le squelette à tête de cheval.

Kitty avait noté qu'à cette dernière Charles avait attribué le meilleur logis : situé à l'extrémité de la rangée de cottages, il était le seul à comporter une entrée qui ne donnait pas sur la rue, et se trouvait isolé de la maisonnette voisine (encore inhabitée) par une haie d'arbres à croissance rapide. L'intérieur, uniformément peint en beige, contenait des meubles de meilleure qualité que les autres habitations, et le réservoir destiné à collecter l'eau de pluie qui coulait du toit affichait une capacité bien plus que suffisante pour une seule personne. Le cottage possédait encore son propre système septique, tandis que les trois autres se trouvaient reliés entre eux. Eh bien…, songea Kitty, Mlle Chandler revêt une grande importance aux yeux de Charlie…

Elle décida d'inviter la nouvelle locataire de Burdum Row à prendre le thé un matin – à la date de son choix, précisa-t-elle dans la charmante lettre qu'elle lui fit parvenir. Une lettre charmante lui parvint en retour : Mlle Chandler se présenterait le lendemain de son emménagement, puisque le Dr Burdum n'aurait pas besoin d'elle avant midi.

Bien sûr, Dorcas n'ignorait pas que l'on tenait l'épouse de Charles pour l'une des plus belles femmes que la terre eût portées, mais elle ne s'attendait pas à cette peau hâlée, à cette chevelure d'un blond trop translucide pour que l'on pût parler d'or, à ces cils et ces sourcils de givre, à ces pommettes ciselées, à ces fossettes, à ces yeux étonnants, à ce corps svelte et voluptueux à la fois. L'évidence lui sauta aux yeux : il n'aurait pas pu faire moins que l'épouser. Elle participait du mythe qu'il était en train de construire – car le Dr Burdum se souciait fort de se bâtir une histoire personnelle propre à passionner les futurs chroniqueurs de l'aventure australienne. Kitty portait une robe délicieuse en coton léger, elle arborait des cheveux plus courts que ne l'exigeait la mode du moment, car la coupe garçonne lui allait à ravir. Aucun bijou, à l'exception d'un somptueux diamant. Son seul défaut résidait dans sa propension à rester chez elle au lieu d'accompagner partout son mari. Conclusion : non, Mme Burdum ne constituait pas l'épouse idéale pour un homme politique.

Kitty, pour sa part, jugea Mlle Chandler sympathique – et beaucoup moins vilaine qu'elle ne l'avait cru. Cette femme, songea-t-elle, était brillante, dévorée d'ambition, mais assez raisonnable pour ne pas tenter de forcer les barrages que son sexe dressait devant elle. Jamais elle ne serait Premier ministre, certes, au lieu de quoi elle jetterait son esprit, son cœur et son âme dans la bataille pour devenir la force vive, le pouvoir véritable dissimulé derrière le futur Premier ministre. Charles représentait pour elle le candidat parfait.

Ces dames avaient décidément bien des choses à se dire…

— Si je veux parvenir à conseiller Charles de mon mieux, fit Dorcas après qu'elles eurent renoncé à l'affectation des premiers échanges, il me faut tout savoir de sa famille et de ses relations personnelles avec la ville de Corunda. Loin de moi l'idée de m'immiscer dans son intimité la plus secrète, mais je dois enquêter.

— Enquêtez donc, je vous en prie, répondit gaiement Kitty en lui proposant de petits gâteaux accompagnés de confiture et de crème. Mangez, mangez, il faut que vous preniez un peu de poids. Pas trop, néanmoins. Pas plus qu'Edda, l'une de mes sœurs, qui est très grande, très mince et très élégante. Par ailleurs, Charlie déteste les femmes mal fagotées, mais je suppose qu'il vous l'a déjà dit.

Mlle Chandler piqua un léger fard.

— En effet. J'aurai moins de mal à m'habiller avec un salaire décent.

— Vous ne confectionnez pas vous-même vos vêtements?

— Non.

— C'est pourtant ce que ma sœur Edda a toujours fait, et avec quel talent. Elle arbore toujours des tenues merveilleuses.

Se rappelant l'hypothèse de Tufts, selon laquelle Dorcas se faisait peut-être dépouiller par l'un de ses proches, et désireuse de lui venir en aide, Kitty s'empara d'un bloc de papier pour y noter quelque chose.

— Tenez, fit-elle en tendant le feuillet à son invitée, voici l'adresse de ma couturière, Pauline O'Brien. Elle est très douée, mais elle pratique des tarifs peu élevés – avec la crise, elle a perdu de nombreux clients, alors j'aime autant vous dire qu'elle est ravie d'en voir arriver de nouveaux. Elle saura choisir pour vous les modèles et les étoffes qui vous conviendront le mieux. Autrefois, j'achetais toujours mes vêtements à Sydney, mais depuis mon mariage, je m'en remets exclusivement à Pauline, et les yeux fermés.

Cette femme est sincère, se dit Dorcas. Elle souhaite vraiment que je réussisse dans ma tâche. Pas une pointe de jalousie chez elle, pas une once d'égoïsme… Ou alors, elle ne supporte pas l'idée de se voir exposée à tous les regards… Je ne peux décemment pas l'interroger sur ses fausses couches, mais elles l'ont forcément meurtrie, d'autant plus qu'à l'époque où elle était infirmière, elle travaillait au service pédiatrique. D'ailleurs, elle fait désormais du bénévolat auprès des petits orphelins. Je pourrais tirer parti de tout cela, mais elle m'en voudrait. Kitty Burdum est la pudeur même.

— J'aimerais beaucoup rencontrer lady Schiller, dit Mlle Chandler.

— Impossible! répondit son hôtesse en riant. Elle étudie actuellement la médecine à Melbourne, ce qui la comble de joie. Jusqu'ici, le fait d'être une femme lui avait fermé les portes de la faculté mais, grâce à Rawson, elles se sont enfin ouvertes devant elle.

— Vous appréciez sir Rawson?

— Énormément. Il a rendu ma sœur heureuse. Les filles du pasteur ne demandent rien d'autre que de voir leurs sœurs nager dans le bonheur.

— Grace accepterait-elle de s'entretenir avec moi? Et Heather?

— Grace, oui: elle serait capable de parler à un chien avec un chapeau. Tufts est moins encline à la conversation, mais pour Charlie, elle le fera.

Les grands yeux aux nuances violettes ne lâchaient plus la jeune femme.

— Charlie ne pouvait pas rêver mieux en matière de conseillère, finit par lâcher Kitty. Il va boire vos paroles comme du petit-lait. Dorcas, enchaîna-t-elle sur un ton soudain plus fiévreux, vous écriviez des articles sur la mode, n'est-ce pas? Vous devez donc en connaître un fameux rayon? Promettez-moi de vous arranger un peu pour Charlie, je vous en conjure!

— Un bon salaire fera toute la différence, répéta Mlle Chandler.

— Avez-vous de grosses dépenses?

— Je subviens aux besoins de mes parents.

— Personne d'autre?

— Que voulez-vous dire?

La voix de Dorcas s'était durcie.

— Un frère au chômage? Un petit ami?

La jeune femme s'empourpra.

— Ce sont mes affaires.

— Vous ne comprenez pas, ma chère: en entrant au service exclusif de Charlie, vos affaires sont devenues les siennes. Je le connais bien, et je puis vous dire qu'il s'agit d'un homme extrêmement possessif. Le montant élevé de votre salaire, ainsi que les avantages dont vous jouissez désormais, devraient vous permettre de comprendre qu'il vous a achetée. Charlie est riche à millions. Ces hommes-là ont tendance à tenir leurs semblables pour des biens que l'on peut acquérir contre de l'argent. Entendez-moi: je ne remets pas en cause sa noblesse de caractère. Ainsi, en 1932, quand des centaines de milliers d'hommes se retrouvaient sans emploi, il s'est arrangé pour continuer à assurer de son mieux la prospérité de Corunda. Et lorsqu'il se lance dans une aventure, il s'y lance corps et âme. Il n'en reste pas moins qu'il a un petit côté Soames Forsyte: il aime posséder.

Dorcas Chandler ne répondit rien.

Je ne pouvais pas en faire plus pour cette pauvre fille, songea Kitty. Cette pauvre fille qui, manifestement, nous dissimule un secret. Un secret qui lui coûte de l'argent. Si elle ne parvient pas à se confier à Charlie, elle court à sa perte, et elle le sait. Le contrat qu'il lui a soumis le préserve de toute espèce de mauvaise surprise. Elle en a lu avec attention toutes les clauses. Et elle a signé sans souffler mot. Pauvre fille…

Kitty passait désormais le plus clair de ses journées à l'orphelinat, mais elle rentrait toujours à temps pour passer la soirée avec Charles – qui, ensuite, ne lui demandait jamais la permission de la rejoindre dans son lit. Peut-être a-t-il, lui aussi, renoncé à poursuivre le fantôme de notre mariage ?… Bien qu'elle prît chaque jour plus de place au sein de son existence, Dorcas ne l'attirait pas, mais Kitty devinait qu'il préférait la conversation de la jeune femme à celle de son épouse. Bientôt, le Dr Burdum proposa à cette dernière d'inviter de temps à autre Mlle Chandler à manger avec eux.

— Excellente idée ! s'écria Kitty. Qui sait ? Je vais peut-être pouvoir m'instruire un peu, moi aussi. Parce que, même si j'adore les enfants, ce qu'ils me racontent ne vole pas bien haut.

La tenue vestimentaire de Mlle Chandler allait en s'améliorant : elle avait remisé les vieilles nippes qu'elle portait le jour où elle avait rencontré Charles, et elle avait pris un peu de poids – ou alors, ces vêtements mieux coupés mettaient en valeur sa silhouette. Elle se poudrait à présent le visage, utilisait du rouge à lèvres et un peu de fard à joues ; elle était allée chez le coiffeur. Certes, les studios d'Hollywood n'étaient pas près de l'embaucher, mais elle commençait à ressembler à une professionnelle digne de ce nom.

Ce qui saisissait le plus Kitty était la passion dévorante que Dorcas et son époux nourrissaient pour la politique. Bien que celui-ci fût souvent requis à l'hôpital et ailleurs, il trouvait toujours le moyen de passer un temps considérable auprès de Mlle Chandler et le soir, lorsqu'elle se présentait à Burdum House à l'heure de l'apéritif, c'était encore de politique qu'ils s'entretenaient – et cela durait jusqu'à ce que la jeune femme regagnât son cottage. Il arrivait même à Charles de la raccompagner à sa porte pour prolonger la discussion.

De fait, la Grande Dépression attisait l'ardeur politique ; des théories opposées s'étaient fait jour concernant les solutions à la crise, en sorte que l'on se disputait entre partis, mais encore entre courants rivaux au sein de chaque formation politique. On aurait pu croire qu'après la victoire de Joseph Lyons et de l'UAP à Noël 1931, les querelles auraient cessé, mais il n'en fut rien, car tous les députés de l'UAP n'approuvaient pas l'insistance de Londres sur la nécessité d'une extrême rigueur budgétaire. Mais Lyons et ses plus proches collaborateurs, eux, prônaient l'austérité, en sorte que l'Australie continua de vivre dans la misère. Lorsque, pour la deuxième fois, Jack Lang refusa de régler les intérêts des emprunts contractés par l'État, le gouvernement fédéral paya à sa place. Mais, cette fois, Canberra exigea remboursement. Jack Lang dit non. La situation dégénéra, au point que ce dernier tenta de barricader le Trésor de la Nouvelle-Galles du Sud – on jouait alors les droits des États contre le pouvoir central.

Le 13 mai 1932, le monde de Jack Lang s'écroula : sir Philip Game, gouverneur de la Nouvelle-Galles du Sud, démit l'homme et son parti de leurs fonctions, les jugeant incapables de remplir correctement la mission qui leur avait été confiée. Exaspérés par le chaos, les habitants de l'État élurent, en représailles, un gouvernement conservateur, qui se déclara, bien entendu, en faveur des restrictions budgétaires.

Kitty, de son côté, se voyait contrainte d'écouter ces nouvelles chaque fois que Dorcas venait dîner, ce qui se produisait de plus en plus souvent, car Charles s'en remettait chaque jour davantage à ses opinions éclairées. Kitty n'était pas indifférente à la conjoncture, mais puisque ces sujets ne la passionnaient pas, elle subissait la conversation des deux convives comme un être sobre aurait entendu déblatérer deux pochards – sans cesse on tournait autour des mêmes sujets, sans cesse on revenait aux mêmes préoccupations. Si un argument inédit surgissait, la jeune femme s'enflammait… Hélas, cela ne se produisait pas même une fois par semaine… Une fois par mois, peut-être… Entre-temps, l'interminable rengaine reprenait ses tours vingt-neuf ou trente soirs durant… Lorsque Jack Lang fut congédié, Kitty se demanda combien de temps encore elle parviendrait à subir sans broncher les palabres de Charles et de Dorcas, dont elle rêvait de fermer une bonne fois le clapet.

Puis l'hiver reparut, des nuages lourds de neige s'amoncelaient, les vents glacés de l'Antarctique dépouillaient les arbres de leur feuillage ; le cœur de Kitty ne se réchauffait plus. Son époux, à l'inverse, était heureux, car il était homme à se passer sans en souffrir des plaisirs conjugaux. Il vivait pour la politique et, cette fois, sa décision était prise : aux prochaines élections fédérales, il se présenterait en qualité de candidat indépendant. Jusqu'alors, une seule chose lui avait manqué : Dorcas Chandler.

Au mois de juin, l'hiver s'installa pour de bon. Dès le premier jour de soleil, Kitty sauta dans une voiture (pourquoi Dorcas possédait-elle la sienne, quand l'épouse du maître des lieux devait en emprunter une à l'un ou à l'autre des employés du manoir?). Elle roula jusqu'aux abords de Doobar, près de la rivière, là où les terres restaient fertiles, là où les agneaux continuaient à se vendre. Car il restait dans ce pays des gens pour se bien nourrir : seules les classes défavorisées criaient famine, ce qui devait satisfaire sir Otto Niemeyer au plus haut point.

Kitty abandonna l'auto pour se promener au bord de l'eau, soudain délivrée de tout ce qui touchait à la famille Burdum : plus de Burdum House, plus de Burdum Row, plus de Charlie Burdum ! Un vent glacé balayait la région, mais l'air lui semblait si doux… C'était ici que, jadis, Edda se promenait à cheval en compagnie de Jack Thurlow…

Depuis que Grace l'avait publiquement dédaigné, ce dernier ne paraissait plus guère à Corunda. La rumeur prétendait qu'il ne quittait plus sa propriété. Malgré la crise économique, son élevage de chevaux arabes se révélait florissant. On le croisait donc plus aisément à Dubbo ou Toowoomba, où il lui arrivait souvent de présenter ses superbes montures.

Mais aujourd'hui, il était là, se dirigeant vers Kitty le long de la piste cavalière sur le dos d'un immense cheval gris. La jeune femme s'éloigna de l'allée dans l'espoir qu'il passerait à côté d'elle sans ralentir. Pourvu... pourvu qu'il ne s'arrête pas !

Raté ! Parvenu à sa hauteur, il mit pied à terre.

— Saperlipopette ! s'exclama-t-il avec un sourire. Kitty Latimer !

Elle avait oublié combien il était grand. Un mètre quatre-vingt-deux, très exactement. Quel âge pouvait-il avoir à présent ? Pas quarante, tout de même... Il était difficile d'évaluer l'âge de ceux qui consacraient leur existence à la terre. Jeunes, ils paraissaient plus vieux, puis ils semblaient rajeunir en vieillissant. Il arborait toujours la chevelure en vagues dorées des Burdum, son teint hâlé et ses yeux d'un bleu vif. Pas question de double visage à la Janus chez ce garçon ! Une indéniable beauté virile, et un sourire à faire tourner les têtes.

Il mena la jeune femme jusqu'à un tronc couché, vérifia qu'il ne s'y cachait pas de fourmilière, puis l'invita à s'asseoir avant de prendre place à côté d'elle.

— Vous êtes tellement emmitouflée qu'on croirait une gosse !... Comment se porte lady Schiller ?

— À merveille. Elle étudie la médecine à Melbourne. Et j'aime beaucoup son mari.

— Je rentrais chez moi. Ça vous dirait de venir ? Je vous offrirai du thé et des scones.

— Avec plaisir ! J'en profiterai pour vous raconter des tas de choses à propos d'Edda. Mais je suis en voiture. Quelle route dois-je prendre ?

— Vous tournez juste après la première barrière sur la route de Doobar. La maison se trouve au sommet de la colline, vous ne pouvez pas la manquer. Il y a des chevaux partout.

Il grimpa sur sa monture et s'éloigna au trot. Enfin, un être différent fait son apparition dans ma vie! Il ne m'est certes pas inconnu, mais c'est tout comme, car jusqu'à aujourd'hui je ne l'avais jamais vraiment regardé...

Corundoobar se révélait une superbe et sobre demeure en pierre, flanquée de vérandas soutenues par des colonnes doriques. Au printemps et en été, songea Kitty, le jardin devait regorger de fleurs. Et, ce qui ne gâtait rien, on jouissait là-haut d'une vue magnifique. Au loin se distinguait de la neige sur les cimes.

À l'intérieur de la maison flottait un parfum exquis : cire d'abeille, herbes et fleurs séchées, linge propre, eau de Cologne, air frais – l'une des portes-fenêtres restait entrouverte, tandis que de gros poêles et des cheminées bien garnis diffusaient leur chaleur dans l'ensemble des pièces.

Le logis était tenu avec beaucoup de soin, même s'il y manquait une touche féminine – mais cela n'était rien, cela ne se donnait à voir que dans de menus détails.

— Qui s'occupe du ménage? demanda Kitty en s'asseyant à la table de la cuisine pour regarder son hôte malaxer du beurre avant de l'incorporer à la farine – bonté divine! ce garçon confectionnait lui-même ses scones!

Quel homme extraordinaire!

— C'est moi, répondit-il, ajoutant peu à peu le lait froid. Il faudrait être le dernier des pauvres types pour ne pas savoir garder sa maison propre et ordonnée.

— Ou pour être incapable de faire des scones...

— J'ai toujours les mains froides, alors le beurre ne mollit pas. C'est pourtant essentiel au moment de l'incorporer à la farine. J'ai trouvé la solution : après avoir versé le lait, je malaxe le tout avec deux lames de couteau. Vous voulez voir?

— Je ne sais même pas faire bouillir de l'eau, répondit Kitty avec désinvolture.

— Vous auriez vite fait d'apprendre si c'était nécessaire.

Il pressa doucement la pâte sur une planche saupoudrée de farine, s'empara d'un morceau de cheddar, qu'il se mit à râper au-dessus de sa préparation. Ayant coupé son rectangle de pâte en deux portions égales, il les déposa sur une plaque métallique, qu'il glissa dans son four à bois. Vingt minutes plus tard, les scones étaient prêts – la pâte avait joliment levé, le fromage avait fondu, le dessus des petits pains avait bruni.

Kitty se léchait les babines. Jack posa les scones encore fumants sur un plat, avant de placer deux petites assiettes en cristal taillé contenant du beurre et de la confiture sous le nez de la jeune femme, à laquelle il tendit un couteau. Entre-temps, il avait préparé du thé – il fit surgir deux tasses assorties de leur soucoupe.

— Vous avez de la très belle vaisselle, observa Kitty en découpant son scone, qu'elle beurra des deux côtés.

Elle avala une première bouchée.

— Une nourriture exquise dans de la porcelaine fine… Vous êtes une perle rare!

Le jeune homme la considéra en plissant les yeux.

— Je parie que vous en êtes une aussi, commenta-t-il. Le problème, c'est que la plupart des gens s'imaginent qu'il s'agit d'une perle artificielle.

Kitty éprouva une telle surprise qu'elle dut toussoter pour ne pas avaler de travers.

— Vous êtes drôlement perspicace, dites-moi! La plupart des gens me tiennent surtout pour une croqueuse de diamants, même si Edda s'est toujours efforcée de préserver ma réputation.

— Oh, Edda! s'exclama le jeune homme avec un mince sourire. Grâce à elle, j'en sais beaucoup sur les sœurs Latimer. En particulier sur vous et votre si joli minois. Je n'arrive pas à comprendre pourquoi tant de gens sont incapables d'aller au-delà des apparences. Charlie Burdum voulait une femme assez belle pour lui servir de faire-valoir, histoire de prouver au monde que même les tout petits messieurs pouvaient s'afficher au bras d'une gravure de mode. Cela dit, il est tombé fou amoureux de vous. Et il était sincère, je n'en doute pas une seconde. Il tenait plus que tout à vous épouser.

— Edda vous en a vraiment raconté beaucoup, si je comprends bien. Si seulement elle en avait fait autant avec moi… Je n'aurais sans doute pas pris les décisions que j'ai prises.

— Elle m'a ouvert son cœur vous concernant parce que je n'étais pas de la famille. Ce que je pouvais penser de tout cela n'importait guère.

— Oh, vous faisiez presque partie de la famille, observa Kitty avec un sourire. Finalement, je suis ravie que vos projets avec Grace soient tombés à l'eau. Vous avez eu de la veine.

Il renversa la tête en arrière et partit d'un grand rire.

— N'allez pas vous imaginer que j'ignorais où je mettais les pieds ! Mais Corundoobar et son propriétaire ont besoin d'une épouse et d'une famille. J'aurai bientôt quarante ans, lui confia-t-il avec gravité.

— Vous allez trouver quelqu'un, le réconforta son invitée.

— Je sais. Tout vient à point à qui sait attendre.

— J'adore cet endroit, le complimenta Kitty en balayant la pièce du regard. Je m'y sens chez moi.

— Ça, c'est parce que, dans le fond, vous avez l'âme d'une patronne d'exploitation agricole. Même si vous ignorez ce qu'est au juste une patronne d'exploitation agricole. Une patronne d'exploitation agricole a toujours une demi-douzaine de marmots dans les pattes, elle se promène pieds nus en été et porte des bottes en caoutchouc l'hiver, elle ne possède pas une seule robe potable, sa boîte à couture déborde de chaussettes à repriser… Je pourrais continuer encore longtemps, mais je crois que ça vous donne déjà une petite idée de la chose.

Kitty, au bord des larmes, se ressaisit très vite.

— Oui, répondit-elle avec allégresse, je vois parfaitement ce que vous voulez dire. Vous ne trouvez pas curieux que nos amours nous entraînent en général vers des univers qui ne nous conviennent pas?

— En effet. Et plus je vieillis, plus je m'en étonne.

— Est-ce que vous vous en sortez malgré la crise? l'interrogea Kitty lorsque Jack commença à débarrasser la table – lui signifiait-il par ce geste qu'il était temps pour elle de décamper?

— J'ai eu de la chance, sourit-il. Mes agneaux me rapportent très peu, mais les chevaux arabes se vendent comme des petits pains. Rien de plus normal, cela dit : seuls les plus fortunés ont encore de l'argent.

Tandis qu'il parlait, un animal gris traversa la cuisine en hâte pour sauter prestement sur les genoux du maître de maison. Il s'agissait d'un énorme chat. Jack se contenta de bouger un peu pour permettre au félin de poser sa lourde tête contre son cœur.

— Je vous présente Bert, enchaîna-t-il. Dès que j'ai fini de manger, il bondit sur mes cuisses.

— Je n'avais jamais vu de chat aussi gros – comme Jack lui caressait le crâne, un ronronnement emplit la pièce.

— Il pèse dix kilos, déclara son propriétaire avec fierté, et c'est lui qui fait la loi dans cette maison. Pas vrai, Bert?

Kitty tendit une main timide.

— Bonjour, Bert.

Deux étincelants yeux verts la lorgnèrent avec malice ; cette bête-là pétillait d'intelligence!

— Vous voilà adoptée! lança Jack avec un large sourire.

— Comment le savez-vous?

— Il n'a pas bougé. Avec Edda… hop… il déguerpissait dans la seconde.

— Revenons-en aux chevaux arabes. Si j'ai bien compris, les papas des petites princesses qui fréquentent les écoles privées ont encore de quoi leur offrir ce dont elles ont envie. Y compris des chevaux pour celles qui en raffolent.

— Vous avez été, vous aussi, une petite princesse qui fréquentait une école privée, il me semble.

— Mais c'était Edda qui adorait l'équitation. Les chevaux me font peur.

— Je m'en suis rendu compte. Mais peu importe. De nos jours, mieux vaut posséder une voiture.

Le thé s'éternisait ; les deux jeunes gens abordaient mille sujets, depuis Edda jusqu'à la démence de Maude, en passant par l'état d'avancement des travaux dans le nouvel hôpital. Kitty avait l'impression de retrouver un vieil ami après dix années de séparation. Jack lui proposa de faire le tour du propriétaire, en profita pour lui présenter ses deux chiens de berger, Alf et Daisy, auxquels il ne permettait pas d'entrer dans la maison. Il refusa que la jeune femme se charge de la vaisselle.

— Ça vous dirait de revenir boire du thé et manger des scones avec moi ? demanda-t-il en la raccompagnant jusqu'à sa voiture. Si vous me prévenez assez tôt de votre visite, je m'arrangerai pour ne pas sentir l'écurie, je vous le promets.

— Je pourrais repasser dans une semaine, à la même heure ? À moins que vous ne jugiez que c'est trop tôt ?

— Au contraire, ça me convient parfaitement.

— Alors, à la semaine prochaine, Jack. Et… merci.

À peine commença-t-elle à s'éloigner au volant de son auto qu'elle constata que Jack regagnait sa maison. Elle en éprouva une pointe de regret. Elle aurait tant aimé qu'il la regardât partir… Bah, pourquoi aurait-il fait une chose pareille ?…

De nombreuses idées avaient germé dans la cervelle de Kitty durant sa conversation avec son hôte. Des idées qui, quoi qu'elles fussent jusqu'alors demeurées vagues, lui trottaient dans la tête depuis son enfance au presbytère, depuis Thumbelina, la jument à laquelle personne ne pouvait toucher, sinon Edda. Mais Edda n'avait jamais souhaité la compagnie de Jack. Elle avait eu besoin de lui, rien de plus. D'abord parce qu'il lui avait offert Fatima. Ensuite, parce qu'il l'avait physiquement comblée. Oh, quel cirque ça avait été le jour où Grace s'était immiscée dans le tableau! Grace n'avait pas désiré le garçon plus que sa jumelle. Mais comme elle, elle avait eu besoin de lui. De son côté, il ne s'agissait pas de plaisir charnel, mais il lui fallait un homme pour réparer la porte de son poulailler ou récolter ses pommes de terre. Pauvre Jack!... Mis en pièces par les aînées Latimer, sans qu'aucune des deux s'avise de la douleur qu'elle était en train de lui infliger.

Notre éducation ne nous a pas préparées à accepter l'amour d'un homme. Cela valait tout particulièrement pour Edda, qui se jugeait froide. Et pourtant. Pourtant, Jack Thurlow l'a aimée. Ça oui! Un Burdum, lui aussi, mais tout le contraire de Charlie. Un paysan dans l'âme, satisfait de son sort – Charlie, lui, ne se satisfera jamais du sien.

Kitty se perdait dans ses souvenirs, elle entendait la voix lointaine d'Edda déplorer que Jack Thurlow manquât d'ambition – un être de pure générosité... Quelle qualité rare, cependant! Ayant échoué à comprendre que ce garçon l'aimait, Edda s'en était allée voir ailleurs, dévorée par sa passion pour la médecine. Ce que Kitty distinguait maintenant, après deux heures passées en compagnie de Jack, c'était un homme capable de communier avec le vent, avec l'eau, avec la terre, avec le feu peut-être bien... Il n'avait peur de rien. Il ne réclamait rien.

Ça alors... Depuis toujours, se dit encore la jeune femme, je suis entourée de gens qui désirent ce qu'ils ne peuvent obtenir, des gens qui se battent bec et ongles pour atteindre l'inaccessible. Chaque fois que le sort les abat, ils se relèvent et repartent au combat. Jamais Jack Thurlow ne s'abaisserait à cela.

Edda le jugeait un peu rustre – une façon polie de dire qu'elle ne le trouvait pas intelligent. Tufts voyait en lui un type épatant, parce qu'il possédait selon elle le sens de l'honneur et du devoir. Pour Grace, il représentait la gentillesse incarnée – autrement dit : il était prêt à se sacrifier sur l'autel de la jeune femme. Papa disait de lui que c'était un homme bien, mais qu'il ne fréquentait pas son église ; il était promis à un paradis au rabais. Et Charlie ? Que pensait-il de son cousin ? Si, d'aventure, son épouse lui posait la question, sans doute ne manifesterait-il d'abord aucune réaction, car il lui faudrait quelques minutes pour faire affleurer le visage de Jack à son esprit. Puis il décréterait que Jack était un type en or, entendant par là qu'il se satisfaisait de sa petite existence ; aux yeux du Dr Burdum, il ne comptait pas.

J'ai de la peine pour lui, se dit Kitty, parce qu'à l'instar d'Edda et de Grace, je ne me suis pas souciée des tourments de Jack ; je me suis comportée comme s'ils n'existaient pas. Quand je pense aux espoirs qu'il a dû nourrir pendant toutes ces années, depuis sa rencontre avec Edda, songeant qu'un jour, sans doute, elle consentirait à l'épouser. Et lorsqu'il a enfin compris qu'elle ne serait jamais sienne, il a jeté son dévolu sur sa jumelle. Mais il ne s'est plaint de rien, et quand Grace l'a éconduit, il a opposé au monde tous les signes d'un orgueil blessé. Il a choisi de se comporter comme les pipelettes de Corunda souhaitaient qu'il se comportât.

Et voilà que je le découvre enfin sous son vrai jour. Il me semble voir clair en lui. Il s'est remis de son échec avec Edda, mais sur ces neuf dernières années, au cours desquelles il a remâché son humiliation, son aigreur peut-être, sur ces années-là il n'a pas encore tiré un trait. Pourtant, il demeure celui qu'il a toujours été, et celui qu'il restera à jamais : un garçon attaché à sa terre et aux créatures qui s'y ébattent.

Chaque fois qu'il ne sera pas en déplacement, je viendrai prendre le thé dans sa cuisine le mercredi matin, je saluerai Alf et Daisy, je m'attirerai les bonnes grâces de Bert lorsqu'il ronronnera sur les genoux de son maître. Ce garçon est une île de granit au beau milieu des sables mouvants.

Kitty arrêta la voiture pour contempler les montagnes assombries dont les sommets s'ornaient de neige sous un ciel bas et violacé, qui semblait aussi lourd qu'un couvercle de plomb. De gros flocons de neige humide se mirent à voleter devant la jeune femme. Ils dansaient une danse folâtre entre les grands bras d'un impalpable oubli. Le spectacle était splendide !

Lorsque Charlie regagna le manoir ce soir-là, en compagnie de Dorcas, il se comporta selon son habitude : il piqua un petit baiser sur la joue de son épouse en lui demandant à quoi elle avait occupé sa journée. Sans même s'en rendre compte, Kitty s'écarta, en sorte que le baiser claqua dans le vide, après quoi elle s'abstint de répondre à son mari.

Une fois qu'il eut préparé l'apéritif, tandis que Mlle Chandler s'installait dans «son» fauteuil, la jeune femme ouvrit enfin la bouche – pour ne s'adresser qu'à Dorcas. Cette dernière, dont l'œil était scrutateur, avait tout noté, mais elle se garda de réagir : elle tremblait à l'idée de contrarier Charlie, qui n'appréciait pas qu'elle se mêlât du comportement de son épouse.

— Vous êtes splendide, ce soir, Dorcas, lança Kitty, qui plaignait la jeune femme.

— Merci !

Le ton était artificiel, car Mlle Chandler ne s'attendait pas à cette remarque – et pour quelle raison la maîtresse des lieux ignorait-elle son mari ?

— Vous avez tapé dans le mille, enchaîna celle-ci avec un sourire chaleureux. Cette élégante sobriété devrait faire merveille à Melbourne. Personnellement, j'ai toujours craint cette ville, parce que j'aime trop les fanfreluches et les falbalas pour les femmes de Melbourne. Mais vous, vous êtes sublime. D'ici un an, tous les politiciens rêveront d'avoir auprès d'eux une assistante aussi stylée, aussi intelligente et aussi discrète que la Dorcas Chandler de Charles Burdum – et encore une version moitié moins parfaite les satisfera-t-elle pleinement, croyez-moi.

Mille et une émotions étaient passées dans le regard de la jeune femme pendant que Kitty lui troussait son compliment; sa cervelle bouillonnait. Elle n'osait pas jeter le moindre coup d'œil vers son employeur en quête de conseil; de toute façon, il leur tournait le dos. Comment devait-elle se comporter? Comment deviner ce que cherchait au juste Kitty?

— Vous ne le trouvez pas trop sombre, ce bleu? hasarda Mlle Chandler avec angoisse.

— Pas du tout. Je préfère de loin cet outremer au bleu de Prusse ou au bleu marine. Faites-moi confiance. Je suis incapable de choisir correctement mes tenues, mais pour les autres, j'ai un œil infaillible.

Le Dr Burdum se décida enfin à faire volte-face.

— Mon épouse a raison, confirma-t-il en remettant un verre de xérès à sa conseillère. Le bleu outremer vous sied à ravir.

Kitty accepta à son tour un verre de xérès en souriant à son mari.

Sale petite garce! se disait Charles. Que s'est-il passé aujourd'hui pour que tu te décides enfin à exprimer en présence d'un tiers ton aversion à mon égard? Je crois bien qu'en échange j'exigerai ce soir que tu me reçoives dans ton lit.

Mais Kitty avait pris les devants. Au beau milieu du repas, elle se plaignit d'un début de migraine et alla se coucher. Le Dr Burdum se retrouva en tête à tête avec Dorcas.

— Je me demande ce qui lui arrive, lâcha-t-il une fois que son épouse eut quitté la salle à manger. Cela dit, chez les migraineux, une phase prodromique précède en général la phase d'aura.

— Il m'arrive d'oublier que vous êtes médecin, observa posément Mlle Chandler en reposant sa fourchette et son couteau. Non, vraiment, merci, j'ai assez mangé. Je me sens gavée comme une oie.

— Une oie des plus charmantes, répondit son hôte en levant son verre dans la direction de la jeune femme. D'aucuns jugent les oies agressives, mais n'oublions pas qu'elles appartiennent à la famille des cygnes.

Il était temps pour elle de brûler ses vaisseaux, sans quoi la situation de Kitty se trouverait à jamais compromise :

— Peut-être allez-vous me réprimander, et vous aurez raison, mais j'estime qu'il est de mon devoir de vous dire que votre épouse est malheureuse. Très malheureuse, ajouta-t-elle sur un ton d'excuse.

Elle avait parfaitement choisi son moment ; les épaules du Dr Burdum s'affaissèrent.

— Je ne le sais que trop, Dorcas. Elle ne vit que pour les enfants et rêve d'en avoir, mais, hélas, elle a déjà fait deux fausses couches.

— C'est pour cette raison qu'elle travaille à l'orphelinat.

— Et n'oubliez pas qu'avant notre mariage elle était infirmière pédiatrique.

— Mais elle est encore jeune.

— De surcroît, les obstétriciens ne trouvent rien chez elle qui puisse expliquer ces deux drames. Moi non plus. Le pire, c'est qu'elle me tient pour responsable de ce qui s'est produit.

Enfin !... Enfin, il s'était livré.

Le visage de Mlle Chandler demeura impassible, mais une étrange lueur se mit à briller dans ses yeux.

— Je me garderais bien de vous donner des leçons, puisque je n'ai jamais été mariée, mais il est vrai que le

509

temps guérit toutes les blessures, y compris celles de l'âme. Votre épouse est une femme raisonnable.

— J'espère en effet qu'elle s'en remettra, mais il y a guérison et guérison. Kitty est faite pour s'occuper de son foyer, quand, à l'inverse, je ne suis attiré que par la vie publique. Cette situation ne fera qu'empirer au fil des ans.

— Ne vous tourmentez pas, le rassura Dorcas. N'avez-vous pas remarqué que chez nous, les femmes n'ont pratiquement pas voix au chapitre dans la vie politique ? À tel point qu'on ne voit pour ainsi dire jamais les épouses de ses principaux acteurs. Vous pouvez donc fort bien vous occuper des affaires de l'État, pendant que Kitty continuera de se consacrer à Burdum House. Son importance se révèle négligeable dans les cercles que vous fréquentez. Il vous suffira de vous montrer à son bras deux ou trois fois par an. Elle fera alors tourner toutes les têtes – sauf celle de sir Rawson Schiller, qui a épousé sa demi-sœur. Quoi qu'il arrive, les quatre filles Latimer entreront un jour dans la légende australienne. Il y aura lady Schiller, il y aura la future lady Burdum – car vous obtiendrez le titre de chevalier, je vous en fais la promesse –, il y aura la directrice de l'hôpital, et enfin la veuve Olsen, rescapée de la Grande Dépression. Cette légende, je me chargerai personnellement de l'écrire dans quelques années. Ne vous tracassez pas pour Kitty. Elle a l'orphelinat, elle a ses sœurs, son père… et puis elle a Corunda. Vous, vous aspirez à de plus vastes horizons, vous le savez mieux que moi.

Charles se sentait soudain revigoré, son regard devenait celui d'un fauve – il faudrait qu'elle interdise à son coiffeur d'élaguer trop sa crinière léonine ou de la domestiquer à coups de brillantine – ce soupçon de sauvagerie lui allait à merveille. Souriant intérieurement, elle songea à Joseph Lyons, le Premier ministre. Lui non plus n'avait pas accepté de se plaquer les cheveux comme la mode l'exigeait. Jimmy Scullin pas davantage. Les femmes adoraient cela. Ce qui les rebutait, c'était les dents gâtées, la bedaine et la calvitie.

— Dorcas, lança le Dr Burdum d'une voix presque chantante, que ferais-je sans vous?

Tu coulerais comme une pierre, répondit-elle en silence. Tu coulerais tout au fond des abysses.

* * *

Dorcas fut la première à s'en apercevoir, mais elle devina qu'elle ne pouvait intervenir. C'est donc Grace qui aborda le sujet auprès de Charles au tout début de l'année 1933 – bien qu'elle lui eût, au départ, demandé un rendez-vous officiel pour lui parler de ses fils.

Les deux garçons l'accompagnaient. Ils faisaient plus que leur âge, constata le Dr Burdum, Brian tout particulièrement, qui avait dû, bien malgré lui, endosser le rôle de l'homme de la maison. C'était sa mère qui l'y avait encouragé. Oh, pas en pleurnichant en sa présence ni en lui répétant qu'elle ne pouvait plus désormais compter que sur lui: non, Grace était trop intelligente pour se résoudre à de si grossiers stratagèmes. Simplement, elle n'avait rien fait pour cacher à son fils aîné la terrible épreuve que représentait pour elle son veuvage. D'aucuns auraient jugé sensée l'attitude de la jeune femme. D'autres – Charles était de ceux-là – estimaient qu'à cinq ans à peine Brian aurait dû être épargné. John, pour sa part, fêterait ses quatre ans le dernier jour de mai. Les deux bambins se ressemblaient beaucoup. Blonds de tignasse et de cils, indéniablement scandinaves dans l'ossature de leur visage. À les contempler, le Dr Burdum songea que, chez les Latimer, les origines vikings et teutonnes l'emportaient sur l'ascendance britannique ou celte. Les garçonnets se distinguaient en revanche par leurs yeux. Tous deux arboraient un regard bleu de ciel, sans la moindre nuance de gris marin ni de vert. Mais combien l'esprit qui se mouvait derrière ces regards différait de l'un à l'autre : Brian ne cillait pas, et il était difficile de le contraindre à vous fixer ; il était le guerrier, l'intelligence au combat. Il y avait à l'inverse, dans l'œil de John, quelque chose d'un peu mystique, d'un peu triste – celui-là passerait son existence à chercher la vérité. Pauvre John. Il n'aurait pas la tâche facile.

Je devrais avoir deux fils du même âge, se dit encore Charles, mais s'ils avaient vécu, les miens auraient été en marbre de Carrare, quand ces deux-là n'ont été taillés que dans du marbre de Paros. Un marbre d'un blanc sans défaut, dépourvu des veines fascinantes et des tourbillons colorés qui font tout le prestige de celui des carrières italiennes. Mais à quoi bon gémir ? Je n'aurai eu droit qu'à deux fausses couches, dont l'une si tardive qu'il m'aura fallu porter en terre un véritable enfant.

— En quoi puis-je vous être utile, Grace ? demanda-t-il en dissimulant son appréhension – avec Grace, il ne fallait jamais s'attendre à de bonnes nouvelles.

— J'ai l'intention de partir m'installer à Sydney.

Alors seulement, il l'observa pour la première fois depuis qu'elle avait pénétré dans la pièce. Jusqu'ici, il n'avait eu d'yeux que pour ses fils. *La Vierge aux rochers* de Léonard de Vinci, pensa aussitôt le Dr Burdum. Belle, inaccessible, située bien au-dessus des plaisirs terrestres, tout entière vouée à sa progéniture. Les quatre filles Latimer se révélaient décidément des créatures hors du commun !

— Un fameux bouleversement en perspective, commenta-t-il sur un ton évasif, après quoi il attendit.

— C'est le bon moment. Brian va commencer l'école dans un mois. Mais pas ici.

Son ton changea, se fit plus mielleux – Charles ne serait pas dupe une seconde, elle le savait, mais elle tenait à jouer toutes ses cartes.

— J'ai d'abord eu l'intention de m'adresser à Rawson Schiller, mon autre beau-frère, mais c'est Melbourne qui lui importe et, pour autant que je sache, Edda s'y plaît beaucoup. Personnellement, je trouve qu'il y fait trop chaud en été, et trop froid en hiver. Je préfère Sydney.

Le miel se mua en eau glacée.

— Vous possédez tellement d'argent, Charlie, que je n'éprouve pas le moindre remords à vous demander de mettre un peu de beurre dans mes épinards. Je refuse d'élever les enfants de Bear dans une ville où chacun connaît leur histoire, je refuse qu'ils fréquentent une école dont tous les élèves auront vu leur père sombrer dans la folie puis mettre fin à ses jours.

Le regard du Dr Burdum revint instinctivement aux deux bambins, qui flanquaient leur mère à hauteur des genoux, pareils aux deux lions veillant une statue de Cybèle. Comment pouvait-elle aborder de tels sujets en leur présence? Brian regardait droit devant lui, John semblait égaré dans les brumes d'un rêve.

Et pourtant Grace poursuivait, inexorablement :

— Vous avez largement de quoi m'installer dans une belle maison de Bellevue Hill, mettre une voiture à ma disposition et me verser une pension digne d'une veuve respectable qui n'a aucune intention de s'en aller briller en société. Je tiens à ce que mes fils fréquentent une école privée, mais chacun la leur. Le Scots College sera parfait pour Brian, tandis que John devrait se sentir mieux à la Sydney Grammar School. Comme vous pouvez le constater, j'ai mené ma petite enquête et j'ai pensé à tout.

— À tout, en effet, observa Charles, qui ne lui tenait pas rigueur de la somme considérable qu'elle s'apprêtait à lui coûter puisque, grâce à elle, il allait battre sir Rawson Schiller sur son propre terrain. Ne craignez-vous pas de vous sentir seule en emménageant dans un endroit où vous ne possédez ni connaissances ni amis?

— Des connaissances et des amis, je m'en ferai rapidement, répondit la jeune femme en souriant. C'est à ça que servent les associations de parents d'élèves. Un jour, ce pays sortira de la crise, et je veux que mes fils se tiennent prêts à recueillir les fruits de la croissance retrouvée. Les meilleures écoles, l'université, un petit coup de pouce lorsqu'il s'agira de dénicher un emploi. S'ils ont envie de se lancer dans les affaires, ils ne disposeront certes d'aucun pécule au départ, mais du moins posséderont-ils le statut et l'éducation nécessaires pour faire leur trou.

— Et si vous alliez jouer dehors, les enfants? lança gaiement le Dr Burdum.

Il jeta un coup d'œil à leur mère, celle-ci hocha la tête en direction des garçons et, déjà, ils avaient filé.

— Vous les avez superbement élevés, la complimenta Charles.

— Pour autant que la chose soit possible à Corunda. Tant qu'ils resteront à l'école primaire, ils seront externes, mais dès qu'ils auront fêté leurs douze ans, je tiens à les mettre en pension. Cela coûtera de l'argent, mais comme ils n'ont plus de père, j'estime qu'ils auront plus besoin que d'autres de se confronter à un univers d'hommes. Lorsque l'adolescence et la puberté viendront, je ne leur suffirai plus. Je me retrouverai en territoire inconnu. Papa n'a eu que des filles.

— Vous ne cessez de me surprendre…

— Parce que je place les besoins de mes enfants avant les miens? se mit à rire la jeune femme. Allons, Charlie. Quelle mère n'en ferait pas autant? L'existence va son cours sans qu'on comprenne jamais pourquoi. Je ne le comprends pas plus que les autres. Je suis la mère des enfants de Bear, et je veux à tout prix qu'ils réussissent mieux que leur père, car je sais que c'est ce qu'il aurait souhaité aussi. Il n'a jamais éprouvé de jalousie ni d'amertume envers quiconque. Il me donnait assez d'argent pour me permettre d'avoir un train de vie décent aux yeux des amis de nos fils et de leurs parents. J'avais de quoi préparer des repas dignes de ce nom si je recevais, j'avais de quoi offrir à Brian et John des vêtements convenables. Hélas, je n'ai pas les moyens d'en faire autant, car même à Sydney je ne trouverai pas de travail. Je possède mes propres meubles, mais je dois pouvoir acheter des livres pour constituer une petite bibliothèque ; elle sera utile aux garçons.

Le Dr Burdum s'empara d'un bloc-notes, sur lequel il se mit à griffonner.

— Une maison à Bellevue Hill. Avec vue sur Rose Bay. Les demeures du quartier qui n'en ont pas ne valent pas un clou. Les lieux seront à votre nom, même si c'est moi qui paierai la taxe d'habitation et les impôts fonciers. Une belle voiture, facile à faire réparer. À votre nom, elle aussi. Parfait ! Il ne me reste plus qu'à demander à mes avocats d'établir les documents nécessaires pour vous protéger au cas où il m'arriverait quelque chose. Si je mourais, je ne tiens pas à ce que Rawson Schiller vienne fourrer son nez dans nos affaires ! Je vous verserai vingt livres par semaine – une somme susceptible d'augmenter en fonction du coût de la vie. C'est moi, également, qui réglerai les frais de scolarité des garçons, qui achèterai leurs uniformes, leurs livres et tout ce dont ils auront besoin en matière d'éducation. Je pense puiser, pour ce faire, dans un compte à part. Je vais en outre placer vingt mille livres à la banque, auxquelles il ne faudra toucher qu'en cas d'extrême nécessité.

Charles reboucha son stylo, le posa sur la table et leva les yeux vers sa belle-sœur.

— Ai-je omis quelque chose, Grace ?

— Rien du tout. Je vous remercie, Charles, du fond du cœur.

Elle lui décocha un sourire radieux.

— Plus jamais je ne vous appellerai Charlie.

— Cette seule récompense suffit à mon bonheur.

— Je suppose que Kitty se trouve à l'orphelinat ?

Les traits du Dr Burdum affectèrent ceux d'une gargouille.

— Évidemment. Puisqu'il semble qu'elle ne parvienne pas à en avoir elle-même, elle tente d'oublier son chagrin auprès des enfants des autres.

— Ne soyez pas aussi amer, Charles, je vous en prie. Elle est en train de s'écrouler.

— Pardon ?

— Elle est en train de s'écrouler. Vous vous en êtes forcément aperçu.

— Je... je l'ai à peine vue ces derniers temps.

Tu m'étonnes, grinça la jeune femme en silence. Tu es bien trop occupé avec ta jument Dorcas.

— Elle garde la même robe pendant au moins deux ou trois jours, enchaîna Grace. Elle a les cheveux en bataille et elle ne porte plus de rouge à lèvres. J'ai essayé de lui parler, mais je ne suis arrivée à rien. Kitty m'a répliqué que les enfants ne se souciaient pas de son apparence physique, et que de toute façon ils détestaient le rouge à lèvres, parce qu'il leur bave sur les joues quand elle les embrasse. Elle est en train de perdre les pédales, Charles, et, en votre qualité de médecin, vous devriez comprendre ce que cela signifie.

— Elle est comme notre vilaine époque : en pleine dépression ?

— Exactement.

* * *

Mais jamais le mercredi. Là se trouvait la pièce manquante du puzzle, que Grace ne connaissait pas.

Du fait de leurs différences de caractère, cette dernière se méprenait souvent sur les agissements de sa demi-sœur. Pour l'heure, elle était persuadée que Kitty renouait avec les phases dépressives de son enfance et de son adolescence, en conséquence de quoi elle s'en irait bientôt rejoindre Maude dans son asile d'aliénés. Mais Grace était loin du compte. À l'orphelinat, l'épouse du Dr

Burdum avait observé que les bambins n'aimaient guère les uniformes et préféraient voir déambuler leurs bienfaitrices dans des robes que leurs propres mères auraient pu porter. C'est pour cette raison que la jeune femme avait opté pour des tenues plus simples, qu'elle n'hésitait pas à arborer deux ou trois jours d'affilée si leur état de propreté le lui permettait. Et à quoi bon enfiler des bas de soie à dix schillings la paire pour les filer dès le début de la journée?

Tufts comprit. Grace, non. Dorcas Chandler pas davantage.

Kitty se souciait peu, désormais, de son apparence physique, et cela lui procura un étrange sentiment de libération : au lieu de tourner en rond comme autrefois, il lui semblait suivre à présent des voies rectilignes, qui de temps à autre se subdivisaient, mais parvenue à ces carrefours, elle n'hésitait jamais, allait sans heurts son bonhomme de chemin qui, toujours, la ramenait à cet embranchement mieux illuminé qu'un sapin de Noël. Sa vie prenait enfin une signification – elle était consternée, lorsqu'il lui arrivait de se retourner sur les années écoulées, de constater qu'elles n'avaient été régies que par l'apparence. Ses sœurs l'avaient toujours comprise, mais cependant chacune possédait, elle aussi, ses propres centres d'intérêt. Le temps les avait affreusement éloignées les unes des autres…

Jack Thurlow flotta dans l'esprit de Kitty, tel qu'un corps désincarné, durant l'hiver et le printemps. Tous les mercredis matin (sauf si d'aventure il quittait Corunda quelques jours), elle le rejoignait pour deux heures de conversation autour d'une tasse de thé et de scones au fromage. La jeune femme se confiait à lui sans crainte, car il l'arrêtait toujours avant qu'elle en racontât trop. De son cœur brisé par deux fausses couches successives et un mari trop jaloux, le garçon ne souhaitait pas entendre parler : certains sujets ne concernaient que les femmes, d'autres ne s'abordaient qu'entre hommes.

Sans une parole, Jack fit aussi entendre à son invitée ce que Charlie ne saisirait jamais : qu'elle avait eu raison de se cramponner à l'amour de ses sœurs et de son père, raison de s'agripper à son juste désir de maternité. Comment Edda avait-elle pu être aussi bornée pour rester aveugle aux trésors que son compagnon était en mesure de lui offrir ? Puissance, sécurité, sérénité… un amour viril nourri de passion… Pauvre Edda, qui brûlait toujours d'obtenir ce qu'elle n'avait pas…

Jack, pour sa part, se gardait bien de s'immiscer dans l'existence de Kitty pour lui montrer comment la remettre sur ses rails. C'était à elle de prendre les choses en main. À sa façon. Et à son rythme. Un rude combat, assurément, pour une guerrière si menue.

Mais elle n'était pas seule. Parfois, sans mot dire, d'un simple regard ou d'un geste discret, il lui signifiait qu'il se tenait à ses côtés. Qu'il l'aimait, qu'il l'aimait infiniment plus qu'il avait jamais aimé sa sœur. Dès que Kitty fermait les yeux, elle sentait cet amour l'envelopper, chaud et léger comme une plume, et qui jamais ne l'écrasait.

— Écoute, Kitty, lança vivement Grace la veille de son départ pour Sydney avec ses deux garçons.

— Je t'écoute, répondit docilement sa demi-sœur.

— Edda n'est plus là, et maintenant que je pars à mon tour, tu vas te retrouver plus seule que jamais. Si Charles possédait deux sous de bon sens, mais ce n'est hélas pas le cas, il veillerait sur toi de son mieux, mais il est obsédé par la politique et sa jument Dorcas. Dans quelques mois, il y aura une élection partielle, à laquelle ton mari est déjà en train de se préparer. Es-tu au courant qu'il a loué un local commercial pour en faire sa permanence de campagne ? Oh, Kitty ! Tu ne le savais même pas ?… Mais qu'est-ce qui t'arrive ? George Ingersoll est en train de mourir d'un cancer, et dès qu'il mangera les pissenlits par la racine, son siège sera vacant ! Tu m'entends ?

— Oui, je t'entends, répondit Kitty d'un air las.

— Quand Charles se trouvera à Canberra, la situation changera. Heureusement, il n'aura pas besoin d'y acheter une maison, puisqu'il n'y a que deux heures de route entre ici et là-bas. Mais le fait est qu'il y passera le plus clair de son temps. Si tu veux essayer d'avoir un autre bébé, c'est maintenant ou jamais. Une fois qu'il sera député, il manquera d'énergie.

Dans un froufrou de jupons, la jeune femme se pencha sur sa demi-sœur pour l'étreindre et lui donner un baiser.

— J'ai peur pour toi, Kitty ! Si elle savait ce qui se passe, Edda s'inquiéterait aussi. Ma maison de Bellevue Hill comporte une chambre d'amis. Je veux que tu me promettes de venir si tu ne trouves plus personne à Corunda vers qui te tourner.

Une lueur violacée passa dans le regard de Kitty.

— Plus personne à Corunda ? répéta-t-elle.

— Ou alors, va voir Edda. Rawson est un gentleman.

— Franchement, Grace, gloussa sa sœur, tu es impayable ! Je me sens parfaitement bien, voyons, je ne cours aucun danger.

— N'oublie quand même pas ma chambre d'amis.

Les médecins diagnostiquèrent le cancer de George Ingersoll en janvier 1933, date à laquelle le malheureux se portait déjà si mal qu'on ne lui donna pas plus d'un mois à vivre. Mais George était un solide gaillard, qui n'avait pas laminé ses adversaires politiques pendant quarante ans pour se contenter de tirer sa révérence sous prétexte qu'une poignée de docteurs avaient décrété que son heure était venue. Il ne s'agissait que d'une mauvaise passe, décréta-t-il, et il n'était pas question pour lui de démissionner de son poste au Parlement fédéral. En octobre, il succomba à une crise cardiaque, sans rapport apparent avec le cancer qu'il était parvenu à tenir en respect. À sa mort, il était encore député de Corunda ; on invita donc les habitants de la ville à élire son successeur à la fin du mois de novembre.

Charles Burdum avait eu tôt fait de saisir l'une des clés de l'univers politique australien : la subtilité n'y servait strictement à rien. Sitôt que George Ingersoll eut annoncé qu'il était malade, l'Anglais loua donc une boutique désaffectée sur George Street, dont il fit sa permanence de campagne. Il y installa Dorcas Chandler et quelques jeunes partisans exaltés, pourvut l'endroit en thé, en biscuits, et ronéotypa des extraits de ses cahiers en guise de programme. Il fit par ailleurs entendre d'emblée à ses concitoyens qu'il se présenterait en indépendant ; hors de question pour lui de se rallier aux vues des partis en place.

Le Country Party de George Ingersoll, conscient que le Dr Burdum serait forcément élu le jour où le vieux député s'éteindrait, renonça à lever des fonds pour une bataille perdue d'avance ; il ne songea pas même à présenter un candidat. Charles n'aurait donc qu'un unique opposant : un membre du Parti travailliste issu des ateliers des chemins de fer – et encore savait-on à l'avance que la majorité des voix travaillistes iraient, quoi qu'il en soit, à l'incontournable et insolent Charles Burdum.

Kitty, de son côté, se demandait si son époux se rappelait encore son existence. Alors elle rêvassait, elle pensait à Jack Thurlow, à l'inextricable situation dans laquelle elle se trouvait, prisonnière d'un homme qui ne lui convenait pas. Comment s'extraire de ce bourbier ? Cependant, elle ne se sentait pas malheureuse. Car derrière son impuissance se dissimulait une confiance nouvelle qui lui donnait de la force, une confiance qui lui soufflait qu'aucune question ne restait jamais sans réponse.

Charles n'ignorait pas que la jeune femme se désintéressait de ses activités, mais tant que George Ingersoll était encore de ce monde, elle ne méritait pas qu'il dépensât de l'énergie pour elle. Au vrai, le Dr Burdum se mouvait à l'instar de Kitty dans des sortes de limbes, tout à la création théorique de son propre parti.

La mort de George l'aiguillonna. Soudain, Canberra se rapprocha et Charles s'extirpa de son inertie. L'heure était venue pour lui d'affronter son épouse, dont on aurait pu désormais penser, à la voir, qu'elle était issue du quartier des Trelawneys – elle ne se promenait pas en guenilles, mais toute élégance l'avait désertée. Rien qui ne puisse être corrigé, mais où allait-il trouver le temps de reprendre en main sa garde-robe? Quelle plaie que cette Kitty, trop occupée par son labeur à l'orphelinat pour donner des thés auxquels elle aurait pu convier les femmes de la bonne société! Soudain, une idée lui vint: il allait la fourrer entre les pattes de Dorcas, et Dorcas réglerait tout.

— Demandez donc à mon épouse de s'arranger un peu, voulez-vous. J'exige que des murmures d'admiration s'élèvent lorsque, bientôt, Canberra posera les yeux sur elle. Je vous donne carte blanche.

— Je ne peux pas faire une chose pareille! glapit Mlle Chandler. Kitty est votre femme! Vous êtes le seul à pouvoir lui parler. Je ne suis pour elle qu'une étrangère, nous n'entretenons même pas de liens d'amitié. Je vous en prie, Charles! Je suis votre employée, rien de plus.

Mais le Dr Burdum demeura sourd aux implorations de Dorcas. Cette dernière crut même voir des éclairs jaillir autour de sa silhouette marmoréenne, le couronnant telle une aura, en sorte qu'elle comprit que, si elle refusait d'obéir à ses ordres, il recruterait une autre conseillère.

Quant à Kitty, elle s'attendait peu ou prou à ce qui allait se produire. Néanmoins, lorsque Mlle Chandler lui proposa de prendre le thé ce mercredi matin, elle hocha négativement la tête.

— Non, pas aujourd'hui. Demain. Le mercredi matin, je prends le thé avec Jack Thurlow, et je ne changerai mes habitudes ni pour Charlie, ni pour vous, ni pour qui que ce soit d'autre.

Le regard bleu pâle fora le sien sans y déceler la moindre trace de culpabilité ou de rébellion.

Jack Thurlow? De qui s'agissait-il? Pas d'un ami du Dr Burdum, en tout cas, non plus que d'un personnage politique important. Fouillant dans ses souvenirs, Dorcas fit affleurer à sa mémoire une vieille anecdote : ce Jack-là n'était-il pas l'héritier officiel de Tom Burdum avant l'arrivée de Charles? Et l'amant d'Edda, l'une des demi-sœurs de Kitty… Mais oui, bien sûr! Celle-ci le connaissait donc bien avant de rencontrer son futur époux. Un vieil ami, un ami cher. Rien qu'un ami, conclut Mlle Chandler.

Il n'empêche : guettant l'épouse de son employeur ce jour-là, elle la découvrit parée pour son rendez-vous avec Jack, vêtue d'une superbe robe en soie lavande, dont l'élégance se trouvait rehaussée par quelques touches d'abricot – Kitty avait opté pour un sac et des souliers de même ton. Elle arborait également un magnifique chapeau à très large bord, un brin de maquillage délicatement appliqué, tandis que ses cheveux cascadaient sur ses épaules. Quelle femme magnifique!…

Une vive douleur transperça le cœur de Dorcas : si je lui ressemblais, je pourrais devenir la reine du monde. Alors qu'elle… elle s'en fiche éperdument. Il n'empêche que, le mercredi matin, elle chasse ses nuages pour les beaux yeux d'un homme du passé qui, par-dessus le marché, est resté des années durant l'amant de sa sœur.

Il n'avait pas fallu plus d'une semaine au service du Dr Burdum pour permettre à Mlle Chandler de quitter son désert affectif et de se retrouver au beau milieu, non pas d'une oasis, mais bien de l'oasis, la seule et unique, celle-là même où Alexandre le Grand avait pénétré en homme pour la quitter en dieu. Sous les oripeaux de la jument squelettique se cachait une femme pareille à toutes les autres, une femme qui brûlait qu'on l'aimât, qui désirait qu'un homme lui offrît sa force et sa chaleur. Or, Charles Burdum représentait tout ce dont rêvait Dorcas Chandler, avec la certitude néanmoins qu'elle ne pourrait jamais l'obtenir. N'ayant rien d'autre à lui offrir que ses conseils et son intime connaissance d'un milieu dont elle maîtrisait tous les arcanes, elle se consacra à sa tâche corps et âme, et elle y mit aussi son cœur. Mlle Chandler aimait le Dr Burdum, même s'il ne devait jamais l'apprendre.

Dorcas avait également de la fierté, mais elle n'ignorait pas que les créatures de son espèce n'étaient pas autorisées à la manifester, aussi, en rejoignant Kitty pour le thé, se sentait-elle assaillie par des émotions contradictoires. La vilaine employée contrainte de reprocher à la belle épouse de ne pas tenir son rang; la femme orgueilleuse déterminée à taire ses sentiments afin de préserver son amour-propre.

Kitty coupa court à tous les préambules.

— Inutile de vous comporter comme si vous aviez le tranchant d'une hache posé sur la nuque, Dorcas, lui dit-elle en versant le breuvage dans les tasses. Prenez l'un de ces biscuits Anzac, puis trempez-le dans votre thé, ils ne s'effritent jamais. Je ne connais rien de pire que de se retrouver avec des miettes de biscuit plein sa tasse.

— Je n'ai jamais trempé de biscuit dans mon thé, répliqua la conseillère de Charles avec raideur.

— Quel dommage! Vous ne savez pas ce que vous perdez! La recette des biscuits Anzac, je l'ai rapportée du presbytère où j'ai grandi. Je parie que vous n'avez pas de sœurs. Sinon, vous tremperiez vos biscuits dans votre thé.

— Je n'ai pas de sœurs et je ne trempe pas mes biscuits dans mon thé, mais il s'agit là d'un syllogisme.

— Comme le fait de dire que la nuit, tous les chats sont gris, alors que ce n'est pas vrai?

— Vous savez ce qu'est un syllogisme. Ce n'est pas le cas de tout le monde, tant s'en faut.

— Revenons au but de votre visite, voulez-vous. Charlie compte sur vous pour m'empêcher d'agir et de me vêtir comme une paysanne, maintenant qu'il affiche ouvertement ses ambitions politiques. Les hommes sont d'une sottise confondante!… Jusqu'à ce que Grace lui parle de moi, je suis bien certaine qu'il n'avait même pas remarqué ma transformation.

La jeune femme gloussa, puis poussa un soupir.

— Et Grace a quitté la ville depuis dix mois, maintenant. Vous pourrez dire à votre employeur que vous avez agi selon ses ordres, mais que je n'ai fait aucune remarque, ni dans un sens ni dans l'autre. Je m'adresserai à lui quand je l'aurai décidé, et ce jour-là, il me comprendra. Non. Disons plutôt qu'il m'écoutera et entendra mes propos. De là à les comprendre, j'en doute. Aujourd'hui, c'est de vous que je désire parler.

— De moi? fit Mlle Chandler en écarquillant les yeux.

— De vous. J'exige de connaître votre terrible secret, celui qui gâche votre plaisir d'avoir décroché le poste de vos rêves, et que vous êtes terrifiée de perdre.

Dorcas ne souffla mot. Elle avala une gorgée de thé, puis croqua son biscuit.

Sûre de son fait, Kitty ne la lâchait plus du regard. L'employée de son époux portait un tailleur en tweed rouille, moucheté de points noirs, assorti d'un chapeau de feutre incliné sur l'œil gauche. Elle était mieux coiffée qu'avant, maquillée avec plus de goût – les yeux, tout particulièrement – des yeux rusés, mais vulnérables.

— Allons, Dorcas, je sais que vous avez un terrible secret, insista son hôtesse en lui souriant avec douceur et compassion. Je ne demande qu'à vous aider, mais cela me restera impossible tant que vous n'aurez pas compris que je suis à la fois votre amie et votre alliée. Je vais vous dire de quel secret il s'agit selon moi.

— Quoi que vous comptiez m'annoncer, madame Burdum, ce ne sera que pure fantaisie.

— Inutile de bluffer avec moi… Lorsque vous n'étiez encore qu'une adolescente naïve d'une quinzaine d'années, un individu cruel et cynique a profité de votre ignorance. J'aurais parié que vous n'aviez pas de sœurs, sinon elles vous auraient protégée comme les mères ne le font jamais. Quelles que soient leurs motivations, les mères peuvent se révéler affreusement destructrices, et complètement aveugles s'agissant de leurs filles.

— Pour le moment, vous ne m'avez rien révélé qui soit susceptible de me désarçonner.

— Vous avez eu un bébé. Un fils, je crois, que vous chérissez de tout votre être. Mais c'est son père qui vous coûte de l'argent, parce qu'il vous fait chanter.

Dorcas était vaincue.

— Ce chantage, vous allez y mettre un terme en racontant toute votre histoire à Charlie. Ah non, Dorcas, n'allez pas vous mettre à sangloter comme le faisait jadis ma sœur Grace ! Comportez-vous plutôt comme la nouvelle Grace qu'elle a su devenir lorsque les loups ont commencé à gratter à sa porte : relevez la tête ! Vos parents vous ont-ils rejetée ? Je suis sûre que non !

— Non. Ils ont pris Andrew avec eux, afin que je puisse poursuivre ma carrière de journaliste. J'avais vingt ans quand tout cela s'est produit, pas quinze, mais je n'étais qu'une oie blanche. Le père d'Andrew allait de village en village dans la région des montagnes Bleues. Il était beau, il avait un charme fou et un bagout d'évangéliste ! Nous lui avons donné tout notre argent – les bigots font des cibles tellement faciles… Et moi, je suis allée jusqu'à lui offrir mon corps. Je me sentais si honorée qu'il ait pu me juger à son goût, mais tout ce que son fils représente à ses yeux, c'est un complément de revenus.

— Combien a-t-il d'enfants ?

— Ça, en revanche, ce n'est pas banal : il n'a qu'Andrew.

— Quel âge a votre fils ?

— Quatorze ans. Il fréquente l'école publique de Katoomba.

— Si je comprends bien, la quasi-totalité de votre salaire revient à vos parents, à votre enfant, ainsi qu'à un maître chanteur. Les tarifs pratiqués par ma couturière vous ont sauvé la mise.

— Comment avez-vous su? l'interrogea Mlle Chandler en s'humectant les lèvres.

Kitty partit d'un grand éclat de rire joyeux et triomphal.

— Ma chérie, répondit-elle, vous avez la démarche d'une femme qui a déjà enfanté au moins une fois, et vous possédez trop d'expérience pour être encore vierge. J'en ai déduit que votre secret ne pouvait concerner qu'un enfant illégitime. Il n'est pas trop tard pour récupérer Andrew. Installez-le chez vous. Nous ne sommes pas encore en décembre : à la rentrée de février, vous pourrez l'inscrire à la Grammar School de Corunda, un établissement privé. D'ici à ce qu'il aille à l'université, il appartiendra de plein droit à cette ville, d'autant mieux prêt à affronter le monde que Charlie l'aura pris sous son aile.

Dorcas tremblait de tous ses membres.

— Je ne peux pas raconter cette histoire à Charles! glapit-elle. Il me congédierait sur-le-champ par crainte du scandale.

— Vous n'êtes qu'une pauvre imbécile! se fâcha Kitty. Comment pouvez-vous passer autant de temps avec mon époux et le connaître aussi mal? Charlie est le roi des causes perdues, comment vos tourments pourraient-ils le laisser de glace? Le père de votre fils est un odieux parasite qui, depuis quatorze ans, saigne à blanc la mère de son enfant! Mon mari éprouve de l'estime et de l'affection pour vous. Andrew est-il joli garçon?

— Très. Mais, surtout, il a un caractère en or.

— Allez parler à Charlie! la pressa Kitty. Tout de suite. Il se trouve à l'autre bout de son immense cathédrale, autrement dit à quelques mètres de nous. Levez-vous. Levez-vous! Racontez-lui ce que vous venez de me raconter, puis demandez-lui de vous débarrasser du père d'Andrew. Il va adorer ça! Son armure de preux chevalier, Charlie l'a remisée au placard depuis tellement de temps qu'elle a fini par rouiller, et les articulations de son fier destrier craquent de partout. Il sera ravi de repartir au combat. Allons, filez !

Impressionnée par l'autorité de son hôtesse, Dorcas Chandler quitta les lieux en hâte pour confesser ses péchés.

Kitty s'empara du téléphone pour appeler lady Schiller à Melbourne. Elle avait en effet décrété que, pour Noël 1933, elle réunirait les quatre filles Latimer à Corunda.

Le cœur en liesse, elle se rendit chez Jack Thurlow. Elle gara sa voiture au pied de la colline, pour grimper vers la demeure à travers des jardins débordants de fleurs ; elle s'arrêtait de temps à autre, ici pour contempler une rose, là un buisson de fleurs de cire, ailleurs encore des pois de senteur qui prenaient d'assaut un treillage. Où trouve-t-il le temps de faire tout ça ?... Alf et Daisy se précipitèrent pour accueillir la jeune femme en remuant la queue – les chiens de Jack étaient trop bien élevés pour se permettre de bondir sur un visiteur ou de lui lécher les mains. Enfin, le propriétaire des lieux parut sur la véranda, les cheveux encore humides après la douche. Il attendit que Kitty le rejoigne.

Au pied de la volée de marches, elle leva les yeux vers lui.

— Je viens emménager ici sur-le-champ ! lança-t-elle.

— Il était temps. Je gardais patience, mais j'avoue que j'ai fini par me faire quelques cheveux blancs par les nuits sans lune.

D'un geste circulaire, il balaya les alentours.

— Tout est à vous, Kitty.

— En revanche, je ne pourrai pas devenir votre épouse. Charlie refusera le divorce.

— À Corundoobar, il est d'usage de vivre selon son désir. Nous vous accepterons parmi nous quel que soit votre statut, et sans l'ombre d'un regret.

Kitty, pour sa part, n'éprouvait pas le moindre doute. Les étreintes viendraient en leur temps, les baisers, et puis on ferait l'amour mais, pour l'heure, la jeune femme n'en avait pas besoin : elle s'abandonnait tout entière à la paix de son âme.

Jack, qui devinait ce qu'elle ressentait, contempla à ses côtés le soleil cramoisi que les ombres nocturnes avalaient peu à peu.

Puis il passa un bras autour de sa taille pour la contraindre doucement à se diriger vers la porte.

— Rentrons, lui proposa-t-il, il fait froid.

— Ma valise est dans la voiture, mais je tiens à rendre son auto à Charlie. Je ne veux rien accepter de lui. Rien !

— Je sais. Ne vous tracassez pas, et ne parlons plus de lui.

Bert, le chat, occupait le fauteuil de son maître. Celui-ci l'en chassa si prestement que l'animal, à moitié endormi, se laissa tomber sur le sol en prenant un air indigné. Jack s'installa à sa place, avant d'inviter Kitty à s'asseoir sur ses genoux.

Blottie contre lui, elle perçut le battement de son cœur, et plus rien d'autre n'importa. Plus rien n'importerait désormais que ce cœur-là. Dieu tout-puissant, accordez-lui, s'il Vous plaît, de vivre longtemps... Je ne crains plus guère qu'une chose à présent : devoir un jour vivre sans lui. Elle posa la tête sur l'épaule de Jack, ferma les yeux... Ça y est, je suis chez moi. Enfin...

En sa qualité de directrice adjointe d'un hôpital dont le directeur s'apprêtait à lui passer les commandes, Tufts mit à la disposition d'Edda et de Rawson un cottage situé dans l'enceinte de son établissement lorsqu'ils vinrent à Corunda pour Noël 1933; elle en fit autant pour Grace et ses garçons. Devenu membre du Parlement, Charles Burdum ne pouvait tenir les rênes de l'hôpital – Tufts se trouva donc confirmée dans sa position. Liam et elle avaient acheté, sur Ferguson Street, deux maisons voisines dont ils avaient ôté la clôture qui les séparait. Ils partageaient leurs repas, leur jardin, leurs loisirs, ainsi que deux chiens et trois chats.

La ville de Corunda ne s'était pas encore tout à fait remise du coup d'éclat de Kitty Burdum qui, du jour au lendemain, avait abandonné son époux et ses nombreux millions pour s'installer à Corundoobar où, sans se cacher, elle vivait à présent dans le péché avec Jack Thurlow. En quittant Burdum House, elle n'avait rien emporté avec elle, ni les bijoux, ni les fourrures, ni les vêtements, non plus que les meubles ou les objets décoratifs. Elle avait en revanche conservé ses livres, ses papiers, ses lettres et ses albums de photographies.

À l'évidence, et c'était bien ce qui stupéfiait le plus les commères, la jeune femme nageait dans le bonheur. Quant à Jack… Bah, Jack ne faisait jamais de vagues. D'aucuns avaient cependant remarqué que moins de rides barraient son front et que, lorsqu'il se croyait à l'abri des regards, il lui arrivait d'afficher la mine béate d'un gros chat. Pour un peu, on aurait cru voir Bert, son volumineux matou.

Charles Burdum avait été le tout premier à l'apprendre. Dans une note, Kitty intimait l'ordre à Dorcas de veiller à ce que son époux reste seul jusqu'à ce qu'il demande lui-même à avoir un brin de compagnie. L'instinct de Mlle Chandler lui souffla de s'exécuter sans mot dire.

Le vendredi, s'étant présenté seul à la table du petit-déjeuner, il y découvrit une lettre en parchemin sur une assiette, ainsi que la bague de fiançailles et l'alliance de Kitty brillant de mille feux sur un carton à pâtisserie. À la vue des bijoux, Charles comprit. Le ventre et la poitrine soudain lestés de plomb, il déchira l'enveloppe contenant la missive.

> Charles, mon époux,
> Les bagues t'ont déjà tout dit, mais je tiens à y ajouter mes mots, bien que ma lâcheté naturelle me retienne de te les dire de vive voix. Si je m'y résolvais, sans doute me sermonnerais-tu comme à l'accoutumée, et tout se verrait remis au lendemain. Pas cette fois, Charlie. Aujourd'hui, la hache se trouve entre mes mains et j'ai bien l'intention de l'abattre.
> Je ne t'aime pas. Je ne pense pas t'avoir jamais aimé, mais tu es parvenu à me faire croire qu'il en allait autrement. Puis une fois que je suis devenue tienne, tu ne m'as plus tenue pour autre chose qu'une possession. Non, ce n'est pas tout à fait vrai. Tu as pensé à celle que tu souhaitais que je sois, sans cesser de te demander si j'étais bel et bien cette femme-là, ou bien une autre. Tu es capable de mener à bien de formidables entreprises, tu es capable de gagner beaucoup d'argent, mais tu ne possèdes pas les moyens de lire dans l'âme d'autrui. La femme que tu as épousée n'a jamais été celle que je suis vraiment, autrement

dit Kitty. Je remercie Dieu que nos enfants n'aient pas vécu. Car tu les aurais contraints à devenir qui tu aurais souhaité qu'ils soient ; tu les aurais détruits. Certes, tu es un être bienveillant, mais tu te révèles dans le même temps un terrible despote.

Si je t'assène ces mots cruels, c'est uniquement pour que tu réussisses à te mettre dans la tête que tout est terminé entre nous. La femme que tu veux doit certes me ressembler, mais encore faut-il qu'elle possède l'intelligence de Dorcas. Mon apparence t'a trompé, tu ignorais tout de ce qui se cachait derrière. Je ne suis pas l'épouse qui convient à un homme politique. D'ailleurs, la politique m'ennuie à périr. Tu ferais mieux d'épouser le cerveau qui sied au tien : marie-toi avec Dorcas. Mais tu n'en feras rien. Tu es trop susceptible pour supporter les sourires narquois que ne manquerait pas de susciter autour de vous un couple pareillement incongru.

Je m'apprête à entamer une relation adultère avec Jack Thurlow, qui s'amuse à me traiter de patronne d'exploitation agricole. Surtout, fais-moi plaisir : ne me pardonne pas !

Kitty.

Tandis que l'incrédulité cédait peu à peu le pas à la certitude, le Dr Burdum songea d'abord à Sybil, la fille du duc, et à l'humiliation qu'il avait alors subie ; mais, cette fois, l'outrage était autrement plus terrible. Une épouvantable fureur s'empara de lui, une rage qui lui donnait des haut-le-cœur ; il en tordit la fourchette en argent qu'il tenait à la main, pendant que, de sa bouche grande ouverte, s'échappait un cri trop strident pour qu'aucune oreille humaine fût en mesure de l'entendre. De lui, Charles Burdum, on venait de se débarrasser comme d'un quartier de viande demeuré trop longtemps dans le garde-manger.

Il rêva de la meurtrir – de lui faire le plus mal possible sans pour autant la tuer, de l'épargner d'un cheveu pour la laisser croupir dans un enfer à la fois plus brûlant qu'un brasier et plus froid que la glace, broyée, déchiquetée par des dents, des ardillons, des griffes et des crocs, des serres… De sa beauté, il ne resterait rien. Il la haïssait, il la maudissait, s'étonnant de ne pas dénicher, au plus profond des abîmes de son esprit, une émotion plus puissante que la colère pour alimenter son courroux.

Sa détestation ne connaissait plus de bornes, elle sifflait, rampait à l'intérieur de son cerveau jusqu'à ce qu'il ne parvînt plus à imaginer d'horreurs inédites à lui infliger. Enfin, il atteignit le fond de son gouffre où, dès lors, il reposa, inerte, privé de toute sensation ; il n'éprouvait plus que le vide immense d'une perte dont il ne se remettrait jamais.

Pour s'extraire de cet abîme, il souffrit davantage encore : il lui fallut affronter le désespoir et le chagrin, les spasmes de la douleur, une tristesse effroyable qui fit ruisseler les larmes sur ses joues jusqu'à ce qu'elles tarissent. Une force vitale le quittait, celle-là même que son épouse avait jugée indigne d'elle, celle-là même qui ne lui convenait pas. L'amour de ma vie, ma Kitty, ma Kitty !…

Un peu de calme revint. Quel était ce couple étrange, là-bas ? Marchait-il, transfiguré, au bras de la Mort ? S'avançait-il au contraire au bras de la Vie, presque réduit en cendres dans les fourneaux de l'âme ?… Puis il se rappela qu'on l'avait anéanti, qu'il était mort sans mourir tout à fait, et qu'à présent il s'élevait au-dessus des flammes pareil à un phénix.

Il était Charles Burdum, mais cet homme-là n'existait pas avant aujourd'hui. Dis-le, Charles ! Dis-le ! Oui, un nouveau Charles Burdum. Un autre Charles Burdum. Qui porterait à jamais en lui le souvenir de l'abîme où il avait sombré, mais personne !… personne n'en saurait rien. Il distinguait à présent la voie à suivre au milieu des tempêtes qu'il venait d'essuyer. Oh, Kitty, comme je t'aime ! Et tu m'as abandonné. Moi ! Charles Burdum.

Je ne serai désormais que vertu aux yeux du monde, afin de faire entendre à tous que cette catin ne possède pas le pouvoir de me blesser. Je ne serai désormais que force, compassion, douceur et générosité.

Un divorce réglerait l'affaire – une procédure qui, grâce à ses relations, pourrait se dérouler dans la plus grande discrétion –, laissant la jeune femme libre de vivre en toute impunité auprès de son prince charmant, de son costaud bucolique et mal dégrossi qui, à n'en pas douter, lui donnerait de nombreux enfants, à présent qu'elle avait pris la place d'Edda dans le lit du garçon – les deux sœurs avaient-elles comparé ses performances sexuelles ? Et lui ? Avait-il couché avec les quatre filles Latimer ?…

Le nouveau Charles Burdum, pour sa part, était un homme divorcé, mais un homme respectable, un député indépendant dont les relations féminines se révélaient désormais sans lendemain, et qui recourait de loin en loin aux services de sa conseillère politique lorsqu'il avait besoin d'une cavalière. Aucun scandale. Quant à Burdum House, elle allait subir des transformations supplémentaires : le maître des lieux s'apprêtait à y aménager un vaste appartement pour lui, tandis qu'il en réserverait l'autre à Dorcas et Andrew Chandler. Peut-être ce garçon lui apporterait-il finalement plus de satisfactions qu'il n'en aurait obtenu avec son propre fils ?

J'ai échoué parce que j'ai confondu une traînée avec une femme du monde, songea-t-il, mais j'ai ressuscité ; je suis toujours en vie.

Le pasteur eut fort à faire avec sa conscience avant que l'amour qu'il portait à ses enfants et son ouverture d'esprit lui permissent d'apporter publiquement son soutien à Kitty. Nombreux furent les habitants de Corunda à condamner la jeune femme – en revanche, on blâmait peu Jack Thurlow, dont on estimait volontiers qu'il s'était laissé duper par sa belle. Étrangement libéré, le révérend ôta son surplis, son étole, et prit sa retraite. Deux jours après que le scandale eut éclaté, il avait fait ses bagages et emménageait dans la maison vert et crème de Grace, sur Trelawney Way. Il raisonnait de la façon suivante : si le Seigneur avait créé l'Homme et la Femme sans les doter de la moindre faiblesse, il n'y aurait nul besoin ici-bas de gens de Dieu ni de policiers. Dès lors, abandonner un pécheur aurait constitué un péché plus terrible que le sien.

Thomas Latimer avait beau ne plus agir désormais à titre officiel, il poursuivit son travail à l'orphelinat, à l'asile et à l'hôpital ; partout, on saluait son dévouement. Il ne tarda pas à faire l'expérience, dans le quartier des Trelawneys, d'une existence riche, variée, où le péché était monnaie courante. Il s'y sentait comme un poisson dans l'eau. Bien entendu, il acquittait le loyer de Grace, il s'occupait du potager et des poules.

Ses filles comptaient de plus en plus dans sa vie, mais lorsqu'il se trouvait à Corunda, il ne se passait pas une journée sans qu'il rendît visite à Maude. Cela l'aidait à rester humble face aux mystères divins.

Les sœurs de Kitty se réjouirent sans mélange de ce qui lui arrivait – au fil des ans, elles s'en étaient voulu chaque jour de l'avoir poussée dans les bras de Charles Burdum. À la voir enfin heureuse auprès de l'homme qu'elle aimait, elles se sentirent à la fois ravies et soulagées. Edda était peut-être la mieux placée pour comprendre à quel point le voyage de sa demi-sœur avait été long et douloureux. Edda avait terrassé tous les démons de Kitty, sauf un : Charles, l'ultime et le plus dangereux. Ce démon-là, elle comptait se charger personnellement de lui.

Peu de temps s'était écoulé entre le départ de la jeune femme et la réunion des quatre filles Latimer, mais chacune avait déjà compris la stratégie du Dr Burdum : aux yeux du monde, il endurerait sans broncher les affres du cocuage.

Le réveillon se déroula à Corundoobar. Le pasteur, qui s'était joint à ses enfants, voyait clair dans le jeu de son ancien gendre.

— Il est malin, confia-t-il à Rawson, dont il goûtait la compagnie bien mieux qu'il avait jamais apprécié celle du Dr Burdum. Il ne manifeste aucune aigreur, rien qui risque de faire fuir ses sympathisants. Je suis heureux pour Kitty, même si je n'ignore pas que certains ne lui pardonneront jamais ses actes.

— Cela signifie aussi que les journaux nationaux ne dénicheront pas de détails sordides dont repaître leurs lecteurs, observa Rawson, qui aimait le pasteur, devinant que s'il lui révélait un jour son secret, l'homme d'Église ne le repousserait pas. Les habitants de Corunda n'aiment pas parler de ce genre de choses avec des étrangers.

— Les gens d'ici apprécient Charlie, se mit à rire Liam Finucan, mais ils adorent aussi Jack Thurlow.

Ce dernier n'entendit pas la conversation, car il s'affairait aux fourneaux. Il releva soudain la tête pour annoncer avec un large sourire que le dîner serait bientôt prêt.

— Ce porcelet vient-il de votre exploitation? lui demanda Rawson.

— Jamais je n'achèterais de porc chez un boucher, décréta Jack en haussant les sourcils. Mes cochons, je les élève en liberté, ils ont le droit de courir où bon leur semble. La seule chose qui les ramène invariablement à leur soue, c'est leur flaque de boue. Ils s'y vautrent pendant des heures, le groin en l'air.

— Comptez-vous permettre à Kitty de faire un peu de cuisine? l'interrogea Liam.

— Je commence à lui enseigner les rudiments.

Tufts, qui buvait un verre de xérès à petites gorgées, écoutait Grace lui raconter sa nouvelle vie dans un quartier huppé de Sydney. Qui aurait pu croire que la veuve Olsen s'y accoutumerait si aisément? Elle était pareille à une abeille au beau milieu d'un champ de fleurs.

— Je ne fais pas mystère de ce qui m'est arrivé à cause de la crise, expliquait la jeune femme. Il faut bien séduire un peu, et un mari qui s'est suicidé à cause de la Grande Dépression a tout pour vous conférer la petite aura nécessaire. Les garçons, eux, adorent l'existence que nous menons là-bas !

Son regard s'assombrit.

— Quand Kitty a rué dans les brancards, j'ai eu peur que Charles se venge sur moi. Cela dit, j'avais Rawson sous le coude, alors je ne me suis pas tracassée outre mesure.

— Aurais-tu été capable d'empêcher Kitty de s'installer ici pour préserver ta nouvelle vie ? lui demanda Tufts.

— Je t'interdis de me poser ce genre de question ! Pour voir Kitty heureuse, j'aurais été prête à me réinstaller sans regret dans le quartier des Trelawneys.

— Fais retomber la vapeur, répondit Tufts avec un large sourire. Je me faisais l'avocat du diable, c'est tout.

Assises l'une à côté de l'autre sur la véranda, Edda et Kitty contemplaient la rivière dont un méandre enserrait la demeure et les jardins. À l'intérieur de la maison résonnaient les voix des convives.

— Es-tu heureuse ? demanda Kitty à sa demi-sœur.

Le visage de porcelaine se tourna vers elle – de la surprise se peignait sur ses traits.

— Quelle question idiote, voyons.

— Je m'en suis rendu compte en la posant. Cela dit, tu ne m'as pas répondu.

— Je suis heureuse, même si je ne vis pas dans l'extase comme toi. Je fais le travail pour lequel je suis née, et mon mari m'aime.

Elle poussa un soupir plus proche de la mélancolie que de la tristesse :

— Je voudrais bien qu'il m'aime davantage, c'est tout.

— Dans ce cas, je me réjouis que tu exerces la profession de tes rêves. Rien n'est jamais vraiment doux s'il ne s'y glisse une pointe d'amertume.

Edda partit d'un grand rire.

— C'est la vie même que tu viens de décrire, Kitty : une traversée douce-amère.